纪实
X
01
透视美利坚

纪实 × 01

白与黑

国父的女儿们

Jefferson's Daughters

Three Sisters, White and Black, in a Young America

【美】凯瑟琳·柯里森 著
吴秀杰 白岚玲 译
林鹤 审校

Catherine Kerrison

当代世界出版社
THE CONTEMPORARY WORLD PRESS

Jefferson's Daughters: Three Sisters, White and Black, in a Young America
Copyright © 2018 by Catherine Kerrison

著作权合同登记号：图字 01-2021-6579 号

图书在版编目（C I P）数据

白与黑：国父的女儿们 /（美）凯瑟琳·柯里森著；吴秀杰，白岚玲译
.—北京：当代世界出版社，2022.3
ISBN 978-7-5090-1589-6

Ⅰ.①白… Ⅱ.①凯… ②吴… ③白… Ⅲ.①纪实文学－美国－现代
Ⅳ.① I712.55

中国版本图书馆 CIP 数据核字（2021）第 227548 号

书　　名： 白与黑：国父的女儿们
出 品 人： 丁　云
责任编辑： 刘海光　刘琦慧
特约编辑： 杨司奇　徐　蕾
封面设计： 今亮后声
内文设计： 周安迪
内文排版： 吴　磊
出版发行： 当代世界出版社
地　　址： 北京市东城区地安门东大街 70-9 号
邮　　箱： ddsjchubanshe@163.com
编务电话：（010）83907528
发行电话：（010）83908410
经　　销： 新华书店
印　　刷： 北京中科印刷有限公司
开　　本： 1230 毫米 ×880 毫米　　1/32
印　　张： 12.5
字　　数： 320 千字
版　　次： 2022 年 3 月第 1 版
印　　次： 2022 年 3 月第 1 次
书　　号： 978-7-5090-1589-6
定　　价： 79.00 元

图书策划：活字文化

丛书总序

记录历史的方式，可以是宏大的历史叙事，也可以是细微的纪实描述。20 世纪中叶在美国兴起的非虚构写作，就是一种贴近生活进而去记录和展示历史的创作方式。这类作品以具体而真实的事件、人物为依据，层层剖析和追踪，力求揭示“真相”，为历史增添具有可信度的细节。另一方面，这种写作强调以文学的语言讲述故事，侧重可读性和感染力，因而获得了一大批读者的情感共鸣。美国的非虚构写作兴盛多年，积累了大量的作品，为我们深入具体地了解这个国家的社会与历史，提供了更有吸引力的途径。

中美恢复交往已近半个世纪，国内引进的美版图书可谓汗牛充栋。粗看起来，我们好像已经熟知美国的方方面面，但若细究，我们耳熟能详的多半还是那些大叙事视角下的作品。美国是一个由不同片区、不同文化、不同族裔拼成的国家，且这几十年来社会变化很大。如果我们对美国的认知仍然停留在由旧闻旧书勾勒的大而化之的简笔速描、理念写生上，采信那些“局外人”走马观花式的认知甚至误读，这般印象不仅刻板干枯，也与当今美国现实有所脱节，据此做出的判断或许会有偏差。

为此，我们延请久居美国的华裔资深学者，从浩若烟海的图书中遴选出具有代表性的深入报道美国社会事件的非虚构作品，组成“A 纪实”译丛。“A”，语出“America”，我们希冀从那一幕幕历史的细节中透视美国的某个片断，正如一张张显微切片，呈现的是对真实人生的深度关注和解读，窥见的是美国的一段段历史和生活细节。当下的美国社会滋生了许多新的现实矛盾，引发了形形色色的新的生存困境和精神困扰，而其根源与过程正隐藏在这些历史的细节当中。如果这一张张拼合起来的切片，能让我们最大限度地接近美国的全景图像，帮助我们在骨架中填入血肉，还原一个真实、立体和复杂的美国，那便是“A 纪实”的最大初心与目的。

我们希望本译丛能够跨越学科疆域，把深入浅出的“真相”带给热心的求知者，也就是，爱书的读者你。

托马斯·杰斐逊（Thomas Jefferson）肖像，出自画家玛瑟·布朗（Mather Brown）之手。布面油画，绘于1786年。现藏于美国史密森学会（Smithsonian Institution）的国立肖像馆（National Portrait Gallery）。

玛莎·杰斐逊·伦道夫（Martha Jefferson Randolph）肖像，出自画家托马斯·苏利（Thomas Sully）之手，绘于约1836年前后。现藏于美国国会图书馆（Library of Congress）。

献给詹姆斯·P. 威滕博格，

是他鼓励我研究往昔。

以及

埃弗雷特、卢克和玛德琳，

他们身上，

寄托着我的希望——

一个更加公正的未来。

部分海明斯家族谱系

中文版注：海明斯家族最初都是黑奴身份，后来因为萨莉·海明斯与托马斯·杰斐逊的结合，后代子女渐渐脱离奴隶身份束缚，融入美国白人群体。伊丽莎白·海明斯是本书关键人物萨莉·海明斯的母亲、哈丽特·海明斯的外祖母，是杰斐逊妻子玛莎·韦尔斯家族的女奴，也是本书有关海明斯家族命运的叙述起点。

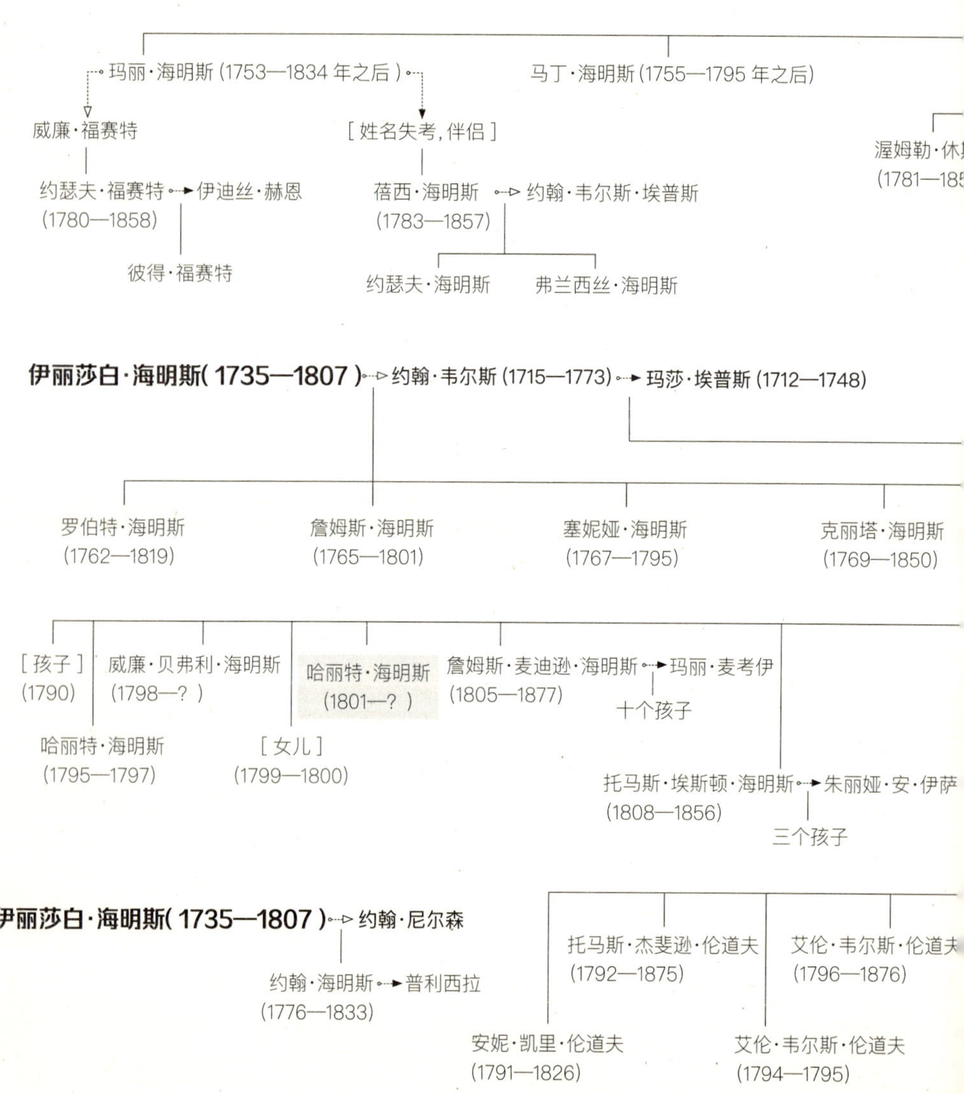

⊸➤ 夫妻关系　⊸▷ 未婚结合

伊丽莎白·海明斯(1735—1807) ⊸▷ [姓名失考,伴侣]
贝蒂·布朗(1759—1831年之后) ⊸▷ [姓名失考,伴侣]
南希·海明斯 ⊸▷ [姓名失考,伴侣]
(1761—1827年之后)
韦尔·科尔伯特
783—1861年左右)
布朗·科尔伯特
(1785—1833)
美琳达·科尔伯特
(1787—1860)
克丽塔·海明斯 ⊸➤ 伯韦尔·科尔伯特
(？—1819)
苏珊·科尔伯特
埃米莉·科尔伯特
玛莎·安·科尔伯特
塞妮娅·科尔伯特
得·海明斯
770—1834年之后)
萨莉·海明斯(1773—1835) ⊸▷ 托马斯·杰斐逊(1743—1826) ⊸➤ 玛莎·韦尔斯(1748—1782)
简·伦道夫·杰斐逊
(1774—1775)
[儿子]
(1777)
玛丽亚·杰斐逊
(1778—1804)
约翰·韦尔斯·埃普斯
露西·伊丽莎白·杰斐逊
(1782—1784)
露西·伊丽莎白·杰斐逊
(1780—1781)
玛莎·杰斐逊
(1772—1836)
⊸➤ 托马斯·曼·伦道夫
(1768—1828)
[女儿]
(1799)
弗朗西斯·韦尔斯·埃普斯
(1801—1881)
玛丽亚·杰斐逊·埃普斯
(1804—1806)
柯妮利娅·杰斐逊·伦道夫
(1799—1871)
玛丽·杰斐逊·伦道夫
(1803–1876)
本杰明·富兰克林·伦道夫
(1808—1871)
塞普提米娅·伦道夫
(1814—1887)
维珍妮娅·杰斐逊·伦道夫
(1801—1882)
詹姆斯·麦迪逊·伦道夫
(1806—1834)
梅里韦瑟·刘易斯·伦道夫
(1810—1837)
乔治·威思·伦道夫
(1818—1876)

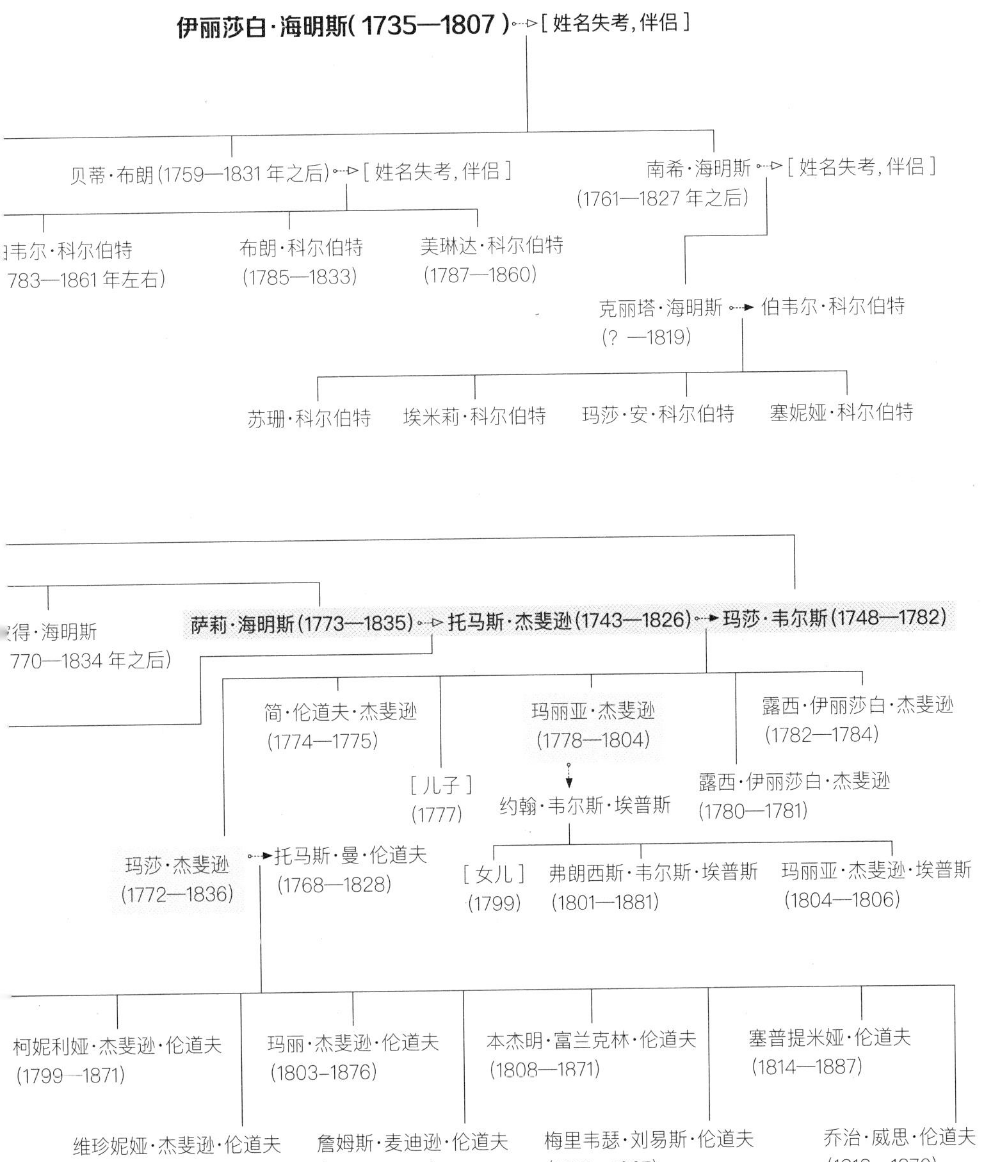

作者说明

18 世纪的命名、拼写和标点习惯，可能会给 21 世纪的读者造成一些阅读困难。托马斯 · 杰斐逊的两个女儿在出生时取名玛莎和玛丽，但她们一生中也曾用过其他名字：玛莎小时候叫帕西，成年后叫玛莎；玛丽小时候叫波莉，后来叫玛丽亚，尽管她写信时的签名一直是“玛丽”。不过，为了方便读者，我在全部行文中都使用她们成年后的名字，即玛莎和玛丽亚。

18 世纪时，拼写规则还没有标准化。我忠实于原初资料，保留了原作者的拼写方式。为表述清晰起见，有些地方直接把引文中的标点依照 21 世纪的标点规则做了修改，并在原作者使用缩略语时补上了完整的拼写。

为了便于阅读，在某些引文中，我在括号中添加了一些说明性词语。

目录

引言　1

第 1 章　蒙蒂塞洛初现　5
第 2 章　远赴巴黎　25
第 3 章　学校生活　47
第 4 章　家人团聚　70
第 5 章　转变　94
第 6 章　重做美国人　120
第 7 章　弗州娇妻　152
第 8 章　哈丽特的蒙蒂塞洛　178
第 9 章　启蒙之家　202
第 10 章　远走高飞　226
第 11 章　改头换面　257
第 12 章　传承遗韵　289

致谢　315
参考文献　321
注释　345

引言

1789 年夏

巴黎的这个周末看似平静。入夏几个月来，空气中仿佛弥漫着不祥的气氛。乡下农民骚乱的消息传进城来，巴黎人忧心忡忡地看着国王一直忙于部署防卫。这个夏天，政治骚动也震荡着巴黎：平民要求加入新组建的国民议会，国王、贵族和主教们却断然拒绝。不过，路易十六国王最终显然是向民众的意愿低头了，他做出了让步，一场危机似乎已经逆转。这天，托马斯·杰斐逊的马车驶过街道，这位驻法国宫廷的美国公使坚信"胜利……业已达成"，国民议会"具有完全的、不容置疑的独立性"。

然而，杰斐逊有所不知，恰好就在这天，恼火的贵族逼迫国王收回了成命。杰斐逊事后回忆道，"巴黎人大约在一两点钟时获知这一改变"，于是这座城市又开始纷乱不安起来。经过优雅的路易十五广场（如今的协和广场）时，杰斐逊吃惊地看到，广场一侧站着 300 名全副武装的德裔、瑞裔护卫队。另一侧聚集着愤怒的人群，他们"爬到一大堆石块上，或者蹲在石垒后面。广场上堆着大大小小的石块，本是要修一道通向广场的桥"。杰斐逊发现自己来到了最危险的地方。他刚从那里经过，人群的愤怒就爆发了，人们开始向骑兵投掷石块。前几排德裔护卫策马冲向人群，但遭到了顽强的反击。护卫队中有一人殒命，他们便放弃了广场。杰斐逊在回首此事时意识到，那正是"全面起义的信号"[1]。两天后，也就是 1789 年 7 月 14 日，另一群巴黎人冲进了巴士底狱，武装自己，投入战斗。

从1784年起，杰斐逊就住在巴黎。在他的妻子芳年早逝后，国会请求他代表美利坚合众国与大英帝国进行和平谈判，他就像溺水的人抓住绳子一样，抓住了这一任命。他趁机逃离那些铭刻在家乡蒙蒂塞洛（Monticello）*风景中的痛苦回忆，带着12岁的女儿玛莎（Martha）横跨大洋来到法国。三年后，玛莎的妹妹玛丽亚（Maria）跟来团聚，与她同行的是女奴萨莉·海明斯（Sally Hemings）。

早在1789年夏天那个命运攸关的时刻来临之前，巴黎就已经改变了他们每一个人。法国大革命的温和派绞尽脑汁地构想政府改革理念，他们找到杰斐逊，鼓动由他牵头举办一些研讨会，因为众人景仰他对美国《独立宣言》的起草做出的贡献。另一方面，巴黎也教他学会了欣赏法国贵族的假发和优雅的丝绸时装，他也在这里爱上了法国的艺术、建筑、家具和书籍。玛莎也像父亲一样，对政治极感兴趣。她的帽子上戴着革命的徽章，德·拉法耶特将军（General Lafayette）骑马走过巴黎街道时认出她并向她脱帽致意，惹得她的朋友们羡慕不已。甚至小玛丽亚也变了。起初她被留在弗吉尼亚，当杰斐逊写信让她来巴黎团聚时，她并不情愿。但是，到了巴黎以后，这个九岁的女孩变了，她已经对巴黎的美景完全习以为常。等全家人回到弗吉尼亚，在返乡第一站的诺福克看到战后的断壁残垣时，她哭得声泪俱下。萨莉·海明斯学会了打理杰斐逊的丝绸衣物和亚麻床单，还有他女儿的时髦衣物。她还学会了法语。在这个法国历史（以及杰斐逊家庭史）上的关键时刻，她学到了能挣钱的本领，也看到了过上另一种生活的可能性，那与她在弗吉尼亚所熟悉的奴隶生活截然不同。

然而，1789年秋，她答应与杰斐逊及其女儿们同行，乘“克莱蒙特号”船回到弗吉尼亚。但是，等待他们的会是个怎样的国度？新当选的

* 关于蒙蒂塞洛的信息可以参考官网(https://www.monticello.org)。——编者注

总统乔治·华盛顿组建了政府，他面临的挑战是，要将宪法中写在纸面上的政治制度转化为一个能高效运作的政府，问题多多，首先便是决定宪法的开篇之语“我们人民”（We the People）这一表述中包括哪些人。在这个革命年代，独立不光涉及一个不受君主关系约束的国民政府，也意味着个人的自决权。但是，谁有资格来主张这种权利呢？更具体地说，美国革命可能会带来哪些改变？尤其是对女性、自由黑人以及奴隶来说，意味着什么前景？

当杰斐逊一行启航回家后，他们会分别以大相径庭的方式来思考这些问题。但巴黎给他们所有人都打上了永不磨灭的烙印，塑造着他们各自的人生轨迹，并影响着他们此后做出的选择。

第 1 章

蒙蒂塞洛初现

1770

杰斐逊一家在炉火前讲过无数次的他们最爱的故事，便是新娘玛莎·韦尔斯·杰斐逊（Martha Wayles Jefferson）初到蒙蒂塞洛时的经历。1772 年新年的第一天，年轻漂亮的寡妇玛莎在父亲的庄园里嫁给了托马斯·杰斐逊。庄园位于查尔斯城，从威廉斯堡沿詹姆斯河上溯便是。这对神采奕奕的新人很般配。杰斐逊身高 6 英尺 2 英寸*，身材高挑笔直，比新娘高出一头。玛莎个子不高，但身材苗条，举止如同女王般优雅，[1] 她有着棕栗色的头发，淡褐色的双眼闪耀着智慧和活力。新郎的红头发颜色要浅一些，眼睛是蓝色的，相比之下也毫不逊色。虽然从来没人夸杰斐逊英俊，但他最早的传记作者之一曾写道，他的脸上“闪耀着睿智，带着仁爱和兴高采烈的活力，展现出快乐而充满希望的精神”[2]。杰斐逊既是律师又是庄园主，此时刚刚开始从政，三年前就在弗吉尼亚州议会赢得一个席位，有着大好前途，加上两位新人都天性乐观，他们有理由相信，未来将会无比美好。

礼成之后，玛莎和新婚丈夫马上就动身去新家。从此地向西走上大约 100 英里，在阿尔伯马尔境内，是杰斐逊刚刚着手营造的新巢。他们出发时已经开始飘雪，但不大，再往西走，却吃惊地发现暴风雪越来越猛烈。他们不得已放弃了两辆马车，卸下马离开主路，骑马踏着两英尺

* 相当于 1.88 米。——译者注

厚的雪爬上山坡，骑行八英里才走完这段旅程。[3]好在杰斐逊对这段山路了如指掌。

一月的那一晚，他们的目的地是一栋只有一间屋的小房子。如今它是经由一条长露台与蒙蒂塞洛的主楼连在一起的配楼。在当时，那是杰斐逊的家，里面除了一张床外只有一些书籍。“他们深夜才到家，火都熄灭了，仆人们全都回自己的房子睡了”，他们的女儿玛莎这样写道。她记得小时候总听父母讲起这个故事。[4]虽说如此，新郎也并非毫无准备。他打开了书堆后藏着的一瓶葡萄酒，用歌声和欢笑来点亮夜晚。[5]在杰斐逊充满爱意的回忆中，这开启了长达十年、“始终如一的幸福”[6]。那天晚上，他把心爱的妻子揽入怀抱，想着新家的未来、种植园、功成名就的政治生涯，心中充满了希望。

托马斯·杰斐逊择定住址时精挑细选。他出生在沙德韦尔（Shadwell），从那座他取名“蒙蒂塞洛”的山上可以看到。年少时，他会爬上山顶，在那里坐上几个小时，和他儿时的好朋友达布尼·卡尔（Dabney Carr）一起读书、畅想未来。一棵橡树荫蔽他们度过了不知多长时间，他和卡尔约定，死后要葬在那棵树下。[7]托马斯的父亲彼得·杰斐逊（Peter Jefferson）是一位向往西部的勘测员，他和优雅的妻子简·伦道夫·杰斐逊（Jane Randolph Jefferson）共同塑造了儿子的建筑理想。在最终完工的房子里，他们的影响一目了然，到处摆放着从“刘易斯与克拉克的西进探险远征”*带回来的新大陆动植物的各种标本，混搭着旧大陆的艺术品、版画和银器。

彼得·杰斐逊是弗吉尼亚殖民地的后起之秀。1731年丧父之后，他

---

* 刘易斯与克拉克远征（Lewis and Clark expedition，1804–1806）是美国国内首次横越大陆、西抵太平洋沿岸的往返考察活动。由杰斐逊总统发起，领队为美国陆军的梅里韦瑟·刘易斯上尉（Meriwether Lewis）和威廉·克拉克少尉（William Clark）。——译者注

继承了古奇兰的土地（六年后，里士满城就建在它的东边），但他渴望向西继续拓展。据杰斐逊家的口头传说，他在威廉斯堡的一家酒馆里，靠一位好友帮忙，只花一碗棕榈糖鸡尾酒的价钱就买下了里瓦纳河（Rivanna River）河畔紧邻他已有田产的400英亩土地。他给这块新买的地块取名“沙德韦尔”，以致敬妻子在英格兰家乡的教区。[8]他后来当了勘测员，在弗吉尼亚的定居者向西推进时，这个职业使他能最先看到并抢购到最抢手的土地。到1757年去世时，他已经积攒下7500英亩土地、60多个奴隶以及数量相当可观的马、牛和生猪。[9]然而，他的儿子更引以为豪的却是父亲在其他方面的成就。对托马斯来说，彼得的主要遗产是他于1757年在一场艰苦卓绝的测绘探险之后绘制的一张地图，“那是弗吉尼亚历史上真正最早的地图，约翰·史密斯上尉的那份只能算是张草图”，杰斐逊在回忆录中提到后者时难掩不屑，并回忆道，他的父亲是阿尔伯马尔的奠基者之一，“大约在1737年，（成为）第三位或第四位定居者”。[10]对托马斯·杰斐逊来说，旧大陆的一切都比不上蓝岭山脉的自然之美，更何况山后面广袤的西部还会带来美好的前景。

杰斐逊的母亲简·伦道夫的娘家，不论在英国还是在弗吉尼亚，都是既富裕又显贵的家庭。简的父亲生于弗吉尼亚，在其航海生涯中曾回到英格兰长住。后来，他在1725年带着妻子和两个孩子重返弗吉尼亚，当时年幼的简刚刚五岁。[11]爱沙姆·伦道夫（Isham Randolph）凭借财富和广泛的家庭人脉关系，开始从事高利润的贩奴行业。他的曾外孙女形容他，“当时只要听见他的名字就会让人联想到善良和睿智”[12]。我们今天听到此话可能会感到吃惊，但是，他的同时代人确实油然敬佩伦道夫在贩奴、烟草种植以及军界的成功。简·伦道夫也因家族血统能上溯到英格兰和苏格兰而备感自豪。[13]伦道夫一家不是穷乡僻壤里辛苦劳作的农民，他们建造了一座奢华的弗吉尼亚庄园，并以好客而闻名。简在那里学会了监管种植园的家务劳动，从布置餐桌到宰杀生猪不一而足；她还学会了跳小步舞、刺绣以及如何主持丈夫的晚宴。托马斯跟着她学会了欣赏美酒佳肴、装帧漂亮的书籍以及典雅的家具。[14]

彼得·杰斐逊在选定房基上颇有天分，三十年后，他的儿子在选址上肯定也受了他的启发，将自己的房子建在距沙德韦尔西去八英里的蒙蒂塞洛。他的一位曾孙女曾经这样描述沙德韦尔："向南可以看到风景如画的河谷以及里瓦纳河的河岸，东边的地平线景色看起来无比静谧，有如睡美人在那里静卧；而连绵起伏的丘陵，时而与山脉融为一体……向西伸展"。她赞叹道，整个全景展现了"精致的魅力，定然会让看到的人入迷"[15]。虽然从蒙蒂塞洛看不到里瓦纳河，但在杰斐逊的山上开凿出来的平台远眺，远处的景色却有着相似的魅力。向东，绵延的河谷似乎一望无际，通向切萨皮克湾。1796 年来到这里的一位法国访客说："要不是距离太远，也许能看到大西洋"。[16] 向西，蓝岭山脉因其颜色有着无尽的变化而得名。有时，团团夏雾缭绕山间，从下面的河谷抬头看，这座房子宛若置身仙境。

1768 年春，奴隶们开始平整山顶，其中许多奴隶是从邻居那里雇来的。[17] 第二年，奴隶们开始为托马斯·杰斐逊未来的家挖地基。[18] 因为这里没有水源，必须凿透 65 英尺厚的岩石层打井。到了 1770 年，长宽各 20 英尺的南阁建成了，杰斐逊就是在那里与他的新娘度过了蜜月。1771 年，北翼的餐室也建造完成。

关于这座房子建造时间的细节，学者们看法各异，因为杰斐逊的日记里没有记录房子的建造过程。但毫无疑问，当杰斐逊带新娘回家时，此处不像家，却像个建筑工地。1771 年 2 月（此时距他的婚礼还有 11 个月），他给一位朋友写信说，希望到夏天时"能有更多空间伸开手脚"。年底之前，餐室建成，杰斐逊夫妇就再也不用挪到那个小小的南阁去用餐了。[19] 但是，北翼和主楼的首层用了两年的时间才完工，而那时南翼的工程刚刚开始；又过了两年才开始修建主楼的上层，直到 1778 年阁楼才动工并建成。然而，在这么长的建筑工期内完成的也只是房子的外壳而已，房子内部的精装以及专门的木工活儿直到 1783 年才完成。在那之前，这些房间里甚至连简单的墙面抹灰工作都不大可能开展。[20]

玛莎·杰斐逊婚后除了离开蒙蒂塞洛的短暂时间，就住在一个闹哄哄、尘土飞扬的建筑工地上。实际上，在第一次到达这里的几天后，她和丈夫就离开新家，去了驯鹿山庄（Elk Hill），那是她和前夫巴瑟斯特·斯凯尔顿（Bathurst Skelton）曾经共有的产业。上次婚后才两年，儿子约翰刚刚出生，巴瑟斯特就突然离世，给这位 20 岁的遗孀留下了驯鹿山庄的房子。嫁给杰斐逊之后，她过着居无定所的生活：她的丈夫先是作为县议员去威廉斯堡出席殖民地议会，后来又代表弗吉尼亚前往费城出席大陆会议，每到这些时候，她就轮流投奔几个姐妹。她有时住在驯鹿山庄，作为州长夫人时则住在威廉斯堡和里士满；在美国革命期间为躲避打到弗吉尼亚腹地的英国人，又踏上了逃亡之路。在能查找到的记录里，她婚后只有一半多一点的时间住在蒙蒂塞洛。

这种游居不定的生存状态在后来也未曾改变。1772 年 6 月，这对夫妇回到蒙蒂塞洛住下来。结婚九个月后，玛莎·杰斐逊在 9 月 27 日生下了他们的第一个孩子。她的正式名字是玛莎，是依照外祖母玛莎·埃普斯·韦尔斯（Martha Eppes Wayles）的名字起的。不过在她的整个童年，她的父母都用当时流行的小名亲热地叫她帕西（Patsy）。玛莎·杰斐逊第一次婚姻中唯一的孩子约翰在 1771 年夭亡，年仅四岁，女儿的诞生给这位年轻的母亲带来了新的希望。

不过，刚出生的小玛莎总是让母亲担惊受怕。这个病怏怏的婴儿体重不足，靠着刚买到的奴隶乌苏拉·格兰杰（Ursula Granger）“充沛的奶水”才活了下来。[21] 玛莎早就知道乌苏拉，她是一位朋友家的奴隶，应玛莎的请求，杰斐逊在 1773 年 1 月的一场庄园拍卖会上买下了她和她的两个儿子。杰斐逊写道，玛莎“特别想得到一个名叫乌苏拉的女奴，她就喜欢这个料理家务的女人”。不久之后，他又买下了乌苏拉的丈夫乔治·格兰杰（George Granger）。[22] 格兰杰一家人成为杰斐逊家信任和重用的仆人：乌苏拉监管厨房、熏制房和洗衣房，乔治是杰斐逊的所有种植园中唯一拿工资的黑人监工。小玛莎营养良好，很快就健壮起来了，但乌苏拉在 1773 年生下的孩子阿契则在第二年夭亡了。[23]

一个身为奴隶的女人，主人买她本是要她在蒙蒂塞洛发挥宝贵的理家才能，结果却给主人的孩子当上了奶妈——蓄奴社会的运行中发生过无数讽刺的事，这仅是其中的一例。这个体系宣告乌苏拉是不自由的，同时却又靠她来滋养和维护。蓄奴制度在弗吉尼亚殖民地的发展，基于极度精细划分的法律和习俗体系，意在明确区分自由民与非自由民。这并非从来如此的惯例。第一批非洲人于 1619 年到达弗吉尼亚，却并未标志一个蓄奴体系完全形成。的确，西班牙人和葡萄牙人在加勒比和南美洲经营甘蔗种植园，为弗吉尼亚的英国人树立了榜样；荷兰人后来也建立了蓬勃发展的跨大西洋奴隶贸易体系，以保障这些种植园的劳动力供应。但是，在早期的弗吉尼亚，并非所有黑人都是奴隶。其中一些黑人签下了做仆人的临时契约；还有一些黑人为自己赎回了自由身，搬家到东海岸，很多人在那里购买土地、结婚、成家，并雇佣或购买自己的帮工。

对劳动力的需求永不餍足，于是弗吉尼亚的白人用了整个 17 世纪逐渐把手下的英国白种仆人换成了黑人奴隶。[24] 在早期的若干年里，刚刚在首府詹姆斯敦建立的议会一次又一次地立法，规定白皮肤或者黑皮肤意味着什么、身为自由民或者奴隶又意味着什么。地方议会的代表也被称为“自治议员”（burgesses），他们广泛讨论着如下问题：所有男性——不论肤色——都可以持枪吗？（不，只有白人才可以，1639 年。）非裔女性要与其他人——达到或超过 16 岁的白人和黑人男性——一样被登记为人丁吗？（也就是说，需要纳税吗？）（是的，1643 年。）说得更明白一些，自由身份的非裔女性和身为奴隶的非裔女性一样要纳税吗？（是的，但白人女性是可以获得豁免的，1668 年。）身为奴隶的女性与英国男性生的孩子是自由人吗？（不是，孩子与母亲的身份相同，1662 年。）那么，一个自由民身份的白人女性与自由民身份的黑人男性生的孩子，应该是自由人了吧？（不完全是，这样的混血儿年满 30 岁之前仍为奴隶。此外，母亲必须支付 15 先令的罚款，否则她本人会被卖身为仆 5 年，1691 年。）黑人和白人可以结婚吗？（不可以，1691 年和 1705 年。为了阻止这类"令人不齿的结合以及不正当行为"，违背该规定的白人要被监禁 6 个月并缴纳 10 先令罚金。举办这种婚礼仪式的神职人员要被罚价值 1 万英镑的烟草，其中的一半会分给举报人。[25]）

法律能揭露问题的实质，试看弗吉尼亚的种族法，自利的意图并不总能掩饰得住。比如，自治议员们激烈讨论过"在殖民地里如何定义谋杀罪"这一问题，在 1669 年《关于事出有因致死奴隶的法案》中，他们得出的结论是：如果一个奴隶死于过度严厉的惩罚，那么无论主人还是其代理人都不可以被定为谋杀罪。[26] 他们一致认为："主人蓄意摧毁自己财产的做法有悖常识。"议员们决定，即便自由身份的非裔女性也需缴纳劳工税（可以说，在以劳动密集型的烟草种植业为经济支柱的殖民地里，劳动力的数量是衡量财富的最佳手段），为此他们明确表示："黑人妇女……尽管获准享受自由，但是不应在所有方面都完全同英国人一样得到豁免和免罚。"议员们警告说，黑人妇女永远都不应该自以为与英国妇女是平等的。最重要的是，这些例子表明，蓄奴制不仅仅是一个劳动体系。随着对非洲劳动力的依赖日益增加，弗吉尼亚的奴隶主不得不建构一套严格的法律体系，用以管理黑人与白人之间的社会和经济关系。

弗吉尼亚逐步发展的种族法让人清楚地看到奴隶主的殖民社会设想，但另一方面，它同样揭示了中下层白人、仆人和奴隶的行为。如果弗吉尼亚的黑人和白人之间根本没有性关系，抵制异族通婚的法律便没有存在的必要；如果自由身份的非裔女性不曾争取与白人英国妇女同等的地位——后者被认为身体太单薄，不适合干艰苦的农活，那些规定纳税劳工范畴的法律就没有存在的必要。无论议员们企图用法律强行维护的秩序是何等面目，从被他们称为“杂种”（mulattoes）的数量日益增多这一点来看，显然，这一法律体系企图实现种族分离的目的并未达到。

当然，许多违法的人自己就是立法者，也拥有奴隶。[27] 在1662年，他们已经颠覆了延续几个世纪的英国普通法，强制要求子女承继生母身份。这项法律蓄意以两种显而易见的方式让奴隶主获益。首先，他们得以无偿占有女奴的身体，后者没有合法地位来起诉其遭受的性骚扰；其次，主人们从这些骚扰带来的结果中额外获利。更为阴险的是，一段时间以后，这种法律就会呈现出自然而神圣的虚假光芒，奴隶主白人得以借此视奴隶为低等人，强调这些人生而为奴。他们装模作样地说，一个人与生俱来的地位表明了上帝的意志和审判。由于白人伤害甚至意外杀死一个逃亡奴隶不会受到法律的追责，蓄奴的自治市民甚至赢得了非蓄奴者的默许而形成一个特定的体系：在这一体系里，他们面对一个永远低等的阶级，感到自身高人一等；对于这些低等人，他们实际上掌握着生杀予夺之权。

到了玛莎和托马斯·杰斐逊的时代，为加强白人至上主义而设计的这一种族等级体系已经非常牢固。除了为数不多激进的贵格会教徒外，很少有人会去质疑它。[28] 当然，身为一名贩奴者的女儿，玛莎·杰斐逊是不会这么做的。她的父亲约翰·韦尔斯（John Wayles）是位英国移民，因为无力支付来美洲的旅费，签约受雇于一位著名的弗吉尼亚种植园主、殖民地总督委员会的成员。事实证明，这一业务关系非常划算，让他有机会结识殖民地的其他头面人物。韦尔斯做了其他人不爱做的工作，由此走向独立。他受过法律方面的教育，代表英国贸易公司向美国债务人追债。此外，他还作为经纪人买卖奴隶。他斗志旺盛，不择手段地谋取地位。有这么一位父亲，玛莎不太可能去质疑那个为自己父亲的成功以及自身的舒适生活铺路的制度。

所以，当玛莎听说将举行乌苏拉·格兰杰也在拍卖名单内的那场庄园甩卖时，她想得到一个能干的奴隶，帮她把新家管理得井然有序。为了得到乌苏拉，买下她的两个儿子也是值得的。[29]1773 年春，尽管乌苏拉哺育新生儿小玛莎解决了她的一桩心事，但她却新添了烦恼。此时托马斯被选为代表阿尔伯马尔县的议员，要东去威廉斯堡，玛莎也带上女儿与他同行。就在距离威廉斯堡几英里远的地方，她不得不转道驰向父亲韦尔斯在森林庄园（The Forest）的家，此时韦尔斯身患重病，卧床不起。尽管她精心护理，她的父亲还是于 5 月 28 日去世了。[30]

韦尔斯的去世暴露出他在财务上捉襟见肘的状况。他逝世前不久在奴隶贸易上的一项大规模投资出了问题：从非洲运往弗吉尼亚的满船奴隶非死即病，人数从 400 人锐减为 280 人。做成这笔交易本是靠贷款展期，韦尔斯原本指望繁荣的烟草市场能使他获利来偿还贷款，但烟草市场崩盘了。到他去世时，这船奴隶的费用还分毫未付。[31]收拾整个烂摊子的责任被留给了他的遗嘱执行人：托马斯·杰斐逊和他的两位妻弟。韦尔斯曾用心地公平分配了他的财产。他给玛莎留下 11000 英亩的土地以及大约 130 个奴隶，土地是他在上层人脉的庇护下利用止赎权获取的。玛莎也继承了他的部分债务。[32]或者，更确切地说，因为婚姻法中的夫妻一体原则（coverture）不承认已婚妇女的独立法律身份，就由她的丈夫继承了她父亲的土地、奴隶和债务。

托马斯迅速卖掉遗产中的 6000 英亩土地以偿还债务，然后第一次好好地坐下来在《农庄簿记》上记录下自己的所有财产。这本小册子如今保存在马萨诸塞历史学会，有影印本出版，供那些想了解杰斐逊种植园管理笔记的人阅读。在这本簿记中，奴隶被按类划分，并记录下其出生和死亡，另外还登记有衣服毛毯的配置分发、农作物的收成以及未来的风险投资计划。其中，他工整地写下“托马斯·杰斐逊实有奴隶清单，1774年1月14日”，接着是“我母亲留下的奴隶”，最后是最长的一卷名单，“约翰·韦尔斯因托马斯·杰斐逊之妻的权利而分给他的奴隶名册”。然后，他将这三个名册合在一起，形成第四份清单，标题是“奴隶分配”，他不论来源地把他们分配到不同的种植园中，行使自己对这187名奴隶的所有权。[33]当时他还不知道，清理韦尔斯的债务并没有那么容易。在一月中旬记下自己所得遗产时，他肯定觉得自己是个富人。

确定具体的奴隶分配方案还需要一些时间。一月那天在纸上做的决定将酌情修改。像对待乌苏拉一样，玛莎告诉丈夫自己的好恶。伊丽莎白·海明斯（Elisabeth Hemings）及其家人都是她的首选。

玛莎·杰斐逊自出生之日起便认识伊丽莎白·海明斯。玛莎的母亲玛莎·埃普斯在1746年嫁给约翰·韦尔斯后，带着11岁左右的奴隶伊丽莎白·海明斯一起来到新婚丈夫的森林庄园。婚礼前，玛莎·埃普斯签订了一份婚前协议来保护自己的财产。法律允许单身女性无需男性签字即可自己订立合同，并且为唯一拥有此项权利的女性。玛莎·埃普斯的婚前协议特别规定，她的财产一直属于她本人：如果居孀，她的财产不会为偿还其丈夫的债务而遭到变卖；如果她先于丈夫离世，她的财产会留给其子女。换句话说，约翰·韦尔斯可以终生通过役使妻子的奴隶获益，但是这些奴隶他既不能拥有也不能变卖。结婚两年之后，玛莎·埃普斯刚刚生下唯一幸存的孩子玛莎便去世了。在接下来的十二年里，韦尔斯两次再婚。在安葬了第三位妻子后，他决定不再忍受这样的丧偶。于是他准备挑一个奴隶来当他的“代妻”[34]（杰斐逊的某位邻居后来用此说法来描述这一司空见惯的行为），他选择了伊丽莎白·海明斯。

伊丽莎白·海明斯的肤色浅（杰斐逊在蒙蒂塞洛的一个奴隶形容她是“浅肤色的混血女人”），后来据她的女儿和外孙女描述，她也很漂亮[35]。年仅26岁，她就已经生过四个孩子（父亲的身份不明，可能是奴隶）。约翰·韦尔斯在余生中一直与她保持这种关系，并跟她生了六个孩子，最后一个孩子萨莉生于1773年，也就是他去世那年。[36]因此，在玛莎·杰斐逊最早的记忆中，伊丽莎白·海明斯就是她的世界的一部分。海明斯很可能是玛莎幼年丧母时的保姆，是她日渐长大过程中的佣人。当海明斯生下她与约翰·韦尔斯的孩子时，少女玛莎肯定意识到了他们之间的关系。弗吉尼亚的白人女性学会了接受生活中这种公开的秘密。[37]约翰·韦尔斯在遗嘱中回报了长女对自己的忠诚：他尊重第一任妻子的遗愿，细心地将海明斯一家留给了玛莎。[38]

玛莎·杰斐逊有很多理由让海明斯一家来蒙蒂塞洛，并且都不是过分感情用事。她可能依恋那位在她成长过程中照顾过她的女仆；她可能庆幸父亲没有娶第四位妻子，因为她显然不看好她的两位继母[39]；她也许沿袭了父亲的做法，额外优待伊丽莎白·海明斯和她的孩子们；她也许把他们当作父亲的遗产。不管原因如何，玛莎得偿所愿，海明斯一家在1775年来到了蒙蒂塞洛。

玛莎需要他们帮忙。她的生活几乎变成了毫无喘息之机的无限循环：怀孕、分娩、康复。生下头胎不到一年，玛莎又怀上了第二个孩子简·伦道夫·杰斐逊（Jane Randolph Jefferson），[40]这个孩子在1774年4月3日降临人世。但是次年，这位年轻妈妈的生活中满是悲伤：18个月大的简在九月夭亡，玛莎在这一年还经历了一次流产。那年秋天，她的丈夫在费城工作，弗吉尼亚音信全无让他忧心日甚。杰斐逊在1775年11月对妹夫弗朗西斯·埃普斯（Francis Eppes）抱怨道，“自从我离开弗吉尼亚后，没从任何人那里收到过一个字的消息”，“如果发生了什么事，看在上帝的份上，请告诉我”。[41]

1776年夏，玛莎身体状况欠佳的消息传来，杰斐逊心急如焚地推掉了出任第二届大陆会议代表的任务，从费城赶回弗吉尼亚。几乎可以肯定，此时玛莎流产了。玛莎当时已经搬去威廉斯堡附近的森林庄园，跟妹妹伊丽莎白·韦尔斯·埃普斯（Elisabeth Wayles Eppes）和妹夫弗朗西斯·埃普斯住在一起。到七月时，她在心爱的驯鹿山庄休养，弗朗西斯向忧心忡忡的杰斐逊保证，玛莎“已经完全从她最近的不适中恢复过来，除了还稍微有些乏力以外，身体几乎和以前一样好”[42]。杰斐逊最终在九月回到家中，不久后，玛莎又怀孕了。1777年5月28日，她生了个儿子。这对绝望的父母甚至没给新生儿起名字，他们很怀疑他能否活下来，而他只活了17天。[43]不到六个月，玛莎怀上了玛丽（Mary），这是除了大女儿玛莎之外唯一一个平安度过童年的孩子。玛丽生于1778年8月1日，儿时她小名叫波莉（Polly），后来改称玛丽亚（Maria）。两年后的1780年11月3日，露西·伊丽莎白（Lucy Elisabeth）出生，次年四月夭折。四个月之后，不到33岁的玛莎最后一次怀孕。1782年5月，露西·伊丽莎白降生，他们给她取了与那位夭亡的小姐姐一样的名字。那个时代的婴儿平均死亡率是10%—30%，[44]玛莎经历的情况要糟糕得多。

可想而知，这一串生死经历让玛莎的健康付出了代价。尽管她没有留下描述这段苦难历程的只言片语，但她的一个账本是重要线索，在她对一年四季周而复始的杀猪、制作蜡烛和肥皂等家务的记录中，透露出她的精力和体力渐衰。新婚的玛莎生气勃勃，在账本里记录下冬天杀猪宰羊，腌肉熏肉以保存过夏。她还酿啤酒、做肥皂。她清清楚楚地记下了什么时候“打开了一桶面粉”或是“敲碎了一块糖”，哪些火腿是给自家人吃的、哪些是给建筑队的人吃的。但是，最后一次怀孕耗损太大，从此玛莎再没记录过花销、屠宰或者出产的情况了。[45]

当然，玛莎并未亲自操刀动手，也不曾搅拌染缸或是打发黄油，有家奴为她代劳。杰斐逊的账本记录了他交给妻子的钱，她用这些钱给奴隶们发零花钱、从他们那里买鸡和蔬菜以及支付其他杂项家用开支。[46]1779年里有九个月之久杰斐逊的账面中没给过妻子一分钱家用。这期间谁付了家庭开支，无从得知。[47]1781年9月有一条记录，玛莎把丈夫给她的165英镑归还了120英镑，在他的备忘录中，这是最后一条钱财过手的记录。紧接着是一段空白，表明玛莎在去世前一整年里已经不管家务了。[48]

玛莎的账本时见断档，疾病是一个原因，战争则是另外一个原因。杰斐逊不在家时，她经常躲到妹妹伊丽莎白的森林庄园，或者到她的驯鹿山庄。每当杰斐逊离开蒙蒂塞洛，在这个他为他们兴建的豪华家园里，她无从缓解自己的焦虑和病痛。1776年6月，她从阿尔伯马尔前往森林庄园和伊丽莎白同住，尽管她当时有孕在身，带着一个三岁的孩子，也知道她们正离行将爆发的战争越来越近，但还是忍不住要尽量靠近威廉斯堡。1779年，杰斐逊当选为弗吉尼亚州州长，她和两个女儿随他一起来到威廉斯堡。1780年4月，州首府搬迁后，她们又随他搬到里士满。向内地搬迁并未如杰斐逊的初衷所愿保护议会免遭英国攻击，身为州长对保卫家园准备不足，让他的政治声誉受到了严重打击。

玛莎和女儿有两次都是仅以一步先机逃脱了英军魔爪。1781年1月，杰斐逊把家人送上西行的马车，自己则留在里士满，试图建立防线来抵抗本尼迪克特·阿诺德（Benedict Arnold）的进攻，但为时已晚。玛莎和女儿西行时没带那些跟来首府服侍的家奴：乔治和乌苏拉一家，还有海明斯家的几口人，包括伊丽莎白·海明斯和她的女儿玛丽和萨莉。爱国者们逃得非常仓皇，乌苏拉的儿子艾萨克·格兰杰·杰斐逊（Isaac Granger Jefferson）后来回忆道："十分钟后，里士满就看不见一个白人了。"[49]杰斐逊也加入了出逃的人流。入侵的英军摧毁了被放弃的弹药库，俘获了奴隶，随即离开里士满，加入康沃利斯将军（General Cornwallis）的部队，将军正沿着半岛一路向东，掠过威廉斯堡，进军约克顿。康沃利斯让部队在约克河岸边的小镇休整，徒劳地寻找增援——他原本指望增援部队会从纽约驶入切萨皮克湾。杰斐逊与家人团聚后回到父亲的老种植园，在里士满西去不远的静河山庄（Fine Creek）过了一段平安的日子，而后全家人一起回到州府。[50]然而州长接到报告说，英国陆军集结在约克顿，海军正在试图封锁切萨皮克湾的入口来保护陆军。战况愈发严峻了。

在这些黑暗时日，杰斐逊所在州的革命似乎已告失败，而他还承受着另外的打击。1781年4月15日，婴儿露西夭亡，这对夫妇哀恸不已。一个星期后，英军又开始推进。玛莎还没来得及从露西夭亡的伤痛中缓过来，就不得不带着八岁和两岁的两个女儿逃到驯鹿山庄。但是，她们在宁静的家中也只能享受到片刻的休憩。六月，她们回到蒙蒂塞洛，当时杰斐逊要把州政府从岌岌可危的里士满西迁到安全的夏洛茨维尔。在康沃利斯将军看来，杰斐逊参与起草的《独立宣言》吹响了叛乱的号角，于是他决心抓住杰斐逊，并派出最凶猛的手下悍将伯纳斯特·塔尔顿上校（Colonel Banastre Tarleton）扑向蒙蒂塞洛，自己则怒袭驯鹿山庄。在不到六个月的时间里，玛莎被逼得第三次携女逃亡，留下丈夫殿后，命运未卜。这一次她们逃向弗吉尼亚的西南腹地，最终落脚在林奇堡附近的白杨林庄（Poplar Forest），这份产业有一部分是从约翰·韦尔斯那里继承来的。杰斐逊在半路上与家人汇合，仅以几小时之差侥幸摆脱了追兵。

不可思议的是，蒙蒂塞洛未遭劫掠。他们后来得知，驯鹿山庄却没能幸免。杰斐逊愁苦地抱怨康沃利斯的军队毁掉了驯鹿山庄的庄稼和烟草，以及“我全部的粮仓”。[51]有些动物太过幼小，不能干活，也不足以充当士兵的补给，就被杀掉了。杰斐逊数了数，他们偷走了大约30个奴隶。当时杰斐逊的州长任期已满，就和家人在白杨林庄住到了七月底。他们于八月初回到蒙蒂塞洛。当月，玛莎又怀孕了。

然而多年以后，当杰斐逊的女儿小玛莎长大成人，回望童年这些可怕的日子时，她记住的不是创伤、流离失所和战争的恐怖。她一点也没提起过突如其来的警报和逃跑的恐慌、悲伤而筋疲力尽的母亲或心力交瘁的父亲。这也许表明，她的父母成功地保护了她免遭战争最坏的影响。[52]这当然意味着她有一位非常坚强的母亲，在战争期间，尽管健康状况每况愈下，还承受着多个孩子夭亡的痛苦，玛莎还是自信有能力保护全家平安——每次逃亡时，至少在一开始，杰斐逊都不在她们身边。1782年春，法国人沙斯泰吕侯爵（Marquis de Chastellux）来到蒙蒂塞洛，他称玛莎·杰斐逊为一位"温和而和蔼可亲的妻子"[53]，那时她正怀着最后一个孩子，行将分娩。如果说她举止安静、不太露面，考虑到她那每况愈下的健康状况，这是可以理解的。但这位法国人的措辞是18世纪对一位好主妇的常用恭维，绝不足以说明玛莎婚后的生活经历、她忍受过怎样的痛苦，以及她如何保护女儿免于恐惧。

小女孩们穿越弗吉尼亚的旅程，不管是英国军队追击所迫，还是父亲的政治责任所致，在她们自己看来可能都并无创痛可言。实际上，亲友互访在18世纪的上层社会非常普遍。[54]就杰斐逊家的情况而言，尽管这些"走亲访友"是迫不得已的，却让小玛莎和小玛丽亚觉得安全可靠，与她们的大家庭靠得更近，在她们眼中，弗吉尼亚的风景中到处点缀着亲友们好客的家园。每当玛莎·杰斐逊怀孕或是身体欠佳时，她经常求助于同父异母的妹妹伊丽莎白。正如我们看到的，驯鹿山庄是她喜爱的避风港，白杨林庄也是，这是韦尔斯留给杰斐逊的一个种植园。杰斐逊离家在外时，玛莎经常带着女儿去驯鹿山庄，奴隶艾萨克·杰斐逊（Isaac Jefferson）回忆道："小玛莎也像她妈妈一样喜欢上那里了。"

或许这里也藏着小玛莎关于母亲在世时最快乐的童年记忆。当然，这里不像蒙蒂塞洛那样萦绕着死亡和悲伤的气氛——妹妹简、没取名字的弟弟以及祖母简·杰斐逊都是在蒙蒂塞洛去世的。[55]而驯鹿山庄是避难所，能避开蒙蒂塞洛大兴土木的尘土和纷扰。玛莎和女儿可以在这里一起安宁度日。但学者们都无视了这一点，他们的典型看法是，母女间感情淡漠，并与玛莎一生中和父亲关系亲密进行对比。[56]但是他们忘记了，母女俩曾在一起生活过很长时间，小玛莎也在母亲膝前学到了很多东西。

按照那个时代的惯例，玛莎·杰斐逊是孩子最初的老师。在玛莎小时候，游客来到夏洛茨维尔，会发现它能引以为豪的不过是一座法院、一间酒馆以及一小片房子，并没有学校。女性教育在那个时代无关紧要，[57]只有特权阶层的女孩能有幸学习读写、演奏乐器、跳舞、刺绣，也许还会讲一点儿法语。而玛莎·杰斐逊能非常熟练地演奏羽管键琴。夏洛茨维尔关押着一名被俘的德国黑森州雇佣军官，他说玛莎"从各方面看都是一位非常招人喜欢、懂事又有造诣的贵妇人"[58]。玛莎很可能教了女儿读写（女孩与男孩的教法不同）并初涉音乐课程，还教她举手投足如何符合弗吉尼亚年轻小姐的规范。[59]很可能正是在驯鹿山庄，小玛莎学会了骑马，担任教练的母亲就是骑在马背上来到蒙蒂塞洛的；或许是在母亲关切的注视中，小玛莎缝下了第一针女红，弗吉尼亚上层社会的女孩子都得学这些。

考虑到小玛莎的年龄以及童年时的颠沛流离，她可能没机会学着管理家务。玛莎回忆自己在成长过程中从没抱怨过家务琐事，后来她的女儿可有不少抱怨。但是，玛莎是女儿的完美导师，教养出来的女儿长大后人见人爱。在女儿眼里，母亲"特别擅长与人交谈"，而且拥有"上流社会人士的所有好习惯，款待丈夫好友的技能臻于化境"。[60]

关于小玛莎在弗吉尼亚的童年，现存只有两条记载：一条出自1782年夏法国人沙斯泰吕侯爵的访客记录，另一条出自成年后的小玛莎本人。两人都把对小玛莎的教育主要归功于杰斐逊，而不是他的妻子。尽管沙斯泰吕侯爵当时刚结识杰斐逊不久，但他很受欢迎，很快融入了这个家庭。两个男人聊着书籍、旅行和建筑，这些长谈让他们彼此亲近。杰斐逊发现沙斯泰吕的长处和能力让他心生好感，“考虑到以后可能不会再见，这种好感也许有点轻率”[61]。另一方面，杰斐逊家里的建筑设计、其思想的敏捷、学问的精深以及对话的质量，也深深俘获了侯爵的心。[62]因此毫不奇怪他会认为是杰斐逊承担了教育孩子的责任，不管杰斐逊是否这么告诉过他。

小玛莎记得，“母亲在世时，父亲在对我们的教育上投入了很多时间，卡尔家的表兄弟和我都很受关照”[63]。不过，这话并不完全符合杰斐逊本人的回忆。1818 年，他对一位朋友承认道，“女性教育计划从来都不是我系统考虑的主题”，女儿的教育只是“偶尔得到”他的关注。[64]杰斐逊粗略地概括了他推荐给女孩的阅读书目：精选小说（多数小说只会诱导“胡思乱想和扭曲的判断”），挑选诗歌（出于同样的理由）来提升“风格和品位”，还有学习法语、跳舞、绘画和音乐。这是一个非常传统的教程，尽管三十年来风起云涌，先是革命，然后是建立合众国，杰斐逊这方面却没有本质改变。至于掌家理财，杰斐逊知道自己“无须多言”，因为他认为，所有父母都会教自己的女儿将来不要挥霍丈夫辛苦挣到的收入。换句话说，杰斐逊准确地描述了四十年前他的妻子已经熟练掌握并用来教导女儿的女性教育计划。[65]

但是，我们也可以清楚地看到，当小玛莎在将满 12 岁入读法国的修道院学校时，她开始学习古典文学，而不是少年文学。[66]这说明她此前有所准备，尽管杰斐逊或她自己都没透露过详情。不过，玛莎提到了卡尔家的表兄弟，这也许是一个线索。玛莎·杰斐逊·卡尔是杰斐逊的妹妹，也是他儿时好友达布尼的遗孀，她可能直到多事的 1781 年春还住在蒙蒂塞洛。[67]玛莎·杰斐逊·卡尔有三个儿子、三个女儿，也许正是这些孩子促使杰斐逊严肃地全面考虑儿童教育问题，尤其是如何教育他的女儿。[68]杰斐逊成了他的六个外甥和外甥女的第二个“父亲”，特别是卡尔家的长子彼得（Peter Carr）。这个男孩 11 岁时开始受他的监护，那时杰斐逊正忙于公共事务，但是回到蒙蒂塞洛后，他可以把更多时间花在彼得身上。在他灾难性的第二届州长任期内，他一直无法击退入侵的英国军队，心意已决的杰斐逊发誓要“最终离开与政治相关的一切，回到我的农场、家庭和书籍中，我觉得再没有什么能让我离开”[69]。解脱之后，他把注意力转向了家中的八个孩子。

杰斐逊曾短暂地退出公共生活回到蒙蒂塞洛，所以成年后的小玛莎以及沙斯泰吕才会笃定，1782年春是杰斐逊在负责教育孩子。这年三月，彼得·卡尔已经在读维吉尔的书，也许读的是拉丁语版，杰斐逊计划开始教他读法语版。十岁的山姆（Sam Carr）把拉丁语入门课学到了一半，九岁的小弟弟达布尼（Dabney Carr）也差不多开始学习拉丁语了。[70]可能就在这段时间，杰斐逊开始为聪明早熟的九岁女儿制定阅读计划。

小玛莎很可能也和彼得一样，坐在蒙蒂塞洛的临时教室里。弗吉尼亚州的北颈地区有位极富裕的种植园主罗伯特·卡特（Robert Carter），他的儿女就共用同一位老师、同一间教室，尽管孩子们的年龄相差很多。[71]但坐在一起并不一定就意味着学同样的课程。在殖民地时代，男性和女性的教育目标迥然不同。例如，没有证据表明小玛莎和她的表兄们一起学过拉丁语。

然而，这段平和的居家时光还是被打破了。这一次不是因为又有英军进攻，而是因为一场重大的家庭悲剧。多年后，女儿玛莎在回忆录中提及革命带给她家的种种危难时，记下的不是攻占里士满，不是惊慌失措的逃离，也不是驯鹿山庄被毁或者英国人企图抓捕她的父亲。她详细描述的战争时期的故事，是母亲的死亡和父亲的悲痛。

1782年5月，杰斐逊的妻子生下他们最小的孩子露西·伊丽莎白。玛莎病得非常严重，日渐萎顿，显然，这次她无法康复了。杰斐逊全力照顾她。“在她卧床不起的最后四个月，他一直守在她身边，召之即来”，女儿玛莎回忆道，“作为看护人，没有哪位女性能比他更温柔或者更焦灼；他和卡尔姑妈以及她的几个妹妹轮流看护她，坐在她的身边，张罗她吃药、喝水。”当他不得不去工作时，他“在一个小房间里工作，一开门就能到她的床头”[72]。

小玛莎才九岁，细心的姑妈和姨妈们可能不让她进那个房间。在这件事发生差不多一百年以后，小玛莎的孙女讲了一个流传下来的故事。“杰斐逊夫人病重，有一段时间见不到她的孩子。终于有一天，小玛莎被叫进房间里，看到她妈妈穿戴整齐地坐在椅子上，为了让她高兴。”而她的反应却正好相反，“当她看到病人苍白脸庞上死亡的阴影时，真相第一次闪过她的脑海。她惊骇万分，几近崩溃，不得不离开房间”[73]。

因此，小玛莎记忆更深的不是母亲的死亡，而是父亲的反应，这也许是她从病房门外观察到的。杰斐逊的妻子在9月6日去世。她写道，“在落幕前的一刻，他几乎是在一种麻木的状态下被他妹妹卡尔太太带出房间”，他的反应与她自己早先的反应完全一样，“卡尔太太费尽全力把他领到图书室，他昏了过去，很长时间没有知觉，她们都害怕他再也醒不过来”。的确，妻子去世后，这位心烦意乱的丈夫失魂落魄。大约五十年后，玛莎写道：“随后的情景我没有亲眼看见，但是，当我悄悄走进他的房间，在他身上看到的那种强烈的情感和悲伤，直到今天我仍无法描述。”[74]

那一刻，玛莎成了父亲的情感守护者。在他的余生，她一直扮演着这一角色。她回忆道，“他把自己关在房间里三个星期，而我一刻也没离开过他”，他“夜以继日，几乎一刻不停地来回踱步”。母亲的妹妹们留在蒙蒂塞洛几个星期，协助善后，她们得帮忙照顾三个孩子。她们的父亲因为悲痛，什么也做不了。玛莎的记忆里是这样的：“等他最终走出房间，他骑马出去了。从那以后，他不停地骑着马在山间游荡”，“在一次次忧伤的漫游中，我总是陪着他，只有我目睹了他反复多次悲痛迸发”。[75]

玛莎·杰斐逊之死造成的巨变是当年英军来犯都没有带来的：小玛莎的童年结束了，全家离开了蒙蒂塞洛，而玛莎·韦尔斯·杰斐逊的两个家庭——杰斐逊家和海明斯家，都被拆散了。不到两个月后，杰斐逊接受国会的任命，代表合众国与大英帝国进行最终的和平谈判。当他终于要离开弗吉尼亚时，他把两个小女儿托付给伊丽莎白·埃普斯——她们生母的妹妹，与母亲最相像的那位姨妈。他决定带上 11 岁的玛莎去巴黎。他也拆散了伊丽莎白·海明斯和她的两个孩子，19 岁的詹姆斯·海明斯（James Hemings）要陪他一起去巴黎，至于 9 岁的萨莉，他认为她已经足够大了，可以陪玛丽亚和露西一起去埃普斯家的种植园，留在那里等他回来。按照蒙蒂塞洛主人的意愿所做的这些安排，将对他们每一个人的人生造成无尽的影响。一切都将不复往昔。

第 2 章

远赴巴黎

1782

国会已经不是第一次派杰斐逊代表他的国家前往法国了。1781 年 6 月，国会曾任命他为特命全权公使，领衔一个由本杰明·富兰克林、约翰·杰伊（John Jay）和亨利·劳伦斯（Henry Laurens）组成的外交委员会。早在 1777 年 10 月，美国人在萨拉托加取得大捷后，法国作为美国的盟友加入战争，美国便向法国路易十六国王的宫廷派出驻外使节以维护联盟。作为特命全权公使，杰斐逊负责商业条约的谈判，地位仅次于大使富兰克林。这一任命发布时，他正深陷政治危机之中：弗吉尼亚的众议院决定启动一项动议，调查前州长在英军入侵时的行为。杰斐逊决定留在弗吉尼亚，为名誉而战。他拒绝了外交任命，决心永远离开公共生活，享受蒙蒂塞洛的安适家庭生活。[1] 不过，大约一年后，玛莎·杰斐逊去世的消息促使詹姆斯·麦迪逊（James Madison）重新提名杰斐逊来出任这一职务。麦迪逊说："当初任命的全部理由依然存在。"作为杰斐逊的亲密朋友，他准确猜测到"J（杰斐逊）夫人的去世也许已经改变了 J（杰斐逊）先生对于公共生活的看法"。国会同意了，任命顺利通过。[2]

委任状上签署的日期是 1782 年 11 月 12 日，在两个星期后送达安普希尔庄园（Ampthill），这是杰斐逊的朋友阿奇博尔德·卡里上校（Colonel Archibald Cary）在切斯特菲尔德的种植园。杰斐逊在 26 日回信给麦迪逊："贵函送抵时，我正在此地照看接种疫苗甫毕的家人。"英军曾抓走一批杰斐逊的奴隶，他们被俘期间在约克顿感染过天花，如今被放回来，这对杰斐逊的三个女儿构成了巨大威胁。1766年，杰斐逊自己也曾在费城接种过疫苗，熟知整个流程。像照顾临终的妻子那样，如今他一丝不苟地护理玛莎和玛丽亚，做她们的“护士长”——这是玛莎对他的称呼。[3]他很可能把婴儿露西留给她的埃普斯姨妈了：她还太小，不会感染天花。此时，弗朗西斯和伊丽莎白·埃普斯夫妇已经从森林庄园向西南搬到了阿波马托克斯（Appomattox）河畔，弗朗西斯在那里建了新家，取名埃平顿（Eppington）。杰斐逊首次去那儿拜访他们，或者说可能是首次，因为他雇了向导给他带路，他带着女儿去了安普希尔庄园，在那里闭门谢客度过了11月。[4]

接种程序可能采取了英国名医罗伯特·萨顿（Robert Sutton）在18世纪中叶发明的方法。更早的接种方法是从已感染的疮口中取样，将其植入病人身上的深度切口中。当然，这种方法有相当大的风险，接种者也许会死亡，或者会像乔治·华盛顿那样留下永久的疤痕。而萨顿从一个先前接种过的人身上获得了疫苗，从而避免了深度切口。其结果是，他和同样行医的几个儿子在战胜这种可怕疾病的努力中取得了巨大的成功：疤痕很小，并且在接种的上千人当中只有1%的死亡率。萨顿家的医生们也坚持要求病人做户外运动。杰斐逊熟悉萨顿的方法，他带着女儿们离开了蒙蒂塞洛。[5]他的病人尚有传染性，他们这段时间要住在安普希尔庄园提供的隔离区内。

尽管杰斐逊对女儿百般关爱，同时仍为妻子的去世哀恸不已，但还是情不自禁地开始盼着动身去法国。他的两个女儿得从发烧和疼痛中恢复过来，这一过程急不得，因此那些在蒙蒂塞洛才能做的准备工作就只好推迟。但他向麦迪逊保证，一回到家里就马上着手准备。他估算道：“依据现状，我想我在12月20日之前无法到达费城，也许得等到月底。”[6]他知道，到达后他会需要数天来为自己的使命做准备，“因为我不能连一篇前情报告都没看过就半路加入谈判”。当他规划未来时，他的思绪和笔在赛跑。某位法国海军军官愿意带上他和沙斯泰吕侯爵一同去法国，他能及时赶上吗？他在同一天给沙斯泰吕发了一封信。也许他运气好，船的启程时间会推迟，他希望如此，这样就能在沙斯泰吕离开费城回家之前赶上他。他期待着两人同行将会带来的快乐，期待着与这位新朋友下棋，并继续那年春天在蒙蒂塞洛会面后开始的交流。他充满焦虑和急迫地写道："我唯一的目标是飞快越过这些拖延我出发的障碍，加入你们的行程。"[7]

12 月 2 日，他给那些甘冒巨大风险服侍他们的奴隶留下了小费（我们无从得知这些奴隶事先是否做过接种），离开安普希尔庄园回家。[8] 两个星期之内，玛丽亚去了埃平顿和妹妹会合，很可能有 9 岁的女仆萨莉·海明斯陪她同行。杰斐逊理清诸事，带着玛莎以及伊丽莎白·海明斯的另一个孩子，20 岁的罗伯特·海明斯（Robert Hemings），于 12 月 27 日到达费城。这不是罗伯特第一次来费城，他在 1775 年已经陪杰斐逊来过，并在这里安全地接种了天花疫苗。[9]

他们下榻在玛丽·豪泽（Mary House）和她女儿伊丽莎·豪泽·特里斯特（Elisabeth House Trist）的家里，这个住处也许是詹姆斯·麦迪逊推荐的，因为麦迪逊也曾在这里租住过。他们在这里住了一个月，推迟了行程，因为担心遭到警觉的英国人抓捕。这些英国人曾在弗吉尼亚追捕《独立宣言》的作者却扑了空，吃一堑长一智，他们不会让他平安渡海。杰斐逊和玛莎随后去了巴尔的摩，希望他们要搭的那艘法国船已经准备好出发了。[10] 因得知英国人对法国轮船的攻击使得冬季渡海危机重重，三个星期后，他们又回到了费城。[11] 最后，经历了多次延迟和取消的启航之后，到了 1783 年 4 月初，此时在巴黎举行的和平协商已经取得了充分进展，美国加码了对法国盟友的承诺。于是，国会通知他，不再需要他赴任了。[12]

杰斐逊被国会正式解职后，接上玛莎一起回家。[13] 这是一次悠闲的旅行。每当需要修理四轮马车，需要洗衣服、打马掌，或者要去拜访某人、处理事情时，他们就随时停下来。在里士满，杰斐逊见到罗伯特18岁的弟弟詹姆斯·海明斯，给他路费让他去驯鹿山庄。玛莎有没有热切地目送着他，希望自己也能再见到母亲所热爱的家？或者，她备感欣慰地盼着到达旅程的下一站——能见到伦道夫家表亲们的塔卡霍种植园（Tuckahoe）？杰斐逊和玛莎最后于5月15日回到了蒙蒂塞洛的家。[14]

到家才几个星期，他们就发现在这里住不了太久。六月，杰斐逊当选国会议员，秋天他得去任职。尽管不像赴任国外那样与家人天南海北，但是同样需要做些安排：玛莎将陪他去北方，玛丽亚和露西将回到埃平顿。另一个问题是，杰斐逊自己究竟会在哪里。国会担心宾夕法尼亚的士兵会因逼饷而哗变，已经从费城搬到普林斯顿。但等杰斐逊赶到那里时，却发现国会出于安全考虑，又转移到了安纳波利斯。1784年1月，国会在那里收到了《巴黎和约》，美国革命正式宣告终结。

然而对玛莎来说，最好的去处显然是费城。她已经11岁了，到了开始接受年轻女士规范教育的年纪。费城是美国最大的城市，也是文化中心，对于她那个阶层的年轻女士来说，这里是最理想的进修之地。她父亲也说："她在费城的时间主要用于提升品位、研习美术。在偏僻的外地，比如夏洛茨维尔这样的小村镇，她找不到同样优渥的条件。"毋庸讳言，他也想让她稍微涉猎"严肃的科学"，万一她嫁了个"傻瓜"，她得自己负责教育子女——杰斐逊认为这事的概率"大约是14∶1"。不过，当女儿跟着他的时候，他打算亲自指点女儿的科学教育。与此同时，读两本流行小说——《吉尔·布拉斯》和《堂·吉诃德》——就够了。[15]一位历史学家曾指出，杰斐逊一方面坚持主张女性拥有他所谓的"天生平等权"，同时又认为女性服务男性的义务是与生俱来的。[16]因此，玛莎在费城期间的首要目标就是提高唱歌、跳舞、绘画和交谈的水平——也就是说，取悦男人的水平。

接下来的问题便是玛莎要住在哪里，去哪儿上学。前一年冬天他们虚耗在费城期间，杰斐逊预先计划过到达法国后的诸多事情，对女儿的安排已经有所思量。约翰·杰伊（John Jay）作为美国和平谈判人之一，已经在巴黎定居，杰斐逊写信给他，请教他没有母亲的女孩适合住在哪里[17]。现在杰斐逊正准备返回费城继续国会任期，他请麦迪逊代他向豪泽夫人和她女儿伊丽莎·特里斯特致意，前一年冬天他们曾在那里住过。一开始，杰斐逊希望玛莎还能住在她家。然而，如果国会要搬去别处的话，他还是希望玛莎能留在费城。但是，住在哪里呢？他知道伊丽莎·特里斯特正打算不久后离开费城，去新奥尔良跟丈夫团聚。玛莎却需要一个更长久的住处。杰斐逊充分信任之前与这些人培养出来的温暖友谊，决定"请特里斯特太太代为操劳，给我推荐一位可以托付她的人"。"当然，寄宿学校也可以，"他接着写道，"不过我希望她至多是白天待在那种地方"。[18] 他认为，女儿再次离家在外，进入熟悉的家庭环境会比在寄宿学校置身陌生人当中感觉更好。[19]

伊丽莎·特里斯特答应了他的请求。[20]11 月 19 日，玛莎住进了玛丽·霍普金森（Mary Hopkinson）家，她是杰斐逊非常敬重的朋友弗朗西斯·霍普金森（Francis Hopkinson）的母亲[21]。遵照杰斐逊的意愿，对玛莎的教育遵循了 18 世纪培养精英女性的传统课程框架，延续了她母亲曾经的指导，在学校她整日学的是音乐、舞蹈、法语、更多的音乐、阅读和写作。[22] 她的父亲请了好几位优秀教师：一位巴黎舞蹈大师、一位瑞士艺术家、一位英国音乐家——由法国外交官弗朗索·杜·马霸（François du Marbois）推荐，还有位法国人教她学语言。[23] 他打点行装去安纳波利斯赴任时，确信自己把玛莎的教育交到了行家里手。这个想法让他颇感安慰。他对女儿坦言："目前的安排，能让你比跟着我得到更大的提升。我对此坚信不疑，这抚慰了我离开你的苦痛；因为爱你，使我很难离开你。"[24]

但是，玛莎实际将会学到的远远超出了课表上的内容。玛丽·霍普金森是一位令人敬畏的女性，她 33 岁守寡，一手教出自己的七个孩子（弗朗西斯是长子，父亲去世时他只有 14 岁）。玛丽赢得了本杰明·富兰克林的敬重，一方面因为她教育孩子的本事，另一方面也因为她让孩子们长大成人后继承到了丰厚的财产，“没怎么减少他们的份额”。她的子女爱她，也教孙辈同样爱她。她的小女儿安妮（Anne）在 1775 年结婚并迁往巴尔的摩，之后仍与母亲书信不断，往来频繁，关系一直亲密。尽管巴尔的摩发展迅速，却依然无法与费城的文化圈相媲美。不过，安妮的女儿们写的信和文学摘录清楚地表明，安妮向自己的孩子传递了母亲在读书、思考、写作等方面的激情。从巴尔的摩飞向费城“亲爱的外婆”的信件，加强了女性之间的亲密联系，让年轻一代能向眼前这位强大的榜样学习。[25] 玛丽·霍普金森也很喜欢女儿的朋友们。一位与安妮通信的朋友温馨地回忆道：“曾有如此多的快乐时光，我盘桓在你们那群怡人的伙伴当中，侧身在你亲爱的妈妈家时常相聚的宝贵的朋友圈中。”[26] 在玛丽·霍普金森家，玛莎对阅读和写作的激情当然也得到了滋养。

即便如此，玛丽·霍普金森所持的宗教观点显然与杰斐逊完全不同。玛丽·霍普金森是位虔诚的圣公会教徒（她的一个女儿嫁给了享有盛名的圣基督堂的牧师，该教堂因其尖顶而成为北美殖民地的最高建筑）。毫无疑问，她经常带玛莎去做礼拜。尽管圣公会的神学理论在强调神启的同时也重视理性，但霍普金森显然认为自然现象能够预言未来的灾难，并把这些观念传授给了玛莎。杰斐逊对此绝不认同。“别理会那些认为世界即将终结的愚蠢预言。”他直截了当地告诉女儿，“全能的神不曾让任何人知晓他何时创造了世界，即便他有意终结这个世界，也不会告诉任何人何时发生。”[27] 也许正是因为霍普金森的那些末日警告，玛莎才未能与她亲热起来，尽管父亲劝她“将霍普金森视同你的妈妈”[28]。离开费城以后，玛莎从没给玛丽·霍普金森写过信，但她与天性善良的伊丽莎·特里斯特结下了终生的友谊。

玛丽的儿子弗朗西斯和杰斐逊共同在1776年《独立宣言》上签过名，他也积极关注着玛莎的进步和快乐。他的父亲托马斯·霍普金森（Thomas Hopkinson）是美国哲学学会第一任会长，也是费城学院（后来的宾夕法尼亚大学）的校董，他本人兴趣广泛，对政治、音乐和文学艺术都有涉猎。他热爱音乐，写讽刺短文，写歌作诗，职业生涯非常成功，当过律师，又是法学家。他家至今还在云杉街（Spruce Street），那里是政治和社交欢聚的中心。年轻的玛莎活力四射，父亲这位志同道合的朋友及其子女魅力十足，远胜那个好心的老太太——她的末日警告简直吓人。那年冬天，玛莎也去参加了弗朗西斯举办的除夕晚会，弗朗西斯在给托马斯·杰斐逊的信中写道，她和“大卫·里顿豪斯（David Rittenhouse）先生的两个女儿以及我家孩子一起，在舞步中告别了旧的一年，我弹着一架古钢琴伴奏”，弗朗西斯开玩笑地加上一句，“整个晚上我都身体不适，但他们的欢笑减轻了我的病痛”。[29] 他的儿子约瑟夫（Joseph）比玛莎大三岁，很可能也是玛莎当晚的舞伴之一。

弗朗西斯·霍普金森也有一个和玛莎年龄相仿的女儿，所以他能理解杰斐逊为女儿教育感到的焦虑，但他也知道如何以特有的明智的方式去纾解其焦虑。霍普金森汇报说：“我可以高兴地告诉你，你女儿的学习表现非常好。不过绘画老师斯密特尔先生说他会在月底离开。”斯密特尔先生坚持认为自己“不是教书匠”，不无轻蔑地说，他“还犯不上去做苦力，去教那些毫无天赋的人”。[30] 霍普金森略去了艺术家的傲慢无礼，软化了他言辞中的锋芒。他安慰杰斐逊说，“你不会因此失望的，因为你知道他这个人”。玛莎很乐意去霍普金森家做客。除夕晚会四天后，她再次登门拜访。

与此同时，杰斐逊在安纳波利斯正焦头烂额。国会于1783年9月收到了英国送来的和平条约。联邦法律要求集齐9个州的签署认可才能通过这个和平条约，而杰斐逊正忙着收齐9个州的签字。但只有7个州派代表到安纳波利斯，并且其中一位代表正准备离职，弄不好签名就会减少到6个。大英帝国给定的期限是6个月，于是他的任务更加急迫。直到三月，也就是截止日期当月，杰斐逊还没凑齐法定数量的签字。立法机构一直处于瘫痪状态，国会辩论沦为无休无止的争吵，杰斐逊对此并不吃惊，因为律师“这行就是质疑一切、不屈服、讲话计时”[31]。不过，国会已经展开实质性讨论，计划如何管理在和约通过后即将归入联邦的西部土地，并定下基调让新建各州与最初的13个州获得同等地位。国会也认可了杰斐逊关于创立一个以美元为基准的十进制货币体系的务实建议。

在与父亲分开的这六个月中，玛莎大多数时候心情如何我们很难了解，这期间她的书信一封都没保留下来。当然，弗朗西斯·霍普金森的五个孩子，以及大卫·里顿豪斯（一位杰出的天文学家和发明家）的两个女儿都是活泼的好伙伴。玛莎可能很乐意接受里顿豪斯家的安排，去他们家跟可怕的斯密特尔先生上绘画课，而不在自己的住处。[32]里顿豪斯家的两个女儿出生于1767年到1772年之间，只比玛莎大一点，她们几个给弗朗西斯·霍普金森带来了许多欢乐，让他忘记了自己身体的不适。斯密特尔先生的财务境况迫使他继续教课，不管情愿与否，而在坏脾气的斯密特尔先生的绘画课上有朋友相伴，让玛莎觉得愉快多了，好心的里顿豪斯先生看得明白。

在与霍普金森家结交的这段时期，玛莎·杰斐逊受到的教育丰富多彩，远胜合众国早期大多数年轻姑娘能享受到的教育水准。弗朗西斯·霍普金森是位诗人兼歌曲作家——事实上，他是北美殖民地第一位本土的、创作世俗歌曲的美国白人，他乐于让孩子们开开心心，给玛莎帮的忙远不止鼓劲和缓解孤独。在他家里，她也能听到关于科学与政治的严肃对话，比如他与名人好友本杰明·富兰克林和大卫·里顿豪斯的交谈。杰斐逊离开费城两年后，对于不能像从前那样在周三晚上与富兰克林和里顿豪斯畅谈而扼腕叹息。他回忆道："我认为，这种晚间谈话比在巴黎待上整个星期都更值得。"[33]在他们家里，玛莎有年轻人作伴，并与费城最重要的启蒙人物交往。如果说玛丽·霍普金森没能教会玛莎如何与理性和科学并存，那她的儿子及其诸多朋友当然能够做到这一点。

玛莎在费城的旅居于1784年5月戛然终止。尽管在安纳波利斯的国会会议上很少能达成一致意见，但与会者倒是一致通过派遣杰斐逊作为特命全权公使前往法国。约翰·杰伊即将返回美国，而南方阵营希望在接下来与欧洲各国的贸易协定中也能有自身利益的代言人——他们对富兰克林和约翰·亚当斯存有戒心，两人都是北方人。[34]在拟好给弗吉尼亚议会议长的最终报告之后，杰斐逊辞去国会席位，返回了费城。

启程的准备十分匆忙。5月7日，在杰斐逊接到任命的当天，他坐下匆匆写了一堆信。他没时间跑去埃平顿向玛丽亚和露西告别，只得一封接一封地写信，这些信在他的信件记录中被标记为"辞别信件"（没有一封保存下来）。他写信给妹妹玛莎·杰斐逊·卡尔和连襟亨利·斯基普威思（Henry Skipwith），邀请他们在炎热季节去蒙蒂塞洛度假，当他不在家的时候把那里当成自己的家；他写信与伊丽莎白·埃普斯告别，并附上写给小玛丽亚的信，还跟他的另一位妻妹安妮·斯基普威思（Anne Skipwith）告别。他还言辞急切地写信给住在弗吉尼亚的朋友威廉·肖特（William Short），询问肖特能否像他以前表示过的那样放下全部事务跟他一起去巴黎，给他当秘书。他也想找到詹姆斯·海明斯，并立即带上他或者派他来费城。两天以后，杰斐逊拟好一份授权书，指定他信赖的好朋友、连襟弗朗西斯·埃普斯以及他在夏洛茨维尔的邻居朋友尼古拉斯·刘易斯（Nicholas Lewis）在他离家期间，以他的名义代理各种事务。

5月28日，詹姆斯·海明斯已到达费城（肖特会随后前往），他和杰斐逊、玛莎一同离开费城，前往波士顿。[35]路上需要三个星期，其中包括18世纪旅行常规的休整时间，也包括待在纽约的一个星期。杰斐逊用这些时间来了解北方的商业利益，作为国家的公使，他也必须代表北方的利益。出于这一目的，当他发现直到七月初才能启程去法国时，他额外腾出了一个星期去新英格兰。他把玛莎托付给约翰·洛厄尔（John Lowell），此人是名法官，同时也是一位废奴活动家，为马萨诸塞州任何谋求自由的奴隶提供服务。[36]玛莎从未讲过自己在洛厄尔家的情形，所以我们无从知晓这位年轻的弗吉尼亚姑娘是如何看待这家人的废奴活动的。当然，她已经在费城结交过弗朗西斯·霍普金森，后者后来帮助起草了新修订的宾夕法尼亚废奴协会（Pennsylvania Abolition Society）章程，并担任该协会的秘书长，所以波士顿不是她首次接触废奴理念之地。尽管如此，对这三个弗吉尼亚人——父亲、女儿和奴隶——来说，新英格兰是一个完全不同的世界。

终于，在玛莎·杰斐逊去世将近两年之后，杰斐逊和玛莎踏上了登船的步桥，这艘船将带着他们横跨大洋。"塞雷斯号"（Ceres）很漂亮，它刚竣工不久，但已经完成了一次跨洋航行，证明它足以经受风浪。这艘船实际上是由他们独享的，此外只有六位同行乘客，玛莎后来写道，"这些人爸爸全都认识"[37]。这是一次完美的旅行：只用了短短19天，而且天气晴朗、风平浪静。她后来说，"如果能确保像第一次跨洋那么令人愉快"，她会很乐意再坐一次船。

我们可以想象这三名旅客站在船舷上，注视着陆地从视线中消失的情景。这一景象不大可能引得杰斐逊难过，尽管他无疑很遗憾没能在出发之前去看望两个小女儿。但是，她们有最可靠的人照料，他根本不担心。他倒是可能站在船头，放下长年的悲伤，终于开始有所希冀。过去两年中屡被应许、令他神往的"华美的欧洲图景"[38]终于在望了。这次行程对19岁的詹姆斯·海明斯同样影响深远。和杰斐逊不同，当詹姆斯·海明斯听说杰斐逊要带他旅行两年之久的时候，他特地去蒙蒂塞洛告别过了。正消失在地平线上的这块土地宣称人人自由，却让他成为奴隶；这是他的国家，也是他主人的国家，但其从属方式却是不同的。他那时是在回望弗吉尼亚和他的亲人，还是在向前看呢？当他看到这艘船劈波斩浪时，他在沉思什么呢？是他东行目的地的奇妙景象吗？他的祖先是曾经乘船西行——从英格兰或威尔士出发去美国，或是挤在非洲驶出的贩奴船上？[39]

一年后，当玛莎写到这次旅行时，她已经是见多识广了，这位年轻姑娘克服了在陌生人中间生活的困难——先是在费城，然后在波士顿，最后在巴黎。她对这次充满诗情画意的航行的记忆是选择性的，完全忘掉旅程的最后两天她病倒了。我们不清楚她抛下两个妹妹和姨妈离开老家会有怎样的心情。不过，这是一个关键时刻，杰斐逊姐妹的人生从此走向了不同的方向。玛丽亚被留给姨妈抚养，姨妈成了她的第二个母亲，这是玛莎所没有的。玛丽亚接受的教育遵循了弗吉尼亚上流社会淑女的培养模式，和她的同龄人一样，她的人生目标是做个贤妻良母，对探索家门以外的广阔世界兴味索然。而在她姐姐玛莎的眼里，费城是连接阿尔伯马尔的乡村风情与巴黎的辉煌壮丽之间的一座桥梁。前往纽约和波士顿的旅行开阔了她的视野，也许还改变了她对蓄奴制的看法。在巴黎，她不是第一次生活在陌生人当中，但这次她需要适应从新大陆到旧大陆的转变。当她站在船舷上的时候，她一定会猜测在巴黎等待她的是什么，她又该如何去适应。

他们于 8 月 6 日到达巴黎。那天早上，他们从巴黎西北 25 英里外的特列勒（Triel）出发，途中换了四次马。半路上，他们停下来参观“马尔利”大型泵站（Machine de Marly），14 个巨大的轮子吱吱呀呀作响。一位心怀敬佩的参观者描述道，这些轮子每天辛苦工作，“大桶大桶地把水提到 600 英尺之高的渡槽里，至少 27 次之多”[40]。他们沿着渡槽走，这个工程奇迹输来的水供应着大约四英里外凡尔赛的美丽喷泉。最后，他们穿过了讷伊大桥（Neuilly），宽宽的石桥十年前刚建成，杰斐逊认为它“是全世界最漂亮的”建筑[41]。不到两英里半之外，那座伟大的城市就矗立在眼前。巴黎的八月总是晴朗的，也许那天也是一样，在夏日的阳光中，城墙闪耀着白色的光芒。

离开海边之后，他们穿越被玛莎视为“完美花园”[42]的乡间，然后到达了熙熙攘攘、人声鼎沸、臭气熏天的巴黎。对于眼前的景象，他们都毫无准备。根据估算，巴黎的人口在50万到100万间，哪怕保守估计，巴黎也至少比费城大十几倍。八百多条街道如同迷宫一般，无视了外国和外省游客想找到通往市中心道路的努力。绝大多数街道狭窄拥挤，摊位林立，巴黎人在那里兜售货物，随处劳作，展开社交，吵吵闹闹。街上危机四伏：商店招牌摇摇晃晃，过度拥挤的住房悬出加建的部分，花槽挂在头顶上方。没有人行道，人、动物、货车和马车全都争先恐后地挤在一起，你挤我撞，踩翻了临时搭建的摊位，于是路更挤，人更吵了。在1787年对一条典型的巴黎街道的描述中，这里“透不进天光日影”：一个乡下人挥着鞭子，赶着蹒跚而行的驮马走过几个女人身边，女人把后背紧贴在路边人家的墙上，这才能给马车让路；一条狗大胆地从马蹄下冲了过去；有个送货人背上背着大镜子，弓腰曲背，拄着手杖；这时，一个小男孩手拿面包从他胳膊底下钻了过去；一位衣着讲究的资本家试图给他的送货人开出一条路来，但更复杂的情况出现了，街角拐过来一辆马车，赶车人居高临下，看到街道拥挤，满脸都是不高兴。直到1783年，巴黎才硬性规定城市街道的宽度至少要达到30英尺。[43]

只看18世纪巴黎的照片，它的气味可没表现出来。[44]河流可能散发着香甜的气息，也可能是腐烂气味的源头，因为沿岸有许多鲜花市场，也有接入塞纳河的下水道。早晨新出炉的面包和咖啡的香味沁人心脾；日上三竿，如果风向正好，人们会闻到城南酿造厂散发出的啤酒花的味道，也能闻到皮革作坊发出的恶臭。即使是全市最时尚的区域也躲不开各种气味：在某些日子里，杜伊勒里宫旁可爱的花园平台处，也会笼罩着人类粪便的臭味。

玛莎最初并没看到巴黎这糟糕的一面，因为她和父亲是从西北方向来到巴黎的。自从 18 世纪 60 年代以来，这个城市大兴土木，四面扩张，尤其是向西。在那里，塞纳河左岸的圣日耳曼（Saint-Germain）之类的郊外社区吸引着贵族家庭纷纷涌入，法国人和外国人都想在此处买房安家。[45] 这幅描绘 18 世纪格勒奈尔大道（rue de Grenelle）的版画，充分展

1789 年格勒奈尔大道的街景。这张版画呈现的是理想化的画面，画中的街道宽于实景。画上街道左侧有柱廊的那座房子是四季喷泉（La Fontaine des Quatre-Saisons），在街面上有四个小喷泉（其中两个在画上几乎看不见），这里离彭特蒙修道院只隔着两条街。至今这两座建筑仍然矗立在同一条街上，自杰斐逊时代起就没有太大改变。

示了这个社区的雅致：新古典主义风格的新建筑与那些古老却品位不凡的联排宅邸交错穿插，典雅有序。如果说创作此画的不知名艺术家夸大了街道的宽度（确实如此），但他还是抓住了要点：在巴黎也能拥有美丽、宁静和清洁——只要你付得起钱。1784 年杰斐逊到巴黎时，城里半数贵族家庭都住在圣日耳曼区，那里仍是巴黎最高不可攀的一个区，矗立着使馆、外交官邸和富人豪宅。[46]

塞纳河右岸的建设也在快速发展。进入巴黎的外环时，杰斐逊的车夫赶车走了巴黎的主街——香榭丽舍大道（Champs-Élysées）。在他们左手边，整个新区都在大兴土木，不久以前，这片地方还是皇家果园。18 世纪 70 年代，果园落到路易十六的弟弟手里，被分割成一块块卖掉，由此触发了商业建设开发项目，建起了贵族的私人豪宅。[47] 在林荫大道外开辟的新街道逐一铺成，为进一步开发做好了准备。这些漂亮的房子坐落在精心维护的花园中间，让杰斐逊一见难忘。这里是城市近郊，往来方便，同时又有怡人的乡村景色。杰斐逊在巴黎就是要找这样的房子安家。[48]

杰斐逊和玛莎的马车沿着香榭丽舍大道一路驰去，到了路易十五广场。这个广场建了二十年，七年前才完工。广场中心矗立着一座巨大的路易十五雕像。1748 年，这位国王奇迹般地摆脱病魔，巴黎人兴奋地投票表决，竖起这座雕像以资纪念。尚在遥望时，杰斐逊对这座雕像赞不绝口，可是等他们走到近前，他却觉得那巨大的体量使雕像“形同妖魔”[49]。不过，这个广场优雅地连接了西侧香榭丽舍大道沿街的花园和东侧杜伊勒里宫的花园，构成了一道沿着塞纳河右岸的漂亮景观，成为进入巴黎城气势恢宏的入口。

他们的马车左转驶进圣奥诺雷街（rue Saint Honoré），奔向另一个时尚郊区圣奥诺雷区，巴黎的贵族若非住在圣日耳曼区，就是住在这里。这条街上住着阿德莲娜·德·诺瓦耶（Adrienne de Noailles）的娘家人，她嫁给了美国革命中著名的法国英雄拉法耶特侯爵。乌德托伯爵夫妇（Comte and Comtesse d’Houdetot）也住在这条街上，他们是沙龙主人，也是本杰明·富兰克林的狂热崇拜者。那时和现在一样，奢侈品店绵延临街，杰斐逊后来在他的记事簿中记下了在这里花掉的好多钱。不过，圣奥诺雷街不如香榭丽舍大道那么宽，也没有人行道，[50]杰斐逊一家可能会在这条街上遭遇巴黎恶名昭彰的交通拥堵。他们到达住地——黎塞留街上的奥尔良旅馆（Hôtel d’Orléans），几天之后发现弄错了地方，这才搬到塞纳河左岸的奥尔良旅馆，这里更宽敞，当然也更昂贵[51]。

他们用最初的三个星期来适应环境。第一次驶过圣奥诺雷街这个时装中心时，他们就已经意识到，身上土里土气的弗吉尼亚服饰让他们看上去像乡巴佬。杰斐逊立刻着手解决此事。就在到达当天，他花了167法郎给玛莎买衣服，另120法郎给自己买袖口蕾丝褶边——当时的社会标准是，如果一名女仆每月能挣到12法郎，就算过得很好了[52]。他也买了几米上等细亚麻布和不少花边，也许是拿来给玛莎的衣服加上褶边。四天后，在搬去左岸更豪华的旅馆之前，他给自己的行头里增加了一把剑和一条腰带。接下来，他给玛莎添置了更多的衣服、蕾丝褶边、衬衫、膝扣和鞋扣，也给自己添置了一根手杖。

一年后，玛莎想起这些初来乍到的日子就忍俊不禁。她写信给伊丽莎·特里斯特道：“多希望我们到达时有你在一起”，“我肯定你会发笑的，因为我们马上就得去找人做紧身衣、做裙子、做帽子，甚至做鞋子，然后才能出得了门。”尽管阿比盖尔·亚当斯（Abigail Adams）曾经说过，在巴黎“除了搬运工和洗衣妇，人人都每天请人盘发扑粉”[53]，但玛莎只见过一次理发师。不管巴黎的时髦是什么样，玛莎·杰斐逊都拒绝再次遭受法式美发的折磨。“我很快就打发掉他了”，她调皮地告诉特里斯特，“因为我觉得不值一忍”。[54]不过那次美发肯定让她学会了几招造型技巧，因为她得意地宣称：“不管别人会说什么，我都自己做头发。”

尽管还有外交事务在身，杰斐逊最迫切的私事还是为玛莎挑一所合适的学校。杰斐逊夫人去世前，沙斯泰吕侯爵曾短期造访过蒙蒂塞洛，并于同年回到巴黎，此刻这位朋友伸出了援手。他提议送玛莎去彭特蒙皇家修道院学校（Abbaye Royale de Panthemont），这是巴黎最入时也最昂贵的学校，就在一英里外。[55] 入学需要有贵族的推荐，沙斯泰吕也可以帮忙。他访问弗吉尼亚时对杰斐逊的印象非常深刻，因此他在 1786 年于巴黎出版的美国旅行录中也有对杰斐逊的记述。[56] 也许正是因为有如此有地位的举荐，彭特蒙女院长的侄女德·布莱昂女伯爵（Comtesse de Brionne）才会在刚认识玛莎不久（如果她确实曾见过玛莎的话）就同意做她入学后的指导人。[57]

抵达巴黎三个星期后的 8 月 26 日，玛莎和杰斐逊离开了位于小奥古斯丁街的奥尔良旅店，前往一英里外的修道院。他们穿过一个宽阔的花园进入修道院，在学校门口停住脚步。那是一座巨大的建筑，朝向花园的外墙长度大约相当于一个现代足球场长度的三分之二，彭特蒙皇家修道院的设计旨在让人印象深刻。它的规划、维修和重建前后花了五十年时间，甚至在玛莎就读期间，这些建筑工程仍在持续进行——她从没能逃过施工的喧闹。与圣日耳曼区其他任何一座高贵建筑比起来，优雅的彭特蒙都毫不逊色。事实上，沿着格勒奈尔大街漫步，至今仍是最能领会玛莎和父亲所熟悉的游览巴黎的方式。玛莎读书的大楼今日犹存，曾被法国国防部占用多年。后来国家财政吃紧，导致该建筑在 2014 年被卖给了私人开发商。[58]

玛莎和杰斐逊在气派的大门口下了马车。建筑外墙的一层和二层都装饰着一扇扇高大的双层玻璃门。门楣上有横梁和扇形窗，引得玛莎不停地抬眼去看校门上方精雕细刻的山墙头。楼上各层的成排窗口上顶着造型优美的拱券，三楼上盖着个雅致的小圆拱顶。玛莎在费城、纽约或波士顿见过的任何建筑，都远远不及她的新学校这般壮丽。她仰望着，突然觉得自己非常渺小。

他们走进宽敞的大厅，看见高高的天花板和雕刻精美的装饰线脚，有人引他们走上楼梯，来到女院长的办公室和接待室——她既是女修道院的院长又是学校校长。走上堂皇的楼梯时，玛莎紧张地打量着这优美的环境。每走一步，与父亲分别的时刻就更近一步，她的恐慌也更甚一分。走上二层楼梯平台，她看到一条长长的走廊通往许多房间，她的新家就在那里。充沛的阳光从朝向内庭的窗户照进来，这也许让她高兴了一点。不过，玛莎不能在此逗留，她跟着领路人走，去见女院长。女院长的办公室令她印象深刻，与她在楼下看到的一样，这里同样有高高的天花板和精雕木刻。第一次见面没有留下任何记录。也许玛莎试着用她在家里学的那点基础法语交谈，也许即将与父亲分别的悲伤让她缄口不言。接下来，他们被带进一间办公室，杰斐逊在那里把女儿的学费交给修女德·维斯（de Vis）、阿玛里顿（Amariton）或者德尔贝（d'Elbée），是这几位修女在负责管理修道院的账目。毫无疑问，玛莎也被带去见了教务长，负责监管全部学生的通本海姆（Tonbenheim）修女。[59]

杰斐逊告别女儿，并向她保证会经常来看她，然后就把她留给了修女照看。直到一年后给伊丽莎·特里斯特写信时，玛莎仍然无法描述眼巴巴地目送父亲远去时那彻骨的凄凉感。她想对朋友说的全汇成一句：“我让你来判断我的处境。”[60]她才 11 岁，被丢在这里，孤零零地探索新世界。

在一个来自弗吉尼亚的女孩眼里，这所修道院学校充满了道不尽的神奇，不管是由女性掌管和控制一个如此有名的机构，还是修女们的奇怪服装，莫不如此。玛莎进入她的新学校时，带着信奉新教的美国人当时对罗马天主教的全部敌视，他们憎恶天主教徒奴性地服从一位身在罗马的外来统治者（在他们眼中是如此），也对天主教仪式的种种玄虚深存疑虑。即便1689年英格兰通过了《宗教宽容法》，天主教徒在北美殖民地仍被边缘化，玛莎也没能完全摆脱这一文化歧视。从巴黎回国后多年，她还会说天主教的圣餐教义是“他们的信条中最可怕的一项……荒谬且恶心”[61]。尽管沙斯泰吕侯爵的推荐和她父亲让她去彭特蒙的决定令她稍感宽慰，但她肯定还是想不通，在一个天主教的修道院学校求学，如何能为她在美国的成年生活做好准备。

事实上，在启蒙时代，修道院学校甚至也是法国人批判和嘲讽的靶子。启蒙哲学家如伏尔泰和让-雅克·卢梭等相信，大自然赋予人以理性能力，通过学习，这种能力能够让他们对社会进步以及人类福祉有所贡献。他们拒绝接受人有原罪的旧式基督教理念；相反，他们认为人心向善。因此，他们认为制度化的宗教和君主制压制了人的本性自由，而后者是人们对“何为正确”进行理性判定和选择的基础。这种新社会观认为，教会对人的利己倾向强行加以制约的做法收效甚微，甚至是有害的。随着时间的推移，相信人具有自我提升的天生趋向以及由此衍生的自治能力，成了推翻美利坚君主制的一个核心论据。

启蒙思想家们依照这一新型世界观致力于儿童教育改革，因此他们极力批判法国的修女以及她们给学生提供的课程。[62] 哲学家们把这些修道院学校描绘成孤岛，认为修女们把过时的、迷信的世界观奉为圭臬。他们也质疑修女的可信程度。事实上，当启蒙哲学家们谈到“人”的理性能力时，他们指的并非普遍意义上的人类。尽管他们承认女性也有一定的学习能力，但总体上他们认为女性是低等的、情绪化的生物，女性最终无法控制自己的激情，因而她们要受男性管制。诋毁修道院学校教育的一种常见手段，就是在轻浮的小说里编造故事，把教会学校描写成女性罪孽的渊薮（狄德罗称之为“排出社会沉渣的下水道”）：淫荡而肆无忌惮的修女毁掉了那些纯洁无辜的受监护人。

启蒙哲学家在欧美文化中被当作现代性的先驱者而受到崇敬，他们发起的攻击留下了持久的影响。直到最近几十年，他们笔下法国修道院学校无知无德的形象才受到撼动。[63] 历史学家记录了法国政府和女性宗教团体之间长达两个世纪之久的紧张关系，这些资料呈现出非常不同的一面：修女们为生存抗争的力量、务实精神以及坚定决心。[64] 从 1610 年开始，政府试图将这些女性宗教社群圈在斋堂内院，实际上是为了把她们孤立起来并予以遏制。但是，修女们进行了反击，并创办教育会团，与法国家庭建立日常接触，做到自给自足。她们是如此的成功，以至于到玛莎·杰斐逊就读时，至少有 43 所修道院学校可供巴黎的家长为自己的女儿选择。

法国修女院和修道院学校也为她们的高端客户提供一项重要的服务：教导他们的女儿获得传统宗教信仰，那是贵族女性的应有之义。这里也经常是遗孀、未婚女性和王室成员的避难所。尤其是那些较为显赫的修女院，更是提供了一种维护家庭联盟、提高家庭声望的方式。修女的监管人或者修女院院长一般都来自贵族家庭，当政府法令禁止女性走出修女院的围墙寻求支持时，她们的人脉能保证宗教社群在经济上撑得下去。[65] 因此，法国修女根本不是无知的、被动的、被主流社会抛开的，她们很清楚如何利用自己的社会、政治和经济人脉来弥补政府对她们权利的剥夺。

然而，并非所有的学生都是贵族，修女们创办的不同学校之间差别巨大，正如她们所服务的经济阶层也不尽相同。玛莎·杰斐逊所在的彭特蒙位于所有这些学校的顶端。[66] 每年花 100 法郎付学费，相当于一名男仆一整年的薪水，一个年轻女孩就能进入“圣家族”教派（Sainte-Famille）的慈善学校就读；支付 1000 法郎的学费，则可以上彭特蒙。慈善学校教学生基础的阅读和写作，这是她们在家里必定会用到的。而在彭特蒙，课程五花八门，既有古典历史、音乐、舞蹈等，又有宫廷礼仪的培训，好送贵族的女儿们踏入那个熠熠生辉的宫廷世界。慈善学校的学生伙食是锡盘盛的薄汤；而在彭特蒙，寄宿生另加 200 法郎的费用，就可以跟修女院院长同桌进餐。[67] 杰斐逊付的费用包括玛莎的基本学费、寄宿的额外费用、专业教师辅导费、与院长进餐特权的费用，共计每年 3000 法郎（粗略估计，相当于今天的 23000 美元）。[68]

当然，这些差异对哲学家来说无所谓，他们嘲笑所有的修道院学校。[69] 实际上，在 18 世纪，号召女性教育改革的呼声很多都是为了攻击法国修女提供的教育。其中部分原因在于提出这些说法的哲学家具有世俗化倾向，另外就是有崇拜者给他们的话添油加醋。巴黎的女性教育不尽如人意的状况也可以如此解释：女孩子们真正用在正式学习上的时间非常少。对巴黎七所修道院学校进行的一项研究发现，60% 的学生上学时间不足两年。[70] 到 1800 年，只有 27% 的法国新娘会写字，能够在结婚登记上签自己的名字，而英国新娘的对应比例是 40% 。[71] 在 18 世纪 80 年代的巴黎，女性教育还存在一个更深刻、更基本的问题。尽管一些人已经开始主张妇女也拥有智力和理性思考能力，但是务实的父母在培养女儿时还是不得不考虑到婚姻市场，在那里“女学究”（femme savant）仍然不受欢迎。“女学究”一词带有贬义，指代那些由于骄傲地显摆学问结果出尽洋相的女性。[72]

法国的精英修道院学校小心翼翼地走在这根钢丝上。玛丽 - 凯瑟琳 · 德 · 贝特西 · 德 · 梅奇埃（Marie-Catherine de Béthisy de Mézières）在 1743 年至 1790 年间担任彭特蒙的修女院院长，她是迎接这一挑战的最佳人选。[73] 她虽不是贵族，但出身良好。她的外公是一位英国准将，国王詹姆斯二世的朝臣。詹姆斯二世是天主教徒，后遭反叛的议会废黜，被詹姆斯的妹妹玛丽和她丈夫威廉 · 奥兰治取代。玛丽 - 凯瑟琳的母亲随家人流亡法国，在这里他们继续谋求复辟詹姆斯的王朝，她嫁给法国将军德 · 贝特西 · 德 · 梅奇埃先生，由此在法国站稳脚跟。人们提起这位将军时，多半是说他容貌丑陋，而不是说他具有军事才能。更重要的是，他有着精明的商业头脑，在许多人血本无归的情况下，他在遥远的密西西比投资并挣了大钱。他的财富加上她的政治头脑，让这对不同寻常的夫妇培养出四个女儿，占据了法国社会的崇高位置：两个嫁给贵族，两个主持宗教团体。

玛丽 - 凯瑟琳拯救了彭特蒙，使这个修女院免于沦为废墟。她所在的教团属于西多会教派（Cistercian），这个教派成立于 1217 年，总部起初设在博韦（Beauvais）城外的坡地上，后来毁于一场洪水，于是她们在 1672 年迁至巴黎（“彭特蒙”一词大致的译意就是“山坡”）。[74] 她们在格勒奈尔大街上的一座建筑物里安顿下来，当时这里还是城市的西郊。再往西不到三分之一英里处，路易十四正在修建荣军院（Hôtel des Invalides），那是一座用来安置伤兵的漂亮建筑（荣军院至今仍然矗立在那里，是拿破仑 · 波拿巴的陵寝所在地）。当然，在玛莎 · 杰斐逊见到这位不屈不挠的女性时，学校周边地区已经从建筑热潮中获益，变得相当时尚。但是，当德 · 贝特西 · 德 · 梅奇埃女士于 1743 年接任院长时，她的修女院离巴黎最西边的城墙只有一步之遥，并且周围的环境正在日益迅速恶化。

梅奇埃大胆地启用了彼埃尔 · 贡斯当 · 迪夫里（Pierre Contant d’Ivry），他是皇家建筑学院的一名成员，素有“国王的建筑师”之称，职业成就包括设计了皇宫（Palais Royal）和玛德莲教堂（La Madeleine）。学校建筑工程的大量超支吓不住梅奇埃，迪夫里没能劝住她收敛那雄心勃勃的计划，她毫无愧色地去向富裕的赞助人筹集资金。吕伊纳红衣主教（Cardinal of Luynes）是赞助人之一，他显然对梅奇埃的做法感到惊讶。他强作镇定地对她说：“我必须承认，我很惊讶你竟指望着能靠捐款筹到六万法郎，而且你竟如此自信能筹得赞助，都已经开始计划跟你的债权人达成合约了。”[75] 但结果是，她成功地招募到誓愿修女加入修女教团，并招收了家境富裕的年轻学子就读她的学校，甚至吸引了寻找体面避难所的高层女性，例如罗丝·德·博阿尔内（Rose de Beauharnais）——日后她成了拿破仑·波拿巴的妻子约瑟芬。[76] 院长女士（Madame l'Abbess）——玛莎这样称呼她——展现出的女性的能量、能力和权威都堪称楷模，让玛莎觉得卓异超凡，尤其当她回想起弗吉尼亚的生活时更觉如此。在弗吉尼亚，大多数女性天天生活在男性的辖治之下，唯独寡妇算是例外。

1784 年 8 月的那一天，来自弗吉尼亚州阿尔伯马尔的玛莎·杰斐逊，还有一个月才满 12 岁，踏入了一个迥异的世界。只有女性的环境，潜心学习的日子，与同龄人和世俗寄宿生的谈话，女院长令人生畏的领导——彭特蒙与她在蒙蒂塞洛所经历的、在父亲主宰下的一切都大不相同。[77] 这是未知的水域，确实。

第 3 章

学校生活

1784

玛莎的当务之急是学法语。学校另有五六十名寄宿生，其中讲英语的只有一个——但她才两岁。院长当然会讲英语，可玛莎每天都要上课、吃饭、玩耍，这些日程跟院长和那个两岁的寄宿生都没有交集。刚入学时，她试着用自己在费城学到的法语交流，结果行不通，她只好承认——哪怕是在费城，美国革命时期那种装点门面式的女性教育也是极其有限的。她不无懊恼地回想起，在他们刚到达格雷斯港那天，她父亲找人搬行李被敲了竹杠，因为“他说不了几句法语，而我一个词都不会”。法国搬运工看出他们是傻乎乎的外国人，在要价时狠狠宰了杰斐逊一笔，“把行李从岸边搬到住地，不过隔着半个广场的距离，花的钱却差不多赶上了从费城到波士顿的运费”。在这里，同学们都听不懂她说的话，她只好从头开始。好在她学得快，而且下定了决心，“于是我尽可能跟她们多说话，很快就学会了这门语言”[1]。

刚到法国不满一年时，她说到自己的新生活时总是兴高采烈的。她郑重地告诉一位美国朋友：“我在学校很快活，而且是有理由的”，“唯一的心愿是，身边也能有我的美国朋友相伴，那样我的处境会令最幸福的人都嫉妒”。[2] 第二年，她的法语已经流利得让她开始担心，因为她写英语时会觉得“特别困难”[3]。

玛莎或许一度觉得形单影只，不过情况似乎很快就好起来了。最初的几个星期里，女院长允许她父亲每天晚上来看她，直到她适应了学校的生活。[4] 由于修道院学校每天的日程别无通融，玛莎的法语纯熟程度很快超过了父亲。她和其他所有寄宿生一样穿着深红色校服，再也看不出是名新生。校服的式样参考了一百年前法国国王路易十四规定的宫廷裙装。在玛莎寓居巴黎时写给美国朋友的唯一一封保存至今的信中，她这样形容她的校服："做得像礼服长裙，后面缝有蕾丝，像宫装裙的长摆就钩在细纹布袖的衣褶上。"法式宫装（robe de cour），也叫紧身裙，它的样式笔挺，由紧身胸衣塑形，腰部收窄，在背后用抽带束紧，一条单独的拖尾（玛莎所说的"长摆"）从肩上或腰部拖下。一般在宫廷穿的礼服长裙配有可拆卸的蕾丝衣袖，而彭特蒙学生的日常穿着追求实用，配的是可以水洗的平纹布衣袖和颈巾。

玛莎对她的住宿条件非常满意。她写到，那里有"四个特别大的房间是寄宿生的寝室，另外两个房间用于白天活动，还有一个房间用于上课"。[5] 其他法国女校都是占用了为守斋修女专门设计的现成的修道院，把学校勉强塞进去。彭特蒙却空间宽敞，使用方便，并且细致入微地考虑到学生、修女和寄宿女性的不同使用需求，这是女院长下决心翻修的结果。[6] 怪不得玛莎很快就认为她在那里的生活会招人嫉妒。如果说作为新教教徒的她曾经惧怕天主教教团的专横做法的话，照料她的那些"欢快怡人的"修女则驱散了这种惧怕。玛莎告诉约翰·亚当斯和阿比盖尔·亚当斯的女儿纳比·亚当斯（Nabby Adams），在她看来，事实上这些修女以能让学生高兴为快乐。[7]

玛莎逐渐习惯了这个新世界，甚至过得挺开心，这时又有讲英语的新生入校，这下她更满意了。她给费城的伊丽莎·特里斯特写信说，"每天都有新来的同学"。其中有几个是英国外交官的女儿，尽管美国革命刚刚结束不久，但这一政治事件并没妨碍她们和学校里唯一的美国女孩交上朋友。她们给玛莎写的很多信后来都保存下来了（而她写给她们的信我们却一封也没看到），这些信件提供了当事人的视角，让我们看到彭特蒙的学校生活和少女间的友谊，也让我们看到玛莎·杰斐逊活泼可爱的个性，正是这种个性让人一见她就喜欢。成年之后的玛莎方方面面都招人喜爱，她活泼机智，充满智慧，举止优雅，讲故事也绘声绘色。有人可能会把这归功于她受到的法式教育，但她在没离开弗吉尼亚之前似乎就已经具备了这些素质。她的表姐朱迪斯·伦道夫（Judith Randolph）求她写信细数在巴黎的冒险经历，全心期待着“你的书信带来无穷乐趣”[8]，因为她知道年仅 11 岁的玛莎肯定做得到。玛莎天性不屈不挠，断不会让自己在新的环境中陷于孤独绝望。因此，她常找其他女孩聊天，像磁铁一样吸引她们靠近她。

在玛莎保存的同学名单上，她在最亲密的朋友名字旁边仔细画了记号“X”，让人觉得特别可爱。13 岁的朱丽娅·安纳斯利（Julia Annesley）的父亲是杰斐逊的爱尔兰同行亚瑟·安纳斯利（Arthur Annesley），首位芒特诺里斯（Mountnorris）伯爵，任职于驻法国宫廷的英国使团。朱丽娅刚到彭特蒙时，对玛莎接受了她的示好感到非常高兴，尽管她们每天都见面，还是来回传着字条。[9]朱丽娅马上抓住机会，开始在字条里吐露心声：“我会首先告诉你我对班级的看法。”[10]见玛莎没有马上回话，她开始不耐烦了。等了一个星期后，朱丽娅开玩笑地写道：“我亲爱的杰菲还没回信，我很生气。如果你今天还没消息，那么接下来一百年里我将不跟你说话，以此来报复你。”她向玛莎提出一连串新朋友才会问的典型问题：“请告诉我，你的朋友在哪里？你们经常一起出去吗？”以及“你有几个兄弟？你妹妹什么时候来？我希望一有空位你就马上搬来我的寝室同住。”在学校里，两人的通信里有她们最重要的秘密，因此保密至关重要。朱丽娅私下窃喜，“我很高兴，这里别人都不懂英语。”尽管如此，她仍请求玛莎“小心别弄丢我写给你的信”，同时自己也许诺，“我也同样会保管好你的信”。终其一生，玛莎一直保存着她们的字条，还有一个藏着朱丽娅一缕卷发的项坠盒。[11]

玛莎的不少同学都愿意同她结交，朱丽娅只是其中之一。塔夫顿姐妹卡罗琳和伊丽莎白（Caroline and Elizabeth Tufton）也是玛莎朋友圈内的人。她们的舅舅是在巴黎担任英国驻法大使的多塞特公爵约翰·弗里德里克·萨克维尔（John Frederick Sackville）[12]。两姐妹和玛莎格外亲近，在商量以后横跨大西洋如何保持友谊时，玛莎提出免去正规书信交流的繁文缛节。她跟伊丽莎白说，她们可以不拘礼节地简单通信，不必像许多年轻姑娘那样，写上一段时间的纪事综述。[13] 后来，杰斐逊以“塔夫顿”来命名了一个偏远的小农场，这肯定是应玛莎的请求，以此来纪念她的两个朋友。

贝蒂·霍金斯（Bettie Hawkins）与玛莎特别亲近，她们彼此信赖，也交换了藏有头发的项坠盒。贝蒂比玛莎大三岁，1787 年离开彭特蒙回了英国，此后两人仍然保持着友谊。尽管远隔千里，两个姑娘还是会互相托对方办事：玛莎寄给贝蒂一件黑色的斗篷，贝蒂则投桃报李，寄去最新的剧本、书籍（尤其是小说）以及茶叶。贝蒂在英国准备结婚时，揪心地想念她在彭特蒙的小圈子，托玛莎通报那里的一切风吹草动。她在 1789 年写道，“我会沉迷于你们那神圣围墙之内新发生的每件事情”，[14] 她在另一封信里打听道，“给我讲讲所有新来的住宿生，这样我才跟得上所有新鲜消息”[15]。

最热烈地爱着“亲爱的杰菲”的，也许要数玛丽·德·博蒂多（Marie de Botidoux）了。在她们都离开彭特蒙之后的二十年间，玛丽给玛莎写的字条和信件有一百多页，尽管她只收到过一封回信。不管怎样，她让我们得以一窥少年玛莎最活泼的模样。她记得玛莎“总是狂野不羁，裙子一边斜拖着，另一边染着咖啡渍，下楼时每步跨四级台阶”。玛丽也一直以“无以言表的崇敬和热情”崇拜玛莎的父亲，并欣喜地记得她去拜访他位于巴黎的住处德朗雅克旅馆（Hôtel de Langeac），那天他耐心地任由她们“糟蹋他的图书室”。玛莎离开巴黎六个月后，玛丽写道：“我仍然全心全意地爱你，每天想你。”[16]

寂寞时，玛丽甚至跑到这栋房子附近的一条小巷里走来走去，试图重温她们往日在此漫步的时光。二十年后，当她终于收到老朋友的来信时，长久被忽视的痛苦溢于言表。成年的玛莎找了个苍白的借口——“二十年来由于愚蠢的‘虚荣’而羞于表达”，玛丽对此不屑一顾，质疑道：“你怎么能那样对我？我给你写信时，笔迹潦草，没有任何装腔作势！”[17]在玛丽看来，坦率、冲动且潦草的笔迹再清楚不过地证明了朋友之间的亲密关系，真正的朋友会原谅直言不讳、拼写错误和墨迹斑点。虽然如此，玛丽仍然愿意对玛莎敞开心扉。“到一定的年龄，人们会……看到，此生寥寥可数的开心事就是有亲密伙伴能倾诉自己的所思所感。你到了这个年龄啦，亲爱的杰菲。”她直截了当地说。

当年轻的弗吉尼亚女孩玛莎开始上课，探寻一个全新的世界时，玛丽可能是最早与她交朋友的。好在对玛莎来说并非每件事都是生疏的，有些课程与她在费城已经学过的相类似。“上层社会的女孩子需要接受能装点门面的教育”，这一理念跨越了语言和政治的边界，甚至跨越了大西洋的阻隔。玛莎继续学习绘画、舞蹈和音乐。杰斐逊交了3000法郎用于她的学费、房费和寄宿费（包括取暖、上课用的蜡烛和她的乐器），其中包括给不同专业指导教师的额外费用，比如著名的教堂管风琴手克劳德·巴尔巴斯特雷（Claude Balbastre），每个月单为他一个人就要多花144法郎。[18]不过，她的学习内容扩展了，增加了古典历史、法语、意大利语、地理学和算术。她还在啃一本提图斯·李维（Titus Livius）的著作《罗马史》，读的是16世纪翻译的古意大利文版；她给绘画老师交风景画作业；她的历史课“相当好”[19]；她努力练习父亲寄来的高难度钢琴乐谱，好等他提及时就能演奏。但是，杰斐逊特别看重针线活儿，认为弗吉尼亚种植园主太太的孤寂生活中少不了这个，可这家精英学校专攻王室需求，缝纫却是不教的。1787年，玛莎告诉父亲：“我在这儿能学的针线活儿只有刺绣，其实也教编网纱。不过，在美国我不大能用得上，因为找不到合适的丝绸。”[20] 但是她又略带迟疑地加了一句，“它们也不会完全没用”，这话也许是为了讨他高兴。

从玛莎的信里只能录得这些只言片语，她在巴黎期间写的信保存至今的没有几封：1787 年 3 月到 5 月间父亲去欧洲旅行时她写的六封；还有她到巴黎一年后写给费城的伊丽莎 · 特里斯特的一封（杰斐逊在 1786 年春前往英国去协助商业条约的谈判，旅程太短，他肯定来不及收到女儿的信就已经回来了，所以他让玛莎别写信[21]）。不过，如果我们拓宽信息来源，就能多拼凑出一些细节，了解她在读哪些书，从而更清楚她当时在学些什么，以及她的思想是如何被修女课程所塑造的。比如，蒙蒂塞洛如今收藏着的传家书籍，其中就有许多册是她在彭特蒙时期的书。我们知道她学习博物学：玛莎读的那本《大自然的奇迹：适用于激发好奇、塑造年轻心灵的博物精讲教程》是 1750 年在伦敦出版的，说明她可能还靠这版英语译本来完善自己的法语。[22] 她的法语语法书上写着“杰斐逊小姐 / 彭特蒙皇家修道院学校 / 巴黎”的字样，这本书对她转换到巴黎的生活模式是不可或缺的。[23] 玛莎肯定特别宝贝这本书，她一直保存着它，后来送给了女儿。

玛莎的教育使她沉浸在法国文学里：寓言、小说、浪漫传奇故事、诗歌和戏剧。像大多数法国孩子一样——至今仍是这样，玛莎 · 杰斐逊有本拉 · 封丹的著名寓言书，且烂熟于心。她读了阿兰 · 勒萨日写的流浪汉小说《吉尔 · 布拉斯》和《瘸腿魔鬼》，以及法语版的《堂 · 吉诃德》。[24] 她也爱读浪漫传奇。[25] 朋友们都知道她喜欢读小说，玛莎同班同学贝蒂 · 霍金斯在给别人推荐小说时，还从英国写信问她：“你还在读小说吗？”[26] 读到备受尊敬的德 · 让利斯夫人（Madame de Genlis）的作品，她得以接触到法国戏剧。她也学习法国诗歌和意大利诗歌，比如她读过文艺复兴时期的诗人弗朗切斯科·彼特拉克（Francesco Petrarca）的作品。[27]在美国，有些书是不许年轻女孩读的，人们认为女性读浪漫传奇故事和小说会养成不良个性，但彭特蒙的阅读课却把这类作品视若等闲。美国人通常对世俗戏剧也不以为然。尽管弗吉尼亚的戏剧表演历史较为悠久，可以追溯到 18 世纪 30 年代，波士顿却是直到 1793 年才建了第一座剧院。

玛莎从拉·封丹的寓言书中学到，工作比游戏可贵（《蚂蚱与蚂蚁》）、奉承带来危险（《狐狸与乌鸦》）、真诚的友谊很罕见（《苏格拉底的话》）。阿兰·勒萨日的小说让她了解到法国社会的不同阶层，意识到人性的弱点并不局限于底层社会。实际上，勒萨日的流行小说颠覆了古老政体的等级图景：贵族声名狼藉、淫荡且奸诈，而诚实的平民（如吉尔·布拉斯）却通过努力劳作和坚持不懈获得了成功。

为了能够行云流水地写信，玛莎被教导要模仿德·塞维尼夫人（Madame de Sévigné）广受吹捧的风格，这位夫人的信件写得生动怡人，是 18 世纪女性书写的标杆。[28]彭特蒙的学生们将塞维尼夫人学得十分到位：玛丽·德·博蒂多在玛莎离开巴黎几星期后写去的一封信就以嬉笑的句子开头："我要像塞维尼夫人那样对你说，给你一百次机会让你猜猜我要告诉你什么消息。"[29]

关于玛莎在修道院学校的生活，她本人留下的信息极少。因此，如果我们将彭特蒙的课程与巴黎其他女子学校——比如备受推崇的布瓦修道院学校（Abbaye-aux-Bois）——的情况来做一番比较，应该会有所帮助。[30]布瓦的一名学生海伦娜·马萨尔斯卡（Hélène Massalska）这样回忆自己十岁时在校的平常一天：早上 7 点半，起床；8 点，教理问答课；9 点，早餐；9 点半，弥撒；10 点，演讲；11 点，音乐；11 点半，绘画；12 点，地理和历史；下午 1 点，午饭和休息；3 点，写作和算术；4 点，舞蹈；5 点，下午茶和休息；6 点，竖琴或羽管键琴；7 点，晚餐；

9点半，就寝。[31] 马里兰的凯瑟琳·卡罗尔（Catherine Carroll）于1789年至1794年间曾在比利时列日的修道院学校就读，她父亲查尔斯·卡罗尔（Charles Carroll）是在《独立宣言》上签字的唯一一名天主教徒。比利时的这所学校的基础课程和彭蒙特大致一样，只多出一些玛莎·杰斐逊会归于高班学生的课程："阅读和写作，英语、法语和意大利语语法，宗教史和世俗历史，算术……人生各阶段写信的技艺……地理学，地球仪的使用，关于球体等方面的知识，适于年轻女士的博物学原理，刺绣及各种针线活，素描和花卉绘画。"[32] 在列日，一如在彭特蒙和大多数女子学校一样，课程中都不包括拉丁语。[33] 通过类比同样性质的精英学校，我们得以拼凑出玛莎·杰斐逊在彭特蒙所受的教育：广泛熟悉各类知识，但都不必太深入，免得累着了这些娇生惯养的学生。[34]

19世纪末到20世纪初的历史学家尊奉启蒙哲学家的立场，对这些课程嗤之以鼻，认为这样顶多能教出些许浮面上的风雅气质，从而将旧王朝的贵族阶层与下层社会人士区分开来。[35] 但是，这些批评忽略了一些修女和学生是认真对待女性教育的。玛侬·菲利蓬（Manon Phlipon）曾就读巴黎圣母院会众学校，她温情地回忆起自己的老师圣索菲（Sainte-Sophie）修女，"因为我用心学习，这个善良的女人很快就对我很上心。给全班上完课以后，她把我带到一旁，让我背诵语法，学习地理，并初涉历史。"[36] 圣索菲修女没看走眼：菲利蓬小姐就是著名的罗兰夫人，她加入了激进的吉伦特派，法国大革命时期他们对罗伯斯庇尔是一大挑战。实际上，有些人认为，她的思想左右了她的丈夫——著名的1792年内政部长让-马里·罗兰·德·拉普拉蒂埃（Jean-Marie Roland de La Platière）。[37]

在彭特蒙，玛莎·杰斐逊喜欢她的各位指导老师，说他们"都特别好"——除了她的绘画老师，不过她在费城时也一样在这门课上非常吃力。她也很费劲地读着李维著作的古意大利语译本。有一次她哀叹道：

“李维让我绞尽脑汁。”另一次她又说：“做一件几乎不可能的事情没什么意义。”[38]然而，她在写给父亲的信中报告自己的努力和进步，表明了她的课有多难，她刻苦用功的决心有多大。[39]玛莎的一位同学也提到这一点，她提醒玛莎，不必那么费力争取让指导老师刮目相看，因为这位老师是一位修士，而“修士不能结婚”[40]。当然，玛莎努力学习是为了取得好成绩，让父亲和指导老师都高兴。因此，玛莎是严肃对待她的学习的，这和她的同学有所不同，那些人把上学当成人生点缀，以此为进入婚姻市场做好准备。杰斐逊父女离开巴黎多年以后，沙龙女主人、欧洲最著名女作家的斯塔尔夫人对杰斐逊说：“在我的记忆中，她比旧大陆的所有上层女士都更有才气。”[41]

无论是严肃学者还是偶有涉猎者都会认为，修道院学校的课程对精英女性形成对自己身份的认知非常有帮助，而其中最重要的可能要数写信技艺课。[42]父母和指导教师都明白，自己的监护对象会度过闲散的一生，他们面临的挑战在于，教导女孩子们在终日悠闲中有所收获，同时继续保持阶层特权。一位历史学家解释说，其出路就是写作，它是一项“有用而无须劳作的追求”，并且“成为年轻女性教育的核心，在闲适女性的新准则中占有一席之地”[43]。年轻女士被僵硬地拘束在宫廷裙装里，她们要学会如何身姿优美且挺拔地坐在写字桌前（绝不能像男人那样向左歪斜着身子），恰到好处地拿着笔，抄录像塞维尼夫人这样的优雅作家的文字，而塞维尼夫人将最终成为她们写作的楷模。玛莎在彭特蒙学的正是这个。事实上，这类教导在法国学校里已经标准化了：玛莎手迹中独特的小写字母 d，几乎与玛丽·拉瓦锡（Marie Marguerite Émilie Lavoisier）的笔迹一模一样。玛丽·拉瓦锡是著名的法国贵族兼化学家的妹妹，三十年前，她曾在习字本里小心翼翼地描摹字母。[44]

教师上课时可能把这些课程当作等级和地位的标志，但姑娘们写信的收获远不止于此。比如，在 1767 年至 1780 年间，年轻的玛侬·菲利蓬与女友索菲·卡纳（Sophie Cannet）通信频繁，她们是1765年在巴黎的修道院学校认识的。两人结交时，菲利蓬才11岁；少年期间她们的通信让友情不断加深，直到菲利蓬26岁嫁为罗兰夫人，这段友谊才告一段落。在玛侬·菲利蓬的信里，既有最深刻的思想，又有“友谊占据极大分量的琐碎小事”，那些话她连亲爱的母亲都不肯透露。[45]如今，我们知道这是一个孩子脱离父母的自我分化的过程，21世纪的社会对此是鼓励的；但在18世纪的法国，强烈的自我意识绝非女性教育的目标。尽管如此，菲利蓬在写信给朋友的过程中显然经历了自我成长，随着时间推延，她的信里传播的新闻消息越来越少，年轻女性的自我反思越来越多，她正在变成一个独立、自信的思考者。

菲利蓬和索菲通信的初衷，是想在各自回家后跨越地理阻隔，延续少女时的友谊。话虽如此，菲利蓬的信也让我们得以体会这些通信对两个姑娘有多大意义。“从我们开始在意对方的那一刻起，就觉得必须给对方写信”，她在给索菲的一封信中回忆说，“要满足写信的需求，则要发挥想象，激发自己产生看法、表达感受”。[46]对彭特蒙的学生来说，还在学校时这种交往的需求就已经萌生了，朱丽娅·安纳斯利的纸条说明了这一点。像菲利蓬和索菲一样，贝蒂·霍金斯、玛丽·德·博蒂多以及塔夫顿姐妹在和玛莎分开后，会用信件来跨越千里阻隔。

如此说来，玛丽那封开玩笑地模仿塞维尼夫人的信只是个小小的例子，证明女孩子们对这门课有多上心。友谊是严肃的，哪怕那些最不羁的字条也是如此。在彭特蒙，学生们形成了自己的小圈子。玛莎终生保存着她的忠实笔友的来信，据此可以看出谁在她的圈子里。贝蒂·霍金斯甚至在回了英国之后还想知道她离开彭特蒙后那些圈子的分分合合。“告诉我，现在班里谁和谁是朋友？贝勒库尔、博蒂多、达尔古还有女士您都跟谁要好？谁在抢我的朋友？”[47]

老圈子引入新朋友，会让离开的人担心，也会让她们重新考虑最初随意定下的规则。1789年贝蒂·霍金斯从伦敦写信给玛莎，说起玛莎的一位新朋友，请求道："详细聊聊她，再聊聊你们的新规则。"她在海峡对岸竭力猜想，有谁被她们的小圈子接纳，自己写信又能直率到何等程度。[48]通信也可以修补裂痕，或者追忆失去的友谊。贝蒂无法隔空调停玛莎和达尔古的关系，于是她告诉玛莎，她"非常遗憾达尔古和你没能和解。你们双方应该都希望重归于好"。（事实上，不管玛莎和嘉布里埃尔·达尔古之间出了什么问题，这两个女孩最终还是和解了——至少友好到她们仍在学校里交换纸条，这可是格外亲昵的标志。达尔古在1789年写给玛莎说，"我非常感激拉·查利尔努力促成我们言归于好"，不过达尔古还是不知道怎样才能接近玛莎，"因为我看见你跟我打招呼时态度冷冰冰的"。[49]）

这些情感强烈的友情，以及记录下这些交情的信件，展现了这些受过教育的年轻女性——英国人、法国人和美国人——是如何逐渐理解自己的身份、地位和等级的。一个英国女孩会用"女士"来称呼美国人，这很能说明问题。玛莎学会了模仿那些贵族朋友的皇家派头，在写信时也严守规矩。贝蒂·霍金斯有一次调皮地指责她说："女士您特别拘泥刻板，行文很有'老处女'气质。"[50]从美国乡下来的玛莎可能更天真和克制一点，因此比见多识广的欧洲女友们更恪守规矩。不管怎么说，她完全融入了学校女生的圈子，通过明言约定和制定规则来确保她们的通信不会遭人偷看（很能说明问题的是，她们从未在信件里详细解说过这些规则）。

玛莎·杰斐逊在彭特蒙与罗马天主教的接触经历，也许最能证明信任朋友有多重要。天主教宏伟的建筑和音乐、神秘的仪礼以及提供给女性的机会，都深刻地改变了玛莎，而最先得知她这种精神转变的是朋友，却不是她父亲。从第一眼起，她就震惊于天主教教堂之美。到法国后，玛莎和父亲从海岸坐马车到巴黎，一路都在塞纳河左右。杰斐逊这位种植园主的眼睛只注意到肥沃的土地，玛莎则为美丽的教堂建筑心醉神迷，这些教堂“由底至顶的阶梯层数多过了全年的天数”[51]。在美国新教徒的眼里，那些雕像和乱花迷眼的彩色玻璃窗是如此洋气。把玛莎安置到彭特蒙，杰斐逊还得安抚焦灼忧虑的亲戚朋友，他们担心天主教会夺走这个容易受影响的年轻姑娘。杰斐逊似乎并不担心。日内瓦共和国驻法国代表让·阿曼德·特龙桑（Jean Armand Tronchin）是杰斐逊的朋友，他记得杰斐逊曾这样告诉他：“主管学校的女院长是一位了解世俗世界的女性，她明白信奉新教的年轻女孩的成长方向。学校也常有英国女孩入学。杰斐逊先生的女儿是那里的新生，据我所知，人们明白不要与她们谈及宗教，甚至连有争议的话题都不谈。当然，她们都成了很好的新教教徒，与入学时相比分毫不差。”[52]女院长在这方面声名远扬，也许正是因此，杰斐逊才会信心满满地向弗吉尼亚老家的姐姐保证：“学校里的新教徒和天主教徒一样多，涉及宗教话题一个字也不会跟她们讲。”[53]杰斐逊经常去看玛莎（只要他在巴黎，每星期至少去一次），因此可以密切关注女儿的兴趣。同时，就学的英国学生人数很多，可能也让他相信女院长的主张确实得到了落实。不过，后来的事态表明，杰斐逊打错了算盘。

事实上，杰斐逊父女抵达巴黎未满两个月时，就曾邀请阿比盖尔·亚当斯带女儿纳比来彭特蒙小教堂，参加两位年轻女性加入修道院的仪式。[54]学校建筑环境本身相当华美，是女院长在雄心勃勃的翻建过程中修缮一新的。小教堂的拱券天花有几层楼高，上盖一个精美的石头穹顶，随着太阳光线从早到晚的变化，它的颜色会逐渐从淡棕色变成玫瑰粉。在法国大革命前，小教堂可能曾有过彩绘玻璃窗，当然也会有亮闪闪的蜡烛、馥郁的圣香和基督受难的十字架。如今，空荡荡的壁龛里本应立着精美的雕像，类似于玛莎初到法国时注意到的那种，是法国大革命把它们拆得一干二净了。走进这个迷人的空间，在圣堂仪式尚未开始前就先让人经历了一场感官的盛宴。

她们目睹的发愿仪式如同一场大戏般激动人心：纳比写下了一份记录，详尽描绘了整个庄重、威严和富有感染力的过程。首先从修女们平时幽居的铁栅门后走出了一队人，向圣坛走去。女院长拉开帷幕，领出修女和学生们，每人手里都举着一支点燃的蜡烛。在玛莎的两名英国同学盛装陪伴下，两位发愿修女也手持蜡烛跟在后面，她们身着朴素的长袍，剃光头发，这是他们拒绝俗世的名利虚荣的显著标志。接下来是无尽无休的跪下起立的仪式，让新教徒纳比摸不着头脑，只好说这段“无法描述”。布道人对着在场的每一个人，尤其是两位发愿者，强调这两位年轻女性即将盟誓的庄严性。神父详细地罗列她们即将弃绝的俗世乐趣，并警告她们修道院生活的清贫。两位年轻女性的决心没有动摇，她们从每一位修女那里得到一个亲吻，然后修女们从圣坛上退下。接下来“八名寄宿学生捧进来一件饰有白色十字的黑色柩衣，罩住了她们”。长达半小时的时间里，神父在祈祷，修女在唱诗，两位发愿人始终脸朝下俯卧着，对于俗世而言，柩衣下的她们已经亡故。“这是一个感人的场面”，纳比不由自主地承认，“我不禁泪流满面”。[55]

她们重新起身，象征着重获新生。两人晋见修道院院长，院长按照修女装扮为她们着装——“精致的白色羊毛衣裙和白色的头巾”，并给她们的头上戴上花冠。神父随后劝告其他学生考虑追随她们的榜样，此刻，纳比注意到两名英国陪侍中的一位“神情严峻地看向”另外一人，而“她的同伴表明自己并无此意”。如果修女们期望通过让她们参与发愿仪式激励她们择善而从，那可大错特错了。纳比完全赞同英国陪侍的态度，坚决地断定“她非常正确”[56]。

纳比·亚当斯年仅 19 岁，观察这些过程时多少带有成见，她对天主教的态度很可能是和她母亲一样的，有一次她母亲曾不好意思地向杰斐逊坦承自己反对天主教[57]。但是，当纳比看到其中一位年轻修女接过她余生要穿的服装时露出了笑容，而另一位则表现出一种无可撼动的宁静，她也被感动了，情不自禁地潸然泪下。[58]玛莎当时只有 12 岁，更不谙世事，当她生活在这一群体当中，这一情景对她的触动又该有多大呢？

玛莎深感震撼。至少在名义上她是一名圣公会教徒，但她儿时的宗教习惯可能仅限于母亲教给她的祷告，还有在家读些《圣经》经文。夏洛茨维尔的第一座教堂直到 1825 年才建成，[59]此前不同教派轮流借用县法院的房子，这是全镇最大的集会场所。因此对玛莎来说，这场发愿盛典及其环境氛围与她在弗吉尼亚的见识有着天壤之别，这怎能不让她的想象翻江倒海呢？

玛莎被激起了好奇心，她向同学求助，先是提出问题，然后表达了她对天主教的浓厚兴趣，最终倾诉了自己退出新教的决心。离开彭特蒙之后不久，贝蒂·霍金斯给玛莎写过几封信，反复问及某一神秘事件，这显然是她们在学校里的老话题，但是在通信中需要完全保密。在信中某处，她突兀地问道："你什么时候退出？"并好奇地询问玛莎"你打算怎么告诉你父亲？"在另外一封信里，她责怪玛莎很长时间杳无音信，担心其缘由可能"多少和你的退出那个悲剧性事件有关"[60]。贝蒂感到非常可惜，自己不能在场支持她，"很遗憾在你反叛之前我已经离开了彭特蒙……本来你至少可以依赖我的忠诚和敬意。"

《晨邮报》是驻巴黎的英美外交官们都会认真阅读的一份英语报纸。1788 年 5 月，贝蒂震惊地在上面看到一篇报道，说修女们"引诱美国公使的女儿杰斐逊小姐改变她的宗教"[61]；报上还说，"瓦伦蒂亚勋爵的女儿"朱丽娅·安纳斯利也受到了同样的"感染"，而且已经从学校退学。第二天一大早贝蒂就冲向写字桌，转告玛莎关于这件事的最早情报，"你也许得准备好回答你父亲（他当然会读报纸的）可能就此事提出的问题"。[62]贝蒂想到父女俩会收到同一邮班投递的报纸，她紧张地提醒玛莎："我能想见，你从来没跟他谈过这个话题，正如你从来也没在任何一封信中对我提到过一样。”玛莎灵魂的骚动对她来说太珍贵了，但就算她们小心谨慎、百般防范，她还是不敢诉诸笔端，更不用说这会让她的父亲、美国驻法公使陷入政治窘境，所以更是不敢泄露。

反叛可能从未真正发生，但报纸上的报道确实存在过，这也许能很好地解释杰斐逊家从19世纪流传至今的一种说法：玛莎给父亲写过一封信，说自己渴望进修道院。杰斐逊不顾礼节地跑到女院长门口，礼貌但坚决地从学校接走了玛莎。[63]（事实上，直到1789年4月，杰斐逊才把玛莎从学校接出来，那是在报纸上刊出该文整整一年以后，所以我们不清楚玛莎是否写过这封信，或者是在什么时候写的。）这则家族传说的要点或许只是说，玛莎对天主教的热衷仅仅是一阵风就能吹散的浪漫少女的迷恋，但此事的严重性却足以引起教廷驻巴黎大使安东尼奥·迪乃尼（Antonio Dugnani）的注意，因为玛莎快满15岁了。迪乃尼告诉巴尔的摩的主教，根据他掌握的信息——也许就来自杰斐逊本人——玛莎“似乎很有改宗天主教的倾向”[64]。她对天主教的兴趣太深，以至于她父亲不得不分散她的注意力，希望她在年满18岁以前不要做出任何决定。他的忧虑理由充分，正如她最好的朋友所知道的那样，她们甚至比他更清楚。玛丽·德·博蒂多也是玛莎信得过的人，她敏锐地评说道，为保护她的新信仰，玛莎宁愿去当修女，留在法国度过余生。[65]

她的朋友们都明白，甚至她的父亲也最终意识到，玛莎·杰斐逊在彭特蒙所见所学的全部内容，似乎不仅仅激发了偶尔头脑发热的年轻人对仪典的迷恋。贝蒂·霍金斯没有在信里具体提及罗马天主教会接纳玛莎的事情，但是结合迪乃尼的信件（而且他对玛莎的关注一直持续到18世纪90年代）、杰斐逊的忧虑和报纸的报道，就很有可能解释了玛莎正在计划的叛逆。这是因为她研习了天主教神学，并不仅是年轻人的一时兴起。近四十年后，玛莎仍能生动地回忆起自己赤忱的天主教信仰，每天按时去小教堂，饭前祈祷，上教理课，拜师神职人员，结交法国和英国的天主教朋友，以修女们为榜样，天主教信仰就这样在她身上打上了一层层烙印，修女们曾向杰斐逊做过的保证都不作数了。当玛莎的女儿在 18 岁时想要改宗信仰天主教，她写信对女儿说："我像你这么大时，曾虔诚地相信那是通往天堂的唯一道路，充满畏惧和恐怖地瞻望着，有可能我再也无权（在美国）宣称自己是该教派的一名成员，但我深信它是真正的、原初的教派。"[66]她的新信仰与父亲的信仰有许多冲突之处。杰斐逊把他那本《圣经》中的所有奇迹故事都弃之脑后，玛莎却全盘相信。接触天主教之后，玛莎遭遇到了她无法避而不答的严肃哲学问题。这风险太高。一个年轻女孩如何判断？万一她错了怎么办？*

一位年轻女性考虑加入天主教也有非常真切而务实的理由：宗教改革之后，信奉新教的女性再也不能以进修道院来代替嫁人。然而，玛莎在巴黎看见，天主教会让女性有机会以教书为业，无需结婚就能养活自己，[67]彭特蒙有许多修女就是这里的老校友。对于贵族女性，比如学校的校长玛丽 - 凯瑟琳 · 德 · 贝特西 · 德 · 梅奇埃，教会也提供了管理职位，与经营企业并无大异，甚至在修道院围墙之外的世界里，她们也可以展示些许自己的力量。校长曾说动法国皇太子为她的新教堂奠基，事实上她极受敬重，就连推翻旧秩序的革命者也不愿冒犯她，尽管 1790 年夏革命者取缔了她的学校，却仍允许她在彭特蒙的住处度过余生。[68]与她们的精神前辈在一个世纪前所做的一样，法国修女们曾在大革命时期坚定地对抗政府企图限制她们的举措。尽管修道院学校在 1792 年 8 月被取缔，

---

* 1772 年由牧师亨利·贝特（Henry Bate）创办的《晨邮报》（*The Morning Post*）对此有过相关报道，曝光了玛莎·杰斐逊对天主教"丢脸"（scandalous）的兴趣。但这则报道不足以作为确证。《晨邮报》常常刊登各种耸人听闻的花边新闻，和当今小报的做法一样，所谓的"短评人"从咖啡馆的飞短流长中寻找消息，编成新闻段子交给报纸，他们不太在意消息是否属实。——编者注

大多数修女还是继续跟着旧教会。[69] 这并不是说，女校长代表了玛莎·杰斐逊备受感召的原初女性主义榜样。旧王朝错综复杂的等级体系在玛莎眼里很好理解，因为她来自弗吉尼亚的蓄奴社会，可以说在这个体系里，信奉天主教的女性可以在宗教社团中摆脱性别劣势：所有等级的女性都可以摆脱丈夫的管制；贵族女性可以主持学校、医院、孤儿院、收容所等机构，支配政府补贴的巨额财务预算；即便是地位较低的女性也能找到自我实现的工作和令人满意的友谊。[70] 在此背景下，玛莎·杰斐逊看到了恰当的教育能怎样牢固地保持、甚至提升一个人的地位。

但是，一名女性要在法国社会产生影响，并不见得必须要成为宗教界人士。除了彭特蒙的修女，还有其他女性也教玛莎了解到地位和学问带来的欢悦。这位美国公使的女儿有机会接触到法国上流社会及其沙龙文化中的许多睿智人士。杰斐逊一到巴黎很快就与沙斯泰吕侯爵重叙友谊，此人曾在 1782 年去蒙蒂塞洛拜访杰斐逊一家，如今他和 1787 年新娶的妻子也常去拜访杰斐逊在巴黎的家。我们知道侯爵在杰斐逊给玛莎找学校时曾助了一臂之力。[71] 德·拉法耶特侯爵也是同样热心，他家从彭特蒙走路过去用不到十分钟，他乐呵呵地提出把这个家“完全交给你支配”。他还主动提议让自己的妻子阿德莲娜（Adrienne）帮忙，因为“她对这个国家的认知对杰斐逊小姐会有点用处”。玛莎喜欢跟她一起郊游，去过一次凡尔赛，她也喜欢去他们家吃饭。[72] 仅隔几个街口，阿德莲娜·德·拉法耶特的姨妈德·泰塞夫人（Madame de Tessé）主持着一个沙龙，按照纽约州州长莫里斯（Morris）的说法，她有点过于热情地要求为法国制定一部新宪法。[73] 实际上，她对于身为制宪会议成员的莫里斯日渐不耐烦，觉得他的观点过于谨小慎微。她和杰斐逊都热衷园艺，且政治意见相投，两人成了好朋友，一直保持通信，直到她于 1814 年去世。

要说巴黎最精彩的沙龙，也许要数乌德托（Houdetot）、爱尔维休（Helvétius）和苏珊娜·内克尔（Suzanne Necker）等几位夫人主持的那几家，众人聊的主要是文学、政治、哲学和科学话题。[74] 乌德托夫人年轻时曾是让-雅克·卢梭的情人，在他的《忏悔录》中以“朱莉”之名留传千载。结识杰斐逊时她五十多岁，与德·圣·朗贝尔侯爵（Marquis de Saint-Lambert）生活在一起，这位诗人身兼哲学家，后来翻译过杰斐逊著名的《宗教自由法案》法语版，该法案于1786年成为弗吉尼亚州的法律[75]。好像杰斐逊跟爱尔维休和内克尔更熟。爱尔维休夫人是一位著名哲学家的遗孀，也是本杰明·富兰克林喜欢的人，富兰克林在回美国之前引荐杰斐逊进了她那个迷人的社交圈。内克尔夫人的丈夫是银行家，担任路易十六的财政总监。博物学家蒲丰（Buffon）是她沙龙里的常客，杰斐逊在《弗吉尼亚州笔记》中曾批驳过他关于美国的论点。这个圈子里还有著名哲学家狄德罗（Denis Diderot）。热曼妮·德·斯塔尔（Germaine de Staël）是内克尔夫人的女儿，也是她的学生，但她比母亲更有名，在1786年就已经出版过作品，主持的沙龙被莫里斯誉为“巴黎沙龙之首”[76]。杰斐逊对她们全家都钦佩有加。

从玛莎自己留下的文字里，找不到任何迹象表明她认识这些女性。不过，她极有可能曾在各类场合遇见过她们：在她回父亲住处时（1789年4月以后她就住回了那里）；在巴黎的经典娱乐活动——舞会中（她父亲规定，每星期不得超过三次）；在歌剧院、皇宫和凡尔赛。莫里斯州长记录了杰斐逊家举办的许多次“家庭”晚宴，出席者五花八门，纳比·亚当斯也去过。[77] 纳比岁数不大，仍会陪父母与爱尔维休夫人聚餐，杰斐逊与她往来密切，说明玛莎很可能和她也很熟。[78]玛莎动身回国之前，乌德托夫人帮她采购过带回弗吉尼亚的礼物。[79] 鉴于杰斐逊与拉法耶特一家情深谊厚，玛莎和泰塞夫人有机会相处并找到共鸣点[80]。

关于玛莎在巴黎的社交生活，有一则流传下来的家族故事讲到她与德文郡公爵夫人乔治娅娜（Georgiana）的交谈。这位公爵夫人以其引领服装时尚和积极参与大不列颠的政治活动而闻名（英吉利）海峡两岸。玛莎去参加过公爵夫人的一次晚宴，她的身高引起了这位名人的注意。乔治娅娜微笑着说："杰斐逊小姐，很高兴能看见有人和我一样高。"玛莎与公爵夫人在较私密的非正式场合也有来往。有一次，她的朋友塔夫顿姐妹——卡罗琳和伊丽莎白——邀请玛莎来家里，和公爵夫人一起听音乐。卡罗琳向玛莎保证，"你用不着盛装，这里不会有其他人"。[81] 在另一封信中，卡罗琳写道："德文郡公爵夫人会在八点钟到，因此请你尽快过来，我们都乐意尽早见到你，跟你见面永远不嫌多。"[82]

家族故事也记下了玛莎对跳舞和舞会的热爱。在某场舞会上，玛莎和一个贵族波利内家的成员（其母是王后玛丽·安托瓦内特的闺蜜）跳了八支舞曲。因为礼仪禁止与同一个人连续跳两支曲子，所以那天晚上她至少跳了 16 次。在另一场舞会上，弗龙萨公爵（Duc de Fronsac）观察到，她那晚跳舞跳得很好。她兴奋又调皮地答道："而且跳了好多次。"公爵于是又说了一遍："很好。"[83] 在这些舞会上，玛莎经常见到大名鼎鼎的沙龙女主人斯塔尔夫人，她身边总围着"一群拜倒在她的谈吐魅力之下的绅士"。这些故事都是她的一位曾孙女传下来的，可能在岁月流转中有所美化。尽管如此，仍可从中看出，玛莎兴致勃勃地参与了活跃的社交生活，见识了众多榜样女性，她们沉醉于精神生活，并因此美名远扬。

玛莎·杰斐逊也结交了地位没那么高贵的女性。德·柯尔尼夫人（Madame de Corny）既不是贵族，也不是沙龙女主人，但杰斐逊一家特别喜欢她。她的丈夫曾在驻美法军中做代表，如今在巴黎做了个政坛小官。德·柯尔尼夫人总是带玛莎去好玩的场合，比如陪她去看歌剧，接她从修道院学校里出来看"珑骧"（Longchamp）街游，这是每年一度的富人街游表演，人和马的装饰都极尽精致之能事[84]。杰斐逊的住处德朗雅克旅馆是完美的观礼处，可以尽情饱览这一年一度的盛大活动。[85] 亚历山大·汉密尔顿（Alexander Hamilton）的妻姊安吉莉卡的女儿吉蒂（凯瑟琳）·丘奇［Kitty（Catherine）Church］住在德·柯尔尼夫人那里，所以玛莎也结识了她。[86]

住在巴黎的美国人很快把杰斐逊的家当成了中心，玛莎见过其中的很多人。她会应父亲的要求，演奏最近学会的乐曲来招待客人，虽然他曾经不得不提醒她，穿衣打扮要像一位学有所成的年轻女性。一次，杰斐逊看见玛莎从学校出来，衣着不符合社交惯例，他告诫她“从今往后这算一条衣着守则：别穿你的校服”[87]。玛莎可能也认识安妮·威灵·宾厄姆（Anne Willing Bingham），这位时髦的费城女性经常出入沙龙以及皇宫花园，与杰斐逊争论性别问题与政治问题。也许玛莎对宾厄姆的态度不像沉稳的新英格兰人纳比·亚当斯那么纠结，纳比既赞叹宾厄姆的美丽和智慧，又对宾厄姆热衷效仿法国时尚（尤其是涂胭脂）感到反感。[88]

这些女士见面的场合各不相同，不过全巴黎各阶层都能碰面的一个地方是皇宫，这里刚刚从私家住所*变身为步行购物场。杰斐逊父女抵达巴黎时市场刚刚开业（与他们在黎塞留大街的第一个住处只隔一个街口）。三列廊柱建筑中设有商店、咖啡馆和娱乐设施，与原本的宫殿建筑一起围绕着一个巨大的花园。白天，巴黎人穿上最好的衣服相聚于此，漫步在优雅的林荫道上，啜饮咖啡和巧克力，购物，访友。星期天有音乐会，人流拥挤，空气中弥漫着男人发粉的浓重味道，以及女士们为掩盖城市臭味而携带的小花束的香气。[89]即使在今天，皇宫也会让人一见钟情，叹为观止。人们可以避开巴黎街头交通的嘈杂，穿过封闭的廊道，一直走过去就会霍然看到绿树环绕的美丽优雅的花园绿地。杰斐逊喜爱这个地方，认为这是“这座城市最主要的装饰之一”[90]。玛莎也这么认为。有一次，她与塔夫顿姐妹卡罗琳和伊丽莎白以及她们的舅舅多塞特公爵

---

* 皇宫最初是黎塞留官邸。——译者注

在这里度过了美妙的一整天，一直逗留到暮色将至（所有尊贵的女性都必须在此之前离场，以保全淑女的名誉）。[91]当一位美国女性身临皇宫（身在巴黎也一样），她最迷恋的一点也许是法国女性可以在此享受到明显的自由。纳比·亚当斯留意到，“聚在那里，每个人都可以自得其乐；女士们随意漫步，如果有画可看就看看画，不管是谁，招人开心就聊一聊。”[92]

但是这种自由也会带来危险，尤其是对不谙此道的年轻女性来说。彭特蒙及类似的修道院学校之所以吸引学生家长，正是因为其初衷就是保护他们的女儿。彭特蒙巧妙地结合了寄宿女性的世俗习气和学生的严格仪礼，既保护了年轻女生，又为她们的未来做好了准备[93]。年长的寄宿女性也住在彭特蒙，被称为“私寓女士”，但她们的房间与学生宿舍不在同一侧建筑里[94]。这是法国常见的一种做法：让女性能有个安全的避风港，不管她们是未婚、丧偶，还是试图逃避糟糕的婚姻。[95]尽管她们被要求必须参加教堂活动，但是在其他方面，只要遵守夜间宵禁的规矩，她们就可以自由地接待来访者，还可以随意离开修道院。

正如玩世不恭的家伙和体面人在皇宫摩肩接踵，寄宿女性和学生们也在彭特蒙和谐相处。一位来自巴黎的皇家港（Port-Royal）修道院学校（和彭特蒙一样属于“四星级”的女校）的老校友回忆说，许多夜晚，她会在那些未皈依的寄宿女性的房间里一待就是两个小时，向她们学习如何优雅、机智、有风度地谈论政治。[96]与校长同桌就餐，教玛莎学会了保持仪态、调节嗓音、愉快交谈；也许多亏“私寓女士”，她也见识到了法国的婚姻传统。玛莎讲到，有名男子认为自家太太不爱他，于是就自杀了，她语带调侃地得出结论：“如果巴黎的每个丈夫都有样学样，那就只剩寡妇了。”这当然是在学校里听来的风言风语（她父亲对这番话故意不予理睬）。[97]校长可能尽量限制寄宿女性当着学生的面议论这类事情，但她听见流言蜚语也不会感到意外。她也是尘世中人，许多父母指望她能给自己的女儿牵线搭桥，在校内结交有权有势的家族。[98]

透过彭特蒙那道并非密不透风的围墙，也能传来其他消息。可以想见，贵族、王室官员和外交官的女儿们会特别关心政治消息，尤其是在法国 18 世纪 80 年代风云变幻的局势下。有三位王室小姐曾在这里上学，她们的肩上佩有蓝色缎带以示区别；那十年在彭特蒙注册入学的 129 个家庭中，有十几家英国人。[99]1787 年春，玛莎的父亲去法国南部旅行，玛莎报告说，她听到了纷纷扬扬的谣传，国王召集了一群大权在握的贵族和教士充当王室顾问，即贵族议会，据说他们将采取某些政治行动。不过，她不会传播任何谣言，“因为我不愿意去蹲巴士底狱，无论如何此时我还不打算受这个苦”[100]。另外一次，学校里流传着国王致贵族议会的一份演讲稿。同样流传的还有一则猜测，宫廷大臣准备将什么人关进巴士底牢房里。有些人认为，波利内夫人（Madame de Polignac）可能会被关进去，她是王储的家庭教师，据传言一直在揩油拿王室经费——玛莎跟她儿子跳过舞[101]。

玛莎离开法国以后，她的朋友玛丽·德·博蒂多兴高采烈地向她转述那些激烈的论争，很高兴自己持共和派观点（主张人民主权），面对政治保守派想要驱逐她所谓“民主之魔”的努力，她毫不悔改，并渴望了解杰斐逊如何看待国民大会的最新法令，因为“你知道，他是我的神谕”[102]。博蒂多生动的信件也透露了最近在法国宫廷中上演的勾结、结盟和阴谋。即使身在彭特蒙，博蒂多也能跟上法国大革命令人目不暇接的事态变化，知道最近改名的、代表平民的国民制宪大会的所作所为，了解他们的立宪斗争，以及巴黎社交圈诸多贵族家庭的起起落落。

校长制定了严格的规则来保护她的受监护人免遭这个世界的危害。寄宿生可以获得批准离开修道院外出，但是玛莎懊恼地发现，这只有校长收到家长的书面许可才行。[103]即便和父母一起出去，学生们也要遵守宵禁规定，毫不含糊，精确到分钟。杰斐逊显然是吃一堑长一智，在女儿预备去歌剧院时警告她说：“要搞清楚她们晚上几点钟关门”，“你下楼来坐马车时仔细看看修道院的钟是几点，这样我们就不会弄错时间”。[104]

根据学生的年级和年龄，校长也维持着严格的等级规定。奥尔良公爵的女儿与其他寄宿生分开进餐，唯一作陪的女孩同样来自与王室有关联的家庭。[105] 不同年龄的学生穿不同颜色的校服，不过都住在共同的寝室区内。玛莎的好朋友朱丽娅·安纳斯利生气地抱怨说，“我觉得像咱们这样的好姑娘被管得太严了，我们这个岁数应该和那些小孩有所区别。”但是，她清楚校长的铁律，并沮丧地承认“抱怨也没用，于事无补”[106]。这个国家最显赫的小姐们都被托付给校长，事关她们的地位和美德时，校长是绝不通融的，因为她知道她们的未来取决于此。

尽管如此，被校长管了不到一年，玛莎就被她的新生活“迷住了”[107]。她的法语讲得像母语一样，举止仪态完全像个贵族。某天在操场上，玛莎的学校监护人没认出她来，听旁人指出后说：“噢，说真的，她气质相当出众。”[108] 在人生至关重要的几年里，玛莎·杰斐逊通过学校课程、天主教义、校内外女性间的友谊等彼此强化的多种因素，建构起新的自我认知。她明白了地位和教育给女性带来的优势，并看到了罗马教会如何支持并充分利用女性的能力。法国女性在她们的沙龙和书信中，已经达到引领社交圈和知识界的水平，足以应对法国革命中爆发的紧迫问题。身为美国公使的女儿，玛莎无比幸运，能在女性影响鼎盛的时期生活在巴黎，并活跃在那些圈子里。

对这位聪明活泼的年轻姑娘来说，这是最好的时代，所有养分都被她尽数吸纳。

第 4 章

家人团聚

1787

到法国三年后，玛莎已经出落得像个十足的法国人了，1787 年她妹妹玛丽亚来到法国时，没能认出她来。不过杰斐逊也向伊丽莎白·埃普斯坦承，要是在巴黎的大街上，“我们和她不期而遇”，实话实说，他和玛莎也认不出玛丽亚来。[1]结果，还要靠杰斐逊的法国仆人阿德良·帕蒂（Adrien Petit）介绍玛丽亚与父亲和姐姐相认。玛丽亚横跨大西洋的旅行结束时，杰斐逊派了帕蒂去伦敦接她，这让玛丽亚灰心丧气。在伦敦，她住在阿比盖尔和约翰·亚当斯夫妇家里，自从约翰·亚当斯被任命为美国驻乔治三世宫廷的首任公使，他们就从巴黎搬过去了。

七月里一个晴朗的日子，玛丽亚·杰斐逊在德朗雅克府邸的院子里下了马车，走进父亲在巴黎的家。那天很暖和（下午是暖洋洋的 75 °F，相当于 24° C），很可能因此她没戴那顶崭新的羽毛饰边的海狸皮帽子，那是伦敦潮湿夏天里的最新时尚[2]。她倒是可能戴着细麻纱露指手套，这是阿比盖尔·亚当斯送的礼物，保护她的纤手玉臂在旅途中免遭曝晒。阿比盖尔还送给她几条爱尔兰细麻布的新裙子，我们可以肯定，玛丽亚在与父亲分别近四年后第一次见面时就穿了这么一条裙子，也许还配了一条蓝色的腰带。[3]

没有人用笔墨记下家人团聚时刻的记忆，也许因为场面尴尬得让人痛心。讲法语的帕蒂受杰斐逊指派替他接回了玛丽亚，但他的身份使他无法化解女儿对父亲的怨气。玛丽亚在不得不与阿比盖尔·亚当斯告别时，可能忍住了泪水，但她再见到父亲却并不怎么高兴——如果是杰斐逊亲自去伦敦接她，再由阿比盖尔从中引见的话，情况会好得多。亚当斯太太向杰斐逊转告了玛丽亚对帕蒂这趟差役的干脆批评："她抛下了弗吉尼亚的所有朋友，横跨大洋来看你，确实以为你会不辞劳累来这里接她。"跨越海峡，重走父亲和姐姐三年前走过的路时，她偷偷看了帕蒂许多次，无声地发出她已经向亚当斯夫人提过的尖锐质问：为什么父亲非得派一个语言不通的人来？阿比盖尔试过为杰斐逊开脱，但是玛丽亚不为所动。亚当斯太太警告杰斐逊："我用的是她的原话。"[4]

为什么杰斐逊没有亲自去伦敦接玛丽亚，这是一个谜。他辩称，在法国南部和意大利访问三个月回来之后公务繁忙。也许是这位弗吉尼亚种植园主在接回女儿和她漂亮的陪侍女奴时，不想面对那两位眼尖的新英格兰朋友。[5]也许是他觉得自己离不开巴黎：玛丽亚热切地在伦敦等他时，他也正在热切地等一位朋友到巴黎的消息。这位朋友就是玛丽亚·哈德菲尔德·科思威（Maria Hadfield Cosway），她是微型肖像画家理查德·科思威（Richard Cosway）的妻子，金发精致，身材玲珑，也是一位艺术家，那年夏天她要回巴黎，杰斐逊不想与她失之交臂。

她是在1786年8月由美国艺术家约翰·特朗布尔（John Trumbull）介绍给杰斐逊的，杰斐逊立刻就沦陷了。他承认，他派出"编瞎话的信差……走遍巴黎每个角落"取消了他的许多活动，好抽出时间陪她。[6]几周之内，他们抓住一切机会游遍巴黎及周边的美景，尽管大多时候旁边还有别人。就在九月里陪她散步时，杰斐逊想向这位年轻女士炫示一下敏捷的身手，他试着跳过一排篱笆，结果失足摔倒，导致手腕脱臼。脱臼处后来一直未能完全复位，令他余生深受其苦。科思威太太十月初离开了巴黎，于是杰斐逊给她写了那封著名书信《脑与心》，记下他对头脑与心孰者为先的内心斗争，引发了众多学者的分析。（这是一场平局：他认为道德、善意和快乐只会从内心流出；但是，头脑禁止他与一位已婚女性产生恋情。)[7] 随后是几十封倾诉衷肠的书信，两人都期待她次年夏天重返巴黎。总之，不管是出于什么原因，杰斐逊派了帕蒂去伦敦接玛丽亚。

眼下，在夏日骄阳下，玛丽亚站在父亲面前，他一身巴黎时髦装束，光彩照人，明明是个陌生人，却也是她的家人。他不在身边的日子里，伊丽莎白·埃普斯努力教导玛丽亚和露西要爱他。但玛丽亚一心一意只想着她被迫抛舍的家人都留在了切斯特菲尔德。阿比盖尔·亚当斯写道："你能从她的眼睛里读出她的所思所想。"[8] 杰斐逊同样能从玛丽亚眼中看到对自己的责难，她的目光毫不掩饰。他承认，在这个离九岁生日没几天的漂亮小姑娘身上，已经看不见他留在埃平顿的那个五岁小女孩的影子了。但是，当他定睛注视时，在这个没跟着他长大的女儿身上，能看出他妻子的些许模样吗？或者，他会看到那个蹒跚学步的孩子露西的影子吗？他最后见到露西时，她才 15 个月大。他是带着怎样一种快乐与悲伤、热切与犹豫交织的心情，来迎接这位可爱又心痛的孩子的呢？

玛莎每天都在等着玛丽亚到达的消息，但我们不清楚此时此刻她是站在父亲身边，还是在学校里。阿比盖尔·亚当斯认为，杰斐逊带玛莎一起来伦敦接玛丽亚是个好主意，这样更容易"让她的小妹妹接受旅行"，她解释说，"该有个她熟悉的人"。[9] 玛莎确实适应得很好，在彭特蒙过得很开心，她迎接妹妹时无疑充满了爱意和过来人的自信。然而，相见也会在她心中掠过担忧。杰斐逊近来一直在让玛莎为玛丽亚的到来做准备。他指示大女儿说："等她来了，她会成为你负责照管的宝贝。你比她大，都没有妈妈，所以你得担起责任。"[10] 玛莎那时不到 15 岁，自己还是个学生，并不太乐意对一个四年没见过面的妹妹承担起母亲的责任。她很负责地回答说，家人团聚会"令我幸福圆满"[11]，但此后便不再谈这个话题。

如今，姐妹俩面对面，反差鲜明。玛丽亚生前没有留下肖像，有一幅微缩画像上的红发姑娘曾被认定是 17 岁的玛莎·杰斐逊，这种说法如今存疑。[12] 但是，言辞描绘的“肖像”留下来了，而且人们对姐妹俩的形容前后非常一致。在玛丽亚一生中，一再有人夸她美丽且招人爱慕。阿比盖尔·亚当斯觉得她是个“标致的女孩”[13]，波士顿的一位船长内森尼尔·卡廷（Nathaniel Cutting）也这么认为，他在玛丽亚 11 岁时见过她，说她是个“可爱的女孩”，她“迷人的微笑点亮了她的面庞”。卡廷赞叹道，玛丽亚·杰斐逊“令她这一性别熠熠生辉”[14]。在玛丽亚二十几岁时，家里有位朋友形容她“美丽”“举止动人”[15]。玛丽亚去世四十多年后，蒙蒂塞洛的奴隶艾萨克·杰斐逊（Isaac Jefferson）对她的记忆仍然栩栩如生。他回忆说，“她像她母亲一样个子不高”——他的意思是说她身材娇小——“像她母亲一样，是最俊、最漂亮的女士”。[16] 另一位世交记得，“她的眼睛是纯蓝色的，眼神难以摹画”。他说，“她的脸庞是圣洁的，肤色如此细腻，五官美妙，搭配得恰到好处，显露出我在别人脸上从未见过的表情：甜美、聪慧、温柔、美丽，全都精巧地融为一体。”[17]

玛丽亚似乎更随母亲，而玛莎则更像父亲。一位弗吉尼亚的朋友说玛莎“高大、闲散、举止笨拙”[18]——也许是因为她那少见的高个子。这可能也解释了为什么在修道院学校，她能一步迈四级台阶。她和父亲一样，红发蓝睛。她的好友玛格丽特·贝雅德·史密斯（Margaret Bayard Smith）委婉地评价道，她“像她父亲的精致版”[19]。后来，玛莎的孩子们形容她“外表庄重怡人”，但也承认玛莎“轮廓太像她父亲，不能算漂亮”。[20] 与妹妹相比，更能看出她不够美丽，但那些描述她的人无一例外都被她脸上“智慧、仁慈和感性的光芒”所吸引，她的表情“灵动、风趣而和蔼”。[21] 早在杰斐逊父女刚到巴黎才两个月时，纳比·亚当斯见到这个 12 岁少女就惊叹，她“身上每一处都流露出精致和感性”[22]。她浓厚的兴趣与“坦率、健谈的禀性”“融汇成亲和力”，这是孙女笔下成年玛莎的样子。[23]

现在，玛莎与妹妹面对面，她是否也看出玛丽亚长得酷似亡母？她对母亲的记忆要比玛丽亚生动得多。她也许一直都知道自己要对玛丽亚负责任；她也许看到了一个竞争对手，要和她争夺父亲已非常有限的时间和关注。她常因盼不到他的来信深感失望，有一次特意为此写信给他："音信皆无实在太痛苦了，我来写信破冰，希望您也能回信。"[24]然而，玛莎却盼来了如下回复："我没能如你所愿常给你写信，因为我一直在路上。每当我在某处驻足时，又忙于观赏当地盛景。"虽然自己忙于观光，顾不上写信给巴黎的女儿（1787年春，在他为期13个星期的旅欧期间，玛莎只收到四封他的信），他却反过来责备女儿："别偷懒不给我写信，因为你是有时间的。"[25]不管玛莎重逢玛丽亚时心情如何，当她看到玛丽亚眼里流露思乡之情，她的慈悲之心便占了上风——玛莎一辈子都是尽人皆知的好心肠。玛丽亚初抵法国的第一个星期，玛莎住回了德朗雅克府邸，并"不时带她去修道院"[26]，慢慢带领玛丽亚熟悉那里的新生活。

这里与埃平顿——玛丽亚深爱的埃普斯姨妈和姨夫的家——是多么不同！弗朗西斯·埃普斯是富人，但他家的木架房子建在彼得斯堡市以西12英里的切斯特菲尔德，跟蒙蒂塞洛没法比，更别说巴黎了。[27]那座房子离阿波马托克斯河约一英里，高踞山坡上俯瞰河谷。温特波克河（Winterpock Creek）流经他的庄园，几十年来，埃普斯家的产业都以这条河的名字命名。1782年埃普斯在战争结束后归来，重续他十多年前的建房工程时，把它改名为埃平顿。

今天，走过一条蜿蜒的乡间小路，渐入眼帘的房子赏心悦目。参观者赞叹这里怡人的宽阔草地，还有房子周遭的双排钻天杨。但在1783年秋玛丽亚·杰斐逊住进去时，这个家还非常狭小：一层只有两个大房间，楼上有两间卧室。打开前门是一条仅仅三英尺宽的狭窄过道，可以一窥房间的进深，过道连着通往二楼的楼梯。事实上，玛丽亚是从一个建筑工地搬到了另一个：埃普斯当时刚刚启动扩建计划，整个18世纪90年代一直没停过工。

然而，跨过门槛走进这座房子，就进入了一个虽然嘈杂却快乐的家，主人热情好客，让宾客都乐不思蜀。家庭的核心是伊丽莎白·韦尔斯·埃普斯，杰斐逊太太同父异母的妹妹。这姊妹俩显然非常亲密：战争期间玛莎躲在森林庄园，度过了许多焦灼不安的日子，父亲临终前，她也曾赶过去帮着妹妹一起侍疾，而伊丽莎白·埃普斯在姐姐临终时也守在床前。杰斐逊平时是个感情深藏不露的人，却在罕有的信赖之下向伊丽莎白倾吐了悲痛的心声。玛莎去世后三个星期，他向这位充满同情的妻妹泣诉，“这样悲惨的生活太沉重了，让人无法承受”，若非有三名幼女仍需抚养，他“一刻也不愿再坚持下去”。[28]

杰斐逊和伊丽莎白·埃普斯的交情让他很舒心，他觉得她“特别像她姐姐”，她的温暖所布远远不止她的大家庭，而是惠及每一个上门来访的人。[29] 1796 年，旅行家本杰明·拉特罗布（Benjamin Latrobe）途经此地时，原计划只是稍做驻足，问候一下当地人杰弗朗西斯·埃普斯。可是，欢快的交际宴饮让他流连不去。“这里充满幽默、善意和欢笑”，他在旅行日记里写道，“我们和他可爱的家人一起吃早饭，乐而忘返，一直待到中午时分”。[30] 费城的伊丽莎·特里斯特在 1786 年到访弗吉尼亚，杰斐逊非常惋惜她没去拜访伊丽莎白·埃普斯。他说：“本来你会发现全世界最和蔼可亲的一位女士。我都怀疑认识她以后你还能不能离得开她。”[31]

埃普斯太太真挚的同理心、与她姐姐的相像之处，以及他们之间的长期友谊，无疑解释了杰斐逊对她的无限信任：他告诉埃普斯的丈夫，在自己预计离家的两年间，要把两个小女儿留给她[32]。一位历史学家认为，四岁的玛丽亚·杰斐逊在母亲去世后陷入了一种“被抛弃的恐惧”[33]。这也许有些言过其实。但是，如母亲般的伊丽莎白·埃普斯当然是接纳并抚养她和妹妹露西的最佳人选。1786 年夏，杰斐逊的妹妹玛莎·杰斐逊·卡尔在埃平顿住了五六个星期，“非常敬佩那位可亲的女士管小女孩的办法。她对她们给予最大的关注，看上去相处非常和谐”。为了缓解玛丽亚的思乡之情，埃普斯太太甚至提议带她回蒙蒂塞洛过一个月假期。埃普斯太太和玛莎·卡尔商量了这个计划，约定 1786 年 9 月在蒙蒂塞洛碰面，可惜最后埃普斯自己的一个孩子生病了，她们的计划没能实现。[34]

玛丽亚感受到血脉之亲，对埃普斯太太母亲般的爱护全心回报。卡尔太太向哥哥汇报说："亲爱的小波莉也有着与埃普斯同样的柔情，比她亲生的孩子还黏她。"[35] 尽管如此，这仍是一个权宜之计，玛丽亚依然想念父亲和姐姐。家庭成员在这段时期称她波莉，1783 年 12 月，杰斐逊把女儿留在埃平顿三个月后，弗朗西斯·埃普斯写信说："波莉经常提到你……求你快快回家，因为她渴望见到你。"[36] 可能杰斐逊曾在与女儿告别时许诺，要在费城给她买些布娃娃。几乎刚到费城，他就请埃普斯先生转告“亲爱的波莉”，他找不到一条合适的船“送去他允诺的那些布娃娃”。[37] 次年春天，玛丽亚还没收到她的布娃娃，已经日渐不耐烦了。伊丽莎白·埃普斯听着她的口述，热切地写下她的话："我特别喜欢我的腰带。"——这是她父亲寄去给她装饰裙子的。但是，带着一个孩子对父母的承诺会有的那种不依不饶，玛丽亚还是想问："哪天你会来这里看我，是不是你会带上帕西（玛莎的小名）姐姐，还有我的布娃娃？"[38]

但是，腰带和布娃娃都难以替代缺席的父亲，于是玛丽亚完全融入了埃普斯的家庭生活，融入到日益扩充的家庭成员当中。弗朗西斯和伊丽莎白在婚后共同生活的 1769 年到 1788 年之间，生了八个孩子，其中六个孩子活过了婴儿期。[39] 当玛丽亚来到埃平顿时，她的表兄杰克·埃普斯（Jack Eppes）十岁。当时至少还有两个女儿，玛莎·波玲（和玛丽亚同岁，也出生于 1778 年）和露西·伊丽莎白（可能是弗朗西斯·埃普斯写信给杰斐逊提到的十一月出生的女儿）。两位小外甥女的到来，加上一个新生的女儿，必然会让伊丽莎白·埃普斯殚精竭虑，但是据杰斐逊的妹妹所言，她显然胜任了这一挑战。

伊丽莎白·埃普斯也同样关注女孩们的教育。尽管在玛丽亚·杰斐逊给父亲写第一封信时由她充当了听写秘书，但此后杰斐逊收到的，都是一个孩子笨拙的手写下的大大的字。玛莎·杰斐逊·卡尔报告说，才六岁，玛丽亚的阅读能力已经“相当强”。[40]她后来还补充说：“埃普斯太太对她的进步非常上心，给了她最大的关注。”[41]将近八岁时，玛丽亚是“一位甜美的女孩，阅读和缝纫都非常好，舞步也很优雅”。她那个阶层的弗吉尼亚女孩必须要学的她全都学了，但伊丽莎白·埃普斯还想给她开更多课程。1786年夏，也许就是在她的催促下，弗朗西斯·埃普斯写信给杰斐逊，打听有没有合适的老师（40岁以上）能教女孩子们学“法语、英语、数学和音乐”。[42]

埃普斯夫人的努力很成功，玛丽亚到伦敦时已经爱上了阅读。“书籍是她的快乐”，阿比盖尔·亚当斯写信给杰斐逊说，“她一个钟头接一个钟头地读书给我听，口齿清晰。”更重要的是，玛丽亚还学会了思考读到的内容，亚当斯夫人补充说，她“评论自己正在读的东西，很有见地”[43]。玛丽亚也学会了欣赏音乐。在巴黎家中听姐姐弹奏弗朗西斯·霍普金森的一首动人心弦的乐曲时，父亲看到她落泪，担心地问她是否病了。“没有，”她答道，“但这音调是如此哀伤”。[44]

伊丽莎白·埃普斯教会玛丽亚·杰斐逊如何待人接物，如何与家人相处。她家里有一份1810年的物品登记目录，我们可以据此想象一楼的大房间以及他们款待客人的景象[45]：10张床（3张有床帏），1个里面总会躺着（自家或杰斐逊家的）婴儿的摇篮，4张额外的床垫确保有地方可睡；17张床罩（也许是伊丽莎白·埃普斯和奴隶做的），4对毯子和14对被单确保住得舒适温暖。她有好几张餐桌、66把椅子，可以举办大型聚会，此外她还有几张小桌子和另外46把椅子，以便临时增加客人。毛巾、餐巾、啤酒杯、银餐具、长柄勺、上菜托盘、瓷器、白兰地酒杯、雕花玻璃酒瓶和牌桌，都代表着热情好客的款待，本杰明·拉特罗布正是为此兴高采烈地忘掉了时间。

年纪太小的女孩不会参加成年人的晚餐、纸牌游戏或派对。尽管如此，他们也需要学会得体地待人接物，学会在被引见及相遇时问候“行礼”（男孩行鞠躬礼，女孩行屈膝礼）。伊丽莎白·埃普斯送到欧洲的是一个精雕细琢的小姑娘，阿比盖尔·亚当斯印象深刻，他在玛丽亚·杰斐逊身上看到了“从未在她的同龄人身上见过的最敏锐的感性以及最成熟的理解力”[46]。年幼的玛丽亚不管去哪儿都讨成年人喜欢，不管是她在弗吉尼亚的亲戚还是她在跨洋旅行中遇到的船长、法国驿马车中的同行旅客以及政府官员的太太们。

但是，即便在这个好客的家庭里，18世纪弗吉尼亚的生活也并非田园诗般美好。在玛丽亚驻留期间，悲剧很快发生，给她带来了许多极为痛苦的改变。1784年10月，她两岁大的小妹妹露西和埃普斯家那个也叫露西·伊丽莎白的小女儿都罹患了百日咳。弗朗西斯·埃普斯在九月给杰斐逊写了一封忧心忡忡的信，信中说无法保证他女儿们的健康。“她们和我们自家的孩子都染上了百日咳。我觉得病得最厉害的是你的小露西和我们最小的孩子（露西，1783年11月出生），还有（五岁的）波玲。”[47]一个月以后，满怀悲哀的伊丽莎白·埃普斯强迫自己向杰斐逊通报消息，她含着眼泪写道：“在这个悲伤的时刻，几乎无法描述我心中的痛苦”，“这场不幸的百日咳在一周之内夺走了你和我们的两个甜心露西。我们家露西最先过世。她出现剧烈痉挛症状，持续了一星期，然后她被耗尽了。你的可爱小天使卧床一周不起，受了很大的罪，好在没有发生抽搐。她始终完全清醒，在离开前的一刻还喊我，清清楚楚地要水喝。”玛丽亚略为年长一些，能抵抗这可怕的咳嗽，甚至无需卧床。埃普斯太太补充道，“亲爱的波莉如今恢复得很好了”。但是，这位伤心欲绝的母亲快被悲哀与担忧逼疯了。“我的心在为我可怜的波玲颤动，她瘦得只剩一把骨头，咳嗽还是非常顽固。在这么严重的痛苦之下，生活几乎支撑不下去。”[48]

这是她的结语，与杰斐逊本人在丧妻之痛后的恸哭如出一辙。

但杰斐逊并不是从埃普斯的信件中得知这一消息的，那封信用了近七个月才送到他手里，是詹姆斯·柯里（James Currie）医生写信通知他的，这位医生被叫去给孩子们看病。柯里的信由德·拉法耶特侯爵于1785年1月26日亲手交给杰斐逊，将露西的死因归为“出牙、蛔虫和百日咳引发的并发症”。这是一种细菌感染，容易经由喷嚏和咳嗽传播，而咳嗽是“由他们的朋友在不知不觉中带过去的”。柯里被请去诊治病童，但“太晚了，除了拖延这可怜的无辜者已经注定的宿命之外，回天乏力”。即便在今天，如果患者的病程已达三个星期或更久，针对此病的抗生素也不会有多大疗效。侵袭埃普斯家的那种菌株一定致病性特别强——尽管像露西·埃普斯这样的婴儿特别容易感染，但发生抽搐的患儿比例也只占1%。柯里千辛万苦只救活了与玛丽亚同岁的波玲。露西·杰斐逊那些伤心欲绝的亲戚向她父亲倾泻着对她的赞美：还不到两岁，她“不管听到什么都能牙牙学语”；两岁半时，她是“前景最光明的孩子”，从父母那里继承了“各种早慧的天资，尤以音乐天赋最为耀眼”[49]。

杰斐逊惊呆了。在接到柯里的信几天之后，他告诉弗朗西斯·埃普斯，“百般努力都是徒劳，我说不清自己头脑中的情形”，“这无法抚慰我们二人的伤痛，所以我将不再谈论这个话题”。[50]他和玛莎取消了几个月的社交活动，陷入了类似当初丧妻时那种无力的悲哀：他的妻子为了生这个孩子而去世，如今这个孩子也躺在了弗吉尼亚的一座墓穴里。纳比·亚当斯看着他们重陷哀痛，深受触动。她敏锐地注意道，“杰斐逊先生是一位极为敏感、充满父爱的人。这个孩子出生时，他妻子去世了”，“他几乎完全陷入了忧郁中，长时间自我隔绝于世，甚至隔绝于朋友们，这个消息严重影响了他和他的女儿”。[51]

收到柯里的来信不到两星期前，杰斐逊曾考虑过是否“把波莉接过来”，但他以为自己不久就会回弗吉尼亚，便打消了这个主意。[52]不过，到了五月，杰斐逊了解到他在法国的时间将会延长。本杰明·富兰克林要回美国，杰斐逊将接任他成为美国大使。5月11日，他决心已定，给弗朗西斯·埃普斯写了封信。这封信没能保存下来，不过他在通信概要笔记中记下的内容留到了今天。“我一定要把波莉接过来。只有四月初到九月初之间才可以让她渡海，还有时间做决定——在弗吉尼亚能不能雇个女人过来。”[53] 他想知道，埃普斯一家人会怎么想？杰斐逊没收到回音，于是他在8月30日又写了封信。他说，“我心中日夜惦念着”最后一个留在弗吉尼亚的女儿，“我现在必须重申我的愿望，希望明年夏天能让人把波莉送到我这里来”。他这次同样详尽考虑了所有行动细节：选在夏季渡海避开风暴，选一条以前渡过大西洋、但船龄不超过四五年的船，还要选好合适的旅伴——“某位优秀的女士……或某位细心的绅士。”甚至可以是“比如像伊莎贝尔那么一位细心的黑人女性”，他在信中提议选他的奴隶伊莎贝尔·赫恩（Isabel Hern），“如果她已经得过水痘，再有一位绅士陪护就足够了”[54]。这次，他没问埃普斯一家对这个计划有什么看法。

杰斐逊直到1786年6月才收到埃平顿来的消息，是弗朗西斯·埃普斯在4月11日写的回信。埃普斯抱怨说，“我们的通信出现了奇怪的中断”，坚持说他只收到了杰斐逊在1785年5月写的信，信中没说他收到过埃普斯上一年秋冬写的信。然后，他直奔主题：“在上两封信里，我非常详细地表明了对波莉去法国一事的看法。”他解释说，因为那两封信没有寄到，他就再重复一遍：“即便你坚持一试，我还是认为她去法国是不可行的。”他已经跟玛丽亚屡屡提及此事，但是“她听说后的状况让我觉得这个计划不现实”[55]。玛莎·杰斐逊·卡尔也有同感。尽管她不在埃平顿，但也听说玛丽亚不喜欢这个计划。玛丽亚也许偷听到了大人们在商量怎么应对她的抵触态度，因为卡尔太太报告说，“她非常害怕他们会骗她，把她带到法国去”[56]。

杰斐逊的要求把埃普斯一家搅得乱哄哄的，而他在另一封信里告诫说，在公海航行的船只有可能被交战中的北非巴巴里军队俘获，这引发了来自弗吉尼亚的激烈反对。玛莎·卡尔描述了孩子心烦意乱的情形，想以此让哥哥改变主意。她说杰斐逊的来信引得玛丽亚泪流满面，“她哭得太凶了，都没法哄她擦干眼泪，坐下来给你写信。”大人们想让法国听起来更招人喜欢，把那儿能有的好玩和奢侈的东西都讲了个遍，却于事无补。但是玛丽亚确信父亲的愿望一定会实现，因此对亲戚们的建议十分警觉。卡尔太太警告哥哥，她的机敏警惕让大人不可能哄骗她听话。玛丽亚坚信，只有伊丽莎白·埃普斯站在她这一边，甚至卡尔太太来住了两星期之后，都劝不动玛丽亚陪她去探望附近的一家亲戚。卡尔太太束手无措地归结道，小姑娘不肯离开伊丽莎白·埃普斯，“不动粗就带不走”[57]。

弗朗西斯·埃普斯也这么认为。他告诉杰斐逊，“只有通过强迫才做得到”[58]。埃普斯先生贸然提议，杰斐逊可以横跨大洋在费城和她碰头，自己会亲自带她过去。但即便这个做法也“只会让她感到不安”，所以他决心先按兵不动，直到他收到杰斐逊的进一步回复。埃普斯先生拖拖拉拉，给玛丽亚多争取到了一年时间，后来他将自己的拖延咎于没能及时收到杰斐逊的来信，安排女奴伊莎贝尔·赫恩为旅行接种疫苗也遇到了困难[59]。就连12岁的杰克也急着要帮玛丽亚说服托马斯姨夫：“并不是要违背您盼着与波莉表妹在一起的心愿，但是，要是不强迫她就不会实现，因为她对此似乎非常反感。”[60]

伊丽莎白·埃普斯简直不敢相信自己的耳朵。她姐夫的建议让她简直“疯掉了”，竟无力给大家的抗议信再添一笔。玛莎·杰斐逊·卡尔写信给哥哥说，“她说她已经写过一封信给你，非常全面地说过这件事”，“结果她的信没到你手上，或者你手头公务太忙，所以没发现收到了她那封信”。[61] 埃普斯太太不敢相信一个慈爱的父亲会坚持让自己的小女儿横跨大洋，她对自己和周围的人说，他肯定没收到她的信。如果他看到大家一一列举的那些危险之后，他肯定不会继续坚持。他怎么可能坚持呢？

玛丽亚写信时尽量得体、拘谨地向父亲保证，“我很想见您，希望您和帕西姐姐都好。”但她接下来就直奔主题：“非常遗憾您要派人来接我。我不想去法国，我宁可跟埃普斯姨妈住在一起。”她有个更好的主意：“您和帕西姐姐很快就能来这里看我们。”而且，她一直都盼着呢，她希望父亲“会给我寄来一个布娃娃”[62]。杰斐逊想引她跨越大洋，指天画地地说爱她，还许下诱人的承诺，“想要多少就有多少布娃娃和玩具，不管是给你自己还是送给表亲们”[63]。但玛丽亚的抗拒如此棘手，连远在亚历山德里亚的伊丽莎·特里斯特都听说了，她猜杰斐逊的计划是行不通了。[64]埃平顿的常客詹姆斯·柯里（James Currie）也从里士满写信警告杰斐逊说，玛丽亚不会离开伊丽莎白·埃普斯。[65]

玛丽亚在住在埃平顿的最后一年里担惊受怕，饱受折磨。弗朗西斯·埃普斯最后投降了，而玛丽亚怀疑他们在改换花招，毫不掩饰她对旅行的惶恐日甚一日。直到1787年3月，她还坚持说“我不能去法国”[66]。伊丽莎白·埃普斯告诉杰斐逊，她也每天祈祷能在最后一分钟获得“缓刑”，“推翻你对亲爱的波莉做出的裁定”。[67]但这封信没能送达，于是伊丽莎白·埃普斯知道，当那一天到来时，玛丽亚“最终必定会被拖走，就像一头小牛被拖到屠夫那里一样”[68]。她试着安排些活动来减轻玛丽亚的痛苦，可这正是玛丽亚害怕的迂回战术。埃普斯一家带她去里士满附近詹姆斯河畔的奥斯本码头，“孩子们会陪她在船上待一两天”，埃普斯太太希望这“能帮她适应坐船”。她知道玛莎·杰斐逊·卡尔没有交通工具，困在家里出不来，玛丽亚启程时她不能到场送别会很懊恼。但是没办法，埃普斯也安排不出另外一辆马车去接她。[69]

他们写给杰斐逊的那些难过的信中散发着悲伤和焦虑，与此对照鲜明的是杰斐逊在同一个月内写给弗朗西斯·埃普斯的信，他满怀欣喜，寄给埃普斯先生一些法国上品葡萄酒，这些是他在旅途中收集的美酒。[70]

杰斐逊的姐姐玛丽·博林（Mary Bolling）描述了笼罩着埃平顿的深切沮丧；玛莎·卡尔深深体谅玛丽亚“因要离开埃普斯太太而伤心”，“是她给了玛丽亚母亲般的温柔和关爱”；伊丽莎白·埃普斯的哀求声声凄绝，隔着两个世纪仍在回荡：“看在上帝的份上，她一到就马上告诉我们。”[71] 当玛丽亚在船舱中昏昏欲睡，被詹姆斯河水的波浪摇晃着送入梦乡时，她的亲戚们悄悄地下了船，只留下她独自一人在航行中醒来，驶向大西洋。船上她唯一熟悉的面庞，是陪她同行的奴隶。

“罗伯特号”的船长安德鲁·拉姆齐（Andrew Ramsay）看到玛丽亚醒来后的“烦恼与痛苦”，感到非常紧张，担心她会闹到病倒。让他释怀的是，“她很快就熬过来了，变得特别喜欢我，每次离开我都要掉眼泪”[72]。玛丽亚“甜美温良的天性”让船长乐于悉心关照她，而且阿比盖尔·亚当斯在她抵岸时发现，她在船上相当自由自在。亚当斯太太向杰斐逊报告说，在海上跟着男人们待了五个星期后，玛丽亚结实得“像个小水手”，她的衣服“只适合海上”，再也穿不得了。[73]

玛丽亚·杰斐逊在船上的起居条件在众多亲戚的眼里可算是极舒适，[74] 航行也没遇上大风浪，她就这样抵达了伦敦，新一轮的哄骗和离别在那儿又重新上演了一遭。阿比盖尔·亚当斯写信给杰斐逊告知玛丽亚安全到达，信里说，“她和船长两个人要好得很，我有点抱歉要分开这两人”。[75] 亚当斯太太花样百出地想让她分分心。她告诉玛丽亚，她从来没见她姐姐哭过一回。可玛丽亚却聪明地回答说，玛莎“年纪大，表现必然更好”，“况且爸爸还在她身边呢”。亚当斯太太拿杰斐逊的画像给玛丽亚看，她认不出。玛丽亚直截了当地反问亚当斯太太，她连他本人都不认得，怎么会认得画像？亚当斯太太想带她去众人喜爱的游乐公园“沙德勒之井”（Sadler's Wells）的主意也没能逗她高兴起来。玛丽亚宁愿“用全世界所有好玩的”换取和拉姆齐船长厮守的“片刻”。当那漫长的第一天结束时，如释重负的阿比盖尔·亚当斯报告说，累坏了的孩子决心“尽量乖，不哭”，终于擦干眼泪上床去了。

玛丽亚对成年人的安排充满戒心，第二天早上一直在亚当斯太太的书桌旁绕来绕去，问她是不是每天都给她父亲写信。[76] 不过，等到杰斐逊的仆人阿德良·帕蒂从巴黎到伦敦来接她时，阿比盖尔已经完全赢得了玛丽亚的心，小姑娘承认，离开她就像离开埃普斯姨妈一样难。[77] 将近二十年以后，阿比盖尔·亚当斯还生动地记得玛丽亚是如何“搂着我的脖子，眼泪打湿了我的前襟，说，‘啊，现在我爱上你了，他们为什么要把我从你这里带走？’”[78]但这个女孩最终还是屈服了，爬上了马车，被送到海岸边，这是她抵达法国之前的最后一段陆路。

此类分离、哭泣、顺从、深情依恋的模式，在小玛丽亚的生活中重复过几次，无疑留下了烙印。一位历史学家得出结论说，“波莉学会了在讨欢心和发脾气之间来回轮换，总要达到她的目的”。[79] 此后，她在一生中结识的人总像阿比盖尔·亚当斯当初那样，拿她与姐姐做对比，而且觉得她不如姐姐：她从来比不上玛莎的聪慧、善于表达、开朗外向。也有人用杰斐逊的眼光来看她：他对她满怀期待却又并不满意，不断提醒她没能完美扮演一个写信人、一个学生以及一个体贴负责的女儿。比如，托马斯·杰斐逊的传记作者杜马·马龙（Dumas Malone）就感到遗憾，杰斐逊“未能成功将女儿塑造得和自己一模一样”[80]。但是，所有这些评判，都没有从玛丽亚·杰斐逊自身出发。

18 世纪的孩子都无法决定自己的生活，不过，小玛丽亚的生活竟是这般漂泊不定，仍令人难以置信。她从儿时起就总是颠沛流离：先是在父亲当州长时从蒙蒂塞洛搬到里士满，然后是战争期间逃到塔卡霍庄园，再回里士满；躲去白杨林庄，最后终于安全回到蒙蒂塞洛，而她刚满四岁，亲生母亲就在那里去世了。接下来，她在蒙蒂塞洛和埃平顿之间来来去去，直到父亲去国会任职，她才在那里安顿下来，而父亲之后在她的生活中消失了四年之久。（别忘了，他去欧洲前并没回弗吉尼亚与她道别。）因此，她会一心只求抓住埃普斯家那种安定有爱的家庭生活并不奇怪。同样不足为奇的是，为了实现自己的愿望，这个八岁的孩子用上了她的唯一手段：泪流满面，陷于自戕式的悲哀。

玛丽亚·杰斐逊不会任人摆布。她的母亲可是玛莎·杰斐逊，历史学家弗吉尼亚·沙尔夫直言，她“能在暴风雪中骑马翻山越岭，能指挥好几十号人，能同时管好几个家，还能监督宰杀一群生猪”[81]。抚养玛丽亚长大的姨妈为留住她而竭尽全力，完全相信自己的想法比杰斐逊的更为正确，并坚信他之所以坚持己见，只是因为他还没读到她的信。韦尔斯家的人都性格决绝，玛丽亚与她们如出一辙。当帕蒂到达伦敦，拿出已经买好的驿马车车票要接走玛丽亚时，灰心的阿比盖尔·亚当斯转而劝说玛丽亚别再挣扎了。玛丽亚带着超出其年龄的成熟回答说：“如果我非去不可的话，我会去，但是我没法不哭，所以不要叫我别哭。”[82]她会做大人吩咐她做的事情，但是，她也笃信自己的情绪是无可厚非的，她有权如此，成年人应该关注她的感受。

玛丽亚在埃平顿学会的自我理解、自我表达的方式，与玛莎在彭特蒙学到的完全不同。玛丽亚学会了如何取悦家人和有权管束她的人。如果以另一套标准——比如拿她姐姐在巴黎受到的五年教育的内容来要求她，或者拿杰斐逊那种不乏疼爱却又没完没了地命令她读西班牙语并按时写信这类标准来衡量她，那么她完美掌握的弗吉尼亚上层社会女孩的那一套教养便全无用武之地。杰斐逊甚至在一封跨洋写来哄她开心的信里也不忘警告她说：“别不戴帽子就出门，那样你会变丑，我们就不那么爱你了。”[83]伊丽莎白·埃普斯满怀温暖的爱从无条件，不管玛丽亚的表现乖不乖，样子是不是好看。埃普斯一家用另一种方式教育着玛丽亚，于是她到达巴黎时就是那副样子。

尽管玛丽亚·杰斐逊重情重义，但其实她也颇为精明。她知道，爱她的大人们也会骗她；她知道，他们并不总是认真对待答应过孩子的诺言。没有任何迹象表明，她从父亲手里得到过他答应给她的布娃娃。他没去伦敦迎接她，也没有利用这段旅途让她了解自己、发现法国所有的美丽和快乐，却只是派了他的仆人去。他对她做的允诺也不太用心。在玛丽亚到巴黎两个月后，这位颇觉逗趣的父亲告诉阿比盖尔·亚当斯，“她还以为能践约去看你”[84]。如果说玛丽亚比玛莎更为执拗，在日后的生活中做决定时总是先考虑自身的轻重缓急而不是先考虑杰斐逊，那都是由她童年四处辗转的经历造成的：充满爱的稳定生活总是很短暂，会被突如其来、不打招呼地打断。

在去法国这件事上，不管玛丽亚·杰斐逊在多大程度上屈从了父亲，但她的意志力无疑说服了很多成年人，让他们认为杰斐逊的计划不可行，所有给杰斐逊写信的人都猜他最终会收回成命。也就是说，尽管玛丽亚最终并未如愿，但她的感受对家里的每个人来说仍很重要，虽然重视程度因人而异。但是，玛丽亚并不是唯一痛别家人、被送往大洋彼岸的小女孩，萨莉·海明斯亦是如此。当时萨莉 14 岁，被埃普斯夫妇挑选出来，陪同玛丽亚去经历他们谁都无法预料的分离。萨莉的眼泪、悲伤、抵抗或痛苦的告别都毫无记录。实际上，记录少到我们甚至都不知道她是怎么被挑中的。我们所知道的无非是，当玛丽亚·杰斐逊在罗伯特号的船舱中醒来时，看到的唯一熟悉的面孔就是萨莉·海明斯。

同样的沉默也笼罩着萨莉·海明斯的一生。安妮特·戈登-里德（Annette Gordon-Reed）那本获得普利策奖的著作尽力向人们揭示了她生活的样貌，但很多情况仍然未知。埃普斯一家要挑人陪同他们的心肝宝贝开始一段危险的行程，稍为年长的伊莎贝尔·赫恩在蒙蒂塞洛卧病在床不能成行，这才最终挑了萨莉，据此我们可以得出若干合理的推论。首先，选择萨莉·海明斯表明她当时在场，也就是说，她已经生活在埃平顿。1783年秋，玛丽亚的父亲北上去国会任职，途经埃平顿，便把她安顿在那里，十岁的萨莉·海明斯可能就在那时离开了在蒙蒂塞洛的母亲，去给小玛丽亚当陪侍女仆。[85]萨莉比玛丽亚大五岁，既是她的玩伴又是她的女仆，特别是在玛莎·杰斐逊去世前一年，她们住在蒙蒂塞洛期间更是如此。据海明斯的家族故事，萨莉在玛莎·杰斐逊临终的床前从她手里接过一份含义暧昧的礼物——一只铃铛。送礼物本身提示她们为同父异母的姐妹关系，铃铛则表明她们的角色分别是女主人和奴隶。

考虑到伊丽莎白·埃普斯像母亲般努力减轻玛丽亚的悲伤和对家人的思念，有理由认为，她会想为这段明知怆痛的经历带来一丝安慰。萨莉·海明斯和玛丽亚一起住在埃平顿，对玛丽亚忧惧交加的情绪爆发并不陌生。我们从阿比盖尔·亚当斯给杰斐逊的信中得知，这两个女孩甚为亲密。[86]伊丽莎白想让萨莉·海明斯陪他走这一趟可能有若干理由，[87]其中一个重要的理由是：有她在旅途中作伴，玛丽亚能过得和以往一样舒心，而且玛丽亚可以依赖她的关爱和顺从（那是萨莉·海明斯身为奴隶的本分）。[88]可以推测，如果说杰斐逊当初肯让萨莉·海明斯陪着玛丽亚去埃平顿，是为了让玛丽亚情感有靠、生活方便，那么伊丽莎白·埃普斯也许就有把握杰斐逊也会认同他们现在的决定，出于同样的理由派萨莉·海明斯跨越大西洋。

不过，阿比盖尔·亚当斯对此却不以为然。当这两个女孩抵达伦敦时，看到两人差不多年纪，身上的衣服都要不得了，亚当斯太太的不悦溢于言表。她很震惊"那个你指望能照顾她的老保姆"被换成了一个"十五六岁的女孩子"。[89]和拉姆齐船长一样，她也觉得萨莉·海明斯"还是一个孩子"，没多少用，最好让她回弗吉尼亚去。她们到达十天以后，亚当斯太太仍不改口，"和她一起来的那个丫头比她还需要让人照顾，根本没本事好好照顾她"[90]。考虑到埃普斯一家更了解萨丽·海明斯，而且深信她负责可靠才派她去，亚当斯太太坚持说她不成熟就很奇怪了。也许部分原因是，亚当斯太太高估了萨莉·海明斯的实际年龄；又或许是因为，看见一个奴隶女孩长得像韦尔斯家的人，而且玛丽亚·杰斐逊明显也有着相像的脸，这让亚当斯太太浑身不舒服。

不管阿比盖尔·亚当斯明显不满萨莉·海明斯的原因何在，这对这个奴隶身份的女孩在她家里可能受到的对待而言都非吉兆。[91] 尽管亚当斯太太写信时曾三次特意讲到萨莉·海明斯，却一次也没提她的名字。在长达两个星期的时间里，海明斯不得不忍受亚当斯太太的冷面孔，这与玛丽亚感受到的热情形成了强烈的反差。玛丽亚·杰斐逊刚刚结束了大西洋旅程，大人们急着哄她开心，给她安慰，拉姆齐船长甚至提出要亲自送她去巴黎。[92] 萨莉·海明斯，一个离家几千英里的小女奴，却得不到同样的关注。[93] 很难想象埃普斯夫妇会顾念到离别是如何打乱了萨莉的家庭生活，他们的考虑都聚焦在玛丽亚身上。拉姆齐当然不会像对玛丽亚那样担忧海明斯的“焦虑和痛苦”，他的报告中对玛丽亚的女仆只字未提。（玛丽亚写给伊丽莎白·埃普斯的信没有保存下来，那是这个女孩跨洋之旅的唯一线索。）阿比盖尔·亚当斯建议杰斐逊带着玛莎来伦敦，这样玛丽亚能见到一个“她熟悉”的人，说这话时她根本没把萨莉·海明斯算进去。[94] 实际上，在阿比盖尔·亚当斯的眼里，萨莉·海明斯甚至根本不配有名字。

萨莉·海明斯的唯一安慰，是旅程的终点巴黎有她哥哥詹姆斯在等着她。她在埃平顿时目睹了计划玛丽亚未来行程的全过程，因此萨莉可能甚至是在期待着见到哥哥。当然，身为奴隶，她无从影响埃普斯家的决定，如果他们派她去，她就得去。然而，另一方面，如果她像小玛丽亚一样惊恐哭泣，可能也就达不到伊丽莎白·埃普斯的要求。横跨大洋需要勇气，重新见到家人的期盼，可能会激励她坚强应对种种挑战，而看似掌控她命运的那些自由的成年白人，似乎无人想过要让这诸多挑战对她来说变得容易一些。[95]

詹姆斯·海明斯是在1784年夏陪杰斐逊来巴黎的。除非他在杰斐逊招他上路时顺路经过了埃平顿，否则就已经快四年没见过萨莉了。从十岁至今，她变了许多，多亏她陪着玛丽亚，他才能认出她来。她应该是像玛丽亚一样，也穿着阿比盖尔·亚当斯给她做的新衣服，尽管她的粗布工装绝对比不得玛丽亚的裙子，那可是用市面上能买到的最精细的亚麻布做成的[96]。萨莉眼里的哥哥可能变化没那么大，詹姆斯比她大八岁，在他们上次见面时已经是成年人[97]。不过，她觉察到他的举止和做派略有改变，在法国的三年让他新添了自信，有了自我意识。就像玛莎领着玛丽亚去熟悉巴黎日常生活中的景致、声响、奇观和污秽，詹姆斯·海明斯也同样领着妹妹四处开眼界。

詹姆斯已经接受了18个月的法国美食厨师培训，最初跟着杰斐逊的厨师当学徒，然后进阶到制作法式糕点，导师是波旁王室成员路易-约瑟夫亲王家的厨师[98]。1787年妹妹到达巴黎时，詹姆斯再过六个月就要被提升为主厨，那时他将负责管理杰斐逊的厨房[99]。在法国，他是拿薪水的雇员——法国允许在其殖民地施行奴隶制，但在本土不保护蓄奴。杰斐逊违反了法国对入境奴隶进行登记的要求，他甘愿冒着缴纳一大笔罚金的风险，只求让詹姆斯·海明斯的奴隶身份不为人知。他也没给萨莉·海明斯做奴隶登记。而且在革命时代的巴黎街头，詹姆斯·海明斯可能已经了解到，如果他去起诉要求自由的身份，法国法院会支持他而不是他的主人。简言之，三年里，詹姆斯·海明斯学会了一项宝贵的技能；但更重要的是，他看到了存在另一种有别于弗吉尼亚的生活方式的可能，而且那可以是他的生活方式。[100]

他领着妹妹走进的正是这样的世界。当然，萨莉·海明斯不会被培训成厨师。实际上，正如阿比盖尔·亚当斯预见的那样，萨莉·海明斯的角色到底是什么，一直是个问题。她们到巴黎一个星期后，玛丽亚去了彭特蒙，却没有迹象表明她把萨莉也带过去了，尽管彭特蒙有许多学生都带着女仆。杰斐逊最在意的倒是要给萨莉·海明斯接种牛痘，之前他特别要求过弗朗西斯·埃普斯给玛丽亚的旅伴做牛痘接种。那年秋天，她到巴黎才几个月，杰斐逊就付给萨顿医生一大笔钱——240法郎（大约相当于今天的1000美元）[101]，他曾经按这位医生的做法，在他妻子去世后马上小心地给自己的两个女儿做了牛痘接种。接下来是长达几个星期的隔离、疼痛、发烧，无疑还有恐惧和孤单，萨莉·海明斯被迫独自熬过这一过程，尽管是在能用钱买到的最好的医疗条件下。然而，正如历史学家戈登-里德所指出的，这也“可能是她第一次受到白人的照顾”[102]。没人支使她去干任何活儿，萨莉·海明斯有了时间去想自己的生活该是什么样。

孤单的隔离期结束后，萨莉回到杰斐逊家。在1788年这新的一年里，她和哥哥一样领到了薪水，尽管是不定期的：一月领到24法郎，接下来就什么也没有了，直到从十一月开始的几个月里，每月领到12法郎。[103] 戈登-里德指出，这份月薪“远高于巴黎住家女佣的平均薪水”[104]，与玛莎得到的津贴相当。没有记录表明萨莉是做了什么来得到这份工钱的，但有多种可能。她可能在厨房里给当厨师的哥哥帮忙，缝纫、修补再做些洗洗涮涮的活儿，也许做些轻松的家务事。杰斐逊在巴黎的家仆有点不同寻常，在萨莉·海明斯到来之前全是男仆。此前没有指定管家，萨莉·海明斯可能接手了这一职责。她可能负责照管杰斐逊的衣服和寝具，两个女儿来看他时，衣物也归她管。不管怎样，杰斐逊深信，家务是女性的天职，这些任务交给一名女仆是完全合理的。

萨莉·海明斯在巴黎住了两年，在此期间，杰斐逊和她之间的关系是在何时发生了何种改变，谁是萨莉·海明斯的孩子们的生父，一直是颇有争议的话题。数代历史学家都遵循着杰斐逊外孙辈的说法，他们的辩解似乎足以推翻那个1802年首次出现在里士满一份报纸上的流言。直到1974年，才有一位白人历史学家严肃对待萨莉·海明斯的儿子麦迪逊·海明斯（Madison Eemings）的说法，早在一个世纪前的1873年，他就讲述了自己的家族史。弗恩·布罗迪（Fown Brodie）在她的著作《托马斯·杰斐逊秘史》（*Thomas Jefferson: An Intimate History*）中提出了自己的理论，[105]遭到一众杰斐逊研究专家们的指责，这些人甚至不惮于对布罗迪本人发起人身攻击。但是，对美国早期历史的研究出现了一个新趋势，学者们开始探究过往普通人的经历，引发了对蓄奴制的持久质疑，并开辟出新的研究道路。

安妮特·戈登-里德的开拓性著作以及蒙蒂塞洛历史学家露西娅·斯坦顿（Lucia Stanton）的研究让人更关注围绕海明斯–杰斐逊关系的争议[106]，并开启了关于蒙蒂塞洛奴隶群体历史的研究。1998年，DNA检测证实了萨莉·海明斯的幼子埃斯顿（Eston）与杰斐逊家的男性支系有血缘关联，结论否定了杰斐逊外孙辈的说法，即他们的卡尔家表亲是海明斯孩子的生父。尽管并没有直接证明托马斯·杰斐逊就是埃斯顿的生父，但科学的铁证似乎最有力地证实了，杰斐逊的那些自发的铁杆“辩护人”对此事的否认站不住脚。托马斯·杰斐逊纪念基金会（Thomas Jefferson Memorial Foundation）耗时一年重新查验了历史和科学方面的各种证据，随后于2000年1月在其网站上发布了一份报告，结论是：多数证据指证了杰斐逊与海明斯有私情，其结果是有了四个存活下来的孩子。

他们这段关系始于巴黎，但无从准确获知是如何或从何时开始的。不过，我们可以推测一下原因。萨莉·海明斯是个十六七岁的可爱姑娘，迥异于那些教育完备、勇于表达的法国贵族女性，杰斐逊早就烦透了她们大谈特谈政治理念。家庭事务就是萨莉·海明斯的竞技场，给杰斐逊收拾房间就是她的本职工作。年龄上的差距也不是问题。杰斐逊带着长女住在费城时，就曾经开玩笑地鼓励詹姆斯·麦迪逊去追求吉蒂·弗洛依德（Kitty Floyd），而这位女士比麦迪逊年轻了差不多20岁。玛莎未来的公公娶第二任妻子时，也没人在意夫妇间31岁的年龄落差。萨莉·海明斯让杰斐逊想起他怀念的家，很可能也想起了亡妻，毕竟她俩是同父异母的姐妹。当然，在老家，女奴经常是主人发泄欲望的目标；尽管杰斐逊最恨冲突，倾向于劝人服从而不是动粗，但他的行为却完全符合蓄奴社会对主人的一切预设。这么一个女人满足了杰斐逊的所有需求，却不会有违背在妻子临终病榻前哀伤发誓的麻烦，不会给女儿新添不受欢迎的继母，不会生出第二批继承人。[107]

萨莉·海明斯对这一关系的衡量则复杂得多。[108]她的儿子麦迪逊在1873年说："她刚刚听得懂法语"，"在法国她是自由人，而一旦回到弗吉尼亚，她就得重做奴隶。"无疑，她和詹姆斯讨论过留下来。他有一技傍身，而且已经雇了老师教他贵族法语，因为他不想一张嘴就像巴黎城里随处可见的外省来的低等仆役。詹姆斯·海明斯的计划围绕着自己未来的主顾展开，而他们全都不在弗吉尼亚。萨莉作为一名贴身侍女的本领也能挣到高薪。他们俩都知道，如果他们要求自由，法国的法律会站在他们这一边。但是，如果她留下，就再也见不到其他的家人。她将再也见不到蒙蒂塞洛那令人屏息的美景，感受不到弗吉尼亚春天的温柔。阿尔伯马尔的美景，同样拨动着蒙蒂塞洛主奴双方的心弦。

当杰斐逊开始考虑回家时，他明确告诉萨莉·海明斯他想要她陪着。但是，据麦迪逊·海明斯的说法，她拒绝了。这就让杰斐逊开始了没完没了的说服工作。"为诱使她同意，他答应给她特权"，麦迪逊继续说，"他做出庄严承诺，她的孩子年满21岁就会获得自由"。[109]从后来的史实看，我们可以猜出其中部分特权会是什么——无论萨莉·海明斯还是她的孩子，都不会被迫"下田"，也就是常说的农业劳动；她的孩子不同于杰斐逊的其他奴隶，未满14岁都不用干活儿；他们将在她身边度过童年；他们会穿得比多数奴隶好；她和她的孩子将来也不必去伺候杰斐逊的两个女儿，她们和她是同龄人。

在麦迪逊所谓"她自己的和约"中，萨莉·海明斯赢得的最了不起的特权，是她的孩子们的自由。这一非凡的承诺许下了，也被接受了，尽管她也明白，在美国没有一个法庭会强迫杰斐逊信守承诺。按照她的儿子的说法，萨莉·海明斯考虑此事时已经怀上了杰斐逊的孩子。麦迪逊·海明斯说："在那段时间里，我母亲成了杰斐逊先生的情妇，当他被召回美国时，她已经怀了他的孩子（enceinte）。"[110]严格地讲，"情妇"这个词是指一个女人与一个男人未婚同居时的合理身份。[111]但主奴之间的婚姻，在美国任何州都是法律不允许的，而萨莉·海明斯也不算是杰斐逊的外室，因为他并未与她成婚。但麦迪逊用"情妇"这个字眼来形容他母亲与杰斐逊的关系，则浸透着他因亲生母亲永远低人一等而感到的痛苦和屈辱。她永远也得不到作为妻子的荣誉和尊重。

麦迪逊使用法语词源的"enceinte"这个说法既奇怪又富有深意。这个词最常见的意思是指怀孕。不过，它更悠久的历史可以追溯到中世纪时期，指的是一座城堡的外墙。[112]在护城河的围护下，城堡的外层堡垒只有通过从里面放下的云梯才能攻破。也就是说，这是一个防御性的军事边界。麦迪逊在描述母亲在巴黎与他父亲讨价还价时，用了两个而不只是一个军事词汇：和约（treaty）和外墙（enceinte）。回到弗吉尼亚重为女奴，每当杰斐逊想要她的身体时，萨莉·海明斯可能无法拒绝。但是，她的身体确实构成了孩子们的防护线。借由她的身体，从1662年开始生效的弗吉尼亚法律规定的遗传纽带将被打破，在她的这一支系上，她将是最后一名奴隶。

于是，当杰斐逊最终听到他期待已久的、国会批准他回家的消息时，萨莉·海明斯需要做出一个改变她人生的决定。他们的关系是否能持续，这取决于萨莉·海明斯。或许她在与哥哥的长谈中权衡过自己有哪些选择，又或许她已经很清楚自己想在哪里生活。最后，麦迪逊告诉我们："由于他做出了承诺，而她心中也暗自信赖着他的承诺，于是她跟着他回了弗吉尼亚。"[113]

第 5 章

转变

1789

那天杰斐逊经过路易十五广场，眼看着愤怒的巴黎暴民击退了瑞裔和德裔护卫队。仅仅两天之后，1789 年 7 月 14 日，另一群巴黎民众袭击了巴士底狱。国王、新的国民议会乃至杰斐逊这等外交官，此前都持谨慎乐观的态度，希望这场愤怒的暴动不会真地发生。作为美国大使，杰斐逊在最近的距离见证了法国的大戏逐渐推进，一步步磕磕绊绊地走向了革命。五月，他参加了在凡尔赛召开的第一次三级会议。这个代表机构包括三个阶层——教士、贵族和市民，但在其近五百年的历史中从来没能获得政治机构的地位，只是偶尔被法国国王召集一次。当时，路易十六面对日益恶化的国家财政状况陷入绝望，在很大程度上，这种困境是投入巨资参与美国革命所造成的后果。于是，在这年春天，国王召开了三级会议。然而，税赋问题几乎马上就被代表权问题——即权力分配问题抢了风头。如果每一个等级有一票表决权，那么国王就占有优势：前两个等级将以 2:1 的票数胜出第三等级的平民。而如果每一位代表都有一票表决权，则有利于人数众多的第三等级。这两个方案如何取舍？

杰斐逊密切关注着这些辩论，五月和六月，他几乎每天都在凡尔赛参加会议。在那里，他目睹了教士和贵族作为一方与第三等级日益僵持不下。失去耐心的第三等级主张自己有权管理国家事务，于六月中旬扬长而去，另组国民议会。他们也邀请教士和贵族以平等的身份加入其中。这种做法打破了以划分人的等级为基础建立政权的观念，正如不久前美国革命所作的那样。国王决定让步，要求前两个等级接受第三等级的邀请，这带来了脆弱的和平，让杰斐逊在那个周日早上略享安宁，然而愤怒的贵族们要求路易十六重新考虑，又让这和平昙花一现。

杰斐逊决定让两个女儿离开动荡的巴黎，并非因为他预见到暴动会从巴黎街头蔓延到外省。差不多一年以前，他已经写信给国会请求离任回家，颇为婉转地说是为了“让我的女儿能有朋友的陪伴和关照”[1]。不过他确实是个忧心忡忡的父亲。玛莎 17 岁了，已到了适婚年龄，他断定如今是时候让她远离法国上层社会的诱惑了，不能坐等她被哪个浑身光鲜的贵族追得五迷三道。[2] 早在前一年夏天他已经考虑过这个问题，不过还想让姑娘们在巴黎多待一段时间，好让玛丽亚的法语再精通一些。[3] 但是，到了火星四溅的 1789 年夏天，他焦急地对詹姆斯·麦迪逊说，“我急需离开”，如果全家不能在入冬之前离开的话，旅行就会变得更加困难，“我会陷入最煎熬的两难处境”。

你会好奇，为什么离开成了急需的行动？玛莎当然不想走。她到巴黎时还是个小姑娘，如今已长成一位国际化的年轻女士。杰斐逊承认，到法国刚一年，她的法语就和英语一样流利了，而“我的两个秘书汉弗莱斯、肖特，再加上我自己，比我们刚到时好不了多少”[4]。语言只是她沉浸在法国文化中的首要标志，玛莎在其他方面也日益法国化，比如她的宗教信仰（如前文所述）、衣着、对时尚的品鉴，也许还有她对爱情与婚姻的看法。甚至从这段时期保存下来的极少数信件中也能清楚地看到，她正愈发自信地表达自己的见解。在巴黎，她已经产生了对蓄奴制的厌恶和对政治的兴趣，而且不惮于直抒胸臆（在萨莉·海明斯到达的前几个月）。这些新变化很容易引起杰斐逊这个弗吉尼亚共和党人的警惕：用他委婉的话来说就是，他绝对更喜欢女性“足够聪明，不去绞尽脑汁关注政治话题”[5] 的社会，而非男女两性同样热烈地投入无处不在的政治辩论[6]。

玛莎并非总是关心这些事情。比如，儿时在费城，她曾对衣着毫不在意，以至于伊丽莎·特里斯特只好悄悄建议杰斐逊，下次给玛莎写信时也许应该跟她提提此事。[7] 玛莎进了修道院学校后也没马上改变多少，玛丽·德·博蒂多回忆起，她的围裙上染着咖啡渍；杰斐逊也曾责备她，说她从学校出去登门做客时应该换掉校服[8]。然而，到了她在彭特蒙的末期，伦敦的贝蒂·霍金斯托她帮忙买一件斗篷，她告诉贝蒂最新的"居家"帽子款式，[9] 还跟其他人商量"哪种面料做皮大衣最时髦、淡粉色的丝缎沿边要缀白色还是红色的狐皮"玛莎新学到的品位招人喜欢，贝蒂认为"你寄给我的斗篷，是我有生以来见过的最漂亮的"[10]。杰斐逊的账目也透露出她对时尚的兴趣日益高涨，从她 1789 年 4 月末离开学校的前夕开始，这一兴趣稳步上升。[11] 杰斐逊记下了买奢侈的夏装面料、手套、丝绸、鞋子、紧身衣，还有一顶帽子的支出，而这些全都只是在五月这一个月里买的！

这些购物行为记录了玛莎·杰斐逊准备更正式地进入法国社交圈。在她人生的这个阶段，恋爱和婚姻可能即将发生，与谁结亲的衡量至关重要。耐人寻味的是，她把从同窗好友那里收到的字条和信件保存了一生，而我们能够据此聆听她们的交谈，尽管玛莎本人的声音已经失传。正如我们所见，体面与可鄙的边界不清，让这些年轻女性依违两难，在一个旨在保持她们孩童般天真纯洁的学校里，这是个不小的挑战，人们同时也希望她们学会保护自己的名誉使之无懈可击。她们分享故事，评判议论，耗费时日思考着婚姻市场的运作方式。

一位名叫雷切尔·达什伍德（Rachel Dashwood）的英国同学引发了纷纷议论。她的"大胆"行为，让贝蒂·霍金斯担心她那"轻率的性格"，不过仍希望离开她那"名声欠佳的表姐"的坏影响，这位小姐也许能"更有规矩"并且"多一点美德"。玛莎对达什伍德小姐的看法比较宽容一些，但也热衷于聊她的八卦。贝蒂在给她的回信中惊叹道："你今天告诉我的她和伊顿公学男生们的故事，真让我震惊。"[12] 玛莎喜欢拿玛丽·德·博蒂多的男朋友来取笑她，显然是在其他朋友面前。伊丽莎白·塔夫顿告诉玛莎，“上星期我给博蒂多写信把博瓦当胡说八道了一番”，“我希望没冒犯她。万一惹了她，那也都是你的错，所以你得准备好在星期二挨顿臭骂”。[13]

玛莎也有自己的罗曼史，也同样被人取笑。她的朋友朱丽娅·安纳斯利注意到了她早期的初恋：在爱尔兰出生的神父埃齐沃斯·德·弗尔蒙（Abbé Edgeworth de Firmont）[14]。“你知道吗，我觉得神父对你——情……情……情有独钟——”朱丽娅这样开头，然后又调皮地总结说，“噢，主啊，请求您的原谅，那是因为你学习那么好”。[15]一个星期后，玛莎还没回复她的字条，这显然惹恼了朱丽娅，她佯装生气，“纯粹出于恶意，我希望神父明天会骂你。我不在乎——我想那可能是你会经历的至高的耻辱，所以才希望你挨骂——现在读到这张字条的你一定非常漂亮——天啊！”想到她皮肤白皙的朋友那么容易脸红，朱丽娅笑了起来，“你的脸色多漂亮啊”。[16]

1788 年夏天，玛莎才 16 岁时，在巴黎经历了初次春心萌动，而今她已不复青涩，长成了贵族熟人圈里被严肃考虑的婚配对象。1789 年 8 月，伊丽莎白·塔夫顿觉得自己发现了玛莎的秘密恋情。“你想不到昨天某人问我是不是爱上了汤姆，我笑成了什么样”，她从伦敦写信说，“我回答说我没有，可我知道有个美国年轻女士认为他举世无匹，那么崇拜他呢”。[17]

尽管贝蒂·霍金斯已经回到英国，但也同样觉得自己闻到了一丝浪漫的气息。她写信说：“谢谢你在我们告别以后从没给我寄过意大利诗歌——顺便说一句，通常来讲，心不在焉是因为心有所属，而不是无缘无故的。”[18]贝蒂确信，玛莎只是因为满心想着恋情才没能跟她保持通信。“某人很害羞，我不会多问”，贝蒂先是逗她，然后又想诱使玛莎多透露一点，“我听说有人交了那种知心密友”。很难说究竟是哪段罗曼史让玛莎如此分心，似乎有若干可能性。

除了那位神秘的汤姆之外，还有个美国人，某位圣·约翰先生，他向玛丽·德·博蒂多承认，玛莎是他的初恋。圣·约翰就读于位于贝里大街的卢瓦瑟与勒莫因青年贵族学校，住在德朗雅克旅馆街对面。玛丽多年以后写信给玛莎说，他“整夜在窗前凝望着你家”[19]。他的话让玛丽大吃一惊，她从没听玛莎提起过他。不过，她记得玛莎曾从某个不知其名的年轻人那儿收到过一枚戒指，然后又退回去了。“嗯，那就是我呀”，圣·约翰告诉玛丽。

似乎也有人注意到，杰斐逊的远亲兼秘书威廉·肖特显然引起了玛莎的注目。他有很多可取之处：他也迷恋法国的一切，包括认真学习法语，尽管成果差强人意；他英俊潇洒；她父亲喜欢他、信任他。的确，每次杰斐逊离开巴黎，都让能干的肖特来管理自己在德朗雅克旅馆的家，并打理他的公务。纳比·亚当斯觉得他很好打交道，风度怡人，“没有哪怕一点点公事公办的样子，也从不矫揉造作”[20]，他也是她母亲所青睐的人之一[21]。1787 年夏，杰斐逊去欧洲旅行了七周，给了玛莎和肖特相处的机会。肖特经常去寄宿学校看她，给她送去杰斐逊的来信。离开彭特蒙后，玛莎和妹妹一直住在家里，就更常见到他了。

44 岁的多塞特公爵也津津有味地关注玛莎的恋爱进程，他的外甥女伊丽莎白·塔夫顿曾替他向玛莎带话：“他希望你一如既往地喜欢肖特先生。”[22] 但他这话也可能是作为落败的情敌口出讥讽。1789 年夏，玛莎常与公爵和他的两个外甥女相会。有位朋友注意到“公爵似乎特别关心你，我并不意外，亲爱的杰菲，他的选择只会让他更荣耀，也会让好多人嫉妒他”[23]。但是，当他向玛莎献上一枚钻石戒指时，玛莎拒绝了，于是他只得满足于送上一枚简朴的戒指，用以纪念“他的美好回忆”[24]。

尽管玛莎拒绝了公爵，她与肖特的感情发展却并不顺利。无从知道发生了什么事导致他们关系破裂，不过俩人此后谈及对方时都带着些许怨气。玛莎甚至都不想听人提到他的名字，肖特也并不愿祝她一切遂心如意。玛莎离开巴黎后，伊丽莎白·塔夫顿提醒她查收一封她妹妹写的信，说她们的舅舅把信“交给了美国临时代办（肖特），（我不指名道姓，免得冒犯你），他答应会转交的”[25]。当玛丽·德·博蒂多向肖特打听玛莎回弗吉尼亚的旅行情况时，他还在生气。肖特告诉她，“杰斐逊小姐还在港口”，由于“风向不对”，她未能启航，没有迹象表明风会停下来，因此他说恐怕“博蒂多小姐的朋友们的旅程会很不舒服”。他还恨恨地加上一句，“有个人活该碰上这种事”，显然，他指的是玛莎。[26]

当然，婚姻对女性来说是一件严肃的事情，一旦结婚誓言说出口，她们便将自己的姓氏、法律身份、财产和身体都交给了丈夫。在年轻女孩的通信中，择偶的权衡是一个重要组成部分。当玛莎获悉贵族圈里的婚配情况时，对耳闻的某些欧洲男人寻找太太的方式简直难以置信，也许她想起了自己父母那种相爱的婚姻。“我记得你不肯相信偶尔会有人登广告找太太”，贝蒂·霍金斯从伦敦写信给她，另附一份《晨邮报》上的这类广告，“希望你能相信自己的眼睛”[27]。在另一封信里，贝蒂写到，自己将在1788年5月嫁给21岁的亨利·弗朗西斯·罗普·寇仁（Henry Francis Roper Curzon），并历数了他的出色资历。这位务实的19岁姑娘在信中逐一列举了作为妻子对自己未来的财富、头衔和安稳度的评估，“关于他，我可以告诉你的是，他出身于一个极其优秀的家庭，他的父亲寇仁先生是莱汉姆勋爵（Lord Leynham）的兄弟，非常可能继承他的头衔和产业。”她继续写道，“若非身为天主教徒，他本该是个准男爵”，“不过幸运的是，如果现任继承人‘咽了气’，这并不会妨碍他成为莱汉姆勋爵”。她还很高兴地介绍说，她这位意中人“非常细心，而且相貌英俊”[28]。

一年以后，她们的朋友朱丽娅·安纳斯利嫁给了“（爱尔兰）米斯郡主教的长子，某位麦克斯韦尔先生”[29]。这桩显然被看好的婚姻却也有其代价。“人们可能会说，她对‘某个重要问题’的看法发生了变化”，新晋的寇仁太太小心地暗示道，“不然这桩婚姻根本成不了”。朱丽娅离开彭特蒙时曾哀叹“那条要命的大船”[30]将她带离法国，并带离了埃齐沃斯神父，那是玛莎挚爱的老师，其实也是朱丽娅的所爱。朱丽娅在抵达多佛之后写道："他是一个有魅力的人！""我受过他多少恩惠！他一直是我的拯救之道。"她新近皈依了天主教，对于在信仰新教的英国会遇到什么惴惴不安。她的害怕是有道理的，要嫁给一位英国圣公会教派主教的儿子，她必须放弃自己的新信仰。权衡过自己可能的选项后，她下了决心。那年晚些时候，贝蒂·寇仁听说麦克斯韦尔先生成了法纳姆勋爵（Lord Farnham），他的新娘"如今是朱丽娅勋爵夫人，如其所愿"。[31]

身为彭特蒙的学生，朱丽娅·安纳斯利一直明白自己想要一个头衔，而且将通过婚姻确保这一点。尽管年少时她打趣过美国朋友玛莎的痴恋（她曾笑话玛莎说："记住，神父不能结婚。"），但朱丽娅却看清了，婚姻牵涉到地位和财富。为了换取未来的美好生活，朱丽娅·安纳斯利决定放弃在不列颠绝对不合时宜的宗教（直到1829年，天主教教徒在不列颠才有投票权）。在姑娘们的婚礼临近之际，以往关于结婚离婚的轻俏闲谈变得严肃起来。贝蒂·霍金斯在婚礼前两天向玛莎承认，"我真是要疯了，一想到我这么快就得抛开所有朋友，还有我最亲近的亲人，跟着一个也许很快就会忘光给我的种种许诺的男人……"她没有继续说下去。她那强悍的母亲显然为这一前景光明的联姻感到高兴，对贝蒂并无同情，她说，贝蒂觉得害怕说明她是"一个白痴"。贝蒂沮丧地写道："可怜可怜你心神不宁的朋友吧。"[32]

玛莎当然也有着对婚嫁传闻的好奇，乐于了解朋友们婚姻状况的最新进展，但她似乎不愿同意婚姻仅仅是关于金钱和头衔的讨价还价。同窗布罗德海德小姐（Miss Broadhead）订婚的对象是"某位达什伍德先生，一位非常和蔼可亲的年轻人，贵族头衔的继承人，还有一万先令年金"。听说此事，贝蒂·寇仁生怕玛莎"会指责她*重蹈覆辙，与你曾经无情指

---

* 原文为"him"，但结合上下文，此处应指罗德海德小姐，故译为"她"。——编者注

责的可怜的索菲犯下了同样的错误”：婚姻的初衷是唯利是图。玛莎想要一场有爱的婚姻，贝蒂相信“杰菲，你是一个有能力付出真爱的人”[33]，你会如愿以偿的。玛莎和她的贵族朋友们一样，也认为自身的地位和社会阶层承自父亲，这是天赋权利；玛莎也不会为爱情而牺牲金钱。但是，作为一个美国人，她拒不考虑令她的同学们如此垂涎的贵族头衔。旅居法国五年之后，玛莎·杰斐逊学会了打扮，有了自信，在追求恋爱和婚姻诸多方面都有了日趋成熟的想法，不再是刚被父亲带到巴黎时的那个懵懂少女了。玛莎在巴黎的最后几个月里已经摆脱了羞涩，她很自信。更有阅历的贝蒂知道，这是“在这个世界上必需的，每个男人都会根据你对自己能力的看法来评判你”[34]。至于时机来临时，挑选丈夫该做哪些复杂的权衡，她也学会了。

对玛丽亚来说，在法国的岁月带给她的转变不如在她姐姐身上那么明显，主要因为她年龄还小。入读彭特蒙时她才 9 岁，而不像姐姐入学时已 12 岁了，离开巴黎时她刚过完 11 岁生日，这么小的女孩还不会像那些高年级学姐一样少女怀春。她每天的日程和课表很接近海伦娜·马萨尔斯卡记忆中巴黎另一所精英学校布瓦修道院学校的情况。[35]和玛莎的课程一样，法语也是玛丽亚的重头课，阅读、习字和算术紧随其后。但这些课程不限于基础水平。玛丽亚来巴黎时已经不是白丁。阿比盖尔·亚当斯曾赞叹玛丽亚“（有着）如此成熟的理解力、如此女性化的举手投足以及如此丰富的感性”[36]，并注意到她热爱书籍，这多亏了伊丽莎白·埃普斯的培养。玛丽亚到巴黎几天后，杰斐逊感激万分地写信给妻妹说，“她的阅读、书写和整体气质，让我们将永远感念你的恩德”[37]。因此并不奇怪，玛丽亚在新学校里表现很好。仅仅一年后，杰斐逊就告诉伊丽莎白·埃普斯，“玛丽亚的法语已经讲得很轻松了，读书就像在读英文书一样。过几天她会开始学西班牙语，再往后要学羽管键琴和素描”[38]。

不像玛莎在彭特蒙最初几个星期里孤立无援，玛丽亚有姐姐在身边，可以慢慢带她融入新的环境。玛莎那些忠心耿耿的朋友也爱玛丽亚，其中很多是英国人。[39] 1787 年 7 月玛丽亚到校时，玛莎的朋友们已经等在那里迎接她，其中有贝蒂·霍金斯和朱丽娅·安纳斯利，还有另外几个曾跟玛莎交换过装有头发的项坠盒的密友。玛丽亚总是愿意“黏着那些对她好的人”（这是她父亲观察到的），当父母不在身边时，这对她很有助益。阿比盖尔·亚当斯也这么想，“她的脾气、她的性情、她的细心都令人高兴”[40]。从慈爱的埃普斯姨妈，到海港至巴黎的马车上争相让她坐在自己腿上的陌生人，[41] 人们自然而然地被可爱的玛丽亚·杰斐逊所吸引。

入校两星期内，她就获得了玛莎朋友们和修女们的喜爱。贝蒂·霍金斯甚至在离开彭特蒙之后，还请玛丽亚给她写信，央求她不用在意字迹是否工整。18 世纪的礼仪是写信人先打好草稿，然后誊抄一份干净的副本寄出去。但是贝蒂让玛丽亚不用守这规矩。“你知道，朋友之间，写得整齐不整齐都没关系。如果有关系，我当然应该重写一遍，我这辈子从没见过这么糟糕的笔迹”，她欢快地承认道。[42] 贝蒂从伦敦给玛丽亚寄来故事书和亲吻，并向她保证会“回复她迷人的信”[43]。伊丽莎白和卡罗琳·塔夫顿姐妹给玛莎写信时从不忘记附上对小妹妹的爱。[44] 玛丽亚也交了自己的朋友，比如吉蒂（凯瑟琳）·丘奇，她是亚历山大·汉密尔顿夫人的外甥女。于是，杰斐逊不无理由地几乎马上就向伊丽莎白·埃普斯报告说，在彭特蒙，玛丽亚成了“年轻女士和女教师们一致喜爱的人”[45]。

不过，他认为玛丽亚在学校“十分快乐”的这个判断可能过于乐观了，这并不准确。尽管有朋友的呵护和宠爱，但在修道院学校校长的领导下，彭特蒙的生活制度与玛丽亚在埃平顿享受到的单独照看、爱心关注与纵容娇惯天差地别。卡罗琳·塔夫顿肯定注意到了玛丽亚在修道院学校里并不开心，因为她猜想玛丽亚回到弗吉尼亚之后会快乐得多。[46]

的确，在欧洲时，玛丽亚似乎全副心思都在想着弗吉尼亚。亚当斯太太告诉自家姐姐，玛丽亚在伦敦时，有时会坐在阿比盖尔·亚当斯的腿上，“给我讲她如何告别抚养她长大的姨妈，她对姨妈的感激，以及她对小表妹们的爱，直到泪珠顺着面颊滚滚滑落”[47]。刚到巴黎的第一个星期，她肯定也给父亲讲了同样的话，因为他对埃普斯保证说，“没有哪个孩子会对一个不在身边的人有着比她对你更诚挚的爱”[48]。一年后，她父亲告诉妻妹，玛丽亚始终“认为你是她最好的未来引路人和守护人”，也就是说，如同母亲一样。就学期间，杰斐逊的两个女儿和他共度周末时，只会聊远在弗吉尼亚家乡的亲戚。杰斐逊相信，即便他们一周里的每一天都待在一起，“话题还会是一样的”[49]。

玛丽亚在彭特蒙的不快还有另一层原因：她担心自己会惹父亲不高兴。尽管众人皆知玛丽亚痛恨写信，她还是写了一封长信给埃普斯姨妈讲述她的旅行——不幸的是，现在我们看不到这封信了。她及时写完了这封信，赶上与杰斐逊通报她已平安抵达的信同时付邮。但是，在跨洋的怆痛经历之后的一年间，尽管每次听到姨妈的名字，她的脸上都“闪耀着爱的光芒”，玛丽亚却再也没写过第二封信。杰斐逊知道，那不是因为她没有写信的愿望。他告诉埃普斯太太，他总是建议她再试一次，但也知道没用。“我知道她会马上做，她都做过十几次了。她备好所有文具，正襟危坐，手执着笔，直到这些都做完了，冥思苦想一阵后，她才会喊道：‘爸爸，我真不知道该写什么，您得帮帮我。’”由于杰斐逊总是拒绝帮忙，“她的良好决心总是半途而废，她的信还没开头就结束了”[50]。

历史学家杜马·马龙称玛丽亚·杰斐逊是个“不情愿写信的人”，因为写信对她来说似乎是一个无法应对的挑战。他得出结论，“对她来说，很难学会做她父亲的女儿”。照这位完全站在杰斐逊立场上衡量玛丽亚的历史学家的看法，这是一种失败。[51] 但是，马龙没有考虑到其他可能性，其中一个重要的解释是玛利亚有着讨好型人格。埃普斯家的一位后人在

19世纪60年代讲述的家族故事让我们看到了一幅与杰斐逊的描述有所不同的画面："他让小女儿坐在桌旁，放好了笔、墨水和纸，告诉她日期，让她写信。过了好一会儿，等他回来时，纸上只写了日期，像一开始那样雪白干净，上面滴着她的眼泪。"这个故事接下来是这样的——等玛丽亚回到了弗吉尼亚，姨妈问她为什么从不写信，她回答说："噢，埃普斯姨妈，我想写，也试过，但我就是不能……如果我给你写信，我会把什么都告诉你的，爸爸都会读到的。"[52]想到有父亲站在肩后看着她写信，她便不能倾诉自己的孤独和思乡之情，害怕他会以为那是在责备他接她过来。一旦开始给对她心怀同情的姨妈写信，就会打开情感的泄洪闸，所以小玛丽亚只好把自己彻底封闭起来。

不管怎样，玛丽亚·杰斐逊在弗吉尼亚学到了重要的一课，她学会了写作。她初次写的信就是企图抵抗不去巴黎的那封，结果是灾难性的。尽管她相当坚决地说出了自己的想法，却还是被否决了。她也看到她的姨妈遭受着类似的命运，来信变得让人害怕而不是令人期待。她一定会问，写不写信最终又有什么关系呢？如果写信只会伤人，那为什么还要写呢？与姐姐不同，玛丽亚·杰斐逊并不靠信件来加深友谊。她有另一位母亲，这是玛莎所没有的。她在埃平顿和伦敦时发现，对一个挚爱的人倾吐心声要比写一封信好得多，会有人紧挨着坐在身边，满腔同情地搂住她的肩膀。

所以，当1789年4月杰斐逊让两个女儿退学回家，全家在德朗雅克旅馆团聚时，玛丽亚可能并无异议。这座房子坐落在一个新开发的社区，杰斐逊和两个女儿都喜欢它的大花园。他爱在花园里试种美洲植物，还在1786年6月买来一套羽毛球设施，玛莎和修道院学校的朋友们就在花园里打球。[53]这里位置优越，远离了城市的肮脏和臭气，交通又很方便，往东可以沿着香榭丽舍大街直达首都中心，往西通向布洛涅森林和西郊（布洛涅森林是个大公园，一直深受巴黎人喜欢，亚当斯和杰斐逊都爱去那儿散步）。

玛莎·杰斐逊记得这座房子“即使在巴黎也算非常典雅，有很大的花园庭院和风格绝美的附属房屋”[54]。房子有三层，平面呈梯形，与建筑用地的不规则形状保持一致。入口在略安静些的贝里街，从街门进来先见到一个庭院。正门大厅连着一个圆顶的大房间，隔壁是一间大大的带天窗的椭圆形沙龙和一间小沙龙，还有一间餐室。堂皇的大楼梯通向楼上，二楼有“一个俯瞰花园的椭圆形沙龙以及三间套房，每一套都依照法国做派配了全套设施，有卧室、书房和更衣室”[55]。杰斐逊的房间在最顶上那层。德朗雅克旅馆是法式设计兼具舒适性的典范，有出色的采光布置、优雅的气氛和现代化的排水设施（为了把水管接进室内，杰斐逊每年得多付 50 法郎）。[56]

我们不知道两个女孩在周末回家或是从修道院学校退学以后分别住在哪个房间。实际上，这座房子里住进杰斐逊和他的两个女儿、萨莉和詹姆斯兄妹、帕蒂以及另外五个法国仆人后，相当逼仄。肖特在城里时也住在这里，这里还要招待美国艺术家约翰·特朗布尔和其他来访者。作为美国大使的宅邸兼办公处，德朗雅克府邸是一座半公共建筑，向每个需要帮助的美国人开放。[57]然而，这里也是杰斐逊在女儿在校的最后一个冬天里安顿她们的地方。在巴黎历史上最恶劣的冬季，她们染上了斑疹伤寒。1788 年 12 月，杰斐逊写信给伊丽莎白·埃普斯，轻描淡写地说她们的病况是“一种不适”，此时玛莎已经康复，而玛丽亚还没好。他写道，病情“还没严重到让她卧床不起”[58]。他不想让她的姨妈吓一跳。

一个月后，杰斐逊写给约翰·特朗布尔的信则更直截了当：“我的两个女儿病了两个月，现在还病着。小女儿病得非常严重。”[59]事实上，杰斐逊为小女儿的性命忧心。这种疾病的全部典型症状玛丽亚全都挨了一遍。[60]斑疹伤寒经由跳蚤或虱子传播，当受害者抓破皮肤后，它们携带的病菌进入血液，伤寒症状开始发作。随后是严重的高烧，有时会长达两个星期。在极端情况下，还会诱发谵妄和随之而来的昏迷——玛丽亚的情形似乎就是如此。不过，到一月底，玛丽亚开始逐渐好转，杰斐逊希望她已经脱离了危险[61]。一旦她们完全康复，他就会送她们回学校。

几个月后，即1789年4月，她们告别学校回家长住，情况比上次回家更愉快，尽管起因却是另一桩忧心事：玛莎想要进修道院当修女。不管怎样，玛莎还在继续写信给她的英国朋友们，包括那些比她先离校的以及还留在彭特蒙的人。听说玛莎的父亲毫不通融地要女儿退学，玛丽·德·博蒂多大受打击。“最终，亲爱的杰斐逊，你们还是决定再也不回来了”，她沮丧地写信给玛莎说，“我不愿相信，可是不幸的是，我找不到理由去怀疑。你不知道我有多伤心。昨天晚上我哭了，尽管我想尽一切办法转移注意力，而此时此刻我又哭起来了”。[62] 不过，为了减轻分离的痛苦，玛莎在父亲家里接待了朋友尤其是玛丽，还和她们一起出门去玩。

杰斐逊确保让玛莎在巴黎的最后几个月过得有声有色。按照家里某个外孙女的说法，她被“引介到路易十六富丽堂皇的宫廷社交圈里”，并且缠着父亲答应她每周参加晚会的次数不限于原先规定的三次（他没有同意）。[63] 玛莎再也不需要征得修道院学校校长的许可，她尽情地享受着在德朗雅克府邸附近园苑里的林荫大道上漫步的快乐。[64] 她还常去皇宫，其中一次是六月底与多塞特公爵和他的两个外甥女一起去的。“有位绅士告诉我他看见你了，”一位朋友写信说，折服于公爵竟如此关心玛莎，“还说你一直留在那儿，直到暮色深重”。[65]

杰斐逊还给玛莎狂买礼物。除了新衣服以外，他还给她买了一枚戒指，并把给她的月钱加了五倍，见她重新开始骑马，还给她买了一条鞭子。买这么多东西意味着杰斐逊默认玛莎已经到了谈婚论嫁的年龄，他很理解适婚年龄的年轻女性“在衣着上当然要比以前多花费一些”[66]。但是另一方面，买这些新玩意儿也是想用充足的娱乐来分散她的注意力，如此一来，她在巴黎的最后几个月里就会放下斋居做修女的祈望。

1789年的夏天也给萨莉·海明斯的生活带来了巨大的转变。很难重构这段时期她在德朗雅克府邸的生活。当然，她越来越迷人，至少杰斐逊是动心了，因为他们九月离开巴黎时海明斯已经怀孕了。我们确切知道的是，她在1789年年初曾离家五个星期，杰斐逊的账册里对此没有解释，除了一条付账记录“杜普雷五周，萨莉住宿”。尽管我们知道杜普雷（Dupré）是杰斐逊的洗衣工，却不清楚萨莉离家的确切日期。安妮特·戈登-里德指出，海明斯住在杜普雷家的时候，恰恰是杰斐逊的两个女儿刚刚发病的时候，也就是玛丽亚病得最严重的那段时期。[67]也许，杰斐逊之所以让萨莉·海明斯离开，是因为他看到这种由虱子传播的疾病在玛丽亚身上的可怕症候，要防止萨莉·海明斯被传染上。

等到两个女儿在四月回了家，萨莉·海明斯的职责可能也有变动。[68]玛莎·杰斐逊新买的丝绸长裙可能要由她打理，还得帮忙梳头做发型、缝缝补补、出门跑腿，再就是随时听唤，总揽淑女贴身侍女的琐事。不过，由于她比以前更经常陪主人出席公开场合的活动，杰斐逊花在萨莉·海明斯身上的费用也增加了。四月，杰斐逊给海明斯买衣服花了168法郎，比不上玛莎仅仅一件丝绸衣服就花了299法郎；给萨莉做衣服付给裁缝25法郎工钱，也比不上玛莎的裁缝拿给杰斐逊的303法郎的账单。不过，考虑到她的月薪是12法郎，已经超出了最顶级的巴黎女仆的薪水标准[69]，为仆人的衣物花的这笔钱仍是相当多的。当然，海明斯要给玛莎当随侍就必须穿得体面，因为佣人的衣着反映了主人的地位。但是，这些花销是否证明了杰斐逊对她兴趣日增，我们却说不准。[70]

给玛莎当侍女时，萨莉·海明斯见到了玛莎的朋友们，给她们留下了深刻的印象。玛丽·德·博蒂多在写给玛莎的信里说，请向“萨莉小姐”（Mlle Sallie）代为致意。即便有人弄不清萨莉·海明斯在杰斐逊家的地位，出于法国式的谨慎，也不会开口询问。在法国人家里，穷亲戚给富亲戚效力换取食宿司空见惯，主人把女仆当作性猎物也很常见。[71]年纪轻轻却深谙世故的博蒂多对杰斐逊家非同寻常的家庭构成一目了然，对萨莉·海明斯客气地尊称“小姐”（mademoiselle，正常情况下，这个称呼从不会用来指称佣人），以此表明她听懂了玛莎的话，不拿海明斯当普通佣人看待。[72]

海明斯可以从许多方面体会自己在法国社会中的地位，上述的这些只是略见一斑而已。不管她在弗吉尼亚的身份如何，巴黎人没把她看作身在法国的奴隶。由于陪侍玛莎·杰斐逊，萨莉·海明斯见识过许多巴黎贵族场面。她吃过精致的法餐（毕竟她哥哥是个主厨），她和玛莎的贵族朋友聊天，在旁听他们聊天时了解了法国的社会风俗。因此，等到杰斐逊决定返回弗吉尼亚时，除了作为贴身侍女的技能之外，萨莉·海明斯还在巴黎学会了很多东西，包括关于社会、等级、引介、衣着和语言等各方面的知识。

埃普斯一家已经看出了海明斯的聪明和成熟，她在巴黎学到的这些见识更是锦上添花，当然也会增强她的自信，使她相信自己能够与主人就返乡一事进行谈判。这番交涉让杰斐逊感到棘手，他在九月初得了偏头痛，每当他面对紧张处境时经常会这样。[73]麦迪逊·海明斯说，当杰斐逊收到离开巴黎的指令时，母亲“拒绝跟他一起回去”。[74]杰斐逊讨厌对抗，他开始努力争取她的同意。最后，她相信自己没看错这个男人，他做出了那么多承诺来换取她的承诺，于是她回了弗吉尼亚。

离开的准备工作做得有些仓促，如果杰斐逊打算永久离开巴黎，收尾会彻底得多。由于他只申请了短期离任，陪女儿回弗吉尼亚老家，因此他满心期待着第二年春天再回巴黎。于是，德朗雅克府邸并未因打包行李陷入遍地狼藉，全靠留下接手杰斐逊事务的威廉·肖特日后苦苦收场，收拾起装满 85 箱的家具、油画、雕塑和版画。玛莎和玛丽亚倒是用心地给弗吉尼亚的亲戚采购了礼物，还让人仔细包裹她们的法国时装。萨莉·海明斯可能说动了哥哥带她去购物，在紧邻皇宫的时髦的黎塞留大街的一家药店里买了一瓶润肤霜。差不多两个世纪以后，这个瓶子的残骸出土于桑路园（Mulberry Row），也就是萨莉·海明斯回到弗吉尼亚后的第一个家。

玛莎临行前在巴黎要告别的人并不多。当然，朱丽娅·安纳斯利和贝蒂·霍金斯早就离开了巴黎。但是，伊丽莎白和卡罗琳·塔夫顿姐妹的长辈们似乎在联手防着她们约见玛莎。伊丽莎白在八月某天的上午匆匆写信给玛莎，“今天早上九点，公爵决定明天去英国，从那时起我们就乱作一团。”“想到与你分别，我们的感伤无以言表，但是由于我们还有好多事情要做，我们觉得最好还是不去见你了。”[75]玛莎给她们寄去告别礼物，其中有一枚送给卡罗琳的戒指。卡罗琳在伦敦充满感激地写道：“我会为了你而珍视它，永不与它分离。”然而，这并不能弥补无法当面告别的痛楚，伊丽莎白解释说，“杰斐逊先生跟公爵说最好不要见面，所以我们必须听话”[76]。最后一次见面会是一件“非常痛苦的事”，能免则免，这话可能是在鹦鹉学舌地重复她舅舅和玛莎父亲陈词滥调的宽心话。更有可能的是，这两个男人宁可避免最后一次尴尬的会面，别让失败的求婚者更显失望。在英国考斯港等船回美国时，杰斐逊给巴黎的朋友写了几封信，在写给德·柯尔尼太太的信中，他承认，“告别是痛苦的，因此我离开巴黎时没派人去通知您”[77]。但是，至少杰斐逊可以期待来年春天会和熟人重新聚首，而照他此刻的设想，他的两个女儿则是回了家就永远不再来了。

杰斐逊原本想找一条从法国沿海的勒阿弗尔直达弗吉尼亚的航船，却未能如愿。于是，他只好带着两个女儿以及詹姆斯和萨莉兄妹一行横跨海峡，去搭一条从英国出发的船。他们于 9 月 26 日离开巴黎，一大家子在两天后到达勒阿弗尔，在那儿磨蹭了十天，等待恶劣的天气转好。

马萨诸塞的海船船长内森尼尔·卡廷帮杰斐逊安排过旅行计划，这时也和他们一样在等。他记得9月30日那天夜里天气尤其糟糕，这位老练的水手在日记中写道，“从我首次踏足这个国家起，我的记忆中从未听到过风吹得这么猛”[78]。在几次失败的启航之后，杰斐逊一家在10月9日下午两点到达怀特岛上的考斯港。[79]经过了26个小时的晕船折磨，终于能倒在卡廷船长在泉水旅舍（Fountain Inn）给他们预订的温暖干燥的床上，他们满心感激。这家人在考斯又等了13天，四处购物，看看风景。卡廷经常应杰斐逊的邀请跟他们一起喝茶消磨时间。10月23日，他们终于离开了英国。

他们乘坐的“克莱蒙特”号是杰斐逊为他们这群人和行李全包下来的。[80]杰斐逊说卡廷船长是“最勇敢的水手、最审慎的人”，在他的指挥下，这艘船用了29天横跨大西洋。[81]此前，杰斐逊担心的分两段航行的问题果然来了：他们再次深受晕船之苦，比前一次还要厉害得多。好在几天之后他们都恢复了不少，有了心情享受余下的愉快航程。像两年前一样，玛丽亚在旅行中交到了朋友。杰斐逊后来带着笑写信给卡廷说：“玛丽亚紧挨我坐着，盼着我告诉你，她没有忘记你。”[82]

不过，这段顺利航行的结尾却和开始时一样充满戏剧性。玛莎记得，在靠近弗吉尼亚海岸时，本该指挥他们进港的领港员却根本看不见他们，因为他们被“浓浓的大雾围住了”[83]。等了三天之后，尽管仍然看不见标记詹姆斯河口处的海岬，船长还是决定开进去。“我们不得不顶着强劲的风航行，风把我们的上桅帆都卷走了，从港口出来的一条双桅船差点撞上我们。那条船顺风，我们勉强躲开了。”在玛莎后来的回忆中，近乎灾难的可怕场景仍然历历在目。一家人平安下了船，但他们的煎熬还没有结束。靠岸不到两个小时，“克莱蒙特”号就起了火。若不是及时发现火情并成功扑灭，就得凿沉了它。苦恼不堪的杰斐逊等着看他带的那些国事文件是否完好。完全出于偶然，船长看到杰斐逊一家下船之后船舱门还敞着，就顺手把门关上了，于是火苗竟没能进入他们的舱房。同样幸运的是，厚厚的木板箱也护住了她们在法国买的新衣服没被毁掉。

从巴黎到诺福克的落差令人惊骇，玛莎担心的最糟局面成真了。诺福克又小又破败，美国革命期间留下的伤痕仍在——它曾是一个繁荣的商业港口，但在1776年被英国人烧毁了。“要不是（琳赛）旅馆的诸位绅士一片好心，把自己的房间让给我们住”[84]，杰斐逊一家就连个住处都找不到。条件所限，詹姆斯·海明斯只好睡在吊床上。[85]玛莎无比沮丧地想，这怎么能和他们刚到巴黎时住的旅馆相比，不论是当年的哪一家。

显然，她此前向朋友们倾吐过自己担心在美国会遇见什么情形：伊丽莎白·塔夫顿希望玛莎会发现“你把美国想得太不理想了，你的生活会非常愉快，远远胜过你的想象”。[86]玛莎肯定给贝蒂·霍金斯·寇仁描述过夏洛茨维尔的凋敝图景，因为贝蒂也想在玛莎回家后听她全面描述一下。“求你告诉我，你那里也有像我们在欧洲那样的舞会、游戏和娱乐活动吗？”新晋的寇仁夫人打听这些，既是出于好奇，也是出于担心。[87]她猜想在弗吉尼亚的蛮荒之地，“你不能像我们一样，有那么多地方可以买到各种衣裙”，于是她热情洋溢地提出帮玛莎采买一切想要的东西。玛丽·德·博蒂多知道她这位朋友的很多秘密，知道玛莎宁可留在巴黎，哪怕是在修道院当修女，也不愿意回到弗吉尼亚生活。尽管卡廷船长是在勒阿弗尔等待启航时才认识玛莎的，他还是注意到，当她想到要离开巴黎那活跃的朋友圈时，“心情很是懊恼”。[88]现在玛莎看到眼前这个小镇，她的心都凉了。诺福克显得如此凄凉，就连玛丽亚都为眼前所见而悲伤啜泣。她哭道，“这跟巴黎也太不一样了！”[89]

玛丽亚最终在回到埃平顿后得到了安慰，她和亲爱的埃普斯姨妈一家又团聚了。她在那里见到了双胞胎玛蒂尔达（Matilda）和玛丽（Mary），她们是在她离开后出生的。玛丽亚很高兴玛丽的名字是照她的名字起的，这算是她“巴黎流放”期间的亮点之一。[90]尽管11月23日已经登陆，杰斐逊一行到达埃平顿却几乎是在三个星期后。一路上，他们慢慢吞吞地穿过弗吉尼亚，时不时停下来访亲问友。[91] 在种植园世外庄园（Hors du Monde），他们很高兴重新见到了已故杰斐逊夫人的同父异母妹妹安妮·斯基普威思和她丈夫亨利；并与杰斐逊的姐妹们重逢，在春林庄园见了玛莎·卡尔，在栗树林庄园见到了玛丽·博林。他们还有一站是塔卡霍庄园的伦道夫家，杰斐逊儿时曾在那里住过很久。玛莎在塔卡霍给朱迪斯表姐讲了许多巴黎的故事，五年前朱迪斯就预言过那里会非常好玩。在回家途中的某处地方，她又见到了托马斯表哥。[92] 如今他们都已经在欧洲受过教育——她在巴黎，而他则在爱丁堡，他们看待对方的眼光都和以前不一样了。

圣诞节前两天，他们终于到家了。出门六年之后，回家的蒙蒂塞洛主人受到了热烈欢迎。玛莎细细地回忆说："马车一到沙德韦尔，黑人们就发现车来了，我这辈子从没见过这种情形。他们挤在一起围着马车，几乎是用手把它拉上山的。最开始的喊声已经震耳欲聋，可是真正的高潮是车到了山顶之际。马车门打开后，他们伸出双臂抬着杰斐逊进到房子里，围着他，亲吻他的手和脚，有的人哭嚎，还有的人放声大笑。"杰斐逊归来的轰动场面深深铭刻在 17 岁的玛莎和 11 岁的玛丽亚的记忆中。这个故事被讲来讲去，玛莎记得它被渲染到后几代的奴隶赌咒发誓说："其实马都卸了，车是靠有劲儿的黑胳膊拉上来的……一直拉到蒙蒂塞洛的门口。"[93]

那天这个场景中的某处也许还有 16 岁的萨莉·海明斯，第一次有孕在身，怀着主人的孩子。对她来说，这也是回家。她离开蒙蒂塞洛的时间和杰斐逊一样久。这是她童年的家，才刚九岁多的小姑娘就被分给一个孩子当了女仆。回来时，她已是一个女人，并应下了和蒙蒂塞洛的主人一辈子的关系。她和海明斯家族都掀开了新的一章。身为杰斐逊的"代妻"（这是某个邻居发明的词），海明斯的地位有利于保护自己的孩子摆脱奴隶身份，并改善她的大家庭在蓄奴制钳制下的生活状况。[94]

尽管这家白人的归来既有各种记录又有盛大的庆祝，但是另一边，萨莉的归来却是了无痕迹。假如萨莉的哥哥詹姆斯从里士满出发打前站的话，她也许早就跟着哥哥回来了。事实上，直到12月10日詹姆斯还和杰斐逊在一起，杰斐逊给他钱让他去付洗衣服的账。但此后，杰斐逊的旅行账本里就不再提到他，我们无从追溯詹姆斯之后在哪里。[95]

记录空白是白人无视奴隶生命意义的典型现象。令人震惊的是，蓄奴家庭，特别是蓄奴家庭中的女性，尽管日常生活有赖于奴隶的劳动，却极少谈及这些奴隶。与此同时，这种空白也突显了一点：托马斯·杰斐逊回蒙蒂塞洛后，萨莉·海明斯在他生活中有着深刻意义。时间证明，杰斐逊为实现对她的承诺而调整了生活安排；当政敌曝光他们俩的关系时，他拒不承认；但他从没赶她离开蒙蒂塞洛，哪怕这样可能让玛莎和玛丽亚好过一些。毋庸置疑，他的谨慎保全了他作为弗吉尼亚绅士的名声，但也在某种程度上掩护了萨莉·海明斯和她的孩子们。正如安妮特·戈登-里德所说，他的缄默非常有效，“幕布遮住了他与海明斯的关系以及他们的孩子，这块幕布是如此沉重、厚实，直到一个半世纪后才被真正揭开”[96]。

当然，詹姆斯·海明斯和萨莉·海明斯都回归了奴隶身份。虽然法国革命刚刚开始，但美国革命已经结束，其标志就是1783年的《巴黎和约》。但是，它为美国奴隶带来的变化非常有限。杰斐逊本人曾想在《独立宣言》中谴责蓄奴制，却被大陆会议给删除了。尽管杰斐逊曾经（不准确地）认定，蓄奴制是由一个腐败的王权强加给殖民地的可悲罪恶，但如能在美国的立国文献中对其进行谴责，可能会有更深远的意义。结果恰恰相反，就在杰斐逊从法国归来之际，刚刚通过的宪法在这个国家的法律框架中加入了对蓄奴制的多种保护方式，尤其是其中的一项临时条款，禁止国会在 20 年之内结束奴隶贸易[97]。

不过，革命的平等主义言论、经济考量以及基督教福音教派的压力叠加在一起，促使人们明确地重新考虑，蓄奴制是否合适在战后成为一种国家制度。到了 1804 年，特拉华以北的各州或是完全废除了蓄奴制，或是推行计划要逐步解放奴隶。在南方偏北的地方，尤其是在切萨皮克湾东海岸的德玛瓦半岛上，几千名奴隶获得释放，正式成为自由民。到了 1810 年，自由黑人在全州黑人人口中所占比例分别是：马里兰州，四分之一；特拉华州，四分之三；首都地区，近三分之一。[98]

然而这些变化并未波及阿尔伯马尔。如果说蓄奴制的可怕在萨莉·海明斯和她哥哥身上有所淡化，那全靠杰斐逊自愿做出的选择。他的决定可能是感情用事，想不负亡妻（不算再婚）；可能是出于自私，以仁慈的奴隶主自居来欺骗自己；也可能完全是基于务实的考虑，符合他自己的目的。无论其动机如何，都不会改变这一事实：与南方的所有奴隶主一样，杰斐逊是他家种植园领地上的终极法律。杰斐逊最终释放了詹姆斯·海明斯，但拖了七年的时间，而且很不情愿。何况他还开出了一个高价：詹姆斯，但获得自由所需的代价是把一身本事教给弟弟彼得，而新学的诸般技能则意味着彼得将一生为奴。

萨莉·海明斯回弗吉尼亚的交换条件是她的非凡的巴黎“和约”（麦迪逊·海明斯这么称它），其中承诺了她的孩子们将会获得自由。但是，与结束美国革命的那份外交条约不同，海明斯的条约没有伴着锣鼓喧天，却是关起门来达成的。它是个秘密，也得不到强制执行。这两份“巴黎和约”都深深植根在历史关系中：英法之间持续了数百年的敌意在 1783 年后仍将继续；近两个世纪之久的蓄奴制、法律规定和社会习俗至今仍然维持不变，这显示了美国革命的矛盾性和局限性。不过这两份“和约”也都选择了向前看：前者宣布国际社会承认新生的美利坚合众国及其共和政体实验；后者承诺在海明斯的后代身上，古老的奴隶制束缚将被打破。

跨大西洋革命也提出了关于女性社会角色的新问题。[99] 这并非全新的题目，启蒙思想家们从 17 世纪就已经开始争论女性的本质和角色。形形色色的理论凝结成两大对立的观点。第一种观点是由法国哲学家勒内·笛卡尔（René Descartes, 1596–1650）提出的，他断言男性与女性平等，因为二者都能思考（“我思故我在”是笛卡尔的名言），两性作为平等的人类与动物有所区别。第二种观点在苏格兰的启蒙界颇为盛行，把男性和女性理解为互补的存在，每种性别在世间各有不同的功能，因此都有其独有的特征，又是缺一不可的。若干法国学者沿袭了笛卡尔的思想，其中最著名的是弗朗索瓦·普兰·德·拉巴尔（François Poulain de La Barre）。普兰的《论性别平等》（*On Equality of the Sexes*, 1673）明确将两性共有的理性思考能力作为其思想的出发点，而不是分析后得出的结论。他不像许多男性思想家那样，认为女性智力低下，因此男性统治她们天经地义。他的结论是：正是由于男性违背自然法则而强行压制，才造成了若干世纪以来女性的从属地位。[100]

直到 18 世纪末玛丽·沃斯通克拉夫特（Mary Wollstonecraft）的出现，才有英国作家追随普兰的思想。相反，苏格兰启蒙思想家的观点则是大行其道。[101] 大卫·休谟认为，千百年来，润物细无声的女性逐渐感化了较为残暴的男性，形成了日益理性的文明。（不过，英国哲学家约翰·洛克在他的政治小册子中对女性完全不屑一顾，他相信自治只在独立的男性当中行得通，而美国革命中的杰出人物都读过他的书。）休谟预言，理性的终极胜利会抚平男性的残暴天性，并提升女性的地位，从而产生一个和谐的社会。但是，即便如此，这也绝不会预示着两性的平等，因为二者具有本质差别。

当然，玛莎·杰斐逊在彭特蒙求学期间读过许多历史、道德、哲学和文学方面的书，肯定属于会思考的理性一族。事实上，单凭她的读写能力就已经让她卓然不同于大多数欧洲女性：到 18 世纪末，识字的人在法国女性中只占 27%，在英国女性中只占 40%。[102] 但是，从童年起，玛莎的教育一直都受到性别常规和她父亲的限制，不论这种教育以弗吉尼亚的水准而言有多么出色。杰斐逊在她 11 岁时从安纳波利斯写来的一封信里表达得非常明白："如果你爱我，那就努力……去取得我能帮你够得着的种种成就"，他向她保证，她的努力"大大有助于确保你得到深爱你的父亲最炙热的爱"。[103] 尽管从费城转学到彭特蒙后，玛莎·杰斐逊学习音乐、舞蹈、绘画、写作和法语等课程的内容扩充了，但她的机会仍仅限于男性允许并提供的那些领域，与所有年轻姑娘并无二致。

不过，法国还是给玛莎带来了不同的见识和愿景。在修道院学校那些年，她的成长半独立于父亲的管教，她与英法两国贵族女性的友谊让她变得仪态优雅，外表光彩照人，自信满满。[104] 像她们一样，她也热切关注着法国街头上演的政治大戏。她一直戴着红白蓝三色的帽章，就像拉法耶特手下的军官最爱炫耀的那种。亲眼目睹拉法耶特进入巴黎的场面被她说了一遍又一遍，乃至于这个故事在 20 世纪初终于被印成了文字。在民众突袭巴士底狱两天之后，这位深受爱戴的将军在巴黎郊区面见国王，护送他回到城市中心，力图以此平息动乱。六千人荷枪配剑或寻来五花八门的临时武器，沿街聚成了可疑的欢迎阵容，看着国王、议员和拉法耶特一路走过。玛莎在自家窗台上安全地看着这场热闹，当拉法耶特走近时，她听到了人群的欢呼。他抬起头来，看见了玛莎并躬身致意。提起这一荣耀，她的一位曾孙女说："她的朋友们都坦言嫉妒死了。"[105]

然而，在这种时刻，女性仍应站在场外观望，只要建功立业的男人向她们致敬一下就心满意足吗？杰斐逊当然是这么想的，但他不快地发现，在以前他喜欢频频到访的各家沙龙里，这个问题越来越引起争议。的确，这种让女性得以施展智力的沙龙在严酷的 18 世纪 80 年代已经发生了改变：以往热衷于探讨文学、哲学和科学的地方，现在日益政治化了。比如，美国革命期间的纽约州州长莫里斯从他常去的泰塞夫人的沙龙发现，泰塞夫人对共和制的热情甚至比他还要高昂。莫里斯在日记中写道，18 世纪 80 年代的法国是一个“女人的国度”，女人们谈起政治的热切不亚于其丈夫。[106] 莫里斯为此着迷，但杰斐逊却酸涩地发牢骚说，“社交都被它搞糟了”[107]。

1789 年夏天的种种事件标志着新政权的机缘：君主立宪制，在这种制度下，人民由国王的臣民变成享有平等权利的公民，并由国家宪法保证他们的权利。[108] 此时此刻，法国各阶层的女性都狂热地投身政治。斯达尔夫人对政治的热切兴趣从未消减，哪怕在她被迫流亡后也是一样。1797 年，她发表了《论目前可能终结革命的形势》(*On the Current Cirumstance which Can End the Revolution*)，批评雅各宾派的过激行为，并呼吁创建一个以民众主权为基础的代议制政府。1791 年，自学成才的屠夫女儿奥兰普·德·古热（Olympe de Gouges）发表了《妇女及女性公民权利宣言》(*Declaration of the Rights of Woman and Female Citizen*)，驳斥了名满天下的《人权宣言》中认为女性天生劣于男性的观点，这可是 1789 年的法国革命者的共识。一些永远佚名的女性列队，与国民警卫队肩并肩地踏着鼓点行进在巴黎的大街上；她们要求并赢得了地方议会投票选出的席位；那一夜，国民议会在苦苦思索着该如何处置试图逃亡却被抓住的国王，数千名女性占领了国民议会，向凡尔赛进军，聚集在战神广场（今天去埃菲尔铁塔的上百万游客很熟悉这个地方），坚持要求应该把人民主权的意志考虑在内。难怪玛丽·德·博蒂多为共和政体神魂颠倒。推陈出新的兴奋令人陶醉，可能出现一种将包含女性贡献的新秩序。而要对此进行影响、传播和引导，谁能与受过教育的上层女性比如彭特蒙的那些女学生相匹敌呢?

在大洋彼岸，美国革命也让女性涉足了政治。白人女性组成“自由的女儿”各地分会，她们组织纺织聚会，发表爱国言论，支持罢市来加强抵制英国。在战争期间，她们购买战争国债，为军队募捐食品衣物，坚忍地站在从军的丈夫和儿子身后。一位历史学家解释说，男性公开认可女性的努力，“证实了女性作为政治主体的行动力”。尽管如此，那个时代的投票资格有财产门槛，男性中尚有许多白人和自由黑人都没有投票权，因此女性参政权并不能赢得大量关注[109]。

一本书改变了这一切。1792 年，玛丽·沃斯通克拉夫特出版了《女权辩护》(*A Vindication of the Rights of Women*)，该书立即在英美两国风靡一时，举国上下火力全开地讨论起了妇女问题。沃斯通克拉夫特呼吁为女性提供平等的教育机会和经济机会，同时拨动了美国男女两性的心弦，因为大家都从最近的经历看到了女性的能力，也看到了女性所受的社会限制是人为造成的。在 18 世纪 80、90 年代，大学男校的辩论社团会讨论诸如“女性是否应在公民政府中享有一席之地”之类的问题。费城青年女子学院 1793 年的一名毕业生勇敢地指斥，“我们至高无上的全能的主，禁绝了我们获取知识的途径”，于是，“教会、法院和参议院都对我们关闭了大门”。[110]纽约一家杂志上的文章认为，将女性排除在立法之外“既不公正又无益处”[111]。

1798 年，马萨诸塞州的作家朱迪斯·萨金特·默里（Judith Sargent Murray）兴致勃勃地展望着一个“女性历史的新时代”，与玛莎·杰斐逊的法国朋友玛丽·德·博蒂多的狂热心情遥相呼应，在玛丽眼里，革命的平等主义言辞似乎也充满了美好前景。新泽西的议员们循着美国革命的人权观点做出合乎逻辑的推论，并通过了一项州立法，允许全部有产“居民”无论男女都有投票权[112]。三十年间，曾有数百名单身的有产女性勇敢地走进投票站这个乱哄哄的男人窝，投下自己的一票，直到 1807 年这项权利才被撤销。

然而，更多的美国人却赞同某个作家的说法，女政治家的前景“像是猴子闯进瓷器店，除了闯祸一事无成”[113]。女性生怕对政治太感兴趣就会被贴上标签——太阳刚，或者更糟糕的是，太放荡，会惹恼那些认为“如鸽的性情于女性之美不可或缺”[114]的男人——这话是当时一位牧师说的。尽管有许多女性曾利用新泽西法律赋予的自由去投过票，但是，当该法条在1807年被正式废止时，她们并没有公开地表达强烈的抗议。

在这场事关妇女权利的国际对话中，玛莎·杰斐逊一言不发。或许她信服了父亲的判断，到了秋天那些群情激昂的巴黎人见到小麦的好收成，就会平静下来，不再有极端主义的过激行为[115]。或许她认可他说的，妇女更适合安抚男性，不适合投身派系林立的政治斗争当中。又或许，那天家奴们抬着她父亲回家时，她跟在后面，蒙蒂塞洛的大门在她背后撞上，她听到“砰”的一声响，毫不含糊地宣告了她的巴黎生活从此结束：再也没有舞会、剧院、时装、学习、出游和八卦的生活；再也不能与教养良好、自信十足的贵族女性机智地探讨政治和文学；再也见不到美丽、神秘而庄严的罗马天主教教堂；再也尝不到世界上最迷人城市的生活所带来的欢乐。

现在有别的事情需要考虑。他们刚一上岸，乔治·华盛顿总统就召她父亲出任新的职务，他马上就得去纽约担任国务卿。显然，他没提过让女儿跟着他去，但他也不会让她们单独留在蒙蒂塞洛。玛莎和玛丽亚可以跟埃普斯一家安安稳稳地住在一起，待在缓缓流过的阿波马托克斯河那睡意朦胧的岸边。他深信伊丽莎白·埃普斯能教她们学会那些在彭特蒙明显缺失而在弗吉尼亚的乡间却是不可或缺的女性技能。[116]她可以教她们做布丁、管家务、监督奴隶。对所有人来说这是完美的解决方案，但不包括玛莎，她可不承认自己还是个要人监管的孩子。她得赶快行动，免得被活埋在埃平顿。

因此，到家还不足两个月，在1790年的一个冬日，站在父亲家的大厅里，她把自己的一生交托给了重逢不久的表哥托马斯·曼·伦道夫（Thomas Mann Randolph）。这位新晋的伦道夫太太这时只有17岁。

第 6 章

重做美国人

1790

那是一场旋风般的求婚。这对表兄妹直到 1789 年重逢之前几乎互不相识。我们查到，此前他们只见过两次，一次是在战时，由于英国人进攻里士满，八岁的玛莎跟母亲和妹妹一起来到塔卡霍庄园的伦道夫家避难；另一次是两年后，1783 年 5 月，玛莎跟父亲从费城回蒙蒂塞洛的时候。1790 年，玛莎和妹妹及父亲回蒙蒂塞洛时曾顺路到访塔卡霍庄园，听说她从法国回来，比玛莎大四岁的汤姆·伦道夫（指托马斯）换了一种眼光看她。

一见钟情的热烈爱慕让汤姆·伦道夫在十二月追着玛莎来了蒙蒂塞洛。汤姆和玛莎一样受过良好的教育，在苏格兰启蒙思想中心爱丁堡大学读了两年之后学成归来。[1] 他身材高挑，和玛莎的个头很般配，肤色黝黑，相貌英俊。汤姆的父亲是杰斐逊的远房表亲，据他口传的家庭传奇，伦道夫家是印第安公主宝嘉康蒂（Pocahontas）的后代。与玛莎回弗吉尼亚后遇见的大多数年轻人不同，汤姆的欧洲经历让他身上闪烁着见多识广的光芒。两人的恋情很可能就发生在阿尔伯马尔的乡间骑行时，玛莎自小就是骑马高手，而且我们知道她在巴黎也一直骑马。汤姆的骑术也很好，他的稳重与她爱玩的性情正好互补。玛莎最喜欢的一个消遣方式是滑冰，也许老家阿尔伯马尔要比巴黎的贵族圈子更能容她沉溺于此。[2] 18 世纪中叶，来到弗吉尼亚的数以千计的苏格兰移民在美洲殖民地引入并捧红了滑冰运动。她的这位追求者肯定在爱丁堡见过这项运动，他不太爱冒险，只看着她滑冰就很满足。汤姆·伦道夫偶尔也会莫名其妙地发脾气，但是父女两人可能都觉得这只是年轻气盛，毕竟新郎只有21岁，他很快就会长大。

1790年2月那一天，玛莎站在父亲家的大厅里与托马斯·曼·伦道夫缘订终身，此刻杰斐逊容光焕发，为她的选择高兴。汤姆的父亲是他的旧日同学老托马斯·曼·伦道夫，杰斐逊视他如兄弟一般。作为长子，汤姆将会继承塔卡霍的产业，那是杰斐逊儿时常待的地方，有朝一日玛莎也会成为它的女主人。在苏格兰时，汤姆广泛探求各领域的知识，尤其热衷于科学和政治，这些话题一向让他未来的岳父沉迷，也是汤姆这年冬天来访期间他们围炉畅谈的内容。另外，亲上加亲也是一件很让人舒心的事：玛莎和汤姆是隔着三代的表亲，弗吉尼亚的上层家庭根本不觉得这有什么问题，嫡表亲也经常通婚。杰斐逊在给一位法国朋友的信中写道，也许他“审慎地压下了自己的心愿，让女儿自由放飞她的感情”[3]。但是，一旦这对情侣将他们的打算告诉他，他很可能就会催着他们在月底前赶紧走完程序，那会儿他得赶去纽约加入华盛顿总统的内阁了。

尽管如此，我们还是无从知晓玛莎在婚礼前是否心存疑虑。她后来说，在举办婚礼当天的晚宴时，“我的痛苦大增”[4]。18世纪的新娘完全明白，说出婚姻誓言等于亲手抹杀了自己的法律地位，因此在婚礼前表达不安是司空见惯的，贝蒂·霍金斯也曾哀怨地对玛莎说过类似的话。阿比盖尔·亚当斯的姐姐曾犀利地指出，选择丈夫是“我们命运攸关的最紧要关头”[5]。话虽如此，大多数新娘只会说自己紧张、不安，甚至可能是焦虑，却不会用“痛苦”一词。汤姆那边早已下定决心，十二月初他就知道自己爱她，“而且全身心地只爱她”[6]。也许玛莎是想到父亲马上要离家去纽约而感到悲伤，或者按照另一位历史学家的说法，（结婚）是针对父亲与萨莉·海明斯的新关系而产生的逆反[7]。不管是哪种情况，在华丽庆典中强颜欢笑的经历足以令她对别人同病相怜。多年以后，她流露出了后悔早婚的蛛丝马迹：她告诉女儿的某个求婚者说，17岁时“你们都还太年轻，订婚绑定终生，无论结果是喜是悲，都太早了”[8]。

但在她把终生托付给汤姆·伦道夫的那个时刻，即便这对新婚夫妇对于他们刚刚回到的新生国度不是把握十足，未来也是前景美好的。《独立宣言》的通过，宣告美国革命将13个独立的州联结成了一个共同体，但这个联盟还很脆弱。1776年刚过去不久，新生的美国只有两个全国性的机构——大陆军和国会，两者都相当弱势。整个战争期间，乔治·华盛顿将军尽量不让手下军队分崩离析，尽管征兵条款经常失效，部队军需不足，哗变屡见，失控的通货膨胀更是让军饷泡了汤。根据约定的邦联条例，国会更像是独立国家间的友好同盟，而不是中央政府。每个州都有一票，各州代表大喊大叫地各自维护本州的利益。邦联条例的修正案必须获得全体投票同意，实际上，这导致任何改变都别想做出。在如此软弱的体系限制下，国会要为军队筹集必需的钱粮装备只能通过征用物资而不能下令强取。在整个战争期间，华盛顿的信件中充满了由于国会效率低下而导致的沮丧，同时国会代表们对一个强大的中央政府的忧惧经常凌驾于战争的紧要性之上。

1783年，《巴黎和约》的签署正式终结了战争，新生的美国获得了国际承认，但随后的欢乐庆典却并没怎么改变这幅图景。国会仍然一筹莫展，无论是偿还战争债务还是抑制通货膨胀都很不得力，只能由州一级的议会各自努力对抗战后的经济衰退。有些州靠增发货币来帮人们偿还债务，然而1786年秋，马萨诸塞州的议员们否决了这种模式。于是，退役的大陆军上尉丹尼尔·谢司（Daniel Shays）领着一群农民再次扛起武器，关停了判决止赎其农场的法院，逼着政府找办法解决四处蔓延的贫困问题。

狂暴的谢司起义清楚地表明，改革势在必行。1787年夏，12个州派出55名代表到费城去修订邦联条例。结果却是大会制定了一部全新的宪法，并根据宪法成立了一个强有力的中央政府，重新规定了各州彼此间的关系。与旧版的条例不同，新宪法授权联邦政府征税、铸币、规范各州之间贸易、解决各州之间争端，并且组建军队。意义深远的是，宪法解决了最初引发殖民地对战不列颠的主权问题。邦联条例对此问题的临时方案是把主权交给各州；但是，费城的制宪者们琢磨出一种新方式来探讨组建代议制政府。各州在参议院有同样份额的席位，而在众议院，代表要反映人民的意愿，因此按照各州的人口数量确定选票比例。与英法两国注重平衡不同等级（君主、贵族和平民）的体系不同，美国体系注意权力的制衡：行政、立法和司法。最重要的是，在新的联邦体系中，主权属于人民而非任何机构，也不归属于出身高贵的人。

这是一个大胆的实验。1790年3月，杰斐逊前往纽约，自1785年以来，那里一直是美国的首都兼金融中心，此时令他殚精竭虑的难题是，一份纸面文件怎样才能落实为一个有效运行的政府。宪法自1788年6月开始生效，次年四月，华盛顿宣誓就任为第一任总统。像所有美国人一样，杰斐逊在1787年的夏天那会儿也对制宪会议的工作一无所知，只有在好友詹姆斯·麦迪逊解除了作为与会代表的保密义务后，才从他那里风闻一二。[9] 麦迪逊有力地引导了制宪者的讨论方向，参与了宪法起草，还极力争取让家乡弗吉尼亚州投票通过宪法，并与亚历山大·汉密尔顿和约翰·杰伊一起撰写了著名的《联邦党人文集》（*Federalist Papers*），正是这89篇系列文章说服了纽约州的代表为通过宪法投了赞成票。杰斐逊在法国读到了麦迪逊的来信以及随信附上的宪法，只提了两条反对意见：宪法中缺少《人权法案》，此外，对行政领袖的任期应有限定。[10] 这两点都得到了比较迅速的回应，《人权法案》在1791年底获得通过，华盛顿也在两届任期后于1796年退休。

怎样才算一个美国人？深入思考此事的不仅是制宪者，也包括美国人民。在新生的共和国，旧有的尊卑模式开始退场。手艺人和小店主并肩游行，深深自豪得之于行业技能和辛勤工作的独立状况，事实证明他们与所有人一样有资格站在投票箱前。欢呼雀跃的妇女夹道为游行队伍喝彩，并参加政界主办的舞会和烧烤聚会。教育工作者意识到，自己今后培养的不再是君王的臣子，而是未来的公民，开始考虑教育男孩女孩们的最佳方式。诺亚·韦伯斯特（Noah Webster）编撰了一部字典来规范拼写，并取消了英国的习惯拼法（比如，去掉 colour 这个词中的 u），用以映衬新生的共和国公民那种直截率性的风格。在合众国初期，繁荣的印刷业把才扫盲的读者整合在一种共同文化中。1764 年，英属美洲殖民地只有 23 种报纸；到美国革命结束时，这个数量翻了一倍多，达到 58 种；到 1800 年，报纸增加到 150 种。[11] 在国王乔治三世被赶走以后，杂志上开始有文章质疑，在一个共和国里，丈夫是否应该暴君式地辖治妻子；还有描写显赫女性的短篇故事，为读者树立女性行为的榜样。小说情节的设定也在挑战旧秩序，让女性敢于想象革命也为她们打开了一个新世界。通过诸如此类的多种方式，新获解放的美国人想尽办法创造自己的文化，展现并颂扬大家与旧世界的残渣余孽一刀两断。

尽管新晋的伦道夫太太与新晋的国务卿关系亲密，但她只是在弗吉尼亚的乡下旁观着这些发展。她对自己的新生活态度乐观，向巴黎同窗们大胆宣布了结婚的消息。在玛莎婚礼之后不到一个月，伊丽莎白·塔夫顿从伦敦写信说，“收到这封结婚通知的信，真是最愉快的惊喜”，她还补充了一句：“见你如此幸福，我简直满意到无以复加。”[12] 卡罗琳·塔夫顿和她的公爵舅舅恭喜玛莎“挑了一桩让自己这么称心如意的婚事”[13]。

新娘也许并不觉得自己还有其他选择。朋友们想要详细了解她的新生活，而且还热切地预言，“再过些年，咱们的通信可就变成一段了不得的历史啦”。她不想让大家失望。[14]1788 年春，贝蒂·霍金斯回到了伦敦，但一直写不成信，因为“上个月我忙得要命，这个快乐的大都市里所有好玩的地方我们全去了”[15]。她兴高采烈地写道，在舞会上她有好多个舞伴，“这不足为奇，因为在场有那么多品位高雅的人”。巴黎有玛丽·德·博蒂多继续向玛莎报告各种八卦：谁的恋情有了麻烦，她自己的男朋友（有时候同时有四个），彭特蒙最近的丑闻（一位修女逃走了，而且把身世故事卖给了一家法国报纸），还有国民议会的异动，显然她前去出席了。[16]生活在弗吉尼亚，能有什么有趣的冒险值得告诉殷殷祝福的朋友们，说玛莎还和从前一样在不断探索？

实情是，重新融入这里的生活并不容易。她说法语时张嘴就来，而今再讲回英语让她觉得很吃力。[17]玛莎如今得从头学习做个弗吉尼亚人，每天的日子跟在巴黎有天壤之别。坐马车回家的路上，窗外掠过的不再是巴黎的建筑，而是绵延的田野风光，或种着烟草，或正在休耕，其间点缀着简陋的种植园住家、奴隶的窝棚，以及无处不在的晾烟棚。这个农业世界用来标记节奏的，是四季轮转而不是上层社会的社交日历。她不能奢望有文化娱乐活动。她转身离开的世界与她嫁进去的世界，这二者之间的反差别提有多大了。经历过巴黎的生活之后，对新妇玛莎·伦道夫来说，作为妻子、母亲和种植园女主人的生活变成了艰巨的考验，以至于要有英雄气概才能经受，然而这却是令其他弗吉尼亚白人女孩子都羡慕的生活。[18]

跑完一轮新婚拜访之后，玛莎留在埃平顿，埃普斯姨妈给她好好上了一下速成课，尤其是身为种植园主太太应该会的持家专用诀窍。汤姆前去视察瓦里纳（Varina）种植园，那是他父亲送的结婚礼物。这片产业就在里士满以南，在蒙蒂塞洛的东南方向大约 85 英里处，占据了詹姆斯河畔 950 英亩的土地。但是，汤姆初见之下并不看好这里：只有两座房子，各有两间屋，位于地势低洼处，才五月就已经暴晒在弗吉尼亚的阳光下。汤姆抱怨说，因为炎热和潮湿，他身上起了湿疹和脓疱，难受极了，每天最多只能在户外待上一个小时。更糟糕的是，他知道父亲这份礼物还背负着大额抵押贷款。他迅速判定，得另选地方立业养家。[19]与此同时，玛莎已经等不及要开始独立管理自家种植园，不想继续缠着埃普斯姨妈了。[20]不过，她很高兴汤姆在重新考虑住处时开始考虑在阿尔伯马尔安家。她私下里对她父亲坦白，她“非常反感”住在离蒙蒂塞洛那么远的瓦里纳。[21]

汤姆很快就去跟父亲讨价还价，想要得到里瓦纳河对岸离蒙蒂塞洛不过两英里的田产艾奇山庄。可是老伦道夫刚刚丧妻，决定再娶，而且作为婚姻协议的一部分，他打算把艾奇山庄卖给他的新岳父。杰斐逊决心让女儿住得离自己近一些，不声不响地介入了协商。但是，等到老伦道夫突然改变了他和杰斐逊商量好的价格，杰斐逊也就拦不住这对父子吵翻。玛莎焦虑地说，对父亲的出尔反尔，年轻的汤姆“火冒三丈”[22]。幸好后来大家都冷静了下来，老伦道夫最终同意将1500英亩的田产卖给儿子。但是，父亲再婚对汤姆的未来计划还有一个更大的威胁：对塔卡霍庄园的继承权。年已半百的老伦道夫的小新娘还不满20岁，果如玛莎和汤姆担心的那样，小新娘生了个儿子（莫名其妙地仍旧取名为托马斯·曼）。玛莎想做塔卡霍庄园女主人的梦想破灭了。杰斐逊的安慰信清楚地表明，玛莎也如贝蒂·霍金斯一样，举行婚礼之前做过权衡，考虑过未婚夫能继承到什么产业（如果不是头衔的话）。[23]结婚仅仅四个月后，她已经尝到了失望之苦。

从希望到失望的落差太过巨大，玛莎痛苦无比地躲进沉默中。1790年4月，贝蒂求玛莎来信，并提醒玛莎“多保重，我亲爱的姑娘，别让我以前的担心成了真，要记住你曾经是如何嘲笑我的担忧的，而且保证我们的友情是相互的，会亘久绵长！”[24]伊丽莎白·塔夫顿在收到玛莎的信时松了一口气。“说实话，我几乎开始害怕，新的关系和新交的朋友会让我亲爱的伦道夫太太完全忘记了某人。”[25]甚至根本不知道玛莎结婚的玛丽·德·博蒂多也在五月严厉地责备了玛莎："太可恶了，你六个月没给任何人写信。伊丽莎白（塔夫顿）小姐告诉我说，她认为是你父亲禁止写信。这不可能，因为说不通，他干嘛要禁止？"[26]玛丽希望能在巴黎遇上威廉·肖特，这样她就能看出来他是不是已经放下对玛莎的那片痴心了。"我想是这样的，你不值得依恋。"她的信这样收尾，因为朋友的沉默刺痛了她。

等伦道夫太太终于给朋友们回信时，她只写了寥寥数语，说情况大致令她满意，却不提详情。当她调整自己适应婚后生活时，她很快意识到轮不到她发号施令，她丈夫和父亲的事业才是决定因素。汤姆从爱丁堡返乡时曾希望能继续深造，攻读法律，好为从政做好准备。迎娶杰斐逊的女儿改变了这一计划，他不得不承担起双重的责任：既要养活妻子，又要在岳父经常不在家的情况下替他管理种植园。[27]这对夫妇婚后生活的头几年，大多时候是在瓦里纳和蒙蒂塞洛之间跑来跑去，直到汤姆从父亲手里买下艾奇山庄，他们在这片土地上盖好住房，建成了一个生机繁盛的种植园。

在瓦里纳度过了一个令人沮丧的夏天之后，玛莎和汤姆在九月回到蒙蒂塞洛。杰斐逊正好回家，这是他担任国务卿六个月后的第一次休假。玛莎当时正怀着她的第一个孩子，直到父亲回去返工，她都住着没走。这次杰斐逊去的是新的临时首都费城。正是在费城，1791年1月，杰斐逊得到消息，他有了第一个孙辈，是个女孩。玛莎决定请父亲给孩子取名，但是直到3月24日，杰斐逊才回信给一再请求的新妈妈，给孩子取名安妮·凯里（Anne Cary），用了汤姆母亲的名字。[28]

第二年春天，汤姆的父亲回心转意，把艾奇山庄卖给了儿子。汤姆仍住在蒙蒂塞洛，这里非常方便经营他的新产业。那年九月，他的家庭又添新丁，儿子托马斯·杰斐逊降生了，大家叫他杰夫（Jeff）。但是，这位年轻父亲忧心忡忡，那一年也出现了经济困难：小麦收成不理想，而且汤姆把烟草运往市场时，烟草被雨淋坏了[29]。1793 年 11 月他的父亲去世，1794 年第三个孩子艾伦（Ellen）出生，他的责任更重了。汤姆想卖掉瓦里纳，慢慢开始在阿尔伯马尔扎下根基。1794 年，他当上了治安法官，这是一个专门留给本乡领袖人物的职位；他还申请担任当地的民兵队长，也获得了任命。

然而，杰斐逊在 1793 年 12 月从华盛顿内阁辞职并回到了蒙蒂塞洛，伦道夫一家的生活随之发生了改变。从他的任期一开始，杰斐逊便与亚历山大·汉密尔顿成了水火不容的政敌，由于总统在大多数决策上与他的财政部长站在一边，杰斐逊感觉自己的建议被无视了。随着对抗的升级，他们的针锋相对蔓延到了媒体上。在此期间，他曾写信给玛莎说，渴望放弃费城政治生活中的“辛劳、嫉妒和恶意”[30]，回家安享“轻松、家庭消遣和家人之爱”[31]。但是，随着对他的攻击日渐增多，杰斐逊决定留下，希望能反过来迫使汉密尔顿离开。不过，到了十二月，卷铺盖回家的是杰斐逊。

杰斐逊在蒙蒂塞洛待了三年，处于半退休的状态，他发誓什么政治职位也不能诱惑他放弃这种状态。他告诉一位朋友说，他很高兴沉溺于“享受我的农场、我的家庭和我的书籍”。然而与他的心满意足形成鲜明反差的是，汤姆和玛莎从 1794 年开始苦楚连连。汤姆得了不明怪病，三年里的多数时间痛苦不堪，只好去波士顿和纽约寻医问药，但医生们也无计可施。他试过去西弗吉尼亚泡温泉疗养，以图缓解病痛。玛莎把孩子留在蒙蒂塞洛，陪他去了几次。然而有一次，这位年轻的妈妈因为要给八个月大的女儿艾伦喂奶，便把孩子也带上了。但他们才离家 40 英里，到了斯汤顿（Staunton），艾伦就夭折了。[32] 这对伤心欲绝的父母将小小的遗体送回蒙蒂塞洛安葬，然后继续踏上了求医之路。

这段艰难时期里，玛莎的唯一安慰是，1796 年她又生了一个女儿，和上一个夭折的女儿一样，也叫艾伦；再就是 1797 年春，玛莎的法国同学布吕内特·萨里姆贝尼（Brunette Salimbeni）登门作客。玛莎叫她布吕妮，招待她在瓦里纳住了两个月。她们相携久久地漫步，在餐桌上边吃边聊，在无数次的交谈中重温她们在巴黎时的坦诚友谊。1800 年，布吕妮回忆起这次拜访，她祝愿玛莎最后能在艾奇山庄安家，她还真切地记得，“你一心只想这样”[33]。布吕妮一回法国就马上联系她们的老朋友玛丽·德·博蒂多，这是博蒂多八年来第一次听到玛莎的消息。她在 1798 年 10 月写信给玛莎说，“布吕妮跟我讲了一些你的生活细节”，“我知道，尽管失去了夫家的财产，但你还是幸福的，你有三个可爱的孩子，一位和蔼可亲的好丈夫，他非常爱你，你也同样爱他”。博蒂多试着把这个慈母形象与少女时代在彭特蒙喜欢一步跨四级台阶的老朋友叠印在一起，却只能无奈地摇头。“你现在变得明智了些吗？”她问道，“我想象不出你会成为一家之母”。[34]

1796 年，杰斐逊当选为副总统，伦道夫一家因此终于定居在阿尔伯马尔。汤姆还没卖掉瓦里纳，但是，在杰斐逊给约翰·亚当斯当副总统的四年任期内，汤姆得来代管他的种植园。一家人在蒙蒂塞洛度过了 1797 年的夏天，随后两年里在附近租了一个农场，汤姆住在那儿能更方便同时照看杰斐逊的利益和自家的艾奇山庄。玛莎和汤姆在两个种植园之间奔波往返，这样的日子过了十年，终于在 1800 年搬进了艾奇山庄的新家。这是一栋朴素的两层木屋，越过起伏的山丘，豁然可见不足两英里之外的蒙蒂塞洛，朝向那个方向的一面最大的窗户在二楼的一间卧室，也是最大的一间，很有可能是玛莎和汤姆夫妻住的。[35]

在玛莎回到弗吉尼亚后不得不面临的各种调整中，最严酷的一项也许是重返儿时离开的蓄奴社会，并得学会在这里生活。在巴黎时，不管是对欧洲的朋友们还是对父亲，她都表达过对蓄奴制的憎恨，在萨莉·海明斯宿命般地抵达巴黎的两个月前，她曾写信对父亲说：“我以整个灵魂祈愿，让所有可怜的黑人都获得自由吧”，“每当想起同是上帝的造物，他们却遭到我们许多同胞那么可怕的对待，我的内心就无比悲哀”。[36] 显然她也向伊丽莎白·塔夫顿表达过她的心愿，希望在他们身处法国时美国革命会带来很多变化，因为伊丽莎白曾乐观地向玛莎预言，等她回家时，“你很快就会发现报纸上都在谈论蓄奴制的进步，就像现在法国的报纸上都在谈论自由”[37]。

汤姆也和妻子一样对蓄奴制并无好感。[38] 他在自家种植园禁止了鞭刑，而且他承认，奴隶也能有道德品性，这一点不同于大多数弗吉尼亚白人，包括他的岳父。他相信“所有人都有自由的权利”。他认为，“奴隶制不可能持续下去，对奴隶数量的增加必须加以控制，而且最后一定会引起一场大规模的、长期的、艰苦的斗争”[39]。事实上，当初杰斐逊催他买下艾奇山庄时，汤姆一开始十分犹豫，因为他“讨厌增加我的奴隶数量”[40] 去耕作 1500 英亩的土地。但事实上，这对年轻夫妇相当迅速地顺应了现实。到 1799 年，汤姆·伦道夫已经拥有了 38 名男女奴隶和童奴，是郡里名列前茅的大奴隶主。[41] 玛莎和汤姆挣扎着要在经济上站稳脚跟，此时此刻，她也许很难向寻找《独立宣言》作者的法国贵族访客解释此举的必要性。她知道，在弗吉尼亚，如果不能控制劳动力，就无法谋生。尽管受过法国教育，也许她和大多数弗吉尼亚白人奴隶主并没有太大区别，都因自己的特权而无视蓄奴制的罪恶。直到她五十多岁，在反思把奴隶一家人分开卖掉的做法时，才承认“奴隶的悲哀伤痛是我以前想不到的”[42]。

等他们搬家到艾奇山庄时，玛莎已经是个老练的母亲了；1799 年，她又生了一个女儿柯妮利娅（Cornelia）。以前，贝蒂·霍金斯认识的一个男人认为每个女孩都梦想着做母亲，对此贝蒂少女气十足地表示难以置信：“我很奇怪他居然认为年轻姑娘会喜欢有朝一日给六七个闹哄哄的小鬼头当妈，这人一定是疯了。”[43] 玛莎也许早已忘记了这件事。她倒是更有可能记得贝蒂在 1789 年 7 月写给她的一封信中欣喜地介绍了自己初生的儿子：“我亲爱的小宝贝，一个非常漂亮的孩子，有着大大的深蓝色眼睛，脸上其余部分特别像他的妈妈。”[44]在艾奇山庄，玛莎同时要照料病中的汤姆和她自己，因为吃了太多萝卜和牛奶，她经常胃里难受，而且她一直在怀孕、分娩、哺乳，周而复始，没完没了。[45]他们不断扩大的家庭在八年之内又多了四个孩子：维珍妮娅（Virginia, 1801 年生）、玛丽（Mary, 1803 年生）、詹姆斯·麦迪逊（James Madison, 1806 年生）和本杰明·富兰克林（Benjamin Franklin, 1808 年生）。在本杰明平安降生后，玛莎私下对多莉·麦迪逊（Dolley Madison）说，她“希望这是最后一个”[46]。那时，玛莎才 36 岁，已经有 8[*] 个孩子了。

玛莎逐渐意识到，法国时尚、都市生活和朋友间的交谈都已遥不可及，但她至少能把她在彭特蒙受到的严格而精致的教导再用在她的孩子身上。结婚十年之后，她声称已经厌倦了夫妻相伴，并声言她的主要乐趣是“教育我的孩子，我一向把每一刻可支配的时间都用在这里”[47]。她的孩子们崇拜她，力争模仿她在读书写作上的勤奋。安妮还差几天就到两岁生日时，她请母亲告诉杰斐逊她正在给他“写”信。不过，别指望他能破解这份手迹，就算是溺爱她的母亲也时常弄不懂她。玛莎愉快地回忆说，这个蹒跚学步的孩子喜欢讲故事，并认真地加上很多细节，“但是实在语不成句，还用了很多手势来讲解，听她说话真好玩”[48]。五岁的艾伦也给杰斐逊写了信，希望他能从华盛顿带些书回来，并催他早点回家，好给他看她的新书架，还屈尊俯就地抱怨“小孩子们”太闹，让她没法好好写信。[49]她非常宝贝自己的第一卷莎士比亚的作品和书桌，这都是外祖父送的礼物。多年以后，维珍妮娅回忆起童年时代，在黑魆魆的冬夜里，奴隶们点上蜡烛，全家人一起围着明亮又温暖的壁炉，当母亲或外

---

* 原文为“7”，结合前后文，玛莎已经生育了安妮·凯里（1791 年生）、托马斯·杰斐逊（即杰夫，1792 年生）、艾伦（1794 年生，后 8 个月大时夭折）、艾伦（1796 年生）、柯妮利亚（1799 年生），加上 1801 年至 1808 年间生下的 4 个孩子，玛莎共生下 9 个孩子。因此，1808 年，36 岁的玛莎养育着 8 个孩子。——编者注

祖父开始朗读时，“一切都马上安静了下来”。八个孩子里排行居中的维珍妮娅回忆道，等孩子们长到可以有样学样的岁数，她看到杰斐逊“从他自己的书上抬起眼睛，环顾身边这一小圈读书的人，露出微笑，跟妈妈评点几句”[50]。

尽管伦道夫一家无疑也在艾奇山庄接待过许多客人，却没留下什么记录描述这家人的日常生活。不过，玛格丽特·贝雅德·史密斯（Margaret Bayard Smith）留下了一份详细描述，记下了她的好朋友玛莎在蒙蒂塞洛每天精确的时间安排。她在 1809 年 8 月到访的第二天早上写道：“早饭过后，我很快就了解到，这家的习惯是每人各自去忙自己的事情。”此时玛莎已是 36 岁的女主人。杰斐逊回自己的书房，玛莎的丈夫汤姆动身去农场，玛莎领着做家务的奴隶先安排好当天的家务事，然后把孩子们叫到一起，一整天都在教导他们。家里人都有事占手，访客再见到这家人要等到晚饭的钟声响起，这时已是下午四点多。然后史密斯很高兴地与杰斐逊进行了“愉快而受益的长谈”，杰斐逊与客人留在桌边，这是他仅有的会客时段。通常，大家一起在院子里散步是全天的尾声。[51]

玛莎决心要建设一种家庭文化，用她在巴黎学的启蒙主义课程来教育孩子。启蒙思想家们深信，通过正确的教育和培养，就连孩子也能被训练出自律的习惯。就这一品质而言，玛莎自己便是一个杰出的榜样。她不仅把日常事务安排得井井有条，而且十分勤奋，这是全体身边人有目共睹的。为她父亲管家二十年的埃德蒙特·培根（Edmund Bacon）评论说：“伦道夫太太就像她父亲一样……她总是在忙。要是她没在读书写字，就总是在做些别的什么……在她几个女儿的成长过程中，她教她们要和自己一样勤奋。”[52]

玛莎也掌握了启蒙思想课程中的理性自制这门课。培根充满敬佩地回忆说，“世间很少见到这样的女性”，“我跟着杰斐逊先生二十年，每个星期都经常见到她。我从没见过她大发脾气。在这方面，我真的没见过像她和她父亲这样的人”。[53] 显然，玛莎也非常成功地将这一课业传授给了她的诸多孩子。她的朋友玛格丽特·贝雅德·史密斯惊诧地看到，在蒙蒂塞洛的早餐桌上，孩子们的举止无可挑剔（1809 年她来访时，玛莎已经生了八个孩子）。“伦道夫太太的所有孩子都在家庭餐桌上吃饭，如果没有亲眼看见，你绝不会相信能有孩子像他们那样中规中矩。”[54] 任何当父母的都明白，养成孩子的这种习惯不可能是一蹴而就的。贝雅德·史密斯观察到的孩子们令人钦佩的守规懂事，是玛莎作为母亲在艾奇山庄常年不懈教诲的成果。

于是，当她稚幼的孩子开始用破碎的语句和可爱的手势来拼凑句子时，她的念头便转向了他们的教育，从记忆犹深的法国经历中汲取资源。当年美国革命以及建立共和的进程发生在远方，彼时她在巴黎的那段经历教会她设想她将奉献余生的母亲角色。她教孩子们说法语，让他们认识到阅读和写作的价值，不管是学习古代史还是弹奏羽管键琴，她都教会他们在学习中保持至关重要的自律行为。比如，她规定女儿们每天练一小时钢琴，并微笑着强调，“要实实在在地练习”，她可不好糊弄。玛莎知道，这其中的痛苦总是难免的，但她记得自己拒学提图斯·李维的历史著作时父亲的坚持，“总有一天会形成习惯的”[55]。她倡导的事情，自己也会身体力行。尽管生活中会遇到各种痛苦和失望，但她绝不抱怨。孩子发脾气时，玛莎就用父亲当年对她的办法，让他们去做些体育运动，她相信散步或骑马都能最有效地振奋精神。她给孩子们提的建议也是基于她自身的经验。

新晋的伦道夫太太要想保持她曾经在巴黎时轻松且招人喜爱的快乐秉性并不容易。这位具有国际视野、受过良好教育的年轻女性在弗吉尼亚的乡村生活中遇到了一大堆挑战。玛莎·杰斐逊·伦道夫认同的是她受过的巴黎教育以及杰斐逊的智性生活，她找到了升华它们的方式：她把教育自己的孩子看作一项事业。

玛莎还没生孩子前，就曾有机会操练教学技能——杰斐逊吩咐她关照妹妹玛丽亚的教育。当他前往纽约担任国务卿时，他把玛丽亚留给了这对新婚夫妇。1790 年的整个春天，玛丽亚都和他们住在一起，但她肯定迫不及待地想回埃平顿，却被一拖再拖。新婚夫妇腾不出马匹给玛丽亚，满足不了她去和埃普斯姨妈一起住的热忱愿望，而汤姆又很不想为此去跟他父亲长期借用干活的马匹。[56] 于是，在玛莎和汤姆婚后走亲访友时，玛丽亚当了小尾巴。

与此同时，玛莎指导玛丽亚继续学习，由于她们总在旅途中，这事经常办不到。旅行期间，玛丽亚既不可能翻译《堂·吉诃德》（她顶嘴说，“字典太大了，敞篷马车的袋子里根本装不下”[57]），也不可能练习羽管键琴。她可能读了一些美国历史，背诵了一些英语语法，并在玛莎的指导下做了一些女红。不过，她在这几个月里到底学了什么，她的父亲完全搞不清。杰斐逊带着怒气写道：“你在上一封信里告诉了我哪些事你没做，我希望下次你会告诉我，哪些事你正在做。”[58] 不过，到了五月底，玛丽亚已经开心地安住在埃平顿，在埃普斯姨妈的温柔关爱下，每天阅读《堂·吉诃德》、背诵西班牙语语法、继续读历史书。[59] 伊丽莎白·埃普斯也教姑娘们必要的家庭主妇技能，玛丽亚已经学会了如何做布丁，还和表妹玛丽·波玲一起负责照看一只母鸡和它的小鸡崽。杰斐逊满意了，他赞许地写道：“跟着什么都教你的好姨妈，你肯定充分利用了你的时间。”[60]

不过，等到九月杰斐逊回蒙蒂塞洛短住一个月时，两个女儿都在家迎接他。整个冬天她们都住在那里。尽管玛莎正经历首次怀孕，但对给妹妹当老师还是毫不松懈。玛莎向父亲报告说，玛丽亚的“西班牙语有显著的进步”，尽管“她很吃惊我居然想得出让她在字典里查所有的词还有动词形态”。[61] 玛莎说，玛丽亚的翻译很差劲，也许能混过她姨妈那种更惯着她的指教，可是玛莎的要求要严格得多。玛莎告诉杰斐逊，“她终于发现我不近人情，只好翻字典去了，过去有那么一段时间，她很是不好好用词典"。她也想让玛丽亚的音乐练习走上正道。玛莎让人修好了羽管键琴并调了音，但是玛丽亚没什么兴趣。玛丽亚的懒惰让玛莎很灰心。这个指手画脚的姐姐觉得，妹妹似乎在尽可能利用父亲不在身边的情况，只要她自以为有哪件事会没人注意就扔在一边。

很难想象这会是同一个人：玛莎描述的这个偷懒耍滑的学生，当年却是阿比盖尔·亚当斯口中那个"书籍是她的快乐"[62]的女孩。或许是伊丽莎白·埃普斯，或许是她的儿子杰克，很早就教会了玛丽亚热爱书籍。杰斐逊一家返回弗吉尼亚的旅程曾在考斯暂停，某天早上，当卡廷船长手拿托盘走进早餐厅时，发现杰斐逊正在教 11 岁的玛丽亚学西班牙语，他完全惊呆了。他在日记中写道："可爱的小姑娘全神贯注。"和亚当斯太太一样，卡廷船长观察到"玛丽亚身上有着超越她年龄的聪慧和观察力，能向她那出色的老师非常中肯地发问"[63]。根据玛丽亚在西班牙语、历史课和地理课上的进步，卡廷确信她将来一定会是一位卓有成就的女性。[64]

那么玛丽亚究竟为什么变成了一个懒学生？我们可以随便猜几种原因。沐浴在父亲全神贯注的目光中，认真聆听他在西班牙语课上讲墨西哥征服史，聪明地提问，试图讨他喜欢——对玛丽亚来说，这可是大事。然而，分别四年后，才开始重续父女情，父亲却又走了，再次把她扔下了。他的告别信中满是人生训示，敦促她乖乖听话，警告她戒绝愤怒和嫉妒，嘱咐她多多给予而不要只求获取——他自称是个"流浪的"父亲，想用这些训示来替代每天给孩子的陪伴，但这实在不够。[65]杰斐逊也很明白，玛丽亚多年来在埃普斯家过得像花儿一样。他对伊丽莎白·埃普斯承认说："我真嫉妒你，因为我总发现你在和我争当她的最爱。"[66]

然而埃普斯太太可从没把学业出色当作她的赞许筹码。说到底，对于阿尔伯马尔的年轻淑女来说，西班牙语能有多重要？也许，付出努力就足以让姨妈满意，所以玛丽亚才会吃惊姐姐居然还要求翻译精准。玛莎也许还在努力完成杰斐逊交给她的任务：她和妹妹在巴黎重逢时，她还是彭特蒙的学生，父亲让她给妹妹当妈。如今玛莎已是一位年轻的妻子，对那份责任会更觉重大。但玛丽亚却可能对姐姐不过大了六岁竟要求这么严格而感到愤怒。不管怎么说，父亲已经走了，埃普斯一家人充满爱意地称赞她，再加上住在远离彭特蒙学习纪律的弗吉尼亚乡下——在这种情形下，能翻译《堂·吉诃德》又算得上什么呢？

玛丽亚对玛莎的教导不上心，她更喜欢她的第一个外甥女，姐姐在1791年1月23日生下的小女孩。玛丽亚对父亲形容三个星期大的安妮，“她好漂亮，眼睛是深蓝色的，是个非常精致的孩子”[67]。但12岁的玛丽亚能给新手妈妈帮上多少忙就不好说了。1月22日，她给快升格当外公的忧心如焚的杰斐逊写信说一切都好，甚至懵然不知玛莎有产前阵痛。事实上，玛丽亚整天都在房子的另一侧，根本不知道玛莎一整天都在产前阵痛中。当玛莎的预产期临近时，为减轻她的负担，每天的家务都交给了玛丽亚和汤姆的妹妹珍妮（维珍妮娅）·伦道夫来管，至于她们管得如何就无从得知了。不管怎样，那年夏天杰斐逊在蒙蒂塞洛的休假结束，带着玛丽亚去费城上学时，好像没人对她的家务本领念念不忘。

他们在1791年10月12日离开蒙蒂塞洛，途中停下两次，第一次是在蒙彼利埃（Montpelier）接上詹姆斯·麦迪逊，然后去弗农山庄（Mount Vernon）拜访了华盛顿一家[68]。他们到弗农山庄是16日，发现总统正气冲冲地准备出发去费城，因为他刚刚获悉，国会开会的时间比他以为的要早一个星期。华盛顿怒火中烧地对他的财政部长亚历山大·汉密尔顿抱怨道，“我怎么不知道本月24日星期一是定好的国会开会的日子，就好像我也不会知道那天是世界末日”[69]。这三位政治家次日在大雨中驱车20英里到达乔治敦，随后又用了五天在大雨中抵达费城。[70] 由于男人们急着出发，玛莎·华盛顿（Martha Washington）就接手了玛丽亚，用自己的马车把她平安带到了费城。[71]

当她们快到费城，马车靠近斯库尔基尔河（Schuylkill River）时，玛丽亚从山顶上就能眺望到基督堂（Christ Church）壮观的尖顶，那是北美殖民地最高的建筑物。[72] 她们走的是南方来客的常规路线，在格雷斯渡口（Grays Ferry）过河，用的浮桥是英国人在 1777 年占领该地时所建的，今天的格雷斯渡口大道（Grays Ferry Avenue）就由此得名。[73] 在 1791 年，这座桥没什么好看的，狭窄又细长。但玛莎·华盛顿可能给她照顾的小女孩讲了当年这里的盛况：就在两年前，费城人民在桥上装点了桂冠、自由帽和旗帜——都是自由的新共和国的重要标志，以欢迎她的丈夫从弗农山庄到纽约宣誓就任第一任总统。据说当华盛顿走过桥头的装饰性拱门时，一个月桂花环恰好落在他的头上，这是费城人借用罗马共和国的古老习俗来致敬他们的军事英雄。[74]

从当时的地图上看，费城地处斯库尔基尔河与特拉华河之间，从东到西延伸两英里，南北纵深大约一英里。110 年前，威廉·佩恩（William Penn）把这座城市规划成整齐的网格，决心建造一座“绿色乡村小镇”，并希望永远不会发生 1666 年伦敦大火那样的险情。佩恩设计的城市有两条宽阔的大道，宽街（Broad Street）和高街（High Street）十字相交，比 17 世纪伦敦的任何一条街道都宽；另有四个大广场给本市居民当公园用，一个更大的广场位于城市中心，周边矗立着主要公共建筑，还有小块土地用来修建住家和商铺。东西向街道用不同树种来命名；南北向街道从特拉华河畔一路向西用数字来命名。[75] 有了这样的城市规划，费城就有了扩张和繁荣的基底。

玛丽亚到费城时，城市扩建还只占用了两条河流之间的土地，但西边原有的林地已被夷平，准备扩大建设范围——说起来，砍树还是战争期间英军占领的结果呢。费城人口有 44000，是世界上排名第二的讲英语的大城市，美国再往下排名接近的城市是纽约，当时人口有 33000，远远不及费城。[76] 费城在 1790 年成为临时首都，这是杰斐逊与财政部长亚历山大·汉密尔顿以及弗吉尼亚州国会代表詹姆斯·麦迪逊磋商的结果，以国会通过汉密尔顿的债务计划为交换条件，将首都永久定址在波托马克河畔。作为宾夕法尼亚州的代表投赞成票的交换，费城赢得了临时首都的地位，直至华盛顿城建设完成可以进驻。

费城在殖民时期曾是生机勃勃的商业中心，如今更被赋予了新的重要地位，它希望能永远保持这份荣耀，于是上马了一项与新生共和国相称的建设计划。毁于战火的住宅如今装上了闪亮的新窗户并重刷了油漆，充当医院和马厩的公共建筑皆被彻底洗去了臭味。[77]1787 年，费城在州议会大厦（现在叫独立厅）的西侧建了一座新的法院，1791 年又在东侧建了市政大厅。有了这些新建筑，国会和最高法院就有了方便的驻处，费城人迅速将一个商业文化中心临时改造成了首都城市。位于第二街与第三街之间的市场街上，新的长老会教堂要到 1793 年才动工兴建，它将是该市第一座立面采用古典神庙风格和圆柱的公共建筑。[78] 两年后，宏伟的美国第一银行大楼也采用了这种风格，以展现这个新生国度的安定稳固和共和精神。

英国艺术家威廉·伯奇（William Birch）于 1794 年来到费城，用一系列杰出画作记录了古罗马之后全世界第一个共和国的首都。[79] 这些画作向我们展现了成排整齐的红砖建筑、树木、沿着城市街道铺设的砖砌人行道。路人漫步街头时，不受大街上活动的影响，车道边设有均匀分布的护桩，防止车马跑到人行道上。到 1800 年时，城市开发已经向西扩展到第十二街，尽管大多数人口仍集中在第七街以东，高街的石铺路面也是铺到第七街为止——石铺路是 1776 年以后的一项改进工程，当时第七街标志着城市的外围，杰斐逊为图清静也住在那里[80]。伯奇画中的城市虽繁荣却不炫富，遵循着良好的共和国风尚，市民们有教养又富有创造力，整个国家则是欣欣向荣。

从纽约迁都费城之后，杰斐逊请本杰明·富兰克林的孙子威廉·谭伯尔·富兰克林（William Temple Franklin）帮忙租一处房子，兼作他的办公和居家场所。可是富兰克林推荐的地方都不合适，哪怕房主愿意按杰斐逊的想法做些改动，比如增加一间书房，或把某道墙挪个位置。富兰克林明白杰斐逊的感受，建议他把相邻的两座房子都租下来，这样就“能构成法国人所谓的‘完整的公寓’”[81]，但杰斐逊预算有限，最终只能租下其中的一座房子住下来。

杰斐逊的新家在高街（1853年后改名叫市场街），位于第八街与第九街之间，在总统宅邸西边只隔两个街口的地方。这是费城典型的联排式住宅，25英尺临街开间，54英尺进深。[82]一楼有一条窄窄的过道贯穿房子的纵向，连通公共空间（门厅和餐室），然后继续向后连到后面的厨房。二楼有一间大起居室俯瞰着街道，带有两个侧间，其中一间是杰斐逊的卧室。杰斐逊希望房子后身儿能有一个安静的工作空间，远离街道噪音，于是他跟房主谈好，在二楼做些扩建，增加了一间书房。他的房东在街对面另外租给他一套房子用来办公。不过，所有这些调整都是为了他的舒适和方便着想，没有任何迹象表明在新首都做生活安排时，他考虑过让女儿和他住在一起。

玛丽亚到费城后和杰斐逊住了没多久，这位如释重负的父亲向玛莎报告说她妹妹忙着结交新朋友。玛莎·华盛顿的孙女妮莉·卡斯蒂斯（Nelly Custis）特别招玛丽亚喜欢。杰斐逊说，玛丽亚仍然“特别受华盛顿夫人照顾”[83]，尽管要担起第一夫人的各种责任，华盛顿夫人还是继续以母亲般的温暖关照这个没有母亲的孩子。

接下来便是合众国上层的夫人们的轮番来访。到十一月中旬，杰斐逊告诉玛莎，玛丽亚“有幸接待了来访的亚当斯夫人、伦道夫夫人、里滕豪斯夫人、萨金特、沃特斯和戴维斯等人，因此她对费城相当熟悉”[84]。与阿比盖尔·亚当斯重逢肯定尤其让玛丽亚开心，因为她四年前在伦敦挥泪告别时答应过会再次拜访，却从未成行。伦道夫夫人的丈夫埃德蒙是华盛顿总统的司法部长。因婚后改名不好辨识的是汉娜·里滕豪斯和她的两个继女伊丽莎白和伊斯特（分别是萨特金太太和沃特斯太太），她们曾在1783年玛莎滞留费城期间，把11岁的玛莎从地位尊崇的玛丽·霍普金森夫人手里解救出来。多亏这两个姑娘，玛莎才能忍受跟着专横的斯密特尔上绘画课；也是和她们一起，玛莎曾在弗朗西斯·霍普金森演奏的欢快旋律中翩翩起舞，度过了一个除夕之夜。如今，八年以后，她们又来到玛莎那漂亮的妹妹的身边，如同当初对待玛莎一样关心她。她们陪着玛丽亚周游费城，于是杰斐逊才能在她到达不到两周内就放心地说，她在新环境里从容自如。

杰斐逊是否因为国事繁忙才不能带着玛丽亚周游他的费城，对此我们无从知晓。玛丽亚在这段时间写给姐姐的信只留下一封，写给姐夫的信也只有几封留了下来。但我们当然可以想象，杰斐逊会将他在1776年那个意义重大的夏天里租住的房子指给她看，毕竟那儿离他的新住处只隔了一条街，在高街和第七街交叉口的西南角[85]。如今那里住着詹姆斯·威尔逊（James Wilson），这位宾夕法尼亚人当年也参加了大陆会议，并在《独立宣言》上签了名。杰斐逊也许会指着二楼告诉女儿，他“就是在临街的那个房间里”起草了《独立宣言》。杰斐逊也许带她去了宾夕法尼亚州议会现在的会址州议会大厦（State House），带她看自己参与宣布革命的地方。他也许带她去了艺术家查尔斯·威尔逊·皮尔（Charles Willson Peale）的家，皮尔对自然科学的热忱与杰斐逊不相上下[86]。皮尔收藏了非常多的动物标本，家里都摆不开放不下了；1794年，他在哲学厅（Philosophical Hall）开办了一家博物馆。但愿杰斐逊没把这些出门的事指派给当初他在法国的管家阿德良·帕蒂，如今他移民到了费城，并总揽杰斐逊的家务事[87]。玛丽亚再见到帕蒂时，伦敦初见时的不悦阴影也许依然未褪。詹姆斯·海明斯是另一位在巴黎时的老熟人，他在费城施展着他学来的法国厨艺，补足了杰斐逊在费城的家里所需的人手。

且不论是谁带玛丽亚熟悉了费城，她到达后最多一星期，1791年11

月 1 日那天，玛丽亚和杰斐逊出门踏上高街，在街角左拐走到第八街，过马路来到街道东侧，走进了派因太太寄宿学校临街的可爱庭院。玛丽·派因（Mary Pine）是英国肖像画家罗伯特·埃齐·派因（Robert Edge Pine）的遗孀，罗伯特三年前刚刚去世。1785 年，乔治·华盛顿通过老朋友乔治·威廉·费尔法克斯（George William Fairfax）的介绍注意到了这位艺术家。费尔法克斯告诉华盛顿，由于派因一直坚定地支持美国的独立事业，他在祖国既找不到生意又丢了朋友，带着妻子和六个女儿移民到了美国。华盛顿闻之动容，同意坐下来让派因给自己画一幅肖像，这幅肖像尽管最不知名，却是因操劳战事而憔悴的华盛顿将军最真实的写照。这幅栩栩如生的画像并不符合公众心目中的英雄形象，但华盛顿却是看了这幅画才决定邀请派因来弗农山庄给全家人画像。华盛顿的青睐给派因带来了许多机会。[88] 18 世纪 80 年代末，他在州议会大厦的会议室里有一间画室，还在第八街上建了一座宽敞的房子来存放他的作品。那是美国第一家艺术博物馆。[89]

但是，派因先生在 1788 年 11 月去世了，此后他的遗孀不得不为生存挣扎。显然，在丈夫去世之前，她就已经在家里开办了绘画学校。1789 年春，她借亡夫的声誉拓宽了授课范围，并打广告宣传改进过的新学校。[90] 到 1790 年时派因太太似乎已经泄气了，因为她要出售这座漂亮的房子。然而，1791 年秋，当玛丽亚沿房前小径走来注册时，派因太太的房子还没出手，学校还在办着。在政府高官间流传的口碑足以帮派因太太招够必需的学生人数，让学校能继续办下去。[91] 华盛顿为继孙女妮莉·卡斯蒂斯托秘书托拜亚斯·李尔（Tobias Lear）私下询问过课程安排和学费；本杰明·富兰克林的外孙女黛博拉·贝奇（Deborah Bache）也是该校的学生。伊丽莎白和詹姆斯·门罗夫妇如果不是回了弗吉尼亚，本来也在考虑把女儿送到那里去。[92]

玛丽·派因的华美宅邸当然让人看不出她的财务已是捉襟见肘。它的占地宽度是杰斐逊租住的房子的四倍，纵深是其三倍还多。费城的大多数联排住宅都一直盖到街边，派因太太的房子却不一样，可以奢侈地缩进 20 英尺，用一个幽幽庭院挡住窥探的眼睛和街头的嘈杂。杰斐逊肯定是先去看过这家学校才决定送女儿去寄宿。他应该会赞赏派因夫人在广告中骄傲推出的一楼那六间房，每间都装了壁炉采暖。之前在杰斐逊的住处扩建书房时雇来的工匠就没做壁炉，让他简直难以置信（杰斐逊对房东抱怨说，“可能我没有特意提到烟囱”，但那是因为他认为壁炉是理所当然的配置）。[93] 派因太太那几间有采暖的房间是学生卧室，她丈夫在世时家人住的也是同样的标准。杰斐逊当然也会赞赏二楼舞厅的华美和比例，派因太太形容它“长度横贯整座房子的开间，宽约 33 英尺，天花板高旷，配有优雅的屋顶采光”[94]。杰斐逊在巴黎时爱上了天窗。扩建二楼书房时他也想要装一个，好享受日光和私密性，但是工人完全听错了他的指示。[95] 与杰斐逊的期待相反，1792 年他从弗吉尼亚避暑归来时厌恶地发现，工人把窗户装在了门上而不是天花板上，彻底毁了他的设计。（结果他把那间屋当成了储藏室。）派因太太家的房间空间大、光线足，肯定会是一个极好的教室。

杰斐逊那天交给玛丽·派因一张 33.33 美元的银行汇票，用以支付玛丽亚的学费和住宿费。如果玛丽亚当晚就留宿学校，她看着父亲离去时并不会像玛莎在彭特蒙的第一天那样眼泪汪汪。她父亲的住处兼办公室就在街角，玛丽亚可以每天去看他。事实上，派因太太的学校离家近也是他选择这里的一个原因。费城的另一位教师安·布罗德（Ann Brodeau）开办的学校其实更合杰斐逊的标准，但那里离他租的房子远，不方便玛丽亚每天回家。[96] 如今没有姐姐在身边帮她平稳过渡，玛丽亚得靠自己去结交新朋友，适应新学校。杰斐逊可能很满意玛丽亚入学两星期就“交了很多小朋友，保证有人和她一起闹”[97]，但是考虑到玛丽亚一向沉默含蓄，还是近一个月后她对汤姆的报告更可靠：“我已经去了派因太太那儿，但我跟她还有她学校里的年轻女士们还不太熟”[98]。

研究杰斐逊的学者并不关注玛莎在彭特蒙的情况，对玛丽亚在费城的情况也是同样的态度。玛丽亚得到的全部关注都在杰斐逊家庭通信的某个汇编版本的注脚里，或者在杰斐逊卷帙浩繁的回忆录印刷本的编辑说明中。[99]其中部分原因是玛丽亚在费城期间的相关文献记录很少。然而我们应该考虑到，就各方面来说，费城之于玛丽亚，正如巴黎之于玛莎。像玛莎初到彭特蒙的第一个月时一样，玛丽亚每天都能见到父亲，不用跟姐姐争夺他的关注；她进了一所精英女子学校；与她厮混的是一群享有特权的少女少妇，她们可能也在城里到处参加戏剧、集会和其他娱乐活动。在这里，她甚至可能体验到了第一次心动。

玛丽·派因面向年轻女性开办的是一所高端的小型学校：1790 年的人口普查表明，住校女性只有十位（其中还包括玛丽·派因和她的四个女儿）。[100]不管学校多小，英国出身的派因太太很明白该如何教育地位高贵的学生。派因太太安排富兰克林的外孙女、年轻的黛博拉·贝奇坐在餐桌尽端的主位，同桌还有总统的继孙女妮莉·卡斯蒂斯、战时慷慨解囊的富豪金融家的女儿玛丽亚·莫里斯，这样的安排让黛博拉很开心。挣扎奋斗的派因太太深切体会到，社会上原有的尊卑模式并没有仅仅因为一场政治革命就消失了，对女性来说尤其如此，于是她想在新首都尽力吸引国家精英阶层的光顾。玛丽亚在彭特蒙曾有过两年相关体验，与英法两国的贵族小姐共餐时要按地位就座，她对这类事情的感受也许有别于黛博拉·贝奇的母亲，后者曾让女儿转告派因太太说：“本国除了羊肉要分级以外，其他并无等级。”[101]

事实上，派因太太给学生开的课正好迎合了杰斐逊以及与他同阶层的父亲们，只让年轻女性学那些既实用又能装点门面的内容。在她的督导下，她的学生们学习语法、阅读、写作、算术和地理，这些课程反映了整个 18 世纪日益普遍的观点：女性拥有理性思考的能力。然而，在美国革命之后的过渡阶段，年轻女性装点粉饰的水准仍然决定着她们能否成功在婚姻市场上光彩夺目地展现自己，所以派因太太宣传自己会特别“关照和指导”缝纫、法语、绘画、音乐和跳舞等诸般课程[102]。杰斐逊坚信，做做针线大可纾解种植园生活的乏味无聊，他也一直乐于见到两个女儿在绘画和音乐方面有所进步，于是他可以放心了，他对玛丽亚的要求与派因太太开课的内容正相吻合。

罗伯特·派因的艺术博物馆为派因太太的绘画课提供了完美的环境和灵感。二楼的巨大房间因带有天窗因而采光充足，陈列着派因的大部分画作。伦勃朗·皮尔（Rembrandt Peale）在孩提时曾跟着他的艺术家父亲查尔斯·威尔逊·皮尔去参观过这座新建的博物馆。花 25 美分买了门票之后，他们爬上通往二楼的楼梯。皮尔回忆说，“我只习惯父亲的小画廊”，“走进派因先生那宽敞的沙龙，满墙画作的尺寸之大、内容之丰富，让我震惊”。当派因走出他的工作室时，小伦勃朗吃惊地看到，“这么个极小极瘦的男人，竟然创作出了我刚刚看过的那些杰作”[103]。

但派因并不是一个人在工作。他的太太也是一位肖像画家，四个女儿中至少有两个能帮到她。她们经常帮父亲完成他去南方时动笔开画的肖像。[104]派因负责主人公的头部，由女儿们画完全画，添加了躯体、衣物和背景，这样父亲才好更快地转向下一个主顾。杰斐逊不像小伦勃朗那么容易被打动（他买了一幅他认为“一般”的詹姆斯·麦迪逊肖像画[105]），但是，派因太太的专长完全适合训练一位 13 岁女孩学习绘画这项女性技艺。况且，对于玛丽亚这类比较害羞的学生来说，派因太太的年轻助手们也不会太吓人。不过，即便玛丽亚曾保存下自己的画作，后来也都没有留存下来。

音乐也许是年轻女性必须掌握的、最重要的装点门面的艺术。音乐史学家阿瑟·勒瑟（Arthur Loesser）解释说，“绅士阶层的男主人们明白，妻子和女儿无所事事，才能保证绅士的名望无懈可击”，不过“做些无用但可爱的小事，又比什么都不做更淑女”。[106]玛丽亚到费城时，她在音乐方面已经有过一些不好形容的经验：一方面，她在巴黎时已经师从著名的克劳德·巴尔巴斯特雷学过羽管键琴；另一方面，尽管她姐姐在蒙蒂塞洛时努力让她坐下练琴，她却总能成功逃避。虽然玛丽亚对音乐并不上心，但是杰斐逊决心已定。如今在费城，玛丽亚在派因太太的监督下又开始学习音乐。杰斐逊为此在费城买了一架立式小键琴，而且雇了该市最著名的管风琴家约翰·克里斯托弗·莫勒（John Christopher Moller）来当音乐老师。[107]

当年里滕豪斯姐妹的陪伴帮玛莎忍过了绘画课，同样，妮莉·卡斯蒂斯也许能为玛丽亚精通音乐助力加油。杰斐逊知道，华盛顿夫人在此事上认同他的看法。妮莉的哥哥后来回忆妹妹是这样练琴的：“可怜的女孩在祖母的眼皮底下，好几个小时一边弹琴一边哭，一边哭一边弹琴，祖母对任何事情都是严格要求的。”[108]而杰斐逊给女婿报告这两个女孩的情况时，只是淡淡的一句“她们经常一起练习”[109]。也许他的策略是成功的。到费城快两个月后，玛丽亚写信给汤姆，急吼吼地查问怎么她有些物件还没寄到费城。她写道：“我特别想要它们，尤其是我的乐谱。”[110]

有意思的是，杰斐逊没给玛丽亚选择费城青年女子学院，这是全国最著名的女子学校之一，创办于1787年。该校位于第三街，到他家只需走很短一段路，派因太太开的课这儿全都有，另外还教修辞学和簿记学。[111]耐人寻味的是，这里不教缝纫课。学院的赞助人之一本杰明·拉什（Benjamin Rush）也曾在《独立宣言》上签名，他是杰斐逊的终生挚友，甚至在他们的政见背道而驰以后，两人的友情依然如故。拉什曾给该校写过一份教程模本，旨在培训年轻女性做好准备，将来给勤奋的美国男人做个贤妻。他反对欧洲的女性教育模式，重实用轻粉饰，并摒弃了与新共和国公民不相配的内容。

如果拉什的教学大纲给男孩用，杰斐逊会衷心地认同。但他看不出女孩有什么必要学习修辞学。一个女孩学会构思并表述一个观点，这能有什么用呢？当然，修辞学能帮大学生胸有成竹地面对每年毕业时的公开考试，但杰斐逊和玛丽亚本人都不会喜欢公开展示女性智慧的做法：当年杰斐逊在巴黎听着法国妇女侃侃而谈时，他父权感爆棚，并腹诽不已；而玛丽亚则会因为害羞而畏首畏尾。该校毕业生普利西拉·梅森（Priscilla Mason）在1793年的毕业演说中谴责高等教育和职场都将女性排除在外的做法，也同样会让他们两人心存反感。正如历史学家玛格丽特·纳什（Margaret Nash）相当轻描淡写的说法，不管拉什用意如何，显然该校培养不出百依百顺的妻子。[112]

在巴黎，玛莎结交了见多识广的法国女性，拓展了她所接受的课堂教育，帮她看清了纸上谈兵之外的世界运作方式；但玛丽亚与新共和国领导层的交往，却在巩固而非挑战传统的性别认知。阿比盖尔·亚当斯就是一个很好的个案。她对政治兴趣浓厚，直到1794年都自命为女性主义作家玛丽·沃斯通克拉夫特的门徒，后者曾写过《女权辩护》（1792年）一书。但亚当斯夫人对妇女参政的看法在18世纪90年代多少变得比较传统了。是的，她曾在1776年初向人分发过托马斯·潘恩（Thomas Paine）那本革命性的《常识》，也曾坚持向丈夫询问政情，但她并不认为女性应该从政。1780年，费城的女性发起募捐活动，为大陆军士兵筹款，全国女性踊跃效仿，她却没有参加。相反，她却相信，女性的爱国主义与男性的爱国主义存在本质区别，前者因为无利可图而更加纯粹。也就是说，女性并不会因战争的胜利而获益，因为她们被排除在了政体之外。尽管有如此认识，她也并未呼吁将女性纳入政体之中。18世纪90年代初与玛丽亚在费城重逢时，由于法国大革命造成的恐惧逐步凸显，她的政见甚至变得更保守了。[113]

阿比盖尔·亚当斯是美国最有国际视野、思想最先进的女性之一，但即使是她也比不上德文郡公爵夫人乔治娅娜，1789年玛莎在巴黎见过乔治娅娜，她那时已经在英国为辉格党公开奔走；但她也比不上斯达尔夫人，后者因为公开表达政治观点遭到了拿破仑的驱逐。和许多美国女性一样，亚当斯夫人完全支持沃斯通克拉夫特的理念，认为男性和女性具有同等智力，妻子是丈夫的伴侣，而不是无助的依赖者。但她并不认同沃斯通克拉夫特更激进的想法，认为女性与男性享有同样的天然权利。[114] 尽管如此，如果说美国女性反对沃斯通克拉夫特更极端的理念，但她们还是在积极讨论她写的《女权辩护》这本书。尤其是在费城，该市有个书商印了 1500 册《女权辩护》，都卖光了。[115] 但杰斐逊显然连一本《女权辩护》都没买过，玛莎和玛丽亚也从未在通信中谈论过这本书。

玛丽亚的那些朋友中，似乎也没有人会宣扬女权主义的政治思想。比如，妮莉·卡斯蒂斯对法国大革命深表质疑，曾说过她连“一只猫的性命”都不会托付给法国革命当局。[116] 满脑子贵族意识的派因太太在 1792 年 6 月返回英格兰，同年秋天玛丽亚转学到瓦莱里·富勒顿（Valeria Fullerton）的学校，似乎也助长了这种思想。[117] 与派因太太不同，富勒顿太太是美国人，是美国革命战争时的老兵理查德·富勒顿（Richard Fullerton）的年轻遗孀。理查德·富勒顿在费城拥有一定名望，曾组织过独立日纪念游行，最后还被选入了州议会和市议会。他在 35 岁突然去世，随后他的遗孀开办了学校，1792 年 10 月杰斐逊送玛丽亚去她那儿入学。[118]

玛丽亚寄宿在桑树街（Mulberry Street，现在改名为拱门街 Arch Street）的瓦莱里·富勒顿学校。她向姐夫保证，她在那里非常高兴：“富勒顿太太……待我们这么和善，我们不可能过得不开心。”[119] 每个星期天她去看望父亲，两处只隔着几个街口。富勒顿的家庭气氛友好融洽，玛丽亚结交了朋友，对父亲的依赖少多了。萨拉·柯尔宾·克洛珀（Sarah Corbin Cropper）比玛丽亚大一岁，是她的好朋友。萨拉的父亲是马里兰州的约翰·克洛珀（John Cropper）将军，也是大陆会议代表，众人皆知他特别爱国，特别痛恨英国托利党。[120] 萨拉和玛丽亚走得很近，玛丽亚离开费城以后她们还一直在通信。杰斐逊的家族故事中提到，萨拉在校期间曾与托马斯·萨金特（Thomas Sergeant）有过一段罗曼史，此人后来在宾夕法尼亚当了法官。不过，这应该是玛丽亚在富勒顿学校寄宿结束之后好几年的事情。尽管如此，在家族史中流传下来的这件事表明，在富勒顿太太的学校里，姑娘们也同样对爱情、求爱和婚姻念念不忘，与玛莎在彭特蒙的经历一模一样。[121]

也许就是在费城期间，玛丽亚对自己的表兄和儿时伙伴杰克·埃普斯有了初次的怦然心动。杰克到费城时是1791年5月中旬，他可能和杰斐逊住在一起，由杰斐逊监督他在宾夕法尼亚大学的学习。至少杰克是经常来访，杰斐逊的记账簿中记着他定期给杰克钱。[122]杰克的日常安排非常严格："每天在大学里用两到四个小时完成科学课程，四个小时学法律。"此外，杰斐逊还建议他"用一两个小时学商业技巧，养成写作的习惯"，并阅读"一些关于历史和政府管理的内容"[123]。1793年春，杰克完成了两年的大学教程，回弗吉尼亚去从事法律工作。那时美丽的玛丽亚已经快满15岁了，她可能破坏了杰斐逊对杰克的规划："远离爱情"，这样才能"勇往直前走上正路"[124]。家族故事或信件都没什么迹象表明费城曾绽放过浪漫的花朵，最后会结成婚姻的硕果，但是无疑很可能的是，在玛丽亚告别童年时，这对表兄妹曾彼此不同寻常地对视过。

我们不太了解玛丽亚在新学校的课程以及她在费城的其他生活细节。她不爱写信，所以很难重构她在费城的生活。如果某个星期她给在埃平顿的姨妈写了信，那么蒙蒂塞洛的家人就得等到下个星期才能收到她的信息。杰斐逊把她的信比作《圣经》中以撒的祝福，"每次只有一个"[125]。等玛丽亚当真坐下写信时，过程冗长，收效甚微。有一次玛丽亚给汤姆·伦道夫写信，花了三个小时"写写画画，涂涂改改"，无可奈何的父亲叹息说，"等着瞧吧，看她能磨出什么结果来"[126]。保存下来的她写给汤姆的信，通常最多不过五句话，而且缺少细节，让人一头雾水。给她姐姐的一封信更是用了两个多星期才写完；除了一封以外，玛莎认为玛丽亚写来的书信都不值得保留。[127]

还有其他材料可以让我们略微清晰地瞥见玛丽亚的生活。杰斐逊的记账簿表明，他充分利用生活在繁荣商业中心的优势，定期给女儿买鞋子、丝袜、披肩、缎带和平纹细布，为她去做客社交、偶尔去戏院或聚会做好准备。玛丽亚可以用他给的零花钱，在每天路过的商店里自主挑选东西。1793年1月，她陪父亲去了费城最大的露天广场——胡桃树街（Walnut Street）监狱大楼的天井，观看热气球升空表演。1785年让-皮埃尔·布兰查德（Jean Pierre Blanchard）飞越英吉利海峡时，已经在国际上声名鹊起，因此他的这次表演在费城掀起了兴奋的浪潮。一大群人聚在一起，等着看载人热气球第一次在美国成功升空。布兰查德乘热气球旅行了15英里，降落在新泽西州的格洛斯特，杰斐逊得以确证了"该物的安全性"[128]，于是他渴望自己也能有个热气球，把他去蒙蒂塞洛所需的十天旅程缩短到仅仅几个小时。尽管杰斐逊向女儿玛莎报告了这次飞行表演，他还是有意把细节留给玛丽亚来讲，因为她平时写信的时候总是不知道写什么才好。然而玛丽亚写给汤姆的信令人失望。她能说的只有"我看到一个能飞起来的气球，觉得特别好玩"，她只注意到"那位绅士自己就在里面"。[129]

1793年4月，杰斐逊在城外租下一所房子，靠近斯库尔基尔河上的格雷斯渡口。这里的田园风光让他远离了可憎的城市环境和政治环境，同时又能密切观察汉密尔顿之类政敌的举动。同年有幅画作展现了一座不起眼的两层黄色小楼，优美地坐落在河边高地上，树丛荫蔽，一片长长的草坡从宽大的前廊延伸到水边。[130] 到了夏天，玛丽亚开始在那儿与他共度更多时间，每星期住两到三天。[131] 父女俩都喜爱河边的这栋房子。杰斐逊的夏天是在户外度过的，屋顶遮荫的高大梧桐树对他而言是神的启示。他告诉玛莎，"我在树下吃早饭、吃晚饭、写作、阅读，大树与我为伴"，他心满意足地轻叹道，"我以前从未领会过树木的完整价值"。[132]

玛丽亚喜欢跟父亲去野餐，吃夏桃和玉米，沿着河岸漫步。隔河而望，她能看见仿照伦敦公共游乐园建造的巴萃姆花园（Bartram's Garden）。[133]

玛丽亚曾邀请朋友们出城来住。萨莉·克洛珀也许造访过这里。有一次，杰斐逊试图找些什么事给"家里两个年轻姑娘做，她们手头有大把时间花不完"[134]，那次大概是萨莉·克洛珀来做客，由于绘画老师那天不能过来，杰斐逊问他的朋友大卫·里滕豪斯，能不能借用他的暗箱（一种能折射光线的盒子，形成反转的图像），好让姑娘们以大自然为师，自己去画植物速写。

玛丽亚的社交生活可能因为她这些年身体不好而受到了影响。杰斐逊抱怨过她在费城度过的第一个冬天（1791 年至 1792 年）"漫长而严酷"[135]。她备受感冒的折磨，当年杰斐逊和玛莎在巴黎的第一个冬天也是一样。[136] 玛丽亚在巴黎的最后一个冬天闹过一场大病，此后从未完全恢复过来。多年后，玛莎怀疑那场几乎要了玛丽亚性命的伤寒症对她的大脑造成了损伤，"总是有点儿迟钝，我觉得那对她来说不正常"[137]。接下来 1792 年至 1793 年的冬天，情况稍微好了一些。杰斐逊在三月收拾城里的房子准备搬到格雷斯渡口时，也为玛丽亚而心事重重。四月初，他忧心忡忡地写道，玛丽亚几个星期以来一直苦于低烧、恶心、食欲不振。他尽量平复忧虑。[138] 他告诉自己的妹妹说，"医生总说没事，父母总是担心"，但他还是烦，"等着看谁想得对"。[139] 甚至等到天气已经转暖，他也顶多只能报喜说，她"还不错……尽管不是生机勃勃那种"[140]。至少，1793 年秋疯狂袭击费城的那场黄热病没找上他们俩。他们在拥挤不堪的城市之外，身处城西的田园之中，得以逃过这场疫病的最坏后果：短短的几个星期之内，四千余人丢了性命。不过到了八月中，玛丽亚和杰斐逊都已经在数着日子，盼望能回到在阿尔伯马尔的家。

他们最终在 1793 年 9 月 17 日离开了这座热病肆虐的城市，从格雷斯渡口渡过斯库尔基尔河，踏上了回家的路。玛丽亚的离开，标志着她的正规教育从此结束。[141]玛莎的父亲让她离开彭特蒙时，她还差五个月才满17岁，尽管课程学习一直持续到他们离开巴黎时为止。但是，当玛丽亚离开费城时，她刚刚庆祝过15岁的生日。费城对她意味着什么？很显然，杰斐逊在考虑玛丽亚的教育时，并不像对她的表兄彼得·卡尔那么严肃，或许甚至不像对玛莎那样。他的首选因素是学校离家近，而不是教学质量好。不管怎么说，派因太太的学校不是彭特蒙，而富勒顿太太是一位竭力谋生、竭力维持学校的遗孀，远远比不上贵族出身的女修道院长，深谙从不情不愿的大主教手中榨钱之道。玛丽亚的朋友当中似乎也没有玛莎在巴黎结识的那类女性。18世纪90年代，安妮·威灵·宾厄姆在费城有座高雅的宅邸，她在家举办华丽的晚会，以她喜爱的巴黎沙龙为榜样，力图为女性创造一个参与新共和国政治的公共空间，但年轻的玛丽亚从未涉足。相反，她好像是过着她那个阶层的女孩那种受人庇护的传统生活。她所受的教育更多是延续上流社会的表面文章，并未帮她发生蜕变。

这恰好是她父亲想要的。所以他才会在1791年运到费城一架立式键琴——这是杰斐逊家族的上层阶级标志，他还花钱请人修琴，并至少调过两次音[142]。所以他和玛莎·华盛顿才会一起要求玛丽亚练琴，所以玛丽亚才必须找到那个装着她的全部乐谱的箱子。玛丽亚曾经反抗过，也许因为她已经看出玛莎在音乐以及其他各科的能力都强过自己。或许只是因为她懒，如她父亲和姐姐所想。或许她不过是认为这类成就没什么必要。她有漂亮的脸蛋、迷人的举止、取悦所爱的人的热切愿望，18世纪的女孩用来吸引丈夫、跑赢人生的资本，她绰绰有余。如果她已经决心嫁入埃普斯家，几乎用不着多学什么装点门面的技能来获得他们的认可。她知道他们已经无比爱她。但当他们准备离开费城时，杰斐逊还是小心翼翼再次包好玛丽亚的乐器运回蒙蒂塞洛，甚至纠正了管家的登记，在包装列表中把“羽管键琴”改为“立式键琴”[143]。她的正规修饰已经完成，她的立式键琴安全上船，驶向里士满。玛丽亚·杰斐逊一路向南，回家。

第 7 章

弗州娇妻

1795

没有迹象表明，玛丽亚离开彭特蒙之后也像玛莎一样，哀叹离开了学校和朋友，甚至哀叹离开了城市生活。也许她期待重返弗吉尼亚乡间的宁静，让她能更贴近挚爱的埃普斯一家。她很可能已经充分做好开始下一阶段生活的准备——进行婚前训练，父亲让她一回家马上就开始“好好练习你的音乐、阅读、缝纫和持家本领”[1]。

但是，绘画、女红、音乐和西班牙语课都没教过玛丽亚关于恋爱的知识。到了 1795 年的夏天，她 17 岁了，应该准备好了。她漂亮，受过良好教育，父亲是非常富裕且备受尊敬的政治领袖。换句话说，她是一件珍宝，那一年至少有两个男人在追求她。杰斐逊的妹妹玛莎·杰斐逊·卡尔在八月对人说，“贾尔斯先生为了追求玛丽亚来到蒙蒂塞洛”，“杰克·埃普斯整个夏天都在那儿，据说是同样用意”。[2]

威廉·布兰奇·贾尔斯（William Branch Giles）是个律师，家在里士满西南 40 英里外的阿米利亚（Amelia County），当时担任国会众议院议员。他是杰斐逊的热烈支持者，并发起了一项针对亚历山大·汉密尔顿掌管财政部的行为伦理调查，在杰斐逊试图抹黑汉密尔顿的计划中加了一码。尽管那项调查实际上证明了汉密尔顿的清白，杰斐逊还是致信给贾尔斯，签名为“挚爱的，Th. J.”[3]。这只是贾尔斯事业上的一个小插曲，在政界，他是出了名地敢于大胆攻击行政部门。[4] 有一次，在杰斐逊家的晚宴上，他开始无情地抨击艺术家约翰·特朗布尔，因为几天前，这位艺术家在一位他想讨好的小姐面前嘲弄过他。[5]杰斐逊对贾尔斯的攻击行为置之一笑，这无疑促使了贾尔斯继续轰炸，从餐前聚会一直到晚宴结束。[6]他比玛丽亚大16岁，这份好斗也让玛丽亚觉得太过分，所以贾尔斯应该不会对玛丽亚拒绝了他感到吃惊。

奴隶艾萨克·杰斐逊目睹了事情的经过。艾萨克讲述说，一天早上，他"看到他在花园里跟玛丽亚说话，就在制钉作坊后面"，"她垂眼看着地面，马上转身离开了。就是在那个时候，她拒绝了他"。看到这一幕，艾萨克感到"这辈子从没像这样同情过一个男人：因为每个人都以为她会嫁给他"。考虑到杰斐逊对贾尔斯明显的偏爱和殷勤，邻居们闲话时都以为他就是那个得到青睐的人。但是，玛丽亚明了自己的想法和感情，她抬脚走开，把他丢在花园里杰斐逊的实验植物中间。知道自己的追求落了空，"贾尔斯先生给了仆人几美元（小费），那次离开以后，他再也没回来过"，艾萨克如此收尾道。

那年夏天，杰克·埃普斯也不太顺利。杰斐逊向他透露了他的竞争对手。"在你走后第二天，贾尔斯先生来我们家了"，杰斐逊告诉杰克，他会在这里待十天。[7]玛莎·卡尔也注意到了这对情敌的巧妙招数，可她还是预言，不管他们有多聪明，反正谁也不会成功。她说对了。七个月之后她写道，"玛丽亚·杰斐逊把贾尔斯先生和埃普斯先生两个人都回绝了"[8]。

几十年后，玛丽亚某个后代的妻子写下来的家庭故事也许有助于解释为什么玛丽亚也拒绝了杰克。[9]这个故事说，某天费城的女生围坐在一起做针线活儿，在场有位斯波茨伍德（Spotswood）小姐想给玛丽亚和同窗们解闷，讲了一则关于一位痴情的弗吉尼亚熟人的警世故事。当她盼望已久终于等到了求婚时，"活像一只熟透的柿子应声而落"，然而，彼时那位求婚者已经厌倦了她，离她而去。斯波茨伍德坚定地总结道，"我觉得，我们女孩子应该抱团"，"要保证自己更有作为女性的骄傲。换句话说，永远不做熟柿子”。玛丽亚记得她那天许下的庄重誓言，所以拒绝了杰克的第一次求婚。但是杰克没有如玛丽亚预期的那样再次求婚，于是她变得面色苍白，日渐消瘦。故事的结局是，玛丽亚哭着向玛莎坦白了自己的两难处境，玛莎迅速澄清了这场误会。

这个故事可能在细节上略有出入，但基本事实是无误的。精英女性教育的目标是要保持少女的天真，而不是帮年轻女性做好准备面对求爱和婚姻的现实。[10]在美国革命之后的若干年里，大量读者热捧的书是英法美各国女性作者创作的言情小说，书名如《杰出淑女记》《夏洛特·萨默斯小传》《征服》，等等。这些书不仅读起来解闷，也让人更真切地看清父权社会为未婚年轻女性提供的有限保护。这些讲述了油嘴滑舌的追求者如何奉承和诱骗女孩子的故事，补上了女子教育新教程中欠缺的实用建议。是通过读书间接体验恋爱的危险，还是被求婚者的奉承和虚假承诺所害，两者相比当然是前者更为明智安全。但是，在那个夏天，玛丽亚孤立无援。她父亲似乎更看好能说会道的贾尔斯先生，这个人可能多少有点让玛丽亚想到被杰斐逊选为她姐夫的那个暴脾气男人。无论如何，在女儿反复掂量这个人生的最大决定时，杰斐逊似乎并未注意到她的焦虑。相反，他只顾着自己沉浸在宁静的田园生活中，“回到我的家，充分享受我的农场、我的家庭和我的书籍，永远告别我一直讨厌的公共生活”[11]。

玛丽亚也指望不上玛莎的明智建议。那年夏天，玛莎离开了蒙蒂塞洛，陪丈夫前往弗吉尼亚的温泉，为摧残他身心的疾病寻求良方。正是在这次旅途中，玛莎和汤姆痛心地失去了小艾伦，并把她的遗体送回蒙蒂塞洛安葬。玛莎此时是一个心焦的妻子、悲哀的母亲，实在没有心力教导玛丽亚怎么谈恋爱。极有可能的是，玛丽亚在费城认识的那群少女在没有大人在场的情况下，七嘴八舌地讨论男人、爱情、求婚、婚姻等话题，用她们有限的知识拼凑答案。另一种可能是，玛丽亚只能靠自己，回想她们以往的交谈，从中汲取智慧。不管她的理由是什么，杰克·埃普斯空手回到里士满，继续他的法律工作，被迫把场地留给了竞争对手。

第二年夏天的情况全然不同。至此，据杰斐逊的通信记录，他和杰克·埃普斯从1795年9月9日到1796年6月2日之间有过六封书信往来（不幸的是，所有这些信件都丢了）。杰斐逊在这一年开始照法国风格来改造房子，尽管拆建工程把家里弄得尘土飞扬、噪音不断，但是到了1796年夏末，玛丽亚的姐姐玛莎和姑姑玛莎·杰斐逊·卡尔都住在这里。也许，姑姑和姐姐中的哪一位曾巧妙地建议杰克，应该先求得玛丽亚父亲的同意，再向玛丽亚表达他的感情和希望。不管怎样，杰克在当年秋天再次造访蒙蒂塞洛，并坐下写了第一封（保存下来的）致杰斐逊的求婚信。杰克采用正规的求婚形式写信给他心上人的父亲说："我希望有朝一日能赢取芳心，如果您能垂允，实为锦上添花，我将由衷感到无比幸福。"[12]

杰斐逊没有回信，最有可能的是，他把这个年轻人叫进了自己的工作室面谈。可以猜测，至少对杰斐逊来说，一个重要的考量是这对年轻人将会住在哪里。杰克是长子，将会继承埃平顿。的确，作为继承人他有责任接管产业。然而埃平顿离蒙蒂塞洛至少有两天的路程，这极难让杰斐逊满意开心，尽管玛丽亚可能不在乎。到了十二月，杰克已经想出办法应付住处一事的两难处境，他告诉杰斐逊，并向他保证，"妨碍我幸福的一切障碍都清除了"，"涉及未来住处的任何安排，我都听你和玛丽亚的"。[13]

既然杰克在1796年底已经商量完了这些事，而且玛丽亚似乎也高兴地接受了他，那么，令人费解的是，为什么玛丽亚要在第二年春天请求姐姐告知父亲她的婚姻打算。1797年5月，杰斐逊重返费城，因为上一年秋天他当选为副总统。玛莎于1797年5月20日写下的信件失传了，但是从杰斐逊的回信中我们可以明确得知，玛莎报告了玛丽亚订婚的消息。杰斐逊在回信中说，看到玛莎安顿得这么好之后，他余下唯一着急的便是“希望看到玛丽亚也能有着落……如果我能完全做主，给她挑选伴侣，那便最合我意了”[14]。他给玛丽亚写信说：“亲爱的玛丽亚，听说你和一位我极其尊敬的人很可能从情感的结合发展成命运的结合，我的快乐无以言表。”[15]

考虑到杰斐逊这种不出其预料的反应，玛丽亚不愿告知父亲自己的选择就很奇怪。也许他劝过她等上一两年再确认她的决定。也许玛丽亚担心，催问结婚日期会显得自己背弃了父亲。她很容易察觉到杰斐逊与埃普斯家人之间的情感争夺，于是聪明地将这项任务交给那个最受宠爱、措辞行事最委婉的女儿。不管怎样，杰斐逊在给两个女儿的信中，细致地描绘了自己设想的未来家庭图景。他对玛丽亚描述的计划是，“只要你们同意，大家就都住在一起吧”[16]。对玛莎，他描述的梦想是全家人和睦地围坐在火炉边，这幅图景迥异于他所面临的苦涩的政治斗争——作为副总统，他与华盛顿总统的继任者约翰·亚当斯发生了冲突，因此再次陷入了政治斗争的中心。

九月，未来新娘的父亲写信给弗朗西斯·埃普斯，开始正式商量彩礼和嫁妆。[17]最后，杰斐逊遂了自己的心愿，把潘塔珀斯（Pantops）送给了这对新人，那是面积达 800 英亩的一片土地，在蒙蒂塞洛的视线范围之内，还有 31 个奴隶。弗朗西斯·埃普斯已经送给儿子的地产叫百慕大百亩（Bermuda Hundred），那片土地位于詹姆斯河边，里士满以南，从蒙蒂塞洛出发大约两天的路程，此外还有一些奴隶会在圣诞节时送过去。

他们于 1797 年 10 月 13 日在蒙蒂塞洛的大厅里举办婚礼，相关细节告阙。我们知道的是，伊丽莎白·埃普斯没在现场看着她心爱的外甥女变成儿媳妇。她难过地写到，“需要更好的文笔才能表达出，可怜的蓓西和我对不能到场有多失望”[18]。说不准汤姆·伦道夫是不是在场。他的病还没完全好，11 月初从里士满启程，慢慢回家，决心要省着用他那点儿日渐衰弱的体力。在杰克和玛丽亚的婚礼三星期后，他写信对杰斐逊说，“请告诉我亲爱的玛莎，在不透支体力的前提下我会尽快赶到的”[19]。两年前发病时的可怕情形历历在目，他发誓，再次发病的话，还不如死了的好。

可以肯定的是，玛丽亚·杰斐逊与杰克·埃普斯的婚姻，是一对终生好友的幸福结合。从杰克·埃普斯那里，玛丽亚得到了一直奇缺的安定生活的保证。从她最早的记忆开始，他就是她生活中的一个支点，他永远也不会抛弃她。当年父亲叫她去巴黎时，他也曾强烈请求让她留在弗吉尼亚。他的家庭曾给她安身之处，并爱她、教育她、照顾她、含泪与她告别，又高兴地欢迎她再次回家，而他是这个家的一部分。她早就是埃普斯家的一员，结婚后，玛丽亚把这种关系永远固定下来了。

但是，玛丽亚的婚姻之所以成功，不仅因为她钟爱姻亲，更因为她仰慕自己的丈夫。按照艾萨克·格兰杰·杰斐逊这位曾就近目睹求婚过程的奴隶的说法，约翰·韦尔斯·埃普斯（杰克是约翰的昵称）是个英俊的男人。[20] 他有浓密的齐耳黑色卷发和突出的圆下巴，眼睛也是黑色的。[21] 他的外甥女艾伦·伦道夫不由得要拿他跟自己的父亲汤姆·伦道夫做一番比较，汤姆非常不喜欢埃普斯。艾伦记得，“埃普斯先生是一个快活的、天性温和、爱笑的人”，“在天赋和学识上也许不及我父亲，但他的脾气更使人愉快、平易近人”。[22] 杰斐逊爱和杰克开玩笑，他有着热情、大方迷人的举止，这是在伊丽莎白·埃普斯温情满满的家庭环境中培养出来的。怪不得情感丰富、沐浴在他人善意中的玛丽亚会倾心于这样的男人，而不是她姐夫那种冷淡而矜持的类型。

杰斐逊的传记作者杜马·马龙在结束对玛丽亚的生活描述时，不无遗憾地得出这样的结论：“《独立宣言》的作者没能成功按照自己的榜样来塑造他的女儿，可能也从未赢得她心中的首要位置。”[23] 在马龙看来，玛丽亚不断拒绝父亲的要求——不管是去法国、写信、练琴，还是去看他，莫不如此，这充分证明玛丽亚并不符合杰斐逊的期望。其他学者也接受了这一说法，把成年的玛丽亚比作“一个焦躁的孩子”[24]，因为杰斐逊住在蒙蒂塞洛时请她去看他，而她没有去。特别是这对新婚夫妇对自己住处的选择，似乎最有力地证明了玛丽亚对父亲没那么依恋也没那么忠心，尤其跟玛莎没法比。但是，如果我们转而关注玛丽亚对婚姻的渴望，她对父亲的感情就会完全呈现为另一种面貌。

这对新人婚后没有马上离开旧家。在蒙蒂塞洛的建筑工地里，玛丽亚那年摔了两次。[25]第一次是在一月，她摔进了通往地下室的门，不过毫发无伤。第二次就没这么幸运了，她过一道门时被绊倒摔伤了，于是小两口留在蒙蒂塞洛，直到养好伤能出门旅行，这段时间杰斐逊也在家。十一月中旬，这对夫妇离开了蒙蒂塞洛，快到里士满时，杰克报告说，“玛丽亚的脚在路上好些了，昨晚她不用拐杖也走得很顺畅了”[26]。

玛丽亚和杰克依照着新婚夫妇的惯例周游一圈，走亲访友。[27]他们立刻回了埃平顿，见那儿的亲朋好友，忙个没完。拜访一轮外围远亲后，他们回到埃平顿，住在那里度过了春天，计划等1798年夏杰斐逊回蒙蒂塞洛时也过去。

像玛莎和汤姆一样，杰克和玛丽亚也要决定在好几个备选的地方中挑选一片土地作为第一居所。当然，杰斐逊把自家附近占地800英亩的潘塔珀斯给了他们，从蒙蒂塞洛北望可以看到那里，他向弗朗西斯·埃普斯解释说：“他们可能住在此处，这正合我意。”那里还没盖好房子，不过没关系。杰斐逊对杰克的父亲保证说，“这里有个种植园就能让他们日常都有人手可用”，“这才能确保幸福、健康和产业赢利”。与此同时，杰斐逊计划一年里有八个月在家，并希望在此期间他们也能住在那里。此外还有冬季四个月，是国会的会期（比现在的会程短很多），他大方地允诺“他们可以用这段时间分头去会其他朋友”。这对夫妇跟他一起住在蒙蒂塞洛可以省钱，“不用花钱盖房子，等手头方便时再说”，而杰克每天也很方便到潘塔珀斯去监管那里的种植园开发进度。[28]

伊丽莎白·埃普斯觉得杰斐逊的设想荒唐至极，就像当初他要一个八岁的幼童横跨大西洋一样。女儿家婚后就应该跟随丈夫，别的都不对。但这次她手段巧妙些了。她拒绝只靠写信来处理承载这么多感情的事，一直拖到杰斐逊能来埃平顿做客时，才跟他直接面谈。不过，现在她还是写信说，她确实觉得他“太慷慨了……都不让我们陪他们一半时间”[29]。当然，埃平顿那种和睦友爱的关系像磁石一样吸引着玛丽亚·杰斐逊·埃普斯，她很容易地就把对伊丽莎白·埃普斯的称呼从“埃普斯姨妈”[30]改为“亲爱的母亲”[31]，再到“妈妈”[32]。杰斐逊不必担心她会像玛莎一样与公婆相处不好，因为汤姆的父亲娶了一位非常年轻的新娘，跟他们很生分，说实话，汤姆的妹妹都曾来蒙蒂塞洛找他们寻个太平。但玛丽亚嫁到埃普斯家的情形很是不同。如今有人跟杰斐逊抢占他女儿的时间，他只好与玛丽亚的公婆讨价还价。当然，他送给他们的潘塔珀斯没有住房，年轻夫妇就更有理由找其他地方安家。事实上，无人异议，他们就回了埃平顿。

另一个考虑因素便是新郎的财务独立。杰克有一家成功的法律事务所，还有父亲和岳父送的田产，他不像连襟汤姆·伦道夫那样只好住在蒙蒂塞洛。汤姆在新婚时背着抵押田产的重债，年复一年，他的债务只增不减。他的女儿认为，[33]那是他的慷慨天性造成的后果：他乐于为亲戚朋友合签借条，满有把握地以为自己一分钱也不用付，结果发现自己得全额偿还。到了1809年，他只好举家搬到杰斐逊家，几乎完全靠杰斐逊生活。而杰克在与玛丽亚的婚姻中，经济上独立于杰斐逊，所以他们能按照自己的目标做出决定。

但最重要的是，杰克·埃普斯做出的这一重大决定是和妻子商量好一起拍板的。这一点在1802年的往返通信中十分明显。当时杰斐逊持续向玛丽亚和杰克施压，要他们选在蒙蒂塞洛视野之内永久安家。他在上一年秋天已经开始劝他们，提出了对潘塔珀斯的全部设想，并建议杰克说："那些活计会让你在北边忙不完，因此我会认为，你和玛丽亚明年最好把蒙蒂塞洛当作大本营，这是一切考虑的核心。"[34]杰克不得不回绝了杰斐逊让他们在1802年夏来蒙蒂塞洛一起住的邀请，因为他腾不出马匹用于旅行，所有马都得在农场收庄稼，他也承认，如果他们住在潘塔珀斯的话，事情会容易得多。他客气地安抚岳父："如果我能顺利安排好，我会很高兴马上离开此地住到潘塔珀斯，玛丽亚会在您的公共职责允许您待在蒙蒂塞洛的时间里一直和您住在一起。"[35]这对夫妻分别住在两个地方，一个是彼得斯堡（Petersburg）附近的白山庄园（Mont Blanco），另一个是杰克父亲送的位于詹姆斯河与阿波马托克斯两河交汇处的百慕大百亩。但是，埃普斯宁愿等到他和玛丽亚确定永久居住地以后再花钱大兴土木，而不是把钱扔在几处临时住所上。不过，目前他还没钱，已经开始跟玛丽亚商量卖掉嫁妆中贝德福德（Bedford County）的田产来筹钱安家。

杰斐逊的回信没有保存下来，但是通过杰克在下一封信里对此事的讨论可以推断出来，他提议借钱给杰克。杰克礼貌地拒绝使用杰斐逊的钱，因为当时杰斐逊自己正大笔花钱在蒙蒂塞洛进行大规模改建。值得注意的是，杰克答复岳父时只是感谢了他的美意，但没提更多的话，因为这时他在白山庄园，而玛丽亚在埃平顿享受新鲜空气。杰克告诉杰斐逊说，"我会过些天再给您答复，因为她也同样对您信里的内容感兴趣，我们得先找机会一起仔细研究一下"[36]。

与此同时，杰克在为自己独立于杰斐逊奠定更坚实的基础。当初汤姆·伦道夫在正式搬离瓦里纳之前，就已开始在阿尔伯马尔为自己打造政治前途，埃普斯则不同，他迅速在自己的家乡切斯特菲尔德靠近埃平顿的地方扎下了政治根基。1801年，他成功获选切斯特菲尔德的议员，进入弗吉尼亚议会。1802年他被推举再度参选，身为候选人，他必须保持住处不变，于是杰克就更容易拒绝杰斐逊的提议而不至于冒犯他。杰克写道，去住到蒙蒂塞洛“在我的控制范围之外”[37]，当时人们不想继续讨论某事时就爱这么说。

对玛丽亚来说，如今嫁的这个男人，在和她商量之前根本不会跟她父亲讨论财务问题，这是多么了不起！她曾经在父亲的安排下往返大西洋，去了费城又回来，根本没人考虑过她的感受。由于“夫妻一体”的原则，她的婚姻让她失去了法律权利：如果杰克和杰斐逊签订了任何令她不满意的合约，在法律上她完全无能为力。但是，她嫁的这个男人认为，他要决定任何家庭大事时，她的意见是不可或缺的。玛丽亚婚后不到三个月时，杰斐逊告诉她，妻子耐心服从丈夫是婚姻和谐的关键。[38]而今，杰斐逊想要个答复却只好等到她回家见过杰克以后。

杰克的信也表明他们的婚姻是伙伴式的。没错，玛丽亚安排旅行计划要看杰克的工作日程或耕种需求；毕竟，这是19世纪，白人男性理应是一家之主，享有在法律、社会、政治和经济上的一切特权，以保证他们在家庭中的主导地位。尽管如此，玛丽亚会写信安抚她“最爱的丈夫”，杰克则尊重她对两人生活的愿景，二人互敬互爱的态度，标志着对婚姻的预设从杰斐逊时代到他们这一代已经发生了重大转变。他们一起做决定，作为一个婚姻共同体去面对她的父亲。这完全有别于玛莎和汤姆在婚姻关系中的典型互动模式：在玛莎的婚姻里，杰斐逊显然一直是女儿的感情支撑。在许多例子中仅举其一，1798年玛莎曾“满怀无以言表的狂喜和心悸”期待着杰斐逊从费城归来，向他保证说“我的生活中排第一位的情感是对您的挚爱和崇敬，永远无人能削弱或超越这种感情”，这话也许把她的丈夫和孩子都包括在内了。[39]汤姆身体上和情绪上的病痛需要玛莎照顾，几乎不比孩子们省心。她在1801年写道，“伦道夫先生内心的痛苦似乎快让我精疲力竭了”[40]，当时她正在看护三个患百日咳的孩子，濒临崩溃。她肩头的重担不光是要照顾三个重病的孩童，她的丈夫也像个孩子一样。

也许正是因此缘故，玛丽亚总是向杰斐逊解释，尽管她也爱丈夫，但她还是像姐姐玛莎一样爱他。她经常把自己和姐姐做比较，发现自己虽然在很多方面有所欠缺，但是从来不会对她们的父亲少爱一分。1796年她去瓦里纳看望玛莎时，吃惊地看到玛莎变成了持家好手。玛丽亚评价道，"我越看她就越觉得她比我更配让您喜欢"，"但是，我亲爱的爸爸，请允许我告诉您，她对您的爱和感激永远不会超过我的，那是不可能的"。[41] 在另一封信里，再三思忖后，她发现她对姐姐的深厚感情帮助她理解了杰斐逊对玛莎的爱，不过玛丽亚还是坚持说："我对您最温柔的爱不输任何人。"[42] 杰斐逊马上回信，用最热烈的语气保证说，他对两个女儿的爱一视同仁。[43] 但玛丽亚依旧不断地向他保证自己的爱。尽管她的信写得不怎么好，她还是希望这些信能够向他证明，她从来拙于表达的对他的爱是与"她的生命交织在一起的"[44]。

这些书信让研究杰斐逊的学者们确信，玛丽亚痛心地意识到自己比不上姐姐玛莎，杰斐逊更青睐她姐姐，她在与玛莎争夺父亲的爱和关怀，可惜并不成功。但这些论点对应的都是以杰斐逊为中心的问题[45]：这两姐妹是如何争夺他的感情的？他看见谁最高兴？他最爱谁？或者说，这些论点依据的是玛莎的女儿艾伦对姨妈明显带有偏见的评判，这话又被后人代代相传，说"玛莎在智力上要比她妹妹聪明得多，这一事实我从没听人怀疑过"，于是"玛丽亚害怕她父亲肯定更喜欢和她姐姐作伴，跟她作伴时就没那么高兴，她为此哀叹不已"。[46]

但是，玛丽亚对爱的表达是玛莎甚至杰斐逊都不太会理解的。玛莎和杰斐逊的共同语言中的一个关键要点是地点靠近；另一个关键要点是预设杰斐逊在女儿的心里最重要——这个念头就像一个不发音的元音，从未明确宣之于口。但是，即便在玛丽亚年幼时，她也坚持认为自己的感受和愿望合情合理、不容无视。当她离开伦敦去巴黎时，她告诉阿比盖尔·亚当斯说，"如果我必须去，我会去，但我没法不哭，所以请别让我不要哭”[47]，等她长大以后，她嫁给了自己挑选的人，她把控着自己想去哪里、什么时候去。正因为她爱杰斐逊的方式与姐姐不同——他是她爱的许多人当中的一个，而不是最爱的那个，她才只好不停地向他保证，爱不会因为分享而减少，她对丈夫的爱不会减弱她对父亲的爱与忠诚。可以说，后世学者完全忽视了玛丽亚表现出的感情上的成熟，因为他们依据的标准是杰斐逊、玛莎的女儿以及杜马·马龙所划定的。今天如果哪个孩子成年后要结婚、搬出去、谋生养家，而不是举家回来啃老，我们定会为这个孩子在情感和经济上的独立而鼓掌喝彩。

然而，只要我们仍然集中关注杰斐逊（以及他的抱怨），就看不到玛丽亚婚姻的力量，看不到她为自己做出了明智的选择，也完全看不到玛丽亚·杰斐逊·埃普斯的婚姻如同在博彩中赢得头奖，比她姐姐的赢面要大得多。对于 18 世纪的许多妻子来说，婚姻就是一场赌博。

不过，在生育的博彩中，玛丽亚·杰斐逊·埃普斯却输得很惨。婚礼之后的第一个夏天，她就流产了一次。1798 年 7 月的几封信件中提到她因不明病症不能去蒙蒂塞洛。从 7 月 3 日起，杰斐逊一直迫不及待地等着她到家，以为“我们听到的每个动静，都是将让我们再次团聚的马车声响”[48]。过了十天，他才获悉她身体不好，却仍不清楚她究竟是患了什么病。他猜道，“杰克的前一封信……肯定是流产”[49]，无意间用了那个肯定会刺痛玛丽亚的词。他还劝她“因此要尽可能地照顾你自己，为了你自己也是为了我，还有……如果你的身体受不了，就别想着要尽早动身”。这位忧心忡忡的父亲对邮政的拖沓忍无可忍，第二天派了一名快骑手到埃平顿，去看看他的女儿到底是在受什么罪。直到 1802 年，杰克才证实了人们的推测，说“她在埃平顿的流产”是一场“不幸的事故”，他认为其根源是前两年她的健康状况不佳。不过到了 1798 年秋，玛丽亚已经基本康复了，只得过一次感冒，因为她“穿得太单薄了”[50]。

这对夫妇再次尝试，到 1799 年春玛丽亚就怀孕了。在杰克解决好百慕大百亩的监工问题之后，他们搬到了彼得斯堡以南的白山庄园。同年夏，玛丽亚写信向杰斐逊解释说，“从白山庄园到彼得斯堡，我们很少能找到机会写信”[51]。她不能去蒙蒂塞洛。她对杰斐逊说，尽管杰克和她一样眼巴巴想去蒙蒂塞洛，但他得在切斯特菲尔德管理事务。等到年底玛丽亚待产的时候，他们一起去了埃平顿寻求“她亲爱的妈妈”伊丽莎白·埃普斯的爱护。1800 年 1 月 1 日，杰克从埃平顿高兴地致信杰斐逊，通报女儿在前一天降生。这位新晋父亲如今喜气洋洋地请岳父“分享我的玛丽和我自己此前被剥夺的幸福”。他们的女儿“虽然非常小，但从各方面看都非常健康”，杰克幸福地报告说，玛丽亚的分娩过程很安全，没出现产妇常见的高烧。[52]分娩后子宫若发生感染，即产褥热，或称产后热，可能导致产妇死亡。在医生懂得消毒对避免感染的重要性以及抗生素面世之前，临产的母亲准备面对的除了新生儿，还有自己的死亡。玛丽亚没有出现这些症状，杰克感到如释重负。

但他们的快乐昙花一现。不到两个星期，他们的小女儿就夭折了，而且玛丽亚因乳房脓肿而痛苦不堪。很有可能这是因为她和 18 世纪的许多母亲一样，听人指点最初几天不能给婴儿喂奶。[53]今天的母亲知道，分娩之后，乳房分泌的初乳含有丰富的维他命和抗过敏成分，会保护婴儿。然而在 18 世纪，人们认为初乳是有毒的，于是母亲会等到她们以为更纯的奶水下来才开始给婴儿哺乳。婴儿的死亡表明玛丽亚哺乳有困难，导致她易发乳腺炎和其他感染。她的右乳乳管堵塞，引发感染并化了脓，她的皮肤上出现了几处溃疡。[54]随着感染的爆发，她的体温升得很高。埃普斯家找来他们信任的菲利普·特平医生（Dr. Philip Turpin）[55]给她看病。他开的处方是卧床休息，每天吃几滴药，比如“Elixir Vitae”（字面意思是“生命水”，也许是一种酒精和水的合剂），此外还用大量的蓖麻油来减轻炎症。但这位医生的疗法让玛丽亚的病情恶化了。感染不受抑制地继续肆虐，导致患者彻底衰竭。[56]

等到住在艾奇山庄的玛莎和汤姆听说玛丽亚失去孩子、自己也病倒的消息，玛丽亚已经卧床不起整整一个月了。[57]一场暴风雪让阿尔伯马尔积雪两英尺深，他们无法马上出发。玛莎急得发狂，她心爱的妹妹最殷切的生育希望破灭了，她为之心碎。她很恼怒得耽搁两星期不能出发，特别想赶去安慰她。此前玛丽亚待产时她没能去陪伴，因为蒙蒂塞洛发生了若干个奴隶接连死亡的可怕事件，她走不开，这些奴隶吃过一个江湖游医给的药（可能含有毒物），重病发作了。最终安顿好孩子之后，玛莎和汤姆在积雪的道路上冒险跋涉了三天，于2月18日到达埃平顿。杰克倍感欣慰地看到，他们的到来“使可怜的玛丽亚低落的精神稍稍恢复了一点”[58]。

另一面，伦道夫夫妇见到眼前状况大为震惊。汤姆告诉杰斐逊说，“我们发现玛丽亚要比我们预想的糟糕得多”，“她仍卧床不起，瘦弱不堪，力气全无，双乳的炎症和化脓让她饱受折磨”。[59]汤姆迅速了解情况之后就明白了，虽然特平医生是埃普斯家的老熟人，受大家爱戴，但他的治疗方案却让病情恶化而没有好转。汤姆超水平发挥，进行了巧妙的干预。尽管埃普斯全家甚至包括杰克都反对，汤姆和玛莎还是温和地劝说玛丽亚从床上起来，停用医生给开的药，让她相信久病不愈是躺在空气污浊的病房里造成的结果。他们说服她做一些轻微运动，呼吸新鲜空气。汤姆甚至安排了自己信任的医生、他的邻居威廉·贝奇（William Bache）来看玛丽亚，假装贝奇是特地来拜访自己的，以避免冒犯特平医生和埃普斯一家。

杰斐逊正在费城履行最后一年的副总统职责，听说施行新疗法不到一周玛丽亚就有了起色，他颇觉宽慰。杰斐逊通常对分娩过程并不关心。他曾告诉玛丽亚“你妈妈的某个女朋友（我忘记是谁了）说过，就和胳膊肘被打了一下差不多”[60]。但是，玛丽亚久病不起让他日渐警觉。他对杰克吐露说，“她的不适所持续的时间远远超过我此前所知的任何先例”[61]，然而，玛丽亚的恢复极为缓慢。几乎又过了一个月，杰克才写信说玛丽亚已经能从自己的房间走到隔壁，但还下不了楼。他仍然满心忧虑。“她乳房上的疮最顽固，恐怕不动刀就很难治愈，自然，她对开刀十分反感。”[62] 玛莎一直住在埃平顿照顾妹妹，杰克只离开过一次，飞快地去了一趟里士满。

终于，分娩近四个月后，接近四月底时，杰克高兴地向杰斐逊报告，玛丽亚的身体和精神都完全恢复了，他如释重负。杰克说，她外表健康得都看不出曾经生过病。事实上，这位松了口气的丈夫写道，“我肯定，过去两年来她从没显得这么滋润过”[63]。他们离开埃平顿，愉快地搬回了白山庄园。杰克甚至还能开玩笑说，玛丽亚请他找个蹩脚的借口转告她父亲，解释她为什么没给他写信。杰克大笑道，那个借口太糟糕，他不肯写进信里浪费他岳父的时间。

对全家人来说都悲惨无比的整个冬季如今有了美好的结局。尽管汤姆和玛莎终于搬进了在艾奇山庄的新家，可是那里并没做好迎接他们的准备。他们被迫忍受壁炉冒烟、窗户漏风漏雨、地下室进水造成整座房子满地泥泞的状况，此外还有去埃平顿一路上的焦灼和危险。[64] 杰斐逊担任副总统期间一直陷于激烈的政治斗争中。他们都期待着五月全家在蒙蒂塞洛团聚。杰斐逊回家时绕道去了里士满和埃平顿，亲自接上女儿回家避暑，由此可以看出他是多么放心不下玛丽亚。[65]

1800 年，杰斐逊当选为总统，这意味着他在蒙蒂塞洛与家人共度宁静退休生活的计划还得继续推迟。当华盛顿在 1796 年退出政坛时，尽管他在总统任期内做了多方制约，政府内部派系形成，彼此间的对抗还是白热化了。部分冲突是由宪法的明显缺陷导致的。制宪者们没有预料到在 18 世纪会出现政党体系，当选举团的投票人集合投票时，宪法没有在总统与副总统之间予以区分。胜出者成为总统，得票第二多的人成为副总统。结果，华盛顿的法定继承者约翰 · 亚当斯在 1796 年有了一个与他政见全然相反的副总统。

那是风云激荡的四年。副总统杰斐逊实际上成了反对党的领袖。他对法国的好感致使他反对政府与法国之间的“准战争”（Quasi War），即一场未经宣战便攻击法国船只的海战。随后，美国与法国更迭频繁的革命政府之间关系恶化了一段时期。法方扣押美国船只，而法国外交官要先索贿才肯安排和谈，美国国会终于被激怒，在 1798 年 7 月与法国中止了外交关系。同年，亚当斯向国会递交了《敌对外侨法案》和《惩治叛乱法案》，旨在采取种种措施在战时驱逐构成威胁的外侨来保卫美国，并压制批评的声音来保护他的政府。杰斐逊对此极度震惊，他和詹姆斯·麦迪逊一起秘密起草了《肯塔基州与弗吉尼亚州决议》，论述各州能够且应该有权“干预”（麦迪逊精心挑了这个词）他们认为违宪的国会法案。杰斐逊的《肯塔基决议》甚至提出，各州可以推翻违宪的联邦法条。如果杰斐逊的作者身份泄露出去，单凭这条倡议就足以根据《惩治叛乱法》逮捕他。

美国实验的成功与否似乎命悬一线，在这种严酷的情形下，杰斐逊在 1800 年秋参选，竞选对手是联邦党人约翰·亚当斯。讽刺的是，杰斐逊最激烈的对手并非亚当斯，而是他视为竞选伙伴的纽约州的阿伦·伯尔（Aaron Burr），两人拿到了相同数量的选举票数。依照宪法规定的程序，后续选举交由众议院，议员们用了六天时间，经过 36 轮投票，最终选出杰斐逊任总统。杰斐逊和他的支持者们后来将这次选举称为“1800 年革命”，政府被从主张中央集权的联邦党人手中夺回来，交还到人民手中。

1801 年新年刚过，杰斐逊还在等着那场艰苦的选举出结果，此时此刻他已经开始思考，自己的新职位将对弗吉尼亚的家人造成什么影响。他马上意识到，既然 1800 年政府已经由费城迁到华盛顿特区，这里离夏洛茨维尔更近，通邮和访问都很方便。他开心地告诉玛丽亚说，“这点距离不足挂齿，想往那儿跑一趟不会比去一趟蒙蒂塞洛麻烦多少”[66]。他的两个女儿都焦急地等着选举结果，真诚地希望他能高兴，同时又怕继续与他分离。玛丽亚对他说，如果他赢了，她会为所有那些投票选他的人感到高兴，尽管她更愿意让他待在家里，在她身边。[67]玛莎也是这么想的。但她已经两个月没给他写信了，直到1801年1月底他们的关系才破冰。她的沉默似乎是因为上次他回家时跟她共处的时间太少让她伤心。她反感地说，“老是一大堆人”[68]。即便他在蒙蒂塞洛她也够不着他，就像他不在家一样。她担心在杰斐逊的总统任内，这种状况只会变本加厉。

与此同时，玛丽亚和杰克显然已经决定，百慕大百亩将是他们的家园。玛丽亚告诉父亲，“木匠还在房子里干活儿”[69]，“但我们有了两间舒适的房间，相比于租房住，我万分情愿住在这里”[70]。他们还在等着家具从白山庄园搬过来，好在温暖的冬天减轻了搬家的不便。同样可以期待的是他们能在自己的家里感受到永恒和安定。到了二月，杰克告诉杰斐逊，玛丽亚又怀孕了，在这封已经失传的信里，他可能还借此事求杰斐逊答应，今年春天杰斐逊回蒙蒂塞洛时他们就不去了。经历过两次孩子夭折之痛后，这对夫妇不愿再冒第三次险。杰斐逊坦承自己不能“纯然懊丧被爽约的失望……因为那个原因”。但他还是力劝他们无论如何要考虑一下来蒙蒂塞洛，或许在她怀孕早期还比较安全，趁着这时候旅行对她来说还不算太难。作为额外的诱饵，他允许他们随意支配他的房子、家里的设施以及他的一众奴隶。

杰克拒绝了这份美意。[71]目前他们的住处离他家不远，很方便，如果出了什么问题，玛丽亚尽可以指望经验丰富的婆婆过来帮忙，她离这里只有35英里远。杰斐逊不常在家，所以他们拒绝起来就更容易。玛丽亚也写信解释了理由，并加上了一句，“我们带的仆人肯定够我们自己用的，你也许更希望把你的奴隶派上其他的用场。”[72]不论玛丽亚是否知道此时萨莉·海明斯也正有孕在身，她巧妙地提前说明了，即使能够到访蒙蒂塞洛，她也是既不想要也不指望她先前的女仆来伺候她。

玛丽亚在家静养度过了妊娠早期，直到最容易流产的阶段过去。六月，她动身去了埃平顿，跟伊丽莎白和弗朗西斯住在一起，而杰克得管理自己的农场，在收获季节为协调监工和奴隶的工作忙得不可开交。他们最终听劝在七月中旬去了蒙蒂塞洛，等着杰斐逊夏天回家来。[73]等到8月2日杰斐逊到家，全家人都聚齐了。当姐妹俩都安顿下来待产时，玛莎觉得玛丽亚的气色不是很好。[74]1801年8月22日，维珍妮娅·杰斐逊·伦道夫降生；她的表弟弗朗西斯·韦尔斯·埃普斯（Francis Wayles Eppes）随后在9月20日出生，取了祖父的名字。弗朗西斯的出生显然非常顺利，接生的是杰斐逊十分信任的一位当地的助产士[75]。玛丽亚生完弗朗西斯后也几乎没有经历当初生完女儿后的痛苦。[76]

不过，那个季节还有其他可怕的事情发生。杰斐逊刚回到华盛顿不久，两个女儿的家庭就遭遇了百日咳爆发。杰克从蒙蒂塞洛向杰斐逊报告，“我们相当忧虑，百日咳肆虐在周围人家的每个角落”，他担心百日咳会扩散到非常近的地方，近得让他们逃不开。[77]玛丽亚的婴儿染上百日咳时还不到六个星期大。当玛丽亚终于能逼迫自己写下这场煎熬时，她告诉父亲，“他现在已经和这场病斗争了11天”。但她仍有希望，“尽管他咳嗽得特别厉害，整个脸都憋青了，但没有什么其他症状，他能挺过来的希望非常大”[78]。

在漫长的11天里，这位年轻的母亲一定急得失魂落魄。百日咳定会让她忆起童年时在埃平顿的失落和悲伤。它当年夺走了她的妹妹露西，如今也会夺走她的儿子吗？在艾奇山庄，玛莎疯狂地护理着发烧咳嗽的艾伦、柯妮利娅以及婴儿维珍妮娅。直到危机过去以后，她才能写下自己身为母亲无助地看着两个女儿神志不清时的痛苦，其中一个又笑又唱，另一个阴郁而害怕。她哭道，“我的上帝，做父母的怎么熬得过那种时刻”[79]。

到十一月中旬时，玛丽亚很满意小弗朗西斯能够踏上旅途平安回家了，便开始准备离开这里。但玛莎还是觉得他"状态很不稳定……是我抱过的最娇弱的小生命"[80]。到了一月初，杰克向杰斐逊保证"玛丽亚的健康完全恢复了，她的乳房相当好。小家伙也很好、很健康"[81]。玛丽亚余生中都一心只想着确保孩子健康。她着急于他的不断烦闹，以为是出牙引起的。不过孩子的不适过去以后并没长出牙来，父母二人都如释重负，但也意识到，以前的经验加重了他们的焦虑。弗朗西斯差不多六个月大时，杰克对杰斐逊解释说，"他经历的痛苦让我们加倍爱他"，而他们还在慢慢学会对他的状况不那么担心。杰克充满感念地报告，"我们很高兴看到他每天都在长壮、长高、长脑子，目前我们不会再害怕失去他了"[82]。

1802年春，杰斐逊的政务极为繁忙：国会重新组建了联邦司法系统；俄亥俄州加入联邦，成了新州加盟的先例；总统发布行政命令，授权在西点创办军事学院。忙完这一通之后，杰斐逊期待着国会夏季休会期。然而，当他依照每年惯例召集家人来蒙蒂塞洛团聚时，周边邻里爆发了麻疹，玛丽亚以往的忧惧重新冒了头。[83]那年六月她一直病得厉害，什么都不能做，持续低烧，而且传染给了弗朗西斯。伊丽莎白·埃普斯听说她病了，赶快来百慕大百亩照看她。埃普斯太太全心全意地护理，直到玛丽亚恢复到有力气去埃平顿，她在那儿更方便照顾儿媳。阿尔伯马尔爆发的麻疹让她极度担心弗朗西斯，远甚于当初流行百日咳时。接下来，在华盛顿、艾奇山庄和埃平顿之间，书信往来纷飞不断。杰斐逊问，玛莎的几个孩子没有感染吗？玛莎欣慰地从艾奇山庄回答说，"我们这里目前完全没有麻疹"[84]。玛丽亚想知道，山上那些奴隶小孩怎么样呢？杰斐逊回答说，"除了蓓西和萨莉（海明斯）的孩子以外，没有其他小孩子"，而且他确信这些孩子已经安然度过了这场疫情。他在华盛顿向她们保证道，"因此，我认为你们在那里会绝对安全"[85]。

玛丽亚没被说服，杰克似乎也没有。"埃普斯先生认为我们最好还是留在这里，我亲爱的爸爸，直到我们收到您关于麻疹的进一步消息……到达蒙蒂塞洛后，一有空您就给我们写信吧，”她这样给信收尾。[86]杰克也给杰斐逊写了信，请求他理解“我们的幸福在很大程度上有赖于孩子的安全”[87]，并提醒他，请他及时通报最早什么时候去才不会危及弗朗西斯。玛丽亚的犹豫不前既非对抗，也不是不听话；她的信件明确表明，是因为要推迟去蒙蒂塞洛，她才感到失望的。

弗朗西斯的出生在杰斐逊看来并没什么大不了的。玛丽亚首次分娩后，他曾告诉一位朋友说，他的长女已经让“外孙算不得新奇——她已经有四个孩子了”[88]。但是，对年轻的父母而言，情况正相反。弗朗西斯是玛丽亚的生命之光。看着他在房里蹒跚学步，“伸出手去保持平衡”[89]，她乐不可支。在卧病的暗沉时日，在国会开会期间和秋收季节杰克不在家时，弗朗西斯给她带来了光明。但是，失去孩子的恐惧从未远离她。1803年2月的一个寒冷的日子，杰克告诉杰斐逊，汤姆·伦道夫陪着玛丽亚和幼子从艾奇山庄回埃平顿，在路上玛丽亚“差一点儿就失去了小弗朗西斯”。没有明显的原因，“他在车里有那么一会儿失去了知觉，要不是伦道夫先生伸出援手，很可能就已经不行了”。汤姆等不及慢吞吞的马车，抱起孩子奔向路边的一座房子。杰克写道，汤姆在那里“让人拿来热水给孩子泡澡，弗朗西斯这才渐渐缓了过来”[90]。即便弗朗西斯看似一切健康，玛丽亚也放松不下来。“总是在身体最好的时候”，玛莎注意到，“他会突然发病，非常吓人”，她猜测那是癫痫，“喉间咯咯作响，口吐白沫，头向后拗”。[91]

仔细地审视玛丽亚生活中的这些细节，就不太会赞同说她是个拒绝照着父亲翻模的任性孩子。她小时候就盼着父亲兑现诺言，从费城给她带回布娃娃，从那时起她就一直想有自己的家。[92]长大以后，与丈夫携手建设并维护自己的家是她压倒一切的渴望，而从杰克给杰斐逊的信中可以看出，他和妻子是同心同德的。在两次让人心碎的失望之后，他们终于有了儿子。但是，就连旁人也看得出，这孩子又病又弱。玛丽亚不愿出门旅行让弗朗西斯接触病原，这种反应并非由于她是个矫情的女儿或神经质的母亲，而是一对年轻夫妇决意要保护自己孩子脆弱的生命。

几乎没几封信件留存至今能让我们得以一窥这桩婚姻中的细节，但仅存的书信证明了它的力量。杰克先在 1801 年到 1803 年间任职州议院，后来又在 1803 年到 1804 年间任职国会众议院，他和玛丽亚尽可能把生活安排得可以两厢厮守。1802 年 11 月，玛丽亚留下杰克在弗吉尼亚，陪玛莎去华盛顿看望父亲，她马上就陷入了访客陪客的仪式中。不过，在玛丽亚到白宫后不久、正等人帮她熨好衣服时，她偷了几分钟的空闲给丈夫写信。她说，尽管路上辛苦，弗朗西斯适应得还不错。就在她写信的此刻，他“正在独自探索房间，开始胆大起来了”。玛丽亚轻叹，唯愿杰克“能抱着他亲爱的小家伙”。玛丽亚对她“心里最爱的人”信誓旦旦地说，“分离这么久以后，什么都比不上与你重聚的喜悦”，尽管计划为期一周的访问刚过了四天。[93] 这种写信的架式，完全不像杰斐逊向玛丽亚在巴黎的朋友凯瑟琳·丘奇形容的那个懒得写信的人——那个人“一个月来每天下决心要回复凯瑟琳的信”，但还是没有写，那个人为证明她的爱做什么都愿意，“只除了写信”[94]。

1803 年至 1804 年的冬天，杰克进入众议院，他们再次被迫分开。玛丽亚又怀孕了，她到姐姐的艾奇山庄过冬，此时玛莎正怀着第六个孩子，汤姆也参加了选举并获胜。十月中旬，这两个男人都去华盛顿参加了第八届国会，姐妹俩则彼此做伴度过了孕期。玛莎用玛丽亚的名字命名在 11 月 2 日出生的玛丽·杰斐逊·伦道夫。一切顺利，杰斐逊希望玛莎的成功生育能作为榜样为玛丽亚加油。[95] 但玛丽亚却情绪低落，玛莎疲惫地告诉父亲，部分原因是妹妹过去的生育经历一点也谈不上“舒适或愉悦”。玛丽亚的怀孕从来都不轻松，即使在生完弗朗西斯之后，她也一直在忍受乳房疼痛的折磨。没有杰克的贴心陪伴作鼓励，玛丽亚在她称之为“乏味的中场间歇”[96]这个阶段更容易陷入沮丧。就连七岁的艾伦都注意到，“玛丽亚姨妈原本天生温和的性情变得忧郁了，我觉得是因为身体不好”[97]。玛莎认为，杰克在国会任职不得不离开玛丽亚，所以这个漫长的冬季更让玛丽亚难以忍受。[98]尽管玛莎要照顾一个新生儿外加其他五个孩子，她还是尽量用心关照玛丽亚，弥补杰克不在的缺憾，但她自己也知道代替不了玛丽亚那个宠溺的丈夫。

杰克来信不如玛丽亚希望的那么频繁，因为他津津有味地投入到了新的工作中。杰克大力支持杰斐逊缩减政府开支的努力，他提出了一项议案，要求众议院筹款委员会想办法减少浪费性花销，并且积极投入接下来的辩论。一月，玛丽亚在艾奇山庄日渐消沉，忍不住流露出对丈夫的忽视的伤心。她说，“我承认，上一次邮差送信时我没收到你的只字片语，我觉得有点难受”，“然而不管多么伤心，我还是不能放过任何一个机会，竭尽全力用唯一的方式向你证明我感觉到的温柔，我想你时内心的温柔”。[99]玛莎要管理一个有小孩子的家，有需要哺乳的婴儿，而两位父亲又都不在，也许她实在是筋疲力尽了，因此她就出了个坏主意，由她来替玛丽亚给杰克回信，“当作报复”。杰克看见玛莎的笔迹会期待此信既幽默又信息量巨大。但玛丽亚不同意。她不愿让丈夫“因为我的一封信而这么失望”。在她的婚姻中，似乎没给报复留出任何空间，即便在丈夫让她失望时依然如此。

一月底，杰斐逊很有把握地写信说，从此以后通信会更有规律，因为每星期会从蒙蒂塞洛片区的邮局米尔顿（Milton）送两次信过去；[100]他还盼着国会能在三月而不是四月开会，这样他就能早点回家。玛丽亚在写给杰克的最后一封信中坦言，“这一前景比什么都更能让我好起来，我总是很难忍受疾病、分娩以及和你分开”。她的健康状况每况愈下，什么都吃不下，日渐衰弱。但她很欣慰这种痛苦只需再撑上一两周，就能向他献上“给我们的幸福新添的一份甜蜜”，她坚信那“足以补偿一切苦痛”。信尾她说正幸福地期待“我灵魂的最爱”。她告诉他，“我用全部生命期待着重逢带给我的幸福”。令人心痛的是，她没想到两个月之后他们将会永诀，还加上了一句“知道以后再也不会分离，我的幸福无以复加”[101]。杰克在此生余下的时光里，一直保留着这些最后的书信。

仅仅一周后，2 月 15 日，她生下了女儿玛丽亚 · 杰斐逊 · 埃普斯。26 日，杰斐逊收到玛莎的一张便条，告知他孩子诞生，他便马上写信祝贺[102]。他一直希望玛丽亚的分娩能晚一点，国会开会能早一点，这样生孩子时他们都能到场，但他也很高兴最终一切顺利。然而，几天之内，情况急转直下。尽管杰斐逊在 3 月 3 日清晨听说了玛丽亚的病况，他却只能留在华盛顿等到国会闭幕。杰克 · 埃普斯则立刻离开了华盛顿，临行时杰斐逊焦急地恳求他用每趟邮班向他报告最新情况。

这位丈夫心急如焚地前往艾奇山庄，一路上似乎万事不顺。大风使得波托马克河上的渡船被迫停航，在暗夜中另觅道路时他却又迷路了，不止一次被迫“下马除冰，然后马才能继续往前走”。但他到达之后看见的情况让他多少振作了一点。他放心地写信对杰斐逊说：“我到家时发现玛丽亚没有发烧，能坐起来。目前她没有不适，只是很虚弱。她的胃口慢慢在变好。”他又乐观地加上一句，“我不害怕”，“只是担心短期内她还好不了”。[103] 玛丽亚没有奶水，因此玛莎得同时哺喂小玛丽亚和她的孩子玛丽。

杰克对杰斐逊的即时汇报，记录着他亲眼看着妻子的生命日渐消逝时心中希望与恐惧的起伏交替。玛莎一开始也充满希望，她搬进了玛丽亚的房间，全天候地照顾她。[104] 她在 3 月 2 日给杰斐逊报告的信让他不再绝望，事实上，他信心十足。他甚至给玛丽亚欢快地写了一句，等他回来的时候，“要高兴起来，准备好和我们一起去骑马”[105]。但杰克在 12 日的报告较为谨慎。他小心翼翼地说，如果玛丽亚的情况有所好转，“那不会逃过我的眼睛”。杰克记起曾在玛丽亚生第一个女儿时救了她性命的汤姆的医嘱，下决心“让她马上离开房间，放下药瓶，靠轻微的运动和新鲜空气来恢复健康”[106]。杰斐逊在华盛顿提议，这份医嘱里还要添上清淡的食物和果汁。杰斐逊告诉杰克，他可以搜尽蒙蒂塞洛的库房寻找可以提起她兴趣的东西，“房子、家里的东西、附属物件、仆人全都归你自由支配，和我做主一样”[107]。

到了19日，杰克更担心了。“她的乳房肿胀”，可能会引起旧病复发，而且她水米不进。他第一次承认，“我极度忧惧，她在非常虚弱的情况下分娩可能会导致严重的病症”[108]。到了23日，他又允许自己燃起希望。没错，玛丽亚“只是个会动的影子”了，但虚弱似乎是她唯一的症状，于是，杰克告诉杰斐逊，“我愉快地感觉到，她的康复虽然缓慢，但肯定是在好转”。他计划过几天就把她移到蒙蒂塞洛，让她换换空气和景致。在那里，如果天气允许，就可以带她出门去到草坪上。[109]到了26日，他能告诉杰斐逊的只是“玛丽亚的情况没有恶化”[110]，这时大家都在盼着杰斐逊很快就能离开华盛顿。

等杰斐逊终于在4月4日到家时，极度虚弱的玛丽亚已经被人从艾奇山庄挪到了蒙蒂塞洛。杰斐逊惊呆了，在9日告诉邻居詹姆斯·麦迪逊，“我在蒙蒂塞洛见到了我的女儿埃普斯太太。她是被人用担架抬上来的”，他发现她“衰弱到几乎站不起来，她的肠胃紊乱，什么都吃不下去，持续低烧，乳房出现脓肿”[111]。他希望自己的归来能像一剂补药，重振她的精神。但是她仍在日复一日地继续衰弱。杰斐逊在几天以后仍看不出任何明显改善，像杰克之前一样。

到了4月16日，再也没有理由保持希望。汤姆·伦道夫绝望地写信给一位朋友说，“我们梦寐以求的最美妙愿望就是埃普斯太太能康复。如今我们已经没法这么想了”，他接着说，“我说不出总统会如何挺过这个打击”，“我只能告诉你他现在是怎么忍受的。昨天一整晚他一直攥着她的手绢”。[112]汤姆承认，悲伤和哭泣也压倒了他自己，他也同样需要手绢。

第二天，玛丽亚去世了。杰斐逊打开他的家族《圣经》，在她的名字旁边简单地写上，“卒于1804年4月17日，上午8点到9点之间”[113]。他在自己房间里独自坐了好几个小时。等他叫人找玛莎进来时，她看到他手里拿着《圣经》。玛丽亚的去世使得全家陷入悲伤和混乱之中。玛莎的女儿艾伦当时八岁，她回忆道，“我不知道那天是怎么过来的”[114]。有人带她去看她姨妈，那时已经由某个女人，可能是玛莎或萨莉，或是其他某个奴隶，“用一块白布盖上了玛丽亚的遗体，白布上面摆了一大捧鲜花”。两天后，玛丽亚·杰斐逊·埃普斯被葬进了家族墓园。

杰克在妻子去世后又住了两三个星期才回华盛顿。[115]他把婴儿留在了蒙蒂塞洛。杰克刚离开，他的母亲就赶到了，刚好与悲伤的儿子擦肩而过。像以前那次一样，伊丽莎白·埃普斯走的时候把失去了母亲的孩子带回了埃平顿。她迫使杰斐逊同意让她照顾婴儿，并答应在杰斐逊和杰克的夏季休会期间把她送回蒙蒂塞洛。杰斐逊给杰克写信说，“让她和同龄的孩子一起长大，像同一个家庭里的兄弟姐妹，这会很让人欣慰”。杰斐逊挣扎着想象没有女儿的未来，他向杰克保证，玛丽亚的去世“不会丝毫改变我对潘塔珀斯的安排”[116]。他很乐意帮杰克盖房子，期望有朝一日这些都是弗朗西斯的。

但杰克对这个计划完全心灰意冷。这个为人坦率、做事投入的外向男人因为妻子的早逝万念俱灰。他对她的深爱没能救得了她。他把自己的悲伤和记忆埋藏得极深，从不流露出来。挂在蒙蒂塞洛的肖像画无一让他想到玛丽亚。没人受托给她画过肖像，也许这是她本人的意愿。她的外甥女艾伦记得，她向来讨厌别人恭维她的美丽，“说人们只会赞美她的外貌，因为找不到她更好的地方来夸了”[117]。母亲去世时，弗朗西斯才两岁，没有母亲的影像，他经常哀叹记不起她的面庞。他的父亲也从来不提她，甚至杰克在二度成家生活美满之后也守口如瓶。杰斐逊讲故事时还经常先加上一句“你外婆会说”[118]，杰克·埃普斯却在妻子去世后再也无法说起她。他所能做的就是保留着她的信件。如果小弗朗西斯想要打听母亲的任何事情，只能去问玛莎姨妈和外公。

在哀恸中，杰斐逊曾回复过一位朋友的慰问信，陷入一阵悲观。“当你我回望一路奔波的立国历程，目之所及的是怎样一个杀戮场！一起投身革命的朋友哪里去了？还有他们的健康和迸发希望的激励能量哪里去了？仿佛被战争的浩劫席卷，他们一路陨落，或早或迟，只留下零星失群之鸟清点伤亡。”死亡从四面八方袭来，他担惊受怕。“别人可能会丧失财富，而我却丧失了希望，我的全部所有已经失去了一半。我的晚景如今岌岌可危，能依靠的只剩一个人。”但是，万一他再失去了玛莎又该怎么办？他知道这个世界上什么都靠不住。他近乎绝望地承认，“也许我命中注定要看到，甚至最后一根父母之爱的琴弦也会断掉”。“我至今一直期待着有朝一日能退休，把公共事务交到年轻人手上，我将退居安适的家庭生活，寿终正寝。如今，这个希望灰飞烟灭了。”[119]

由于玛丽亚的去世，杰斐逊再也无法实现他平生最珍视的梦想——全家人围坐在壁炉旁，陪他度过余生。

第 8 章

哈丽特的蒙蒂塞洛

1804

至此，杰斐逊已经安葬了妻子以及六个婚生子中的五个。他痛彻心扉却绝不吐露，只说给了一个非常信得过的朋友。但当他从信纸上抬眼瞻望凄凉晚景的时候，却完全没看向正在桑路园长大的一对小儿女。他还活着的孩子并不只剩玛莎一人。到 1804 年时，萨莉·海明斯已经给他生了五个孩子，其中两个活下来了：六岁的贝弗利（Beverley），三岁的哈丽特（Harriet）。那个昏暗凄惨的春天，在杰斐逊离开蒙蒂塞洛回华盛顿之前，当他与凌虐的死神搏斗之际，他和海明斯又孕育了一个孩子麦迪逊。

萨莉·海明斯的孩子虽然生为奴隶，但是，与托马斯·杰斐逊一生拥有过的其他数百名奴隶相比，这些孩子过着截然不同的生活。最重要的是，他们知道自己注定会获得自由。但想让蓄奴制永远延续下去，就得训练童奴养成服从主人的习惯，尽管其亲生父母想把他们培养成家族朋友群中的独立个体[1]。在这两种相互冲突的目标夹击下，大多数童奴神经紧张，哈丽特却幸免于此。杰斐逊没把她当成自己的第三个女儿，却也没教她过奴隶的生活。

她的童年基本没留下文献记录，我们只能借助于多种信息来源拼凑出哈丽特的世界样貌：杰斐逊和他手下监工的话、蒙蒂塞洛以前的奴隶的讲述，还有杰斐逊的孙辈后来把他描绘成仁慈的奴隶主的故事。这些记录需要仔细甄别，特别是因为“杰斐逊与蓄奴”这个话题一直都很有争议。不管怎么说，这些记录都非常有用，我们可以从中了解杰斐逊的种植园中奴隶世界的全景，理解海明斯一家人在其中的位置，并想象杰斐逊的这个奴籍女儿既然早已知晓自己终有一天也能追求幸福生活，她又是怎么长大的。

哈丽特·海明斯生于海明斯家，自从伊丽莎白·海明斯在 1775 年到了蒙蒂塞洛之后，这家人就是顶级奴隶。在弗吉尼亚的蓄奴社会里，白人优待奴隶的标志是把他们分在种植园主的家里，从事木工、烹饪之类需要技能和手艺的工作。能近距离接触杰斐逊家人的职位除了两个例外（一个帮厨和一个马车夫），全被伊丽莎白·海明斯那一大家人占住了。杰斐逊的外孙甚至认为，海明斯一家的优越地位惹得其他奴隶"苦苦嫉妒"[2]。我们不能指望奴隶主阶级真能说清奴隶之间的关系互动；然而，即便今天的历史学家在充分研究了大量历史记录后也得出结论说，海明斯家族的人属于另一等级的奴隶。[3] 他们有稳定的家庭生活，不管是在蒙蒂塞洛还是在别处，这是绝大多数奴隶得不到的际遇；他们的职位深得主人信任（管家、贴身男仆、贴身侍女、乳母）、需要专业技能（厨师、木匠、工匠）；由于跨种族繁衍，他们比绝大多数奴隶肤色浅[4]。哈丽特有八分之七的白人血统（因此按照弗吉尼亚州的法律，她是合法的白人），杰斐逊的监工埃德蒙特·培根说她"白净程度几乎不亚于任何人，非常漂亮"[5]。

但是，直到 1810 年 2 月，杰斐逊在整理阿尔伯马尔的自家黑奴名册时，才在他的《农庄簿记》中注明一笔，记下了她的出生日期："哈丽特，5 月 1 日"。也许他能记起她出生在哪一年，因为那年他刚开始第一个总统任期，但是时过九年，他已经忘了准确日期。这在奴隶主中很常见。著名的翻身奴隶弗雷德里克·道格拉斯（Frederick Douglas）回忆起自己 19 世纪 20 年代在马里兰的童年，说“绝大部分奴隶像马一样弄不清自己的年龄。据我所知，大多数主人故意让他们的奴隶一直这样无知”[6]。萨莉孕期的最后一个月时，杰斐逊在家，但他给当地助产士留好钱后就离开了蒙蒂塞洛，于 4 月 29 日回到华盛顿，投入了新的总统任期内的辛勤工作。就算他打听过女儿的出生日期，他也没记下来。无论如何，1810 年，他在哈丽特的名字底下还登记了她的两个弟弟：麦迪逊，1805 年 1 月 19 日；埃斯顿，1808 年 5 月 21 日，他们都记在母亲的名字下面，归类为“家奴”[7]。老大贝弗利当时快 12 岁了，已经是个“小店主”，列在另一栏里。

翻阅上述记录所在的《农庄簿记》，可以概览杰斐逊是如何管理、经营他的种植园的，而他的奴籍女儿就降生在这个世界。我们看到他记下了牛马羊群的繁殖；给奴隶分发毯子、衣服布料、面包、鱼和猪肉；把奴隶在不同庄园之间调来调去；制定高效收割小麦的安排；决定童奴几岁上工，干什么活儿；测算制钉废料与正品铁钉之间的重量比。这本长度不足 8 英寸、宽度仅 6¼ 英寸的小册子揭示了一个事实——无论是他的哲学宣言、家族成员的激烈辩解，还是他长年不断的道歉，都无法抵消这一事实：杰斐逊全面参与了蓄奴体制，他在编目时把人类与“役马、骡子、种用母马、马驹、阉牛、黄牛、母羊、羊羔、母猪、小猪、成猪”[8]编在一起，将六百多条与他交织的生命不当人看，而他的辩词却是“命运将他们丢到我们手中”[9]。

例如，我们可以从《农庄簿记》中观察到杰斐逊给他的劳力们分发了食品。比如，有那么几页的抬头上写着“面包清单”[10]，哈丽特的名字首次出现在清单上的日期是 1810 年 2 月。1795 年 12 月在白杨林庄杀了 83 头猪，其中 10 头指定给那里的黑奴，60 头送往蒙蒂塞洛。[11]他也给奴隶发鱼、发牛肉，[12]虽然他给的份额要比其他奴隶主吝啬许多。在杰斐逊的账册里，四个孩子折合一个成年人，尽管他把在纺织厂里当纺织工的女孩算作半个人。在铁钉作坊里汗流浃背的男工可以分得整份猪肉。[13]玉米则既用来喂养奴隶，也喂养牲畜；在簿记的某一页，杰斐逊在计算他需要多少玉米才能喂养“90人……44个星期，每个星期4.5桶”[14]，然后用剩下的玉米分别饲养育龄母猪、猪崽、1匹种植园的马、6匹骡子、63只羊、4头牛。各年龄段的奴隶每周得到的口粮配额都是一罐玉米面——一加仑大小的罐子，并不考虑成年人的营养需求不同。[15]大田奴工（男女皆有）、孕期女性以及哺乳期母亲每周拿的份额是相同的，有一磅肉、一些鱼，偶尔还有盐和牛奶。

这就是杰斐逊为他的奴隶提供的全部食物，因而他们不得不自己在园子里种点什么来补充伙食。我们不知道奴隶们的园子在哪里，却知道他们种了些什么。星期天下午，他们会把自己的产出卖给蒙蒂塞洛那家人：西瓜、黄瓜、土豆、南瓜、卷心菜，还有养的母鸡下的蛋。[16]杰斐逊的菜园工头渥姆勒·休斯（Wormley Hughes）家一定养了很多鸡，某一天他竟卖了9打鸡蛋。杰斐逊的奴工不仅把手艺用在种植园，也用来供养自己的家庭。[17]他们也依照季节春种秋收，储粮过冬；他们制作黄油奶酪，酿造啤酒。园艺是一项普遍技能，种园子是为了活下去，但在蒙蒂塞洛，奴隶自家种的菜每周日下午也能在主人的厨房门口卖出钱来。

奴隶的衣服也很富余。杰斐逊的大多数奴隶都穿粗麻布衣服，那是一种粗糙、扎人的亚麻织物，南方劳工普遍穿这种布料。每年两次，在春季和12月，杰斐逊的奴隶会分到衣料配额：夏天亚麻，冬天粗羊毛。杰斐逊让他的监工每过三年给奴隶发一次“最好的条纹毯子”[18]。与食物的分配一样，衣料配额也视年龄而定，比如，杰斐逊在1794年12月决定，分给某个新生儿的毯子和麻布交到产妇手里，“用到下次做衣服时再给”[19]——这就是说，要等六个月，直到下次夏季或者冬季发份例时才给。他也会仔细丈量缝衣服用的线，比如，用三轴线可以缝一件衬衫；再给三轴线连补衣服也够了。[20]他也给成年人发帽子、鞋子和长袜。比如有个奴隶“迪克家的汉娜”，他奖给她一张床和一个罐子，因为“这是我答应过的，只要她们在家里找丈夫就给”，也就是说，只要他的女奴嫁给自家的奴隶而不是嫁给隔壁邻居的奴隶，就会得到主人的奖励，因为他希望“其他年轻人也能有样学样”[21]。

除了记录奴隶们的物质生活以外，《农庄簿记》也记下了对农业方法的研究。杰斐逊认为，当他 1790 年从法国归来时，他的种植园管理不善、运行欠佳，但是一直到他当国务卿当得气馁、1794 年退居蒙蒂塞洛之后，才认真采取改革措施。他很失望，无论美国人民还是政府，都不像他期望的那样遵循自然法则，于是他只得将“理性和诚实的原则”[22]应用在自己的农场和奴隶管理上。杰斐逊以正宗启蒙时代的方式应用几何学、数学以及钟表计时，从而找到方法让种植园的运营获取最大效率。[23]

杰斐逊也像 18 世纪末许多弗吉尼亚种植园主一样，从单一种植烟草改为种植多种谷物，因为前者破坏土壤肥力，而且市场波动不断。到 1799 年，他的种植园开始了轮种计划，产出小麦、黑麦、燕麦、玉米和烟草[24]。烟草种植所需的技能很少：只需要用锄头以重复的人工劳动在山丘间播种、除草、捉虫、收获、晾晒，最后打包烟叶。而小麦种植则引入了新技术和新方法：使用磨坊、脱粒机和镰刀，即使在收获期的田野上，工作也有等级分别，有割麦人，有车把式，还有给劳工做午饭的厨师。

杰斐逊对 1795 年收获季的效率低下深为不满，在《农庄簿记》里制定了下一年的改进计划。[25]不做适当改进就会浪费太多时间。比如，他首先要确保需要换镰刀时就有备份。监工乔治·格兰杰是他信任的奴隶，会用车拉着工具和磨刀石在田间转，用钝的镰刀就交给他来磨锋利。这些改变会减少无所事事的工作间歇，杰斐逊观察到，每当割麦人的工具没法再用等着磨刀时，经常出现闲置的情况。杰斐逊也想让人在开始收割之前就铺好打麦场，这样麦子一割下来就可以毫不耽搁地开始脱粒。许多种植园主会把细节问题丢给监工，杰斐逊则是亲力亲为，把自己的农业劳动队伍——仅在蒙蒂塞洛一地就有 66 人——编成他认为最适合的组别：技术最好的劳工去割麦子、打麦子，女人和强壮的男孩把割倒的麦子捆成把，更小的男孩捡地上掉的麦穗，三个强壮的男人装车，七个男人堆麦垛，四名车夫驾车，八个女人拉犁，两位厨师给整个队伍做饭。杰斐逊估算着，“用这种办法，整架机器就会精确、平衡地运行”。

每个劳工都是这架机器上必不可少的齿轮，包括女奴们。杰斐逊禁止他的白人监工派女奴去做私事，从而躲过收割劳动。[26] 他把每一双手都算上了。根据他的计算，如果脱粒机工作顺畅的话，四个男人加上一个女孩操作机器 12 个小时[27]，可以产出 40 蒲式耳*净谷粒。收割完毕之后，他提前想到要清理出更多土地，以便春天耕种。他称之为“挖地”的工作非常劳累，要用锄头清理杂花野草、树根石块。在安葬着他的爱妻和孩子们的墓园里，两个奴隶用三个半小时才清理出七分之一英亩土地。基于这一观察，杰斐逊估计“一个劳力在冬季每星期能清理出半英亩到一英亩的普通灌木林地”[28]。

所有这些工作杰斐逊都紧盯不放。杰斐逊的旧奴彼得·福赛特（Peter Fossett）回忆说，“蒙蒂塞洛的北露台上有一架望远镜”，时刻提醒他们主人在盯着呢。[29] 杰斐逊可以从那儿看到他家其他种植园中工作进展如何。他的视线里一览无余地出现了潘塔珀斯（有意思的是，这个地名的字面含义是“全看见”）和塔夫顿庄园。还能看见他热爱的“学术村”，也就是 19 世纪 20 年代初在三英里外的夏洛茨维尔开始兴建的大学。大学工地上的一名工人回忆说，杰斐逊“透过他的侦察望远镜看着我们所有人干活”[30]。

桑路园离他家里更近，有一条 1000 英尺长的林荫路，隔开了主宅和蔬菜园，另有一群奴工在那里的山上苦干。1796 年时，桑路园里有 17 座

---

* 蒲式耳是一种容量单位，在美国相当于 35.23 升，1 蒲式耳小麦的重量大约为 27.2 公斤。——译者注

房子，相当于杰斐逊的种植园中的产业园区。铁钉作坊是沿着桑路园最赚钱的一家企业（至少是起初最赚钱的）。这个作坊初创于 1794 年，第二年杰斐逊就满意地报告说，光凭铁钉作坊赚的钱就足以养活他所有的奴隶。[31] 这里也很适合训练那些因为烟草田改种小麦而无所事事的 10 到 16 岁的男孩。实际情况也证明，每个男孩在这里的工作表现会决定他未来的去向：制钉最多、废料最少的勤奋能干的男孩，长大以后会被提拔到最好的职位上[32]。比如，渥姆勒·休斯成了杰斐逊的菜园工头，伯韦尔·科尔伯特（Burwell Colbert）做了杰斐逊的贴身男仆和管家。笨孩子则会被送到大田里干活，永远成为杰斐逊的农业机器中的一个零件。反抗的男孩会遭到鞭打和放逐，被卖到南方，再也见不到家人。每个男孩在 16 岁生日之前都得努力影响主人的决定，铺垫好未来的人生道路。

在铁钉作坊里干活让人筋疲力尽、热得要命，何况还有弗吉尼亚的酷暑。作坊里烧着四个火炉，工人们团团围着火炉，每人都手持一根铁棍把尖头放在火上烧，一直烧到能折下一截钉子长度的铁块。烧红的铁被放在铁砧上，由男孩们抡锤打出一头尖一头宽的铁钉形状。杰斐逊根据每人的年龄、身量以及在种植园兼任的其他任务，给他们规定了每天的工作指标。[33] 标准的夏季工作日每天要干 14 小时，乔治·格兰杰的儿子艾萨克每天挥锤两万下，可以产出惊人的 1000 枚铁钉。[34] 杰斐逊什么都会算一算：每根铁棍生坯及其出产的钉子数量，还有每个工人名下的利润和损耗。[35] 他希望能用工作纪律和劳动生产率来塑造工人的性格。[36] 有一次他让制钉工人去值班砍树，认为这对他们的性格养成有好处。他相信，“让他们什么都干……对他们的道德和体力都有益处”[37]。当然，他们创造的利润必须达到他的最低要求。这种安排很方便，愈发使他深信，“天意让我们的利益和责任完美重合”[38]。

桑路园还驻有其他制造业的工作，比如铁匠铺和细木工作坊。1790 年，杰斐逊建了两座煤棚，以便储存充足的燃料供铁匠铺和他自己家生火。[39] 杰斐逊照惯例一开始先雇白人培训他的奴隶。[40] 不过也有例外。伊丽莎白·海明斯的孙子约瑟夫·福赛特（Joseph Fossett）以前在铁钉作坊里做得很出色，1800 年就被升为工头。杰斐逊挑他出来学做铁匠，跟的师傅是个白人，虽有天赋却酗酒，为人又怪僻。杰斐逊终究解雇了那个白人，福赛特正式成为铁匠铺主管，很多年里实际上就是他在运营铁匠铺。埃德蒙特·培根说过，福赛特"拿着钢和铁什么都会做"，这种本事远近四邻全都知道，除了自家主人之外，他也为其他农场主提供服务，主人允许他把收入的六分之一纳为己有[41]。

桑路园最天才的匠人之一大概要数萨莉的弟弟约翰·海明斯（John Hemings），他在杰斐逊的细木工坊干活。小时候他在杰斐逊的种植园里砍树，到处帮忙盖房子。1793 年，杰斐逊雇了大卫·沃森（David Watson）教海明斯"造轮子以及其他各种杂活儿"，此人是美国革命时期的一名英国逃兵，也是一个臭名昭著的酒鬼。但是，海明斯的能力真正显山露水，还要等到 1798 年杰斐逊雇用了爱尔兰移民詹姆斯·丁斯莫尔（James Dinsmore），在他新近翻建的家里做室内木工。丁斯莫尔到 1809 年才走，此前海明斯一直给他打下手，后来就开始主管细木工坊。和福赛特一样，海明斯也凭工作能力赢得了监工培根的尊敬。培根钦佩地说，"你想要什么木工活儿他都会干"[42]。他的专业能力体现在各个方面：给杰斐逊图书室雕刻漂亮的悬拱划分出陈列柜，修理犁杖，照着杰斐逊画的草图做家具。[43] 杰斐逊后来在白杨林庄建造归隐居处，他是首席室内木工师。杰斐逊给他一份退休年金，甚至允许他在镇上买衣服记在主人的账上[44]。杰斐逊家的孩子很爱海明斯，叫他"老爹"，他也对杰斐逊极尽忠心。

杰斐逊意识到自己身为主人要对那些他认为完全依赖他的"劣等人"负责，因而他也尽力遵守人道的原则来减轻他们的辛苦，多鼓励少吓唬[45]。1796 年，有一位法国来访者看到杰斐逊的做法后评论说，"他用奖品和荣誉来激励他们"[46]。艾萨克·格兰杰·杰斐逊记得，杰斐逊给铁钉作坊里的男孩们“每星期一磅肉、一打鲱鱼、一夸脱糖蜜和一佩克面粉（1配克相当于8夸脱）。干得最好的会得到一套红色或蓝色的衣服，别提多鼓励人了”[47]。杰斐逊很喜欢一个从邻居那里学来的办法，并且把它记在了《农庄簿记》里：每周超额完成任务的奴隶会得到经济奖励[48]。另外在很多事例中，他还调停阻止了羞辱性的惩罚，深信他的赞美之词更能激发良好表现，提高生产效率。[49]

但是，《农庄簿记》并没有巨细无遗地记录杰斐逊手下奴隶的生活状况。它没有记下给奴隶们漫长的劳动时间分段的锣声，今天，来到蒙蒂塞洛的游客还能听到同样的锣声；它也没有透露他的铁钉作坊是如何受到了刑罚改革最新理论的启发，这种理论的主旨是将囚徒改造成生产工人，18世纪90年代他在费城见过示范实例[50]。虽然杰斐逊的人格力量以及他的奖赏体系可能会拴住家宅里和桑路园奴隶们的心，但对大田奴工就没有什么用，他们被监工的纪律攥在手心，远离大宅苦做苦熬。

杰弗逊是个劝诫大师，他痛恨鞭子。1792年杰斐逊离家在外时，托马斯·曼·伦道夫替他监管种植园，向他汇报说，他的监工克拉克森（Clarkson）“有一套辖治奴隶的宝贵技能，几乎可以完全不用惩罚”[51]，杰斐逊听了很高兴。他慷慨大方地回信说，“我的首要愿望是能善待劳工”，并表扬了他的监工。[52]后来他承认自己有责任为奴隶提供衣食并保护他们“免受不当役使”，让他们“像自由人一样自愿从事合理劳动”[53]。他不愿用食不果腹、衣不蔽体、受虐且过劳的奴隶来经营自己的种植园。也许了解了他这种情怀才能明白，为什么编辑出版《农庄簿记》的埃德温·莫里斯·贝茨（Edwin Morris Betts）得出结论，“杰斐逊的种植园里的奴隶也许生活得还算幸福”[54]；为什么杜马·马龙的六卷本传记评判杰斐逊对待奴隶是“善待到了放纵的程度”[55]。

然而事实是，就算杰斐逊自己不会鞭打奴隶，他雇的监工可是会使鞭子的。他雇了威廉·佩奇（William Page）来监管他在沙德韦尔的奴隶。佩奇一向以暴虐残忍著称，有一年杰克·埃普斯也曾雇佣过他，结果没有一个人愿意把奴隶租借给他。[56]杰斐逊曾特意叮嘱汤姆·伦道夫，务必看住监工加布里埃尔·里利（Gabriel Lilly），让他在监管铁钉作坊时别用鞭子，除非遇到"极端情况"。汤姆回信说，铁钉作坊里的奴工都没"挨过鞭子，只有小家伙们因旷工挨了打"，杰斐逊就不加评论简单放过了。[57]只要加布里埃尔·里利能给杰斐逊的顾客按时供货，就不必担心受到雇主的指责，尽管杰斐逊更希望他能克制地对待产出效益的制钉工人[58]。

这次通信一年多之后，杰斐逊出面干预了铁钉作坊发生的另一件事，不过这次是为了确保犯错者受到严惩。17岁的制钉人凯里（Cary）抡起他这行专用的重锤，打破了伊丽莎白·海明斯的外孙布朗·科尔伯特（Brown Colbert）的头骨。神奇的是，科尔伯特受到攻击后居然还活着，但杰斐逊在华盛顿听说这场冲突后怒不可遏。他指示汤姆·伦道夫，"有必要惩罚他，以儆效尤"[59]。凯里必须从蒙蒂塞洛消失，刻不容缓。杰斐逊先是提议找个佐治亚州来的奴隶贩子卖掉他，如果不成的话，那就"可以把他卖到随便什么地方，只要远到我们再也不会听人提起他"。杰斐逊强调，要让留在蒙蒂塞洛的人觉得"就像死神把他带走了一样"，要让凯里再也不能伤及海明斯家的人，再也不能伤及杰斐逊的制钉生意。

不过，有意思的是，里利也鞭打过17岁的詹姆斯·海明斯，也就是萨莉的姐姐克丽塔·海明斯（Critta Hemings）的儿子，而杰斐逊并未因此解雇他。这个年轻人病了，为杰斐逊的房屋改建工程工作的白人木匠詹姆斯·奥尔德姆（James Oldham）一直在照看这个男孩，担心他会死。奥尔德姆后来向杰斐逊描述了里利的"野蛮无道"[60]。里利不相信詹姆斯病得不能去铁钉作坊干活，他把男孩从床上揪下来，鞭打得"他简直都不能举手护头"。病好之后，詹姆斯就逃走了。六个月以后，他在里士满被抓住，杰斐逊要他回来，却没能说服他，而杰斐逊也没再进一步去追逃。据说，即便丢了一个宝贵的奴隶，而且还是海明斯家的人，里利还是满怀信心地认为杰斐逊认可他的手段，于是要求工资加倍。这个要价太高，杰斐逊拒绝了，尽管不无遗憾。让里利走人时，杰斐逊不无懊恼地对汤姆·伦道夫叹道："我肯定再也找不到比他能更好地达到我的目的的人。"[61]

杰斐逊的"首要愿望"可能是仁慈地对待奴隶，但他的第二条政策却是压倒性的，这些奴隶得"竭尽全力挣钱，从而让我能一直给他们这种待遇"[62]。换句话说，如果他们合作，就能免于处罚；否则就要承担后果。他们可能会挨鞭子。或者，他们会脱离山坡顶上他的仁慈监管，下放到大田，落到只管盈利的威廉·佩奇或加布里埃尔·里利的手里。再不然的话，主人就会让他们从此消失得无影无踪。

杰斐逊对施用惩罚的态度模棱两可，他对奴隶生活中可说是最重要的一个方面——家庭生活——的态度，也同样并非一以贯之。当然，没有哪个邦联州承认奴隶的婚姻合法：奴隶是"财产"，而"财产"显然不能结婚。如果出售或者分派奴隶有利可图，主人们当然也不会损害自己的利益，去照顾奴隶的婚姻关系或亲子关系。但杰斐逊与许多南方奴隶主不同，至少他表示关心奴隶的婚姻和家庭纽带的完整。事实上，他鼓励自己家的奴隶在群体内部选择伴侣。他写信给白杨林庄的监工说，"当然，我最盼望的是庄园里的年轻人相互通婚，然后都留在家里"。然后他又加上了一句："他们这样比在外嫁娶值钱得多"[63]。他曾决定卖掉一些奴隶来冲抵从韦尔斯那里继承来的债务，就找了自己的兄弟伦道夫，希望他能帮忙在邻里为"黛娜和她的家人"找个买主，[64]因为黛娜的丈夫是伦道夫家的奴隶，这样就能让这两口子住得近一些。

还有杰斐逊愿意照顾奴隶婚姻关系的一些例子发生在离家不远的地方。当年杰斐逊从法国回来，发现萨莉的大姐玛丽·海明斯（Mary

Hemings）已经生了两个孩子，孩子的父亲是个白人，名叫托马斯·贝尔（Thomas Bell），是他在夏洛茨维尔的邻居。贝尔是镇上的商人，杰斐逊不在家的这段时间，他雇了玛丽。杰斐逊回来两年后，玛丽·海明斯请求杰斐逊把自己卖给贝尔。杰斐逊同意了，指示他的经纪人“依照玛丽的愿望将她转手给贝尔上校，连同她要带上的幼子”。[65] 当然，在这件事上，杰斐逊也考虑到要让他尊重的白人男性心满意足。不管怎样，他没少买进卖出已婚奴隶让他们家庭团圆，玛丽·海明斯只是其中一例，类似事例又如铁匠摩西·赫恩（Moses Hern）。赫恩的妻子和孩子是杰斐逊的外甥伦道夫·刘易斯（Randolph Lewis）的奴隶，住在六英里外，赫恩多次请求杰斐逊把她们买回来。直到路易斯要举家搬到肯塔基时，杰斐逊才同意，尽管他显然并不情愿。他批评道，“这些人轻率地外嫁外娶，只有我才会强烈希望尽量迁就，好让夫妻能在一起”[66]。在另一桩交易中，他“完全违背”了自己为种植园留住壮小伙的目标，同意出售布朗·科尔伯特（他想和妻子在一起而她的主人要搬去肯塔基），因为他“总是乐于善待这些人严肃建立的关系”——至少“在合情合理的时候”。不过，他也确实讨价还价来着，想凭科尔伯特的铁匠手艺把他卖 100 美元。[67]

尽管杰斐逊强烈希望为奴隶家庭提供便利，但是，如果于他有利，他也会拆散这些家庭。当年他提议让伊莎贝尔·赫恩护送小玛丽亚跨越大西洋时，并不考虑实际情况，那是一段不知要持续多久的危险旅行，伊莎贝尔不光有孕在身，还得抛下四个孩子和她的丈夫（杰斐逊信任的车夫达维）[68]。杰斐逊在他的总统任期内带着 15 岁的伊迪丝·赫恩（Edith Hern）去华盛顿学习法式烹饪，伊迪丝正是杰斐逊想让伊莎贝尔陪同玛丽亚去法国时她怀着的那个孩子，而此时约瑟夫·福赛特和伊迪丝·赫恩可能已经结婚了。他不以为然地将她和约瑟夫的相互许诺从婚姻降级为“以前的关系”[69]，也许是因为要把他们俩分开八年又不想良心不安。然而四年后杰斐逊回家度假，却没带伊迪丝一起回来，约瑟夫就从蒙蒂塞洛消失了。他出现在华盛顿总统府的院子里，也就是他妻子工作的地方。杰斐逊觉得“福赛特一辈子从没挨过打，想不通他为什么要跑掉”[70]，便让白宫的一个忠心耿耿的爱尔兰仆人把他抓回来。福赛特被关了一夜，第二天被押回蒙蒂塞洛，在那儿一直等到杰斐逊第二个总统任期结束才和妻子团聚。

杰斐逊也并不总是对母子纽带格外优待。[71]尽管他同意将玛丽·海明斯卖给托马斯·贝尔，还让她带上两个幼子，但是，这笔交易却不包括她另外两个稍微年长的孩子——12岁的约瑟夫·福赛特和9岁的蓓西·海明斯（Betsy Hemings），这两个孩子是她跟不同的男人所生[72]——他们俩仍属于杰斐逊。（此前，他已经把她另外两个孩子当作礼物送掉了。[73]）当杰斐逊一家庆祝玛丽亚和杰克·埃普斯的婚礼时，三个奴隶家庭被迫心碎地挥别四个孩子，这几个10到14岁之间的孩子是杰斐逊送给新婚夫妇的礼物，他们要搬到埃平顿去，与蒙蒂塞洛相距三天的路程。[74]

杰斐逊第三个活下来的女儿，即在1801年某个春日出生的哈丽特·海明斯，就出生在这样的世界里。在某种程度上，海明斯的大家庭说不上遭受过多少分离之痛，尽管玛丽亚的陪嫁包括了伊丽莎白·海明斯的两个外孙女：蓓西的母亲是伊丽莎白的女儿玛丽·海明斯·贝尔；美琳达·科尔伯特（Melinda Colbert）的母亲是萨莉的姐姐贝蒂·布朗（Betty Brown）。[75]不过萨莉的孩子从没被卖掉或送人，虽说他们长大以后有两个永远离开了蒙蒂塞洛，很可能再也没见过她。说来说去，萨莉的直系亲属相对安全，这本身就是在蒙蒂塞洛奴隶群里与众不同的一个重要标志，甚至放在海明斯大家族里也显得特殊。

但是，在杰斐逊的《农庄簿记》中我们却看到，萨莉家的区别待遇并不明显，萨莉和孩子们得到的供给份额和其他人一样，贝弗利还是个婴儿时，就在1799年第一次分得了羊毛布，他得到了一码半，比杰斐逊规定的份额多了半码。[76]1798年萨莉分到过毯子；1799年她得到了一张床和一双鞋。《农庄簿记》里还记着1808年又给她分了毯子，1809年给她的四个孩子也分了毯子。[77]1809年得到一张床的那个萨莉可能也是她，也许这标志着她从桑路园搬到了山坡上业已完工的主宅的南配房。1812年12月，按杰斐逊的规定，这家人各依年龄领取麻布配额：萨莉拿到了全份7码，四岁的埃斯顿分得2⅓码。[78]贝弗利在1811年分到了一顶帽子；到了1813年12月分衬衫、棉布和羊毛布的时候，15岁的他被单列出来，不再和母亲及弟妹们列在一起了。[79]杰斐逊记录萨莉的孩子们出生的日期是写在《农庄簿记》里的面包分发栏下的。这么看来，杰斐逊记录种植园常规运营时几乎没留下任何线索，哪怕最细心的读者也无从意识到，萨莉·海明斯和她的孩子们不同于蒙蒂塞洛其他姓海明斯的家庭。

不过，杰斐逊确实向他的监工明确指出了他的家奴有别于其他奴隶，而绝大多数家奴都是海明斯家的。在加布里埃尔·里利离开之后，1806年杰斐逊雇了埃德蒙特·培根当监工，接下来的16年里，他一直在蒙蒂塞洛。杰斐逊回华盛顿时，留给新任监工一份指令备忘录。他特别提到了自己最喜欢的奴隶，他们每人各有单独指导他们做技术活儿的督导。杰斐逊强调说，除了给他们分发供给以外，培根跟他们完全不相干。培根绝不能派约翰·海明斯去田里帮忙收割。培根也不用负责家奴的衣服，他们显然比大田奴工穿得好。杰斐逊吩咐说："伦道夫太太一向负责给家奴选择衣物，也就是说，给彼得·海明斯、伯韦尔、埃德文（Edwin）、克丽塔和萨莉选择衣物。"[80]他们分得的是爱尔兰亚麻布而不是粗麻布，还有亮光呢（一种表面很亮的软毛呢）、法兰绒（做保暖内衣），以及棉织袜子，不像大田奴工穿那种编得松松垮垮的袜子。培根负责监管把平纹色布（一种柔软亲肤的羊毛织品）分发给杰斐逊的家奴们——贝蒂·布朗、贝蒂·海明斯（Betty Hemings）、南希（Nance）和乌苏拉。培根记得，这些女人是“上了年纪的家仆，非常受优待”，杰斐逊外出期间她们都留在蒙蒂塞洛。至少对培根来说，出格的是，他“得到指示不要管她们”[81]。她们可能是本州绝无仅有的不受监工支使的女奴。

这也是小哈丽特的世界。这解释了为什么她能跟在母亲身边度过童年——这一观察似浅实深，很能说明问题。在杰斐逊回到蒙蒂塞洛常住时，哈丽特已经快八岁了。按照培根的说法，在杰斐逊出门期间，海明斯家的女人“几乎没事可做”[82]，除了准备迎接杰斐逊每年两次回家时给房子通风，再有就是按照杰斐逊一丝不苟的指点，在每年三月花两个星期制作苹果酒。（三十年后，培根还记得杰斐逊与众不同地“指示酿酒前要彻底洗净每一个苹果”。）如此说来，哈丽特最初的记忆是在一个充满爱意、相对稳定的亲族网络中长大，这里有她的姨妈、舅舅、表亲，她的母亲和兄弟们，在她六岁之前甚至还有外祖母。萨莉·海明斯没有主人和监工给她派活，也不用下田，她比绝大多数女奴更有时间照看自己的孩子和在蒙蒂塞洛的亲戚。萨莉的孩子在 14 岁之前都留在她身边，住在大宅里。而大多数奴隶家庭的父母都在远离孩子的地方干活儿，这两者大不一样。[83]

还有一个原因让哈丽特的童年非同一般，抚养她长大的是一个特别的女人，这个女人少女时的经历让蒙蒂塞洛的其他奴隶都相形见绌：她熬过了横跨大西洋的颠簸，曾在光辉灿烂的巴黎生活过。在哈丽特刚出生的那几年里，她的父亲以及玛莎和玛丽亚两个姐姐只是偶尔在蒙蒂塞洛小住，而詹姆斯·海明斯舅舅在她出生几个月后就不幸去世了。所以在山坡顶上陪伴她整个童年的只有她的母亲，她还记得年少时，母亲常讲当年的故事，培根也在边上听。他说，“她们独自跨过大洋，我常听她讲起这些”[84]。

萨莉·海明斯有很多故事可讲。她在人生之初就明白了身为奴隶意味着什么。1783 年她才十岁，就被分派陪着玛丽亚去了埃平顿；第二年又去了一次。她的母亲留在蒙蒂塞洛，与埃平顿相距很远，骑马赶路需要 27 个小时，坐马车则要 3 天。[85] 我们不知道伊丽莎白·韦尔斯·埃普斯待她的家奴好不好，但她一直有客来访，当然会让她们忙个不休。她热情好客的美名显然不会扩大范围惠及奴隶，即便是萨莉也没份儿，她们最后一次见面是在她同父异母的姐姐玛莎·韦尔斯·杰斐逊临终的床前。依照海明斯家的传统，玛莎给了九岁的萨莉一只铃铛，象征她们之间既是姐妹又是主奴的关系，当时伊丽莎白·埃普斯就在旁边。[86] 但等萨莉到了埃平顿时，埃普斯家很可能让她住到二楼上，睡在育婴室的开敞空间里。也许她就睡在玛丽亚床脚边的地铺上，随时应付玛丽亚梦醒夜哭。在那里，在可怕的 1784 年 10 月，她应该也帮伊丽莎白·埃普斯照看过得了百日咳的孩子们，也许那个拥挤的房间里每爆发一阵咳嗽，她都会担心自己的性命。当然，弗朗西斯和伊丽莎白·埃普斯选定萨莉·海明斯作为最佳人选，陪同他们的宝贝外甥女去法国，说明她在埃平顿长成了这对夫妇赞许的样子。萨莉·海明斯年方 14 岁就真正独自跨越了大西洋：没人给她找一位男性保护者，来抵挡粗鄙的骚扰和缺乏教养的水手的恶意。培根听她回忆过往时注意到，她敏锐地感知到自己的脆弱。事实上，养育哈丽特的这位母亲从幼年时起就不得不学会独立。

历史学家安妮特·戈登-里德评点道，萨莉·海明斯一到巴黎就“明白了另一种生活是可能的”[87]。在哥哥詹姆斯的教导和指点下，她见识了巴黎的风景和声音，与詹姆斯介绍给她的有色人种朋友交往。她学会了讲法语，见证了法国大革命的开始，充分了解了与蓄奴制相关的法国法律，并知道如果她愿意的话，可以留在法国做一个自由人。她也由欧洲最有名的医生接种了天花疫苗，在恢复期间有六个星期不住在杰斐逊的家里。她作为一位淑女的侍女混迹于巴黎的上层社会，可能会偶尔参加杰斐逊的两个女儿的学校活动，也肯定参加过玛莎在巴黎最后几个月时常出入的舞会。[88] 我们在前文看到，两位小姐的同窗好友甚至在信里加上对“萨莉小姐”的问候。萨莉·海明斯与其他奴隶不属于同一等级，即便在她与杰斐逊发生关系之前已然如此。萨莉·海明斯早年就学会了自立，她生活的世界比在蒙蒂塞洛更为宽广，在诸多奴隶中，她是一位具有非凡性格和经历的母亲。关于是否从法国返回美国的谈判中，她为自己商定了一种新的生活，获得了新的地位：不再侍候小姐——不管是玛莎还是玛丽亚，不受监工的管束，而且她的孩子们终将获得自由。

这家人在蒙蒂塞洛占据特殊地位的另一标志是萨莉·海明斯的孩子们取的名字。[89] 主人给奴隶起名再寻常不过，常用名字有宙斯、阿波罗、赫拉克勒斯等，都与其从属地位形成残酷反差。但萨莉的孩子们的名字都选自杰斐逊的家族和朋友，对杰斐逊来说很有意义。每个名字背后都有故事。哈丽特的名字来自一位可爱的伦道夫家人，即玛莎的丈夫汤姆的妹妹，她曾为躲开年轻的继母，在蒙蒂塞洛的壁炉边度过了宜人的时光。杰斐逊和萨莉·海明斯两次选用了这个名字，第一个名叫哈丽特的女婴在 1797 年两岁时夭折。威廉·贝弗利的名字可能取自杰斐逊的母族伦道夫家的一位亲戚，此人曾在 1746 年陪彼得·杰斐逊走过探险之旅，首次测量费尔法斯特勋爵（Lord Fairfax）在弗吉尼亚的领地最西端。詹姆斯·麦迪逊的名字是听从杰斐逊的世交多莉·麦迪逊的建议，用了杰斐逊的知交兼同志的名字；托马斯·埃斯顿这个名字，则来自伦道夫家一位招人喜爱的舅舅。在萨莉的女儿之前，杰斐逊的记录里没有其他人叫哈丽特。她几个儿子的名字在《农庄簿记》的奴隶名单中最显出众。再看玛莎·杰斐逊·伦道夫儿子的名字：詹姆斯·麦迪逊、本杰明·富兰克林、梅里韦瑟·刘易斯（Meriwether Lewis）、乔治·威思（George Wythe）。一位历史学家指出，海明斯家和伦道夫家所有男孩的命名模式都像是“自己没有白人儿子可取名的白人男性干的事”[90]。

然而在孩童时期，哈丽特可能不会意识到这种地位上的细微差别。伦道夫家的女孩们偶尔来蒙蒂塞洛做客时，她可能会和她们一起玩耍。

那家有两个女孩跟她差不多大：维珍妮娅是 1801 年 8 月出生的，比哈丽特小三个月，柯妮利娅则比她们大两岁。在 18、19 世纪，自由人和奴隶的孩子在很小的时候一起玩耍十分常见，直到孩子们开始意识到各自不同的生活处境。[91] 外人看见这三个孩子也分不清楚：柯妮利娅和维珍妮娅都像父亲，橄榄色的皮肤，黑头发。[92] 毕竟，伦道夫家族很自豪是宝嘉康蒂的后代。我们不知道萨莉·海明斯的头发颜色，艾萨克·格兰杰·杰斐逊只说她“长长的直发垂在后背”[93]。哈丽特可能跟兄弟们一样有红褐色头发，灰眼睛，这是杰斐逊家族的遗传。1858 年艾伦·伦道夫曾写道，萨莉·海明斯的四个孩子都和艾伦一样是“浅肤色”[94]。不管怎样，哈丽特都跟伦道夫家挺相称的。埃德蒙特·培根说过，她的皮肤“像别人一样白皙”，完全不会暴露出她不是伦道夫家的外甥女那样生而自由的白人女孩。[95]

但是，哈丽特·海明斯当然不是伦道夫家的人，因此不能享受她们的特权。在她儿时，她也不太可能收到杰斐逊的大方赏赐。她也不会收到杰斐逊慷慨赠给外孙女的那类礼物：一副马鞍和辔头，一块雅致的表，一把吉他或者好多丝绸裙子。[96] 但杰斐逊对她既不严厉也不冷淡。麦迪逊认为，他就是天性“不外露”，同时又“一律善待他周围的人”。但他补充道，“他不常对我们（萨莉的孩子）表现出偏心或父爱”[97]。因此，他不太可能像对玛莎的孩子那样，也给萨莉·海明斯的孩子送礼物。

杰斐逊也没有像当时的许多种植园主那样，与奴隶情妇公开同居，承认这种关系所生的孩子并供养他们。新奥尔良的单身父亲都很重视在孩子的受洗记录中表明自己的父亲身份。[98] 佛罗里达的上层白人男性拥有庞大的混血家庭，会让他们的孩子获得自由并接受教育，也会在遗嘱中分赠他们房子、土地甚至奴隶。[99] 在杰斐逊居住的州也有许多类似例子：主人把女奴给他生的孩子释放为自由民，让他们受教育，并在自己死后把地产留给他们。也有几个人一并释放了孩子的母亲，其中一人甚至要求把自己和孩子的母亲葬在一起。[100]

与这些弗吉尼亚同乡相比，杰斐逊对萨莉及其孩子的供养是吝啬的，而且总是低调不惹眼的。从巴黎回来之后，他安排萨莉和她姐姐克丽塔住进了石屋，这本是他在 18 世纪 70 年代建房时为雇来帮工的白人盖的。但他在 1793 年预备雇佣白人工匠来翻修房子，于是就指示汤姆 · 伦道夫把她们搬到桑路园为她们新建的房子里。萨莉 · 海明斯的房子是木屋，有木烟囱和“泥土地面”——这话是杰斐逊本人的描述。[101] 她在那里抚养他们的孩子，直到 1808 年南配房建成，她们搬进了那边的一个房间。从主楼连到南阁有一条舒适的户外步道，供杰斐逊一家和客人使用，南配房就藏在充当步道的露台底下，里面设有厨房、厨师的房间、奶制品储藏室、熏肉房和洗衣房，这些功能都是杰斐逊家顺畅运行所必需的，但与干这些活儿的奴工一样，都得藏在主人家看不见的地方。

一旦意识到天花会危及玛莎和玛丽亚的家庭，杰斐逊就分批给奴隶们接种了疫苗：1801 年接种了七八十人，为另外几十人接种则在 1802 年、1816 年至 1824 年以及 1826 年。[102] 第二拨接种的人里包括四岁的贝弗利；还有哈丽特，接种是在一个五月底的早晨，那时她可能刚满一岁。[103] 虽然打疫苗明显要比 18 世纪 90 年代的接种方法安全得多，但萨莉 · 海明斯的感觉很可能仍然类似于玛莎 · 伦道夫 1797 年时的心情，那年她送六岁的安妮和五岁的杰夫去里士满接种，“想到要让我的孩子暴露在这种疾病中……就让我万分痛苦。我不敢看他们，想到马上就要分开，而且可能永远分开，我的双眼充满了泪水。”[104] 又或许，萨莉想到她自己曾在巴黎成功接种，她可能在送走他们时坚信他们也会毫发无伤地回家来，而且永远免受可怕的天花威胁。无论怎样，在这件事上她没有选择余地。

不过，杰斐逊把哈丽特的教育完全托付给了她的母亲，19 世纪的大多数白人家庭都是如此。[105] 不论这些白人女孩上学是在家里，还是在 19

世纪 20 年代之后南方景色里到处点缀的众多女子学院，她们的教育目标都是一样的：培养她们长大持家，做个贤妻良母。“教学课程”和学生的自身情况一样五花八门。她们的家庭背景有富裕的奴隶主，有城里的手艺人，也有乡下的农民；而最基本的课程至少要包括读写、“算数”（基础数学）和针线活儿。在家里，母亲还会教女儿学会做布丁、扎紧鸡翅做烤鸡、侍弄菜园和饲养家禽。萨莉·海明斯当然没理由不让女儿学这些，她知道女儿长大以后就是自由人了。

我们不知道哈丽特是否学会了读写。不过，考虑到在桑路园和主楼里的教学，她极有可能至少学到了一些基本技能，日后足够她嫁给哪个体面的男人，甚至也许能嫁个白人。识文断字，这是值得尊重以及白人身份的一个关键标志；前奴隶以色列·杰斐逊（Israel Jefferson）认为它是“自由带来的顺理成章的果实”[106]。萨莉的哥哥罗伯特和詹姆斯·海明斯都识字。有一张 1796 年 2 月初由詹姆斯手写的清单，记录蒙蒂塞洛的厨房设备，一直保存到今天。同样保存至今的还有萨莉的弟弟约翰写的若干封书信，收信人是杰斐逊和他喜欢的伦道夫家的人，即玛莎最小的女儿塞普提米娅。研究桑路园的考古学家发掘出了一块用粉笔写着阅读课程的石板，[107] 因此可以说，哈丽特也许是跟着奴隶学会了读写。

又或许，哈丽特有可能和麦迪逊一样，是跟着伦道夫家的外甥女学会了读写。麦迪逊回忆说，他曾“诱导”伦道夫家的孩子们教他字母表以及更多内容。约瑟夫·福赛特的儿子彼得也记得类似的情况，“杰斐逊先生允许他的外孙教任何想学的奴隶，刘易斯·伦道夫最早教会我读书”[108]。我们还知道，哈丽特的弟弟埃斯顿也学会了读写。[109] 也许，维珍妮娅和柯妮利娅在自己学字母时也教会了哈丽特。也许，教哈丽特掌握读写的是比她年长五岁的艾伦，她很热衷于教育奴隶。1819 年，伯韦尔·科尔伯特的妻子克丽塔去世（注意别和萨莉的姐姐弄混了），艾伦问他能不能收养一个他的女儿。她一直在“很真心地哀叹我没从她那些大一点的孩子里定好一个。妈妈答应我可以从还没安排的孩子里任选一个”，艾伦当时想要“小玛莎”。即便她不太清楚伯韦尔的孩子里究竟谁是玛莎，她也希望没被别人要走，并向她母亲保证，“我极其热切地想尽我全力对她友好，也尽我所能来教育她”[110]。（艾伦的母亲留住了这个孩子。[111]）所以即便萨莉·海明斯自己不能教哈丽特读写，也有很多途径找到一些可以代劳的人。颇有意味的是，杰斐逊根本不关心这个女儿的教育，完全不同于他对玛莎和玛丽亚的做法。

萨莉·海明斯长于女红，她肯定教过女儿做针线活，这也是一位教养良好的女性要为结婚持家做的一项重要准备。杰斐逊曾向玛莎推荐过刺绣，认为这是女性打发时间的有效方式，他肯定是真心认可这类技能的。哈丽特在母亲的指导下，从简单的直针绗缝学起，进阶到给手帕、短裙和床单缲边，最后提升到给长裙、枕头、椅套和床罩绣花。萨莉倾囊而出教哈丽特的，是她在为杰斐逊打理衣服和房间时所用的全部技能，她在巴黎学到这些本领，后来又在蒙蒂塞洛继续磨炼。跟着老练的照管多种织品和衣物的母亲，哈丽特学会了清洗和保存那些她用玛莎·伦道夫给的高档面料做的衣服。有时候杰斐逊也会给她们一些布料。有两次圣诞节时，他从费城给萨莉、克丽塔和蓓西·海明斯寄来了特赠包裹。[112]

女性预备婚事的一个核心内容是学会烹饪，要么是新娘能亲自切分、腌制、风干火腿，要么她能指挥仆人或奴隶去做。在19世纪，不管女人的地位如何，都不能免于厨事之责。杰斐逊家族的女性既会指挥也会亲自动手。艾萨克·格兰杰·杰斐逊的儿时印象中，杰斐逊的妻子玛莎坐在厨房的高凳上，把做蛋糕的原料配方读给乌苏拉·格兰杰听；玛丽亚的父亲也曾不断地追问她有没有学会做布丁。[113]因此若说萨莉·海明斯没张罗让哈丽特多少学点厨艺，那真是匪夷所思。

哈丽特出生没几个月，她那位曾在法国受训的厨师舅舅詹姆斯终于离开了蒙蒂塞洛，去巴尔的摩的自由黑人区淘金了。他弟弟彼得接管了杰斐逊的厨房。杰斐逊当总统时，聘请了一个法国人奥诺雷·朱利安（Honoré Julien）来监管他在华盛顿的厨房，顺便培训奴隶伊迪丝·赫恩·福赛特和她嫂子法妮·吉列特·赫恩（Fanny Gillette Hern）学习法式烹饪。她们于1809年回到蒙蒂塞洛给退休后的杰斐逊做饭，无论是在总统府还是在蒙蒂塞洛，她们的烹饪技艺都为人称道。丹尼尔·韦伯斯特（Daniel Webster）1824年到访后评价说，伊迪丝·福赛特做的美食令人欣喜，“一半是弗吉尼亚风格，一半是法式风格”。[114] 她做的冰激凌“球”“裹在一层温热的酥层里”，这是杰斐逊在华盛顿的餐桌上的一个特殊亮点，可能在蒙蒂塞洛也曾亮过相。

伊迪丝·福赛特会早早开始一天的工作，以确保烤好面包和松饼，八九点时放上早餐桌。接下来便是一整天忙忙碌碌，要在下午四点的正餐之前做好准备。[115] 厨房的工作步调取决于杰斐逊餐桌上的客人数目，有时候一次竟会招待50人之多。[116] 根据杰斐逊的记录，从来没给哈丽特分派过厨房的活儿。但在异常繁忙的时候，副厨可能会教她干点活儿，打奶油、搅酱汁、揉面包、择菜，或者学着烤松饼，这是彼得·海明斯的绝招，也是杰斐逊的最爱。哈丽特能在设备精良的厨房里跟法式主厨学到很多东西，主人从总统位置上退休回到蒙蒂塞洛，伊迪丝和法妮也带回了精湛的法式厨艺。哈丽特应该比大多数美国女孩更会做美食，而且知道如何将其摆上餐桌。

从殖民时期起，家庭主妇也一直负责种植菜园，收获药草和蔬菜供应厨房，还要负责饲养家禽。哈丽特也有很多机会学到这些本领。蒙蒂塞洛的奴隶们显然在这两件事上都特别高产。她们不光养出了足够多的家禽用来补充主人配给的微薄食物，前文提过，她们也能卖给主宅大量食品，包括黄瓜、卷心菜、西瓜、土豆、草莓、鸡蛋和鸡肉。玛莎·伦道夫曾指派大女儿安妮负责现金交易并记账，以此作为她的一项婚前训练——学会持家[117]。

卖禽卖蛋给蒙蒂塞洛主人家的奴隶当中，渥姆勒·休斯卖得最多，三年之内他先后卖过45次。[118]他的骄人成绩有赖于他的妻儿们努力工作，照料、垒窝和饲养需要大家齐心协力，大人造鸡窝，孩子赶走偷鸡的动物。[119]渥姆勒·休斯是贝蒂·布朗的儿子，是比哈丽特年长20岁的表亲，他的妻子乌苏拉是乔治·格兰杰的孙女，在厨房工作。既是亲戚又都在蒙蒂塞洛地位优越，所以他们关系很好。很容易想象，缺少父爱的哈丽特跟在渥姆勒·休斯的后面捡鸡蛋，向他问东问西；小孩子见了鸡就喜欢，她会跟着鸡从鸡窝走向屠宰台，也许还哭哭啼啼以示抗议。这不单是奴隶的工作。玛丽亚去世前没几个月，杰斐逊还快乐地计划着在潘塔珀斯给她建一个鸡舍，首批住客是阿尔及利亚人送给他的“两对漂亮的鸡雏”[120]；他还告诉外孙女安妮，要从华盛顿送给她一对矮脚鸡来养。不过，哈丽特会直接从蒙蒂塞洛最成功的养鸡人那里学到19世纪这项持家核心技能。

哈丽特的表兄渥姆勒也是1807年到1809年这三个春季里另一项活动的中心人物，哈丽特可能同样对这项活动感兴趣。杰斐逊提前考虑到安排自己的退休生活，从1806年秋开始，几次派他的车夫达维·赫恩从华盛顿回蒙蒂塞洛，车上装满了树、球茎植物、带刺植物（做天然篱笆）以及树苗，开始用它们铺排花园，如今这个花园是蒙蒂塞洛美丽景色的中心与亮点。[121]安妮和杰斐逊一样热爱园艺，杰斐逊让她负责养护他的秘鲁草坪过冬，安妮和艾伦还要骑马从艾奇山庄到蒙蒂塞洛，巡视他的郁金香。装饰性的花园和植物学一样，也都被视为教养良好的女孩最适合的一项爱好。[122]

杰斐逊和两个年龄最大的外孙女安妮和艾伦频繁通信，从中可以明显看出，他们的兴奋随着季节的飞逝日渐高涨。1808年春，渥姆勒为杰斐逊的设计方案准备好了土床；第二年春天杰斐逊终于开始退出公共生活回到家，渥姆勒与杰斐逊、安妮一起完成了园艺计划。[123]多年之后艾伦回想往事，仍会为这段记忆微笑。她记得，由杰斐逊“亲眼”监督，渥姆勒种下了每一棵树苗，周围挤满“欢快的年轻脸庞”在“等不及地询问每一种植物的名称”。[124]

然而，在整个春季种植期间，哈丽特·海明斯一直无声无息。她也会好奇种了哪些球茎品种和其他植物吗？除非母亲安排她做事，这个小女孩相对自由，她有没有去给郁金香挖土坑，把球茎递给渥姆勒，或在艾伦和安妮从艾奇山庄赶来之前去查看萌发的春芽？在此过程中，渥姆勒·休斯有没有代替杰斐逊给她温暖和关怀？

想研究哈丽特的生活，就得探究这些幽微之处，提一些并不总能找到答案的问题。杰斐逊习惯吃过早饭就去检查他的花圃，在那些安静的早晨，她会跟着他吗？她和伦道夫家的女孩一样，喜欢鲜花盛开时五彩缤纷的色彩吗？[125]人的激情和偏好似乎可以是家族遗传的。是啊，用不着身上流着杰斐逊的血液，也会沉醉于西园那5500朵郁金香的美丽，这些郁金香种在椭圆形花坛里，环绕着波光粼粼的池塘，至今每到春天，游客们仍会赞叹这片盛景。不过，长大以后的麦迪逊和埃斯顿都明显继承了父亲对建筑和音乐的热爱；那么也许就有理由猜想，他们的姐姐哈丽特继承了杰斐逊对园艺的热爱。园艺是一种非常适合女孩的爱好，它可能也是她亲近相对疏远的父亲的方式，尤其是当他们一起低下漂亮的脑袋去闻芬芳的花朵时，一句赞许的话，一个微笑，偶尔会打破他的矜持。

至少这可能发生在哈丽特14岁之前。等她年满14岁，杰斐逊判定她的童年已经结束，就派她到他的纺织作坊干活去了。

第 9 章

启蒙之家

1809

哈丽特·海明斯每天去上工，都从南配房沿着山坡走下小路。小路从主宅通向桑路园，走到路的尽头，对面就是“织工小屋”，也就是杰斐逊的纺织工坊。哈丽特走到这里有没有停下脚步，抬头看看这条虽然短暂却将她和同父异母姐姐玛莎的日常分开的路？从山坡脚下，她能看见杰斐逊图书室外墙那优雅的红砖弧线。顺着图书室往上看是四个大烟囱中的一个，蒙蒂塞洛屋顶装着纺锤形围栏，四个大烟囱立在围栏后面。她也能看见主宅的东入口，四个大圆柱托着的山花遮着前廊。只需 24 步就能走上山去，却似隔着一个世界。

早饭之前，杰斐逊便在他称为“书阁”的办公室里开始了新的一天。日出之前，他已经起床，循例用冷水洗脚（他相信这可以祛病），穿戴齐整，坐在书桌前开始处理他的大量信件。八点，他与玛莎和她的子女一起吃早饭，然后回到书桌前，整个上午都在读书和写作。书阁如今的摆设一如杰斐逊当年使用时的样子：一座高大漂亮的座钟每小时都会鸣响，洒满工作空间的阳光从他左手边的南窗移到他面前朝西的窗口，他也能觉察到时间的流逝。他的书桌上有一台复写机，他写的每一封信都用它制作一份副本；有一个撑书的支架，让他可以同时打开五本书；有一个大大的墨水盒，还有他的眼镜。他的椅子上方装了两个灯烛座，以便在他晚上读书时照明；另有一个带软垫的长凳，让他可以在读书时把脚架起来。

紧邻书阁的是他的图书室，被设计成了两个互通的房间，沿墙摆满了书。图书室的平面布置便于穿行，杰斐逊可以在书架与书桌之间自如走动，反映了他喜欢思想交流与发展的理念。杰斐逊的书阁朝向设计得充分向阳，弗吉尼亚的阳光透过窗口倾泻进来，这样一个书阁对美国启蒙运动的巨子之一而言，既是其思想的象征，又是源泉。在明亮的办公室里，杰斐逊挥笔简要列出一天的工作。山坡下，在小路的尽头，他的女儿哈丽特推开他的纺织工坊大门，坐在纺织机前，把手放在纺轮上。

在入口大厅隔壁一间朝北的屋子里，玛莎·杰斐逊·伦道夫也开始了她的工作。这个房间长 14 英尺，宽 15 英尺，依不同用处划分成几个部分，本来就狭窄的空间因一个突出的壁炉更显狭小。一个窗口朝东，每天玛莎沐浴着朝阳在窗下给家奴分派当天的任务。另一个窗口朝向东入口，让她能看到走近前来的访客。一张小书桌塞在壁炉旁的一个小凹槽里，她坐在桌前就当真是转身不闻屋内余事，可以专注于自己的工作。她的针线桌可能是由约翰·海明斯亲手做的，搭配一把椅子一起放在窗前，那儿最亮。玛莎在这里监管父亲的家务，接待挤满门厅想见他的访客。这个拥挤不堪的房间与玛莎·杰斐逊·伦道夫熟知的巴黎的璀璨生活大相径庭，她也在这间屋里给孩子们上课。

无论玛莎在巴黎的少女时代显得多么遥远，它终归是根本性地塑造了她对女性教育的观念，进而影响了她教育女儿的计划。说到教育女儿，她的想法与父亲当年完全不同。历史学家们非常重视杰斐逊的教育理念，但是，关于女性教育的内容和意义，对他女儿影响最深的却是在巴黎的那几年，身边有全心求知的长幼女性为伴，负责督导的女院长本人就体现着女性的智慧、能力和能量。如今在蒙蒂塞洛，在她的指导下，她的几个女儿在成长的过程中会学习拉丁语、文学、历史和科学，她们从小在艾奇山庄就已经开始学这些课了。经年累月，她们学会了享受精神生活带来的快乐，抢着去杰斐逊的贝德福德隐居地白杨林庄，远离家务，专心学习，作为全美教养最好的年轻女性广受称颂。但是，当杰斐逊用他的人生余热创办一所大学作为自己的纪念碑时，却从没想过让聪明活泼的外孙女们坐进大学的课堂。事实上，杰斐逊改建蒙蒂塞洛的建筑设计已经给出了重大提示，暴露出他认为男性和女性应有各自不同的生活方式，据此我们很容易理解，为什么他从没设想过他的外孙女会读大学。

杰斐逊在法国的所见所闻给了他很大启发，回国之后，他据此启动了一项长达 20 年的改建工程，以再造蒙蒂塞洛。完工的大宅里，公共空间和私人空间被明确划分开来。北翼是公共空间，有餐厅和茶室，客人卧室就在旁边。几乎占据整个南翼的是杰斐逊的私人居处，充分利用了南向的暖阳。为确保私密性，通向他私人居处的三扇门都上了锁，许多客人都大表沮丧，说是如果能看到杰斐逊先生的藏书，他们的来访会愉快得多[1]。

然而蒙蒂塞洛的建筑设计中却看不出家庭生活的痕迹。考虑到杰斐逊希望两个女儿及其家庭即便不在这里跟着他长住，至少也要经常来访，这一点就尤为奇特。虽然杰克·埃普斯谢绝了杰斐逊让他住在蒙蒂塞洛的提议，自己在潘塔珀斯建了房子，伦道夫一家却觉得从艾奇山庄搬家到杰斐逊的大宅里挺好[2]。汤姆要帮助上了年纪的杰斐逊管理种植园里的诸多事务，以岳父家为据点当然更方便；玛莎可以替他管家、接待访客。到 1809 年，大部分改建已经完成，房子比以前不知舒适了多少，玛莎肯定对此特别满意。因为杰斐逊最终从华盛顿回家来，而那时她正期待着第九个孩子的降生。她的儿子梅里韦瑟·刘易斯（Meriwether Lewis）出生于 1810 年；接下来是 1814 年出生的塞普提米娅（因为她是第七个女儿才起了这么个名字[*]），最后一个孩子乔治·威思（George Wythe）出生

* Septima 是拉丁文中的“第七”，与 Septimia 仅差一个字母，塞普提米娅的名字相当于“老七”。——编者注

于1818年。

从东入口看去，大宅似乎不像它的实际规模11000平方英尺（大约相当于1022平方米）那么大，看起来只有一层楼，落地窗非常典雅。事实上，窗口的上沿已经升到了二楼，不过只到二楼的半腰处。因此，二楼那五间卧室是从地面高度采光的，而杰斐逊的书阁和图书室都有全长的南窗，才能享受充分的自然光。南翼和北翼各有一个极窄极陡的楼梯，从地下室通到三楼。[3]它们的位置与客房隔开，来客看不见楼梯，同样也看不出楼内家庭生活的蛛丝马迹。由于缺少自然采光，上下楼梯要用蜡烛来照亮，如果手上还拿着别的东西，就会愈发不便。有一次两岁的塞普提米娅被嫂子简（Jane）抱着下楼梯，结果从楼梯上摔了下去，蹭得遍体鳞伤。从那以后，每当有人说起这次事故，维珍妮娅就会对简说，“塞普提米娅净可怜她自己了，根本没想想你当时为了救她也弄得身上青一块紫一块的”[4]。

历史学家对这个家的研究之细不亚于研究它的建造者，他们想不通，这座房子明明在其他方面都非常舒适，为什么却会存在这样的建筑缺陷？[5]但是，如果我们借用某位建筑史学家的话，承认蒙蒂塞洛是那种“非常自我中心”的建筑，[6]这个谜就迎刃而解了：杰斐逊的日常活动从来不包括走这个楼梯，更别说同时还要抱着小孩，拿着床单被子、要洗的衣服、便桶或者举着灯烛。在他生活的楼下，家务的确万事尽在掌握。从德朗雅克府邸开始，他就体会到了私人公寓的舒心，当时这份精致在美国还无人知晓。尽管改建蒙蒂塞洛明显受到了欧洲建筑的启发，他却忽视了17世纪罗马的先例：那是一个非常男性化的城市，男女数量比为3:2。即便如此，女性居所仍是建筑平面设计中的重要部分，夫妻二人可能有一模一样的居处，或在同一楼层彼此对称的位置，或重叠在上下两层。如果婚房没有新娘所需的空间，新郎就会加以改造。[7]然而，尽管杰斐逊期望玛丽亚和杰克·埃普斯婚后和他同住，但他并没有为安置他们而修改蒙蒂塞洛的设计，更不用说为玛莎考虑她那日渐庞大的家庭[8]。

杰斐逊本人的居处对空间的设计和分配，是礼赞启蒙主义理性并将其付诸日常生活的范例。杰斐逊自居“光线与空气的伟大倡导者”[9]，但他留给家人住的那层楼光线和空气都很差：一个个昏暗不起眼的小房间，从楼外面甚至根本看不见。蒙蒂塞洛的整个建筑设计对空间、采光和功能的安排，每天都在无形中给人上一堂“女性的思想生活无足轻重”的课。尽管如此，玛莎·杰斐逊·伦道夫给女儿们安排的教育课程，还是遥遥领先于南北方各地的学校。一位来访者曾经评论说，尽管身处窄小的空间，尽管被不断地打扰和中断，但她的孩子们“似乎从不会离开她片刻，永远在她身边或坐在她腿上”[10]。她激发了六个女儿对阅读和学习的热爱，培养她们形成了思考的习惯，让她们比弗吉尼亚的绝大多数女孩子都出色。

玛莎在这方面成绩卓著、令人钦敬，乃至于1818年有位弗吉尼亚朋友向杰斐逊请教女性教育最佳方案时，他竟转问玛莎。杰斐逊承认，对这一课题他“从未系统地思考过”（我们知道他对自己女儿的教育只是偶尔用心）。然而他粗略给出自己的推荐：只读经过谨慎挑选的小说（因为他认为大多数小说都会导致“臃肿的想象和病态的判断力”）。出于同样的理由，只选择诗歌来提升“风度和品位”；再加上法语、舞蹈、绘画和音乐。这是一个无比老派的学习日程，本质上三十年间从未改变过。关于家庭财务管理，杰斐逊明白“我毋需赘言”，因为操持家政是美国母亲们的默认本领[11]。

不过，他在这封信里附上的书目是由玛莎和她的某个女儿（可能是艾伦）列出的，不是出自他本人之手，而这份书单显示了一种截然不同的态度。玛莎在彭特蒙受的教育和培养反映在这份更可观的教育计划中，它是为女性学者而设，甚至也适用于出身低微、比不上她家孩子的人：法国文学（要用法语读）、英国文学的所有名作，古代历史，欧洲、美国和弗吉尼亚的现代史，数学，地理，博物学，科学。这个书单里，最能证明法国教育对她的持久影响的，也许要数德·让利斯夫人的著作，她推荐了至少四本她的书！德·让利斯夫人的《阿黛尔与西奥多》(*Adele et Theodore*，1782）有多种语言译本，在欧美各国有大量读者，她深信教育的改造力量以及女性的理性思考能力。[12]和她那一代的男性启蒙人物一样，她坚信正确的教育会帮助学生找到自己的位置，成为有用处、负责任、受尊敬的社会一员。[13]让利斯夫人是未来法国国王路易-菲利普的老师，她坚信家庭教育对母亲和孩子都有裨益。一位学者指出，让利斯夫人认为教师的角色"给了母亲一种强有力的身份认同感，让她的生活更幸福、更有意义、更有满足感"[14]。简言之，对玛莎·杰斐逊·伦道夫来说，让利斯夫人的著作为她从巴黎到弗吉尼亚乡下的这一转变描绘了前景蓝图。

在某些方面，玛莎的阅读指南在很大程度上反映了她回国后接触的英美文化：莎士比亚的戏剧，约翰·弥尔顿的《失乐园》，约翰·德莱顿的《悲剧集》，亚历山大·蒲柏的《作品集》，还有从殖民时期就一直是品位和智慧典范的英国杂志《旁观者》(*The Spectator*)、《尚流》(*The Tatler*）和《卫报》(*The Guardian*)。女孩们对数学和科学只需有基本的理解，于是玛莎每门只提供了一个读本：尼古拉·派克（Nicolas Pike）的《代数学》(*Arithmetic*)，乔伊斯教士（Reverend J. Joyce）为青少年撰写的三卷本《科学的对话》(*Scientific Dialogues*)。她推荐的地理和历史书籍也都是英国人写的。不过，在博物学方面她倾向法国著名博物学家布丰伯爵（Comte de Buffon）的多卷本《自然史》(*Histoire Naturelle*)，尽管他声称新大陆上的动物要比旧大陆上的动物个头小而种类少，她父亲在18世纪80年代写的《弗吉尼亚州笔记》中对此进行了反驳。[15]

与此同时，玛莎在三十年前受到的法国文化的浸润也很明显。法国的戏剧、小说和历史，以及古典文学的法语改编版，构成了她心目中女性全面教育的重要部分。玛莎指定了莫里哀（Molière）、拉辛（Racine）和高乃依（Corneille）的著作，德·让利斯夫人的戏剧和小说，《吉尔·布拉斯》，西班牙小说《堂·吉诃德》的法文译本，以及让-弗朗索瓦·马蒙泰尔（Jean-François Marmontel）写的道德故事。她的学生还读现代法国史的著作：伏尔泰的《通史》以及《路易十四时代》，米约（Millot）的《法国历史》（*Histoire de France*）以及叙利公爵（Due de Sully）的《回忆录》（*Memoires*）。[16]

玛莎注重研读经典文学这一点意味深长，因为这个领域通常只让男孩涉足。玛莎推荐了吉本（Gibbon）的《罗马帝国衰亡史》以及米约的《古代史》（*Histoire Ancienne*），皆为多卷本，让她的学生把握古代史总体轮廓。从这里开始，她给她们引介大量的古代原著，让她们有机会作更深入的探讨。李维的著作是她在彭特蒙时最难啃的资料，显然她决定最好还是读英文本。西塞罗的《论责任》以及撒路斯提乌斯、塔西陀、苏维托尼乌斯和普鲁塔克的著作也都是英文本。有些学生不大可能去读拉丁语和希腊语的原文本，她推崇约翰·德莱顿（John Dryden）翻译的维吉尔《埃涅阿斯纪》以及亚历山大·蒲柏翻译的荷马史诗《伊利亚特》和《奥德赛》。不过说到塞涅卡的著作，她还是推荐读拉格朗日大主教（Abbé de La Grange）翻译的法文译本。

另外两本法语著作是受到经典作品启发的现代改编版：费讷隆（Fénelon）的《忒勒马科斯历险记》（*Les Aventures de Télémaque*）以及让-雅克·巴泰勒米（Jean-Jacques Barthélemy）的《青年阿纳卡·哈尔西斯的旅行》（*Voyages du Jeune Anacharsis*）。费讷隆的故事改编自《奥德赛》，主人公忒勒马科斯的寻父之旅变成了一次自我发现之旅。巴泰勒米的主人公从马其顿被送往希腊接受教育，一路记下旅途见闻，青年学生借此可以津津有味地学习古代世界地理。这两本书在法国都非常有名。玛莎知道，通过这些阅读，女孩们能够了解到献身公众的伟大领袖、暴君和自由探寻者，了解到何为道德生活。她的女儿们爱读这些。艾伦回忆说，从童年开始，“希腊、罗马诸英豪的品德和功业就让我心潮澎湃，热泪盈眶”[17]。

不过，玛莎给女儿们安排的课程不止于此，她们还学拉丁语。玛莎在彭特蒙上学的时候，经常对父亲抱怨读李维的书要披荆斩棘，但她读的是“古意大利语”版[18]而不是拉丁语版。尽管杰斐逊经常议论说，他得之于父亲的最大礼物是古典教育，远胜于“其他全部我能通过他的关怀和爱护得到的奢侈品”，但他却没想过要给女儿同样的礼物[19]。所以玛莎只学了法语和意大利语。但她的女儿不会再无缘学习这门通常专属男性的课程。玛莎是如何做成此事的仍是个谜。也许，她是靠艾伦的哥哥杰夫学会的，他学拉丁语的时候也顺便教她；也许，艾伦和哥哥坐在一起跟着父亲上课。最不可能但不能排除的另一种模式是：她自己努力教课。阿比盖尔·亚当斯曾对丈夫抱怨过，她不懂拉丁语，要指导纳比和约翰·昆西（John Quincy）实在太难，由此我们知道，也有坚定的女性试过这么做。[20]

彭特蒙的女院长缠着上司为她的学校要补给，玛莎·伦道夫也像她一样，缠着父亲提要求，想尽办法保证女儿能学拉丁语[21]。她对她们的培养开始得很早。安妮刚 11 岁就开始翻译查士丁的古代史。[22] 可是等女孩稍微长大几岁，她们就得分出时间，除了学习之外，还要学做家庭主妇，所以每次能获准去外公的休养地白杨林庄住上几个星期时，她们才会那么高兴。玛莎的女儿爱书超过一切，包括社交，因此她们也能在白杨林庄稍得喘息，避开女性要承担的待客工作，避开拥挤的访客和好奇的探究之眼，那么多人爬上山来只为看一眼退休的总统。艾伦很开心没人打断她“倾倒于大部头的历史著作，这在蒙蒂塞洛肯定读不成”[23]；她还能每天花七八个小时专心学拉丁语。她和外公一样珍视学习拉丁语的宝贵机会。当艾伦掌握拉丁语的程度够读维吉尔了，她发誓“我再也受不了翻译版了”。与她以前喜欢的德莱顿译本相比，原文有如“一杯年深月久、滋味浓郁的醇厚葡萄酒，译文则像把同样一杯酒倒入一夸脱湖水后的味道”[24]。但是杰斐逊每次只能带两个女孩同去，因为那个小房子里只有两间卧室。玛丽有一次因为被留在蒙蒂塞洛而灰心丧气，“我的宝贵时间本该用于宝贵的学习，全浪费了。”她梦想能有几个星期什么都不用做，只学拉丁语，但是，女性追求智识生活总是面临永无休止的阻碍，她不知道怎样才能“兼顾学习和管家”[25]。

玛莎给女儿安排的课程显然和她自己小时候的课程有重大差异，却很像杰斐逊多年来推荐给男孩的教程，都强调古典历史、拉丁语和法语。比如，杰斐逊曾在1785年给外甥彼得·卡尔写过一封信，信中详细阐述了他对彼得的教育规划，他考虑了很久，想得很细，该学的内容层层递进，而他会按部就班地逐年为彼得推进，这和他给自己女儿的待遇天差地别[26]。杰斐逊建议这个15岁的少年用拉丁语原文读古代史。两年以后，他寄给彼得一份书单，列出的经典著作全是玛莎后来推荐给自己女儿读的[27]。当杰斐逊的外孙长到合适的岁数，他也会确保拉丁语学习在他们的教育中是举足轻重的部分。[28]退休以后，杰斐逊请弗朗西斯·埃普斯来蒙蒂塞洛住，跟着“能讲完美法语的姨妈和表亲们”，他能完全沉浸在法语环境里。[29]

杰斐逊给外甥和外孙制定的教育计划当然要比给女孩的丰富得多。男孩多学了各种科学科目：植物学、化学、天文学、解剖学、农学，因为他相信，只有男性而非女性才会期待着毕生致力于“推动艺术发展，促进人类的健康、生存和生活的舒适感”[30]。出于同样的理由，男孩需要更深入地学习数学、历史、地理和政治。杰斐逊曾对玛莎的丈夫说，科学是种植园主的极佳预备课程，但是如果男孩长大后不能经营农场，不得不“从事其他职业”[31]，那其他课程就会有用。而在他看来，女性既不能对18世纪美国所谓的“户外事务”有所贡献，又不能就业，就没必要学得那么深入。回想一下女儿小时候，他写去的信曾经惹恼她们，因为她们得向他汇报自己在绘画和音乐上的进步！

事实上，从巴黎回来不到一年，杰斐逊可能就已经后悔给玛莎安排巴黎教育了，让她学到了远不止于装点门面的知识。在他提出带外甥杰克·埃普斯到费城深造时，他警告杰克的母亲，“出门时要叮嘱他，别把心交给他在那儿遇见的对象。我觉得一个只受过城市教育的姑娘是家里最没用的摆设。”[32] 他对玛莎女儿的教育并未明显多做干涉，除了偶尔就她们读过的书提提问题。[33] 玛莎的丈夫也不会鼓励女儿们学到非凡水平；汤姆反倒是认为，“优雅怡人地欣赏诗歌和美术，肯定比乏味细致的寻根究底更能成就（女性）这一曼妙的性别”[34]。如果照她家朋友伊丽莎·特里斯特的说法，艾伦“可能是美国受过最好的教育的女性之一，完美掌握了法语、意大利语和西班牙语”[35]，这肯定主要归功于她文雅的母亲给她的鼓励，而不是她父亲或外公的功劳。

玛莎为女儿设置的教程在她的时代是非常了不起的，甚至与北方的女性教育相比也毫不逊色，而北方的女性教育公认要比南方强得多[36]。19世纪20年代是关键的十年，北方的女子学院开始教授诸如拉丁语、自然哲学和植物学等课程[37]。在杰斐逊划给玛莎使用的15英尺见方的房间里，她的女儿早在十年前就开始学这些课了。玛莎的女儿学习时另一项核心作业是摘录笔记，玛莎上学时以及后来直到内战前的女子学院都采用这种固定做法。学生们从大量阅读中仔细摘抄一些段落，汇集成一座知识宝库，并且记住那些最能引起她们共鸣的睿智言词。

摘抄作业既是学术性的，也带着浓重的个人色彩。所以，后来艾伦从蒙蒂塞洛搬家到波士顿的途中丢失了所有珍贵的纪念品，她妹妹玛丽才会为此感到痛心疾首，丢的不光有约翰·海明斯为艾伦手工制作的写字桌，有家庭信件，还有“自己多年积攒的笔记和摘抄”。[38] 艾伦的这些努力（以及她对此一丝不苟的记录）让她自诩为“蓝袜子”*，即一位女性精英思想者[39]。但是，很少有人会选这样的女性做妻子。艾伦从亲身经历中发现，无论在南方还是北方，一位“被确认受过‘有用教育’的女性，真的比一神教民主派‘蓝袜子’更受欢迎”。[40]

伦道夫家的女儿对此可不能掉以轻心，她们的父亲债台日升，拿不出大笔嫁妆，吸引不到为财而来的女婿。汤姆的债务越堆越多，以前的银行贷款无力偿还，结果没人肯再借钱给他。直到19世纪20年代，他还在设法卖掉已经做大额抵押的瓦里纳的产业，却一直未能如愿；[41]他会隔一阵子卖个奴隶，用这些钱换取时间。1819年他进入弗吉尼亚议会，并被议会选为州长，连续担任了三个为期一年的任期。州长的薪酬让他手头略宽，但更搔到痒处的是，在州府的冬季社交场合里，州长的女儿们能遇到可嫁的人选。艾伦对在那里遇见的人无动于衷，看到“跟我打交道的人那么荒唐轻浮”，她担心自己的“思想会下降到……愚蠢的水平”[42]。晚会上的轻快闲聊，怎么能比得上她在家享受到的“理性的欢宴”？

艾伦的评论击中了她所处时代女子教育的核心问题。教育应该服务于何种目的，是实用性还是智识性？在美国革命后的若干年里，许多著名人物都想要回答这个问题，但并没有达成共识。1787年创办的费城青年女子学院教女孩们学的不再是装点门面的课程，如法语、绘画和音乐，而是簿记，以图教出懂财务、顶用的妻子。18世纪90年代，在马萨诸塞州，作家朱迪斯·萨金特·默里曾呼吁女子教育应致力于让她们自立，但即便是她也曾想要论证，受过教育的女性不会威胁到男性的养家地位[43]。缅因州的伊莱莎·索思盖特（Eliza Southgate）上过波士顿最好的女

---

* “蓝袜子”，Blue Stocking，指学识丰富、对文学及其他知识均有相当了解与兴趣的女性。源自18世纪中叶穿蓝袜的伦敦文学圈女性，当时社会女性一般穿黑色丝袜，而她们衣着潇洒，常穿蓝色绒线袜，喜欢参加一些文艺沙龙，故得名。——编者注

子学校，用她的话说，“装了满脑子东西，乱哄哄的，互无关联”，但茫然不知这些东西能拿来干嘛。[44]不过，教育者、父母以及大多数学生都同意，女孩的教育目标应该是服务家庭，而不是让她们得以自我实现和自我提升。

把握这一关键才能理解形形色色的教程的局限，甚至连艾伦·伦道夫学的那么高阶的课程也不例外。19世纪美国女子学校的课程安排中日益重视古典教育，但是教女孩和教男孩的目的不同。历史学家卡洛琳·温特尔（Caroline Winterer）解释道，“女生学古代历史尚可接受，但古典语言（尤其是古希腊语）却不行”；“钦慕西塞罗或者西庇阿的英雄主义尚可接受，想在现代国家政务中施行英雄主义却不行；阅读古代雄辩家的相关文献尚可接受，大声疾呼却不行”[45]。旧王朝时期，法国学校的女生研读经典时一方面在努力把握精髓，同时又得明白此间所学在实际运用中会受制约，而美国的女孩们也同样如此。她们可能会为了不起的英雄故事心潮澎湃，但永远别想在自己的生活中效仿英雄。

玛莎·杰斐逊·伦道夫努力用她的拉丁语天赋去大力拓宽女性学习的范围，但不管她给女儿们提供的教育有多么出色，她们在其他方面仍然受到性别的制约。这些限制很大程度上源于内战前美国的性别惯例，它们终将让年轻女性走上家务之途，不管是在艾伦将来会去亲身体验的波士顿还是在夏洛茨维尔。此外女性教育作家们也为这些惯例推波助澜，包括德·让利斯夫人，她的《教育书简》等著作是玛莎非常钦佩而且推荐的。让利斯夫人是虔诚的天主教徒，坚定地支持法国王室，她并不反对女性最适于在家做母亲的观念。在这一点上，她同意启蒙哲学家让-雅克·卢梭的观点，他的小说《爱弥儿》详尽地表述了他对女性教育的看法。然而，让利斯夫人与卢梭尚有不同，她认为女性的思想能力与男性是同等的，她坚持女性也能进行理性思考和判断。[46]对让利斯夫人来说，只要读书，哪怕读的是批评家们担心会激发狂野想象和激情的小说，对于自我提升也极有裨益。[47]

这一转变进程需要自律，让利斯夫人懂得这一点是因为她要备课，她教的是自家两个女儿及法国国王堂弟奥尔良公爵的四个孩子（包括未来的路易 - 菲利普国王）。让利斯夫人并不认同大革命前法国因等级而生的特权，深信自己和学生都需要通过努力争取特权。要给别人当老师，她就必须开发自己的头脑和才能；而她的学生也需要做事负责任才能在社会上挣到地位[48]。但她这种观点只向这些特权阶层的学生解释了他们已经明了的在等级社会中的人生，也就是他们为什么配得上自己与生俱来的地位。[49]因此，尽管让利斯夫人主张两性在智力上的平等，她却并没教玛莎·杰斐逊·伦道夫想到摧毁所谓的天然等级秩序，不论是关乎性别、阶级，还是种族的（在她的故乡美利坚合众国）。但让利斯夫人的确为玛莎树立了榜样，让她不论在巴黎还是弗吉尼亚都能找到人生的意义。理性的思考能力加上严格自律的学习，放在一个以智识和品格为本的精英社会里，就能让女性和男性一样占得一席之地。

通过教育来确证地位，并不完全等同于共和党人所说的母职责任，这个新生国度里关于女性作用的新观念，正在美国的私人书信和报章杂志中慢慢成型。美国人走出王室臣民的历史，以共和国公民的身份建立了一个新国家，在立国之初正重新定义公民身份的含意。追溯到古希腊的漫长历史（就是玛莎的女儿正在阅读的历史）强调，治理国家的任务只属于男性。在一个规定“一人一票”的体系中，美国各阶层的白人男性都坚定地自认平等。平等主义的言论既促进也反映了这些变化，随着选举权逐步扩大范围，各州接二连三地取消了对投票权的财产要求，不太富裕的白人男性终于可以走向投票箱。杰斐逊所属的政党引领了这一进程，尽管他们故意剥夺了自由黑人男性的投票权。虽然美国女性无权投票，她们还是接受了共和党人的语言和哲学，用来写作和教养未来的公民。[50]

但平等主义并不是让利斯夫人心中所想，相反，她的目的是以严格的自律来培育理性的头脑，从而维持等级秩序。在法国，她的学生们可以指望在宫廷生活和沙龙里一显身手；可是在新生的共和国，美国女性能在哪里展示学识和地位呢？支持联邦党人主张的女性倾向于 18 世纪 90 年代在费城的乔治·华盛顿和约翰·亚当斯的主张，围绕访客、相约漫步和沙龙等活动组织起上流生活，成为新生国度精英地位的显著标志，以此对抗杰斐逊那派共和党人日益增强的民主趋势。少数曾在巴黎亲历沙龙生活的女士甚至试着要在费城重兴沙龙。其中尤为引人瞩目的要数安妮·威灵·宾厄姆在第三街与云杉街街口处的宅邸举办的聚会，她邀请了费城的顶级时髦人物以及她丈夫的联邦党人朋友，希望能办成一个女性也能施加影响力的政治沙龙，一如她在法国看到的那样。南北各州支持联邦党人主张的女性都认为首都费城是一个完美的舞台，有地位的女性在这里可以作为政治社会的一员充分展示自己的才能。[51]

可惜沙龙由于受到两大冲击没能幸存：一是首都迁到了华盛顿；二是在 1800 年的大选中，杰斐逊领导的共和党人击败了联邦党人。有些女性与弗吉尼亚出身的几位总统关系不错，比如多莉·麦迪逊，又如向来崇拜杰斐逊的朋友玛格丽特·贝雅德·史密斯，她们直到 1824 年安德鲁·杰克逊担任总统之前一直都在社交活动中积极参政。举个例子，杰斐逊去世多年以后，玛莎走了史密斯太太的门路，给女婿谋得了一个牧师职位，又帮儿子在羽翼初丰的海军中任职。[52] 但是，在年轻的共和国，上层女性参政的尝试日益遭到质疑。到了 19 世纪 40 年代，全体白人男性都有了投票权，而且随着两党制的演化，如今都在党内核心会议上施展政治手段，女性仍被死死关在了门外。

事实上，费城作为首都时，玛莎·杰斐逊·伦道夫从来没去过；父亲当总统时她去华盛顿看他，也只是作为女儿尽孝尽责，并未以沙龙女主人的姿态招待宾客。在弗吉尼亚的家里，她遵照让利斯夫人的训导，在不收外人的山顶家塾里专心培养学生，教导她们要配得上与生俱来的精英地位。玛莎的生活几乎完全遵循着让利斯夫人亲身践行的程式，只是偶尔略有出入。让利斯夫人的女儿卡罗琳曾在1781年沉思道："真奇怪，在仍然年轻、漂亮、才华横溢的年纪，她会放弃社交生活及其所有乐趣，全力关心孩子及其教育……我不知道妈妈的生活是怎么支撑下来的，每天要上十节课，课后在书桌前一直工作到凌晨两三点钟。"[53]

玛莎显然也很自律，她每天的时间安排得井井有条，而且她向来勤奋，在所有旁观者那里都有口皆碑。为杰斐逊工作了二十年的监工评价说："伦道夫太太和她父亲一样……总是忙个不停。如果她没在读书写字，就是在做着其他什么事情……她的女儿慢慢长大，她也教她们和她一样勤奋"[54]。维珍妮娅快到22岁时，拼命想在蒙蒂塞洛找到一个可以专心学习不被打扰的地方，于是她把黄蜂出没的一间阁楼改造成自己的"童话宫殿"，布置了一对被废弃的椅子、一张丢了软垫的沙发，还有两张小桌子。[55]女儿塞普提米娅做功课很吃力，玛莎给她出主意时也承认，课程散乱不成系统"会让人觉得乏味，在这种情况下，读过的书也记不住"。但是，她根据自己的经验十分有把握地保证，良好的学习习惯"会逐渐形成，我亲爱的塞普提米娅，你的思想和个性的进步会是对起初的乏味最丰盛的回报"。玛莎坚信，经由自律的学习，"培养好习惯，改掉坏习惯，是每一个理性的人都有能力做到的"[56]。

让利斯夫人在孩子身上艰苦付出，子女们则报之以衷心挚爱。卡罗琳宣称，"跟妈妈聊一刻钟，比巴黎所有的晚会和娱乐强一千倍"[57]。此话也完全可能出自玛莎的孩子之口。维珍妮娅有一次强调说，"她是我们的太阳"[58]。艾伦不在家时担心母亲的健康，听玛莎说哥哥杰夫在细心照顾她，大为快慰，这正是艾伦所期待的，因为"他对你满腔依恋，你所有的孩子都这么依恋你，凌驾于其他一切感情之上"。艾伦完全同意外公回顾她家兄弟姐妹的"出色"时，将其归功于玛莎的"教育以及榜样的影响"[59]。

但是，不管她们的课程多么先进，她们的头脑多么聪明，她们的学习习惯多么雷打不动，抑或她们多么热衷于精神生活并彼此关爱，玛莎和她的女儿每天总是要面对这座房子传递出来的有力信息。建筑史学家帮助我们认识到建筑不是中性的，它们的设计是为了传达信息，不管是直指天空的教堂尖顶，还是迷住首度买房者的舒适平房。[60] 无论在英格兰还是在弗吉尼亚，贵族家宅都展现着主人的权力。在中世纪英国的城堡式府邸中，访客能一眼看出权力中心，明白自己与主人的关系：主人的座位踞于高台上，俯视众人。在杰斐逊的时代，过去那种表明秩序和等级的个人模式已经不再，却内化于房子的设计之中。在大型的古典乡间别墅里（比如牛津附近的布伦海姆宫，或者虚构的唐顿庄园），主人一家占据着中心区域；客人、仆人和服务设施的位置则离中心区越来越远。这些房子内部分区逐步细化，私密性逐步明显，其中居住的人和工作的人之间的等级地位一目了然。结果，房子本身的结构实际上表现了家庭关系，主人、家庭成员（男性和女性）、客人、仆人（在弗吉尼亚则是奴隶），他们彼此间的关联方式貌似无涉个人好恶且无可更改，但实际上是经过非常精心的盘算的。

去瞧瞧蒙蒂塞洛的建筑，就能一眼看穿这一点：主人起居的中心地带是全家的核心；舒适的客人区与主人起居区在同一层楼上，却隔开了一段距离；一架狭窄的楼梯通向楼上的小房间，他女儿及其全家人就住在这里；露台从房子中心向四外延伸，厨房和马厩塞在露台的下面。杰斐逊不必在家，就能让他的家人、访客和奴隶明白权力在哪里。在一个如此痴迷精神生活的家庭里，哪儿都没有一个专门用来阅读和写作的空间，而阅读和写作正是伦道夫诸女的生活核心。但现实却是，她们要阅读要回复的信件散放在各处，只能随时抓住空隙，在地下室或厨房的管家位置上飞快写上几句。[61] 她们从没想过去用外公那间设备齐全的办公室，即便他每天下午都出去骑几小时马，屋里空无一人。

如此说来，杰斐逊在设计自己家的大宅时，把妇孺轰到无人得见的楼上，把奴隶及其劳作藏进露台下面，这种安排绝非疏忽或失误，恰恰表明他处心积虑地要在他的住的山上强力施行理想的秩序。[62]对伦道夫家的几个女儿来说，这种空间安排严重阻碍了她们获取知识，因为正如一位建筑史学家所做的解释，“按性别划分的空间，令女性无法获得男性用以生成及再生权力和特权的知识。”于是，“通过控制空间就能控制知识和资源的获取，占据主导地位的群体就更有能力获取并强化其地位”[63]。杰斐逊的图书室总是锁着门，正是为了达到这一效果。

血缘和感情的纽带也没容许杰斐逊的女儿和外孙女逃离这一秩序，更不用说去挑战它了。她们反而开始屈从这一秩序。玛莎也许还记得自己婚后最初几个月对管家一无所知的窘迫，她不想让女儿重蹈覆辙，所以规定由女儿们每月轮流掌管持家的钥匙。钥匙当然是她们管家权的象征，因为家里值钱的东西都是锁起来的，免得被奴隶偷走。但是，伦道夫一家并不喜欢这种权威；相反，姑娘们都公开抱怨钥匙在实体上和心理上造成的重压：维珍妮娅终于能抽时间给艾伦写信是因为她刚刚交出了钥匙，“那是我的管家经历中最麻烦的一个月”[64]。玛丽抱怨说，自从她“带钥匙”[65]以来，就什么都没法做了。玛莎最有艺术天赋的女儿柯妮利娅哀叹道，在掌管钥匙期间，她的“书放着没人碰，落满了灰；画盒关上再也没打开；信件堆满书桌，还责怪我没回信”[66]。这个世界不会因她们的智力天赋而受益；相反，这些博学的女士必须学会管家这类划分给女性的琐务。

蒙蒂塞洛的空间边界维护着主人与家中女眷之间的不平等，但至少可以短暂地逃离。在依性别划分空间的世界里，热爱读书的伦道夫姑娘们找到的解决办法便是字面意义上的换地方。[67]这就解释了杰斐逊的外孙女艾伦为什么会在白杨林庄才能最真切地感知自我。白杨林庄是杰斐逊为自己建造的休闲胜地，好避开蒙蒂塞洛那一大群不请自来的访客，这里也成了他的几个外孙女最青睐的世外桃源[68]。除杰斐逊的卧室以外，整个房子设计精简，只有另外一间卧室、一个兼作餐室的中心大厅和一间阅读室（当然朝南以便采光取暖）。这不是一个想让客人来访的地方，也没什么人来。伦道夫诸小姐在这里管家充当女主人的时间要比在蒙蒂塞洛少很多，可以多花时间追求知识。这个房子的建造目的就是用于阅读、长谈、晚间在露台漫步，外公肯与她们分享，让她们爱极了他[69]。

她们最爱的是杰斐逊此时完全归她们所有。这是平时不可能指望的事情，即便他和她们都住在蒙蒂塞洛时也不行。她们的母亲曾对他抱怨过，那次杰斐逊从费城回家期间，她没能跟他"有幸亲近一会儿"[70]，此事过去九个月之后，她还悒悒不乐。但是到白杨林庄去休闲要走 93 英里颠簸的乡间小路，历时三天才到，从离开蒙蒂塞洛山上的那一刻起，杰斐逊就完全属于她们了。在路上，她们每次都住进同样的小旅馆。杰斐逊会在路边挑个地方停车吃午饭，"我们的冷餐总是由他亲手打开"，"他负责切肉，帮我们拿冷禽肉和火腿，把葡萄酒混好水用来配餐"，这些旅行的记忆都被维珍妮娅珍藏心底。[71]

他们的目的地是一栋乡村小屋，家具只有四个小书柜、三张餐桌和四只茶桌。女孩的房间里甚至都没有抽屉柜给她们放衣服，直到后来艾伦想办法说服杰斐逊让人在蒙蒂塞洛的木工坊做了一个，运到了白杨林庄[72]。我们可以查阅一张需付税物品列表（厨房和卧室用具不在其列），看看上面有名而这座房子里却告阙如的有哪些东西，就会更明显地看出它的家具陈设多么简朴。[73]杰斐逊没有任何属于第 30 类需要纳税的物品，这一类别包括肖像、绘画、版画、镜子、古钢琴、羽管键琴、管风琴和竖琴；没有属于第 31 类要交税的物品，这一类别包括抽屉写字台、翻盖式书桌和抽屉柜；也没有被列入第 32 类用于娱乐的精美物件：咖啡壶或茶壶、烛光大吊灯、玻璃醒酒瓶、水罐、碗、高脚酒杯。不过，在这里时，艾伦有些想念她的音乐，担心因为没有钢琴自己"会退步"[74]。

装点阅览室的四个小书柜塞满了12开的小书，也许是7英寸×5英寸大小的，即把一个印张的纸折成12页后的大小。当杰斐逊带着外孙女打包书籍预备去集中阅读一两个月时，小尺寸书籍更便于携带。柯妮利娅满心喜悦地盼着轮到她去白杨林庄，出发前的两个月“像两年一样长”[75]，但是等她查看了“要带上的一长排书”，她承认，“我开始想到根本来不及读完它们”。在蒙蒂塞洛和白杨林庄之间，总有口信飞来飞去让人捎来忘带的书。柯妮利娅写信要过一次“小本的英语词典……非常小的”给“老爹”（奴隶约翰·海明斯）；在另一封信里，她想要白杨林庄里的一本家务百科全书里的“关键词”（或称为索引）。[76]

1815年，杰斐逊把他的12开书籍卖给了国会，每本标价1美元（大约相当于今天的15美元），与他收集的精美对开本相去甚远，而对开本的尺寸至少是17英寸×20英寸。他有一套特奥多雷·德·布里（Theodore de Bry）《伟大航海与短途航海》（*Great and Small Voyages*）的雕版对开本，共三卷，仅此一项就值400英镑（几乎相当于今天的29000美元）。[77]对开本都故意做得很重，书籍的尺寸大小与主题的重要程度是对应的。相形之下，女性读物的典型印本是12开的：内容思想轻松，而且廉价、体积小，容易装进口袋，在整日繁忙的管家间歇如果有安宁一刻，就能掏出书来一读。[78]不过，在白杨林庄，杰斐逊的书和外孙女的书在实体外观上没有区别，这也许曾鼓励她们认为大家的研读是并驾齐驱的。

在白杨林庄的几个星期让艾伦心中充满怀恋和感激。多年后她详尽地描写了典型的“快乐而平静”的一天日程，他们会悠闲地共进早餐，然后分头开始上午的阅读——杰斐逊去洒满阳光的起居室，姑娘们回卧室。正餐在三点，“不管是哪顿饭，他都吃得慢悠悠。”她们边聊天边啜饮葡萄酒（艾伦观察到“他从来不超过三杯”），十分快乐。她记得那些闲谈“轻松、流畅，满是趣闻轶事”。很多时候，他会给她们讲他去世多年的妻子的故事。“他以深切温柔的爱恋珍藏着对她的回忆。他经常对我们引述她的话和看法，并会在他自己的建议前加上一句‘你外婆会告诉你’，要么是‘你外婆总是说’。”正餐之后又开始分头工作，然后是下午在露台上漫步。这一天余下的时间里，她们陪着他喝茶、阅读，偶尔停下来，把有意思的片段大声读给别人听。[79]

杰斐逊可能最喜欢艾伦，她几乎每次都陪外公去白杨林庄。她珍视在那里的日子，正是在那儿她开始自认为是“蓝袜子”。当然对艾伦无比重要的是，她们在那里时，杰斐逊关心“我们所做、所思考、所阅读的一切”[80]，而他也会与她交流自己正在读的东西。同样重要的是，此地遗世独立，偶尔才有寥寥几个访客上门。首次来白杨林庄三年后，艾伦在某次重访期间写下过一段文字，可以明显看出她认为这就是个学习的地方。她满心追忆地从一个房间走到另一个房间，陶醉地回想起在每一个房间里学习的情景，[81]然后计算出她在白杨林庄能用来读书的闲暇时间是在蒙蒂塞洛的四倍。[82]杰斐逊证实了她的学习习惯，他告诉玛莎，在白杨林庄，“艾伦和柯妮利娅是我见过最用功的学生，她们除了吃饭以外从不离开自己的房间”[83]。无论谁见到她们，都能清楚看出她们自律学习的结果。比如，马里兰有位工程师在1820年拜访了蒙蒂塞洛，一晚交谈之后非常惊叹玛莎和“她极为光彩照人、学识极为渊博的女儿们”，对她们来说，“用法语、西班牙语、意大利语或母语写作和谈天，似乎同样自如”[84]。

不过，宁静的乡村生活并不总能为如此教养优异的头脑提供足够刺激的社会环境。艾伦曾抱怨过，“说不定波拿巴会死，说不定教皇会改宗，可我们都被蒙在鼓里”[85]。也许正因如此，1824年春，有个新英格兰年轻人前来拜访杰斐逊，27岁的艾伦就对他动了心。小约瑟夫·柯立芝（Joseph Coolidge, Jr.）出身波士顿富商之家，七年前从哈佛大学毕业，刚刚完成了在欧洲大陆的游学（grand tour）。两个年轻人一见钟情，而柯立芝也令艾伦的母亲和外公十分满意，他在第二年春天询问能否再来拜访，他们回信告诉他艾伦拿不到什么嫁妆。柯立芝不介意，他再次来到蒙蒂塞洛，于 1825 年 5 月在杰斐逊的大厅里与艾伦结婚，带她回了波士顿的家。

尽管维珍妮娅也曾前往里士满物色对象，但她也是在蒙蒂塞洛的家里遇到了未来丈夫。尼古拉斯 · P. 特里斯特（Nicholas P. Trist）是杰斐逊的老朋友伊丽莎 · 豪泽 · 特里斯特的孙子，像柯立芝一样，他也是对杰斐逊慕名而来。他 18 岁时跟着杰斐逊学过一年法律，在此期间和 17 岁的维珍妮娅坠入了爱河。尽管玛莎渐渐像爱亲生儿子一样爱尼古拉斯，但她觉得这对恋人还是太年轻，尚不宜结婚，所以玛莎请他们再等一等。尼古拉斯离开并进了西点军校学习，然后去打理他在路易斯安那州的产业。但是，他的爱情历久弥坚，在六年之后的 1824 年，他重返蒙蒂塞洛求娶维珍妮娅。

伦道夫家其余几个女儿看到外公开始在夏洛茨维尔建一所大学，她们忽然有望接触更活跃的知识界，于是也怀着极大兴趣追踪其进展。本地有位年轻律师弗朗西斯 · 沃尔克 · 吉尔默（Francis Walker Gilmer）教养不错，很受杰斐逊欣赏，因此被选中派往欧洲，招募最聪明的人来他的大学任教。[86]这批学人开始陆续在热切的期待中到达弗吉尼亚，受到了热烈欢迎；新到的教授夫妇受邀去蒙蒂塞洛赴晚宴，杰斐逊的几个外孙女借机好好打量了他们一番。柯妮利娅写信给刚搬去波士顿的艾伦说，她们“越来越喜欢邓格利森博士，不管是他的为人还是他的医术”，[87]苏格兰人罗伯雷 · 邓格利森（Robley Dunglison）被请来教授解剖学和医学。他为杰斐逊的慢性病开出的治疗方案大有疗效，因此杰斐逊一家越来越亲近他。

玛丽觉得，自然哲学教授邦尼卡塞尔（Bonnycastle）的新夫人“并不是一位特别棒的邻居，但显然也完全不讨嫌”[88]。柯妮利娅大致同意这种评价，发现“等我们更了解所有这些教授和他们的太太以后，我们就更喜欢他们了”。唯一的例外是布莱特曼太太（Mrs. Blaettermann），她是雇来教授现代语言的德国教授的夫人，“从各方面看都是一个粗俗的泼妇”。柯妮利娅活灵活现地描写了这位不幸的布莱特曼太太在夏洛茨维尔的坏名声。她犀利地说：“如果说她没有偷东西，很可能是因为她还没机会偷。”此外，获得法律学教授讲席的戴德法官（Judge Dade）却特别招伦道夫家的几位年轻女士喜欢。柯妮利娅谈起这位 42 岁的杰出法官时说，“他说起自己时很坦率，你会认为是因为他有完美无瑕的诚实正直的个性……难得看见有个弗吉尼亚人教养这么好，对我来说，这是一个令人惬意的惊喜”，“我确实是有点儿爱上了他”。[89]

杰斐逊打算用他的大学培养南方各州的青年男子，使他们在公共服务、农业、商业或者制造业中有所作为。[90]杰斐逊倡导政教分离，因此有意避免让大学与宗教扯上任何关联，而此前宗教一直是美国高等院校的存在初衷。实际上，他想刻在自己墓碑上的三项成就中就有一条，是他草拟了弗吉尼亚州 1786 年通过的《宗教自由法案》。与此前大学的做法相反，他的大学将教学生养成理性、纪律和美德的习惯，为他们成年之后担当领导角色做好准备。但有些年轻人让杰斐逊大失所望。大学开学时大约有 100 人注册，开学后六个月内开除了三名大学生，因为他们连续两个晚上酒后闹事，扔瓶子砸窗户，咒骂欧洲来的教授，还用棍棒和石块攻击那些想要约束他们的教授。杰斐逊没有原谅这三个人，可他却原谅了另外 14 个学生，那群人在周末戴着面具纵情喧闹，结果在草地上引发了骚动[91]。

尽管伦道夫家排行靠后的几个男孩（刘易斯、本杰明和乔治）后来也会去上大学，但毫无疑问，他们那几个好学守矩的姐姐是不能上大学的，姑娘们热切传播聘任教授的情况不过是表征之一。她们对杰斐逊的大学兴趣浓厚，只要一去夏洛茨维尔就要去杰斐逊所谓的“大学村”参观图书馆，听公共讲座。有一次，玛丽去听帕特里克·亨利协会（Patrick Henry Society）的一名大学生会员发表演说，会后她爬到圆形大厅的回廊上去听回声，有“回音廊的效果”[92]。她告诉艾伦，她去过好几次大学图书馆，开馆时间内她可以像所有大学生一样坐下浏览藏书。她叹道，“可惜禁止将任何一本书带出大学区”[93]。玛丽没法把书带回家，无论她从管家事务中挤出多少零星时间，也没法继续读完整本书。

但和美国其他地方一样，大学教室是不许女性进入的。夏洛茨维尔欢迎拉法耶特侯爵来访的庆典突显了女性的边缘地位。拉法耶特曾大力帮助美国赢得独立，1824 年他的美国之行像一场凯旋。夏洛茨维尔不遗余力地欢迎他。一个有 500 人参加的盛大晚宴在圆形大厅举行。这个圆形大厅是杰斐逊仿照罗马万神殿设计的，迄今仍是弗吉尼亚大学的最核心所在。很多女宾也参加了晚宴，向这位已经上了年纪的法国爱国者致敬，然而，她们被安置在圆形大厅的一个侧翼，根本看不到庆祝活动的主要部分。

伦道夫姐妹也参加了盛大的宴会。此外她们更是在蒙蒂塞洛与这位显赫来宾愉快地共度了安宁的时刻，亲眼见证了两位老革命者情感激荡的重逢。[94] 在“十一月金色的一天”，玛莎和女儿站在门廊下杰斐逊的身旁，迎接拉法耶特到来，“他军容矫健，戴着漂亮的披肩，骏马腾跃，鞍鞯辔头在阳光下闪闪发光”。当杰斐逊拥抱他的老友时，“众人一片安静，能清楚地听见他们互道‘我亲爱的杰斐逊’‘我亲爱的拉法耶特’”。这一小群特别幸运的人接下来跟着男人们进屋参加私人晚宴，和大学里人挤人的晚宴庆典完全不同。玛莎的外甥女后来回忆说，“20 位绅士淑女坐下共进晚宴”，“杰斐逊先生坐在桌子一侧，另一侧坐着麦迪逊先生和拉法耶特将军。乔治·拉法耶特先生坐在桌首，两边是伦道夫小姐（艾伦）和她的母亲。像平时一样，男士的人数少于女士，桌子一侧几乎坐满了年轻漂亮的女士”。[95] 即便这个更亲密的场合也和在大学里一样，必须有女宾出席以示喜庆，但她们只是装点，不能真正参与。对杰斐逊来说，在他想展示给来宾看的秩序井然的世界里，她们成全了一幅女性之美和家庭和睦的画面。

杰斐逊被这些女性环绕着，他对她们挚爱有加，甚至鼓励她们读书，然而以现代人的眼光来看，他仍暴露出了自己革命的局限性：培养女性不应该是让她们为成长中的国家做出贡献，不应该是让她们准备成为公民；相反，她们应该被教成怡人的、理性的伴侣和陪聊的人。他完全信任玛莎有能力在家塾里私下教好几个女儿，访客的钦敬和赞扬证实他的信任是对的。但是，无论玛莎·杰斐逊·伦道夫本人多好，她的学问多大，她在自己和女儿身上培养出的整体素养有多出色，她还是被边缘化了，她的出类拔萃被困在那间 15 英尺见方的起居室里——这是她父亲的设计。

第 10 章

远走高飞

1815

崇敬和爱，这最强有力的纽带把玛莎羁绊在杰斐逊身边，让她忠心耿耿地守在那间窄小的家塾教室里。玛莎乐于陪伴家人，她不会选择其他的路。然而，当哈丽特·海明斯走出大宅南配房里的家，走下山坡去桑路园的纺织工坊时，她宁可有另外的选择。她打开门，开始了又一天的工作。至少，在弗吉尼亚炎热的上午，砖地石墙能给她带来一丝凉爽；到了冬天，坚固的外墙挡住肆虐的狂风，石砌的火炉散发出温暖。这座小石屋只有一层，建于 18 世纪 70 年代末，是杰斐逊建大宅时为雇来的白人工匠盖的住所。[1]这座建筑长 34 英尺、宽 17 英尺，比他后来为奴隶建的小木屋尺寸大很多。大门居中，两侧开有窗户。今天，参观蒙蒂塞洛的人见到的二楼和五角斜屋顶都是在哈丽特离开后才加建的。

最初一批工匠离开之后，石屋里还住过别的人。哈丽特的母亲刚从法国回来时住过，随后是天才木匠詹姆斯·丁斯莫尔，是他发掘出哈丽特的舅舅约翰这个机灵的学徒。但是再往后，1814 年杰斐逊决定把他的纺织工坊搬到山上，这座房子就从宿舍改为工厂了。[2]此时石屋里没住工人，而是有三台多轴纺纱机，一台用来分拣清理碎棉粗纤维的梳棉机，还有一台织布机。哈丽特关上身后的门，环顾一起干活的伙伴，她提醒自己，她的生活不会永远如此。姐姐玛莎也许是因为爱父亲，也许是因为父亲对她全家格外关照，所以可以日复一日地耐心忍受，但哈丽特要选择一条不同的路。

哈丽特从几时开始在纺织工坊干活尚不清楚。1815 年她年满 14 岁，杰斐逊才在他的《农场簿记》中将她登记为劳动力，不过，他任总统期间常不在家，对她的记录从她出生之日起就不连贯。有可能她十岁就已经开始上工了，是杰斐逊在 1811 年记录的无名“纺线女孩”之一。[3] 不过更有可能的是，杰斐逊对哈丽特的记录与她弟弟麦迪逊·海明斯的记忆一样，他记得自己直到 14 岁才被送去跟着舅舅约翰·海明斯学木匠。[4] 托马斯·杰斐逊拥有的童奴到这个年龄才开始上工已经算特别晚的了。杰斐逊认为，就连十岁以下的孩子都能派上用场，可以帮着老到不能再下地干活的老妇人照看小孩子，当然这就能让孩子的母亲腾出手来为他劳作。杰斐逊下令，在 10 到 16 岁之间，“男孩打钉子，女孩纺线”，年满 16岁后，他们“下地干活儿或者学着做买卖”[5]。杰斐逊这么安排下来，既将最年幼的奴隶劳动力的回报最大化，又能筛选创建一支高效的劳动力队伍。不过，在哈丽特成为纺纱工之前，她可能跟母亲一起留在了杰斐逊的家里，也许像麦迪逊儿时那样当个小跑腿，或是照顾伦道夫家的小婴儿。在哈丽特十岁之前，玛莎生了好几个孩子。不管她的童年是如何度过的，有一点可以肯定：她的生活绝不符合杰斐逊给其他劳工制定的标准。[6]

杰斐逊给自己的这几个儿子做了各种不同的安排。萨莉的长子贝弗利刚 11 岁就已经在给商人当学徒，可能和萨莉的弟弟约翰同在细木工行业。[7] 贝弗利、麦迪逊和埃斯顿在孩提时代都曾陪过约翰·海明斯去白杨林庄工作，杰斐逊说他们是他的“帮手”[8]。在那里，海明斯为杰斐逊的度假屋做室内的木工活儿，萨莉的儿子跟着讨人喜欢、禀赋天成的舅舅打下手，学到了远超桑路园生活实际要求的木匠技艺。[9] 在相对与世隔绝的白杨林庄，他们也可能与父亲共度了一段时光。[10] 建筑一直都是杰斐逊的激情所在，他称蒙蒂塞洛是他的“建筑学篇章”[11]，而在退休后的闲暇时间里，建筑成了他的主业之一。杰斐逊在蒙蒂塞洛组建他所谓的农业“机器”，十多年后，麦迪逊·海明斯才出生。他回忆说，杰斐逊“对农业活动没什么兴趣或心思”[12]。（他是对的，杰斐逊逐渐把越来越多这方面的责任转托给外孙杰夫。）取而代之的是，“他好像最愿意去指导技工，对他们的操作最感兴趣。在他晚年，几乎每天都能看到他在他们中间”[13]。显然这种日常接触从未转化成亲密的父子关系，我们还记得麦迪逊说过，杰斐逊从未偏袒过他们。然而木工技艺确实为他们提供了一个共同基础，以共同的兴趣、技能以及创造美器的激情把他们聚在一起。

学做木工为萨莉·海明斯的儿子成为自由人后的生计做好了准备。但这显然不适合 19 世纪的女孩，于是杰斐逊不得不给女儿另找出路。他断定哈丽特的最佳去处是在他的纺织工坊里做纺纱工，理由十分充足。在杰斐逊年轻时，他的母亲和姐妹们都有纺车。他的妹妹玛莎（嫁给了他最好的朋友达布尼·卡尔）在 16 岁时得到了一架纺车。也许，杰斐逊认为纺线更像一项温雅的业余爱好和本领，而不是关乎家庭经济的生产技能。如果是这样的话，他可能是想教会女儿未来获得自由后做个家庭主妇。

不过，他的理由也许比这实际，尤其是考虑到从他母亲到他女儿这几代人之间，世界已经大大改变。尽管在 18 世纪初美国大多数人的日常衣物都是自己做的，但他们极度依赖从英国进口的棉布和高档纺织品。不过，随着 18 世纪 60 和 70 年代涌现出的殖民地抵抗运动，妇女们开始通过生产布匹来表现自己的爱国热忱，表明她们无需依赖英国的市场。乔治·华盛顿宣誓就任美国总统时，他穿的是家织布做的衣服，象征着美国人的骄傲。但是，直到 1793 年轧棉机的发明让工厂主不再依赖英国原料之后，美国的纺织品制造业才真正腾飞。在 1812 年杰斐逊创办自己的纺织工坊之前，他发给奴隶的衣服大多数是买来的，而不是自家做的。

接下来十年，小纺织厂如雨后春笋般在全国出现，部分原因是 1807 年杰斐逊当总统时发布的贸易禁令，他的目的是要阻止英国人强制征召美国水手，据他统计有6000到7000人之多[14]。经济制裁对英国人并无实效，所以后来就解除了，但它终归是刺激美国城乡扩大了布匹生产规模。1812年美英再战时，美国总统是杰斐逊的好朋友詹姆斯·麦迪逊，杰斐逊向总统汇报说，四处邻里都是生产布匹和衣服的家庭工厂。他很自豪自家供给奴隶的粗布衣料对进口的依赖已经减少到不足总需求的20%。[15]玛莎的大女儿安妮1808年在艾奇山庄向他报告，“贸易禁运让每个人都在家动手纺织”，“十月至今，妈妈织成了157码（1码合91.4厘米），你会看到，所有孩子都穿着这种料子”。[16]到战争结束时，杰斐逊夸口说，他生产的绒毛呢堪与英国最好的产品一较高下。他有十足把握，恢复和平后这些东西已经无须再进口。[17]

杰斐逊知道，工业化的东北地区在此次制造热潮中遥遥领先，甚至在1812年第二次美英之战爆发前就已是如此。当年他要禁运英国商品时权衡过自己的国家是否已经做好了准备，并曾探讨过在费城开设家庭作坊的模式。[18]他特别欣赏这种模式，孩子们可以在家劳动，父母既能监管他们，又能保证他们的健康和运动。尽管杰斐逊想的是乡下人家而不是城里的安排，但这一计划极有可能也是杰斐逊设想的哈丽特的未来。他女儿的家庭就是一个榜样，鲜活地勾勒出贸易禁运时期一个辛勤工作的家庭。[19]说不定他自得于履行了对哈丽特的责任，把她培养得将来能给工人阶级家庭当个家庭主妇，在家庭的庇护下忙碌地纺线，还能把这项技能传授给她的孩子。

这就是为什么杰斐逊让他的奴隶女儿去学多轴纺纱机这一新技术，而没去学老式的纺车。然而私人家里常见纺车，却很少见得到纺纱机，其中一个原因是它太大了。杰斐逊告诉监工，白杨林庄要建一个织布厂，他下令一定要保证门宽4.5英尺以上，这样机器才进得去。[20]另一方面，多轴纺纱机是开启工业革命的机器之一。过去每个纺线工一次生产一锭纱线，而供应一个织工需要三个纺线工。詹姆斯·哈格里夫斯（James

Hargreaves）发明珍妮机的天才之处在于，他找到办法让一个工人一次能纺 8 到 120 锭棉线。这种大规模的产出在工厂里成效最高，而只有那些拥有足够资本的人才能开办工厂。

杰斐逊有劳动力，也有渠道雇到专家来装配机器、培训工人，还有大房子可以容得下劳动空间，他开始考虑自己建厂。1812 年 6 月，他估算自己需要“每年 2000 码麻布、棉布和羊毛布料，就能满足我家的穿衣需求”，这里他指的是供应他的奴工的布料。“买这台机器只花 150 美元，由两个女人加两个女孩来操作，绰绰有余”，能供他的 130 个奴隶穿衣所用，他认为这是一个合理的启动成本。[21] 杰斐逊和女婿汤姆 · 伦道夫联手，于 1812 年夏在艾奇山庄建了工厂。[22] 到了 1814 年，杰斐逊在蒙蒂塞洛安装了一台 40 锭、三台 24 锭的珍妮纺纱机，总数达到 112 锭。他也试过其他几个机型，每个发明者都急切地担保自家产品效率很高。[23] 最后，他还是决定采用 1770 年获得专利的“老珍妮”机型，[24] 因为它设计简洁，便于工人自主仿造和修理。到 1814 年 3 月，他就已经可以解雇以前请来的那个在工厂里帮他培训奴隶、修理和操作纺纱机的人了。[25]

最棒的是，就连小孩子也能学会操作纺纱机。1813 年，杰斐逊从白杨林庄调来年仅 15 岁的奴隶玛丽亚接受培训。杰斐逊对她的监工说，她的师傅是“一个比她年纪还小的女孩”。这是一条很有意思的参考资料：如果哈丽特真是从 1811 年就开始纺纱，那她很可能当上玛丽亚的师傅。杰斐逊记录了玛丽亚的成绩：在老师的指导下，她只用了几天就“成为首席纺纱工”。他详细统计了玛丽亚的产出，发现“她操作一台 12 锭机器，每锭每天能纺成 1.5 盎司”，每锭产出大约 75 码羊毛纱。他希望在春夏季白天时间长时她能做到每天 2 盎司，他评价说，这是“一个合理的任务”。说到另一个也从白杨林庄来的、与玛丽亚同龄的奴隶萨莉，他却觉得“没救了，她好像不想学也学不会”。像警告制钉工人一样，杰斐逊也警告了她：“如果再不改进，她必须停止纺线，跟监工到外面去干活儿。”萨莉知道，这种说法意味着她将只得离开杰斐逊比较温和的监管，下地劳动去。[26]

哈丽特在纺织厂里工作也并不是完全不开心。她的工友都是年轻人（12个人当中，至少有9个人的年龄在10到17岁之间，其中4个是男孩），而且厂里似乎也没有特别严格的监工。[27]36岁的克丽塔·赫恩是厂里的老人，尽管她一直是家务奴隶，但1815年时她已经在纺纱，顺带管束那些半大的男孩。其中两个男孩是她的儿子，另一个是以色列·吉利特·杰斐逊（Israel Gillette Jefferson），后来当上了杰斐逊的左马驭手，随在主人近身工作，说明他的地位优越。男孩们梳理、拆解、清理原棉和羊毛纤维，打理好以备纺纱。阿格妮丝·吉利特（Agnes Gillette）17岁，南妮·格兰杰（Nanny Granger）和伊莎贝尔都是15岁，她们纺的是大麻纤维，拿去与棉纱混纺成给奴隶的孩子做衣服的布料[28]。19岁的朵丽和35岁的玛丽·赫恩每人每天织四码布料。十岁的伊莱莎负责从纺纱机上取下纱锭，搬到织布机上去。[29]

监管工坊生产的职责显然落在玛莎·杰斐逊·伦道夫的身上，她到场看着“产品称重……部分是她亲自动手做的”[30]。早在1815年，杰斐逊的工坊就达到了他要求的“每年2000码”的产出水平，甚至还有富余，培根“能成车地卖给商贩”[31]。然而，即使玛莎尝试过严格要求织工遵守秩序，也从未成功做到过。杰斐逊去世50年后，旧日的一名纺纱工嗤嗤笑道：“我们那么坏，那么麻烦，我不知道女主人（伦道夫太太）是怎么做到对我们那么耐心的。”[32]如果不许传故事、讲笑话、扯八卦、疯笑，禁止了伦道夫太太觉得“麻烦”的种种行为，纺纱工和织工干起活儿来就会很没意思。纺织厂是种植园中少见的女性居多的地方，所受约束只有玛莎·伦道夫的短暂巡视以及克丽塔·赫恩负责任的目光，所以，女工们讲故事聊天会让关系更亲密[33]。工厂员工当中掺了四个半大男孩只会增加这种热闹，尤其是由于轮子呼呼旋转，机器咔哒作响，他们只好大喊大叫才能让人听得清。[34]所以说，哈丽特上班时并不是在鞭子的严格管束下，相反，她和其他年轻人的工作环境多少算是放松的，不过仍然十分高产。[35]

当然，与种植园中大多数奴隶劳动相比，在纺织工坊干活没那么艰苦繁重，而哈丽特的工作还要更容易。只有她一个人纺的是羊毛纱，比亚麻或大麻好弄得多。在所有纤维中羊毛最容易纺成纱，她手上的羊毛富含天然羊毛脂，摸着更柔软，而亚麻和大麻则是硬硬的，过手时会磨痛拇指，而且需要不断润湿以保持不断线[36]。既然杰斐逊把羊毛分给会纺线编织的奴隶去做羊毛袜子，那么哈丽特就是在用自己的技术为家庭利益而工作。埃德蒙特·培根回忆说，哈丽特“从没做过什么苦活儿”[37]。当然，监工与奴隶的看法是不一样的，因此我们不清楚他到底是指什么：是她没有其他人做得多，还是他认为纺线比下田干活要轻松许多？

尽管没有证据表明哈丽特也像贝弗利一样，曾经一整个星期不出工，培根的说法却表明，哈丽特并没把去工坊上班看得非常严肃。[38]但杰斐逊却是郑重其事的。萨莉·海明斯的女儿永远也比不上他的外孙女，没人教她学羽管键琴、吉他或者拉丁文。作为上层白人女性，伦道夫家的女孩子参与智识活动、学会女性专长，这些都至关重要，哈丽特·海明斯的成长教育却不会包括这一部分，正如纺线也不会是伦道夫家的女儿要学的。即使在艾伦才 11 岁时，外公要她织一件背心的提议也被她嘲笑了。她轻松活泼地告诉他，“我现在甚至连个蜡烛芯也不会织”，显然她并不打算学会怎么做。[39]但是，对奴隶的孩子哈丽特·海明斯来说，勤奋意味着纺线而不是写字。事实上，长久以来杰斐逊一直认为纺织是黑人女性而非白人女性的事，他在担任总统初期就设想过“男耕女织”的图景：“让印第安男人定居下来耕作土地，他们的女人为全家纺线织布”[40]。当然，这一任务也十分适合女奴来做，他把她们派到自家的纺织工坊里是很顺手的。哈丽特年满 14 岁时，杰斐逊认为这份工作符合她的人生定位，无论是在蒙蒂塞洛的山坡顶上，还是作为自由人在其他任何地方。

当然，在美国南方，教育的一个关键部分便是让人明白自己在这个世界上是自由人或是奴隶的身份，并学会与该身份相应的举止规范。对特别小的孩子来说，这一点还没那么明显。曾做过奴隶的彼得·福赛特回忆起自己在蒙蒂塞洛的童年时指出，“(杰斐逊的）家仆的一个特殊之处是，我们全都是亲戚，实际上我们不需要知道自己是奴隶。童年的时候，不光是带大我的方式不同，我穿的衣服也和种植园里其他男孩不同。我的祖母是自由人，我还记得她给我的第一套衣服，用蓝色土布做的，还有红色的摩洛哥毡帽和红色的摩洛哥鞋子”[41]。玛丽·海明斯·贝尔在托马斯·贝尔去世后获得了自由，她很高兴能给孙子穿上彩色的衣服，让他不用跟其他奴隶一样穿暗淡的米黄色粗布衣服；他甚至不会去想自己也是一个“种植园男孩”。但是，杰斐逊去世之后，他才发现身为奴隶意味着什么。他痛苦地回忆起就在他 11 岁生日刚过的那一天，他“被放到拍卖台上，卖给了陌生人”。他获得自由之后才跟家人再次团聚，那几乎是在 25 年后了。

哈丽特恰好也是在差不多同样的年纪，离 11 岁生日还差几个星期时，了解到了奴隶身份的部分含义。在杰斐逊的命令下，蒙蒂塞洛的全体奴隶都不得不去见证主人的绝对权威，围观詹姆·哈伯特（Jame Hubbard）遭受鞭刑。[42] 从白杨林庄调过来之后，哈伯特就成了制钉厂里最能干的工人。他干其他活儿的时候也非常努力，热切希望挣到杰斐逊付给奴隶的超额奖金。但是，在哈伯特第二次试图逃跑又被用铁链拴着带回来之后，杰斐逊的耐心耗尽了。于是，在 1812 年 4 月的一天，不容胡闹的主人决定用哈伯特惩一儆百。杰斐逊告诉说好要买走哈伯特的鲁本·佩里（Reuben Perry）：“我让人当着他的老伙计的面狠狠鞭打了他，还把他投进了监牢里。”[43]

哈伯特的行为让杰斐逊从前的宽宏变成一个笑话。这个 21 岁的奴隶用自己挣来的钱买了一套非常好的衣服，以至于1805年他第一次逃跑时，几乎已经逃到了华盛顿才遭到怀疑。后来在他回了蒙蒂塞洛之后，培根发现丢了好几百磅钉子，首先怀疑的就是哈伯特。杰斐逊搞不懂这个“受宠的仆人”在干什么，哈伯特的婆娑泪眼使他动了恻隐之心，拒绝下令因这桩涉值近50美元的盗窃行为对其施以鞭刑。[44] 如今却是他那仁慈的权威第二次遭到彻底冒犯，他怒火中烧，下令在把哈伯特转卖他人之前，要鞭打他一顿以儆效尤。杰斐逊警告佩里，“各方面情况让我确信，他再也不会好好当个奴隶伺候人”，“因此，对你来说，最好的做法无疑是卖掉他……卖到本州以外”。[45] 更靠南的奴隶主臭名昭著，能摧毁逃奴的精神，而且让他们几乎不可能逃到自由的北方各州。

杰斐逊相信，如果上帝之法和自然之法都注定女人的唯一任务是养儿育女，那么，非洲后裔天生低等，因而只适于在白人管教下劳作也是天经地义的。哈丽特·海明斯不太可能亲眼目睹哈伯特遭到的血腥刑罚，但她肯定会听到人们谈论此事。如果说她此前还不完全理解奴隶身份的含义，那一天她肯定明白了。必须承认，杰斐逊更愿意让这个体系平稳运行，让那些天生劣等的人甘心受他管制，以此来回报他的优待。可一旦他不能确保他们服从，他就会拿出鞭子。如同南方州的其他所有奴隶主一样，他就是自家种植园里的法律。公开鞭刑是一种震慑仪式，其目标指向是全体社群成员。哈伯特事件肯定让这个小女孩刻骨铭心，因为她意识到，她的父亲在一个对他没有制约的体系里，可以随心所欲地发号施令。

哈丽特在蒙蒂塞洛还见识过另外一些不太惊天动地却同样真切的事件，教她理解了等级和地位。大多数奴隶早就如主人所愿做出恭顺的表现，哪怕是装装样子并非真心实意也罢，他们付出这点代价只求保证一家人不被拆散、得到主人宽纵，甚或只为能活下去。哈丽特学到的教训是毫不留情的，感触尤其深切的是每次杰斐逊在家、伦道夫一家和埃普斯一家来这里长住的时候。尽管小哈丽特可能正像安妮特·戈登-里德苦涩地评论道，“知道访客总归要回家，也可算是一大安慰了”[46]，但她一定注意到，每逢那两家人住过来，她家的日常生活就会大变样。她母亲连带着实际上所有亲戚都没时间管她，也相互顾不上，因为她们每天工作的焦点都变成要保证杰斐逊和他的白人家庭的舒适。房子要通风打扫，饭菜要按时做好端上，要生火，要点灯。伦道夫全家搬到蒙蒂塞洛长住后，有一次，杰斐逊把伯韦尔·科尔伯特带去了白杨林庄，艾伦就抱怨道，“你知道每次伯韦尔不在，我们就没有干净房子可住了”。[47]

多年以后，已经嫁到波士顿生活的艾伦拿自由身份的白人家仆与南方奴隶做了一番比较，无意间刻画了蒙蒂塞洛的白人家庭的理想期待，以及家务奴隶海明斯一家的工作场景。艾伦解释说，在波士顿，女仆铺床、打扫房间、清扫地毯的工作每天只做一次；她们的工作日程不会因为倒霉地遇上一位无法保持房间整洁的女主人就被打乱。艾伦慢慢学到，与南方上层社会的女孩不一样，北方女孩会“小心不让女仆忙着跑来跑去”，而且波士顿的女孩“不会乱扔衣服，不会开着抽屉，不会在梳妆台上乱扔梳子、别针、卷发器、缎带、小饰品，也不会让鞋子躺在地板中间，诸如此类”。[48]哈丽特眼看着姨妈们整天跟在伦道夫一家后面收拾东西，这肯定大大教会了她什么是白人的特权、什么是奴隶的地位。

1809年，玛莎·伦道夫带着孩子们搬到蒙蒂塞洛定居，上述差异就更加清晰了。哈丽特那时还是一个婴儿，她无从注意到一场风暴吹向了蒙蒂塞洛的这个家庭，搅乱了杰斐逊安排的他与萨莉·海明斯的宁静生活，还有他的女儿们波澜不惊地与他同住的局面。一个名叫詹姆斯·卡伦德（James Callender）的爆料记者此前出力攻击过杰斐逊总统的政敌却没得到好处，愤愤不平之余便在里士满的《纪录报》（*Recorder*）上曝出杰斐逊与萨莉·海明斯的关系。卡伦德在1802年9月写道，“众所周知，大家欣然崇敬的那个人，多年以来一直让一个女奴做他的情妇，而且至今依然如此”，“她名叫萨莉……我们的总统跟这个情妇萨莉生了好几个孩子”，他还补充道，其中一个（儿子）“长相据说与总统本人惊人地相似”。[49] 接下来还有若干文章，披露了更多细节，其中大多数竟都是准确的，是卡伦德从杰斐逊的邻居那儿打探来的[50]。

杰斐逊对卡伦德的指控保持沉默，既没有承认，也没有否认。然而，这个故事并没有消失。将近十年之后，佛蒙特州有位教师伊莱亚·P. 弗莱彻（Elijah P. Fletcher）访问蒙蒂塞洛。他来访时很客气，杰斐逊请他喝酒，还带他看了自己的图书室。但是，弗莱彻给亲戚写信时提到，他发现“黑人萨莉的事不是胡扯”。当这一关系在夏洛茨维尔继续传开，杰斐逊“不再受邻居们尊敬了，不论是共和党人还是联邦党人”，弗莱彻认为，也许是因为他“还让亲生的孩子当奴隶”[51]。尽管这位新英格兰人认为在弗吉尼亚“这种做法司空见惯，他们不觉得有什么不体面”，但是此后很多年，这一曝光带来的羞辱一直折磨着玛莎·伦道夫，而她的痛苦继而导致萨莉·海明斯和她的孩子同样受辱之外，也让她们在日常生活中遭受了无数细微的难堪。

当然，这类事情在蓄奴的南方并不稀奇，白人男性自 17 世纪以来就肆无忌惮地这么做。杰斐逊有位邻居评论说，当你“细想杰斐逊先生那件声名狼藉的事”，应该没人对此感到吃惊，这种事在阿尔伯马尔一直都有。[52] 但在美国革命之后，新的公序良俗要求保护南方白人女性别被肮脏的细节污了耳朵。当时的不成文规则是，只要男人秘密行事，不强求他的白人家庭接受与奴隶通奸生的孩子成为家庭成员，那么妻子和周边亲友就对他无可谴责。[53] 但是，卡伦德的爆料文章打破了南方这种沉默的共识，玛莎痛彻心扉。她儿子在五十多年后说，她“太把‘黑人萨莉’的故事放在心上”[54]。虽然玛莎没有某种妻子的立场可以来抱怨什么，几年后却因读到一首诗几近崩溃，诗里说杰斐逊“在女奴的怀抱中梦着自由”。杰斐逊的早期传记作者亨利·兰德尔（Henry Randall）描述了玛莎冲进父亲的图书室的情形，“平静温和的玛莎情绪爆发起来令人猝不及防”[55]，“杰斐逊先生发出了由衷的爽朗笑声”，玛莎选择理解成他这是在表示否认[56]。

但这个问题从未销声匿迹。玛莎搬回蒙蒂塞洛长住之后，每天看着萨莉的三个儿子中至少有两个和父亲的长相一样，让她如何面对这一事实？玛莎的儿子杰夫也深受其扰。他告诉兰德尔，“他们长得太像了，要是隔开一段距离或者光线昏暗的话，那个奴隶（可能是埃斯顿）如果同样装扮就可能被错看成杰斐逊先生”。甚至有时“某位绅士与杰斐逊先生共进晚餐时大吃一惊，因为他抬起眼看向杰斐逊先生，顺便又看见了他身后站着的仆人，所有人都一目了然，他看出两个人有多相像”[57]。玛莎在1825年对艾伦承认，她这辈子都在忍受“蓄奴的不适”[58]。据杰夫说，如果听她的，萨莉·海明斯和她的孩子好多年前就得离开山上大宅了。[59]当然事实上并非如此，而她仍极力塑造她父亲在回忆中的形象。在玛莎的生命行将结束之际，她让两个儿子杰夫和乔治去核对外公的各种记录，告诉他们要特别注意在海明斯某次受孕前，杰斐逊整整15个月没有住在蒙蒂塞洛，她吩咐他们“记住这个事实”[60]。实际上，杰斐逊的记录却表明事实正好相反。[61]

伦道夫家的女儿跟着母亲和外公学会了弗吉尼亚白人蓄奴者的习惯和态度，她们也会在日常生活中让哈丽特明白身为奴隶是什么意思。杰斐逊为他和萨莉·海明斯的生活拉下了沉默之幕，让人看不到萨莉与玛莎两家的孩子日常接触的情形，除了麦迪逊说过的只言片语，“诱使白人孩子教我学字母”[62]，其他全无迹象。但是，伦道夫家的孩子后来的行为表明，她们在有意无意间懂得了奴隶和黑人是怎么回事，她们的态度融进了每个投向哈丽特的眼神、手势和每句品评。

显然，艾伦口中指称的“黄孩子”也让伦道夫家的年轻一代像母亲一样感到不快，她们各想各的办法解释这些人并非杰斐逊的子女。艾伦在1858年给她丈夫约瑟夫写了一封长信，辩解说，“普遍印象是，萨莉·海明斯的四个孩子全都是卡尔上校的子女。”艾伦认同她母亲的表亲萨姆尔·卡尔（Samuel Carr）的风评，说“他的放肆行为和他的大名一样人尽皆知”。她明确地说，杰斐逊的原则是“允许肤色足够白的奴隶装作白人，悄悄离开种植园”，“说是逃跑，但从不会把他们抓回来”。于是“有四个这类事例无声无息过去了，三个小伙子和一个小姑娘跑掉了没再回来。我们一清二楚他们在哪儿，却听之任之，因为他们肤色白皙，足以假装成白人”。至于说杰斐逊可能跟萨莉生了孩子，艾伦矢口否认。她声称：“毕竟，在道德上终归有些事是不可能的。”另一方面，杰夫·伦道夫则认定山姆·卡尔的哥哥彼得是萨莉孩子的生父，还想借此解释令访客一目了然的长相相似。[63]

这个白人家庭给蒙蒂塞洛的“黄孩子”编的故事漏洞百出，含糊其辞，前言不搭后语，别处对此有过细致完整的分析[64]。在这里，当我们思考哈丽特在蒙蒂塞洛与伦道夫一家的往来互动时，有几点是需要考虑的。其一，艾伦谈论萨莉·海明斯及其孩子时的态度。尽管艾伦从生下来就认识萨莉，知道她肤色浅，然而提起她时还是叫她“黑人萨莉”，也就是差不多60年前那篇耸人听闻的报道里用的贬称。1873年麦迪逊·海明斯向俄亥俄州一家报纸讲述家庭史时，说出了玛莎的11个存活下来的孩子的全部名字；而艾伦说起杰斐逊从没去追缉逃奴时，则绝口不提贝弗利和哈丽特的名字。与此相似，杰夫在与外公的传记作者交谈时，也不能准确指认特别像杰斐逊的那个儿子，仅称之为“一个奴隶”[65]。艾伦假装不知道他们的名字，是想让人看到，她与他们的两个世界隔着不可逾越的距离，那道鸿沟她既不在意也不必跨越。[66]但她的确认识他们——她是和他们一起长大的；只要把他们和杰斐逊联系在一起的故事还在继续流传，她就不大可能不在乎。事实上，艾伦给她丈夫的那封信的全部意义就在于，要立下她是杰斐逊的合法后代的凭据，并将她的几个（奴族）表亲归于无名湮灭，让海明斯的子女贝弗利、哈丽特、麦迪逊和埃斯顿不再是争议焦点。若非如此，都结婚三十多年了，何必要写这么一封信呢？

不过，艾伦和她家人对蒙蒂塞洛的其他女奴遭受的痛苦也基本上是漠不关心，她承认这些女奴全然受制于"爱尔兰工人"和"乡里的放荡子弟"，结果生下了"黄"孩子，引起种植园访客的注意。[67]艾伦的信清楚地表明，她几乎不把那些奴隶当人看，而正是这些女奴，整天在她和她的姐妹们身后收拾东西，同时却无法自保地承受着她外公雇来的助手以及杰夫的同学对她们的性侵害。对艾伦来说，不管什么肤色的奴隶都是低等生物。她满有把握地以为这是真理，所以当她评判英美女性的相对自由时，会不假思索地完全排除女奴。"不考虑家奴的话"，她很轻易地无视了这一美国制度的沉疴，"我从没见过任何少数人压迫多数人的情形"。[68]杰斐逊曾宣称人人生而平等，却毫无自相矛盾之感，因为他否认奴隶是完整的人。同样，他的外孙女天生拥有特权，当然能说美国女性是全世界最自由的，不会去想许多人还在因族裔受到压迫，比她受到的性别压迫严重得多。

即便出身富足、教养良好的女性，也难免维护这一压迫体系，一次冲突事件可为例证。杰斐逊去世几年后，柯妮利娅在华盛顿租住的家中给她妹妹维珍妮娅写信说，"如果你听到我们现在管人多厉害，会笑出声来的"，有个叫萨莉的小女奴承认偷了塞普提米娅的一双缎面鞋和一些袜子，玛莎和柯妮利娅商量该怎么惩罚她。还不到一星期前，她们已经打发过萨莉去城市公共部门挨鞭子，那个部门可以向蓄奴者收费代行惩罚。但这件事后，柯妮利娅认为"矫治太轻了"。但如果再把她送去一趟，等于承认白人女性管不住一个小女奴。柯妮利娅继续写道："我们……把她带到地下室，美琳达和我按住她，妈妈狠狠抽了她一顿。"[69]她们也谴责体罚，然而她们也能牺牲自己，忍受不适，只求确保对奴隶的权威。

遍览这个家族的记录，无论是为"保护"杰斐逊而讲的故事，是关于鞭打奴隶的记录，还是和一个女奴生的孩子划清界限的努力，都找不到任何迹象表明，伦道夫一家没把哈丽特·海明斯当作奴隶。奴隶，那是她的法律身份。如果说詹姆·哈伯特遭受鞭刑让哈丽特知道了什么是奴隶，那么，与伦道夫家的女孩一起长大，则让她知道了什么是白人的权力，无论谁是她的父亲都无关紧要。伦道夫一家所做的唯一举动，就是无视她，他们对她有意视而不见，甚至剥夺了她的名字，好保证她明白自己的位置。

和杰斐逊一样，萨莉·海明斯从未公开评论过他们俩的关系，也没说过她与伦道夫一家的关系。在卡伦德爆料的风暴中，她一言不发。杰斐逊去世后，她也没留下任何回忆录。因此，我们无法确知她如何看待自己与伦道夫一家的关系。考古学家在桑路园找到的一个法国润肤霜瓶子也许算是一条线索。1809 年杰斐逊退出公共生活时，大宅的南配房已经完工。这里有最新式的法式厨房以及若干间宿舍。其中一间宿舍里住着萨莉·海明斯和她的四个孩子。在她搬到南配房两个世纪后，蒙蒂塞洛的考古学家在桑路园挖出一个药店卖的润肤霜瓶子的碎片。小心拼回去看，原来它是巴黎货："巴黎黎塞留大街，弗伊咖啡馆对面。"如果萨莉·海明斯把它保存了 20 年，无声地见证着她那两年巴黎人生的重大意义，那她为什么不把它带上山去，放进她在南配房的新住所？这个瓶子是不是象征着她那段时间的人生——她曾梦想过在蒙蒂塞洛不受女主人管束的生活？以她的新身份，萨莉·海明斯有理由期待这个梦想终会实现。但是，1809 年玛莎·伦道夫搬到山上来住，萨莉的梦碎了。[70] 也许萨莉把她的法国纪念品扔进了垃圾堆，免得看见它就想起她落空的幻想。

打碎、被掩埋、如今重新被发现，这个润肤霜瓶子的遭遇与萨莉·海明斯的生活史不无相似之处，两个故事都有引人入胜的神秘感。萨莉和她的外甥女玛莎·伦道夫分别作何观感，终归对蒙蒂塞洛的生活动态是根本无关紧要的。和玛莎一样，萨莉也受制于杰斐逊的意愿和决心，只能避免冲突。[71] 艾伦讥讽"黄孩子"，杰夫看出她的四个"浅色"

孩子长得像杰斐逊因而感到尴尬，还有玛莎明显不满这种“安排”。面对上述种种，萨莉·海明斯肯定教过她的女儿沉默是金。付出保密这个小小代价，就能换来安宁，换来她年满21岁就能获得的自由。

尽管哈丽特既不姓伦道夫也不许姓杰斐逊，但她还是知道，给萨莉·海明斯当女儿毕竟是有实实在在的好处。在1802年的报纸曝光潮中，读者了解到，萨莉·海明斯从他家得到的“待遇比其他仆人好很多”[72]。初看来，哈丽特从大宅挪到纺织工坊的旅程，并不像她母亲当年在同样年纪从弗吉尼亚去往巴黎那么跌宕起伏；哈丽特的旅程只有几步，而不是几千英里。[73]但和母亲不同的是，哈丽特不是任何人的侍女。杰斐逊通过派她去工坊干活确保了这一点。正如她弟弟麦迪逊谈到他们的童年时说的，她“相对快乐”地长大，从来就知道自己将会获得自由。而且即使杰斐逊的白人工人或杰夫的朋友们难免性侵杰斐逊的女奴，哈丽特·海明斯也显然是个例外，历史记载中没有丝毫线索表明她在蒙蒂塞洛曾经有过孩子。讽刺的是，哈丽特·海明斯作为女奴，需要一个男人的保护，而正是这个男人让16岁的女奴即她的母亲怀了孩子。在南方州，大多数女奴会在19岁之前生孩子，哈丽特与她们不同，显然她在蒙蒂塞洛没有遭受过性侵害。[74]况且更能说明问题的是，杰斐逊只允许过她这一个女奴自由离开。

所以哈丽特·海明斯在所有方面都非同寻常：托马斯·杰斐逊给她取名，她肤色浅，明显受到保护，期待着能获得自由。然而，她永远比不上伦道夫家那些生来自由的表亲们，用弗吉尼亚的法律语言来说，她们是“合法的”。伦道夫姐妹养成了一种以“杰斐逊世系贵族”自居的意识，她们的姨妈哈丽特如果有相应的好条件，是不是也一样能做到呢？蓄奴体系生成并强化了一种肤色等级序列，[75]在其险恶作用下，哈丽特是否也形成了某种凌驾于黑肤色奴隶之上的优越感？如果说哈丽特·海明斯因为亲眼看见姐姐和伦道夫家女孩享受的特权是她没有的，而她认为自己原本也有特权却被剥夺了，也许这就是她为什么决心离开。历史学家赛蒂亚·哈特曼（Saidiya Hartman）去非洲研究奴隶贸易中被捕获的囚奴时得出结论，“奴隶永远是异乡人，他们住在一处，归属在另一处”。[76] 哈丽特·海明斯出生在蒙蒂塞洛，她是杰斐逊建成的家的一部分，但是，她在那里没有立足之地。

尽管无法确知萨莉·海明斯如何冀望女儿的未来，不过哈丽特离开夏洛茨维尔也许并非母亲的本意。也许萨莉·海明斯喜欢她在蒙蒂塞洛经历的大家族生活，要是获得自由后能搬到夏洛茨维尔的环境当中，那就更好了。萨莉·海明斯有理由希望，托赖杰斐逊的承诺，她家能过得强过她姐姐玛丽家，玛丽不过是半自由地和托马斯·贝尔带着两个孩子住在镇上。不过，玛丽·海明斯·贝尔的几个大孩子仍然是奴隶。而萨莉·海明斯则期待着她的每一个孩子都能成为有财产的自由人，住在阿尔伯马尔这个美丽且熟悉的地方，不管亲戚是自由民还是奴隶都能常常见面。

这个梦想不会实现。弗吉尼亚州议会在 1806 年下令，此后所有被释放的奴隶必须在 12 个月之内离开联邦，否则会再度成为奴隶。* 六年前，奴隶起义的精密组织震撼了里士满，揭竿而起的奴隶们计划烧毁城市、夺取武器库、抓住州长及其属下官员。一场瓢泼大雨阻止了密谋者发动叛乱，避免了政变，随即弗吉尼亚州的立法者开始有计划地收紧曾在美国革命时期大幅度放宽的释放奴隶的法律。[77] 只有向州议会提出请求并获得批准之后，才有可能不遵从 1806 年发布的行政命令，但还需要有人公开声明对此负责，而萨莉很清楚，杰斐逊永远也不会这么做；当初卡伦德攻击他时，他坚决地保持沉默已经表明了态度。萨莉·海明斯知道，除非杰斐逊允许她离开这个州，否则她的家庭就难免被拆散，这是美国

---

* 弗吉尼亚州正式属于英联邦，源于 1776 年美国革命时期弗吉尼亚州的第一部宪法。——译者注

的奴隶每天要面对的命运。她看着自己的孩子——当时分别是八岁、五岁和一岁——肯定感受到了来自这条法规的沉重打击，她可能只好准备让他们永远离开她。

包括杰斐逊在内的白人宣称，非洲后裔没有能力照顾自己，而这条法律的目的就是要消除与此观点相左的明显证据。这是蓄奴制的基本原理。但这条法律也凸显了白人男性跨越肤色界线的性事带来的问题：混血人口在大量增加。在弗吉尼亚报纸的广告版，白人用了至少 61 种不同说法来形容在逃奴隶的肤色。[78] 正如一位历史学家指出的，这一引人注目的列表本身便证明了“种族秩序正在瓦解”[79]。但就连法律也没明确区分出黑人和白人。1785 年，州议会把白人与黑白混血的划分界线从八分之一非洲血统改为四分之一非洲血统，但未能明确界定少于四分之一非洲血统的人属于哪个种族，他们仍然没有种族可归类，该法规不承认他们是法律意义上的有色人种，却又不愿彻底认定他们是白人。[80]

在实际操作中，弗吉尼亚的白人倾向于较为宽松地分辨种族，以求自己方便。比如，托马斯·贝尔在遗嘱中把财产留给了玛丽，在夏洛茨维尔没人对此提出异议。尽管贝尔从未正式释放玛丽，但是社群成员对玛丽的自由民地位都有明确共识，虽然这也是因为两个人在乡下和镇上都受人欢迎。1830 年人口普查登记员敲开了萨莉·海明斯的门，他裁定她、麦迪逊和埃斯顿都是“白人”，这既标明了他们的肤色，又表明了杰斐逊去世后他们的自由民身份得到了社群公认。[81] 然而三年后，另一名公务员裁定他们是黑白混血。恰是这一情形以及无数相同的个案阐明了，为什么立法机构拒绝依据理性推得逻辑结论，而只是设定了非黑即白的分类标准。

在杰斐逊时代的弗吉尼亚州，情形绝非黑白分明那么简单。萨莉·海明斯的孩子全是浅肤色，但他们都列在杰斐逊标明“留用的黑人”的名单上。[82] 这个名单把他出租给邻居的奴隶和他留下效劳自家的奴隶分成两类。当然，最终决定一个人的身份，所依据的不是皮肤或头发的颜色，而是母亲的处境。因为贝弗利、哈丽特、麦迪逊和埃斯顿都是女奴的子女，因此他们要想获得解放就必须离开。不过，无法避免的分离不会改变母亲为他们设定的根本目标：他们都要跟自由民结婚，她的儿子都要找到好工作养家糊口，她的女儿要嫁一个受尊敬的人。这些梦想与自由的白人母亲对子女的设想没有多大区别，可是对一个奴隶母亲来说，就是一个无比巨大的挑战。在她尽职尽责做完活计的前提下，萨莉·海明斯竭力在不可避免的分别来临之前把家人聚在一起，并确保在那个时候她的孩子全都已经准备就绪。当年在巴黎，她强大的意志迫使杰斐逊答应她，给他们的孩子自由，在新的局面下，她的意志只会变得更加强大。

哈丽特快过 21 岁生日了，她必须考虑到上述种种因素，做出一个决定。她以后要做什么？她会离开阿尔伯马尔吗？她要去哪里？她做选择时面临的困境与兄弟们不同。其一是 19 世纪几乎所有女性都显然面对的性别差异：她的兄弟们有技傍身足以养活自己；而哈丽特可能连读和写都没学会。的确，在 19 世纪一个自食其力的女性就等于穷人。和她同时代几乎所有女性一样，她的生存策略关键不是工作，而是结一门好婚事。

哈丽特还必须考虑到蓄奴体系中固有的性别差异。杰斐逊为了避免留下任何书面痕迹将他与贝弗利和哈丽特关联起来，放他们走时就没出具释放文件。实际上，查看杰斐逊去世前的文件就会发现，在他的《农庄簿记》上，他在这两人的名字后面写上了“(18)22，跑掉”*。于是，直到美国在 1865 年通过宪法第十三修正案废除蓄奴制之前，依照法律，他们都是在逃奴隶。尽管在那之前，有些州已经废止蓄奴制或通过逐步解放奴隶从而让蓄奴制走上末路，但联邦政府一直是支持蓄奴制的，一开

---

* 指跑掉时间，“(18)”是作者加上的，杰斐逊应该只是记下关键信息。——编者注

始是1793年的《逃亡奴隶法》，接下来在1850年又颁布了更严苛的后续法律。1850年的法律不仅规定帮助逃奴属于联邦罪责，还要求自由州把逃奴归还给他们的主人，这样一来，逃奴即使在北方也是不安全的。

因此，在43年间，哈丽特一直面临着一个巨大危险，如果她的身份被人发现或被告发，就会被强行遣送回弗吉尼亚，重为奴隶。按照弗吉尼亚州的法律规定，奴隶身份是通过母系而不是父系代代相传的，所以一旦有人发现哈丽特是奴隶，她的身份就注定了她的孩子也会是奴隶。于是她在自己这一代打破为奴束缚的唯一希望是隐姓埋名，消失在北方。哈丽特的离去，不是放弃了她的母亲和兄弟，而是拒绝了白人不断变动的奴隶定义。她父亲曾将英国的统治与奴役相类比，并认为在追求自身幸福的过程中，独立属于个人权利；而她则准确地理解了蓄奴制，也和父亲一样要求独立。

我们并不确定她离开蒙蒂塞洛那天是要去哪里。培根记得，“杰斐逊先生让我付了她去费城的车费，还给了她50美元”[83]。的确，费城是她开始新生活的理想之地。首先，因为她父亲付了车费，她就能到得了费城；那里离夏洛茨维尔足够远，如果她还姓海明斯的话，这个姓不会暴露她的出身；费城有将近64000人口，比在华盛顿更容易隐姓埋名。[84]在1790年至1820年间，费城吸引了大量来自特拉华、马里兰、弗吉尼亚各州的获释奴隶。[85]1820年的人口普查似乎证实了它的废奴名声：该市奴隶一项下的统计数字第一次是零。当然，海明斯会远离自由黑人社群，但她可能放心地发现，费城对蓄奴制的态度与她的老家完全不同。[86]

杰斐逊如果没有做出精心安排，让她初来乍到时有地方住、有人照顾，也就不会送她去费城。[87]他熟悉那座城市，城里还有他的知交好友，他们的交情要回溯到他当大陆会议代表、后来担任国务卿以及副总统的时候。他还记得已故挚友弗朗西斯·霍普金森，可能会考虑找弗朗西斯的儿子约瑟夫，重温旧日友情，并借重霍普金森对废奴主义的同情，为哈丽特创造条件。他也可能询问好朋友多莉·麦迪逊有没有旧日人脉，也许可以请求这些人帮个忙。或者，他也许会找费城的另一位熟人，曾向他兴奋地推荐过小工厂的詹姆斯·罗纳尔逊（James Ronaldson），托他私下打听，他家附近有没有合适的职位可以安置这位教养良好、会纺织、然而经济困顿的年轻姑娘？不管杰斐逊是始终保守这个秘密还是跟费城的某人吐露过，但只有靠她父亲帮忙，哈丽特在这个城市才能立足下去。杰斐逊替她付了车费，显然至少对他来说，这里就是哈丽特的目的地。

杰斐逊认为纺线和织布是女性的好工作，但他这么想，并不意味着哈丽特和她的母亲也会认同。更有可能的情形是，哈丽特·海明斯总是一想到纺线，就想起她是个奴隶。哈丽特可能对自由女性的新生活有完全不同的设想，只拿纺织作为一种应急备选。实际上，麦迪逊说，哈丽特至少在离家后的最开始去过华盛顿。[88] 如果哈丽特更愿意住在华盛顿，而不是继续前往费城，那是因为海明斯一家另有打算。华盛顿是一个正在成长的新兴城市，那儿的女性可以找到各种各样的工作——不过，华盛顿没有纺织业。

尽管哈丽特以前没去过华盛顿（没有证据表明她在最后出走之前离开过夏洛茨维尔一带），但是蒙蒂塞洛有好多人都很熟悉华盛顿。当然，杰斐逊在那里度过了八年，在他担任总统期间，女儿玛莎曾陪他两度在冬季驻留华盛顿。不过，对哈丽特来说，更重要的是她与伊迪丝·赫恩·福赛特的日常接触，伊迪丝曾在白宫住过，她的车夫哥哥达维·赫恩熟知从首都到蒙蒂塞洛之间的每一寸道路。尽管赫恩一家在1808年先于杰斐逊离开华盛顿，他们显然仍与在那里结交的朋友保持着联系。1817年他们的弟弟瑟拉斯顿（Thruston）逃跑时，杰斐逊在华盛顿城里找他，确信瑟拉斯顿"靠他姐姐的老朋友的庇护躲起来了"[89]。萨莉的姐姐玛丽·海明斯·贝尔的奴隶女儿蓓西·海明斯也了解华盛顿，在玛丽亚去世之后，她陪杰克·埃普斯在他任职国会期间住在那里。蓓西显然可以独自上路去那里。在杰斐逊卸任总统之后，他在华盛顿的仆人约瑟夫·多尔蒂（Joseph Dougherty）有一次曾安排蓓西负责把杰斐逊的贵重书籍从华盛顿运到弗雷德里克斯堡（Fredericksburg）。[90]杰克·埃普斯延续了由其外公约翰·韦尔斯开创的外室家风，蓓西和他至少生了两个孩子，此外，她还给小弗朗西斯当保姆。在玛丽亚去世后的几年里，每逢弗朗西斯跟父亲去蒙蒂塞洛做客，蓓西也陪着一起去，探望自己的亲戚。詹姆斯·麦迪逊的奴隶管家保罗·詹宁斯（Paul Jennings）从1817年开始，每年两次陪同主人去蒙蒂塞洛休闲拜访。在哈丽特的未来抉择之日临近时，他可能给她讲述了华盛顿的最新情况。[91]

这个令人眼花缭乱的奴隶与获释奴隶的网络清楚地说明，主人们支使奴隶为自己在华盛顿的职业生涯效力，与此同时，这些干活的即使仍然身为奴隶，也在利用每一个机会来塑造自己的人生，琢磨将来获得自由之后建设新生活的可能性。有一位历史学家令人信服地证明了，保罗·詹宁斯就是帮助瑟拉斯顿·赫恩逃走的人；[92]培根猜测这个小伙子“跟着麦迪逊先生的马车到了华盛顿，假装是麦迪逊先生的仆人蒙混了过去”[93]。人际纽带个个相连，层层堆叠，故事之上还有故事。因此，在哈丽特决定去华盛顿很久之前，她应该已经很了解那个地方了。

也许最重要的考量是她哥哥贝弗利·海明斯在那里。我们从他弟弟麦迪逊那里听说，“贝弗利以白人身份去了华盛顿”。[94]尽管在1819年4月，贝弗利已经年满21岁，依照杰斐逊在《农庄簿记》中的记载，他仍旧作为奴隶又待了将近三年。《农庄簿记》从来都不是一份一丝不苟的逐日记录，并未精确记载兄妹二人哪天离开。关于这两个人的最后记录是他们一家在1819年至1820年分发衣服和毯子的名单上，尽管21岁的贝弗利没跟母亲和弟妹们列在一起，这也是好几年来的惯例了。[95]杰斐逊最后一次记下他们二人的名字是在1821年1月，在他的家奴名单上。[96]1821年圣诞节分发布料、毯子和帽子时，他们二人或者已经离开，或者至少计划马上就要离开，所以没有分到下一年的物资。和萨莉·海明斯的名字列在一起的只剩下麦迪逊和埃斯顿。[97]杰斐逊甚至特意从分毯子的名单上划掉了兄妹二人的名字；[98]考虑到他们的年龄以及已经拿过1818—1819年度分配的毯子，他们不需要在三年以后的1821—1822年度配给中再分一份。也许，玛丽·伦道夫在1821年安静的圣诞节假期看到的那个拉小提琴的人就是贝弗利？如果是的话，这是他最后一次在蒙蒂塞洛拉琴了。"他半闭着眼睛，头向后仰，用一只脚打着拍子，身边围了一圈观众凝神倾听，充满敬佩"[99]。与姐姐艾伦谈到萨莉·海明斯的孩子时不指名道姓一样，玛丽也同样不提这个奴隶天才乐师的名字。

研究海明斯一家的学者认为，贝弗利可能是在1821年底离开蒙蒂塞洛的。[100]《农庄簿记》中没有具体证据表明他比哈丽特走得早，尽管非常合理的是，他先出去打探生活条件和打工机会，然后妹妹再去找他。这个年轻人有一身木工和桶匠的好手艺，在华盛顿找活儿干轻而易举。[101]

我们对贝弗利·海明斯所知甚少。如果他和只小一岁的保罗·詹宁斯[102]有丝毫相像的话，就该是一个勇于主张改善自身处境并成功实现的人。[103]詹宁斯在伺候小主人上课时学会了读写；他会讲法语，小提琴也拉得很好；他对麦迪逊的访客极其礼貌周全，结交了一圈可能愿意来往帮忙的人；他从显赫的丹尼尔·韦伯斯特那里筹借到一笔钱，给自己赎了身；他为政府效力一生，临终时拥有价值不菲的城内资产遗赠给儿子。近水楼台的奴隶并不会与主人疏离，而是借主人之力把提升自己的机会利用得淋漓尽致。

我们确切知道的是，贝弗利的成功足以赢得一位来自马里兰州的白人女性的芳心，麦迪逊说那位女士"家境很好"[104]。感谢蒙蒂塞洛另一个奴隶的讲述，我们可以据以推测贝弗利就是1834年7月4日在彼得斯堡放热气球的那个人，那次活动麦迪逊也去了。[105]贝弗利继承了父亲的智慧以及对科学和创新的兴趣，这也许不足为奇；更令人吃惊的是，他竟有闲有钱来从事这类活动。这显然表明，贝弗利和詹宁斯一样，绝不会让种族等级制的社会体系扼杀自己的才能和活力，相反，华盛顿城变成了贝弗利的启动平台。

不管哈丽特的母亲或父亲如何判断她最好的出路，最终还是她自己的决定占了上风，她要去华盛顿。麦迪逊是这么解释的，“她认为去华盛顿当一个白人女性对自己有利”[106]。他的措辞很有意思。他说“她认为”，说明这一决定既不像是父母的指点，也不像是全家的共识。他说“对自己有利”，说明哈丽特也许已经认识到自己和兄弟们的处境不同。也许自从贝弗利满了21岁之后，全家人就一直在讨论保证家人团聚是第一位的。我们见识过海明斯这家人有多亲密，听任法律强制让这个家支离破碎，可能是母亲和兄弟们不能忍受的。但在麦迪逊看来，占了上风的不是家庭利益，而是哈丽特的个人特殊利益。他说哈丽特“去当一个白人女性”，谨慎的措辞暗示他们痛苦地谈过身份问题。也许她只好竭力向麦迪逊保证，她还会是海明斯家的人，改姓只是为了获得身份；她还会是母亲的女儿，是他的姐姐。也许她只得向他解释，这是法律强迫她扮演的角色，这样她的孩子才能一出生就是白人，是自由人，享有宪法提供给这些人的一切公民权利。说到底，我们也只能猜测，麦迪逊的言词是在描述哈丽特将行未行之际的感受，还是在表达自己对她输给了白人世界的愤怒和悲伤。

我们确切知道的是，哈丽特完美地扮演了白人女性的角色。麦迪逊在她离家五十多年后说：“看她这般衣着举止，我不知道有没有人发现过她是蒙蒂塞洛的哈丽特·海明斯。”[107] 由于没有正式的获释文件，就没有文档证据能揭露她生下来就是奴隶，或提到她遥远的非洲祖先、她无名的曾外祖母，从而拆穿她的伪装。她的优势是有父系的浅色皮肤，因而她的自由状态让白人不生疑心；她又有母系的美貌，可以施展性别招数魅惑别人放下戒心。在社会各阶层中，美丽和风度都足以引来一个丈夫，尤其是在种族主义社会里，文雅的风度被默认是白人的独有特点。不过要保证顺利地从“黑”变为“白”不受质疑，还有无数细节需要注意。

最明显的细节是衣着，哈丽特·海明斯的时代和我们现在一样都会以衣取人。在美国南方，奴隶装束特别醒目地区分了奴隶和自由民。在1735年，南卡罗来纳州甚至通过了一系列法规来确保这一区分足够明显，比如禁止奴隶穿戴主人丢弃的衣服。[108] 詹姆·哈伯特就是靠一身新衣服才走上自由之路的，只是他的路条写得太糟糕，让他功亏一篑。哈丽特从没穿过女奴的服装：女奴们冬天穿着短上衣和松松垮垮的裙袍，方便下地干活又能多穿几层衣服，夏天则穿着粗布汗衫[109]。她没受过穿粗麻衣服的罪，布克·华盛顿（Booker T. Washington）回忆说，那感觉就像“贴着肉的是十几二十个毛栗子，或者上百个小针尖”[110]。她不太可能像抓来美国的非洲女人那样用她们特有的缠头布把头包起来。她从未像一名法国访客在路易斯安那看见的奴隶那样，“下地干活时衣不蔽体，乳房裸露”，她也不会穿像一个密西西比奴隶记得的那种工作服，“在膝盖处扎紧的短衬裤，免得在田里工作时露水沾湿了腿”[111]。虽然在杰斐逊的记载中没有提到他曾为哈丽特的衣服另外花过钱，他却授权过玛莎，让她打扮好在家里干活的海明斯家众女，不要跟大田苦力一样穿没有女性特征、没有形状、人人一模一样的衣服。他这个主人曾经从费城给她们送来过不同花色图案的布料，对女人的仪表该当如何一清二楚，何况还是在自己家。[112] 没有理由认为他没把这种鉴赏力延伸到女儿身上。

即便如此，哈丽特自由生涯中的着装还是要更像伦道夫一家，而不是像她母亲那样。然而挑选恰当得体的衣物实际上是一项挑战，即便对得天独厚的艾伦·伦道夫来说，亦是如此。艾伦在1825年正为自己的新婚旅行做准备，而且随后要搬到波士顿，她感觉自己在阿尔伯马尔乡下完全力不从心，只好求助于哥哥杰夫的岳母玛格丽特·尼古拉斯（Margaret Nicholas），老太太住在不断快速扩张中的港口城市巴尔的摩。

艾伦给玛格丽特写信说，“在里士满和华盛顿的（相亲）活动上穿的衣服过时了”。她把自己的衣着完全交给玛格丽特去挑。“尤其是最近以来，我在家里待的时间太多了，极少正式打扮起来，所以我根本不知道自己想要什么。您能帮我列一个这类物品的清单吗？”她请玛格丽特“来决定哪些是必需的”[113]。尽管哈丽特肯定不会照单买那么多，不过玛格丽特列出的衣饰清单让我们大体了解到，打扮成她那个阶层的白人女性都需要哪些品类：15双棉质长筒袜，6打丝质长筒袜，3套紧身衣，1打手套，12双鞋，2条绣花披肩，一身黑色丝礼裙，另备两身丝礼裙备用（可能颜色不同），一件礼服斗篷，一顶海狸帽用于冬季旅行，一顶草帽用于夏季旅行，18包手绢、网纱手套（保护胳膊和手不受夏日暴晒，阿比盖尔·亚当斯以前给过玛丽亚），早餐服，配日常披肩的各种薄纱和镶边，配礼服裙的蕾丝和镶边，一个能收纳上述全部物件的行李箱，一只毛毡旅行袋可以把随手要用的东西优雅地装进去。[114]哈丽特也许不会买单子里提到的新娘宽沿帽。

艾伦这套服饰装备下来要花将近300美元，换言之，这是一个男性散工一年半的工钱，哈丽特·海明斯绝对付不起。[115]艾伦这个地位的女性必备品清单也与女奴配给的衣服形成强烈对比，女奴每季只能得到两件衣服和粗织的袜子。如果能领到一双鞋或一顶帽子，她们就非常幸运了，更不会有紧身胸衣、手套、宽沿帽、丝绸礼服或早餐服、斗篷、蕾丝花边或者手绢。蓄奴的女主人当然无心提升女奴的吸引力，考虑到她们哪儿也去不了，奴隶也不需要箱子和旅行袋。

白人女性衣服的款式也有明显不同。[116]她们的衣裙量身定制，永远有别于千人一式、没有造型、没几种颜色的女奴衣服。所有白人女性都穿紧身衣或束腹胸衣来塑形，这种穿法一直没变，直到18世纪的紧上身女裙让位给19世纪的高腰松身帝国式裙装时，仍然如此。裙长要盖住脚踝，尽管19世纪20年代初的时髦是低领口。白人女性的裙子无论用料是家织布还是丝绸，其花色、镶边和饰品都各出心裁、人人不同。说实话，面料选择极能标志所属阶级：无论是正式场合还是日常生活，中产阶级妇女穿的不是丝绸而是精纺毛料。这种料子舒服、耐用，跟奴隶的衣料不同的是贴身悬垂感很好，是这一时期主要流行的面料。

哈丽特要做衣服的话，精纺毛料是极好的折中选择，而她母亲教她的缝纫技能此刻非常关键，她可以借此打点出时髦的衣物，混充一个白人女性。不难想象，海明斯一家会举家之力装备哈丽特送她出发：也许会把自己配给的布料送给她，或说服玛莎·伦道夫比上一年十二月多给他们分一些；或许约翰·海明斯会从他在夏洛茨维尔的衣服账里分出一些钱给哈丽特置办服装；或许渥姆勒·休斯会卖出一些鸡蛋和小鸡给主人家换得现金，好去镇上采买必需品。既然约翰·海明斯在艾伦·伦道夫离家之前满怀爱意地给她做了个折叠书桌，不难设想他也会给自己的外甥女做一个箱子。如果杰斐逊都没打发她空手上路的话，难以想象她的亲戚们会让她空手离开。

因此，麦迪逊提到的“衣着”一词不难理解，但他说的“举止”又指什么呢？想到他弟弟埃斯顿，也许他指的是克制的态度，或者是说话的方式和措辞，或者是仪态，或者是对交际圈的选择。埃斯顿以前的一个邻居在他去世近50年后写了一篇文章，生动地追忆这个“非常好看”的男人，他身材高大，“体型匀称，非常挺拔有气派，头发赤褐色，基本不打卷，脸上有不太明显的雀斑”。[117] 而他的风度比外貌更出众。他在俄亥俄的一位邻居回忆说，“他安静，不事张扬，有礼貌，非常聪明，我们各阶层的市民很快都认识了他并且喜欢上他，因为他的英俊外表和绅士风度吸引了每个人的注意”。彼得·福赛特在杰斐逊去世后被转卖到了另一家，虽然只是一个11岁的孩子，他也觉察出情况跟以前不同了，“好多事情我比这里的人们懂的还多，因为我来这儿之前在杰斐逊先生家待过”[118]。也许，模仿白人的举止意味着她要永远忘掉在奴隶住区学会的热烈舞步，去学跳更为时尚、克制的舞——就是伦道夫姐妹在社交晚会上跳的那种，以前贝弗利在一旁伴奏过[119]。

女人“扮成白人”意味着什么？我们不知道哈丽特是跟埃斯顿一样是高个子（埃斯顿身高6.1英尺，和父亲一样高，也许贝弗利也是这个高度），还是跟麦迪逊一样是矮个子（他只有5.8英尺）。[120]不论她是高是矮，穿着紧身衣或束腹胸衣都会让她后背挺直，迫使她做出贵族姿态，白人女性哪怕坐着也常是如此。此外，要想受人尊敬，女性还得做到不传闲话，不大声嚷嚷，不流露愤怒，[121]她们要培养表情和举止的优雅。哈丽特成年时恰好遇到更强调风度的时候，因为美国人想甩掉最后一点对社会上层卑躬屈膝的殖民地陋习，形成能够反映民主精髓的仪态取而代之。有趣的是，行为指南手册的建议对象既包括男性也包括女性，因为19世纪女性走出家门越来越天经地义，她们可以上街，去市场，逛商店，也可以去看戏。

同等重要的还有个人的清洁和衣服的清洁。杰斐逊对此从不会漠然无视。差不多40年前他就教训过当时11岁的玛莎，“我知道你比较容易忽略着装这件事，”他的信开头就说，“要保证你的衣服干净、完好、穿戴得当”。她不该一直只穿一件衣服不换，直到“污渍毕现”。早晨一起床，她就该穿戴整齐，就像要约人相会一样。他的结语措辞严厉：“最让男性厌恶的就是女性不够干净、不够精致。”[122]

萨莉·海明斯肯定给女儿上过这重要的一课。曾有人说，“她的行为说明她是个勤奋、有条理的人”，[123]萨莉以身作则的美德恰是哈丽特所需的，这样她才能自信地走进母亲必须送她去的那个世界。正是在这个时期，美国人开始更注意健康和卫生问题（杰斐逊早在18世纪80年代已经超前地关注了此事），要求主妇们保证家里空气新鲜、环境干净、家人身体健康、仪容整洁。[124]当清洁成为中产家庭的一桩大事时，相应地关于咳嗽、擤鼻涕、吐烟沫等身体规范问题也出现了。[125]结果，进一步区分地位尊崇的美国白人与黑奴的，是有没有留心姿势、风度、干净、整洁，甚至是用手绢（别忘了玛格丽特·尼古拉斯建议艾伦准备18包！）。如此看来，新兴的民主制度远未消除社会壁垒，反而以行为举止的标准加固了屏障。[126]好在海明斯一直是高级姓氏，而哈丽特在华盛顿城也显然如愿装成了一个生而自由的白人。从埃斯顿的“英俊外表和绅士风度”到彼得·福赛特批评不像他在蒙蒂塞洛见过世面的白人家庭，我们开始明白哈丽特是怎么做到改头换面的。

我们不清楚她是什么时候离开蒙蒂塞洛开始新生活的。杰斐逊把兄妹俩都记成1822年走的，这个事实表明，至少在他的印象里，她和贝弗利是商量好一起走的，不管这是意味着贝弗利会在哈丽特到华盛顿时关照她，还是他会回来接她，还是他们一起离开。也许他们走时是圣诞节假期，一年辛劳之后奴隶们有一周传统假期，能拿到路条走亲访友。培根说哈丽特走时“差不多成年了”，也许他指的是在她1822年5月21岁生日之前。[127]那年入冬后，天气一直阴冷。玛莎·伦道夫觉得十二月是在蒙蒂塞洛“异常不舒服的一个月”[128]。她的丈夫在当州长，几个女儿和他一起去了里士满参加社交季的活动。[129]麦迪逊和埃斯顿可能也走了，圣诞节前一星期，杰斐逊让约翰·海明斯下山去白杨林庄，“男孩们今天一早动身”，开始了从蒙蒂塞洛出发的三天旅行，他还下令，“埃斯顿必须负责驾车”[130]。房子空了，这也许是个不会引人注目的离开的好机会。玛莎对父亲的爱让她留在蒙蒂塞洛，透过大宅某扇典雅的窗，也许她看到了自己的妹妹正悄然离去。

难以想象哈丽特最终离开母亲和弟弟的痛苦。永别之际麦迪逊快17岁了，而埃斯顿还不满14岁。他们都知道，她不能冒着暴露奴隶出身的风险再回来看他们。没有迹象表明杰斐逊慈爱地与她告别过；他好像只让监工负责安排她离开，监工给她的钱相当于一个男性劳动力三个月的工资。[131]杰斐逊认为这笔钱不是陪嫁而是她在路上的花费；二十年前，他给了詹姆斯·海明斯 30 美元作为他去费城一周的食宿费用，给他两个女儿去华盛顿的旅费则是 100 美元[132]。

杰斐逊应该确保了哈丽特路上有人陪同，而且这个同伴不会引起同行旅客的注意。陪她的可能是个白人，也许是爱尔兰人约瑟夫·道蒂（Joseph Dougherty），他曾在华盛顿受雇于杰斐逊，在杰斐逊的总统任内周到备至地为他服务，此后很长时间还一直保持通信并曾来蒙蒂塞洛做客。或许杰斐逊派了一个奴隶陪她同行。彼得·福赛特回忆说，“除非有一个黑仆陪着，伦道夫太太不会允许任何年轻女士跟兄弟以外的绅士去任何地方”。[133] 陪同哈丽特的也许是杰斐逊的园丁渥姆勒·休斯，杰斐逊曾有一次把弗朗西斯·埃普斯托付给休斯，他们从蒙蒂塞洛到埃平顿旅行了 80 英里。或许是他的贴身男仆伯韦尔·科尔伯特，他还可以顺路进城看望姐姐美琳达。说真的，从海明斯家找个亲戚就特别合适：他会保护她，她跟他一起旅行会安心。或者，让艾伦陪她？这个安排最不可能，但仍不失为一种选项。我们知道艾伦在 1821 年 11 月去了华盛顿参加冬日社交季。[134] 也许这个日期太早了，哈丽特可能还没动身；但是麦迪逊给小女儿起名艾伦·韦尔斯·海明斯，我们不禁猜想，他是不是在致敬陪他姐姐走向自由世界的那位伦道夫家的人？

不管哈丽特离开蒙蒂塞洛时多么蹑手蹑脚，还是在夏洛茨维尔引起了一番波动。“谈论这件事的人可多了”，培根说，“人们说杰斐逊放她自由，因为她是他亲生的女儿”。[135] 这个不过四百座房子的小镇，从镇上的法院广场很容易看见杰斐逊耸立在小山上的家。[136] 在夏洛茨维尔的天鹅客栈或老鹰旅馆，杰斐逊的邻居们喝着威士忌或桃味白兰地，也不管身边是老熟人还是探头探脑的陌生人，随意谈论着杰斐逊和萨莉·海明斯的私情，谈论着长得十分像他的那些孩子。眼下他们目瞪口呆，激动地想解释杰斐逊怎么会放走哈丽特·海明斯。正如杰斐逊自己也承认的那样，所有人都知道“每两年生一个孩子的女奴比农庄里最好的男劳力更值钱”[137]。这就是为什么以前杰斐逊从未放走过一个女奴。酒馆里的人面面相觑：如果不是亲生女儿，他为什么会放一个完全健康的年轻女奴离开？

令人遗憾的是，我们不知道哈丽特·海明斯离开时的细节，我们也无从得知离开那天她的心情。她听说过那么多关于华盛顿的事，如今是时候去那里了。如果贝弗利没在她身边，那他就是在旅途尽头等着她。的确，她手里没有奴隶获释文件能确保她享有自由，但她也没留下任何蛛丝马迹，可以让若干年后另一个像詹姆斯·卡伦德那样的记者寻根究底，并登在报纸上。

为了这一天，萨莉·海明斯把她培养得很好。哈丽特从母亲那里学到，尽管有险恶的法律辖治着包括她母亲在内的弗吉尼亚奴隶的人生，但只要小心谨慎，她还是能够打造自己的未来。如今，穿上崭新的旅行服，带好行李，手提袋里装着 50 美元，她永远地离开了夏洛茨维尔，登上了自己人生的舞台，已准备好要大放异彩。

第 11 章

改头换面

1822

去华盛顿的路上要走三天——三天挨挨挤挤，摩肩接踵，连骨头都会磕伤的旅行。在弗吉尼亚的崎岖道路上，垫在车身底下的沉重的钢弹簧一点也不能减震。20 年前玛莎准备去华盛顿时，杰斐逊告诉她，这条路不错，安全。[1] 但是快到亚历山德里亚（Alexandria）时，开始进入丘陵地带，有好几个地点赶车人只得请乘客下车，以减轻马的负重。

杰斐逊已经觉得坐公共马车旅行很不舒服了，女性就更是困难重重。哈丽特离家四年后，柯妮利娅·伦道夫去波士顿看望姐姐艾伦。她觉得拥挤的公共马车“绝对要不得”，并抱怨道，“挤在这么多陌生男人中间吓死我了，万一车子突然出了毛病，他们会倒在我身上，压伤我，闷住我，我脑海里一直在转这个念头。”哥哥杰夫陪着她，但即便是他也护不住柯妮利娅免受冒犯，以往在蒙蒂塞洛的娇惯生活可没准备让她受这种罪。旅行之初，她发现客栈老板善良又好客，很喜欢每到一站都有奴隶恭恭敬敬地照顾她，领她去女性的专用房间，避开男人单独休息。不过快到马里兰州时，她就发现人们不那么关照白人女性的感受了；等到了华盛顿，这种态度差异就更惊人，她不得不和男性旅客一起站在拥挤的过道上，尽管她尽力避免与人对视，却发现自己总是跟其中某位先生面面相觑。到了新泽西州的布朗什维克，情况甚至更糟糕。柯妮利娅大为惊愕地发现在那里“地位和性别完全平等。也就是说，我们都得自己照顾自己，而且我很快就发现，仅凭我是女性，完全不足以让哪个男人把桌边的座位让给我，或在我站着的时候让给我一把椅子”。[2]

柯妮利娅从弗吉尼亚去北方旅行时感到可怕和极度不适的地方，哈丽特·海明斯却可能觉得无比新鲜和振奋。身体挤在车子里也许令人反感，但是奴隶越来越少却不会让她不悦。而在一位有经验的英国旅行者看来，柯妮利娅·伦道夫期待南方女性应得的待遇，展示了“一种冷酷的自私，她们什么都想要其中最好的那部分”。[3] 换句话说，只有其他人为她的舒适做出了牺牲，才算是恰当的。但是，在哈丽特的旅途中，只要车里没人知道她的奴隶出身，她也会像柯妮利娅一样喜欢有绅士风度的旅客对她细心关照，殷勤地扶她上车或下车，在需要时给她打伞，或是确保她能舒服地坐在桌边。[4]

哈丽特乘坐的公共马车一路向北，每一英里都带她离她的奴隶出身更远，一个全新的世界向她敞开了。不知她是如何在新世界里摸索自己的路。人们会以不同的方式留下自己的历史痕迹：大人物留下肖像、文字作品、演讲稿；不太显眼的人有时会出现在书信、受洗记录或法庭诉讼中；也有人根本没留下任何痕迹，至少没在历史学家会去找的常规地方留下痕迹。所以要开始寻找哈丽特·海明斯的大工程，我们首先必须想象诸多可能的推测，在其基础上展开调研计划。随后我们可以开始查阅那个时期保留下来的记录，看看里面会不会透露一些有用的信息。最后，我们必须定下心来，准备好既耐心又好奇地探查无数无底洞。我们要以哈丽特的眼光来看她即将安家的城市，以图描摹出当年情势。

快到首都时，哈丽特的马车在“印第安女王”（Indian Queen）门前停了下来。这家旅店实际上占满了宾夕法尼亚大道北侧第六街与第七街之间的整个街区。[5] 主人杰西·布朗（Jesse Brown）是个招人喜欢的客栈老板，在城里很受尊敬。[6] 旅店二楼的大部分是餐厅，据说是本城最大；事实上，有些华盛顿人吹牛说这也是全国最大的餐厅。布朗先生提供新鲜的食物，包括自家园子里种出来的蔬菜，引得生意兴隆，利润不菲。国会在冬季开会时，“印第安女王”就是社交中心，布朗先生在此举办过无数次舞会。[7]他的旅馆能同时容纳一百名住客；每个星期只需7到10美元，来客就可以租住一个房间，据描述，每间屋都配有壁炉。从印第安女王旅馆门前，每隔一小时就有一班公共马车前往巴尔的摩，每四个小时有一班车去乔治敦，每天一班车去西部。出租马车也很容易叫到，可以送旅客去搭汽船到南方各站。[8]布朗先生的旅馆既是华盛顿的地标，也是一个忙碌的车站。简言之，每个来到这座城市的人都会到达这个目的地。贝弗利应该正是在这里接到远途而来的妹妹，然后带她去他安排好的住地。

哈丽特走下马车，踏上积满尘埃的宾夕法尼亚大道，举目所及，一个方向是矗立在山丘上俯瞰全城的国会大厦，另一个方向则是白宫。八年前这两座建筑都被英军焚毁，不过此后已经修复；1819年，国会的参众两院就已经恢复了在原址办公。哈丽特和后来的游客看到的国会大厦有所不同。她到后又过了两年，最初的圆形大厅和它的第一个穹顶才建成，将南北两翼接在一起。

皮埃尔·查尔斯·朗方（Pierre Charles L'Enfant）、乔治·华盛顿以及哈丽特的父亲共同精心规划了上述两座建筑在城里的位置，因为他们设想的首都城市要体现新共和国的根本原则：三权分立、政务透明、接受公民问责。[9]国会大厦高踞山丘顶上，两翼各自独立又连成一体，民众代表在楼里工作，又能清楚地看到选民。行政部门与立法机构相距1.5英里，白宫与国会山之间，人员、理念和法律条文来往穿梭于宾夕法尼亚大道，清晰可见。从这两个部门辐散出去的条条道路，象征在首都特区以及更广阔的范围内，政府都是人民可接触、可问责的。

公共马车沿着宾夕法尼亚大道一路上行，这座城市第一次闪现在哈丽特眼前。她看到五光十色的杂货店、药房、纺织品店和化妆品店，华盛顿的居民都受益于不断新开的商店。[10]布朗先生的旅馆对面就有一家男装裁缝店，很方便。再向西走几个街区是女帽店和寄宿公寓。大道两旁是杰斐逊在第一个总统任期内种下的钻天杨，勾勒出人行道的边界。[11]

不过，宾夕法尼亚大道上的漂亮建筑和熙熙攘攘的人群并非整个华盛顿的典型特征。1822 年，首都华盛顿仍在建设中，人口组成包括远郊富裕的种植园主、亚历山德里亚和乔治敦的商户、政府文员、公职人员以及黑白劳工。哈丽特和贝弗利初到华盛顿时，这里的人口只有 13000 人，不过还在持续增长。[12]十年后人口会增长近五成，达到 19000 人，政府扩张增加了大量公务员，还有建筑工人和新获自由的奴隶也大批涌入，这些新增人口的需求也导致新开了众多商店。[13]尽管如此，本市最著名的建筑之间仍保持了大片空地，而朗方规划的许多街道两旁还空着没盖房子。

哈丽特·海明斯只熟悉小城夏洛茨维尔，也许她不会对华盛顿的城市景观有什么不满，不像走遍天下的欧洲游客，会认为本市的规划是一个巨大的设计失误。英国游客尤其不喜欢这个前英国殖民地首都的一切，抱怨它毫无章法，房子跟房子之间经常相隔 0.25 英里。[14]要想串个门的话，需要跨过壕沟，走过野草地，从一条街走到另外一条街。1822 年一位访客猜测，那么大的城市，就算只建成一半也需要很多很多年。[15]

但是，这名年轻女子刚从阿尔伯马尔的乡下来，看见华盛顿却是又新鲜又激动。1822 年春，也就是哈丽特离开的时候，杰夫·伦道夫的岳母正担心艾伦在首都过完冬季再回蒙蒂塞洛，“会觉得此地非常沉闷”，何况某位“斯皮尔小姐刚刚回到家……说起华盛顿有多好玩喜不自胜”[16]。虽然国会大厦还没完工，但是英国作家弗兰西丝·特罗洛普（Frances Trollope）回国后感慨道，她从未“想到能在大洋彼岸看到如此器宇不凡的建筑”[17]；或许哈丽特的感触也差不多。

最值得注意是，哈丽特到达首都时对它的意义和象征理解得非常透彻，这可能是其他游客远不能比的。她当然知道自由与非自由的区别，也知道这个城市应该体现并颂扬的自由特权是谁拥有、谁没有的。她第一眼看到总统官邸时，心里会怎么想？她这个奴隶孩子降生之际，她的父亲杰斐逊就住在那里面。第一次沿着他栽种的树列漫步，第一次爬上国会山，俯瞰脚下他协助设计的这个城市，这些时刻她想到的是什么？在长达 21 年的时间里，这座新城看似许诺的前景都与她无关，而她的母亲则永远无缘无分。萨莉·海明斯和前总统生的女儿，该如何着手去争取她父亲洋洋洒洒地宣称众人皆有却显然仅供白人独有的权利呢？如今，这些权利也可以属于她。她的白皙皮肤让其他白人看不出来她是异类，这个长处可以加以利用。她刚刚获得自由，奴隶出身被埋葬了，她穿上新衣服，有了新身份，哈丽特打量着这个自己即将展开新生活的地方。

她究竟怎么做到的是个谜，但我们可以从南北战争前奴隶隐姓埋名的故事推测出哈丽特会如何掩人耳目。1852 年，一个逃奴在新奥尔良登上了一艘汽船，后来有人形容他“衣着整洁，仪态文雅”，大胆地“坐在船舱里的第一张桌子边，挨着女士们”，一直到了孟菲斯，才开始有人起了疑心。他以“谦和绅士的样子”很轻易地混进了白人堆，旅行了将近 800 英里，直到一名船员开始生疑，在船上展开了调查。[18] 另一桩个案发生在 1838 年，有位杜卡伊（Dukay）先生编造了个人身世来到孟菲斯：他装出法语口音，告诉此地的新朋友他要逃离南方的瘴气。他讨好那些“有他在场就笑得特别开心的女士”，“滔滔不绝地谈起金融”以及他的两个甘蔗种植园，那年夏天的晚会简直是无他不成。杜卡伊先生不声不响地离开该市时，从他新交的朋友那敲诈到了一匹马鞍辔头齐备的新马，甚至还带走了一枚钻戒，说是要给他捏造出来的妹妹。另一个故事则更为常见：一个年轻女裁缝在一位年轻商人的母亲家里谎称自己是白人，年轻商人迷上了她，并在 1849 年娶她为妻，完全相信她是白人，后来他才发现她是奴隶，也就是黑人，于是婚姻被宣告无效。但她的故事说明，即使不像杜卡伊先生演技那么高超，跨越肤色界线也是有可能的。

无疑，哈丽特·海明斯很成功，她把自己的历史痕迹抹除得无影无踪，至今没人能确证自己是她的后人。她可能是一小步一小步地开始探索她的自由：像她的外甥女柯妮利娅一样，沿路在不同客栈停车时，跟着仆人去女士专属房间；到达华盛顿后，扶住要帮她稳步下车的手；或者，第一次独自去购物。1842 年，一个名叫哈丽特·雅各布斯（Harriet Jacobs）的逃奴从北卡罗来纳逃到了费城，她决定去买一些面纱和手套。听到报价后，她和不熟悉陌生货币的游客一样，拿出了最大面值的钱——一枚金币，然后等着找零，通过找回来的钱判断她买东西实际上花了多少。[19] 哈丽特倒不会这么菜鸟，因为在夏洛茨维尔有商店买卖，而且她的姨妈玛丽还跟一名商人托马斯·贝尔在同居。但她作为自由人的第一次购物会是全新的体验，店员会恭敬地说："我能为您效劳吗？小姐？"而且她能全权决定用自己的钱买什么。

毕竟，她做过多年准备，任何一件事都不是凭空第一次尝试；她有足够多的时间为新生活预谋策划。鉴于杰斐逊在《农庄簿记》中关于贝弗利和哈丽特的记录是"（18）22，跑掉"，我们有理由认为，他们两个人离开蒙蒂塞洛时或到达新城市时（或两种情况兼有），多少会是在一起的。杰斐逊的家长作风导致他不可能让一个漂亮姑娘没人保护就去旅行。有人陪她到华盛顿（或者费城），而且在到达后有一个安全住处，才能保证她的安全，实现他的目的：信守他对萨莉·海明斯的承诺，也让他的女儿玛莎少一个丢脸和紧张的缘由。至少有理由相信，贝弗利参与了哈丽特在华盛顿的生活，哪怕只是在起初阶段。没有证据表明哈丽特或贝弗利曾回过夏洛茨维尔，或曾看望过母亲。贝弗利化身白人男性，肯定比妹妹走动更方便，也许还曾回去探望过母亲；但是，哈丽特不太可能回来过。所以说，为了隐瞒他们在蒙蒂塞洛的家族关系，兄妹俩有理由编造一套新的家族史，商定某个新的姓氏，最好既能隐瞒他们的出身，又能保留能见天日的唯一家庭纽带。因为姓氏是一个人身份的核心，贝弗利在他的余生会一直用他们选好的姓氏，所以尤其是对他来说，这个姓氏可能有一定含义。至少这个姓氏要平淡无奇，不要引人注目。

华盛顿的人口比较少，但并不会危及他们的隐姓埋名，全是过客的城市里新面孔太正常了。海明斯兄妹比大多数逃奴更幸运，旧主人没兴趣追踪他们，暴露他们的底细。实际上，很可能从哈丽特和贝弗利刚一离开时，伦道夫一家就根本没打算要找他们。杰夫·伦道夫曾在 1836 年求托华盛顿的亲戚帮忙了解贝弗利的下落，可能是想告诉他，在他离开 14 年后，他母亲去世了。对方回信说，“我会尽力打听”，“但是过了这么长时间，我很怀疑能否找到他的任何线索。我完全不记得他的任何情况”。[20] 无论如何，杰斐逊的朋友和家人都无意暴露哈丽特或贝弗利的身份，重新勾起这个话题只会引得玛莎·伦道夫痛苦万分。如果哈丽特·海明斯的道路曾与玛莎及其子女有过交集（杰斐逊去世后，他们曾在华盛顿住过一段时间），家庭记录也是对此只字不提。

谋生技能也是奴隶成功转为自由民的关键。杰斐逊安排贝弗利跟着手艺高超的约翰·海明斯当学徒，确保他的儿子掌握好自立必需的技能。华盛顿城里巧木匠的工作机会俯拾皆是，所以是贝弗利立足建设新生活的完美选择。多莉·麦迪逊觉得新首都比旧都好一万倍，她对杰斐逊外孙女的未婚夫说过，“生活拮据的人在这儿能有更多社会机遇，比在其他地方更有前途”[21]。

在贝弗利决定在哪里落脚之前，也可以在这个不断扩张的城市里找到临时住处。斯图尔特太太的寄宿公寓就在印第安女王旅馆的街对面，是初来乍到者会留意到的首选。[22]“偏好舒适闲散的绅士们”可能更中意宁静的第十二街上加迪纳太太“（每星期）8 美元的两个单间，包含柴火和蜡烛”[23]。一旦贝弗利手头从容一点，他也可以考虑去住“靠近 E 街和第十二街的街口处”约翰·休斯的二层砖房。[24]

在哥哥的保护之下，哈丽特也能自立。早期住在华盛顿城里的政府雇员少有携家带口的，于是平常由妻女做的家务如今交给了女工。恰好在哈丽特和贝弗利来那年发布的城市生活指南上印着，有女性在城里开办寄宿公寓、学校、杂货店或饰品店；她们是制帽工、女裁缝，还有几位服装师，显然是接待男顾客的。哈丽特为了找工作也许会发广告宣扬自己的手艺，就登在《国家通讯日报》（*Daily National Intelligencer*）上，这家报纸的创始人是玛莎·伦道夫的朋友玛格丽特·贝雅德·史密斯的丈夫塞缪尔·哈里森·史密斯（Samuel Harrison Smith）。也许她那年在报上刊登了一整年启事，要找“一个职位”运用自己在“制衣行业，以及……管理家务方面的详尽知识”[25]。为了隐姓埋名，她会略去自己的名字，让感兴趣的人联系当地的一名书商。或者，她可能是西弗太太刚刚雇的那位“技艺精良、擅长制作女帽和宽松女大衣的”年轻女士，这家号称“采用最时尚的款式”的店，和布朗先生的旅馆只隔三个街区。[26]如果她能读会写，也可能向女性开办的几家小学校申请教职。[27]这个初生的城市敞开胸怀，欢迎勤勉有才干的人在这个世界寻求前途，而哈丽特的白皮肤让她比有色人种女性拥有更多机会。

但是，19世纪的任何一名白人女性确保现世安稳的最好赌注，是找到一个有望娶她的好男人并诱使他展开追求，哈丽特也不例外。她用不着读那些写给年轻女性的指南就明白，这一决定会塑造她“一生的命运以及全部的幸福”——其中一本指南就是这样警告的。在她考虑未来丈夫的品行时，也不会不同意指南的建议，在做决定时，“勤勉规律的好习惯……要胜于目前拥有的一切财富”[28]，在19世纪快速变化、大起大落的经济环境中，财富会转瞬消失。1819年的金融恐慌让杰斐逊深受其害，[29]导致他身陷债务而且再也没能恢复元气，从无意中飘过耳边的焦灼不安的谈话中，哈丽特肯定对此也有所耳闻。

就哈丽特·海明斯自身的条件而言，我们知道她长得漂亮，这一点在婚姻市场上至关重要。为了让自己的容颜更加光彩照人，她会不会精心效仿标志着中产阶级体面的那些做派——在拥挤的人行道上要靠右行走；在街上遇见熟人时不要大喊人家的名字；要跟熟人边走边聊，而不是让别人停下脚步说话耽误他的时间？[30]她的缝纫技能也许预示她会是个好妻子，能用中产家庭特有的枕头、床罩、窗帘、椅罩来装饰全家，并把她自己和孩子们都打扮得体。

她学到的任何烹饪本领都极有助于她完成家庭妇女一天到晚的主要职责。她会生火取暖、揉面发面、准备早餐，吃过早餐收拾完毕之后，就开始琢磨如何凑成一顿“体面的正餐”，就像玛格丽特·贝雅德·史密斯在华盛顿的家里每天看着仆人做的那种，有汤有肉有蔬菜，一共好几道。一个好主妇会打理园地、种植蔬菜、养鸡生蛋。在华盛顿，哈丽特可以去中心市场，那是一个超大的农贸市场，在宾夕法尼亚大道上占据了两个街区。[31] 史密斯太太整个早上“跑来跑去”亲自“腌好牛肉”，甚至还要用上她能雇到的所有帮手。[32] 哈丽特也许会做“半弗吉尼亚式、半法式风格”的晚餐，而且每道菜都换盘子，那是丹尼尔·韦伯斯特在杰斐逊的餐桌上赞赏过的风格。（艾伦·伦道夫曾听一位表兄说，“全美国只有在蒙蒂塞洛这一处，我能再要到个干净盘子”[33]。）奴隶彼得·福赛特虽然才 11 岁，已经靠观察杰斐逊一家熟知了精英阶层的风度，而且鄙视缺乏风度的白人。[34] 哈丽特有 20 年的时间能近距离地看到，如何安排餐桌才能既丰盛又有品位，让韦伯斯特那样的客人都叹为观止。[35]

所有这些品质对哈丽特·海明斯来说都特别重要，因为她没有家世背景撑腰，也没有丰厚的嫁妆为饵。华盛顿有越来越多的政府雇员、底层小官、商人和建筑从业者，大批野心勃勃想建功立业的男人蜂拥而至，他们不像乡村绅士那么看重传统的联姻。只要一个女人长相漂亮，外表整洁，能用针线活儿装点全家，做得一手好饭，就算是最有魅力的妻子人选。杰斐逊的朋友本杰明·富兰克林多年前曾在他的畅销书《穷理查年鉴》中忠告过年轻人："男人尚未娶妻即未完整。"[36]

不管细节究竟如何，哈丽特·海明斯凭借勇气、智慧和毅力，把母亲给她的天赋变成自己的能力，摇身一变成了生而自由的白人女性，并嫁给了"一位在华盛顿市名声不错的白人"，麦迪逊·海明斯知道这个人的姓名，却"出于谨慎的理由"拒绝透露。麦迪逊还说，"她养育了一大家孩子"（他没有特别指明是在华盛顿还是其他地方），直到 1863 年，他都"没听说过有人发现她就是蒙蒂塞洛的哈丽特·海明斯"[37]。她在历史记录中踪迹全无，充分证明母亲对她的培养多么完满，同时也最有力地说明哈丽特成功地学会了白人女性的衣着打扮和行为举止。但她的生活是怎样展开的？麦迪逊在 1873 年理所当然隐藏的那些细节，我们今天能侦查出来吗？像我这样的历史学者特别想知道。

我首先搜索的关键资料是针对蒙蒂塞洛的奴隶群体的，即别人的讲述以及他们的自述。杰斐逊的《农庄簿记》、他的监工的回忆、杰斐逊的孙辈企图抹掉"黄孩子"的各种不同解释，共同组成了一套信息来源。另一套信息来源包括麦迪逊·海明斯的家族故事，旁及艾萨克·格兰杰·杰斐逊的家族故事，以及深入研究由杰斐逊本人或其他人记下的他的行为（例如解放萨丽·海明斯的所有孩子）。第三套信息来源是蒙蒂塞洛网页上那个精彩的项目"音讯"（Getting Word project），它的设定目标是找到蒙蒂塞洛奴隶群体的后代，并编年整理他们的故事。[38] 那里存着一份录自伊德娜·雅克斯（Edna Jacques）的证言，她是伊丽莎白·海明斯的后代，是从杰克·埃普斯的奴隶情妇蓓西·海明斯这条血脉传下来的；她记得"老姨"奥利薇·丽贝卡·博林（Olive Rebecca Bolling, 1847–1953）在 20 世纪 40 年代的某天说过，"萨莉·海明斯和托马斯·杰斐逊生的那个女儿的白人家庭就住在华盛顿特区这儿。"小伊德娜当时还是个小姑娘，好奇得坐立不安。"我问过。他们说，'说实在的，是啊，他们有个女儿，她变成了白人，她家挺富裕的，现在就住在这儿。'"小姑娘再追问细节，就有人叫她别声张。“有人说，‘嘘’，这是家事。那就是说‘别再问了’……那是家事。”至今，伊德娜·雅克斯拿不出一个具体的名字回答我的询问。[39] 但这仍是一条重要线索：至少直到 20 世纪 40 年代，哈丽特·海明斯一家都一直住在首都华盛顿，还是留下了历史记录，哪怕并不显眼。

前景诱人，我冲向这个方向。很快我就坚信，哈丽特和贝弗利给自己编造了一套新的家族史，因为很容易看出他们弃用了泄露身份的姓氏“海明斯”，无论是哥伦比亚特区或其周边，查询结婚登记或人口普查记录，都没有这个姓氏。我在人口普查记录中找到的贝弗利，没有一个符合他的情况，所以“贝弗利”这个名字似乎也被他丢掉了，因为太与众不同了。我想起麦迪逊给他的一个儿子起名威廉·贝弗利，于是又开始查找“威廉”或“威廉·B”。我在华盛顿特区的婚姻登记档案中查找有没有一个哈丽特和一个威廉·B 是用同一个姓氏的。但麦迪逊曾说过贝弗利娶了一位“马里兰州的白人女性”，而哈丽特可能会在首都结婚，那么他们的名字并不一定会出现在同组登记资料中。我开始查找哈丽特可能会嫁入的首都长期住户。最重要的是，我可以查找孩子的名字。历史学家安妮特·戈登-里德曾注意过，“海明斯这家人特别爱用彼此的名字给孩子起名”。[40] 如果哈丽特生有儿子，如果她丈夫允诺她给任何一个儿子起名（考虑到 19 世纪的性别惯例，只能强调这个“如果”），如果她用了亲兄弟的醒目名字（在无数名字当中，这些名字定会引人注目：詹姆斯、约翰、约瑟夫、托马斯），那么我可以说，我找到了哈丽特·海明斯这一长路的起点。

不过这个计划的起步并不那么简单，因为 19 世纪保存档案资料的水平在联邦一级和特区都不尽如人意。1850 年之前，美国政府并未强制规定在联邦人口普查中必须登记所有家庭成员的名字，导致 1790 至 1840 年间各家各户的妻子、儿女、其他亲属、仆人、奴隶以及其他同住的人都无法查证。直到 1874 年，首都的牧师们也没有规定在哥伦比亚特区出生的儿童需要登记。（死亡登记是从 1855 年开始的。）原本通览 19 世纪 30 年代和 40 年代的人口普查记录以及华盛顿市出生登记会是哪怕乏味却直截了当的做法，这下却变得复杂多了，我只好去翻看教堂档案里散见的受洗记录，才能找到孩子们的名字。

这一对策马上凸显了若干问题。其一，华盛顿居民并不全是基督徒，并不都会去教堂，因此我还没开始实施这个计划，用来打捞哈丽特的孩子的网已经满是漏洞。其二，即使是会去教堂的教徒，其中许多人受洗也不是在婴儿时期，比如有些长老会众要求成年后才发愿受洗[41]。另外一个难题是决定调查哪些教堂。最早的城市指南出版于 1822 年和 1827 年，列出了在哈丽特最有可能结婚的时间段里华盛顿有哪些教堂，然而其中大多数此后或已改换了名称，或已搬到了新址，或已被其他教派归并。换句话说，我们必须先编成一份教堂的谱系，以便确定到哪里去寻找可能存在的记录，然后才能奢望在历经近两个世纪的换手和搬迁之后，还能找得到这些记录。但即便知道相关记录在哪儿，其保存状况肯定也相当杂乱。它们会反映经手神职人员的个人癖好，反映出此人如何取舍应存档的重要信息、选取哪些年的档案，还要看档案采用的拼写标准以及抄录笔记是否容易辨认。当年教堂至今原封未动保存着早至 1822 年的记录的只有两处：第一长老会教堂（First Presbyterian Church）和圣约翰圣公会教堂（St. John's Episcopal Church）。[42] 我在这两个教堂的儿童受洗记录中查找海明斯家族特有的名字，结果无功而返。

为数不多的现存教堂记录中，名叫“哈丽特”的新娘也找不到。随即我发现从 1811 年起，全部婚姻都必须在特区政府登记，于是又重燃希望。我查了“1811 年至 1830 年华盛顿特区婚姻许可证”[43]，把 1822 年至 1830 年间每一个新娘哈丽特都挑出来，列出了一份 58 人名单。婚姻记录列出了新娘和新郎的名字、他们的种族（只有“黑人”或“混血”才需要标明)、结婚日期，别的什么都没有了，既没有父母或证婚人的名字，也没有出生日期和地点。整本登记簿中一个海明斯也没有。但比起查点全市13000人口，58位哈丽特是适合用于研究的离散样本。更重要的是我找到了她们丈夫的名字，他们作为一家之主、工人、纳税人、房产主和遗赠人，留下的痕迹比女人更容易追踪，因为女性一旦结婚之后就差不多再也留不下历史记录。

开始这项工作最合逻辑的地方便是“美国革命的女儿们”（Daughters of the American Revolution，DAR）图书馆，这里收藏了大量家谱，便于研究者前来查实他们的祖先是否参加了美国独立战争。DAR的“家谱档案委员会”（Genealogical Record Committee，GRC）的工作成果形成了一个数据库。20世纪初进行的这个项目通过手抄保存了大量早期教堂、镇、县和法庭等处的档案文献，也包括遗嘱，他们甚至抄写了墓碑上的铭文。我开始在数据库中搜寻每一个“哈丽特”及其拼写异体，搜寻每一个哈丽特的丈夫，并将搜索的地区限定在哥伦比亚特区、马里兰和弗吉尼亚，其中若干个选项可以排除。比如尽管哈丽特·福瑞这个人的姓意味深长(Free意即自由)，但岩溪教堂的受洗记录表明她是在1800年受洗的；哈丽特·席格登于1807年5月在基督教堂受洗；哈丽特·戴尔于1809年在亚历山德里亚的长老会教堂受洗；哈丽特·休斯于1801年2月以及哈丽特·O.格雷夫斯于1809年在岩溪教堂受洗。这些哈丽特的出生地以及她们的父母都在华盛顿地区无疑，她们都不可能是海明斯。[44] 1831年在第一浸礼会教堂受洗的哈丽特·萨莱斯是一位有色人种女性，因此也可以删掉。[45]

GRC数据库中从教堂和市政府找来的婚姻登记档案也非常有用。尽管哈丽特·纳登的结婚日期是1823年12月，恰在海明斯到达华盛顿之后，但是GRC也显示她此前在1819年已经结过婚，不可能是海明斯。类似的还有1823年6月嫁给威廉·里奇韦的哈丽特·沃利斯，基本可以肯定她是理查德·D. 沃利斯的遗孀，初婚是在 1816 年。（拼写差异不成问题，文员们经常按发音拼写。）1824 年 11 月结婚的哈丽特·尼科尔也是再婚，并给她的第二次婚姻带来了很多财产，为保护这笔财产她还签了婚姻协议（也就是我们今天所说的婚前合约）。[46]

另外一些记录表明麦迪逊讲述的细节对寻找他姐姐多么重要。比如，GRC 数据库中的葬礼记录让我们可以从名单中划掉哈丽特·L. 克鲁特顿。她在 1830 年嫁给希西加·马格鲁德博士，卒于 1836 年，而多年以后麦迪逊·海明斯最后一次有他姐姐的消息是在 1863—1864 年间。当过邮局主任办事员的乔治·斯威尼在 1849 年立下遗嘱时，他的妻子哈丽特·伯吉斯已经去世。此外，哈丽特·安·希尔兹在 1851 年发布了她哥哥托马斯·希尔兹（享年 35 岁）的讣告，她是 1830 年嫁给华盛顿的书籍装订商詹姆斯·P. 麦吉恩的，这个名字我们也可以划掉了。即便贝弗利是用了父亲的名字，托马斯·希尔兹也比贝弗利年轻 18 岁；而且麦迪逊也没在 1873 年做出任何表示说贝弗利已经去世了[47]。

我还查过市政府的遗嘱认证记录，想看看受赠遗产的子女有没有用到哈丽特兄弟们的名字，这番查询进一步删缩了我那份“哈丽特”名单。[48] 但在 19 世纪 20 年代，只有极少的已婚夫妇在哥伦比亚特区存档遗嘱，这警示我们 19 世纪美国的阶级和流动性是多么重要的因素。并非人人都有足够多的财产需要留下遗嘱，首都也始终是个候鸟之城，每次政府换届都有许多人满怀希望地来来去去寻找职位。尽管没有一份遗嘱可以联系到哈丽特·海明斯，但它们帮我又从名单里划掉了两个哈丽特。哈丽特·卡斯尔的丈夫约翰·克伦威尔卒于 1835 年，没有子嗣，不太可能是个“养了一大家孩子”的人。国家档案馆的遗嘱认证记录表明，哈丽特·伯雷尔是本杰明·伯雷尔医生的姐妹。[49] 其他各类信息来源帮我从名单里划掉了更多人。马丁·斯蒂尔婚后不到八个月就在《全国通讯报》上登出一条启事：“吾妻哈丽特·斯蒂尔无故抛开膳宿姻缘。在此预警诸君切勿因我向她借贷，我已决意不予偿还她所签订的任何债务。”[50]哈丽特·托利佛·斯蒂尔显然没有循规蹈矩做个可敬的白人女性，更不会是“养了一大家孩子”的哈丽特·海明斯。

哈丽特·贝尔在1826年嫁给威廉·J.库柏。我会注意到她的姓，是因为它呼应了海明斯家的一个传说：萨莉·海明斯的同父异母姐姐玛莎·韦尔斯·杰斐逊临终给了她一只铃铛（Bell）。哈丽特·贝尔的丈夫是一位英国出生的印刷商，这个行业在共和国初期刚刚兴起而且受人尊敬。他在1871年去世，悼词说他“光荣地担任过华盛顿市政府下属的数个职位”。[51]此人听起来很像麦迪逊·海明斯形容过的姐夫，我开始希望自己的确是查对了方向。库柏显然具备19世纪男性最重要的优点：他是个巧手的工匠，一个很好的供应商，而且他担任公职证明他热心公益。[52]种种特质表明，他似乎正符合杰斐逊期望的理想公民形象，共和国的延续寄托在他们身上，哈丽特·海明斯的丈夫也应该是这样的人。尽管他在遗嘱中没有提到孩子的名字，1850年的人口普查却显示他有六个孩子。不过，除了一岁的简以外，没有一个名字与蒙蒂塞洛的白人或黑人亲戚的名字重合。虽说如此，最终我是在去过国会墓地之后才只好划去哈丽特·贝尔的名字。[53]在墓园里，在哈丽特·贝尔·库伯和她丈夫的墓碑旁边，长眠着哈丽特的父亲，查尔斯·贝尔。

早期另一个很有可能的人选是哈丽特·科特林格，1824年嫁给罗伯特·杨·布伦特。布伦特的父亲曾在杰斐逊和麦迪逊的总统任期内担任华盛顿市市长。[54]这么说来，布伦特当然符合麦迪逊形容的“一个在华盛顿市名声不错的男人”。但是，约翰·亚当斯的孙子查尔斯·弗朗西斯·亚当斯（Charles Francis Adams）在1823年写的一封信让人生疑，哈丽特·科特林格究竟会不会是哈丽特·海明斯。亚当斯提到，科特林格该结婚了，“因为她已经过了最好的时候，如今开始走下坡路”（她那年24岁），16岁的亚当斯说，尽管他认为她无疑会是一位贤妻，但他觉得，走出了像结婚“这么可恶的一步，还是要追逐一些快乐的东西”。这个少年的结论是，“出色是好事”，“但若不美就不值什么”。[55]既然杰斐逊的监工埃德蒙特·培根说过海明斯相当漂亮，那么科特林格就不太可能是海明斯。更进一步的研究发现，哈丽特·科特林格1799年出生于一个费城家庭，在圣玛丽天主教堂受洗，她不可能是海明斯。[56]

更令人振奋的可能人选是哈丽特·沃克，她在1825年5月嫁给了约翰·牛顿[57]。这个姓氏当然是有深意的（Walker意为行者）：玛莎的女儿艾伦说起过，“走掉了三个小伙子和一个姑娘”，而我们知道，尽管杰斐逊在笔记中写成“跑掉”，但哈丽特和贝弗利都不是“跑”掉的。再说，市政府的结婚记录里有一位威廉·B.沃克在哈丽特·沃克结婚两个月之后也结婚了。他可能是贝弗利吗？威廉·B.沃克是一个马车刷漆匠，对贝弗利来说，也不是完全不可能；杰斐逊的贴身男仆伯韦尔·科尔伯特也是一个天才的马车刷漆匠。贝弗利为等到妹妹年满21岁，自愿忍耐多当了三年奴隶，他当然能再多等两个月，等她结婚之后才组建自己的家庭。但结婚登记册中还有另外35个姓沃克的人（排除掉其中两个肯定是黑人的人）。如果哈丽特和威廉·B与这35人当中的任何人有关联，他们就显然不是海明斯兄妹。

更深入研究教会和人口普查记录得到的收获是，我发现了约翰·牛顿、哈丽特·牛顿与威廉·B.沃克之间的清晰关联。1839年10月，威廉的妻子玛丽亚是约翰和哈丽特的新生女儿受洗时的教母，哈丽特·沃克和威廉·B.沃克是兄妹关系，哈丽特·牛顿与嫂子关系亲密，我的希望更大了。但是，1830年的人口普查最终让我不再考虑哈丽特·沃克。尽管威廉·B.沃克两口子都是白人，约翰·牛顿却是有色人种自由民。而麦迪逊特别强调过，他姐姐嫁了个白人。

除了查看受洗记录以外，对于名单上的58个“哈丽特”，我只能靠她们的丈夫留下的历史痕迹来辨明她们的身份。不过，58人当中有20人自从在政府工作人员那里登记结婚以后，就从这个城市消失了，这个比例可不小。这些失联让人特别难以理解，因为互联网的诞生再加上业余爱好研究家谱的热潮，如今这一题目的研究深度已经远超三十年前的水平。诸如“祖先与家族搜索”（Ancestry and Family Search）这类数据库[58]都开放原初记录和个人上传的家族谱系，它们让我能把网撒向全国，而非只能预设这些丈夫仍然住在首都地区。即便如此，娶了哈丽特·安·赫斯的约翰·安克斯、娶了哈丽特·威尔森的约瑟夫·阿斯金斯、娶了哈丽特·法兰德的约翰·巴里以及更多的人还是踪迹难觅。我查看过华盛顿1850年和1860年的人口普查记录，还是没有他们的踪迹。他们的无影无踪提示我们，人们做记录以及保存记录是多么的随意。不管怎样，想起奥利薇·丽贝卡·博林在20世纪40年代说过，哈丽特·海明斯的家庭“挺富足的，现在就住在这儿”，而这些男人在各种记录中不见踪影，这让我相信，嫁给他们的任何一个哈丽特都不太可能是哈丽特·海明斯。过得好的男人拥有地产，经营生意并且会付税，所有这些都是会有记录的。

我最初的58个哈丽特的名单还剩最后两个，仍有一定的可能性，她们的情况既有希望又有疑点。哈丽特·辛普森在1824年1月嫁给拉辛·庞弗里。庞弗里是一个劳工，1860年人口普查时，他自我划定为农民，直到那时仍未积攒下任何不动产，[59]他的个人财产总值只有100美元。他曾经住在弗吉尼亚，如果我们相信他的姓氏算是颇为罕见，1820年的人口普查似乎把他算了两次，分别登记在布鲁克县和俄亥俄县（今属西弗吉尼亚）。考虑到当时人口登记材料的统计要18个月之久，而没有土地的人需要各处游走去找工作，这就毫不奇怪。这也意味着他没什么手艺可以提供。他的名字两次出现在华盛顿的报纸上，两次报道都涉及暴力：1853年，他与约翰·隆约好见面，结果两人打了起来，隆攻击了庞弗里，丢下他扬长而去；1858年，海军工厂发生了一场枪战，庞弗里受伤。[60]

我们从拉辛·庞弗里的身上看到的一切，都不符合麦迪逊口中的

“一个名声不错的男人”。甚至他的十个孩子的名字，其中包括约翰、玛莎、安妮、玛丽这些哈丽特童年时代在蒙蒂塞洛出现的名字，都不足以说服我做进一步的研究。[61] 相反，这些名字与其他孩子的名字（索菲亚和劳埃德）都符合庞弗里家的路数。市政府的婚姻登记中还有另外二十多个辛普森，这个姓在马里兰州的乔治王子县和蒙哥马利县都很常见。哈丽特可能与其中某一家辛普森有关系；在 1821 年巴尔的摩的一份婚礼启事中确实有一位拉辛 · S. 辛普森，这也许表明，早在拉辛和哈丽特结婚之前，这两个家族就有长期的亲戚关系。[62]

不管怎样，我还是忍不住猜测。奥利薇 · 丽贝卡 · 博林说起哈丽特的富足后代时，是指庞弗里一家吗？到了 20 世纪 40 年代，庞弗里家已经在首都特区经办丧葬业务一百多年了。1928 年，他们在马里兰州的罗克维尔（Rockville）置业，他家的业务至今仍在那里继续运营；从 1934 年开始，公司总部一直在贝塞斯达的威斯康星大道。换句话说，这家兴旺且知名的企业属于一个姓氏特殊的家族，可以充分解释为什么博林太太会认为海明斯的后代过得挺富足。然而，庞弗里家族经营丧葬的支系不是拉辛那支，而是他哥哥威廉那支。庞弗里家族在华盛顿 - 巴尔的摩走廊地带是一个人丁兴旺的大家庭；博林太太要是把其中两支弄混了的话，也是情有可原的。那么，有可能哈丽特 · 海明斯嫁给了拉辛 · 庞弗里，如果麦迪逊认为姐姐的境况不错，可能是因为她告诉弟弟时夸大了自己的成功，用意或者是为了掩饰自己的窘迫，或者是不想让他担心。

鉴于研究蒙蒂塞洛的历史学者露西亚 · 史坦顿（Lucia Stanton）以及“音讯”项目都说海明斯家的后代生活得很好，可知哈丽特 · 海明斯不大可能如此草率地选择一个不走运的劳工来积攒财富。或许我该对自己承认，当我深究名单寻找其他可能性时，我只是想为哈丽特 · 海明斯找一个比拉辛 · 庞弗里之妻更为幸福的结局。也许这就是为什么我热切地将努力转向了一条诱人的新线索。

哈丽特·加纳（这是结婚登记用的名字）或者加德纳（这是报纸刊登的婚礼声明用的名字）在 1822 年 7 月 13 日嫁给本杰明·威廉姆森。如果加纳是哈丽特·海明斯，那么她决定未来人生可真够快的，不过也够好。威廉姆森是苏格兰移民，大约四年之前来到华盛顿市。[63] 他的种族渊源可能会吸引哈丽特：作为一个苏格兰人，他没有参与或投资过蓄奴制度，也没有任何迹象表明他的余生拥有过奴隶。作为一个新移民，他没有家世人脉来彻查未来妻子的家世人脉。（有意思的是，这一时期有若干起苏格兰男人娶了有色人种女人的事例。[64]）他的职业是个木匠，可能和贝弗利同在一个行当里，这能解释他怎么会这么快就遇到了哈丽特。

然而本杰明不是个普通木匠。用今天的说法，他是承包商和开发商。一段写于 1908 年的华盛顿历史讲述道，“三十年代，本杰明·威廉姆森建了一排带地下室的二层木架房……威廉姆森的排屋建在第十街和 H 街街口的东南角，像迈克尔·萨多的杂货店一样尽人皆知。”[65] 这位精明的苏格兰人知道，投资首都的城市建设“会获得可观的资金回报，可能是比美国国债更好的财产，且更持久”，这正是杰克·埃普斯在二十年前对杰斐逊的建议。[66]

只需约略浏览国家档案馆中 19 世纪 40 年代的合约样本，就可以看到威廉姆森在华盛顿城深度介入购买、开发并出售经过升级建设的用地。[67] 那十年里，他忙着“在第十一街和 K 街的街口造一些木架房子”[68]，在原来的砾石滩上建起了一个居民区。到了 1860 年，他在本市拥有的财产已经超过 17000 美元。[69] 他于 1864 年去世，他的遗孀雇了 30 辆马车把吊唁宾朋从靠近 K 街的第十一街的家里送到他在国会公墓的墓地。[70] 本杰明当然符合麦迪逊形容的名声不错的人，继承他家业的儿子约翰和约瑟夫也是一样。威廉姆森家的人是真的帮忙建设了华盛顿特区，包括 K 街和西北第十一街交叉那个街区至今仍在的群房。1898 年，本杰明的儿子约瑟夫·B. 威廉姆森自豪地加入了“最早定居者协会”（Society of the

Oldest Inhabitants)，由于约瑟夫在 1898 年捐助兴建第四长老会教堂，教堂还给威廉姆森家保留了专用座席。[71]

哈丽特和本杰明"养活了一大家孩子"。其中七个长大成人，至少有三个夭折的孩子。约翰、约瑟夫、查尔斯三个儿子的名字中间都带缩写字母 B。长子不出意料用了父亲的名字，约翰·本杰明。但是，约瑟夫或者查尔斯会用贝弗利的名字吗？我找了每一条能想到的约瑟夫的公共记录——洗礼、结婚、人口普查、契约，甚至 1914 年他的死亡证明，都没找到一个文件拼写出他的中间名字。[72] 直到我见到他的一个后代给我看他的《圣经》，看到他母亲送这份结婚礼物的时候在上面题的字，我才终于可以证明，他的"B"也是本杰明。[73] 查尔斯搬去了密苏里，在那个州存档的他的结婚证和死亡证明上都没有完整拼写出他的中间名"B"是什么名字。[74]

哈丽特·加纳·威廉姆森可能没给几个儿子起名，但她好像给女儿们起名了。接照这一时代十分常见的做法，大女儿取了她自己的名字，次女是 1832 年出生的维珍妮娅（是取名自她的出生地弗吉尼亚州，还是取自同样在 1801 年出生的维珍妮娅·伦道夫？），再下来是 1836 年出生的萨拉（取自她的母亲？），以及 1838 年出生的伊丽莎白（取自她的外祖母？）。当然，分开来看，这些名字什么都不能证明；这些名字在当时一点也不稀奇。但是，如果把它们放在一起，尤其是恰好在哈丽特能做主的范围内，这就非常有意思了。

几乎可以肯定，由本杰明的苏格兰情愫驱使（他甚至在国会公墓的墓碑上骄傲地宣告了自己的族群身份），哈丽特和本杰明才请了同为苏格兰移民的长老会牧师詹姆斯·劳里（Reverend James Laurie）来主持婚礼[75]。他们也许没听说过，大约二十年前，劳里牧师曾见过杰斐逊，但哈丽特如果听到一定会欢喜。教会历史学家伊莱恩·莫里森·福斯特（Elaine Morrison Foster）讲述道："有一次劳里正在国会山布道时，托马斯·杰斐逊走进了教堂楼座。劳里于是在他的布道词中引用了《彼得后书》第二章，谈到假先知们妖言惑众、妄揣进而毁谤，必将亡于自身的堕落。马萨诸塞州的国会议员阿比亚·比奇洛（Abijah Bigelow）告诉妻子，这件事他是听牧师‘亲口’说的，杰斐逊再也没跟牧师说过话。”[76]在那个政治派系斗争激烈的时代，联邦党人指责杰斐逊是无神论者，他的当选会让基督教在美国遭到毁灭。长老会的典型布道方式是即兴布道，而不是对着拟好的讲稿照本宣科。因此，那天劳里发现总统也来做礼拜，便可以轻而易举地转移话题。

哈丽特·威廉姆森的丈夫辛勤工作，以初来乍到的新移民之身实现了美国成功故事，而她也以适合女性的模式努力获得了社会尊敬。像许多中等阶层的女性一样，她也求助于宗教。记录表明，1835 年 5 月，哈丽特·威廉姆森“申请进入教会”，并且“接受了对她的基督教知识和经验的考试”，由长老们收进了第四长老会教堂。[77]除了从 1845 年开始的两年间歇以外，她余生都是那个教派的虔诚会众，而且 1847 年她重回教会时把本杰明也带来了。她信仰之虔诚显然已经不只是参加教会活动，而是影响了她的全家。据第四长老会的文献记载，哈丽特的几代后人也都加入了她的教堂：早自 1848 年，哈丽特的儿子约翰和儿媳玛丽抱着他们的第一个婴儿哈丽特·伊丽莎白来这里受洗，晚至 19 世纪 70 年代，已经结婚生子的哈丽特·伊丽莎白把自己的儿子也抱到了受洗台上。1897 年，哈丽特的儿子约瑟夫当选为教会董事会副主席；第二年，他加入建设委员会，盖了一座新教堂，替代他家几十年来一直去的那座老教堂，位置在第九街和 G 街的西北街口。[78]当哈丽特的小女儿伊丽莎白于 1917 年去世时，她加入教会已经 56 年了。[79]

哈丽特·威廉姆森终于争取到的另一个中产阶级地位标志是识文断字。本杰明夫妻于 1846 年 9 月买进一处地皮，1847 年 6 月又将它卖掉，这两笔交易都需要哈丽特的书面同意。美国革命并未推翻夫妻一体法，这一细则的设计是为了帮助遗孀保留对亡夫遗产的权利，也就是说，如果丈夫去世时没有留下遗嘱，他的遗孀可以要求分得一定比例的遗产供她生活。但是，哈丽特在这两次交易中都不会签字，而是由文员在她画的 X 旁边标着“哈丽特 · 威廉姆森，她的画押”[80]。然而到了 1864 年哈丽特的丈夫去世时，她已经学会了写字。在本杰明的遗嘱认证登记里有各种账单和收据，其中就有一张她亲手签署的期票。[81]

我们要考虑哈丽特 · 海明斯如何与弟弟保持联系，读写能力就是个重要问题。如果哈丽特 · 威廉姆森真的是哈丽特 · 海明斯，那么本杰明于 1864 年去世，很可能就终结了她与麦迪逊的通信。这个时间点当然与麦迪逊的记忆相吻合。也许本杰明知道哈丽特的背景，在她尚不识字的那些年，他一直替她与她弟弟联络。但是，既然她在丈夫去世前已经学会了读写，为什么她没有继续与弟弟联系呢？也许她觉得由丈夫传递信息，她的秘密会更安全。19 世纪的男人在业务和私事上都享有不容置疑的隐私权，他们的妻子则完全没有。本杰明收到的信可以字迹陌生、发信地址古怪，比如来自俄亥俄州，而哈丽特很可能就不行。随着他的死亡，这一联系就会中断，尤其是如果麦迪逊的书信被阅后即焚，那么哈丽特手里就没有他的地址，而且也无从找到。（在这个时点上贝弗利究竟在哪儿是个谜。即便最初他向麦迪逊转告了哈丽特的消息，此时显然已经没再写信了。）当然，哈丽特终究是要优先保住孩子们的白人身份，为此要向他们隐瞒奴隶出身，而任何一封来历不明的信件都可能泄露这个机密。不管是由于本杰明的亡故，还是她自己决心保守秘密，哈丽特都可能牺牲掉她与麦迪逊的联系。

最后，当我评估哈丽特 · 威廉姆森是不是哈丽特 · 海明斯时，威廉姆森一家在首都华盛顿的长期居住史也是一个考量因素。哈丽特 · 加纳的后代们也符合条件。哈丽特的儿子约瑟夫 · B. 威廉姆森于 1914 年去世，讣告追忆他是“城市事务中的杰出人物”[82]。他的儿子约瑟夫 · 鲍特勒 · 威廉姆森（Joseph Boteler Williamson）一直活到了 1955 年。他也是一位成功的建筑商，除了养活自己家人以外，还资助他妻子娘家的意大利裔大家庭。[83] 查尔斯·威廉姆森的父亲是哈丽特的儿子约翰，查尔斯在 20 世纪 40 年代已是一位富有的律师，他的妻子曾出现在《华盛顿邮报》的社交版面上。[84] 以上只是这个大家族中的几个例子，这家至今仍有许多人住在华盛顿特区及周边地区。

如果说可以论证哈丽特·加纳·威廉姆森很可能就是哈丽特·海明斯，却也有证据表明她可能不是。在哈丽特·加纳结婚登记的前一年，即 1821 年 6 月 6 日，有个叫威廉·琼斯的人发文警告公众，不要相信某位哈丽特·加纳指控他偷了“两根铜烛台，一个铜圈和一只老鼠夹”[85]。她向他的上司卡辛上校报告了这一偷窃行为，但琼斯辩称她的指控是恶意的，“因为据说她不说真话，没资格自称品行端正”。哈丽特·海明斯不太可能那么早就到了华盛顿，也不会用那种方式冒险让人注意到她。这个城市里还有别人也姓加纳，后来在 1847 年一份华盛顿市婚姻记录里另有一位哈丽特·加纳，所以有可能，声明涉及的那位加纳并不是本杰明·威廉姆森的太太。但这则声明当然是个问题。

此外还有一些不相符之处。不过考虑到某人要改头换面这一背景，这些细节倒是可能促使我们认为哈丽特·加纳就是哈丽特·海明斯。哈丽特·海明斯决心隐瞒自己的出身就必须编造她的出生日期、父母背景等等信息，鉴于 18 世纪末 19 世纪初保存记录的混乱情况，这很容易做到。这些信息传给了她的孩子，而他们填在官方文献如人口登记、死亡证明上，于是上述信息就成了合法且永久的。于是她的生日变成了 1805 年 11 月 5 日，[86] 而不是杰斐逊记录的 1801 年 5 月。人口普查登记中，哈丽特·加纳的出生地有马里兰和华盛顿两种说法，视填表人的不同而异；与此形成反差的是，她的孩子们从没弄混过父亲的苏格兰出身。哈丽特·加纳·威廉姆森的死亡证明上写着，她的父母出生于马里兰的乔治王子县。如果这是真的，那她就绝不会是哈丽特，但我在那儿和隔壁的蒙哥马利县都找不到她父母约瑟夫·加纳和玛丽·加纳的结婚记录，也没找到哈丽特·加纳的受洗记录来证实这一说法。[87] 如果某人为掩盖自身踪迹而有意设置迷障的话，与事实不符的官方记录就是相关研究者面临的一个非常聪明的障眼法。

不过，筛除哈丽特·加纳·威廉姆森最有说服力的理由也许是在国会公墓。1844 年，墓园的安葬记录显示，本杰明·威廉姆森付了 2.5 美元“在 E 排东 109 号为加纳太太开一处墓穴”[88]。我从墓园办公室走到那座墓的位置，找到了墓碑。上面的部分铭文已经漫漶难辨，但仍可以看到它标明此处安息着 1824 年去世的约瑟夫·加纳和 1844 年去世的玛丽·加纳。在他们的名字底下，碑石上清晰地刻着如下文字：“他们的爱女哈丽特·威廉姆森立。”如果约瑟夫·加纳和玛丽·加纳是哈丽特·威廉姆森的父母，那么很显然，托马斯·杰斐逊和萨莉·海明斯就不可能是。

不过我再次生疑。如果玛丽·加纳真的是哈丽特·威廉姆森的母亲，为什么哈丽特生了六个女儿，却都没起过玛丽这个名字？哈丽特甚至给她的一个夭折的孩子起名叫艾米丽娅·维多利亚（Amelia Victoria），以纪念她的英国朋友艾米丽娅·斯坦利。为什么她母亲不值得这种待遇呢？为什么反复用伊丽莎白这个名字呢（我们知道海明斯家的老外祖母就叫伊丽莎白）？两个女儿维珍妮娅和萨拉都以伊丽莎白作为中间名，外孙女哈丽特也是如此，还有哈丽特最小的女儿也叫伊丽莎白。

哈丽特·威廉姆森（闺名哈丽特·海明斯）是出于另外的目的而立了墓碑吗？奴隶的墓和墓地经常都是不予标记的。被解放的奴隶伊丽莎白·凯克利（Elizabeth Keckley）是玛丽·托德·林肯（Mary Todd Lincoln）的裁缝，她很伤心永远也不能给奴隶母亲上坟。凯克利解释说，她被葬在匿名坟场，她的“墓址极为含糊，地点已经无法确定”[89]。同样，没人知道萨莉·海明斯的墓有没有标记，不过到 1837 年，她的儿子都离开夏洛茨维尔去了俄亥俄州，在他们离开之后，母亲的墓地便无人打理。从那时开始，我们就再也找不到萨莉·海明斯的墓地了。历史学家现在推测，她的遗骸应该躺在缅因街的汉普顿旅馆铺石停车场下面。不管怎么说，反正哈丽特再也不能去那里了。也许这就是为什么哈丽特·威廉姆森为玛丽·加纳立了墓碑刻了铭文。如果玛丽·加纳在哈丽特初到华盛顿时像代理妈妈一样接纳了她，也许哈丽特照看加纳太太的墓就是为纪念加纳太太的善心，反正她像凯克利一样，不知道自己的亲生母亲葬在哪里。不管是哪种情况，墓碑上的铭文当然让我没勇气继续追踪哈丽特·海明斯，而这可能正是哈丽特想要的效果。

当然，没人说得准。但是，不管哈丽特·加纳·威廉姆森究竟是谁、出身如何，她成了一个大家族的老祖宗，有许多后代继续着成功的人生，并且用她的名字来命名自己的女儿和孙女，正和伊丽莎白·海明斯的家族一样。

寻找哈丽特·海明斯身份的旅程就这样明暗互现。在我列出的 58 个“哈丽特”中，哈丽特·加纳·威廉姆森在很多重要方面最有可能是哈丽特·海明斯，但是，历史学者既不能无视公开记录的相互矛盾之处，也不能无视铭石的文字证据。我的寻人名单上没有其他可能的选择，我认输了。哈丽特·海明斯保住了她的秘密。

但是，如果我们永远也找不到她，永远也不能确认她的身份，这真的很重要吗？的确，一位总统的女儿就这么轻易地被湮没了，意识到这一点太骇人了。然而这也启发我们看到，在内战前的美国，编造一个新身份蒙混过关是多么轻而易举，而广受颂扬的美国理想“白手起家”因此也会有新的含义。哈丽特的成功也说明必须要有他人协同：不管是杰斐逊、伦道夫一家及其朋友，或是在华盛顿形成的自由黑人社群（其中很多人来自阿尔伯马尔和奥兰治，而且应该认识她），还是哈丽特的丈夫甚至她的孩子们，所有人都有责任守护一桩秘密：她大胆地假冒成了生而自由的白人女性。

这段历险精彩纷呈，几乎堪比16世纪法国骗子阿诺·迪蒂尔（Arnaud du Thil）的故事[90]，有一天他走进阿提盖村，自称是失踪已久的士兵马丁·盖尔（Martin Guerre）。盖尔八年前去参战，撇下妻子、孩子、四个姐妹和一个叔叔。他的长相与他们记忆中不太一样，可他们只以为是战争的影响，照样欢迎他回家，尤其是他的妻子贝特兰。三年时间里，这个骗子在当地逢迎讨好，只有盖尔的叔叔对他有疑心，两人的生意发生纠纷闹上了法庭。叔叔指控阿诺·迪蒂尔是冒名顶替的，而贝兰特和盖尔四姐妹坚持认为阿诺·迪蒂尔就是真正的马丁·盖尔，法官正要分辨两种矛盾说法的真伪，却出现了令人难以置信的情节转折，真正的马丁·盖尔出人意料地出现在了法庭上。

假冒身份的故事总是令人着迷。小说作家、剧作家和电影编剧都写过马丁·盖尔的故事。历史学家娜塔莉·泽蒙·戴维斯（Natalie Zemon Davis）解释说，其中部分魅力在于提醒我们"惊异之事确有可能"[91]。戴维斯深入研究过这一事件，看穿了历史学家很少看到的一番景象，并展示了在动荡的变革时代，法国农民是如何思考、相信、感受并相互联接的。戴维斯对这个法国故事中的各个角色进行了深入探究，因而她对法国农民生活的展现远超此前历史学家的理解，这恰是由于她没有听从传统观点也以为这个领域深不可测。

与此相同，为了寻找哈丽特·海明斯，我们也磕磕绊绊地遇到了平素不为人知的隐秘故事，并了解到建设华盛顿的普通人。它们都不能算是秘密，只要我们去查，所有的信息都在那里等待被发掘。但这些故事却被伟大政治家和社会精英的英雄叙事挤到了一旁。这些普通男女的人生故事汇总起来，让我们了解到哈丽特·海明斯时代的华盛顿的许多信息：许多男人在政府部门、贸易、商业等各种职位上取得成功；但像拉辛·庞弗里这种没有一技傍身的劳工，在一个工作机会似乎很多的城市里举步维艰，因为很多无须技能的工作仍然是奴隶的活儿；[92] 哈丽特·海明斯生活在华盛顿的（至少）40 年当中，这个城市的发展模式是怎样的；负责每天持家工作，包括种园子、去市场采购、做饭和缝纫的女性；死于分娩的女性；孩子刚降生就夭折只得从产床上爬起去掩埋的撕心裂肺的母亲。通过这些故事，我们可以开始想象哈丽特·海明斯的生活：表面上与常人无异，底下掩藏的秘密却波涛汹涌。

但彼时华盛顿还有另一段历史也同样引人注目，哈丽特·海明斯会既好奇又害怕地关心此事，好在她的白皮肤会让她免遭荼毒：无论是自由民还是奴隶，黑人的处境日渐困厄[93]。哥伦比亚特区与其他许多州不同，一开始并没有限制新获自由的奴隶迁居和找工作。结果，自由黑人的人口在首都设立之后飞速增长。到了 1850 年，人口总数将近四分之一都是自由黑人和黑奴，很多白人开始紧张。甚至早在 1812 年战争时，玛莎·伦道夫的朋友玛格丽特·贝雅德·史密斯就害怕"我们家里的敌人"[94]——华盛顿市的奴工——会和英国人协力攻打华盛顿。

最初，华盛顿特区管理自由黑人劳动力的法规与北方各城市相近，比如，1820 年的华盛顿城市宪章要求每个自由黑人提交一份担保，确保他们不会要求政府补助，成为公共负担。但仅七年之后，城市的创立者想减少自由黑人来该市的数量，于是要求他们持有居住许可，而且限制黑人集会以防他们抵抗。[95] 在 1828 年，黑人甚至被禁止进入国会山地界，除非是有人派他们去那儿办事。[96]

然而与玛格丽特·史密斯的怀疑正相反，黑人并没有摧毁这个城市，而是建设了华盛顿，他们干劲十足地修建了教堂和学校。[97] 锡安山卫理公会黑人教堂（Mt. Zion Methodist Negro Church）建于 1814 年，美国的第一座非裔美以美会教堂（African Methodist Episcopal）建于 1820 年。在 19 世纪 20 年代，黑人创办学校，教育子女学做美国公民，以图抵制南方白人把奴隶人口遣返非洲的意图。为此，白人还成立了美国殖民地协会

（American Colonization Society）。黑人学校在树下上课，或者采取主日学校的形式。少数黑人儿童甚至进了白人学校。[98] 随着 1862 年 4 月 16 日华盛顿特区的奴隶全部获得解放，号称“首批自由民”[99] 的一代人把上述这些努力变成了规范化行为。他们深信，正是因为这些努力，他们才能在 19 世纪剩余的时间里获得经济和社会上的成功，而这是那些直到内战结束才获得自由的奴隶所不能比的。

在华盛顿，对自由黑人居民的惧怕和约束都愈演愈烈，尽管如此，在内战前这段时期，反蓄奴制的情绪早已开始在华盛顿市酝酿，哪怕非常缓慢。一家黑人出版社从 1847 年开始发行一份名为《国民时代》（*The National Era*）的报纸，痛斥蓄奴制的罪恶，尤其是在首都的案件。多莉·麦迪逊曾经广受爱戴，因为在英军火烧白宫时，她勇敢地救下了吉伯特·斯图亚特画的乔治·华盛顿肖像，然而连她也受到了废奴主义报纸的攻击。波士顿的威廉·劳埃德·加里森（William Lloyd Garrison）为废奴主义一马当先，在他主编的著名杂志《解放者》（*The Liberator*）上，严厉谴责多莉在首都贩卖奴隶。他在 1848 年 3 月咆哮道：“请注意此事的发生地不是暗无天日的阿拉巴马棉花地，也不是路易斯安那的甘蔗园，而是在联邦城市的心脏，在温文尔雅的时尚生活气氛中。”[100] 下一个月的杂志上仍不断有公开谴责，因为有 77 个奴隶企图从华盛顿逃到“珍珠号”船上却没逃掉。其中一名逃奴是多莉的奴隶艾伦·斯图尔特（Ellen Steward），多莉马上施加惩罚，把她卖给了一个奴隶贩子，然后这个奴隶贩子要把她卖到南方腹地去。[101] 哈丽特还记得，这位女士曾是蒙蒂塞洛白人家庭的亲密朋友，还答应她母亲萨莉，如果给自己的儿子起名为詹姆斯·麦迪逊，就送她一份礼物，最后却食言了，所以哈丽特读到这些攻击文章时也许会有点不怀好意的满足。

有大量证据表明，华盛顿的自由黑人社群能够成为有创造力的共和国公民。这也许显示了首都黑人的状况正在改善。从法律上废止华盛顿特区的蓄奴制和奴隶贸易会有利于外交（欧洲外交官无比惊骇蓄奴制无处不在）。即便如此，国会并未付诸行动。哈丽特到华盛顿四年之后，来自纽约的一个自由黑人在本该观光时被当作在逃奴隶逮捕了，幸亏有州长干预才免于终身沦为奴隶。不能自证自由身份的黑人会被抓进监狱，交不起罚金就会被重新卖为奴隶。[102] 游客憎恶地看着长长的奴隶队伍穿过城市街道，男女老少被绳子和铁链拴在一起。[103] 像南方蓄奴重镇查尔斯顿一样，首都的城市监狱里也有惩治部门，主人们可以把不听话的奴隶送到那里去受鞭刑。所以即便华盛顿居民不能买进奴隶，这里也是奴隶们被运往其他目的地时路过的一站，也维护了这一制度的野蛮性。

在哈丽特到达华盛顿十多年后，1835 年，这里发生了第一次种族骚乱。白人听说有人要谋杀白人女性安娜·玛丽亚·桑顿（Anna Maria Thornton），即国会大厦的建筑设计师威廉·桑顿（William Thornton）的遗孀，都吓坏了，他们本来就惶惶不安于华盛顿特区住了太多自由黑人。桑顿太太半夜被她家的 19 岁奴隶亚瑟·博文（Arthur Bowen）惊醒，他酩酊大醉地出现在她的卧室门口，手执斧子。尽管博文逃走了，没有伤及房子里的任何人（包括和桑顿太太睡在同一个房间里的他的母亲），这个故事却像野火一样蔓延开来。三天以后，一篇报道指控他大喊大叫地威胁女主人，这么做只可能是读废奴材料激起的。白人担心博文的攻击是有意发动一场奴隶叛乱，于是他们主动发起了一波攻击，攻击目标是本市的成功的黑人。

人群的怒火指向的一个特定对象是贝弗利·斯诺（Beverly Snow），一位非常成功的餐馆老板，他的餐馆和普通旅馆的经营完全不同，每天都按顾客要求准备新鲜菜品，顾客各有固定座位，而不是随意混坐。但是，奴隶叛乱的诸多谣传甚嚣尘上，有人暗中传言，说斯诺一直在冒犯本市白人劳工的妻女们。一群暴徒本来要去监狱把亚瑟·博文拉出来私刑处死，却没能得逞，便在半路上转道斯诺的餐馆。斯诺的朋友和雇员们挡住暴徒护住了他，让他能从餐馆后门逃出生天。他最终去了加拿大，在那里开了一家餐馆，安度余生。

不过，仍然留在华盛顿的黑人发现，在这个起于沼泽地的城市里，他们从此以后只能找到重体力活儿，比如挖地基，或者搬运大量建筑材料。[104] 于是，在他们落脚的这座城市中的任何一个地方，贝弗利和哈丽特很快就会看到，决心化身自由白人让他们逃脱了怎样的命运。

哈丽特·海明斯的故事也让我们认识到了社群共识的力量，以及违背这种共识要付出的代价。在哈丽特的一生中，美国多次出重手加强维护并扩大蓄奴制：《1820 年密苏里妥协法》（*Missouri Compromise*）规定，自由州的数量不能多于蓄奴州；1836 年的“限制性审议规则”禁止在国会讨论蓄奴制以及废奴请愿；《1846 年威尔莫但书法案》（*Wilmot Proviso*）在国会未被通过，因此不能在得克萨斯境内宣布蓄奴非法；《1850 年妥协法》规定，无论何地何人帮助逃奴都属联邦犯罪行为。此外，在 19 世纪，无分南北，多数人几乎无一例外地公认“不是白人就天生低等”。在这样的国家，海明斯的秘密暴露出来会是一场灾难：在内战爆发之前，这意味着她和她的孩子会依法重为奴隶；在战争之后，暴露身份则意味着她们将被排除在白人社群及其全部特权之外。她的罪名：明知自己有非洲血统还“假冒白人”，因而侵犯了种族分界线（她的白皮肤不作数）。她不会像 16 世纪那个法国骗子一样被处以死刑，但是她会面临社会意义上的死亡。[105]

相反，通过假冒白人，哈丽特·海明斯赢得了白人女性的特权。人们看见她的白皮肤就会预设她是纯洁虔诚的，再加上她的父母确保了女儿具备婚配的种种条件，符合白人女性美德的各种标准。对于女奴来说，这些都绝无可能，哪怕哈丽特那令人敬畏的母亲也做不到。哈丽特也不必像姨妈玛丽·海明斯那样屈就一桩同居而已的事实婚姻。与她们相反，哈丽特能享受到婚姻制度的全部合法权利，她可以自由地生养孩子，她永远不必担心丈夫和孩子会挨打或被卖走。她可以是女主人，是全家的情感中心，可以自居道德权威，扮演好这个年代的贤妻良母。她可以加入教会，可以温和地对丈夫施压让他随她加入，可以把她的虔诚扩出家庭范围，为慈善机构工作，救助孤寡贫寒的人们。她也可以阅读《汤姆叔叔的小屋》，从她的肤色、性别和社会地位所允许的安全距离之外，带着恐惧和同情来遥望奴隶的痛苦。

但是，为了得到这些好处，哈丽特也付出了巨大的代价。她只能放弃全家如此自豪的"海明斯"这个姓氏，忍受永远离开母亲和弟弟。她必须一直生活在警惕中，绝不让一封寄丢的信、一句无心的话泄露自己的奴隶出身和逃奴身份。尽管并没有哪个婴儿的肤色曾暴露过她，但是每次怀孕都伴随着暴露身份的恐惧。[106] 如果她曾在孩子的脸上看到父母兄弟的特征，这苦甜参半的发现也是不可与人言的秘密。无论她多么以与伟大的政治家托马斯·杰斐逊的关系为豪，每次听到人们谈起他，她还是必须沉默不语。她得面对一种奇绝的孤独，这种秘密会永远刻在她的全部人际关系上，尤其是她也许不得不对她在华盛顿新的家庭保密。

我们永远也听不到她用自己的声音讲述自己的故事。正如赛蒂亚·哈特曼所说，"沉默是奴隶的后代能采取的唯一合理姿态"[107]，尤其是一个成功改头换面的人。我们很幸运，麦迪逊·海明斯不肯接受奴隶定位，让自己囿于沉默。但在他的讲述中，当他回想起自己家族的为奴经历，想起姐姐、哥哥跨越肤色分界线进入白人行列，只得抛下了他，明显可见家庭破碎带来的痛苦。哪怕蓄奴制被废除，他的家庭也无法修复。1873 年，重建国家的进程包含了新的公民权图景，国家承认黑人白人同样享有公民权，这一观念在美国南方遭到了剧烈而暴力的挑战。随着 1877 年联邦军队撤出先前的邦联州，北方州也将放弃这一计划。但即便在美国再度屈从于种族主义之前，麦迪逊也已经说得很清楚，最重要的是哈丽特的邻居从未怀疑她"被非洲血脉污染过"，贝弗利的"白人"邻里也从不知道他的女儿“血管里流着有色人种的血液”。[108]

为了在华盛顿生活下去，海明斯家的哈丽特和贝弗利兄妹打造了一个新的出身故事。美国文学研究者琳达·施罗斯伯格（Linda Schlossberg）说得对，身份变换是要“创作并确立另一套叙事”。对哈丽特来说，这未必是一种新体验。如果真的像施罗斯伯格说的那样，每个人的历史“都是推进中的作品——是我们讲给自己听的一套故事，以便为常是迷茫错综的往昔赋予意义或融贯性”[109]，那么哈丽特早在离开蒙蒂塞洛之前就已经在创作她的历史。她必须针对把她和她全家定义为财产的弗吉尼亚州法律，给自己创建另一套叙事。绝对更有权势的杰斐逊-伦道夫家族一直坚决否认杰斐逊是哈丽特等人的父亲，她必须瓦解他们的叙述，才能澄清她真正的父母是谁。她也必须化解伦道夫家对海明斯家的屈尊俯就，才能为自己的智慧、力量和能力张目。玛莎·杰斐逊·伦道夫说起萨莉·海明斯的哥哥罗伯特，称他是“可怜的东西”，他在 1795 年赎买了自由身。至于杰斐逊在遗嘱中放归自由的萨莉的弟弟约翰，玛莎则预言，“可怜的家伙，自由对他不是一种幸福”[110]。作为艾伦·伦道夫·柯立芝口中的“黄孩子”之一，哈丽特早在她还生活在杰斐逊-伦道夫家族那个精英世界中时，就宁可挣脱而去。[111]

最终，哈丽特决定改头换面是为了否定自己被当作财产的定位，让自己的世界回归正轨。通过维护自己作为人的地位，她为自己争取到了生存、自由、追求幸福等权利，至少与 19 世纪的白人女性等量齐观。一位记者在谈及美国种族主义时期的文化时曾评论道，“改头换面从不会很自然”，“那是永远也不会严丝合缝的第二层皮肤”。[112] 也许如此。但对哈丽特·海明斯来说，人为的法律规定和社会习俗把她定义为黑人和奴隶，那才是不自然的。改头换面，她做到了。

第 12 章

传承遗韵

1835

九天以来，玛莎一直抱怨头痛恶心。维珍妮娅很担心，决定留在妈妈的房间里看护她。她在沙发上和衣而卧，打了一个小盹儿，但是刚过凌晨一点就醒过来了。玛莎睡得很不安稳，她突然醒来，心跳得飞快。维珍妮娅温和地尽力安抚这个病中的女人，轻声呢喃安慰的话，劝母亲什么都别担心。但是玛莎确信自己死期将至，不想再躺下睡觉了。维珍妮娅记得母亲坚持说，“明天会发生什么都说不准的”[1]，而她有一些要紧的事还没做。为了让玛莎安心，维珍妮娅勉强同意帮她写下临终遗嘱。

维珍妮娅急忙找来纸、笔和墨水，在灯下跪在地板上，准备好写下妈妈最后的话。她仔细写下遗嘱的日期：“（1835 年）4 月 18 日星期五，凌晨两点。”玛莎首先考虑的是她的几个女儿。她开始说，“我愿将基金财产遗赠给我的五个女儿”[2]。“基金”指两笔银行股份的余额，每笔价值 1 万美元，分别是南卡罗来纳州和路易斯安那州为纪念杰斐逊而赠送给她的。玛莎曾说过，“当我环顾周遭的舒适环境，想到自己轻松而宁静的生活，常会热泪盈眶，充满感激和深情”[3]。人生教会她，女性在这个世界上有多么不堪一击，哪怕是被护在她父亲的屋檐下。他的革命并没怎么提升女性的地位，女性仍然不能就业、不能任圣职、不能上大学、不能投票、不能从政，并且仍然被限定在婚姻关系里，在法律层面上是隐形人。因此，玛莎的想法是尽可能保护几个女儿，习俗和法律都不许她们去挣钱、去拥有财富，她就遗赠给她们一些。

可是，在这个社会里，奴隶比白人女性更加不堪一击。尽管长年的病痛让玛莎孱弱不堪，财务困窘的压力也让她衰竭无力，但这个濒临死亡的女人仍掌握着七个奴隶的未来。她很利索地安置了其中两个，把他们分别送给她的儿子本杰明和刘易斯。[4]但其余五个却完全是另一回事，那是海明斯家的人。那天半夜，当玛莎·杰斐逊·伦道夫气喘吁吁、心绪难平地口授遗嘱时，这两个家庭的漫长历史都重重地压在她的肩上。维珍妮娅记得母亲说过，“那么多人的幸福都取决于她做出的安排”[5]。玛莎决定，伊丽莎白·海明斯的两个曾外孙女埃米莉·科尔伯特（Emily Colbert）和玛莎·安·科尔伯特（Martha Ann Colbert）可望在不久的将来获得自由。她指令说，“对蓓西·海明斯、萨莉（海明斯）和渥姆勒（休斯），我希望我的孩子们会让他们随意”，确保她的过世不会威胁到这些旧奴在夏洛茨维尔已经享受到的非正式自由。[6]弗吉尼亚的许多家庭会对这类遗愿提出抗辩，但玛莎知道她家不会，一如她的父亲完全信赖她一样，她完全信赖孩子们对她的热爱、敬佩和尊重，她的临终嘱托会得到落实。

她给儿子和几个女婿留下蒙蒂塞洛家中的小物件作为纪念，从此这个家要永远地散了。她给他们分了银餐具；[7]她特别指定给杰夫全套烤盘，给艾伦的丈夫约瑟夫那个银鸭壶，也就是他们家的热巧克力壶。她把杰斐逊床头一直放着的小座钟遗赠给维珍妮娅的丈夫尼古拉斯。[8]至于她晚年至爱的儿子乔治，“我留给他的只有爱”，她以这句话结束了遗嘱。

维珍妮娅在纸张下端写上“据妈妈所请代书”。她从地上站起来，走到母亲的床边。她安抚玛莎说，“写完了”，希望母亲现在能安心休息了。玛莎焦急地问，“我不是该签字吗？”[9]维珍妮娅摇摇头，提醒她医生不许她劳神。尽管如此，玛莎仍然心中不安。作为律师的女儿，她不确定，一份半夜写在纸上的遗嘱，又没有证人在场，究竟有没有法律效力。她让维珍妮娅把艾伦和柯妮利娅叫到自己的病床前，当着她们的面把全部遗愿再讲了一遍，然后才满意。在完成对父亲和孩子的最后一项责任之后，玛莎终于倒在了床上。也许放下负担之后，她那令人晕眩的头痛也好些了。她有很多地方都太像父亲，他也会在悲伤和焦虑的压力下头疼到虚脱。现在安宁下来了，她歇息了。

不过，玛莎检视自己的微薄遗产时也许会苦恼，因为她能留给心爱的最小的孩子的，仅有自己的爱，别无他物。她一辈子到头来怎么会如此清贫？她的父亲可是这个国家最著名的奠基者之一啊。她从小长大的家如此漂亮，以至于有一位欧洲来客说，杰斐逊是“第一位参考过栖居之美艺的美国人”[10]。她曾住在巴黎，同学尽是王公贵胄和外交官的女儿，舞伴全是法国贵族，她还见过启蒙运动的领衔沙龙名媛。那时的生活如此丰裕而前景灿烂。

但她在弗吉尼亚的种植园主妇生涯却一直困难重重。尽管她生了12个孩子，并对他们疼爱有加，却被丈夫阴沉沮丧的情绪把婚姻变得日益烦人。他的暴躁脾气让长子杰夫也跟他疏远了。1826年2月，他们的长女安妮年仅35岁便芳年早逝，汤姆的喜怒无常让本已无比痛苦的玛莎雪上加霜。一位亲戚说，“自从女儿去世以后，她丈夫比以前更像个魔鬼”，“他明确命令她，不许让孩子们下山去塔夫顿庄园（杰夫的家），要是他们迈过了那个门槛，他就把他们从这儿赶出去——你听说过这么蛮横无理的人吗？”[11]仅仅四个月之后，杰斐逊的离世又给玛莎当头一棒。到1827年1月，为了偿还杰斐逊留下的巨额债务，蒙蒂塞洛的一切都被拿来公开拍卖，包括房子、里面的家具陈设，还有奴隶。

杰斐逊并不想让女儿一文不名，但直到人生落幕前的最后几个月，他也从未正视过自己糟糕的财务状况。几十年来的花费已经令他债台高筑，而且债主们都开始不依不饶。何况，在汤姆的财务状况恶化后，杰斐逊还接手供养起女儿的大家庭；再往后，他发现自己上了当，给一个朋友背书了2万美元的借条。1819年的金融恐慌导致土地价值下跌，于是杰斐逊重振财富的希望也泄了气。

杰斐逊在绝望无措中建议弗吉尼亚州发行一种彩票，奖品是他的磨坊和 1000 英亩土地。他希望卖彩票所获的收入能帮他摆脱再也不能置之不理的财务困境。州议会批准了彩票发行，但附设了一个条件：杰斐逊心爱的蒙蒂塞洛也必须被列入奖品之中。听外孙告知此事时，杰斐逊脸色惨白，一时无语，[12] 但他又听说中奖者肯定不会马上过户房子，就勉强同意了。杰斐逊获准终身居住，在他去世后，他女儿至少可以在他的房子里继续住两年。

杰斐逊以为自己已经为女儿和她的家人安置妥当，安心之后他平和地辞世而去。杰夫在他去世一个星期后写到，他“欣然地把他的灵魂托付给他的上帝，把他的孩子托付给他的国家”[13]。他绝对想不到彩票发行会失败，拍卖所得甚至不及所需款项的一半。[14] 事实上，由于希望再兴给他鼓了气，他生前最后一次写信是安排支付关税，以通关一批他酷爱的昂贵的法国葡萄酒。[15]

父亲去世以后，玛莎逃离了山上（也逃离了她丈夫），去波士顿住在女儿艾伦家里。离家将近两年之后，直到 1828 年她才回到蒙蒂塞洛。在此期间，维珍妮娅和丈夫尼古拉斯负责看家，拍卖后只剩了少量家具和几个奴隶，他们不得不调整生活方式，节俭度日。为了省钱，他们学会了只住在大房子里的小分区，维珍妮娅新定的持家计划不用什么人手也能运转。艾伦听说了维珍妮娅的减支计划，从波士顿写信提醒她需要抛弃以往的生活方式。她自嘲，“亲爱的维珍妮娅，你要想跟着北方人的时尚走，就得接受北方人的习惯”[16]。就在玛莎回家前夕，汤姆·伦道夫向尼古拉斯提请，也要回到蒙蒂塞洛。1828 年 3 月，他住进北阁，与家人分室而居。[17] 仅仅三个月之后，他去世了，享年 59 岁，临终前总算与妻子和长子和解了。[18]

1831 年，蒙蒂塞洛售出，玛莎·杰斐逊·伦道夫从此无家可归。她的余生穿梭往来于几个孩子的家中，从波士顿到华盛顿再到弗吉尼亚，不断挣扎在拮据的生活中，面对着公众忘恩负义的冷漠，没人觉得有义务保全杰斐逊的家庭，以表感念他的精神遗产。她写信说，即便在华盛顿租房子住，“用非常有限的力量在讲求体面的上层社会维持一个大家庭”[19]仍然十分困难。她得把女儿们打扮好去参加冬季社交（求亲的关键场合），这是个无底洞，尽管她已经在通过修改旧衣，亲自给女儿做头发来尽量省钱，早年她在巴黎时就如此，她得意地说，“我精通此道”[20]。寒冬腊月全家人都围着同一只火炉取暖，有时候包括奴隶在内，总共19人。她抱怨说，“每天甚至找不到一小时能享受一下自由活动的空间，享受安静或者独处”[21]。尽管百般努力，她的钱还是从来不够花。

杰夫承认极度遗憾杰斐逊决定发行彩票，导致他的家人无力抵御“被国家无情无义地忽视的屈辱”[22]，但他的妹妹们对外公并无苛责。让人吃惊的是，似乎在杰斐逊去世后，蒙蒂塞洛仍是他的外孙女们渴望的地方——尽管那个房子并不舒适（玛莎说它是“一个不舒服的冬季居所”[23]），而且她们都得屈尊降贵辛苦持家以尽女责。但是，在这里的山上可以眺望远景，这里有花园、树林、小道和隐身处，这里是她们的庇护所、安适窝、世外桃源，尽管这里也一直像磁石一样吸引着游客。

玛莎也靠这些树林获得慰藉和疗愈。当她从父亲家的露台上眺望远方，感受着“‘世上所有的王国及其全部荣耀’都在我面前展开”，她在女儿玛丽的札记本中写下自己的沉思，“那片景色中的每个细节都在我的心里散发魔力，久已融于谷中泥土的生灵也能因之呼吸、重现，让青春重续片刻。青春，带着它甜美的快乐，那是热烈的友谊。啊！那是最初、最纯、最真的爱！比一切都更珍贵！”她父亲在丧妻后的哀毁中也曾将这些树林奉若神明。怪不得这里的方寸之地，好像都能给她带回“活生生的父亲”[24]。

玛莎的几个女儿也在玛丽的札记本中倾吐着哀伤和回忆。艾伦抄写了拜伦的诗歌：“无径之林，常有情趣……世外桃源，无人驻足。”柯妮利娅抄的诗被她归于歌德名下："你知道那山吗？它那孤独的山峰 / 你了解它吗？它在那里，它在那里！ / 啊，父亲躺在我们的路上！让我们去吧。"蒙蒂塞洛售出后，玛丽伤心之余抄写了一份主旨顺从的祈祷词，说是在"大自然的宁静中"，她也许能学会"神造的美好秩序 / 学会依顺我们人生的秩序！"[25]

对艾伦和维珍妮娅来说，回忆带来的痛苦比快乐更多；但柯妮利娅那双艺术家的眼睛注意到，傍晚"蓝岭山脉深蓝色的粗犷轮廓……映衬在亮金浅橘色的西方天际"，这景色有时会带来"纯然的欢乐"[26]。然而，当她准备离开山上时，她承认"只有在蒙蒂塞洛，我才觉得在家是快乐的。我想念为美景兴奋不已的情绪……我想要那种熟悉的氛围……就好像外公还在那儿一样"[27]。

艾伦嫁到波士顿并定居在那里，远离了这些苦甜参半的景色；她发现很奇怪的是，每次梦到蒙蒂塞洛时，"我从来都不在房子里，我总是游荡在原野间，或在露台上漫步"。在她的梦中，"辉煌的景色展开在我面前。我仿佛'跨越鸿沟'回到了 15 年前，重履我的足迹，当下的一切束缚无影无踪，甚至忘却了我的孩子，变回了 16 岁的自己"[28]。柯妮利娅想得透彻，她们看见蒙蒂塞洛的美景会心旷神怡，全因为"每件事都强有力地联系到我们亲爱的外公，仿佛他仍在那里"[29]。但她们对山间景致的怀恋之情还透露了更多：这也表明了她们自视为有成就的知识人，是"杰斐逊世系贵族"，尽管那座房子和女性身份依然限制着她们。山间的壮美景色承诺她们甚多，绝不止于她们将就住着的二楼小房间。

艾伦的梦让她重返少女时代，那时世界全随她享用，因为她是托马斯·杰斐逊的外孙女，迷人、很有教养、出类拔萃。她的未来之梦尚能起飞，还没有管家的重担或母亲的责任拖她后腿。现在她年岁渐长，已经下意识地从记忆中过滤掉大宅及其建筑设计施加给她的性别制约。玛莎教女儿们也像外公一样享受精神生活；她也鼓励她们去探寻发展思想的物质空间和内心空间，挣脱束缚她们的传统性别枷锁。姐妹们哀叹失去了蒙蒂塞洛无边的美景，恰是因为它象征着广阔内心世界的机遇，而二楼小房间和阁楼隐身处之类实体的限制便可以忽略，甚至超越。杰斐逊去世之后，外孙女们对他的崇敬是在想念他遗赠的精神财产。

但她们每次都会失望。艾伦早就意识到，她母亲付出太多努力，让女儿们的期待高到遥不可及。艾伦在 32 岁时不无沮丧地反思，“我被养得太娇嫩了——被呵护得应付不了平凡的命运”，“因为爱我，朋友们似乎认为我能左右命运，指点人生大事”。[30] 但结果是，即便《独立宣言》起草者的女儿和外孙女也别想得到那样的自由。她们尽管有学问，可毕竟还是女人。

艾伦甚至在杰斐逊还在世时就开始明白这一点。有一次在反思童年教育时，她懊悔没能早些读到英国哲学家约翰·洛克的《人类理解论》（*Essay Concerning Human Understanding*）。洛克认为，人并非生而具备一些内心想法，人的头脑如同一块白板，各种想法是由教育和环境随时间逐步形成的。艾伦回忆道：“以前我读书是因为觉得有趣，是因为我想跻身于最喜欢的博闻睿智人士之侧。”然而，在读到洛克之前，“我从没想过阅读之外还必须做些什么……理解我读的东西……我所设想的无非是在我的脑海里呈现一幅画面”。她直到年近 30 才意识到，“适宜且健康地应用头脑是要去思考，而不是去梦想”。她说，她试着从头做起，从幼儿初学读物开始自我教育。不过她又感到沮丧：“实情如此，我只不过是个女人，这么费劲也肯定得不到相应的回报”[31]。

女性教育没有明显确切的目标，因而艾伦甚至开始质疑求知的旅程。尽管玛莎·杰斐逊·伦道夫全神贯注于孩子的教育，至少对几个女儿来说，她的本意并非是要培养她们符合美国革命的理想，成为自主的自我，用杰斐逊的话说，这种人能够判断“什么会危害他的自由，什么会保障他的自由”。艾伦意识到，玛莎所教的是行为举止的律条，教她们“去赞扬方法和秩序”（有位历史学家形容合众国早期的理想女性“精明到政治无知”[32]，这话完全适用于杰斐逊和伦道夫家族诸女。）因此，尽管玛莎对女儿的教育貌似很像启蒙主义教育，却没有达到启蒙主义的基准：严格遵守批判性思维的规则，最终成为独立、自足的人。

可玛莎从未想过这么做。她从来不打算挑战既有的社会结构，这一结构只承认男性才是政治行动者。以往的常规影响着她，教她学到精英女性影响男人的手段，而不是自己创造历史。因此她培养的只是文雅怡人的女性。在蒙蒂塞洛，她们心甘情愿地扮演着苏格兰启蒙运动为她们创造的角色：由家长掌管女性教育，由女性提供理性的交往和有序的安宁，让受政治风暴冲击过后的男性能养精蓄锐，重振旗鼓。[33]玛莎给一个女儿取名柯妮利娅肯定并非巧合，古罗马的那位柯妮利娅在丈夫去世后拒绝再婚，用尽余生无私地鼓励自己的儿子为罗马效力。

玛莎·杰斐逊·伦道夫的故事也和德·让利斯夫人和斯塔尔夫人的故事一样，凸显了传统性别常规的顽固性，哪怕是在一个大西洋两岸都在开启现代进程、发生革命的时代。结果是，让利斯夫人和斯塔尔夫人都被逐出了法国；与此同时在美国，女性参政的试探性主张也被抛置一旁。[34]甚至在革命之后的世界里，有文化的女性也没有立足之地。

但这些女性自己也并不总是想得到，她们的智慧力量足以支持她们要求拥有与男性同等的权威。德·斯达尔夫人是拿破仑皇帝的眼中钉，她和她的沙龙都被拿破仑从巴黎轰出去了；而令人震惊的是，直到她的第二部小说《柯琳娜》（*Corinne*）获得成功之前，她甚至没有一张自己的书桌。她充满渴望地告诉堂兄，“我真想有张大桌子”，“我觉得现在我有权利要一个了”。[35]寓居巴黎时，玛莎在修道院爆发的强烈逆反被她父亲压制住了，却在她49岁那年降格为“普通困局”[36]：她说服了父亲把她卧室中的一个凹槽改建成了壁橱。我们无从得知，那个壁橱是她的衣柜，还是一个配有桌椅文具的小小的写作空间。不管她是怎么使用它的，这个小小的胜利让她十分高兴。她满足地轻叹道，“你不知道它让我舒服了多少”。

在辛勤耕耘精神生活之余，玛莎对父亲的奉献也更热烈，以此弥补乡下种植园主太太的乏味生活。她教女儿珍视与杰斐逊的血缘纽带，在她们看来，这种关系给予她们的比婚姻给的多得多。伦道夫家的女儿亲近并认同大名鼎鼎的外公，她们与众不同，而且对此心里有数。有个邻居曾说，“艾伦要是不那么满嘴是非的话，她会很招人爱的”，“她的优越感也太直白了”。[37] 柯妮利娅忍不住鄙视里士满的社交界，她的一封信里“全是中伤之词”，她的姑妈担心这封信万一误入他人之手，她们就得“马不停蹄地全速离开里士满”[38]。就连玛莎的儿媳也曾困惑：“我觉得她们不像别人那样想事情”[39]。柯妮利娅也藏不住对“凡夫俗物”的蔑视，“这些人对托马斯·杰斐逊故居的尊重跟对他们自己家的房子差不多，他们会把它（蒙蒂塞洛）变成一家旅店”[40]。公众竟无兴趣将蒙蒂塞洛保存为已故总统的圣地，更不会购买她们费时苦苦誊录出来的多卷本杰斐逊通信集，在她们看来，这简直难以置信。

然而，不论她们曾希望怎样，她们与杰斐逊的关联最终没能保护她们。她们的人生清楚地表明，女性靠男人获得人生的意义和谋取生计会有哪些好处和危险——哪怕是富裕的、善意的、有名望的男人。留给玛莎的是一贫如洗的处境，她受的良好教育、她的聪明头脑和风度以及与名人的社会关系，都不足以抵御生活的变化莫测。直到1878年，她的女儿维珍妮娅才承认，仅靠社会关系并不足以支撑女性。她断言，“如今养育女孩应该教会她们养活自己”，而马萨诸塞州的朱迪斯·萨金特·默里早在美国大革命刚过就表达过几乎同样的观点，可时间已经过去了90年。甚至在我们眼下的这个时代，依赖较高收入男性养家的策略似乎在短期内依然成立，但这一策略长远来看却会让母亲和孩子在经济上不堪一击。杰斐逊的女儿和外孙女们在19世纪就已经认识到，今天受过高等教育却在薪资和领导岗位上都不如男性的女性也同样会发现，爱情、善意、人脉，都不足以柔化父权制那异常粗砺的边界。[41]

当然，合众国初期的女性教育并不比殖民地时代更强调计划培养自力更生的女性。自主自立的女性太容易挑战父权制体系，而这一体系维护着男性在生活中全方位占据主导权。如果说玛莎·杰斐逊·伦道夫不太在意要改变这一体系，那玛丽亚·杰斐逊·埃普斯就更没兴趣了。养育她长大的是深根于弗吉尼亚乡下、蓄奴的贵族家庭，他们虽然极不情愿让她去巴黎，却也从没想过亲自送她过去。在这个有种族和性别的严格界线的社会里，白人女性学会了利用自己的种族优势来弥补性别弱势。她们最不可能去质疑这种既定的秩序，因为这样做会触及蓄奴社会的脆弱点，撼动弗吉尼亚白人特权的根基。

玛丽亚·杰斐逊·埃普斯是典型的 18 世纪末弗吉尼亚贵族女性，渴望拥有自己的丈夫、孩子和稳定的家庭生活。她没什么兴趣在学习、音乐或写作上追求出类拔萃。像原文阅读西语版《堂·吉诃德》这类智力挑战不会激发她的兴致。杰斐逊在 1784 年去法国之前借了一本西语原版《堂·吉诃德》，买了一本西语词典，在漫长的旅途中自学西班牙语。[42] 他坚持要求女儿玛莎如法炮制，而年轻的玛莎管教玛丽亚时也同样要求。维珍妮娅去世时 80 岁，此前一年，她庆贺自己终于用西班牙语读完了这部小说，距杰斐逊完成其壮举后将近一百年里，这似乎成了一项家庭传统。[43] 然而，当年玛丽亚陪着新婚的姐姐去蜜月旅行时，却百般寻找借口不带这本小说和她的西语词典。

玛丽亚是由姨妈依照上层女性教育的原则养大的，她招人喜欢是靠自己的美貌和谦虚的自嘲，而不靠展示学问。她和父亲一样痛恨大型聚会，在小圈子里她则会光芒四射。好友玛格丽特·贝雅德·史密斯评价道，“单独相处时”，玛丽亚最有“交流和动人的做派”。[44] 她有一种非常温柔的幽默感，有一次竟怪姐夫没回她那封本来想写给他的信。[45] 简言之，玛丽亚践行她所在的文化规定的那些得体的女性行为，让身边的人感到愉快，并步入了一桩充满爱的婚姻。但她的生命因为分娩戛然而止，这也是无数女性共同的死因，混沌初开之后，做母亲就成了女性唯一被认可的使命。

她留下的唯一一个孩子对她所知甚少。弗朗西斯没有她的肖像，没有她在派因太太的学校或修道院学校里的美术作业，没有她在富勒顿太太那里做的女红。母亲去世时他才两岁，长大过程中并无母亲的信件加以指导。他父亲也从来不提她。实际上，在玛丽亚去世之后，杰克·埃普斯照搬了他的外祖父和岳父的做法：他找了个奴隶情妇蓓西·海明斯（她是杰斐逊 1797 年送的陪嫁礼物），和外室生儿育女。[46] 玛丽亚去世五年之后，埃普斯再婚，与续弦玛莎·伯克·琼斯（Martha Burke Jones）又生了四个孩子。除了弗朗西斯以外，玛丽亚·杰斐逊·埃普斯的一生似乎没有留下任何痕迹（她的小女儿玛丽亚在两岁时夭亡）。

因此，当弗朗西斯在玛丽亚去世多年后意外发现了母亲被人遗忘的羽管键琴和糟污的乐谱时，他肯定会内心刺痛。1820 年 9 月初，他外公和表姐艾伦从蒙蒂塞洛去白杨林庄，半路经过杰克·埃普斯的种植园。杰斐逊想看一下玛丽亚那台羽管键琴的状况如何，想着也许他可以把它带到白杨林庄去。弗朗西斯和艾伦到处翻了个遍，发现它是在地下室里。琴的状况一塌糊涂，艾伦向她母亲汇报说，"共鸣板裂开了 12 到 14 英寸，琴弦几乎全没了，许多琴键都胀大了，以至于按下去就再也弹不起来，各音栓的金属部分锈得厉害，其中几个用手完全弄不动"[47]。艾伦说，弗朗西斯伸手去拿他母亲的乐谱，却见书页就在他手中散落，"一页页地掉了下来"。继任的埃普斯太太胡乱瞎猜说，它们在地下室里躺了"差不多六七年了"，是她把这些东西打发到那儿落灰发霉。艾伦惊愕不已。

艾伦轻柔地帮着目瞪口呆的表弟捡起他母亲的书页。他们一起小心翼翼地翻过每一本。打开书页，他们看见到处都有玛丽亚的手迹。艾伦说，"我们找到了玛丽亚·杰斐逊的名字，还有大写字母 M. E.，玛丽亚姨妈亲手写在好多不同的地方”。他们不仅发现了她的签名，也发现了她抄录的全部歌曲手稿。玛丽亚去世已经16年了，艾伦那时才八岁，如今已经几乎不记得她了。但那天在地下室里，艾伦陪着玛丽亚已经18岁的独子，小心翼翼地翻看着玛丽亚那些发霉的乐谱，四周是“这么多无声的纪念品”，失去玛丽亚的感受重回艾伦心头。在重新袭来的悲伤中，艾伦写道，“我不知道弗朗西斯是什么感觉”，“但当我环顾舒适的家屋，看到家里花苞一样的孩子们，我不禁觉得好像有个陌生人夺走了她的权利，好像不论其他人是谁，都不该是那家的女主人和母亲”。[48]

玛丽亚的生命戛然终止在25岁，她的遗产唯有那些无声的纪念品。但她真会主动选择这些东西作为自己的传世遗产吗？我们知道她练琴时有多勉强。不过，恰如玛丽亚在每本乐谱上签了名来宣示她占有这些音乐，合众国早期的年轻姑娘都爱在书上署名，钟情地标明喜爱的小说归己所有。[49]她甚至还手抄了一些歌曲，这个发现肯定震惊了她儿子，他从来没有一封信可以拿来纪念她。艾伦心痛的是生命的逝去、机遇的丧失。她悲伤地写道，“假如她还活着，我在这个甜蜜的地方，置身于可爱的家人中间，会像在家一样”。她的梦想还远不止于此，“母亲的妹妹和她的孩子们应该带给我又一位母亲和兄弟姐妹”[50]。

当时还没有现代女性能用到的节育技术，玛丽亚·杰斐逊·埃普斯当然无法控制分娩的危险，她的母亲也是同样的死因。玛丽亚的七年婚姻生活中有四次怀孕（三次生产和一次流产），遗传因素让她的分娩极度危险，甚至丈夫的深爱也保护不了她。无论是她还是她姐姐好像都没想过要少生孩子，而一位历史学家注意到，计划生育模式在革命时代早已经开始了。[51]白人家庭人口数刻意地急剧缩小，从1800年的每家7.4个孩子减少到19世纪末的3.56个孩子。[52]但并非所有女性都有能力节制怀孕，能做到的只有生活在北部和中部大西洋沿岸诸州的上层和中层女性。[53]这一趋势似乎没有蔓延到南方各州，无论南方的自由女性还是女奴，都毫无限制地服务于生殖的机体功能。这一想法在南方女性心里如此根深蒂固，正如艾伦只是设想如果玛丽亚能活着，她就会有更多表弟表妹，完全不去想怀孕和分娩会榨干玛丽亚脆弱的身体这一代价。

尽管怀孕分娩让她受罪，却没有任何证据表明玛丽亚·杰斐逊·埃普斯想限制自己的怀孕次数；即便她想，也没有多少避孕手段可供选择。[54] 这一时期的史料没什么能证明北方的夫妇如何成功地缩小了家庭人口规模，尽管偶有信件透露他们是有意为之。那个时代，女人要等到有胎动才能证实自己有孕在身，此前她们会找其他各种理由来解释停经。18 世纪的医生仍然认为，人体的健康是由四种体液来决定的：黑胆、黄胆、血液和黏液。如果这些体液失去平衡，人就会生病；灌肠排毒或放血之类的疗法可以恢复平衡。比如，经血属于一种“热”体液，它不来意味着某种冷体液占了上风，因而必须引导热体液以恢复平衡。以这种医学观，怀孕很可能会混淆于风湿、肺病、胸膜炎或其他类似的与体液不通相关的病症。[55]

我们早已远离了那个医生会分不清怀孕和感冒的时代。今天有技术手段保证母婴健康，但 21 世纪也有政策日益在阻挠女性获得生殖健康保健，把女性拉回到 19 世纪先辈的悲惨境地中。因此，玛丽亚·杰斐逊·埃普斯的命运所提出的问题既有当下意义，又生死攸关。

玛丽亚只愿拥有小家庭幸福长寿，这希望因难产早逝而悲哀落空。玛莎·杰斐逊·伦道夫满怀期望地养育自己的女儿，打败她这理想的是双重因素，即女性传统的居家定位，以及这个国家对杰斐逊的历史遗产的明显漠视。哈丽特·海明斯不同于多数女奴，她也期待自己的人生前程远大，就在玛丽亚和玛莎对父权制社会的规则俯首顺从的同时，哈丽特拒不接受种族等级序列，打破了当时最难撼动的规则。她不可思议地成功拓宽了与生俱来的人生疆域边界，甚至可以说，她比得天独厚的杰斐逊和伦道夫家族的女性还要成功。

但伦道夫诸女留下了大量书信，详细展现了她们彼此间的关爱以及对杰斐逊遗产的全心奉献，而哈丽特却在流亡生活中湮没无踪。我们无从得知，早在萨莉·海明斯真正去世的14年前，哈丽特就被迫永别了母亲，这对她来说有多么沉重。我们不知道她几时开始和弟弟麦迪逊通信，杰斐逊去世后全家的情况她知道多少，还有她是什么时候、怎么听说她母亲去世了，她能不能至少和贝弗利公开保持来往，以免彻底割断家族纽带。历史学家赛蒂亚·哈特曼指出，"奴隶没有族谱可言"，"'囚禁的绳索'把你拴在一个主人而不是父亲身边，让你只是个被生下的孩子而不是继承人"。[56]哈丽特也许是杰斐逊的孩子，但她更是萨莉·海明斯的女儿、伊丽莎白·海明斯的外孙女，她是自豪的海明斯家族的继承人，对她来说，这至少与杰斐逊血统同样重要，甚至更加重要。但是，因为要隐姓埋名、改头换面，她被迫埋藏了这一谱系。

多亏麦迪逊不肯接受奴隶身份的限制，公开讲述了海明斯的家族世系，我们才多少了解到哈丽特家族的际遇。认真的研究甚至可以发掘出更多内容。杰斐逊去世后不知哪天，萨莉·海明斯离开山上回到位于夏洛茨维尔的家。[57]麦迪逊和埃斯顿在西大街买下了一座房子，位于杰斐逊的大学和小镇之间，他们三人就住在那儿。萨莉的两个儿子都娶了自由有色人种女性。埃斯顿和他的新娘住在东大街的一座二层砖房里，这是岳父母送的礼物，他母亲仍和麦迪逊一起住在西大街的房子里。萨莉·海明斯于1835年去世，终于看到了自己的长孙一出生便是自由人。

萨莉去世两年以后，埃斯顿和麦迪逊西迁到了废奴的俄亥俄州，这次搬迁也是迫不得已，因为弗吉尼亚州发生了奴隶造反，几十名白人被杀，随即弗吉尼亚州对自由黑人加强了管制。埃斯顿在阿巴拉契亚山脉脚下的小镇奇利科西（Chillicothe）安顿下来，这里的地貌与夏洛茨维尔惊人地相似。他买了一座房子，以父系遗传的才能兼做木匠和乐师，养活妻子和三个孩子。有个邻居记得，埃斯顿是一位"小提琴大师"，"他是极有号召力的舞会召集人，在奇利科西‘极乐’的娱乐活动中，他总是出头张罗”[58]。麦迪逊在韦弗利（Waverly）附近扎下根，近邻有不少是一同从弗吉尼亚搬来的自由黑人。他也做了木匠，和妻子一起养大了十个孩子。到 1865 年时，他拥有了 66 英亩的农场。他的白人邻居很敬佩他，因为他“说话算数”[59]。

但是，即使在一个废奴州，也没人能逃脱白人至上的社会强加的重负。与麦迪逊住在同一街区的居民回忆说，白人“几乎无间断地发起战争”[60]来针对当地成功的自由黑人。麦迪逊固守家园，而埃斯顿则在 1852 年悄然拔营起寨了。他尽力避免与兄姐的离散家庭悲剧重现，赶在子女们到达适婚年龄之前，举家搬到了威斯康辛州的麦迪逊市。他在那里改换姓氏，把海明斯这个姓变成大写字母 H，当作中间名，并换用了他父亲的姓。于是，埃斯顿 · H. 杰斐逊脱胎换骨，成了生而自由的白人男性。

埃斯顿的女儿安娜（Anna）也同样变成了白人，她嫁给一位白人男性。他的两个儿子南北战争期间在联军的白人军团中担任军官，转业后收入丰厚。贝弗利 · 杰斐逊（Beverley Jefferson）拥有一家旅馆，在麦迪逊市成功地创办了一家公共汽车公司；他的三个儿子从威斯康星大学毕业，取得医学和法学学位。贝弗利的哥哥约翰 · 韦尔斯 · 杰斐逊（John Wayles Jefferson）搬到了孟菲斯，战争结束后他成为当地一位成功的棉花经纪人。他一直没结婚，也许是心底藏着秘密让他惶惶不可终日。战争期间他曾有机会遇见了来自奇利科西的朋友，让人看到他有多害怕秘密被人发现。他的朋友回忆道，“他求我千万别揭穿他的血管里流着有色人种的血”[61]。他手下听令的白人士兵没有一个起过疑心。

尽管麦迪逊终其一生都是黑人身份，但他的后代并不全都如此。他的两个儿子威廉 · 贝弗利 · 海明斯（William Beverley Hemings）和托马斯 · 埃斯顿 · 海明斯（Thomas Eston Hemings）在联军中的白人军团服役。托马斯 · 埃斯顿在战争期间阵亡，也许是死于臭名昭著的安德森维尔（Andersonville）南方邦联军队战俘营中。威廉·贝弗利几十年后在一家退伍兵医院孤独去世，终身未婚。其他变身白人的孙辈故事汇入了蒙蒂塞洛的口述史项目“音讯”。一位后人说，“他们常选择跨越到白人群体中”，所谓的联络无非“像是切断联系”[62]。一些人回到了他们在俄亥俄州的家人身边，比如有一位亲戚假装是从意大利来的神秘叔叔，他的意大利口音和橄榄色的皮肤很相配。威廉的妹妹一直保持黑人身份，并一直照顾他到他去世为止。

商人威廉·贝弗利·弗里德里克·杰斐逊（William Beverly Frederick Jefferson）（左）和他的三个儿子。从照片明显可以看出，他的生意兴旺。贝弗利是埃斯顿·海明斯·杰斐逊的幼子，内战期间在威斯康辛第一志愿军团服役。战后，他回到麦迪逊接管家族企业，运营着一家成功的餐馆。埃斯顿的后代不像麦迪逊·海明斯的许多后代那样受到歧视性限制，他们成功地当了医生、律师和商人。

当然，内战中北方联邦军队的胜利已经摧毁了蓄奴制。可以说，麦迪逊的孙辈没有必要丢开家庭变成白人，因为他们已经自由了。在革命之前，主人发布逃奴启事时会经常提到，尽管逃奴是黑皮肤，但是穿着和做派像自由民一样。比如有个奴隶主认为，他的逃奴可能“去沿海并化身自由黑人”[63]。但到了19世纪20年代，哈丽特离开蒙蒂塞洛时，种族与身份的转变已经很难。一位历史学家追踪发现，此时出现了从“化身自由民”到“化身白人”的转折点。[64]此时蓄奴制废除已久，人们为什么还要继续转换肤色阵营，想要理解此事就需要看看它是怎么发生的。

国父们在美国革命之后拒绝铲除蓄奴制，南方各州的议会和法院趁机忙不迭地重新定义了肤色的意义。尤其是在南方各州，雇佣白人仆人的做法行将消失，非自由劳动力日益等于黑皮肤。1806年，弗吉尼亚州里程碑式的讼案“赫金斯诉怀特案”（Hudgins v. Wright）明确了这一关联，规定视肤色来决定一个人的身份是自由民还是奴隶。[65]同一年，弗吉尼亚州议会企图夯实这一种族化管理制度，强迫被解放的奴隶离开本州，彻底清除自由黑人能够自力更生的证据，这些自立的黑人的存在本身打破了白人的理论基础——蓄奴制对黑人有好处，因为他们没有能力照顾好自己。《1820年密苏里妥协法》清楚地表明，联邦政府不想破坏革命时期的协议，承认缅因州是自由州，而密苏里是蓄奴州，从而在自由州与蓄奴州之间维持着脆弱的平衡。[66]

不管怎样，哈丽特不能学许多逃奴的样子，一到自由州就去找自由黑人社区，不再假装是生而自由的白人。她去华盛顿的旅途终点并不是自由的疆域；直到1862年《有偿解放奴隶法》（*Compensated Emancipation Act*）颁布之前，首都华盛顿一直都维护蓄奴制。她的做法正相反，在这个日益种族化的社会，她利用自己的白皮肤及其默认的生而自由的权利，来保护自己和子女不当奴隶。1865年美国废除蓄奴制，开启南方重建计划，承认新解放的奴隶具有公民身份，这些确实是重要的历史标识，由于废奴法案使得“化身自由民”不再有理由，从此身份转换的目标从“化身自由民”变成了“化身白人”。但无论是废奴法还是南方重建计划，都不足以诱使哈丽特暴露自己的出身。

内战结束之际，哈丽特·海明斯已经成为一个全新的人，也为子女成功编造了一套白人身世和谱系的说辞。有位小说家曾虚构再现了哈丽特的生活，书中指出，她不仅重塑了自己，也改变了别人对她的看法。[67]邻居们谁也看不出她曾是个奴隶。1877 年，南方重建计划告终，联邦军队撤出南方（如果哈丽特·海明斯活到了那一天，就能够亲眼目睹），只能证明她选择拥有白人特权是多么明智，因为北方人的注意力转向了他们认为更重要的事情，不再关心获得解放的黑人男女的权利。当然，哈丽特无从预见 19 世纪 90 年代通过的所谓《吉姆·克劳法》（*Jim Crow*），以种族分类在美国人中间进行严厉隔离。然而，她以往的经验让她也只能预想出这种随意而为的种族隔离法律体系，这本是南方人跟更老练的北方践行者学的。[68]一位从事族群研究的教授评论说，所有非裔一直都面临着“黑人的危险”，并没有因废奴而解除危情。[69]

这就是为什么改头换面虽然困难重重，却从哈丽特的时代一直持续至今。在废奴之后，化身白人的做法使黑人社群内部关系紧张，而在蓄奴制时期，奴隶化身自由民却并无类似后果。黑人活动家们充分利用了南方重建计划中的政治机会，抢占了议会席位和法官职位。[70]那是一个祥和的时代，人们对前途充满信心，可惜好景不长。甚至在 19 世纪 90 年代，《吉姆·克劳法》将黑人活动家逐出政府以后，他们仍在多条战线上继续战斗，既在教育和求职方面，也在餐馆里、火车上和公交车上。因此在这样的时代里，化身白人不仅是背弃了自己的家庭和社群，也同样背弃了黑人平等的理想。

借用一位历史学家的说法，美国白人坚持要划出“黑人与白人之间的明确分界线”，于是浅肤色的黑人就有很多理由要越界。哈丽特的家乡弗吉尼亚州在全国率先通过了“一滴血原则”法规。1924 年通过的《种族完整法》（*Act to Preserve Racial Integrity*）首次将白人定义为“追踪不到其他血源”[71] 的人（不过，宝嘉康蒂的白人后裔是例外；弗吉尼亚上层社会有很多家族都骄傲地自称是她的后代，汤姆·伦道夫家也在其中）。为保证种族的纯洁性，法律也禁止跨种族通婚。任何人嫁娶黑人就会被逐为黑人，于是白人也被管住了。这条法律是返祖策略，1691 年也曾通过同类律条。1930 年的人口普查取消了混血这一分类，美国人的自我认定只有非黑即白两种选择，于是明确划分人种的努力在联邦层面上被推到了新的强度。[72]

了解了这种充满敌意的氛围，就不难理解内勒·拉森（Nella Larsen）1929 年的小说《变身》（*Passing*），主角克莱尔·肯德莱（Clare Kendry）深信应该有更多的“有色人种姑娘”变身白人。她在一片喝彩声中大声疾呼，“如果有谁符合条件”，“所需要的无非一点点胆量”。[73] 然而法律学者切里尔·哈里斯（Cheryl I. Harris）的祖母在 1930 年假冒白人的动机却无关胆量，只不过是她急疯了要养家糊口，想在芝加哥百货大楼里找到一份工作。哈里斯听祖母讲起当年故事，回忆着她们要极其费力地自我隐没，她看到痛苦掠过祖母的面颊。哈里斯现在理解了，“她跨界越线，在边缘穿梭，穿行在像摩尼教那种严格二元对立的明与暗、好与坏、白与黑之间”。她的祖母搬离了远在密西西比的故乡，抛下了能认出她的邻居和朋友。这样她才可以“进入白人的世界，尽管用的是假护照，不仅是假冒，更是僭越”。哈里斯的祖母知道，“冒险自我湮没是活下去的唯一出路”[74]，这话无疑呼应了一个世纪前哈丽特学到的教训，把家族史隐藏在不动声色的白人面孔之下。

在实行“一滴血法则”的美国，变身白人的诱因并未消失。尽管 20 世纪中期发生过民权运动，法庭却始终维护白人身份（whiteness）作为物质财产的价值。哈里斯解释道，“财产是一种法律概念，特定的私有利益依此得到保护和支持”，“通过生成财产‘权利’（比如拥有白人身份的权利），法律界定、加强或重新组织了现有的权力管理体制”[75]。

美国人把这一概念用得花样百出。财产权允许产权人“除权”，例如美国白人可以限制黑人从事特定的工作、获得住房贷款或接受教育。[76]法庭保护他们如此行事的权利。再举一个例子，中伤和诽谤都属侵权行为，被冒犯者都有追索权。整个20世纪50年代，美国的法理学反复判定，指称一名白人是“黑人”属于毁谤行为。[77]

美国白人很清楚这一点，即便他们根本不知道法学理论将“白人身份”定义成了财产。20世纪90年代初，有人曾向一群白人大学生提问：如果自身并无过错，但在接下来的50年里只能以美国黑人的身份生活，你们会要求多少赔偿？“大多数人似乎觉得不算过分的要价是5000万美元，或者说每当一年黑人折合100万美元”[78]。

从1911年历史学家兼社会学家杜波依斯（W.E.B. Du Bois）所说的“肤色、头发和骨骼的差异”，轻率地跳到以19世纪种族理论为基础的意识形态，如此面目的美国文化映衬得上述调查所见的大学生的回应完全合理。杜波依斯那个时代流行的理论认为，不同种族的头骨（即杜波依斯所说的“骨骼”）大小与结构不同，进而导致大脑能力也不同，这一理论遭到了杜波依斯的驳斥。他断言说：“就整体而言，这种事情与基因差异没什么关联。”[79]他的看法被各种研究反复证实，比如有学者发现罕见血型并无证据仅属于特定的族裔，从而证明了全人类的血是同样的。[80]尽管如此，仍然有人认为种族理论有生物学的基础。正如英国社会学家斯图亚特·霍尔（Stuart Hall）指出的那样，“已经从前门被扔出去的那些生物学、体质学或者基因上的（种族）定义，正想绕过阳台从窗户再爬进来”[81]。

但是，我们不能根据某个人的肤色辨认其遗传代码，也不能学19世纪弗吉尼亚州的法官，仅据肉眼可辨的表象来宣称一种看不见的存在，亦即依血统定义种族。但继续相信血统就等于种族的人，仍会利用遗传技术来进一步推行已有两个世纪之久的种族等式，而不去质疑它。正如《打造种族：美国生活中的不平等之魂》（*Racecraft: The Soul of Inequality in American Life*）一书的作者所说，“但是，一旦启用这种比喻，便开动了它自带的一个逻辑程序：如果‘血统’等于‘种族’，‘DNA’等于‘血统’，那么‘DNA’就等于‘种族’”[82]。我们一旦上当相信了“基因”等于“种族”的逻辑，就掉进了早被否定的 19 世纪种族主义的伪科学陷阱。

实际上，祖先的基因标记往往是肉眼看不到的。比如在美国白人中，几乎有三分之一的人携带着多达 20% 的非洲人遗传基因，但他们外表看起来还是白人；与此同时，5.5% 的美国黑人却检测不到任何非洲祖先的基因。[83] 美国的婚姻行为可以解释其中缘由：白人更愿意寻找跟自己相像的人结婚。[84] 这能帮我们理解为什么埃斯顿·海明斯的子女安娜和贝弗利都能和白人结婚，即使他父母是谁的传说已经尾随他一起传到了威斯康辛州。埃斯顿在奇利科西的朋友们听过风言风语说，他是“托马斯·杰斐逊总统的亲生儿子”，于是也知道了他本来是奴隶出身。他们说，这个故事“许多人……信以为真，根本证据就是他和杰斐逊像得惊人”[85]。贝弗利比父亲晚半个世纪辞世，当时威斯康辛有位杰斐逊的仰慕者写信给《密尔沃基论坛报》（*Milwaukee Tribune*）说，贝弗利的“去世应得的关注不止于一条讣告，因为他是托马斯·杰斐逊的孙子”。作为“上帝眷顾的一位君子——温和、友好、谦恭、仁慈”，贝弗利·杰斐逊明显跨过了种族边界被白人接纳，即便他并没有向任何人隐瞒自己的出身，冒充白人。[86] 然而，自从 20 世纪 20 年代全美国围绕“一滴血法则”形成共识，这种变通就已不复存在。[87] 这也解释了为什么甚至在今天，每年还有 35000 到 50000 名黑人要跨越肤色的分界线转换族裔。[88]

一位专研身份转换历史的权威人士评论说，这些数字触目地表明，今天的美国仍存在着“宽泛且非常现实的”种族分类。[89] 以种族差异进行生物学分类已经遭到鄙视，然而据以在政治、经济和社会议题上进行分类，种族差异的存在以及它造成的结果都还是实打实的。比如去投票选举时，美国白人受到的刁难和限制要少很多。[90]白人申请到住房抵押贷款要容易得多，贷款利息也更低，他们比黑人更容易实现拥有住房的美国梦，黑人几十年来的还贷利率都比较高。切里尔·哈里斯观察她祖母 20 世纪 30 年代在芝加哥的经历得出的结论与此相类，变身白人也符合“某种经济逻辑”[91]。

改头换面也事关生存。尽管黑人男女的绝对数量居于少数，但无论在过去还是现在，黑人入狱的比例都比白人高很多。[92]自 17 世纪以来，对黑人生命的长久蔑视已经造就了白人看待万物的固有方式，它极其根深蒂固，以至于大多数美国白人意识不到这种眼光影响了他们的思考。上述情况给我们的教训是，美国人不是无视肤色的。恰恰相反，肤色的含义仍然意义深刻。规范种族分类的法律制定得极其仔细认真，这就清楚地表明，白人坚决要弄清谁的身上流淌着一滴非洲人的血，并因此应该被归类为黑人。每当一个假冒的白人被揭穿，白人就要施加惩罚，好像是黑人擅自闯入了白人的特权之地，而黑人本该明白这是禁地。

这正是哈丽特·海明斯面临的问题。她生而为奴并汇入了奴隶长期受压迫的历史。她是黑人，但她那个时代的弗吉尼亚州法官会判定她是白人，因为他们的判断依据是目之所见的皮肤颜色；[93]直到 1865 年宪法第十三修正案废除蓄奴制之前，由于杰斐逊没有给她发获释文件，所以她不是自由民；但她又过着自由民的生活，所以她也不是奴隶。她不符合我们的美国经验中任何含义明确的定义。这就是为什么不管我们能不能找到她，她的故事都是如此重要的原因。她在过去和现在都不为人所见，这恰是问题的关键所在。如果一位总统和家奴生的女儿这么轻易地消失得踪迹全无，这就迫使我们承认，我们的种族分类纯属谬误，我们的种族体系的基础是一套已被证伪的科学。

然而，伦道夫一家关心的只是哈丽特·海明斯是个擅入者，得宜的处置就是不许她共享他们无比自豪的杰斐逊后人的荣耀。被认可的杰斐逊后人有资格葬在蒙蒂塞洛的墓园；也有海明斯家的后人在争取同样的权利，而“擅入”一直是他们之间的一个痛点。杰斐逊从玛莎和玛丽亚两支谱系传下来的血缘后代成立了一个组织——蒙蒂塞洛协会，1999 年，海明斯的后代第一次受邀来这个组织列席会议，和睦相处的曙光似乎朦胧初现了。[94] 2002 年，该协会投票决定“是否允许海明斯的后代葬入墓园”，却未获通过。十几年以后，杰斐逊的白人后代苔丝·泰勒（Tess Taylor）在蒙蒂塞洛约见奴隶后代盖勒·怀特（Gayle Jessup White），两人一起走向墓园。泰勒平淡地描述道，“我打开了大门上的锁”[95]，她显然没有意识到这一时刻在两个世纪的家族史中的浓厚寓意：白人手里拿着钥匙，其他人则被锁在门外。

那一晚，玛莎·杰斐逊·伦道夫以为是自己在人世间的最后时刻，她口授遗嘱，辛苦地留下了她自己的历史传承。但是，在生命走向终结之际，一个人会如何解释自己的人生呢？艾伦日后会追忆起母亲具有“深沉的情感、崇高的原则、慷慨大度的性情、广布的仁慈、明智的判断和炙热的想象，以及极有修养的理解力”。但是，这些足以构成一份传承了吗？就连艾伦也会担心这还不够，而她“每当想到、说到和写到我的母亲，就永远无法忘掉其他一切事情（指的是她们失去了与她一起在蒙蒂塞洛所熟悉的一切）”。她哀叹道，“她离去了，但世界还没了解她”，“除了在朋友的回忆和子女的心中，她没有留下任何纪念物……短短几年之后，也许所有的记录，所有对她的名字、她的品性的回忆，都会消失”。[96]

历史传承很少是简单或率直的。杰斐逊生前债务缠身，没给女儿留下多少物质财产，但他的金句“人人生而平等”却留下了一份国家遗产，它一直激励着美国人去追求公正。然而，这份传承也因他的行为蒙尘：他是蓄奴者，美国革命之后始终拒绝借自己的名义推动蓄奴制改革；尽管他明确认定奴隶天生低等，却与一名奴隶生了好几个孩子。就连杰斐逊所热爱的美国革命留下的遗产也不乏问题：虽然废奴主义风潮正在兴起，蓄奴制却实行得愈发强硬；拥有选举权的人数每天都在增加，却只为越来越多的白人男性所享有，而自由黑人男性则不在其列；社会公认家务和母职是女性的唯一天职，哪怕这是要永远禁绝女性获得开国文献所宣扬的平等。

杰斐逊的几个女儿留下的传承也同样复杂，但是迄今几乎无人提起，已完全淡去。玛莎·杰斐逊·伦道夫历经一生，看到父亲的革命遗产得以发扬光大，但她更关心家族遗产。在她发病的那个春夜之后，她又活了一年。她决心要留下一份能在法庭上站得住脚的书面遗产，意图明确，而且精心做成了。玛莎和父亲一样，懂得书面文件的价值：靠着女儿和外孙女的勤勉协助，玛莎留下一份包括 18000 多封信件的杰斐逊档案。[97] 如果说，她留给女儿的除了一些显赫人脉之外并无他物，但她却为她们推开大门，通向了她们珍爱且富有乐趣的智识生活，她们因而得以体味学习的乐趣，自豪于自己的学识。玛丽亚的遗产却不是那么有意而为的：发霉的乐谱上遍布她标记身份的签名，却在她儿子的手中一页页散落。玛丽亚和她那个时代绝大多数母亲一样，把自身的传承寄托在子女身上。但她唯一活下来的孩子却不记得她了。1827 年，他搬家去了佛罗里达，永远告别了弗吉尼亚。

传承有赖于连续性。但哈丽特·海明斯离开蒙蒂塞洛时已经与自己的历史一刀两断；搬到华盛顿以后，她更是刻意抹掉它不让人看见。当年她的故事是杰斐逊、海明斯和伦道夫三家人合谋沉默的结果，如今当然也是关于美国蓄奴制和种族历史的国家遗产的一部分。但我们不能忘记哈丽特还有她的个人传承，必须要靠历史学家循着她留下的蛛丝马迹重构出来。她留下的痕迹少得可怜，甚至比不上玛丽亚的乐谱，但她的传承之重要，不逊于她的任何一位姐姐所留下的。

历史学家的任务就是去挖掘这些被埋葬的故事，把握这些历史传承，让消隐的过去重见天日。玛莎毅然决然地要完成自己的传承；悲伤的艾伦竭力要厘清她的杰出母亲的人生价值；我则以同样的决心和努力，力图从历史的垃圾箱中找回玛丽亚和哈丽特的传承。当我们回望她们，这些故事促使我们去追问：这么多女性的人生、天赋和激情，为什么被从美国革命的历史遗产中删除了？为什么在美国革命发生那么久之后，还有人被迫要在家庭纽带与肤色之间做出非此即彼的选择？为什么某些关于性别和种族的声名狼藉的意识形态依旧如此强有力地控制并分裂着美国人？

蒙蒂塞洛上锁的墓园，正如杰斐逊上锁的图书室、书阁和酒窖一样，划定了特权的边界，全是非请莫入的。当年杰斐逊创办了一所公立大学来培养受过教育的选民、有创造力的公民，那里同时也是一个特权之地：只有白人男性可以上大学。他有限的视野无法理解女性和有色人种也能以多种方式培养他为之奉献了毕生的公民美德。美国经验的悲剧在于，在杰斐逊的带领下，我们也曾失去了太多。好在还是有人拒绝被局限，努力去建设他最著名的名言“人人生而平等”中蕴含的历史遗产。而这些人的愿景，正是美国的希望所在。

致谢

我是诚惶诚恐地进入杰斐逊研究这个领域里的。在过去的一个世纪里，关于杰斐逊研究的争论变得非常尖锐。尽管如此，我在这一领域里看到了才华横溢、宽厚大度的历史学家们有了他们的成果，我才得以进行自己的研究。他们花时间来阅读和讨论我的研究成果，而他们的贡献为这本书增色甚多，没有他们，这本书难以成为现在的样子。我对他们所有人都怀着深深的感激之情。

当我在不同会议上发表本书各章的初期结果时，许多人对此给予了评论。感谢乔恩·库克拉、辛西娅·基尔纳、茜拉·斯肯普、杰弗里·杨，以及由欧洲早期美洲研究学会（European Early American Studies Association）资助的巴黎会议上的听众。感谢《玛莎·杰斐逊·伦道夫的巴黎教育》一文的匿名审读者，他／她敦促我对玛莎所受的教会学校教育做更深入的研究。非常感激伊莱恩·福曼·克兰以及已故的 C·达勒特·亨普希尔，他们帮助我把那篇文章发表在期刊《早期美洲研究》（*Early American Studies: An Interdisciplinary Journal*）上。尤为幸运的是，我成为了辛西娅·基尔纳的朋友和同行。自从那天我们在夏洛茨维尔共进午餐、确定我们的研究重点没有重合后，她慷慨地帮助我规划使用杰斐逊／伦道夫文献的线路，和我讨论我的想法，邀请我加入撰写《弗吉尼亚的女性：她们的生活和时代》（*Virginia Women: Their Lives and Times*）这本与我的研究相关的书。感谢弗兰克·科里亚诺对我这个项目的慷慨支持，并邀请我给《托马斯·杰斐逊读本》（*A Companion to Thomas Jefferson*）一书贡献一篇文章。当时露西亚·史坦顿尽管很快就要退休了，但还是阅读并评议了那篇文章。从本书的参考书目中，读者可以看到，我得益于露西亚·史坦顿和安妮特·戈登-里德的研究成果良多。她们二人都激发我去研究哈丽特·海明斯。

我很幸运能在维拉诺瓦大学历史系任教。我的同事们全身心地投入到教学和高水平的学术研究当中，他们每天都激励我尽自己最大的努力。他们对我的项目的慷慨支持实在非同寻常。感谢马可·加利奇欧两次提供方便，让我能获得对于研究和写作来说不可或缺的研究津贴。感谢我的同事们阅读了不同章节的初稿以及研究计划申请，他们用了好几个星期五的下午来讨论这些内容，他们是：克雷格·贝利、马可·加利奇欧、朱迪斯·金斯伯格、伊丽莎白·考尔斯基、阿黛尔·林登迈耶、安德鲁·刘、惠特尼·马丁科、蒂莫西·麦克考、琳恩·哈特奈特、保罗·罗齐尔和保罗·斯蒂格。感谢从前的研究生（如今是朋友）杰奎琳·比蒂和艾米丽·哈彻·麦克劳斯基阅读文章以及本书不同章节的初稿，感谢克莱尔·博豪、尼古拉斯·缪门塞勒和迈克尔·S. 费舍协助我的研究工作。我在弗吉尼亚研究方面的老朋友塔提亚娜·凡·莱姆迪斯科慷慨地为我认真而充满赞许地校读了书稿。感谢安妮·霍恩·布里杰、温蒂·汉密尔顿·霍尔舍和贾斯汀·福斯特愿意像非专业读者那样试读本书，纠正我某些过于学究气的表述。

我尤其需要感谢许多档案学家，他们给我指出了各种有益于研究的方向。感谢弗吉尼亚大学阿尔伯特和雪莉·斯莫尔特殊收藏图书馆（Albert and Shirley Small Special Collections Library）的工作人员，尤其是雷吉娜·D·拉什；哥伦比亚区公共图书馆、华盛顿历史学会、霍华德大学的莫兰德·斯平加恩研究中心、以及国家档案馆的工作人员；国际杰斐逊研究中心（International Center for Jefferson Studies）的安娜·贝克斯；温特图尔博物馆纺织品展览部的策展人琳达·伊顿；阿尔伯马尔县夏洛茨维尔历史学会（Albemarle Charlottesville Historical Society）的图书馆员 M·奥布莱恩特。感谢芬尼莫尔艺术博物馆（Fenimore Art Museum）、宾夕法尼亚历史学会、马萨诸塞历史学会、马斯卡莱尔艺术博物馆（Muscarelle Museum of Art）、托马斯·杰斐逊的"白杨林庄园"、托马斯·杰斐逊基金会以及威斯康辛艺术博物馆允许我发表他们图片藏品。

感谢安·卢卡斯·布里尔、丽莎·A. 弗兰卡维拉、理查德·盖·威尔森、玛莎·金和阿丽森·霍布斯在讨论问题时给予我的巨大帮助。感谢安德鲁·奥肖内西的热情帮助以及他领导的国际杰斐逊研究中心，那里的研究者都在从事与杰斐逊相关的研究题目，有最为融洽的同行合作氛围，可以与其他学者一起研究、写作和讨论我们各自的研究成果。在蒙蒂塞洛，我很幸运地与伊丽莎白·丘交上朋友，她对伦道夫姐妹的兴趣启发了我。在她的帮助下，我得以在二楼的一间卧室里花几天时间翻阅她们的学校课本（得益于伊丽莎白的研究，那间卧室如今已经修复并向参观者开放）。她慷慨地与我带到蒙蒂塞洛的两组学生见面座谈，并介绍我认识艾格山庄园的主人格雷格·格雷厄姆。感谢格雷格·格雷厄姆善意地允许我参观伦道夫的家。

在华盛顿，我寻找哈丽特·海明斯的"侦探"工作得到了以下人员的协助和鼓励："美国革命的女儿们"图书馆（Daughters of the American Revolution Library）的工作人员、哥伦比亚区档案馆的阿里·拉赫曼、历史国会墓地（Historic Congressional Cemetery）的黛尔·多利和约翰·克莱恩赫德、纽约大道的长老会教堂（New York Avenue Presbyterian Church）的丹尼尔·斯多克斯、全国长老会教堂和中心（National Presbyterian Church and Center）的西奥多·安德森、圣约翰的主教堂（St. John's Episcopal Church）的海登·布莱恩、在马里兰州贝塞斯达的第四长老会教堂（Fourth Presbyterian Church）的露丝·威廉姆斯。感谢伊丽莎白·威廉姆森慷慨地回应了我这个陌生人的询问，并打开了她的家庭档案，甚至提供了一份DNA样本。

我极为荣幸地与海明斯大家庭的后代见面或者谈话。在我开始寻找哈丽特·海明斯之时，感谢J·凯尔文·杰斐逊和凯伦·休斯·怀特的帮助和建议。感谢贝弗利·格雷和艾德娜·杰奎斯跟我谈到哈丽特可能会去了哪里；感谢罗斯玛丽·苟思顿好意地帮助我分析DNA样本，从中我找到了在档案记录中无法找到的关联。

这个项目从一开始就得到各种机构的慷慨资助，对此我非常感激。国际杰斐逊研究中心、殖民地威廉斯堡基金会（Colonial Williamsburg Foundation）以及弗吉尼亚历史学会的研究津贴支持了我做最初的研究；在我本人所在研究机构的协作下，美国大学女性学会（American Association of University Women）资助了我一整年的研究工作。弗吉尼亚人文学基金会（Virginia Foundation for the Humanities）的研究津贴以及维拉诺瓦大学的学术假，使得我有一整个学期完全投入到写作当中。非常感谢维拉诺瓦大学的教员研究项目给予的支持，尤其是在本项研究期间提供的两次暑假研究资金。我得以查阅华盛顿的档案馆的工作，是由艾伯特·李佩吉研究基金（Albert Lepage Research Fund）以及历史系里的暑假研究基金（Summer Research Fund）资助的。

感谢出色的经纪人霍华德·莫汉。他在第一时间就表示出对此书的兴趣，帮助我准备简介，说服百兰坦图书公司的出版人。苏珊娜·波特和她的团队的编辑保持了行文的顺畅，艾米丽·哈特利耐心地引导我完成出版过程的诸多步骤。

我把最后的感谢留给我的朋友和家庭。他们非常清楚地知道，没有他们毫无保留的爱和支持，这本书根本就不能完成。温蒂·汉密尔顿·霍尔舍和萨利·克罗斯无数次听我讲玛莎、玛丽亚和哈丽特的故事，并鼓励我要一鼓作气地把它们公之于世。在我多次去华盛顿查资料时，伊丽莎白·恩斯·莱特把她的家门为我打开。一直以来，我的孩子们——伊丽莎白·福斯特、莎拉·福斯特、贾斯汀·福斯特和他的妻子丹妮使我的生命富有意义。他们爱我，为我感到无比自豪，对我来说，这永远比人世间最热烈的赞美更为重要。我为此要感谢他们。

谨以此书献给我从前的教授和导师詹姆斯·P. 威滕博格，感谢他引导我走上学术之路，以及多年来他持续给予我的友谊、指导和鼓励。题献只是一种表示，根本不足以报答师恩之一二。但是，我希望它能传达我内心深处的感激和尊敬。

当我在写作这本书时，我也经历了杰斐逊曾经有过的那种幸福体验，发现“孙子女……成了我难以言表的快乐源泉”。我希望埃弗雷特、卢克和玛德琳会与杰斐逊的女儿们不一样，能体会到生活在一个新世界中的恩典，在这里，每个人的尊严都会得到尊重。

参考文献

一级文献

手稿

弗吉尼亚大学阿尔伯特·斯莫尔和雪莉·斯莫尔特别收藏图书馆（Albert and Shirley Small Special Collections Library, University of Virginia）

Burke and Trist Family Papers. Accession 5385 aa-t.

Burke and Trist Family Papers. Accession 5385f.

Burke, Randolph, and Trist Family Papers. Accession 10487.

Carr-Cary Family Papers. Accession 1231.

Carr-Terrell Family Papers. Accession 4757-d.

Cocke Family Papers. Accession 640.

Coolidge, Ellen Wayles Randolph Papers. Accession 9090.

Eppes Family Papers.Accession 7109.

Eppes, Maria. Letter. Accession 38–757.

Eppes, Maria, Thomas Jefferson, the Randolph Family Correspondence. Accession 3470.

Jefferson, Thomas. Letter. Accession 6860.

Meikleham, Septimia Anne Cary Randolph Papers. Accession 4726-b.

Nicholas, Wilson Cary, and the Randolph Family of Edgehill Papers. Accession

5533.

Randolph Family of Edgehill Papers. Accession 1397.

Randolph, Thomas Jefferson. Papers on Thomas Jefferson. Accession 8937.

Smith, Jane Blair Cary. "Carysbrook Memoir." Accession 1378.

Wayles, Johhn. "Will and Codicil of John Wayles, 1760, 1772–1773." Tyler's Quarterly Historiacal and Genealogical Magazine 6(1925):268–270.

"美国革命的女儿们"项目（Daughters of the American Revolution）

Genealogical Record Committee (GRC).

美国国会公墓（Congressional Cemetery）

Congressional Cemetery Records, Washington D.C.

Daily Interments, July 1839–July 1849.

Range and Interment Records "Blue Book." Begun in 1858.

华盛顿历史学会（Historical Society of Washington）

Membership Applications. "Oldest Inhabitants Society." MSS 422, Series V.

国际杰斐逊研究中心（International Center for Jefferson Studies，ICJS）

Eppes, Mrs. Nicholas (Susan) Ware. "Maria Jefferson Eppes and her Little Son, Francis."

Howard Rice Collection.

ICJS vertical files.

马里兰历史学会（Maryland Historical Society）

Redwood Collection. MS 1530.

马萨诸塞历史学会（Massachusetts Historical Society）

Adams Family Papers.

Coolidge Collection.

美国国家档案馆（National Archives of the United States）

Record Group 21: Records of the District Courts of the United States.

Record Group 351: Deed books.

北卡罗来纳大学南方历史收藏（Southern Historical Collection, University of North Carolina）

Nicholas Philip Trist Papers. Accession 2104.

弗吉尼亚历史学会（Virginia Historical Society）

Page Family Papers.

Randolph, Mary Jefferson. Commonplace Book.

教堂记录

First Presbyterian Church (Washington, D.C.). Session records, vol. 1, 1812–1840.

St. John's Episcopal Church (Lafayette Square, Washington, D.C.). Fourth Presbyterian Church Records, First Session Book, Marriage and Baptism Record Book, 1828–September 1878.

报纸

Daily National Intelligencer（Washington, D.C.）

Daily Scioto Gazette

The Evening Star（Washington, D.C.）

Federal Gazette (Philadelphia, Pa.)

The Pennsylvania Mercury and Universal Advertiser

The Pennsylvania Packet

The Recorder (Richmond, Va.)

The Washington Post

数字文献

Congressional Cemetery. congressionalcemetery.org.

Crackel, Theodore J., ed. 2008. *The Papers of George Washington Digital Edition*. Charlottesville: University of Virginia Press, Rotunda.

Hening, Walter Waller. *Hening's Statutes at Large: Being a Collection of All the Laws of Virginia from the First Session of the Legislature, in the Year 1619*. Transcribed by Freddie L. Spradlin. vagenweb.org/hening.

Thomas Jefferson Foundation. "Jefferson Quotes & Family Letters." tjrs. monticello.org.

Jefferson, Thomas. Papers, 1606–1827. Manuscript Division, Library of Congress（LOC）, Washington, D.C. loc.gov/collections/thomas-jefferson-papers.

Looney, J. Jefferson, and Barbara B. Oberg, eds. 2008. *The Papers of Thomas Jefferson Digital Edition*. Charlottesville: University of Virginia Press, Rotunda.

Martin, Sara, ed. 2008–2017. *The Adams Papers Digital Edition*. Charlottesville: University of Virginia Press, Rotunda.

Shulman, Holly C., ed. 2008. *The Papers of Dolley Madison Digital Edition*. Charlottesville: University of Virginia Press, Rotunda.

Smith, John C. 1855. *Jehovah-Jireh: A Discourse Commemorative of the*

Twenty-seventh Anniversary of the Organization of the Fourth Presbyterian Church, Washington, D.C. Washington, D.C.: Thomas McGill, 1855. *Sabin Americana*.

纸质印刷文献

Ablell, Mrs. L. G.1855. *Women in Her Various Relations: Containing Practical Rules for American Females*. New York: J. M. Fairchild.

Adams, Abigail.1841.*Journal and Correspondence of Miss Adams, Daughter of John Adams, Second President of the United States, Written in France and England in 1785*. Edited by her daughter. New York: Wily and Putnam.

Anburey, Thomas. 1923. *Travels Through the Interior Parts of America*. 2 vols. 1789. Reprint, Boston: Houghton Mifflin Company.

Bear, James A., Jr., and Lucia C. Stanton, eds. 1997.*Jefferson's Memorandum Books: Accounts, with Legal Records and Miscellany, 1767–1826*. 2 vols. Princeton: Princeton University Press.

Betts, Edwin Morris, and James Adam Bear, Jr., eds. 1965. *The Family Letters of Thomas Jefferson*. Charlottesville: University Press of Virginia, 1965.

Betts, Edwin Morris, ed. 1999. *Thomas Jefferson's Farm Book*. Charlottesville: Thomas Jefferson Memorial Foundation, 1999.

——, ed. 1999. *Thomas Jefferson's Garden Book.* Charlottesville: Thomas Jefferson Memorial Foundation.

Biddle, Clement. 1919. "Selections from the Correspondence of Clement Biddle." *Pennsylvania Magazine of History and Biography* 43 (1919): 193–207.

Birle, Ann Lucas, and Lisa A. Francavilla, eds. 2012. *Thomas Jefferson's Granddaughter in Queen Victoria's England*. Boston and Charlottesville: Massachusetts Historical Society and Thomas Jefferson Foundation.

Boyd, Julian P., ed. 1950. *The Papers of Thomas Jefferson*. 42 vols. Princeton: Princeton University Press.

Brady, Patricia, ed. 1991. *George Washington's Beautiful Nelly: The Letters of Eleanor Parke Custis Lewis to Elizabeth Bordley Gibson, 1794–1851*. Columbia: University of South Carolina Press.

Cappon, Lester J., ed. 1987. *The Adams-Jefferson Letters*. 1959. Reprint, Chapel Hill: University of North Carolina Press.

Carter, Edward II, and Angeline Polites, eds. 1977. *The Virginia Journals of Benjamin Henry Latrobe, 1795–98*. 2 vols. New Haven: Yale University Press.

Chastellux, Francois Jean Marquis de. 1787. *Travels in North America, in the Years 1780, 1781, and 1782*. 2 vols. Dublin: Colles, Moncrieffe, White.

Cott, Nancy F., Jeanne Boydston, Ann Braude, Lori D. Ginzberg, and Molly Ladd-Taylor, eds. 1996. *Root of Bitterness: Documents of the Social History of American Women*. 2d ed. Boston: Northeastern University Press.

Custis, George Washington Parke. 1860. *Recollections and Private Memoirs of Washington by His Adopted Son with a Memoir of the Son by His Daughter.* New York: Derby & Jackson.

Delano, Judah. 1822. *Washington Directory: Showing the Name, Occupation, and Residence of Each Head of a Family and Person in Business*. Washington: William Duncan.

Douglass, Frederick. 2003. *Narrative of the Life of Frederick Douglass: An American Slave, Written by Himself.* 2nd ed. Edited by David Blight. Boston: Bedford Books of Saint Martin's.

Elliot, Jonathan.1830. *Historical Sketches of the Ten Miles Square Forming the District of Columbia*. Washington, D.C.: J. Elliot, Jr..

Elliot, S. A. 1827. *The Washington Directory*. Washington, D.C.: S. A. Elliot.

Farish, Hunter Dickinson, ed. 1993. *Journal and Letters of Philip Vickers Fithian: A Plantation Tutor of the Old Dominion, 1773–1774*. 5th ed. Charlottesville: University of Virginia Press.

Ford, Paul Leicester, ed. 1904–1905. *The Works of Thomas Jefferson*. 12 vols. New York: G.P. Putnam's Sons.

Fossett, Peter. 1898. "Once the Slave of Thomas Jefferson." *Sunday World*, January 29, 1898.

Gilmer, Peachy.1939. "Peachy R. Gilmer Memoir." *In Francis Walker Gilmer*, edited by Richard Beale Davis. Richmond: Dietz Press.

Hemings, Madison. 1997. "Memoirs of Madison Hemings." In *Thomas Jefferson and Sally Hemings: An American Controversy*, by Annette Gordon-Reed, 245–48. Charlottesville: University Press of Virginia.

Hunt, Gaillard, ed. 1965/1906. *The First Forty Years of Washington Society in the Family Letters of Margaret Bayard Smith*. 1906. Reprint, New York: Frederick Ungar, 1965.

Hunter, Alfred, compiler. 1853. *The Washington and Georgetown Directory*. Revised by Wesley E. Pippenger. Washington, D.C.: Kirkwood & McGill.

Jacobs, Harriet A. 1987. *Incidents in the Life of a Slave Girl, Written by Herself*. Edited by Jean Fagan Yellin. Cambridge, Mass.: Harvard University Press.

Jefferson, Isaac Granger. 1951. *Memoirs of a Monticello Slave As Dictated to Charles Campbell in the 1840's by Isaac, One of Thomas Jefferson's Slaves*. Charlottesville: University of Virginia Press for the Tracy W. McGregor Library.

Jefferson, Israel.1997. "Memoirs of Israel [Gillette] Jefferson." In *Thomas Jefferson and Sally Hemings: An American Controversy*, by Annette Gordon-Reed, 249–53. Charlottesville: University Press of Virginia.

Keckley, Elizabeth.1988. *Behind the Scenes, or, Thirty Years a Slave and Four*

Years in the White House. New York: Oxford University Press.

Kimball, Marie G.1918. "Unpublished Correspondence of Mme. De Staël with Thomas Jefferson." In *The North American Review* (1821–1940) 208, no. 752 (July 1918): 63–71.

La Rochefoucauld-Liancourt, Francois. 1799. *Travels Through North America, Canada*. London: R. Phillips.

Martineau, Harriet.1837. *Society in America*. Vol. 3. London: Saunders and Otley.

——. *Retrospect of Western Travel*. Vol. 1, 1838. Reprint, New York: Greenwood Press, 1969.

Morris, Anne Cary, ed. 1888. *The Diary and Letters of Gouverneur Morris: Minister of the United States to France; Member of the Constitutional Convention, Etc*. Vol 1. New York: Charles Scribner's Sons.

"Mrs. Thomas Mann Randolph, Eldest Daughter of Thomas Jefferson, by a Granddaughter." The American Monthly Magazine 17 (1900): 21–30.

Murray, Judith Sargent.1790. "On the Equality of the Sexes." *Massachusetts Magazine*, March 1790.

Peterson, Merrill D., ed. 1989. *Visitors to Monticello*. Charlottesville: University Press of Virginia.

Pierson, Hamilton W., ed. 1971.*Jefferson at Monticello: The Private Life of Thomas Jefferson from Entirely New Materials*. 1862. Reprint, Stratford, N.H.: Ayer Company.

Randall, Henry S. 1858. *The Life of Thomas Jefferson*. 3 vols. New York: Derby & Jackson.

Randolph, Sarah Nicholas.1978. *The Domestic Life of Thomas Jefferson: Compiled from Family Letters and Reminiscences by His Great-Granddaughter*.

Charlottesville: University Press of Virginia.

Randolph, Sarah Nicholas.1877. "Mrs. Thomas Mann Randolph." In *Worthy Women of Our First Century*, edited by Agnes Irwin and Sarah Butler Wister. Philadelphia: Lippincott.

Teitelman, Robert, ed. 2000. *Birch's Views of Philadelphia: A Reduced Facsimile of the City of Philadelphia—As It Appeared in the Year 1800: With Photographs of the Sites in 1960 & 2000 and Commentaries*. Philadelphia: Free Library of Philadelphia.

Torrey, Jesse.1817. *A Portraiture of Domestic Slavery, in the United States: With Reflections on the Practicability of Restoring the Moral Rights of the Slave, Without Impairing the Legal Privileges of the Possessor: And a Project of a Colonial Asylum for Free Persons of Colour: Including Memoirs of Facts on the Interior Traffic in Slaves, and on Kidnapping*. Philadelphia: John Bioren.

Trumbull, John. 1953. *The Autobiography of Colonel John Trumbull, Patriot Artist 1756–1843*. New Haven: Yale University Press.

Wright, F. Edward, compiler. 1988. *Marriage Licenses of Washington D.C. 1811 through 1830*. Silver Spring, Md.: Family Line Publications.

二级文献

家庭与家谱记录

Brent, Chester Horton. 1936. *The Descendants of Hugh Brent, Immigrant to Isle of Wight County, Virginia, 1642*. Rutland, Vt.: Tuttle Publishing.

Clark, Edythe Maxey.1992. *William Pumphrey of Prince George's County Maryland and His Descendants*. Decorah, Iowa: Anundsen Publishing.

Peden, Henry C., Jr., ed. 2010. *Marriages and Deaths from Baltimore Newspapers, 1817–1824*. Lewes, Del.: Colonial Roots.

Pumphrey, L. N. 2003. *The Pumphrey Pedigree*. Baltimore: Gateway Press.

Simpson, Dennis William, compiler. 1985. *Simpson and Allied Families*. Baltimore: Gateway Press.

Simpson, John Worth. 1983. *Simpson: A Family of the American Frontier*. Baltimore: Gateway Press.

Smith, Ralph D. 1998. *The Simpson Families of Southern Maryland, Western Maryland, and the District of Columbia to 1820*. Daytona Beach, Fl.: R. D. Smith.

研究专著与文章

Abbott, Carl. 1999. *Political Terrain: Washington, D.C., from Tidewater Town to Global Metropolis*. Chapel Hill: University of North Carolina Press.

Adams, William Howard. 1997. *The Paris Years of Thomas Jefferson*. New Haven: Yale University Press.

Allgor, Catherine. 2000. *Parlor Politics: In Which the Ladies of Washington Help Build a City and a Government*. Charlottesville: University Press of Virginia.

Baumgarten, Linda. 2012. *What Clothes Reveal: The Language of Clothing in Colonial and Federal America*. New Haven: Yale University Press.

Beiswanger, William L. 1998. *Monticello in Measured Drawings*. Charlottesville: Thomas Jefferson Memorial Foundation.

Belkin, Lisa. 2003. "The Opt-Out Revolution." *New York Times*, October 26, 2003.

Blight, David W. 2002. *Beyond the Battlefield: Race, Memory & the American Civil War*. Boston: University of Massachusetts Press.

Bloch, Jean. 2007. "Discourses of Female Education in the Writings of

Eighteenth-Century French Women." In *Women, Gender, and the Enlightenment*, edited by Sarah Knott and Barbara Taylor, 243–58. 2005. Reprint, New York: Palgrave Macmillan, 2007.

Bloch, Ruth H. 1987. "The Gendered Meanings of Virtue in Revolutionary America." Signs: *Journal of Women in Culture and Society* 13 (Autumn 1987): 37–58.

Boydston, Jeanne. 1990. *Home and Work: Housework, Wages, and the Ideology of Labor in the Early Republic*. New York: Oxford University Press.

Branson, Susan. 2001. *Those Fiery Frenchified Dames: Women and Political Culture in Early National Philadelphia*. Philadelphia: University of Pennsylvania Press.

Brodie, Fawn M. 1974. Thomas Jefferson: An Intimate History. New York: Bantam Books.

Brown, Kathleen M. 1996. *Good Wives, Nasty Wenches, and Anxious Patriarchs: Gender, Race, and Power in Colonial Virginia*. Chapel Hill: Published for OIEAHC by University of North Carolina Press.

——. 2009. *Foul Bodies: Cleanliness in Early America*. New Haven: Yale University Press.

Burstein, Andrew. 1996. *The Inner Jefferson: Portrait of a Grieving Optimist. Charlottesville*: University Press of Virginia.

Carson, Cary, and Carl R. Lounsbury, eds. 2013. *The Chesapeake House: Architectural Investigation by Colonial Williamsburg*. Chapel Hill: University of North Carolina Press.

Chambers, S. Allen. 1993. *Poplar Forest and Thomas Jefferson*. Little Compton, R.I.: Fort Church Publishers.

Chase-Riboud, Barbara. 1994. *The President' s Daughter*. New York: Crown

Publishing Group.

Chew, Elizabeth V. 2007. "Inhabiting the Great Man's House: Women and Space at Monticello," In *Structures and Subjectivities: Attending to Early Modern Women*, edited by Adele F. Seeff and Joan Hartman, 223–52. Newark: University of Delaware Press.

Choudhury, Mita. 2004. *Convents and Nuns in Eighteenth-Century French Politics and Culture*. Ithaca: Cornell University Press.

Clark, Emily. 2013. *The Strange History of the American Quadroon: Free Women of Color in the Revolutionary Atlantic World*. Chapel Hill: University of North Carolina Press.

Clark-Lewis, Elizabeth. 2002. *First Freed: Washington, D.C., in the Emancipation Era*. Washington, D.C.: Howard University Press.

Coale, Ansley J., and Melvin Zelnik. 1963. *New Estimates of Fertility and Population in the United States*. Princeton: Princeton University Press.

Cogliano, Francis D. 2012. "Preservation and Education: Monticello and the Thomas Jefferson Foundation." *A Companion to Thomas Jefferson*, edited by Francis D. Cogliano, 510–25. West Sussex, U.K.: Blackwell Publishing.

Cohen, Lizabeth. 2003. *A Consumers' Republic: The Politics of Mass Consumption in Postwar America*. New York: Alfred A. Knopf, 2003.

Cope, Virginia. 2004. "'I Verily Believed Myself to Be a Free Woman': Harriet Jacobs's Journey into Capitalism." *African American Review* 38 (Spring 2004): 5–20.

Cripe, Helen. 1974. *Thomas Jefferson and Music*. Charlottesville: University Press of Virginia.

Dalzell, Robert F., Jr. 1993. "Constructing Independence: Monticello, Mount Vernon, and the Men Who Built Them." *Eighteenth-Century Studies, Special Issue.*

Thomas Jefferson, 1743–1993: An Anniversary Collection 26 (Summer 1993): 543–80.

Darnton, Robert. 2017. "The True History of Fake News," *New York Review of Books*, 13 February 2017.

Davidson, Cathy. 1986. *Revolution and the Word: The Rise of the Novel in America*. New York: Oxford University Press.

Davis, Natalie Zemon. 1983. *The Return of Martin Guerre*. Cambridge, Mass.: Harvard University Press.

——. 1995. *Women on the Margins: Three Seventeenth-Century Lives*. Cambridge, Mass.: Harvard University Press.

Diaconoff, Suellen. 2005. *Through the Reading Glass: Women, Books, and Sex in the French Enlightenment*. Albany: State University of New York Press.

Durey, Michael. 1990. *"With the Hammer of Truth": James Thomson Callender and America's Early National Heroes.* Charlottesville: University Press of Virginia.

Egerton, Douglas R. 1993. *Gabriel's Rebellion: The Virginia Slave Conspiracies of 1800 and 1802*. Chapel Hill: University of North Carolina Press.

Ellis, Joseph J. 1996. *American Sphinx: The Character of Thomas Jefferson*. New York: Alfred A. Knopf.

Fields, Karen E., and Barbara J. Fields. 2012. *Racecraft: The Soul of Inequality in American Life*. London: Verso.

Finkelman, Paul. 1996. *Slavery and the Founders: Race and Liberty in the Age of Jefferson*. Armonk, New York: M. E. Sharpe.

Foner, Eric. 1990. *A Short History of Reconstruction, 1863–1877*. New York: Harper and Row, 1990.

Fosseyeux, Marcel. 1918. "Une abbesse de Panthémont au XVIII siècle:

Madame de Béthisy de Mézières, 1743–1789." *Revue du Dix–huitième Siècle* V (1918).

Foster, Elaine Morrison. 2011. "Founding a Church in a City on a Hill: Joseph Nourse, James Laurie, and the F Street Church." In *Capital Witness: A History of the New York Avenue Presbyterian Church in Washington, D.C.*, edited by Dewey D. Wallace, Jr., Wilson Golden, and Edith Holmes Snyder. Franklin, Tenn.: Plumbline Media.

Foster, Helen Bradley. 1997. "*New Raiments of Self": African American Clothing in the Antebellum South*. New York: Berg.

Fryer, Darcy R. 2009. "Mortality in the Colonial Period." In *Encyclopedia of American History: Colonization and Settlement, 1608 to 1760*, edited by Billy G. Smith and Gary B. Nash. Rev. ed., vol. 2. New York: Facts on File.

Gaines, William H., Jr. 1966. *Thomas Mann Randolph: Jefferson's Son-in-Law.* Baton Rouge: Louisiana State University Press.

Garrioch, David.2002. *The Making of Revolutionary Paris*. Berkeley: University of California Press.

Gillespie, E. D. 1901.*A Book of Remembrance. Philadelphia*: J. B. Lippincott.

Godineau, Dominique. 1992. "The Woman." In *Enlightenment Portraits*, edited by Michel Vovelle and translated by Lydia G. Cochrane, 393–426. Chicago: University of Chicago Press.

Goodman, Dena.1998. "Women and the Enlightenment." In *Becoming Visible: Women in European History*, edited by Renate Bridenthal, Susan Mosher Stuard, and Merry E. Wiesner, 233–62. 3rd ed. Boston: Houghton Mifflin.

——. 2009. *Becoming a Woman in the Age of Letters*. Ithaca: Cornell University Press.

Gordon-Reed, Annette. 1997. *Thomas Jefferson and Sally Hemings: An*

American Controversy. Charlottesville: University Press of Virginia.

——. 2008. *The Hemingses of Monticello: An American Family*. New York: W. W. Norton.

Green, Constance McLaughlin. 1962. *Washington: Village and Capital, 1800–1878*. Princeton: Princeton University Press.

Gross, Robert A., and Mary Kelley, eds. 2010. *An Extensive Republic: Print, Culture, and Society in the New Nation, 1790–1840*. Vol. 2 of *A History of the Book in America*, edited by David D. Hall. Chapel Hill: University of North Carolina Press.

Hall, David D. 1994. "Books and Reading in Eighteenth-Century America." In *Of Consuming Interests: The Style of Life in the Eighteenth Century*, edited by Cary Carson, Ronald Hoffman, and Peter J. Albert, 354–72. Charlottesville: United States Capitol Historical Society by the University Press of Virginia.

Harris, Cheryl I. 1993. "Whiteness as Property." *Harvard Law Review* 106 (June 1993): 1707–91.

Hartman, Saidiya. 2007. *Lose Your Mother: A Journey Along the Atlantic Slave Route*. New York: Farrar, Strauss and Giroux.

Hayes, Kevin J. 2008. *The Road to Monticello: The Life and Mind of Thomas Jefferson*. New York: Oxford University Press.

Heilbrun, Carolyn. 1988. *Writing a Woman's Life*. New York: W. W. Norton.

Hemphill, C. Dallett.1999. *Bowing to Necessities: A History of Manners in America, 1620–1860*. New York: Oxford University Press, 1999.

——. 2006. "Manners and Class in the Revolutionary Era: A Transatlantic Comparison," *William and Mary Quarterly* 63 (April 2006): 345–72.

Hobbs, Allyson. 2014. *A Chosen Exile: A History of Racial Passing in American Life*. Cambridge, Mass.: Harvard University Press.

Holt, Thomas. 1977. *Black over White: Negro Political Leadership in South Carolina During Reconstruction*. Urbana: University of Illinois.

Holton, Woody.2009. *Abigail Adams*. New York: Free Press.

Honeywell, Roy J. 1964. *The Educational Work of Thomas Jefferson*. New York: Russell and Russell.

Howard, Hugh, and Roger Straus. 2003. *Thomas Jefferson, Architect: The Built Legacy of Our Third President*. New York: Rizzoli.

Hufton, Olwen. 1996. *The Prospect Before Her: A History of Women in Western Europe*. New York: Alfred A. Knopf.

Johnston, James Hugo.1970. *Race Relations in Virginia & Miscegenation in the South 1776–1860*. Amherst: University of Massachusetts Press.

Justus, Judith. 1990. *Down from the Mountain: The Oral History of the Hemings Family. Are They the Black Descendants of Thomas Jefferson?* Fremont, Ohio: Lesher Printers, Inc..

Kaplan, Sara Clarke.2009. "Our Founding (M)other: Erotic Love and Social Death in *Sally Hemings and The President's Daughter.*" *Callalo* 32 (Summer 2009): 773–91.

Kasson, John F. 1990. *Rudeness & Civility: Manners in Nineteenth-Century Urban America*. New York: Hill and Wang.

Kelley, Mary.2006. *Learning to Stand & Speak: Women, Education, and Public Life in America's Republic.* Chapel Hill: Published for OIEAHC by University of North Carolina Press.

——. 2010. "Female Academies and Seminaries and Print Culture." In *A History of the Book in America*. Vol. 2, *An Extensive Republic: Print, Culture, and Society in the New Nation, 1790–1840*, edited by Robert A. Gross and Mary Kelley. Chapel Hill: University of North Carolina Press.

Kerber, Linda K.1980. *Women of the Republic: Intellect and Ideology in Revolutionary America*. Chapel Hill: Published for OIEAHC by University of North Carolina Press.

Kern, Susan. 2005. "The Material World of the Jeffersons at Shadwell." *William and Mary Quarterly* 62 (April 2005): 213–42.

——. 2010. *The Jeffersons at Shadwell*. New Haven: Yale University Press.

Kerrison, Catherine. 2006. *Claiming the Pen: Women and Intellectual Life in the Early American South*. Ithaca: Cornell University Press, 2006.

——. 2012. "Sally Hemings." In *A Companion to Thomas Jefferson*, edited by Francis Cogliano, 284–300. West Sussex, UK: Blackwell Publishing.

Kierner, Cynthia A. 1998. *Beyond the Household: Women's Place in the Early South, 1700–1835*. Ithaca: Cornell University Press.

——. 2009. "Martha Jefferson and the American Revolution in Virginia." In *Children and Youth in a New Nation*, edited by James Marten, 29–47. New York: New York University Press, 2009.

——. 2012. *Martha Jefferson Randolph, Daughter of Monticello: Her Life and Times*. Chapel Hill: University of North Carolina Press.

Kilbride, Daniel P. 1999. "Cultivation, Conservatism, and the Early National Gentry: The Manigault Family and Their Circle." *In Journal of the Early Republic* 19 (1999): 221–56.

Kimball, Marie.1939. "Jefferson in Paris." *North American Review* 248 (Autumn 1939): 73–86.

——. 1950. *Jefferson: The Scene of Europe 1784–1789*. New York: Coward-McCann.

Klepp, Susan E. 2009. *Revolutionary Conceptions: Women, Fertility, and Family Limitation in America, 1760–1820*. Chapel Hill: Published for OIEAHC by

University of North Carolina Press.

Kolchin, Peter. 1993. *American Slavery 1619–1877*. Rev. ed. New York: Hill and Wang.

Kroeger, Brooke. 2003. *Passing: When People Can't Be Who They Are*. New York: Public Affairs.

Landers, Jane. *Black Society in Spanish Florida*. Urbana.: University of Chicago Press.

Landes, Joan B. 1988. *Women and the Public Sphere in the Age of the French Revolution*. Ithaca: Cornell University Press.

Lee, Vera. 1975. *The Reign of Women in Eighteenth-Century France*. Cambridge, Mass.: Schenkman Publishing Company.

Lesko, Kathleen M. 1991. *Black Georgetown Remembered: A History of Its Black Community from the Founding of "The Town of George" in 1751 to the Present Day*. Washington, D.C.: Georgetown University Press.

Levy, Darline Gay & Applewhite, Harriet B. 1998. "A Political Revolution for Women? The Case of Paris," in Bridenthal, Stuard, and Wiesner, eds. Becoming Visible. Women in European History. Cengage Learning, Inc.

Lewis, Jan. 1983. *The Pursuit of Happiness: Family and Values in Jefferson's Virginia*. New York: Cambridge University Press.

Lewis, Jan, and Peter S. Onuf, eds. 1999. *Sally Hemings & Thomas Jefferson: History, Memory, and Civic Culture*. Charlottesville: University Press of Virginia.

Loesser, Arthur.1954. *Men, Women and Pianos: A Social History*. New York: Simon & Schuster.

Malone, Dumas. 1931. "Polly Jefferson and Her Father." *Virginia Quarterly Review* 7 (January 1931): 81–95.

——. 1948–1981. *Jefferson the Virginian*. 6 vols. Boston: Little, Brown and

Company.

McLaughlin, Jack.1988.*Jefferson and Monticello: The Biography of a Builder*. New York: Henry Holt.

McMaster, John Bach. 1914. *A History of the People of the United States: From the Revolution to the Civil War*. New York: D. Appleton and Company.

McNamara, Jo Ann Kay.1996. *Sisters in Arms: Catholic Nuns Through Two Millennia*. Cambridge, Mass.: Harvard University Press.

Mires, Charlene. 2002. *Independence Hall in American Memory*. Philadelphia: University of Pennsylvania Press.

Morgan, Edmund.1975. *American Slavery, American Freedom: The Ordeal of Colonial Virginia*. New York: W. W. Norton.

Morley, Jefferson.2012. *Snow-Storm in August: Washington City, Francis Scott Key, and the Forgotten Race Riot of 1835*. New York: Doubleday.

Nash, Gary B. 1988. *Forging Freedom: The Formation of Philadelphia's Black Community*. Cambridge, Mass.: Harvard University Press.

Nash, Gary B., and Jean R. Soderlund. 1991. *Freedom by Degrees: Emancipation in Pennsylvania and Its Aftermath*. New York: Oxford University Press.

Nash, Margaret A. 1997. "Rethinking Republican Motherhood: Benjamin Rush and the Young Ladies Academy of Philadelphia." *Journal of the Early Republic* 17 (Summer 1997): 171–191.

Neiman, Fraser D. 2000. "Coincidence or Causal Connection? The Relationship between Thomas Jefferson's Visits to Monticello and Sally Hemings's Conceptions." *William and Mary Quarterly* 57 (January 2000): 198–210.

O'Brien, Michael. 1988. *Rethinking the South: Essays in Intellectual History*. Baltimore and London: Johns Hopkins University Press.

Onuf, Peter S., ed.1993.*Jeffersonian Legacies*. Charlottesville: University Press of Virginia.

——. 1993. "The Scholars' Jefferson." *William and Mary Quarterly* 50 (October 1993): 671–99.

Orr, Clarissa Campbell, "Aristocratic Feminism, the Learned Governess, and the Republic of Letters," in Women, Gender and Enlightenment edited by Sarah Knott and Barbara Taylor. New York: Palgrave Macmillan, 2005.

Patterson, Orlando. 1982. *Slavery and Social Death: A Comparative Study*. Cambridge, Mass.: Harvard University Press.

Pybus, Cassandra. 2006. *Epic Journeys of Freedom: Runaway Slaves of the American Revolution and Their Global Quest for Liberty*. Boston: Beacon Press.

Rapley, Elizabeth. 2001. *A Social History of the Cloister: Daily Life in the Teaching Monasteries of the Old Regime*. Montreal: McGill-Queen's University Press.

Reps, John W. 1991. *Washington on View: The Nation's Capital Since 1790.* Chapel Hill: University of North Carolina Press.

Rice, Howard C.1976. *Thomas Jefferson's Paris.* Princeton: Princeton University Press.

Rothman, Joshua D. 2003. *Notorious in the Neighborhood: Sex and Families Across the Color Line in Virginia, 1787–1861*. Chapel Hill: University of North Carolina Press.

Rousseau, François. 1918. *Histoire de L'Abbaye de Pentemont depuis sa translation à Paris jusqu'a la revolution*, Société de l'Histoire de Paris et de l'Ile-de-France 45 (1918): 171–227.

Rousselot, Paul. 1971. *Histoire de L'Abbaye de Pentemont*. 1883. Reprint, New York: Burt Franklin.

Russell, Kathy, Midge Wilson, and Ronald Hall. 1992. *The Color Complex: The Politics of Skin Color Among African Americans*. New York: Doubleday.

Schlossberg, Linda, and María Carla Sánchez, eds. 2001. *Passing: Identity and Interpretation in Sexuality, Race, and Religion*. New York: New York University Press.

Schwartz, Marie Jenkins. 2000. *Born in Bondage: Growing up Enslaved in the Antebellum South*. Cambridge, Mass.: Harvard University Press.

Scranton, Philip. 1983. *Proprietary Capitalism: The Textile Manufacture at Philadelphia, 1800–1885*. Cambridge: Cambridge University Press.

Shulman, Holly Cowan. 2012. "History, Memory, and Dolley Madison." In *The Queen of America: Mary Cutts's Life of Dolley Madison*, edited by Catherine Allgor. Charlottesville: University of Virginia Press.

Spencer, Samia I. 1984. "Women and Education." In *French Women and the Age of Enlightenment*, edited by Samia I. Spencer, 83–96. Bloomington: Indiana University Press.

Scharff, Virginia. 2010. *The Women Jefferson Loved*. New York: HarperCollins.

Shackelford, George Green. 1993. *Jefferson's Adoptive Son: The Life of William Short, 1759–1848*. University Press of Kentucky.

——. 1995. *Thomas Jefferson's Travels in Europe, 1784–1789*. Baltimore: Johns Hopkins University Press.

Spain, Daphne. 1992. *Gendered Spaces*. Chapel Hill: University of North Carolina Press.

Sobel, Mechal. 1987. *The World They Made Together: Black and White Values in Eighteenth-Century Virginia*. Princeton: Princeton University Press.

Sonnet, Martine. 1987. *L'Éducation des filles au temps des Lumières*. Paris: Les Editions du Cerf.

Spruill, Julia Cherry. 1998. *Women's Life and Work in the Southern Colonies*. 1938. Reprint, New York: W. W. Norton.

Stabile, Susan M.2004. *Memory's Daughters: The Material Culture of Remembrance in Eighteenth-Century America*. Ithaca: Cornell University Press.

Stanton, Lucia. 2012."*Those Who Labor for My Happiness": Slavery at Thomas Jefferson's Monticello*. Charlottesville: University of Virginia Press.

Stewart, Robert G. 1979. *Robert Edge Pine: A British Portrait Painter in America, 1784–1788*. Washington, D.C.: Smithsonian Institution Press.

Stuart, Andrea. 2003. *The Rose of Martinique: A Life of Napoleon's Josephine*. New York: Grove Press.

Sweet, Frank W. 2005. *Legal History of the Color Line: The Notion of Invisible Blackness*. Palm Coast, Fl.: Backintyme.

Taylor, Elizabeth Dowling. 2012. *A Slave in the White House: Paul Jennings and the Madisons*. New York: Palgrave Macmillan.

Treckel, Paula A. 1989. "Breastfeeding and Maternal Sexuality in Colonial America." *Journal of Interdisciplinary History* 20 (Summer 1989): 25–51.

Trouille, Mary Seidman. 1997. *Sexual Politics in the Enlightenment: Women Writers Read Rousseau*. Albany: State University of New York Press.

Waddy, Patricia. 1990. *Seventeenth-Century Roman Palaces: Use and the Art of the Plan*. Cambridge, Mass.: MIT Press.

Warner, Judith. 2013. "The Opt-Out Generation Wants Back In." *New York Times*, August 7, 2013.

Weigert, Roger Armand. 1947. "Un centenaire. Le temple de Pentemont, 1846–1946." in *Bulletin de la Société de l'Histoire du Protestantisme Français* 94 (January–March 1947):13–32.

Weigley, Russell F., ed. 1982. *Philadelphia: A 300-Year History*. New York: W. W. Norton.

Weisman, Leslie Kanes. 1992. *Discrimination by Design: A Feminist Critique of the Man-Made Environment*. Urbana: University of Illinois Press.

Wenger, Mark R. 1991. "Thomas Jefferson, Tenant." *Winterthur Portfolio* 26 (Winter 1991): 249–65.

Westcott, Thompson.1877. *The Historic Mansions and Buildings of Philadelphia, with Some Notice of Their Owners and Occupants*. Philadelphia: Porter & Coates.

White, Deborah Gray. 1999. *Ain't I a Woman? Female Slaves in the Plantation South*. New York: W. W. Norton.

Wiencek, Henry. 2012. *Master of the Mountain: Thomas Jefferson and His Slaves*. New York: Farrar, Straus and Giroux.

Wilentz, Sean. 1984. *Chants Democratic: New York City and the Rise of the American Working Class, 1788–1850*. New York: Oxford University Press.

Winterer, Caroline. 2007. *Mirror of Antiquity: American Women and the Classical Tradition, 1750–1900*. Ithaca: Cornell University Press.

Wise, Jennings Cropper. 1918. *Col. John Wise of England and Virginia (1617–1695): His Ancestors and Descendants*. Richmond, Va.: Bell Brooks and Stationary Company.

Wolf, Eva Sheppard.2006. *Race and Liberty in the New Nation: Emancipation in Virginia from the Revolution to Nat Turner's Rebellion.* Baton Rouge: Louisiana State University Press.

Woloch, Nancy. 2006. *Women and the American Experience*. 4th ed. New York: McGraw-Hill.

Wood, Peter H. 1974. *Black Majority: Negroes in Colonial South Carolina from 1670 Through the Stono Rebellion*. New York: Alfred A. Knopf.

Woods, Edgar. 1900. *History of Albemarle County Virginia*. Bridgewater, Va.: C. J. Carrier Company.

Woodward, C. Vann. 2001. *The Strange Career of Jim Crow*. 1955. Reprint, New York: Oxford University Press.

Woody, Thomas. 1980. *A History of Women's Education in the United States.* 1929. Reprint, New York: Octagon Books.

Wright, Esmond.1986. *Franklin of Philadelphia*. Cambridge, Mass.: Harvard University Press.

Zagarri, Rosemarie. 1992. "Morals, Manners, and the Republican Mother." *American Quarterly* 4 (June 1992): 192–215.

——. 2007. *Revolutionary Backlash: Women and Politics in the Early American Republic*. Philadelphia: University of Pennsylvania Press.

Zujovic, Danica. "A Short History of Pentemont." n.d. Pamphlet printed by the Eglise Réformée, Pariosse de Pentemont, Paris. Howard C. Rice Collection, International Center for Jefferson Studies.

注释

注释中人名及著作名简写索引表：

AA	Abigail Adams	阿比盖尔・亚当斯
ACR	Ann Cary Randolph	安妮・凯里・伦道夫
EWE	Elizabeth Wayles Eppes	伊丽莎白・韦尔斯・埃普斯
EWR	Ellen Wayles Randolph	艾伦・韦尔斯・伦道夫
EWRC	Ellen Wayles (Randolph) Coolidge	艾伦・韦尔斯・伦道夫・柯立芝
Family Letters	*The Family Letters of Thomas Jefferson*, eds. Edwin Morris Betts and James Adam Bear, Jr., eds. (Thomas Jefferson Foundation: University Press of Virginia, 1965)	Edwin Morris Betts / James Adam Bear, Jr. 编:《托马斯・杰斐逊的家庭书信》(托马斯・杰斐逊基金会 / 弗吉尼亚大学出版社，1965)
Farm Book	Edwin Morris Betts, ed., *Thomas Jefferson's Farm Book* (Charlottesville: Thomas Jefferson Memorial Foundation, 1999)	Edwin Morris Betts 编:《托马斯・杰斐逊的〈农庄簿记〉》(夏洛茨维尔：托马斯・杰斐逊纪念基金会，1999)
FB	*Farm Book*, facsimile	《农庄簿记》，缩微胶片。
FLDA	Thomas Jefferson Foundation, Inc., tjrs.monticello.org, 2017, Family Letters, Digital Archive	托马斯・杰斐逊基金会，家庭书信，数码档案，tjrs.monticello.org, 2017
ICJS	International Center for Jefferson Studies	国际杰斐逊研究中心
JWE	John Wayles Eppes	约翰・韦尔斯・埃普斯
MHS	Massachusetts Historical Society	马塞诸塞历史学会
MJR	Martha Jefferson Randolph	玛莎・杰斐逊・伦道夫

PGWDE	*Papers of George Washington, Digital Edition*, ed. Theodore J. Crackel (Charlottesville: University of Virginia Press, Rotunda, 2008).	Theodore J. Crackel 编:《乔治・华盛顿的文献，数码版》(夏洛茨维尔：弗吉尼亚大学出版社，2008)
PTJDE	J. Jefferson Looney and Barbara B. Oberg, eds. *The Papers of Thomas Jefferson, Digital Edition* (Charlottesville: University of Virginia Press, Rotunda, 2008)	J. Jefferson Looney / Barbara B. Oberg 编:《托马斯・杰斐逊的文献，数码版》(夏洛茨维尔：弗吉尼亚大学出版社，2008)
SHC	Southern Historical Collection, University of North Carolina	北卡罗来纳大学南方历史收藏
TJ	Thomas Jefferson	托马斯・杰斐逊
TJMB	James A. Bear, Jr., and Lucia C. Stanton, eds., *Jefferson's Memorandum Books: Accounts, with Legal Records and Miscellany, 1767–1826*, 2 vols. (Princeton: Princeton University Press, 1997)	James A. Bear, Jr. / Lucia C. Stanton 编:《杰斐逊的备忘录：账目，法律记录及其他，1767—1826》，2 卷本。(普林斯顿：普林斯顿大学出版社，1997)
TMR	Thomas Mann Randolph	托马斯・曼・伦道夫
TJR	Thomas Jefferson Randolph	托马斯・杰斐逊・伦道夫
ViU	Albert and Shirley Small Special Collections, University of Virginia	弗吉尼亚大学阿尔伯特和雪莉・斯莫尔特别收藏文献
VJRT	Virginia Jefferson Randolph Trist	维珍妮娅・杰斐逊・伦道夫・特里斯特

引言

1 Ford(1904–1905: vol. 1: 135). 杰斐逊也曾经在书信中向约翰・杰伊（John Jay）谈及此事，见托马斯・杰斐逊在 1789 年 7 月 19 日写给约翰・杰伊的信件，*PTJDE*。

第 1 章 蒙蒂塞洛初现 1770

1 Jefferson, Isaac Granger (1951: 19-20); Randolph (1978: 43).

2 Randall 1858 vol. 1: 33-34.

3 玛莎・杰斐逊・伦道夫: "Reminiscences of TJ", Acc. 10487, ViU。

4 同上。

5 Randall (1858 vol. 1: 45).

6 托马斯·杰斐逊：Thomas Jefferson, "Autobiography", Thomas Jefferson Papers, 27 July 1821. Library of Congress (LOC)。

7 Randall (1858 vol. 1: 82-83; Malone 1948–1981 vol. 1: 161; Randolph 1978: 45).

8 Randall (1858 vol. 1: 17, 19).

9 Malone(1948–1981 vol. 1: 31).

10 转引自 Randolph(1978: 19)。

11 Kern(2010: 44).

12 Randolph(1978: 21).

13 Randolph(1978: 18).

14 Kern(2010: 19-20, 29-40, 54-68, 80).

15 Randolph (1978: 17-18).

16 La Rochefoucauld-Liancourt(1799).

17 Malone(1948–1981, vol. 1: 143).

18 为蒙蒂塞洛基金会汇集的笔记 2/27/84, "Monticello Building Chronology"，复制本藏于 International Center for Jefferson Studies, Charlottesville, Virginia (ICJS)。

19 托马斯·杰斐逊在 1771 年 2 月 20 日写给詹姆斯·奥格尔维（James Ogilvie）的信，见 *PTJDE*。

20 同注释 4。

21 托马斯·杰斐逊 在 1792 年 10 月 19 日写给托马斯·曼·伦道夫（Thomas Mann Randolph）的信，见 *PTJDE*。

22 Stanton(2012: 118); FB：8；Malone(1948–1981, vol. 1: 81).

23 Stanton(2012: 118); Gordon-Reed(2008: 124).

24 Morgan(1975); Brown(1996).

25 见 Hening 1619, vol.1, 2, 网络版转写由 Freddie L. Spradlin 完成。

26 Hening(1619).

27 Brown(1996：第 4 章以及第 6 章).

28 Scharff (2010: 104-105).

29 Scharff(2010: 96).

30 *TJMB*, 1: 341.

31 Gordon-Reed(2008: 57-76).

32 Gordon-Reed(2008: 72).

33 *FB*, 5–19.

34 约翰·哈特维尔·考克（John Hartwell Cocke）在 1859 年 4 月 23 日的日记，见 Cocke Family Papers, Acc. 640, ViU。

35 Jefferson, Isaac Granger(1951: 10).

36 Gordon-Reed(2008）的第 2 章重新讲述了这个故事。

37 Scharff(2010: 264).

38 约翰·韦尔斯的遗嘱，1760 年 4 月 15 日，刊于 *Tyler's Quarterly Historical and Genealogical Magazine* 6 (1924–1925): 269。

39 玛莎在临终之际让杰斐逊承诺永不再婚，对他说："想到自己的四个孩子要让后妈来管教，我会死不瞑目。"(Pierson 1862/1971: 107)

40 Brodie(1974: 149-150).

41 1775 年 11 月 7 日托马斯·杰斐逊写给弗朗西斯·埃普斯（Francis Eppes）的信，见 *PTJDE*。

42 1776 年 7 月 3 日弗朗西斯·埃普斯写给托马斯·杰斐逊的信，见 *PTJDE*。

43 McLaughlin(1988: 196-197).

44 Fryer(2009).

45 Scharff(2010: 145).

46 Scharff(2010: 93-94; 108; 113; 116-117; 124-126; 144-145).

47 Scharff(2010: 145).

48 *TJMB*, 1: 513.

49 Jefferson, Isaac Granger(1951: 7).

50 Scharff(2010: 138).

51 1788 年 7 月 16 日，托马斯 · 杰斐逊给威廉 · 戈登博士（Dr. William Gordon）的信件。杰斐逊在信中有些夸大其词了，事实上只有八个奴隶逃到英国人那里，希望能够获得自由。参见 Pybus(2007)。

52 Kierner(2012: 23, 28).

53 de Chastellux (1787 vol. 2 ：45).

54 Kierner (2012: 23).

55 可能的情况是，玛莎 · 杰斐逊 1776 年在蒙蒂塞洛经受了流产之苦。不过，我认为更可能的情形是：由于在怀孕期间她有过一些问题，所以她会依赖住在森林庄园的妹妹，希望由她来照料自己，并随后去了驯鹿山庄疗养。1776 年 7 月 3 日，弗朗西斯 · 埃普斯写给托马斯 · 杰斐逊的信，见 *PTJDE*。

56 Kierner(2012: 26-27); Scharff (2010: 284, 315).

57 Anburey(1789/1923, vol. 2: 184); Kerrison (2006).

58 雅各布 · 鲁伯泽曼（Jacob Rubseman）的描述，1780 年 12 月 1 日，见 *PTJDE*。

59 Kerrison(2006: 14-15).

60 转引自 Kierner(2012: 27)。

61 1782 年 11 月 26 日，托马斯 · 杰斐逊给詹姆斯 · 麦迪逊（James Madison）的信，见 *PTJDE*。

62 Randolph (1978: 59).

63 玛莎 · 杰斐逊 · 伦道夫："Reminiscences of TJ", Acc. 10487, ViU。

64 1818 年 3 月 14 日，托马斯 · 杰斐逊在蒙蒂塞洛写给纳坦尼 · 伯韦尔（Nathaniel Burwell）的信。收藏于国会图书馆（LOC）手稿部托马斯 · 杰斐逊文件。

65 Kukla(2007: 172-177).

66 Bear(1967: 1).

67 Malone(1948–1981 vol. 1: 431).

68 辛迪亚 · 基尔纳（Cynthia Kierner）强调在这一期间杰斐逊的影响。参见 Kierner(2009: 30)。

69 托马斯 · 杰斐逊在 1781 年写给埃德蒙特 · 伦道夫（Edmund Randolph）的信件，*PTJDE*。

70 托马斯 · 杰斐逊在 1782 年 3 月 16 日写给欧文顿 · 卡尔（Overton Carr）的信件。后者是已故的达布尼 · 卡尔的兄弟，见 *PTJDE*。

71 参见（Farish 1993）。

72 玛莎 · 杰斐逊 · 伦道夫："Reminiscences of TJ", Acc. 10487, ViU。

73 Randolf(1877: 10).

74 同注释 73。

75 同注释 73。

第 2 章　远赴巴黎 1782

1 1781 年 7 月 28 日，托马斯 · 杰斐逊给乔治 · 尼古拉斯（George Nicholas）的信，见 *PTJDE*；1781 年 8 月 4 日，托马斯 · 杰斐逊给托马斯 · 麦基恩（Thomas McKean）的信，见 PTJDE；1781 年 9 月 16 日托马斯 · 杰斐逊给埃德蒙特 · 伦道夫（Edmund Randolph）的信，见 *PTJDE*。

2 编者罗伯特 · 利文斯通（Robert Livingston）的评注，包括 1782 年 11 月 13 日杰斐逊获颁的和平特使委任书，*PTJDE*。

3 Randall(1858 vol. 1: 384); Kierner(2009: 36-37); Jefferson, Isaac Granger(1951: 11); Gordon-Reed(2008).

4 *TJMB*, 1: 523。1782 年 10 月 30 日，“支付去埃平顿的向导 6/8”。

5 Gordon-Reed(2008: 215-221).

6 1782 年 11 月 26 日，托马斯·杰斐逊给詹姆斯·麦迪逊的信，*PTJDE*。

7 1782 年 11 月 26 日，托马斯·杰斐逊给沙斯泰吕侯爵的信，*PTJDE*。

8 *TJMB*, 1: 524.

9 Gordon-Reed(2008: 214).

10 1783 年 2 月 7 日，托马斯·杰斐逊给 (Anne-César) Chevalier de LaLuzerne 的信 , *PTJDE*; 1783 年 4 月 11 日，托马斯·杰斐逊给约翰·杰伊的信，*PTJDE*; Malone(1948–1981, vol. 1: 399)。

11 1783 年 4 月 11 日，托马斯·杰斐逊给约翰·杰伊的信，*PTJDE*。

12 1783 年 4 月 4 日，罗伯特·利文斯通给托马斯·杰斐逊的信，*PTJDE*。

13 1783 年 4 月 4 日，托马斯·杰斐逊给罗伯特·利文斯通的信，*PTJDE*。

14 *TJMB*, 1: 531.

15 1783 年 12 月 5 日，托马斯·杰斐逊给埃贝·马霸（Abbe Marbois）的信，*PTJDE*。

16 Onuf ed.(1993: 102).

17 1783 年，托马斯·杰斐逊给约翰·杰伊的信，*PTJDE*。

18 1783 年 8 月 31 日，托马斯·杰斐逊给詹姆斯·麦迪逊的信，*PTJDE*。

19 Kierner(2012: 42).

20 1783 年 9 月 30 日，詹姆斯·麦迪逊于给托马斯·杰斐逊的信，*PTJDE*。

21 *TJMB*, 1: 539.

22 1783 年 11 月 28 日，托马斯·杰斐逊给女儿玛莎·杰斐逊的信，见 Betters & Bear(1965: 19)。

23 Kierner(2012: 43).

24 1783 年 11 月 28 日，托马斯·杰斐逊给玛莎·杰斐逊的信，见 Betters & Bear(1965: 19)。

25 Kierner(2012: 43).

26 丽贝卡·弗雷泽（Rebecca Frazier）于 1790 年给安妮·霍普金森·科尔（Anna Hopkinson Coale）的信。Redwood Collection, MS 1530, Maryland Historical Society.

27 1783 年 12 月 11 日，托马斯·杰斐逊给 玛莎·杰斐逊的信，见 Betters & Bear(1965: 21)。

28 1783 年 11 月 28 日，托马斯·杰斐逊给玛莎·杰斐逊的信，见 Betters & Bear(1965: 19)。另参见 Kierner(2012: 41，44)。

29 1784 年 1 月 4 日，弗朗西斯·霍普金森给托马斯·杰斐逊的信，*PTJDE*。

30 同上。

31 Malone(1948–1981，vol. 1: 406-409)，引用了杰斐逊自传中的内容。

32 1784 年 1 月 15 日，托马斯·杰斐逊给玛莎·杰斐逊的信，见 Betters & Bear(1965: 23)。

33 1786 年 8 月 14 日，托马斯·杰斐逊给弗朗西斯·霍普金森的信，*PTJDE*。

34 Malone(1948–1981，vol. 1: 418-419)；1784 年 4 月 30 日，托马斯·杰斐逊给威廉·肖特（William Short）的信，*PTJDE*。

35 罗伯特·海明斯也曾经作为杰斐逊的随身男仆到波士顿，但是之后杰斐逊让他回家了。参见 Gordon-Reed(2008: 160)。

36 Kierner(2012: 48-49).

37 1785 年 8 月，玛莎·杰斐逊写给伊莉莎·豪泽·特里斯特（Eliza House Trist）的信，*PTJDE*。

38 1785 年 9 月 30 日，托马斯·杰斐逊给查尔斯·伯利尼（Charles Bellini）的信，*PTJDE*。

39 Gordon-Reed(2008: 160).

40 *TJMB*, 1: 557, 引文出自《蒂埃博男爵的回忆录》(*The Memoirs of Baron Thiébault*)，由 Arthur John Butler 翻译 (New

York: Macmillan, 1896)，第 1 卷第 44 页。

41 法国画家休伯特·罗伯特（Hubert Robert）的油画《讷伊大桥开通》。杰斐逊的评论，见 Adams(1997: 80)。这在当时是一个工程上的奇迹，不过今天拉德芳斯商业区的摩天大楼会让它相形见绌。参见 Rice(1976: 108)。

42 玛莎·杰斐逊在 1785 年 8 月写给伊丽莎·豪泽·特里斯特的信，*PTJDE*。

43 一条拥挤的巴黎街道。绘图者为 Balthazar Anton Dunker，刊于 *Tableau de Paris* (n.p., 1787)，见 Garrioch(2002: 1；18-20；224)。我的描述基于加里奥西（Garrioch）的著作。

44 Garrioch(2002: 18).

45 Garrioch(2002: 20).

46 Garrioch(2002: 219).

47 Garrioch(2002: 218).

48 Garrioch(2002: 218)；1785 年 8 月 13 日，托马斯·杰斐逊写给布坎南（Buchanan）以及海（Hay）的信，*PTJDE*。

49 1785 年 7 月 12 日，托马斯·杰斐逊写给国会中弗吉尼亚代表团的信，*PTJDE*。

50 Rice(1976: 21-23).

51 Adams(1997: 46-47).

52 *TJMB*, 1: 557–58.

53 1784 年 9 月 8 日，阿比盖尔·亚当斯写给科顿·塔夫茨（Cotton Tufts）的信，收藏于 Adams Family Papers, Massachusetts Historical Society。有意思的是，杰斐逊屈从于此，尽管他认为这个过程是“折磨人的”，并曾有意把头发完全剪掉以避免扑粉。出处与上一条注释相同。

54 玛莎·杰斐逊写给伊丽莎·豪泽·特里斯特的信，写信日期在 1785 年 8 月 24 日之后，*PTJDE*。

55 Sonnet(1987: 329).

56 Chastellux(1786)，该书出版后第二年被译成英语。

57 Shackelford(1995: 172n18).

58 下文中的描述基于作者来访此处所见。

59 Howard C. Rice 在 1948 年 4 月 11 日来访彭特蒙时的笔记，见“Notebook A-10: Paris: Left Bank: Faubourg St.-Germain”, Howard C. Rice Collection, ICJS。

60 玛莎·杰斐逊写给伊丽莎·豪泽·特里斯特的信，写信日期在 1785 年 8 月 24 日之后，*PTJDE*。

61 1832 年 12 月 2 日，玛莎·杰斐逊·伦道夫写给塞普提米娅·伦道夫的信，Papers of Septimia Anne Cary Randolph Meikleham, Acc. 4726-b, ViU。

62 Diderot(1760)，转引自 Goodman(2009: 275)。关于卢梭和他的影响，见 Trouille(1997: 30-33）以及 Rousseau (1918: 37-39)。卢梭把彭特蒙描述为一个世俗的机构，那里对于闲言碎语的热衷让语法以及算术这样的科目变得“枯燥”。

63 Hufton(1996: 112); Rapley (2001)；Bloch (2007: 243-244).

64 Choudhury(2004: 18-19; 134-138); Hufton(1996: 112).

65 Choudhury(2004: 119-122); Rapley(2001).

66 Sonnet(1987: 27).

67 Sonnet(1987: 285).

68 Gordon-Reed(2008: 180). 18 世纪的汇率换算并不精确，并不一定能反映出特定时间和地点的实际购买力。我采用了学者研究 18 世纪音乐家时通常采用的方法，见 hornworld.me/2010/08/19/how-much-did-haydn-earn。

69 Sonnet(1987: 285-287); Goodman(2009: 74).

70 Sonnet(1987）是对巴黎教会学校最为详尽的研究，绝大部分立足于当时学者提供的资料。

71 Godineau(1992: 409).

72 Sonnet(1987: 285-287).

73 Rousselot(1883/1971: 17).

74 Danica Zujovic 撰写的小册子《彭特蒙简史》，由该学校印刷，收藏于国际杰斐逊研究中心（ICJS）的 Howard C. Rice Collection 资料集。

75 语出 1781 年 3 月 26 日。Rousselot(1883/1971: 36）中引用过。

76 Weigert(1947: 13-32， 15-20).

77 Malone(1931: 81).

第 3 章 学校生活 1784

1 玛莎·杰斐逊写给伊丽莎·豪泽·特里斯特的信，写信日期在 1785 年 8 月 24 日之后，*PTJDE*。这是玛莎·杰斐逊唯一一封描述她的巴黎生活的书信。

2 同上。

3 1787 年 5 月 2 日，玛莎·杰斐逊给托马斯·杰斐逊的信，见 Betts & Bear(1965: 42)。

4 玛莎·杰斐逊·伦道夫："Reminiscences of TJ", Acc. 10487, ViU。

5 玛莎·杰斐逊写给伊丽莎·豪泽·特里斯特的信，写信日期在 1785 年 8 月 24 日之后，*PTJDE*。

6 Sonnet(1987: 59).

7 Adams(1841: 27).〔《美国第二任总统约翰·亚当斯的女儿——亚当斯小姐 1785 年在法国和英国时的纪事和通信》(*Journal and Correspondence of Miss Adams, Daughter of John Adams, Second President of the United States, Written in France and England in 1785*)，由她的女儿编辑整理，1841 年出版。〕

8 1785 年 2 月 12 日，朱迪斯·伦道夫（Judith Randolph）给玛莎·杰斐逊的信，Trist Papers, Acc. 2104, Southern Historical Collection, University of North Carolina (SHC)。

9 1786 年 4 月 20 日，朱丽娅·安纳斯利（JA[nnesly]）给玛莎·杰斐逊的信，Acc. 1397, ViU; Birle & Francavilla (2012: 151)。亚瑟·安纳斯利是第一位芒特诺里斯伯爵（Earl Mountnorris），第 8 位瓦伦丁子爵。

10 1786 年 4 月 27 日，朱丽娅·安纳斯利给玛莎·杰斐逊的信，Acc. 1397, ViU。

11 玛莎·杰斐逊的同学名单，Acc. 5385-I, ViU。

12 Birle & Francavilla(2012: 164). 他后来因为与德文郡公爵夫人乔治娅娜的风流韵事而名声扫地。

13 1790 年 3 月 21 日，伊丽莎白·塔夫顿给 玛莎·杰斐逊的信，Acc. 1397, ViU。

14 1789 年 3 月，玛莎·杰斐逊写给贝蒂·霍金斯的信，Acc. 1397, ViU。

15 贝蒂·霍金斯写给玛莎·杰斐逊的信，无日期，Acc. 1397, ViU。

16 1798 年 10 月 31 日，玛丽·德·博蒂多写给玛莎·杰斐逊的信，Acc. 5385-aa, ViU。

17 同上，分别写于 1798 年；1790 年 3 月 12 日；1790 年 5 月 1 日；1809 年 10 月 4 日。

18 Rice(1976: 65); Sonnet(1987: 47).

19 玛莎·杰斐逊在 1787 年 5 月 27 日于巴黎写给托马斯·杰斐逊的信；玛莎·杰斐逊在 1787 年 3 月 8 日写给托马斯·杰斐逊的信，见 Betts & Bear(1965: 42, 32)。

20 玛莎·杰斐逊在 1787 年 4 月 9 日写给托马斯·杰斐逊的信，见 Betts & Bear(1965: 37-38)。

21 托马斯·杰斐逊在 1786 年 3 月 6 日写给玛莎·杰斐逊的信，见 Betts & Bear(1965: 30)。

22 Nöel Antoine Pluche, *Nature Display'd. Being Discourses on such Particulars of Natural History as Were Thought Proper to Excite the Curiosity, and Form the Minds of Youth. Containing What belongs to Man Considered in Society*, vols. 1, 3, 5, 6, 7 (London: 1750). 杰斐逊让人从英国寄书到巴黎，因此，玛莎有可能在巴黎读了这本书。参见 Hayes(2008: 284)。另一种可能的情形是，她自己读了法文原版（杰斐逊有该书的法文版），后来给她的孩子们找到了英文译本。不管哪种情况，她读过这本著作，认为值得拿来教孩子们。

23 查尔斯·拉蒙德（Charles François Lhomond）编写的《拉蒙德法语基础语法》，1780 年。书上还写着其他名字，让人据此可以看到这本书后来到了哪些人手中：M Randolph（玛莎婚后的签名），蒙蒂塞洛 /Virginia Randolph/

Monticello/Martha Jefferson Trist。（后面两位是她的两个女儿的名字。）

24 1783 年 12 月 5 日，托马斯 · 杰斐逊写给 Abbé François de Barbé-Marbois 的信，*PTJDE*。

25 Jean-Pierre Claris de Florian, *Oeuvres de Florian: Galatee, Roman Pastoral* (Paris: 1785) 题写 "A Mademoiselle Jefferson"；此外还有："M. Randolph/Monticello; Cornelia J. Randolph/Monticello." La Fayette, Marie Madeleine Pioche de La Vergne, Comtesse de, *Ouervres de La Fayette: Zayde, histoire Espagnole, precedee d'un traite sur l'origine des Romans*, vols. 1–3 (Amsterdam: 1786) 题写 "M. Randolph/Monticello"。

26 贝蒂 · 霍金斯给玛莎 · 杰斐逊的信 (1788 年或 1789 年). Acc. 1397, ViU。

27 德 · 让利斯夫人的著作《于年轻人有用的戏剧》以及安东尼 · 丹尼 · 巴伊的《巴伊诗学词典》(1782 年巴黎出版)。玛莎的收藏本上题写的名字是 "MJRandolph, Edgehill"。彼特拉克的《歌集》(1784 年伦敦出版）上面的题字表明托马斯 · 杰斐逊和玛莎都读过这本书。

28 Goodman(2009: 53). "做摘抄的艺术" 以及阅读塞维尼夫人的书信是法国女子教育的一个部分。参见 Rousselot(1883/1971, vol.2: 147)。

29 1790 年 1 月 2 日，玛丽 · 德 · 博蒂多写给玛莎 · 杰斐逊的信，Acc. 5385-aa, ViU。参见 Goodman(2009: 149-150) 引述了塞维尼夫人的一封信，不歇气地报告宫廷中的即时消息。

30 Sonnet(1987: 27).

31 引文见 Sonnet(1987: 212)。这里描述的是年龄在六岁至十岁的海伦 · 马萨尔斯卡（Hélène Massalska）的一天，而不是玛莎 · 杰斐逊的，但是大体轮廓是相似的。

32 该校的学生也被教授如何 "复式记账、记录收支、采用不同国家的度量衡"，这表明该校的主顾与彭特蒙的贵族有所不同。信息出处见 "Etat et conditions de la pension pour les jeunes demoiselles, relativement à l'education complette qu'on continue de leur donner dans le couvent des religieuses Angloises, à liège" (1770)。非常感谢萨莉 Mason (Omohundro Institute of Early American History and Culture) 向我提供了该文档的复印本。

33 Goodman(2009: 67).

34 近年来的学术研究支持这一教育图景。参见 Rapley(2001: 236-238); Spencer(1984: 84-85)。

35 Weigert(1947: 19-20); Rousselot(1883/1971: 37-38).

36 转引自 Choudhury(2004: 135)。

37 Bloch(2007: 746).

38 玛莎 · 杰斐逊给托马斯 · 杰斐逊的信，日期分别为 1787 年 3 月 25 日、1787 年 5 月 27 日，以及 1787 年 3 月 8 日，见 Betts & Bear(1965: 33, 42, 32)。

39 玛莎 · 杰斐逊从巴黎写给伊丽莎 · 豪泽 · 特里斯特的信，日期不早于 1785 年 8 月 24 日，*PTJDE*。

40 1786 年 4 月 20 日，尤丽娅 · 安纳利斯给玛莎 · 杰斐逊的信，Acc. 1397, ViU。

41 1807 年 4 月 25 日，斯塔尔夫人写给托马斯 · 杰斐逊的信。见 Kimball(1918: 64)。

42 这是 Goodman(2009）的主要论点。

43 Goodman(2009: 107).

44 Goodman(2009: 107), 见图片。

45 Goodman(2009: 6; 269).

46 Goodman(2009: 269).

47 贝蒂 · 霍金斯写给玛莎 · 杰斐逊的信，无日期，Acc.1397, ViU。

48 贝蒂 · 霍金斯 · 寇仁（Bettie Hawkins Curzon) 1789 年写给玛莎 · 杰斐逊的信，Acc. 1397, ViU。

49 嘉布里埃尔 · 达尔古 1789 年写给玛莎 · 杰斐逊的信，in "Jefferson Quotes & Family Letters", *FLDA*。

50 贝蒂 · 霍金斯 1788 年写给玛莎 · 杰斐逊的信，Acc. 1397. ViU。玛莎 · 杰斐逊写给同学的信件全都无处查找。

51 玛莎 · 杰斐逊写给伊丽莎 · 豪泽 · 特里斯特的信，写信日期在 1785 年 8 月 24 日之后，*PTJDE*。

52 1788 年 3 月 10 日，让 · 阿曼德 · 特龙桑（Jean Armand Tronchin）给托马斯 · 杰斐逊的信，译本见 Kimball(1950: 13-14)。

53 1787 年 7 月 23 日，托马斯·杰斐逊写给玛丽·杰斐逊·博林（Mary Jefferson Bolling）的信，*PTJDE*。

54 玛莎·杰斐逊写给伊丽莎·豪泽·特里斯特的信，写信日期在 1785 年 8 月 24 日之后，*PTJDE*。关于在 1784 年 10 月 14 日举行的仪式的描述，见 Adams(1814: 23-27)。

55 Adams(1814: 24-25).

56 Adams(1814: 26-27).

57 阿比盖尔·亚当斯曾经向杰斐逊承认，她对于要把可爱的玛丽亚安置在她姐姐的教会学校这一计划表达出来的疑虑中，带着对教会的“错误的偏见”。1787 年 9 月 10 日，阿比盖尔·亚当斯给托马斯·杰斐逊的信。见 Cappon(1987: 197)。

58 Adams(1814: 26)。就读于巴黎的布瓦女修道院学校的海伦·马萨尔斯卡（Hélène Massalska）在回忆录中描述了那里有同样的仪式。转引自 McNamara(1996: 537)。

59 Howard & Straus(2003: 183).

60 贝蒂·霍金斯写给玛莎·杰斐逊的信，没有日期，Acc. 1397, ViU。

61 1788 年 5 月 16 日《晨邮报》(伦敦)。感谢我的助手 Emily Hatcher 找到这条信息。

62 这些引文来自三封贝蒂·霍金斯给玛莎·杰斐逊没有写明日期的信件，尽管档案馆员在括号中写到日期为 1788 年和 1789 年，Acc. 1397, ViU。据报纸上的消息，很清楚，最后的日期是 1788 年 5 月 17 日。

63 萨拉·尼古拉斯·伦道夫（Sarah Nicholas Randolph），杰斐逊的一名曾外孙女，发表了这个在杰斐逊 - 伦道夫家族中流传的故事，见 Randolph，1978: 146。不过，保存至今的杰斐逊及其女儿的文献都不支持这一说法。不管怎样，杰斐逊让女儿离开学校，是在报纸上发表这一消息 11 个月以后才发生的。

64 转引自 Boyd(1950 vol. 14: 356)。

65 玛丽·德·博蒂多在 1790 年 1 月给玛莎·杰斐逊的信 , Acc. 5385-aa, ViU。

66 玛莎·杰斐逊·伦道夫在 1832 年 12 月 2 日写给女儿塞普提米娅·伦道夫的信 , Acc. 4726-b, ViU。杰斐逊出于自己的用途，编写了一本书，他称为《那撒勒的耶稣的生活和道德》。

67 Rousselot(1883/1971: 37；Lee 1975: 82).

68 Fosseyeux(1918: 1-16).

69 Choudhury(2004: 176-183). 不过，Choudhury 也指出她们的处境中的讽刺性：“教会女性进而做出来的某些犯罪和过激行为，都是她们当中的一些人在 18 世纪曾经反对的。”

70 Davis(1995).

71 沙斯泰吕侯爵在巴黎于 1784 年 8 月 24 日给托马斯·杰斐逊的信，*PTJDE*。

72 Rice(1976: 61-62)。关于受邀去凡尔赛，见阿德莲娜·德·拉法耶特于 1786 年 8 月 26 日给托马斯·杰斐逊的信，*PTJDE*。关于在家晚宴，托马斯·杰斐逊在 1787 年 6 月 14 日给玛莎·杰斐逊的信，见 Betts & Bear(1965: 44)。George Shackelford 注意到，“帕茜（在彭特蒙）的关照人是德·布莱昂女伯爵，女院长贝特西·德·梅奇埃的侄女。”(Shackelford，1995: 172n18)

73 Morris(1888 vol. 1: 35-36).

74 沙龙在法国文化中的功能和影响是史学界不断讨论的一个话题，远远超出本书的范围。我这里要指出的是，玛莎·杰斐逊生动目睹的诸多方面都表明，受过教育的精英阶层女性与男性就各门学问进行着对话。也参见 Landes(1988)。

75 Kimball(1950: 101); Hayes(2008: 297).

76 Morris(1888: 188).

77 可参见 Morris，(1888: 8；166)。

78 1784 年 9 月 1 日，1785 年 5 月 9 日，见 Adams(1814: 17；74)。

79 尼古拉斯（苏珊）·瓦尔·埃普斯小姐〔Mrs. Nicholas (Susan) Ware Eppes〕：“Maria Jefferson Eppes and her Little Son, Francis”, ICJS, 9; 乌托德夫人在 1789 年 7 月 7 日给托马斯·杰斐逊的信，*PTJDE*。

80 德·泰塞夫人热爱英国小说，经常在她的沙龙晚会上进行朗读。参见 Shackelford(1993: 24-25)。

81 卡罗琳·塔夫顿在星期三（1789 年 7 月 1 日）写给玛莎·杰斐逊的信，FLDA。

82 同上 , 1789 年。

83 Randolph(1877: 20-21).

84 17 世纪，朝圣开始演变为自发的世俗游行，每年春天连续三天的盛典，沿香谢丽舍大街一直走到巴黎郊外的珑骧修道院，因此得名。

85 威廉·肖特（William Short）在 1788 年 3 月 14 日写给托马斯·杰斐逊的信，*PTJDE*。

86 托马斯·杰斐逊在巴黎于 1788 年 6 月 16 日给玛莎·杰斐逊的信；托马斯·杰斐逊在 1787 年 6 月 28 日给玛莎·杰斐逊的信，见 Betts & Bear(1965: 44-45)。参见 Burstein(1995: 108)。

87 托马斯·杰斐逊在 1786 年 11 月 4 日给玛莎·杰斐逊的信，见 Betts & Bear(1965: 31)。

88 Adams(1814: 44; 50).

89 法国女艺术家伊丽莎白·维吉·勒布伦（Élisabeth Vigée Lebrun）的描述，转引自 Kimball(1950: 73-86)。纳比·亚当斯记录了 1785 年 1 月两次前往皇宫：一次是与她哥哥一起看完话剧之后，另一次是与安妮·宾厄姆会面。见 *Journal and Correspondence of Miss Adams*, 第 39 页和 44 页。

90 托马斯·杰斐逊于巴黎在 1785 年 1 月 14 日给詹姆斯·柯里一生（Dr. James Currie）的信，*PTJDE*。

91 玛丽·鲍尔（Marie Ball）在 1789 年 6 月 23 日上午写给玛莎·杰斐逊的信，*FLDA*。

92 Adams(1814: 34).

93 弗里德里克·马松（Frederic Masson）的看法，转引自 Weigert(1947: 20)。Andrea Stuart 循着马松的说法认为，出身于加勒比的罗丝·德·博阿尔内在彭特蒙的旅居经历是她融入熠熠生辉的法国社会的关键，终于有一天她吸引了拿破仑·波拿巴的注意。参见（Stuart，2003: 76-79）。

94 Zujovic, "Short History of Pentemont", ICJS。这本小册子里也包括了教会和学校三层楼的平面图。

95 驻留者与学生分开，也是常见的做法。参见 Rapley(2001: 236)。

96 法国宫廷女官康庞夫人（Jeanne-Louise-Henriette Campan）所言 , 转引自 Fosseyeux(1918: 5)，亦可参见 Lee(1975: 7)，Sonnet(1987: 27)。

97 玛莎·杰斐逊在 1787 年 4 月 9 日给托马斯·杰斐逊的信件，见 Betts & Bear(1965: 37-38)。

98 Rousselot(1971: 39); Spencer(1984: 86); Goodman(2009: 78).

99 Adams(1814: 27); Sonnet(1987: 96)。玛丽亚·杰斐逊在 1787 年夏也进了她姐姐的学校。

100 1787 年 3 月 25 日，玛莎·杰斐逊给托马斯·杰斐逊的信，见 Betts & Bear(1965: 33)。

101 1787 年 3 月 8 日，玛莎·杰斐逊给托马斯·杰斐逊的信，见 Betts & Bear(1965: 32；39)。

102 博蒂多在 1789 年 11 月 4 日、12 月 4 日写给玛莎·杰斐逊的信，Acc. 1397, ViU。

103 1787 年 4 月 9 日，玛莎·杰斐逊给托马斯·杰斐逊的信，见 Betts & Bear(1965: 37)。

104 1788 年 6 月 16 日，托马斯·杰斐逊写给玛莎·杰斐逊的信，见 Betts & Bear(1965: 44-45)。

105 Rousselot(1883/1971: 38).

106 1786 年 4 月 20 日，朱丽娅·安纳斯利写给玛莎·杰斐逊的信，Acc. 1397, ViU。

107 玛莎·杰斐逊写给伊丽莎·豪泽·特里斯特的信，写信日期在 1785 年 8 月 24 日之后，*PTJDE*。

108 Randolph(1877: 17-18).

第 4 章　家人团聚 1787

1 1787 年 7 月 28 日，托马斯·杰斐逊写给伊丽莎白·韦尔斯·埃普斯的信，*PTJDE*。

2 *TJMB*, 1: 790.

3 1787 年 7 月 10 日，阿比盖尔·亚当斯给托马斯·杰斐逊的信，见 Cappon(1959/1987: 185)。

4 1787 年 7 月 6 日，阿比盖尔·亚当斯给托马斯·杰斐逊的信，见 Cappon(1959/1987: 183)。

5 Gordon-Reed(2008: 204-205).

6 1786 年 10 月 12 日，托马斯·杰斐逊写给玛丽亚·科思威的信，*PTJDE*。

7 Burstein(1996: 79-85).

8 1787 年 7 月 10 日，阿比盖尔·亚当斯给托马斯·杰斐逊的信，见 Cappon(1959/1987: 185)。

9 1787 年 6 月 26 日，阿比盖尔·亚当斯给托马斯·杰斐逊的信，见 Cappon(1959/1987: 178)。

10 1787 年 4 月 7 日，托马斯·杰斐逊给玛莎·杰斐逊的信，见 Betts & Bear(1965: 36)。

11 1787 年 4 月 9 日，玛莎·杰斐逊给托马斯·杰斐逊的信，见 Betts & Bear(1965: 37)。

12 "Account of Mrs. Nicholas Ware Eppes", ICJS.

13 1787 年 7 月 16 日，阿比盖尔·亚当斯写给玛丽·史密斯·克兰奇（Mary Smith Cranch）的信。*The Adams Papers Digital Edition*, ed. Sara Martin (Charlottesville: University of Virginia Press, Rotunda, 2008–2017).

14 摘自内森尼尔·卡廷在 1789 年 10 月 12 日于法国勒加弗尔（LeHavre）和英国考斯（Cowes）的日记，*PTJDE*。

15 Hunt(1906/1965: 34).

16 Jefferson, Isaac Granger(1951: 5).

17 Gilmer(1939: 373).

18 Gilmer(1939: 373).

19 1785 年 1 月 27 日。Adams(1814: 45).

20 Randall(1858 vol. 2: 223).

21 Hunt(1906/1965: 232); Gilmer(1939: 373).

22 1785 年 1 月 27 日。Adams(1814: 45).

23 [Unknown] "Mrs. Thomas Mann Randolph, Eldest Daughter of Thomas Jefferson" by a Granddaughter, *The American Monthly Magazine: Historic*, Patriotic 17 (July 1900 by DAR): 30.

24 1787 年 3 月 8 日，玛莎·杰斐逊写给托马斯·杰斐逊的信，见 Betts & Bear(1965: 32)。

25 1787 年 4 月 7 日，托马斯·杰斐逊写给玛莎·杰斐逊的信，Betts & Bear(1965: 36)。

26 1787 年 7 月 28 日，托马斯·杰斐逊写给伊丽莎白·韦尔斯·埃普斯的信，*PTJDE*。

27 *TJMB*, 1: 522.

28 1782 年 10 月 3 日（存疑），托马斯·杰斐逊写给伊丽莎白·韦尔斯·埃普斯的信，*PTJDE*。

29 Jefferson, Isaac Granger(1951: 15).

30 Carter II & Polites(1997 vol. 2: 259).

31 1786 年 12 月 15 日，托马斯·杰斐逊写给伊丽莎·豪泽·特里斯特的信，*PTJDE*。

32 1786 年 1 月 24 日，托马斯·杰斐逊写给弗朗西斯·埃普斯的信，*PTJDE*。

33 Scharff(2010: 151).

34 同上。

35 同上。

36 1783 年 12 月 22 日，弗朗西斯·埃普斯给托马斯·杰斐逊的信，*PTJDE*。

37 1783 年 11 月 10 日，托马斯·杰斐逊给弗朗西斯·埃普斯的信，*PTJDE*。

38 1784 年 4 月 1 日，玛丽·杰斐逊写给托马斯·杰斐逊的信，见 Betts & Bear(1965: 25)。

39 这个家庭的血缘谱系信息不完整。1783 年 12 月 22 日，弗朗西斯·埃普斯给托马斯·杰斐逊的信；1784 年 10 月 14 日，弗朗西斯·埃普斯给托马斯·杰斐逊的信，*PTJDE*。参见 pennock.ws/surnames/fam/fam13935.html，查验日期：2012 年 11 月 14 日。

40 1785 年 5 月 6 日，玛莎·杰斐逊·卡尔给托马斯·杰斐逊的信，*PTJDE*。

41 1786 年 5 月 22 日，玛莎·杰斐逊·卡尔给托马斯·杰斐逊的信，*PTJDE*。

42 1786 年 8 月 31 日，弗朗西斯·埃普斯给托马斯·杰斐逊的信，见 Boyd(1950 vol.15: 631)。

43 1787 年 7 月 6 日，阿比盖尔·亚当斯给托马斯·杰斐逊的信，见 Cappon(1959/1987: 184)。

44 1789 年 3 月 13 日，托马斯·杰斐逊写给弗朗西斯·霍普金森的信，*PTJDE*。

45 “Inventory of the property of Elizabeth Wayles Eppes”, in Martha McCartney, “A Documentary History of Eppington, Chesterfield County, VA”, 67–69. Typescript report, February 1994. ICJS.

46 1787 年 7 月 6 日，阿比盖尔 · 亚当斯给托马斯 · 杰斐逊的信，见 Cappon(1959/1987: 183)。

47 1784 年 9 月 16 日，弗朗西斯 · 埃普斯写给托马斯 · 杰斐逊的信，*PTJDE*。

48 1784 年 10 月 13 日，伊丽莎白 · 韦尔斯 · 埃普斯写给托马斯 · 杰斐逊，*PTJDE*。

49 1784 年 11 月 20 日，詹姆斯 · 柯里医生给托马斯 · 杰斐逊的信，PTJDE。伊丽莎白 · 埃普斯的信在 1785 年 5 月 6 日才抵达。杰斐逊从 1785 年 1 月 26 日由拉法耶特侯爵亲自带到法国的信中获悉女儿露西夭亡的消息。编者注，*PTJDE*。1784 年 4 月 15 日，玛莎 · 杰斐逊 · 卡尔写给托马斯 · 杰斐逊的信，见 Boyd, Papers, 613。关于百日咳的治疗，见 medicinenet.com/pertussis/page5.htm#what_is_the_treatment_for_whooping_cough, 查验日期：2012 年 11 月 15 日。

50 1785 年 2 月 5 日，托马斯 · 杰斐逊给弗朗西斯 · 埃普斯的信，*PTJDE*。

51 Adams(1814: 68).

52 1785 年 1 月 13 日，托马斯 · 杰斐逊写给弗朗西斯 · 埃普斯的信，见信件记录综述，*PTJDE*。

53 *PTJDE*. 1785 年 5 月 11 日，托马斯 · 杰斐逊给弗朗西斯 · 埃普斯的信。

54 1785 年 8 月 30 日，托马斯 · 杰斐逊给弗朗西斯 · 埃普斯的信，*PTJDE*。与这封信一起付邮的玛莎给伊丽莎白 · 埃普斯的信没有保存下来，这是一个重大损失。只有纳比 · 亚当斯的观察可以证实玛莎的哀痛。

55 1786 年 4 月 11 日，弗朗西斯 · 埃普斯给托马斯 · 杰斐逊的信，*PTJDE*。

56 1786 年 5 月 5 日，玛莎 · 杰斐逊 · 卡尔给托马斯 · 杰斐逊的信，*PTJDE*。

57 1786 年 5 月 22 日，玛莎 · 杰斐逊 · 卡尔给托马斯 · 杰斐逊的信，*PTJDE*。

58 1786 年 5 月 23 日，弗朗西斯 · 埃普斯写给托马斯 · 杰斐逊的信，*PTJDE*。

59 1786 年 8 月 31 日，弗朗西斯 · 埃普斯给托马斯 · 杰斐逊的信，*PTJDE*。

60 1786 年 5 月 22 日，约翰 · 韦尔斯 · 埃普斯（John Wayles Eppes）给托马斯 · 杰斐逊的信，*PTJDE*。

61 1786 年 5 月 22 日，玛莎 · 杰斐逊 · 卡尔给托马斯 · 杰斐逊的信，PTJDE。

62 玛丽亚 · 杰斐逊给托马斯 · 杰斐逊的信（1786 年 5 月 22 日），见 Betts & Bear(1965: 31)。

63 1785 年 9 月 20 日，托马斯 · 杰斐逊给玛丽亚 · 杰斐逊的信，见 Betts & Bear(1965: 29)。

64 1786 年 7 月 24 日，伊丽莎 · 豪泽 · 特里斯特给托马斯 · 杰斐逊的信，*PTJDE*。

65 1786 年 7 月 9 日，詹姆斯 · 柯里给托马斯 · 杰斐逊的信，*PTJDE*。

66 玛丽亚 · 杰斐逊给托马斯 · 杰斐逊的信（1787 年 3 月 31 日），见 Betts & Bear(1965: 36)。

67 伊丽莎白 · 韦尔斯 · 埃普斯给托马斯 · 杰斐逊的信（1787 年 3 月 31 日），*PTJDE*。

68 1787 年 1 月 2 日，玛莎 · 杰斐逊 · 卡尔讲述了伊丽莎白 · 韦尔斯 · 埃普斯的话，*PTJDE*。

69 1787 年 5 月 7 日，伊丽莎白 · 韦尔斯 · 埃普斯给托马斯 · 杰斐逊的信，*PTJDE*。

70 1787 年 5 月 26 日，托马斯 · 杰斐逊给弗朗西斯 · 埃普斯的信，*PTJDE*。

71 1787 年 5 月 3 日，玛丽 · 杰斐逊 · 博林给托马斯 · 杰斐逊的信，*PTJDE*；1787 年 4 月 27 日，玛莎 · 杰斐逊 · 卡尔给托马斯 · 杰斐逊的信，PTJDE；1787 年 5 月 7 日，伊丽莎白 · 韦尔斯 · 埃普斯给托马斯 · 杰斐逊的信，*PTJDE*。

72 1787 年 7 月 6 日，安德鲁 · 拉姆齐给托马斯 · 杰斐逊的信，*PTJDE*。

73 1787 年 7 月 6 日，阿比盖尔 · 亚当斯给托马斯 · 杰斐逊的信，见 Cappon(1959/1987: 183)。

74 1787 年 5 月 3 日，玛丽 · 杰斐逊 · 博林给托马斯 · 杰斐逊的信，*PTJDE*。

75 1787 年 6 月 26 日，阿比盖尔 · 亚当斯给托马斯 · 杰斐逊的信，见 Cappon(1959/1987: 178)。

76 1787 年 6 月 27 日，阿比盖尔 · 亚当斯给托马斯 · 杰斐逊的信，见 Cappon(1959/1987: 179)。

77 1787 年 7 月 6 日，阿比盖尔 · 亚当斯给托马斯 · 杰斐逊的信，见 Cappon(1959/1987: 183)。

78 1804 年 5 月 20 日，阿比盖尔 · 亚当斯给托马斯 · 杰斐逊的信，见 Cappon(1959/1987: 269)。

79 Scharff(2010: 184).

80 Malone(1931: 95).

81 Scharff(2010: 148；278).

82 1787 年 7 月 10 日，阿比盖尔 · 亚当斯给托马斯 · 杰斐逊的信，见 Cappon(1959/1987: 185)。

83 1785 年 9 月 20 日，托马斯 · 杰斐逊给玛丽亚 · 杰斐逊的信，见 Betts & Bear(1965: 30)。

84 1787 年 8 月 30 日，托马斯 · 杰斐逊给阿比盖尔 · 亚当斯的信，见 Cappon(1959/1987: 193-194)。

85 Gordon-Reed(2008: 143).

86 1787 年 6 月 27 日，阿比盖尔 · 亚当斯给托马斯 · 杰斐逊的信，见 Cappon(1959/1987: 179)。

87 Scharff(2010: 176-180).

88 Gordon-Reed(2008: 201).

89 1787 年 6 月 27 日，阿比盖尔 · 亚当斯给托马斯 · 杰斐逊的信，见 Cappon(1959/1987: 178-179)。

90 1787 年 7 月 6 日，阿比盖尔 · 亚当斯给托马斯 · 杰斐逊的信，见 Cappon(1959/1987: 183)。

91 Gordon-Reed(2009: 194-195；205-206).

92 1787 年 7 月 6 日，安德鲁 · 拉姆齐给托马斯 · 杰斐逊的信，*PTJDE*。

93 Gordon-Reed(2009: 207).

94 1787 年 6 月 26 日，阿比盖尔 · 亚当斯给托马斯 · 杰斐逊的信，见 Cappon(1959/1987: 178)。

95 Scharff(2010: 180-182).

96 1787 年 7 月 10 日，阿比盖尔 · 亚当斯给托马斯 · 杰斐逊的信，见 Cappon(1959/1987: 186-187)。

97 Gordon-Reed(2009: 209).

98 Gordon-Reed(2009: 163-166).

99 Gordon-Reed(2009: 226).

100 Annette Gordon-Reed 详尽地讨论了詹姆斯 · 海明斯在巴黎的生活。参见 Gordon-Reed(2009）的第 7，8，11，12 章。

101 1787 年 11 月 7 日，TJMB, 1: 685; 相当于今天的费用换算，见 Gordon-Reed(2009: 216)。

102 Gordon-Reed(2009: 221，223).

103 *TJMB*, 1788 年 1 月，11 月和 12 月 , 1: 690, 718, 722。

104 Gordon-Reed(2009: 235-238).

105 Brodie(1974).

106 关于这一争论的详细说明，参见 Kerrison(2012)。

107 Gordon-Reed(2009: 269)，亦参见第 13 章和第 15 章。

108 Gordon-Reed(2009）中的第 16 和 17 章。

109 Hemings(1997: 246); Gordon-Reed(2009）中的第 14 章。

110 Hemings(1997: 246).

111 Gordon-Reed(2009: 107).

112 参见大英百科全书，查验日期：2016 年 1 月 23 日，britannica.com/technology/castle-architecture#ref257455, accessed 23 January 2016。

113 Hemings(1997: 246).

第 5 章　转变 1789

1 Ford(1904–1905，vol. 1: 157).

2 1823 年 6 月 25 日，玛莎 · 杰斐逊 · 伦道夫给尼古拉斯 · P. 特里斯特（Nicholas P.Trist）的信，Acc. 3470, SHC。

3 1788 年 7 月 12 日，托马斯 · 杰斐逊给伊丽莎白 · 韦尔斯 · 埃普斯的信，*PTJDE*。

4 托马斯 · 杰斐逊给弗朗西斯 · 埃普斯的信（1785 年 8 月 30 日)，*PTJDE*。

5 1788 年 5 月 11 日，托马斯 · 杰斐逊给安妮 · 威灵 · 宾厄姆的信，*PTJDE*。

6 1788 年 5 月 9 日，托马斯 · 杰斐逊给布雷昂伯爵夫人（Marquise de Bréhan）的信，*PTJDE*。

7 1783 年 12 月 13 日，伊丽莎 · 豪泽 · 特里斯特给托马斯 · 杰斐逊的信，Acc. 2104, SHC。

8 1787 年 6 月 28 日，托马斯 · 杰斐逊给玛莎 · 杰斐逊的信，见 Betts & Bear(1965: 44)。

9 贝蒂 · 霍金斯给玛莎 · 杰斐逊的信（1788 年秋），Acc. 1397, ViU。

10 1789 年 3 月，贝蒂 · 霍金斯 · 寇仁给玛莎 · 杰斐逊的信，Acc. 1397, ViU。

11 *TJMB*, 1: 730–34.

12 贝蒂 · 霍金斯给玛莎 · 杰斐逊的信，1786 或者 1787 年，Acc. 1397, ViU。

13 (1789 年)9 月 18 日，伊丽莎白 · 塔夫顿给玛莎 · 杰斐逊的信，Acc. 1397, ViU。

14 埃奇沃斯为爱尔兰人，他的名字是亨利 · 埃塞克斯 · 埃齐沃斯。他是被判决的路易十六的临终祈祷神父，因为有勇气冒着生命危险陪同国王走上断头台而著名。在《牛津全国人物传记辞典》中，收录了 Dominic Aidan Bellenger 撰写的词条 "Edgeworth, Henry Essex (1745–1807)", (Oxford University Press, 2004)，见 oxforddnb.com/view/article/8475, 查验日期：2015 年 6 月 28 日。

15 尤丽娅 · 安纳斯利给玛莎 · 杰斐逊的信，1788 年和 1786 年 4 月 20 日，Acc. 1397, ViU。

16 1786 年 4 月 27 日，朱丽娅 · 安纳斯利给玛莎 · 杰斐逊的信，Acc. 5533, ViU。

17 1789 年 8 月 13 日，伊丽莎白 · 塔夫顿给玛莎 · 杰斐逊的信，Acc. 1397, ViU。我不确定"汤姆"是谁，但不是托马斯 · 曼 · 伦道夫。没有证据表明他曾经去过巴黎。

18 贝蒂 · 霍金斯给玛莎 · 杰斐逊的信（1788 年），Acc. 1397, ViU。

19 1801 年 6 月 21 日，玛丽 · 德 · 博蒂多给玛莎 · 杰斐逊 · 伦道夫的信，*FLDA*；Rice(1976 :53)。

20 Adams(1814: 45).

21 阿比盖尔 · 亚当斯给侄女的信，转引自 Randolph(1978: 77)。

22 伊丽莎白 · 塔夫顿给玛莎 · 杰斐逊的信（1789 年），Acc. 1397, ViU。

23 玛丽亚 · 鲍尔写给玛莎 · 杰斐逊的信，(1789 年)6 月 23 日星期三（星期二？）上午，*FLDA*。

24 约翰 · 弗里德里克 · 萨克维尔，多塞特公爵写给玛莎 · 杰斐逊的信，无日期，*FLDA*。

25 1789 年 10 月 23 日，伊丽莎白 · 塔夫顿给玛莎 · 杰斐逊的信，Acc. 1397, ViU。

26 1789 年 11 月 4 日，玛丽 · 德 · 博蒂多给玛莎 · 杰斐逊的信，Acc. 5385-aa, ViU。

27 贝蒂 · 霍金斯给玛莎 · 杰斐逊的信（1788 年），1397, ViU。

28 贝蒂 · 霍金斯给玛莎 · 杰斐逊的信（1788 年 4 月），1397, ViU。贝蒂在提到她的未婚夫姓氏时用了另外一种拼写。相关的家族谱系信息见 thepeerage.com/p16040.htm#i160396。

29 1789 年 7 月 2 日，贝蒂 · 霍金斯 · 寇仁给玛莎 · 杰斐逊的信，Acc. 1397, ViU。

30 朱丽娅 · 安纳斯利给玛莎 · 杰斐逊的信（1788 年），Acc. 1397, ViU。

31 贝蒂 · 霍金斯 · 寇仁给玛莎 · 杰斐逊的信（1789 年末），Acc. 1397, ViU。

32 贝蒂给玛莎 · 杰斐逊的信（1788 年 5 月 17 日），Acc. 1397, ViU。

33 1789 年 7 月 2 日，贝蒂 · 霍金斯 · 寇仁给玛莎 · 杰斐逊的信，Acc. 1397, ViU。

34 贝蒂 · 霍金斯给玛莎 · 杰斐逊的信（无日期，1788 年），Acc. 1397, ViU。

35 参见本书第 3 章"学校生活"。

36 1787 年 7 月 16 日，阿比盖尔 · 亚当斯给伊丽莎白 · 克兰齐（Elizabeth Cranch）的信，*Adams Papers Digital Edition*。

37 1787 年 7 月 28 日，托马斯 · 杰斐逊给伊丽莎白 · 韦尔斯 · 埃普斯的信，*PTJDE*。

38 1788 年 7 月 12 日，托马斯 · 杰斐逊给伊丽莎白 · 韦尔斯 · 埃普斯的信，*PTJDE*。

39 玛莎 · 杰斐逊的同学名单，Acc. 5385-I, ViU。这份出自帕茜的名单尽管没有日期，但是写于 1786 年 9 月与 1787 年 9 月之间。帕茜把她的年纪写为 14 岁。

40 1787 年 7 月 28 日，托马斯 · 杰斐逊给伊丽莎白 · 韦尔斯 · 埃普斯的信，*PTJDE*；1787 年 7 月 10 日，阿比盖尔 · 亚当斯写给托马斯 · 杰斐逊的信，见 Cappon(1959: 185)。

41 1787 年 7 月 16 日，阿比盖尔·亚当斯写给托马斯·杰斐逊的信，见 Cappon(1959: 188)。

42 贝蒂·霍金斯给玛莎·杰斐逊的信（无日期），来自伦敦，Acc. 1397, ViU。

43 贝蒂·霍金斯给玛莎·杰斐逊的信（1788 年），Acc. 1397, ViU。

44 比如，1789 年 5 月 2 日，卡罗琳·塔夫顿给玛莎·杰斐逊的信，Acc. 1397, ViU。

45 1787 年 7 月 28 日，托马斯·杰斐逊给伊丽莎白·韦尔斯·埃普斯的信，PTJDE。

46 1791 年 3 月 21 日，卡罗琳·塔夫顿给玛莎·杰斐逊·伦道夫的信，Acc. 1397, ViU。

47 1787 年 7 月 16 日，阿比盖尔·亚当斯写给伊丽莎白·克兰齐的信，*Adams Papers Digital Edition*.

48 1787 年 7 月 25 日，托马斯·杰斐逊给伊丽莎白·韦尔斯·埃普斯的信，*PTJDE*。

49 1788 年 7 月 12 日，托马斯·杰斐逊给伊丽莎白·韦尔斯·埃普斯的信，*PTJDE*。

50 1788 年 7 月 12 日，托马斯·杰斐逊给伊丽莎白·韦尔斯·埃普斯的信，*PTJDE*。

51 Malone(1931: 86).

52 Eppes, "Maria Jefferson Eppes and Her Little Son, Francis," 8, 10, ICJS.

53 *TJMB*, 1786 年 6 月 1 日，1: 629；Rice(1976: 51-53)。

54 玛莎·杰斐逊·伦道夫："Reminiscences of TJ", Acc. 1397, ViU。

55 这一描述取自 Kimball(1950: 110)。该建筑如今已经不存在。

56 Rice(1931: 52).

57 Gordon-Reed(2008: 162).

58 1788 年 12 月 15 日，托马斯·杰斐逊给伊丽莎白·韦尔斯·埃普斯的信，*PTJDE*。

59 1789 年 1 月 12 日，托马斯·杰斐逊给约翰·特朗布尔的信，*PTJDE*。

60 umm.edu/ency/article/001363sym.htm, University of Maryland Medical Center, 查验日期：2012 年 12 月 12 日。

61 1789 年 1 月 22 日，托马斯·杰斐逊给威廉·肖特的信，*PTJDE*。

62 玛丽·德·博蒂多给玛莎·杰斐逊的信（1789），Acc. 5385-aa, ViU。

63 Randolph(1877: 20-21).

64 Randolph(1978: 146-147).

65 1789 年 6 月 23 日，玛丽亚·鲍尔给玛莎·杰斐逊的信，*FLDA*。

66 1782 年 3 月 16 日，托马斯·杰斐逊给欧文顿·卡尔（Overton Carr）的信，*PTJDE*。

67 Gordon-Reed(2008: 246).

68 Gordon-Reed(2008: 236-248).

69 Gordon-Reed(2008: 236).

70 Fawn Brodie 认为，这些花费表明杰斐逊对海明斯的兴趣在增加，见 Brodie(1974: 301-302)。

71 Gordon-Reed(2008: 230-231).

72 Gordon-Reed(2008: 230).

73 Gordon-Reed(2008: 381-382).

74 Hemings(1997: 246).

75 伊丽莎白·塔夫顿写给玛莎·杰斐逊的信（1789 年 8 月），Acc. 1397, ViU。

76 卡罗琳·塔夫顿写给玛莎·杰斐逊的信（星期五，伦敦，1789 年），Acc. 1397, ViU。

77 1789 年 10 月 14 日，托马斯·杰斐逊给柯尔尼太太的信，*PTJDE*。

78 内森尼尔·卡廷的日记，1789 年 9 月 28 日—10 月 12 日，*PTJDE*。

79 同上；*TJMB*, 1: 745–47。

80 1789 年 9 月 15 日，托马斯·杰斐逊给内森尼尔·卡廷的信，*PTJDE*；Malone(1948–1981 vol. 2: 235)。

81 1789 年 11 月 21 日，托马斯·杰斐逊给威廉·肖特的信，*PTJDE*。

82 1789 年 11 月 21 日，托马斯·杰斐逊给内森尼尔·卡廷的信，*PTJDE*。

83 玛莎·杰斐逊·伦道夫，"Reminiscences of TJ", Acc. 1397, ViU。

84 同上。

85 *TJMB*, 1789 年 11 月 24 日，1: 748。

86 1789 年 12 月 19 日，伊丽莎白·塔夫顿给玛莎·杰斐逊的信，Acc. 1397, ViU。

87 贝蒂·霍金斯·寇仁给玛莎·杰斐逊的信（1789 年末），Acc. 1397, ViU。

88 1790 年 3 月 30 日，内森尼尔·卡廷给玛莎·杰斐逊的信，*PTJDE*。

89 Randolph(1877: 23).

90 1788 年 7 月 12 日，托马斯·杰斐逊给伊丽莎白·韦尔斯·埃普斯的信，PTJDE。

91 *TJMB*, 1: 748.

92 在杰斐逊一家来访期间，托马斯·曼·伦道夫可能不在他父亲的家里。他曾经跟父亲吵架，在狩猎季节逃避到一位表兄弟的家里。见 Gaines(1966: 24)。

93 玛莎·杰斐逊·伦道夫："Reminiscences of TJ", Acc. 1397, ViU。

94 Gordon-Reed(2008: 342).

95 *TJMB*, 1789 年 12 月 10 日，1: 749。

96 Gordon-Reed (2008: 371).

97 比如，见宪法的第一条第九款，以及 Finkelman(1996: 第 1 章)。

98 准确的数字是：马里兰州是 23%；特拉华州为 75.9%；华盛顿特区是 32.1%。见 Kolchin(1993: 241)。

99 Goodman(1998: 233-262).

100 Goodman(1998: 238).

101 Goodman(1998: 238-239).

102 Goodman(1998: 242).

103 1783 年 11 月 28 日，托马斯·杰斐逊给玛莎·杰斐逊的信，见 Betts & Bear(1965: 20)。

104 Kierner(2012: 56).

105 Randolph,(1877: 22); Adams(1997: 289-90).

106 Morris(1888 vol. 1: 179).

107 1788 年 5 月 9 日，托马斯·杰斐逊给布雷昂夫人的信，*PTJDE*。

108 Levy & Applewhite(1998: 268-272;276).

109 Zagarri(2007: 26, 29).

110 普利西拉·梅森的"致辞"，1793 年 5 月 15 日，转引自 Kerber(1980: 222)。

111 Kerber(1980: 49).

112 Zagarri(2007: 30-36).

113 出自查尔斯·布罗克登·布朗（Charles Brockden Brown）的小说《阿尔温》，转引自 Kerber (1980: 277)；1802 年 10 月 4 日，马塞诸塞的萨勒姆的登记，见 Kerber(1980: 279)。

114 帕森·威姆斯（Parson Weems）之语，转引自 Kerber(1980: 281)。

115 1789 年 7 月 29 日，托马斯·杰斐逊给约翰·杰伊的信，*PTJDE*。

116 1787 年 7 月 28 日，托马斯·杰斐逊给伊丽莎白·韦尔斯·埃普斯的信，*PTJDE*。

第 6 章　重做美国人 1790

1 Gaines (1966).

2 维珍妮娅·杰斐逊·伦道夫·特里斯特回忆录，Acc. 1397, ViU。

3 1790 年 4 月 2 日，托马斯·杰斐逊给柯尔尼夫人的信，*PTJDE*。

4 1823 年 2 月 4 日，维珍妮娅·杰斐逊·伦道夫给尼古拉斯·P. 特里斯特的信，*FLDA*。

5 1786 年 11 月 27 日，伊丽莎白·史密斯·萧·皮博迪（Elizabeth Smith Shaw Peabody）给阿比盖尔·亚当斯·史

密斯（Abigail Adams Smith）的信，*Adams Papers Digital Edition*。

6 1827 年 8 月 6 日，托马斯·曼·伦道夫给塞普提米娅·伦道夫的信。副本在 ICJS。

7 Gordon-Reed(2008: 422).

8 1818 年 9 月 20 日，玛莎·杰斐逊·伦道夫给尼古拉斯·P. 特里斯特的信，Acc. 3470, Trist Family Papers from the SHC, ViU。

9 1787 年 10 月 24 日，詹姆斯·麦迪逊给托马斯·杰斐逊的信，*PTJDE*。

10 1787 年 12 月 20 日，托马斯·杰斐逊给詹姆斯·麦迪逊的信，*PTJDE*。

11 参见 Hall(1994: 357)。到 1810 年，其数量已经攀升到 350 种。

12 1790 年 3 月 21 日，伊丽莎白·塔夫顿给玛莎·杰斐逊·伦道夫的信，Acc. 1397, ViU。

13 1790 年 3 月 21 日，卡罗琳·塔夫顿给玛莎·杰斐逊·伦道夫的信，Acc. 1397, ViU。

14 1789 年 9 月 24 日，伊丽莎白·塔夫顿给玛莎·杰斐逊的信，Acc. 1397, ViU。

15 贝蒂·霍金斯给玛莎·杰斐逊的信（1788 年 4 月），Acc. 1397, ViU。

16 玛丽·德·博蒂多给玛莎·杰斐逊的信，1789 年 11 月 4 日；1790 年 2 月 4 日；1790 年 3 月 12 日；1790 年 5 月 1 日，Acc. 5385a, ViU。

17 1822 年 9 月 1 日，玛莎·杰斐逊·伦道夫给尼古拉斯·P. 特里斯特的信，Acc. 3470, ViU。

18 Birle & Francavilla(2012: 160).

19 1790 年 5 月 25 日，托马斯·曼·伦道夫给托马斯·杰斐逊的信，*PTJDE*。

20 1790 年 6 月 6 日，托马斯·杰斐逊给玛莎·杰斐逊·伦道夫的信，见 Betts & Bear(1965: 57)。玛莎的信失传了；托马斯·杰斐逊提到她的“理家的决定”。

21 1790 年 4 月 25 日，玛莎·杰斐逊·伦道夫给托马斯·杰斐逊的信，见 Betts & Bear(1965: 53)。

22 1792 年 2 月 20 日，托马斯·杰斐逊给玛莎·杰斐逊·伦道夫的信，见 Betts & Bear(1965: 94); Gaines(1966: 34)。

23 1790 年 7 月 17 日，托马斯·杰斐逊给玛莎·杰斐逊·伦道夫的信，见 Betts & Bear(1965: 60-61)；贝蒂·霍金斯给玛莎·杰斐逊的信（1788 年 4 月），Acc. 1397, ViU。

24 1790 年 4 月，贝蒂·寇仁给玛莎·杰斐逊·伦道夫的信，Acc. 1397, ViU。

25 1790 年 3 月 21 日，伊丽莎白·塔夫顿给玛莎·杰斐逊·伦道夫的信，Acc. 1397, ViU。

26 1790 年 5 月 1 日，玛丽·德·博蒂多给玛莎·杰斐逊·伦道夫的信，Acc. 5385-aa, ViU。

27 Kierner(2012: 84).

28 1791 年 3 月 24 日，托马斯·杰斐逊给玛莎·杰斐逊·伦道夫的信，见 Betts & Bear(1965: 76)。也见玛莎的反复请求，1791 年 3 月 6 日和 3 月 26 日的信，见（同上：73，77）。

29 Gaines(1966: 37).

30 1792 年 1 月 15 日，托马斯·杰斐逊给玛莎·杰斐逊·伦道夫的信，见 Betts & Bear(1965: 93)。

31 1795 年 2 月 6 日，托马斯·杰斐逊给 François d'Ivernois 的信，*PTJDE*。

32 Kierner(2012: 100).

33 1800 年 3 月 15 日，布吕内特·萨里姆贝尼女士给玛莎·杰斐逊·伦道夫的信，*FLDA*。

34 1798 年 10 月 31 日，玛丽·德·博蒂多给玛莎·杰斐逊·伦道夫的信，Acc. 5385a, ViU。由 Cinder Stanton 翻译。“布吕妮”可能是布吕内特·萨里姆贝尼小姐。

35 作者寻访该地所见。图片所有权属于屋主 Greg Graham，2009 年 5 月 7 日。

36 1787 年 5 月 3 日，玛莎·杰斐逊给托马斯·杰斐逊的信，见 Betts & Bear(1965: 39)。

37 1789 年 9 月，伊丽莎白·塔夫顿给玛莎·杰斐逊的信，Acc. 1397, ViU。

38 1818 年 11 月 22 日，托马斯·曼·伦道夫给尼古拉斯·P. 特里斯特的信，Acc. 10487, ViU。

39 1820 年 6 月 5 日，托马斯·曼·伦道夫给尼古拉斯·P. 特里斯特的信，Acc. 3470, ViU。

40 1791 年 3 月 5 日，托马斯·曼·伦道夫给托马斯·杰斐逊的信，*PTJDE*。

41 Kierner(2012: 87).

42 1825 年 8 月 2 日，玛莎·杰斐逊·伦道夫给艾伦·韦尔斯·伦道夫·柯立芝的信，Acc. 9090, ViU.
43 贝蒂·霍金斯给玛莎·杰斐逊的信（1788），Acc. 1397, ViU。
44 1789 年 7 月 2 日，贝蒂·霍金斯·寇仁给玛莎·杰斐逊的信，Acc. 1397, ViU。
45 1804 年 5 月 31 日，玛莎·杰斐逊·伦道夫给托马斯·杰斐逊的信，见 Betts & Bear(1965: 261)。
46 1808 年 8 月 28 日，多莉·麦迪逊给她的妹妹 Anna Payne Cutts 的信，见 Shulman(2008)。
47 1801 年 1 月 31 日，玛莎·杰斐逊·伦道夫给托马斯·杰斐逊的信，见 Betts & Bear(1965: 193)。
48 1793 年 1 月 16 日，玛莎·杰斐逊·伦道夫给托马斯·杰斐逊的信，见 Betts & Bear(1965: 109)。
49 1801 年 11 月，艾伦·韦尔斯·伦道夫给托马斯·杰斐逊的信，见 Betts & Bear(1965: 212)。
50 1839 年 5 月 26 日，维珍妮娅·杰斐逊·伦道夫·特里斯特。转引自 Randolph(1978: 347)。
51 Hunt(1965: 70, 67-68).
52 Pierson(1971: 87).
53 Pierson(1971: 86). Carolyn Heilbrun 注意到，“比各种禁令都更为严格的是禁绝女性的愤怒”，在日常生活中，一如在写作中。见 Heilbrun(1988: 13)。
54 Pierson(1971: 70).
55 1832 年 7 月 30 日，玛莎·杰斐逊·伦道夫给塞普提米娅·伦道夫的信，Acc. 4726-b, ViU。
56 1790 年 4 月 25 日，玛莎·杰斐逊·伦道夫给托马斯·杰斐逊的信，见 Betts & Bear(1965: 52)。
57 1790 年 4 月 25 日，玛丽亚·杰斐逊给托马斯·杰斐逊的信，见 Betts & Bear(1965: 53)。
58 1790 年 5 月 23 日，托马斯·杰斐逊给玛丽亚·杰斐逊的信，见 Betts & Bear(1965: 57)。
59 1790 年 5 月 23 日，玛丽亚·杰斐逊给托马斯·杰斐逊的信，见 Betts & Bear(1965: 56-57)。玛丽亚当时正在读 William Robertson 的《美国历史》(*The History of America*)(Dublin: 1777)。
60 1790 年 6 月 13 日，托马斯·杰斐逊给玛丽亚·杰斐逊的信，见 Betts & Bear(1965: 58)。
61 1791 年 1 月 16 日，玛莎·杰斐逊·伦道夫给托马斯·杰斐逊的信，见 Betts & Bear(1965: 68)。
62 1787 年 7 月 6 日，阿比盖尔·亚当斯给托马斯·杰斐逊的信，见 Cappon(1987: 184)。
63 1789 年 10 月 10 日，内森尼尔·卡廷的日记，*PTJDE*。
64 同上，1789 年 10 月 12 日。
65 1790 年 4 月 11 日，托马斯·杰斐逊给玛丽亚·杰斐逊的信，见 Betts & Bear(1965: 52)。
66 1790 年 6 月 13 日，托马斯·杰斐逊给伊丽莎白·韦尔斯·埃普斯的信，*PTJDE*。
67 1791 年 2 月 13 日，玛丽亚·杰斐逊给托马斯·杰斐逊的信，见 Betts & Bear(1965: 72)。
68 *TJMB*, 2: 836.
69 1791 年 10 月 14 日，乔治·华盛顿给亚历山大·汉密尔顿的信，*PGWDE*。
70 1791 年 10 月 17 日，乔治·华盛顿给亚历山大·汉密尔顿的信，*PGWDE*；1791 年 10 月 25 日，托马斯·杰斐逊给托马斯·曼·伦道夫的信，*PTJDE*。
71 1791 年 10 月 25 日，托马斯·杰斐逊给托马斯·曼·伦道夫的信，*PTJDE*。
72 有很多格雷斯渡口在 1787 年和 1792 年的漂亮图片，见 Teitelman(2000)。这些图片也可以通过如下网址看到：publicpleasuregarden.blogspot.com/2013/05/1790-grays-gardens-in-philadelphia.html。
73 托马斯·杰斐逊选择这条旅行路线从蒙蒂塞洛到费城。*TJMB*, 2: 836, 879。
74 1789 年 5 月的《哥伦比亚杂志》，转引自 McMaster(1914: 538)。这是关于华盛顿如何被加冕以及由谁来完成的诸多故事版本中的一个。
75 转引自 Weigley(1982: 2；5-10)。
76 Branson(2001: 7).
77 Nash(1982: 156).
78 Nash(1982: 175-176).
79 Teitelman(2000). 这些图画也可以登陆网站获取，见 ushistory.org/birch/plates/plate01.htm。

80 Teitelman(2000)中的地图。1790 年 7 月 20 日，威廉·谭伯尔·富兰克林给托马斯·杰斐逊的信，*PTJDE*。

81 1790 年 7 月 20 日，威廉·富兰克林给托马斯·杰斐逊的信，*PTJDE*。

82 Wenger(1991).

83 1791 年 10 月 25 日，托马斯·杰斐逊给托马斯·曼·伦道夫的信，*PTJDE*。

84 1791 年 11 月 13 日，托马斯·杰斐逊给玛莎·杰斐逊·伦道夫的信，见 Betts & Bear(1965: 91)。

85 Westcott(1877: 317). 在 1825 年 9 月 16 日，杰斐逊对 James Mease 描述他的住处，“一个新的砖房，三层楼高，我租住了第二层，由一个厅房和一间卧室组成，带家具。我习惯在那个厅房里写作，特别是在那里写了这份文件（《独立宣言》）”。转引自 Westcott(1877: 308)。

86 Mires(2002: 41).

87 *TJMB*, 2: 829n91. 帕蒂在 1791 年 7 月 19 日抵达。

88 1785 年 6 月 23 日，乔治·威廉·费尔法克斯给乔治·华盛顿的信，*PGWDE*。著名的英国历史学家 Catherine Macaulay 认为，派因所绘的肖像“是我所见过的与本人最相像的”。1786 年 10 月 10 日，Catherine Sawbridge Macaulay Graham 给乔治·华盛顿的信，*PGWDE*。

89 Mires(1979: 25).

90 见 1789 年 3 月 28 日的 *Pennsylvania Packet*。

91 1790 年的人口普查显示，这里住有 10 名 16 岁以上的女性（包括玛丽·派因以及她的女儿们）。见 Stewart(1979: 35)。

92 1790 年 11 月 6 日，托拜亚斯·李尔给克莱蒙·比德尔（Clement Biddle）的信，见 Biddle(1919: 197); Gillespie (1901: 26)；1792 年 1 月 29 日，玛丽亚·杰斐逊给托马斯·曼·伦道夫的信，*Thomas Jefferson Papers*, LOC。

93 1791 年 5 月 19 日，托马斯·杰斐逊给托马斯·利铂（Thomas Leiper）的信，*PTJDE*。

94 1790 年 11 月 10 日 *Pennsylvania Packet* 上“待售”栏的广告。

95 1792 年 12 月 16 日，托马斯·杰斐逊给托马斯·利铂的信，*PTJDE*。

96 1792 年 5 月 11 日，托马斯·杰斐逊给玛莎·杰斐逊·伦道夫的信，见 Betts & Bear(1965: 99)。

97 1792 年 11 月 13 日，托马斯·杰斐逊给玛莎·杰斐逊·伦道夫的信，见 Betts & Bear(1965: 91)。

98 (1791 年)11 月 27 日，玛丽亚·杰斐逊给托马斯·曼·伦道夫的信，*Jefferson Papers*, LOC。LOC 把该信断定为 1792 年，但是玛丽亚所说的内容表明，这个断定是明显错误的。

99 Betts & Bear(1965: 91; 99; 101); *TJMB*, 2: 837, 884. Scharff(2010)没有关注到玛丽亚·杰斐逊在费城受到的教育。

100 Stewart(1979: 35).

101 转引自 Scharff(2010: 36)。

102 1789 年 3 月 28 日，刊登在报纸 *Pennsylvania Packet* 上。

103 转引自 Stewart(1979: 25)。

104 转引自 Stewart(1979: 29)。

105 1809 年 2 月 4 日，托马斯·杰斐逊给威廉·摩尔根（William Morgan）的信，转引自 *TJMB*, 2: 871。

106 Loesser(1954: 268).

107 *TJMB*, 1792 年 10 月 31 日，2: 882。

108 Cutsis(1860: 408).

109 1792 年 2 月 20 日，托马斯·杰斐逊给托马斯·曼·伦道夫的信，*PTJDE*。

110 1791 年 12 月 25 日，玛丽亚·杰斐逊给托马斯·曼·伦道夫的信，*Jefferson Papers*, LOC。

111 Kerber(1980: 210-214).

112 Nash(1997: 186-188).

113 对这个人物的描述，参见（Holton 2009）。

114 1776 年 2 月 21 日，阿比盖尔·亚当斯给约翰·亚当斯的信；1782 年 6 月 17 日，阿比盖尔·亚当斯给约翰·亚当斯的信；1786 年 5 月 21 日，阿比盖尔·亚当斯给玛丽·史密斯·克兰奇的信，*Adams Papers Digital Edition*。

115 Branson(2001: 38-39).

116 转引自 Brady(1991: 41)。

117 1792 年 6 月 1 日，托马斯 · 杰斐逊给托马斯 · 曼 · 伦道夫的信，*PTJDE*。

118 相应的信息见 1787 年 7 月 13 日的 *Pennsylvania Mercury and Universal Advertiser*；1788 年 7 月 4 日的 *Pennsylvania Packet*；1792 年 4 月 11 日的 *Federal Gazette*; 1792 年 10 月 12 日，托马斯 · 杰斐逊给托马斯 · 曼 · 伦道夫的信，PTJDE；TJMB, 1792 年 11 月 20 日，2: 884。

119 1793 年 1 月 13 日，玛丽亚 · 杰斐逊给托马斯 · 曼 · 伦道夫的信，*Jefferson Papers*, LOC。

120 Wise(1918: 90).

121 Wise(1918: 96).

122 *TJMB*. 比如，在 1791 年 6 月 20 日到 7 月 17 日有过三次，见 2: 825–829。

123 191 年 5 月 15 日，托马斯 · 杰斐逊给弗朗西斯 · 埃普斯的信；1793 年 4 月 8 日，托马斯 · 杰斐逊给弗朗西斯 · 埃普斯的信，*PTJDE*。

124 1791 年 5 月 15 日，托马斯 · 杰斐逊给伊丽莎白 · 韦尔斯 · 埃普斯的信，*PTJDE*。

125 1792 年 3 月 30 日，托马斯 · 杰斐逊给托马斯 · 曼 · 伦道夫的信，*PTJDE*。

126 1793 年 5 月 12 日，托马斯 · 杰斐逊给托马斯 · 曼 · 伦道夫的信，*PTJDE*。

127 1792 年 12 月 13 日，托马斯 · 杰斐逊给玛莎 · 杰斐逊 · 伦道夫的信，见 Betts & Bear(1965: 107)。玛莎保留了一封玛丽亚从费城写来的信，所署的日期为 1792 年 6 月 3 日，Acc. 2104, SHC。

128 1793 年 1 月 14 日，托马斯 · 杰斐逊给玛莎 · 杰斐逊 · 伦道夫的信，见 Betts & Bear(1965: 108-109)。

129 1793 年 1 月 13 日，玛丽亚 · 杰斐逊给托马斯 · 曼 · 伦道夫的信，*Jefferson Papers*, LOC。

130 Residence of Thomas Jefferson, David J. Kennedy, 1793. The Historical Society of Pennsylvania.

131 1793 年 4 月 9 日和 1793 年 7 月 7 日，托马斯 · 杰斐逊给玛莎 · 杰斐逊 · 伦道夫的信，见 Betts & Bear(1965: 114; 121)。

132 1793 年 7 月 7 日，托马斯 · 杰斐逊给玛莎 · 杰斐逊 · 伦道夫的信，见 Betts & Bear(1965: 121-122)。

133 1793 年 5 月 26 日和 1793 年 7 月 21 日，托马斯 · 杰斐逊给玛莎 · 杰斐逊 · 伦道夫的信，见 Betts & Bear(1965: 119, 122); *TJMB*, 1: 765n80。

134 1793 年 9 月 6 日，托马斯 · 杰斐逊给大卫 · 里滕豪斯的信，*PTJDE*。

135 1792 年 3 月 16 日，托马斯 · 杰斐逊给托马斯 · 曼 · 伦道夫的信，*Jefferson Papers*, LOC。

136 1791 年 12 月 5 日，托马斯 · 杰斐逊给玛莎 · 杰斐逊 · 伦道夫的信，见 Betts & Bear(1965: 91)；1792 年 3 月 16 日，托马斯 · 杰斐逊给托马斯 · 曼 · 伦道夫的信，PTJDE。

137 1827 年 5 月 16 日，玛莎 · 杰斐逊 · 伦道夫给安妮 · 凯里 · 伦道夫 · 莫里斯（Anne Cary Randolph Morris）的信，转引自 Kierner(2012: 66)。

138 1793 年 4 月 8 日，托马斯 · 杰斐逊给玛莎 · 杰斐逊 · 伦道夫的信，见 Betts & Bear(1965: 115)。

139 1793 年 4 月 14 日，托马斯 · 杰斐逊给玛莎 · 杰斐逊 · 卡尔的信，*PTJDE*。

140 1793 年 5 月 26 日，托马斯 · 杰斐逊给玛莎 · 杰斐逊 · 伦道夫的信，见 Betts & Bear(1965: 119)。

141 Kierner(2012: 97).

142 *TJMB*, 1792 年 3 月 28 日，1793 年 5 月 19 日，2: 866, 895。

143 Cripe(1974: 48).

第 7 章　弗州娇妻 1795

1 1793 年 11 月 17 日，托马斯 · 杰斐逊给玛莎 · 杰斐逊的信，见 Betts & Bear(1965: 126)。

2 1795 年 8 月 25 日，玛莎 · 杰斐逊 · 卡尔给露西 · 卡尔 · 特雷尔（Lucy Carr Terrell）的信，*Carr-Terrell Family Papers*, Acc. 4757-d, ViU。

3 比如，1795 年 12 月 31 日，托马斯 · 杰斐逊给威廉 · 布兰奇 · 贾尔斯的信，*PTJDE*。

4 参见 "William Branch Giles," *Dictionary of American Biography* (New York: Charles Scribner's Sons, 1936); Ellis (1996: 154)。

5 Trumbull(1953: 174-175).

6 Jefferson, Isaac Granger(1951: 39).

7 1795 年 9 月 3 日，托马斯 · 杰斐逊给约翰 · 韦尔斯 · 埃普斯德信，*PTJDE*。

8 1796 年 3 月 26 日，玛莎 · 杰斐逊 · 卡尔给露西 · 卡尔 · 特雷尔的信，Acc. 4757-d, ViU。

9 Eppes, "Maria Jefferson Eppes and Her Little Son, Francis", ICJS, 12.

10 Kerrison(2006); Davidson(1986: 110-150).

11 1795 年 9 月 8 日，托马斯 · 杰斐逊给玛丽亚 · 科思威的信，*PTJDE*。

12 1796 年 9 月 25 日，约翰 · 韦尔斯 · 埃普斯给托马斯 · 杰斐逊的信，*PTJDE*。

13 1796 年 12 月 19 日，约翰 · 韦尔斯 · 埃普斯给托马斯 · 杰斐逊的信，*PTJDE*。

14 1797 年 6 月 8 日，托马斯 · 杰斐逊给玛莎 · 杰斐逊 · 伦道夫的信，见 Betts & Bear(1965: 146)。

15 1797 年 6 月 14 日，托马斯 · 杰斐逊给玛丽亚 · 杰斐逊 · 埃普斯的信，见 Betts & Bear(1965: 148)。

16 1797 年 6 月 14 日，托马斯 · 杰斐逊给玛丽亚 · 杰斐逊 · 埃普斯的信；1797 年 6 月 8 日，托马斯 · 杰斐逊给玛莎 · 杰斐逊 · 伦道夫的信，见 Betts & Bear(1965: 148, 146)。

17 1797 年 9 月 24 日，托马斯 · 杰斐逊给弗朗西斯 · 埃普斯的信，*PTJDE*，并参见编辑者的注释。

18 1797 年 10 月 10 日，伊丽莎白 · 韦尔斯 · 埃普斯给托马斯 · 杰斐逊的信，*PTJDE*。

19 1797 年 11 月 6 日，托马斯 · 曼 · 伦道夫给托马斯 · 杰斐逊的信，*PTJDE*。

20 Jefferson, Isaac Granger(1951: 11).

21 约翰 · 韦尔斯 · 埃普斯（头与肩的肖像，面向左侧）。雕刻 / 出版时间为 1805 年。出自艺术家 Charles Balthazar Julien Fevret de Saint-Mémin 之手。LOC Prints and Photographs Division, Reproduction Number LC-USZ62-105849.

22 艾伦 · 韦尔斯 · 伦道夫 · 柯立芝（Ellen Wayles Randolph Coolidge）的书信档案，1856 年 3 月 13 日，58-59, Acc. 9090, ViU; Randolph (1978: 246)。

23 Malone(1931: 95).

24 Scharff(2010: 303).

25 1797 年 1 月 22 日，托马斯 · 杰斐逊给托马斯 · 曼 · 伦道夫的信，以及 1797 年 11 月 28 日托马斯 · 杰斐逊给亨利 · 塔兹韦尔（Henry Tazewell）的信，*PTJDE*。

26 约翰 · 韦尔斯 · 埃普斯给托马斯 · 杰斐逊的信，没有日期，杰斐逊在 1797 年 11 月 18 日收到，*PTJDE*。

27 1797 年 12 月 8 日，玛丽亚 · 杰斐逊 · 埃普斯给托马斯 · 杰斐逊的信，见 Betts & Bear(1965: 149-150)。

28 1797 年 9 月 24 日，托马斯 · 杰斐逊给弗朗西斯 · 埃普斯的信 *PTJDE*。在当时，国会在 1797 年只有四个月开会，1 月 1 日到 3 月 3 日，5 月 15 日到 7 月 10 日。下一次国会集会是在 1797 年 11 月 13 日，不过一直集会到 1798 年 7 月。

29 1797 年 10 月 10 日，伊丽莎白 · 韦尔斯 · 埃普斯给托马斯 · 杰斐逊的信，*PTJDE*。

30 1798 年 4 月 1 日，玛丽亚 · 杰斐逊 · 埃普斯给玛莎 · 杰斐逊 · 伦道夫的信，Acc. 2104, SHC。

31 1802 年 6 月 21 日，玛丽亚 · 杰斐逊 · 埃普斯给托马斯 · 杰斐逊的信，见 Betts & Bear(1965: 229)。

32 1802 年 4 月 21 日，玛丽亚 · 杰斐逊 · 埃普斯给托马斯 · 杰斐逊的信，见 Betts & Bear(1965: 224)。

33 艾伦 · 韦尔斯 · 伦道夫 · 柯立芝的书信档案，1856 年 1 月 26 日，42–45, Acc. 9090, ViU。

34 1801 年 10 月 9 日，托马斯 · 杰斐逊给约翰 · 韦尔斯 · 埃普斯的信，*PTJDE*。

35 1802 年 5 月 11 日，约翰 · 韦尔斯 · 埃普斯给托马斯 · 杰斐逊的信，*PTJDE*。

36 1802 年 6 月 25 日，约翰 · 韦尔斯 · 埃普斯给托马斯 · 杰斐逊的信，*PTJDE*。

37 同上。

38 1798 年 1 月 7 日，托马斯 · 杰斐逊给玛丽亚 · 杰斐逊 · 埃普斯的信，见 Betts & Bear(1965: 151)。杰斐逊的"告诫"——他在这封信中的用词——是他对玛丽亚信中所说情况的回应，她提起了玛丽 · 杰斐逊 · 博林的丈夫纵酒过度造成他们婚姻不幸。杰斐逊认为，若不是他姐姐抱怨丈夫酗酒，她的婚姻可能会更堪忍受一些。

39 玛莎·杰斐逊·伦道夫给托马斯·杰斐逊的信，无日期，1798年7月1日收到，见 Betts & Bear(1965: 166)。

40 1801年11月18日，玛莎·杰斐逊·伦道夫给托马斯·杰斐逊的信，见 Betts & Bear(1965: 213)。

41 (1797年)2月27日，玛莎·杰斐逊给托马斯·杰斐逊的信，*PTJDE*。

42 (1801年)2月2日，玛丽亚·杰斐逊·埃普斯给托马斯·杰斐逊的信，Betts & Bear(1965: 194)。

43 1801年2月15日，托马斯·杰斐逊给玛丽亚·杰斐逊·埃普斯的信，见 Betts & Bear(1965: 196)。

44 1799年6月26日，玛丽亚·杰斐逊·埃普斯给托马斯·杰斐逊的信，见 Betts & Bear(1965: 178)。

45 Scharff(2010: 275).

46 艾伦·韦尔斯·伦道夫·柯立芝的书信档案，1856年1月14日，41. Acc. 9090, ViU。

47 1787年7月10日，阿比盖尔·亚当斯给托马斯·杰斐逊的信，见 Cappon(1987: 185)。

48 1798年7月13日，托马斯·杰斐逊给玛丽亚·杰斐逊·埃普斯的信，见 Betts & Bear(1965: 166-167)。

49 1802年7月14日，约翰·韦尔斯·埃普斯给托马斯·杰斐逊的信，*PTJDE*。

50 1798年11月24日，约翰·韦尔斯·埃普斯给托马斯·杰斐逊的信，*PTJDE*。

51 1799年6月26日，玛丽亚·杰斐逊·埃普斯给托马斯·杰斐逊的信，见 Betts & Bear(1965: 178-179)。

52 1800年1月1日，约翰·韦尔斯·埃普斯给托马斯·杰斐逊的信，*PTJDE*。

53 Treckel(1989: 27).

54 1800年2月7日，约翰·韦尔斯·埃普斯给托马斯·杰斐逊的信，*PTJDE*。

55 菲利普·特平（1749–1828）是杰斐逊的表弟，切斯特菲尔德县有名的医生，曾经在爱丁堡大学就读。参见 Stoner(2006: 50-52，68)。

56 1800年2月22日，托马斯·曼·伦道夫给托马斯·杰斐逊的信，*PTJDE*。

57 1800年1月30日，玛莎·杰斐逊·伦道夫给托马斯·杰斐逊的信，见 Betts & Bear(1965: 182)。

58 1800年2月20日，约翰·韦尔斯·埃普斯给托马斯·杰斐逊的信，*PTJDE*。

59 1800年2月22日，托马斯·曼·伦道夫给托马斯·杰斐逊的信，*PTJDE*。威廉·贝奇是本杰明·富兰克林的女儿萨拉·富兰克林·贝奇之子。

60 1803年12月26日，托马斯·杰斐逊给玛丽亚·杰斐逊·埃普斯的信，见 Betts & Bear(1965: 250)。

61 1800年3月8日，托马斯·杰斐逊给约翰·韦尔斯·埃普斯的信，*PTJDE*。甚至在女儿承受着1802年3月的损失之后，杰斐逊还是信中提到一位熟人正"期待着随时临产。"1802年3月3日，托马斯·杰斐逊给约翰·韦尔斯·埃普斯的信，*PTJDE*。

62 1800年2月16日，约翰·韦尔斯·埃普斯给托马斯·杰斐逊的信，*PTJDE*。

63 1800年4月22日，约翰·韦尔斯·埃普斯给托马斯·杰斐逊的信，*PTJDE*。

64 1800年1月18日，托马斯·曼·伦道夫给托马斯·杰斐逊的信，*PTJDE*。

65 1800年5月14日，托马斯·杰斐逊给托马斯·曼·伦道夫的信，*PTJDE*。

66 1801年，托马斯·杰斐逊给玛丽亚·杰斐逊·埃普斯的信，见 Betts & Bear(1965: 190-191)。该选举在1801年2月17日经过第36轮投票后，杰斐逊胜出。

67 1800年12月28日，玛丽亚·杰斐逊·埃普斯给托马斯·杰斐逊的信，见 Betts & Bear(1965: 190)。

68 1801年1月31日，玛莎·杰斐逊·伦道夫给托马斯·杰斐逊的信，见 Betts & Bear(1965: 193)。

69 1800年12月28日，玛丽亚·杰斐逊·埃普斯给托马斯·杰斐逊的信，见 Betts & Bear(1965: 189-190)。

70 1801年2月22日，托马斯·杰斐逊给约翰·韦尔斯·埃普斯的信，*PTJDE*。

71 1801年3月18日，约翰·韦尔斯·埃普斯给托马斯·杰斐逊的信，*PTJDE*。

72 1801年4月18日，玛丽亚·杰斐逊·埃普斯给托马斯·杰斐逊的信，见 Betts & Bear(1965: 202)。

73 1801年6月18日，玛丽亚·杰斐逊·埃普斯给托马斯·杰斐逊的信，见 Betts & Bear(1965: 204)。

74 1801年7月25日，玛莎·杰斐逊·伦道夫给托马斯·杰斐逊的信，见 Betts & Bear(1965: 209)。

75 *TJMB*, 2: 1051.

76 1801年10月3日，约翰·韦尔斯·埃普斯给托马斯·杰斐逊的信，*PTJDE*。

77 同上。

78 1801年11月6日，玛丽亚·杰斐逊·埃普斯给托马斯·杰斐逊的信，见Betts & Bear(1965: 211)。

79 1801年11月18日，玛莎·杰斐逊·伦道夫给托马斯·杰斐逊的信，见Betts & Bear(1965: 213)。

80 同上。

81 1802年1月17日，托马斯·杰斐逊给玛莎·杰斐逊·伦道夫的信，信中提及他收到约翰·韦尔斯·埃普斯1802年1月6日的信，见Betts & Bear(1965: 2116)。

82 1802年3月11日，约翰·韦尔斯·埃普斯给托马斯·杰斐逊的信，*PTJDE*。

83 1802年6月21日，玛丽亚·杰斐逊·埃普斯给托马斯·杰斐逊的信，见Betts & Bear(1965: 230)。

84 1802年7月10日，玛莎·杰斐逊·伦道夫给托马斯·杰斐逊的信，见Betts & Bear(1965: 233)。

85 1802年7月2日，托马斯·杰斐逊给玛丽亚·杰斐逊·埃普斯的信，见Betts & Bear(1965: 232)。

86 (1802年)7月17日，玛丽亚·杰斐逊·埃普斯给托马斯·杰斐逊的信，见Betts & Bear(1965: 235)。

87 1802年7月14日，约翰·韦尔斯·埃普斯给托马斯·杰斐逊的信，*PTJDE*。

88 转引自Malone(1931: 91)。

89 1802年11月25日，玛丽亚·杰斐逊·埃普斯给约翰·韦尔斯·埃普斯的信，*FLDA*。

90 1803年2月10日，约翰·韦尔斯·埃普斯给托马斯·杰斐逊的信，*PTJDE*。

91 1804年1月14日，玛莎·杰斐逊·伦道夫给托马斯·杰斐逊的信，见Betts & Bear(1965: 252)。

92 1784年4月1日，玛丽亚·杰斐逊给托马斯·杰斐逊的信，见Betts & Bear(1965: 25)。

93 1802年11月25日，玛丽亚·杰斐逊·埃普斯给约翰·韦尔斯·埃普斯的信，*FLDA*。

94 1801年3月27日，托马斯·杰斐逊给凯瑟琳·丘奇的信，*PTJDE*。

95 1803年11月27日，托马斯·杰斐逊给玛丽亚·杰斐逊·埃普斯的信，见Betts & Bear(1965: 249)。

96 1804年2月10日，玛丽亚·杰斐逊·埃普斯给托马斯·杰斐逊的信，见Betts & Bear(1965: 256)。

97 1856年1月15日，艾伦·韦尔斯·伦道夫·柯立芝给亨利·兰德尔的信，见Randall(1858 vol.3: 102)。

98 1804年1月14日，玛莎·杰斐逊·伦道夫给托马斯·杰斐逊的信，见Betts & Bear(1965: 252)。

99 1804年1月21日，玛莎·杰斐逊·埃普斯给约翰·韦尔斯·埃普斯的信，*FLDA*。

100 1804年1月29日，托马斯·杰斐逊给玛丽亚·杰斐逊·埃普斯的信，见Betts & Bear(1965: 255)。

101 1804年2月6日，玛丽亚·杰斐逊·埃普斯给约翰·韦尔斯·埃普斯的信，Maria Eppes, Letter, Acc. 38-757, ViU。

102 1804年2月26日，托马斯·杰斐逊给玛丽亚·杰斐逊·埃普斯的信，见Betts & Bear(1965: 258)。

103 1804年3月9日，约翰·韦尔斯·埃普斯给托马斯·杰斐逊的信，复制本藏于ICJS.

104 1856年1月15日，艾伦·韦尔斯·伦道夫·柯立芝给亨利·兰德尔的信，见Randall(1858 vol.3: 102)。

105 1804年3月8日，托马斯·杰斐逊给玛莎·杰斐逊·伦道夫的信，见Betts & Bear(1965: 259)。

106 1804年3月12日，约翰·韦尔斯·埃普斯给托马斯·杰斐逊的信，ViU。复制本藏于ICJS。

107 1804年3月15日，托马斯·杰斐逊给约翰·韦尔斯·埃普斯的信，Thomas Jefferson Letter, Acc. 6860, ViU。

108 1804年3月19日，约翰·韦尔斯·埃普斯给托马斯·杰斐逊的信，ViU。复制本藏于ICJS。

109 1804年3月23日，约翰·韦尔斯·埃普斯给托马斯·杰斐逊的信，ViU。复制本藏于ICJS。也参见1856年1月15日，艾伦·韦尔斯·伦道夫·柯立芝给亨利·兰德尔的信，见Randall(1858 vol.3: 102)。

110 1804年3月26日，约翰·韦尔斯·埃普斯给托马斯·杰斐逊的信，ViU。复制本藏于ICJS。

111 1804年4月9日和13日，托马斯·杰斐逊给詹姆斯·麦迪逊的信，转引自Brodie(1974: 508)。

112 1804年4月16日，托马斯·曼·伦道夫给凯撒·罗德尼（Caesar Rodney）的信，Huntington Library, San Marino, California. 复制本藏于ICJS。

113 Betts & Bear(1965: 259n1).

114 1856年1月15日，艾伦·韦尔斯·伦道夫·柯立芝给亨利·兰德尔的信，见Randall(1858 vol.3: 101)。

115 大体上的估算，根据1804年6月4日托马斯·杰斐逊给约翰·韦尔斯·埃普斯的信，1804年5月14日，托马斯·杰斐逊给玛莎·杰斐逊·伦道夫的信，见 Betts & Bear(1965: 259-260)。

116 1804 年 6 月 4 日，托马斯·杰斐逊给约翰·韦尔斯·埃普斯的信 , Huntington Library, San Marino, California。复制本藏于 ICJS。

117 1856 年 1 月 15 日，艾伦·韦尔斯·伦道夫·柯立芝给亨利·兰德尔的信，见 Randall(1858 vol.3: 102)。

118 艾伦·韦尔斯·伦道夫·柯立芝的书信档案，1856 年 2 月 13 日给亨利·兰德尔的信 , 51, Acc. 9090, ViU; Eppes "Maria Jefferson and her little son Frances", ICJS。

119 1804 年 7 月 25 日，托马斯·杰斐逊给约翰·佩奇（John Page）的信，LOC。

第 8 章　哈丽特的蒙蒂塞洛 1804

1 Schwartz(2000).

2 托马斯·杰斐逊·伦道夫关于托马斯·杰斐逊，无日期，Acc. 8937。

3 Stanton(2012: 171).

4 Gordon-Reed(2008: 27-28).

5 Pierson(1971: 107).

6 Blight(2003: 39).

7 *FB*, 128.

8 FB, 132.

9 1814 年 8 月 25 日，托马斯·杰斐逊给爱德华·科尔斯（Edward Coles）的信，*PTJDE*；Stanton(2012: 56)。

10 *FB*, 43, 50, 134.

11 *FB*, 48.

12 *FB*, 51, 56; Stanton(2012: 61).

13 *FB*, 135. 杰斐逊提到制钉人时用了"男孩"一词，但是在 1809 年，埃德蒙特·培根说，最年轻的制钉人已 22 岁。1809 年 1 月 19 日，埃德蒙特·培根给托马斯·杰斐逊的信。感谢露西娅·史坦顿（Lucia Stanton）提及这一参考资料。这可能反映出自 18 世纪 90 年代中期起，情况有所变化。不过，有这样的例子，14 岁的乔伊·福斯特（Joe Fossett）在铁钉作坊里工作，杰斐逊自己在《农庄簿记》中也写到，让 10 岁至 16 岁的男孩做这项工作。

14 *FB*, 163.

15 Sorensen(2005: 5).

16 Gawalt(1994: 29-30).

17 Sorensen(2005: 5).

18 托马斯·杰斐逊给埃德蒙特·培根的备忘录（1805–1806），见 *Farm Book*, 25。

19 *FB*, 41.

20 同上。

21 1815 年 1 月 6 日，托马斯·杰斐逊给杰瑞米亚·古德曼（Jeremiah Goodman）的信，见 Betts(1999: 540)。杰斐逊在 1809 和 1810 年奖励的女奴名单见 *FB*，137。

22 1796 年 2 月 28 日，托马斯·杰斐逊给约翰·亚当斯的信，*PTJDE*。

23 Stanton(2012: 71).

24 *FB*, 58, 97.

25 *FB*, 46；Carson & Lounsbury(2013: 192-194).

26 *FB*, 76.

27 *FB*, 67.

28 *FB*, 64.

29 Fossett(1898).

30 转引自 Stanton(2012: 85)。

31 1795 年 7 月 10 日，托马斯 · 杰斐逊给詹姆斯 · 莱勒（James Lyle）的信，*Farm Book*, 430。

32 Stanton(2012: 93).

33 一份 1796 年杰斐逊的铁钉作坊账目的照片，见 Stanton(2012: 80)。

34 Jefferson，Isaac Granger(1951: 37); Stanton(2012: 128).

35 Stanton(2012: 80-81，128).

36 1801 年 1 月 23 日，托马斯 · 杰斐逊给托马斯 · 曼 · 伦道夫的信，*PTJDE*。“在我的管理下，我更愿意他们（铁钉作坊工人）能保留性格里的冲劲儿”——托马斯 · 杰斐逊在写下这样的句子时，显然认为自己给工人们灌输了这样的愿望：通过满足他的期待而向他证明自身。也参见 Stanton(2012)。

37 (1801 年)3 月 29 日，托马斯 · 杰斐逊给托马斯 · 曼 · 伦道夫的信，*PTJDE*。

38 1819 年 1 月 17 日，托马斯 · 杰斐逊给乔伊尔 · 扬西（Joel Yancey）的信，见 *Farm Book*, 43。

39 *FB*, 454.

40 Stanton(2012: 80).

41 Pierson(1971: 109).

42 Pierson(1971: 109).

43 Stanton(2012: 192-193).

44 Gordon-Reed(2008: 611).

45 Stanton(2012: 71-72).

46 Stanton(2012: 71-72).

47 Jefferson，Isaac Granger(1951: 51-52).

48 *FB*, 110, 113.

49 Stanton(2012: 15).

50 Stanton(2012: 77-79).

51 1792 年 3 月 27 日，托马斯 · 曼 · 伦道夫给托马斯 · 杰斐逊的信，*PTJDE*。

52 1792 年 4 月 19 日，托马斯 · 杰斐逊给托马斯 · 曼 · 伦道夫的信，*PTJDE*。

53 1814 年 8 月 25 日，托马斯 · 杰斐逊给爱德华 · 科尔斯的信，*Farm Book*, 39。

54 *FB*, 7.

55 Malone(1948–1981 vol. 1: 163).

56 Stanton(2012: 15).

57 1801 年 1 月 31 日，托马斯 · 曼 · 伦道夫给托马斯 · 杰斐逊的信，*PTJDE*。伦道夫回信中这个不相宜的细节，就附在他妻子的来信里，但在已出版的《农庄簿记》中却被删掉了。*Farm Book*, 443。这是 Henry Wiencek (2012: 120-121）中提出的主要观点。

58 Weincek(2012: 120-121)；1801 年 1 月 23 日，托马斯 · 杰斐逊给托马斯 · 曼 · 伦道夫的信，*PTJDE*。

59 关于凯里事件，见 *FB*, 55；1803 年 6 月 8 日，托马斯 · 杰斐逊给托马斯 · 曼 · 伦道夫的信，*PTJDE*，以及 *Farm Book*, 19。

60 1804 年 11 月 26 日，詹姆斯 · 奥尔德姆给托马斯 · 杰斐逊的信，转引自 Stanton(2012: 178)。

61 1805 年 6 月 5 日，托马斯 · 杰斐逊给托马斯 · 曼 · 伦道夫的信，转引自 Wiencek(2012: 123)。

62 1792 年 4 月 19 日，托马斯 · 杰斐逊给托马斯 · 曼 · 伦道夫的信，*PTJDE*。

63 1815 年 1 月 6 日，托马斯 · 杰斐逊给 Jeremiah Goodman 的信，*PTJDE*。

64 1792 年 9 月 25 日，托马斯 · 杰斐逊给兰道夫 · 杰斐逊的信，*Farm Book*, 14。

65 1792 年 4 月 12 日，托马斯 · 杰斐逊给尼古拉斯 · 路易斯（Nicholas Lewis）的信，*PTJDE*。

66 1807 年 4 月 23 日，托马斯 · 杰斐逊给兰道夫 · 路易斯（Randolph Lewis）的信，*Farm Book*，26；Stanton(2012:

137)。

67 1805 年 12 月 21 日，托马斯·杰斐逊给 John Jordan 的信，*Farm Book*, 21。

68 Stanton(2012: 135-136).

69 Stanton(2012: 188-189).

70 1806 年 7 月 31 日，托马斯·杰斐逊给 Joseph Dougherty 的信，*Farm Book*, 22–23。

71 19 世纪白人母亲身份的范式是把母亲当成家庭里虔敬、纯洁以及道德的中心。参见 Welter(1966), Ryan(1981)。

72 Stanton(2012: 189). 约瑟夫的父亲可能是威廉·福赛特，蒙蒂塞洛的一个白人男性工人；蓓西的父亲可能是一个奴隶，因为她在整个一生中都采用了母系的姓氏，只是拼写有所不同。

73 Stanton(2012: 217).

74 Stanton(2012: 77).

75 Stanton(2012: 321，注释 29), 转引了托马斯·杰斐逊对婚姻协议的比较（1797 年）。

76 *FB*, 55.

77 *FB*, 137.

78 *FB*, 139.

79 *FB*, 143, 144.

80 托马斯·杰斐逊给埃德蒙特·培根的备忘录（1805–1806），*Farm Book*, 25；*FB*，41；Stanton(2012: 171)。也参见 Pierson(1971: 48-49)。

81 Pierson(1971: 66，48，107).

82 Pierson(1971: 107).

83 Hemings(1997: 248).

84 Pierson(1971: 108).

85 作者在 2005 年夏天曾经去那里实地考察。

86 Gordon-Reed(2008: 144).

87 Gordon-Reed(2008: 193).

88 Gordon-Reed(2008)，第 8 章，第 12 章。

89 Gordon-Reed(1997: 197-201); Hemings(1997: 247).

90 Gordon-Reed(1997: 201).

91 关于 18 世纪的情况，见 Farish(1993)，Sobel(1987)；关于 19 世纪的情况，见 Blight(2002)。

92 Pierson(1971: 88).

93 Jefferson, Isaac Granger(1951: 10).

94 1858 年 10 月 24 日，艾伦·韦尔斯·伦道夫·柯立芝，Letter Book, 101, Acc. 9090, ViU。

95 Pierson(1971: 110).

96 Randall(1858 vol. 3: 348-351).

97 Hemings(1997: 247).

98 Clark(2013: 101).

99 Landers(1999: 150-153).

100 Rothman(2003: 42-43); Morgan(1999: 64).

101 关于石屋建筑，参见网页 Monticello.org。1796 年托马斯·杰斐逊产业的地图，见 *Farm Book*, 6；1793 年 5 月 19 日，托马斯·杰斐逊给托马斯·曼·伦道夫的信，*PTJDE*；Stanton(2012: 175)。

102 1801 年 10 月 23 日，托马斯·杰斐逊给 Dr. Henry Rose 的信，*PTJDE*，以及 *Farm Book*, 18–19。

103 1802 年 5 月 26 日，接种名单，*PTJDE*。也参见 Gordon-Reed(2008: 694n15)。接种开始于 5 月 10 日，但是最初的两个奴隶没有成功。他们在 5 月 19 日再次尝试，哈丽特和贝弗利是在 26 日接种的。哈丽特的接种排在最后一天，这表明她的生日是在月末？

104 1797 年 3 月 31 日，玛莎 · 杰斐逊 · 伦道夫给托马斯 · 杰斐逊的信，见 Betts & Bear(1965: 43)。

105 Spruill(1938/1998); Kierner(1998); Kerrison(2006).

106 见 Gordon-Reed(1997: 251)。

107 Stanton(2012: 165).

108 Forsett(1898).

109 玛莎 · 杰斐逊 · 伦道夫给托马斯 · 杰斐逊 · 伦道夫的信中提到"埃斯顿的信"，他向她为自己做的工作要工钱。1830 年 7 月 11 日，玛莎 · 杰斐逊 · 伦道夫给托马斯 · 杰斐逊 · 伦道夫的信，Acc.1397, ViU。

110 1819 年 8 月 31 日，艾伦 · 伦道夫给维珍妮娅 · 伦道夫的信，*FLDA*。

111 Stanton(2012: 183).

112 1791 年 12 月 4 日和 1792 年 12 月 13 日，托马斯 · 杰斐逊给玛莎 · 杰斐逊 · 伦道夫的信，见 Betts & Bear(1965: 91，107)。

113 Jefferson, Isaac Granger(1951: 7)；1790 年 4 月 11 日，1790 年 6 月 13 日，1790 年 7 月 25 日，托马斯 · 杰斐逊给玛丽亚 · 杰斐逊的信，见 Betts & Bear(1965: 52，58，62)。

114 转引自 Stanton(2012: 187)。

115 Stanton(2012: 188).

116 Randall(1858, vol3: 515).

117 Sorenson(2005: 4).

118 Gawalt(1994: 20，29).

119 Sorensen(2005: 5).

120 1804 年 1 月 29 日，托马斯 · 杰斐逊给玛丽亚 · 杰斐逊 · 埃普斯的信，以及 1804 年 1 月 9 日，托马斯 · 杰斐逊给安妮 · 凯里 · 伦道夫的信，见 Betts & Bear(1965: 256，251)。

121 1806 年 11 月 21 日，托马斯 · 杰斐逊给玛莎 · 杰斐逊 · 伦道夫的信，1806 年 12 月 12 日，安妮 · 凯里 · 伦道夫给托马斯 · 杰斐逊的信，1807 年 2 月 8 日，托马斯 · 杰斐逊给艾伦 · 韦尔斯 · 伦道夫的信，见 Betts & Bear(1965: 290, 292, 295)。

122 Winterer(2007); Kelley(2006).

123 1808 年 2 月 16 日，托马斯 · 杰斐逊给安妮 · 凯里 · 伦道夫的信，见 Betts & Bear(1965: 328)。

124 艾伦 · 韦尔斯 · 伦道夫 · 柯立芝给亨利 · 兰达尔的信，见 Randall(1858 vol. 3: 347)。

125 同上。

第 9 章　启蒙之家 1809

1 Smith(1989: 48).

2 Kierner(2012: 146-147).

3 楼梯只有 25 英寸（合 63.5 厘米）宽。

4 1816 年 2 月 18 日，维珍妮娅 · 杰斐逊 · 伦道夫给简 · 荷林斯 · 尼古拉斯 · 伦道夫（Jane Hollins Nicholas Randolph）的信，*FLDA*。

5 McLaughlin(1988: 5-7).

6 Beiswanger(1998).

7 Waddy(1990: 25，28，30).

8 1798 年 1 月 11 日，托马斯 · 杰斐逊给凯瑟琳 · 丘奇的信，*PTJDE*。

9 1816 年 2 月 23 日，Colonel Isaac A. Coles 在给 General John Hartwell Cocke 的信中引用了杰斐逊的说法，Acc. 640, ViU。

10 Smith(1989: 48).

11 1818 年 3 月 14 日，托马斯·杰斐逊给内森尼尔·伯韦尔（Nathaniel Burwell）的信，*Jefferson Papers*, LOC。

12 Trouille(1997: 238).

13 Diaconoff(2005: 99，98).

14 Spencer(1984: 92).

15 1818 年 3 月 14 日，托马斯·杰斐逊给内森尼尔·伯韦尔的信，*Jefferson Papers*, LOC。

16 同上。

17 1823 年 12 月 22 日，在蒙蒂塞洛，艾伦·韦尔斯·伦道夫给 Nicholas P. Trist, *FLDA*。

18 1787 年 3 月 25 日，1787 年 5 月 27 日，1787 年 3 月 8 日，玛莎·杰斐逊给托马斯·杰斐逊的信，见 Betts & Bear(1965: 33，42，32)。有意思的是，托马斯·杰斐逊告诉托马斯·曼·伦道夫说，如果他已经精通了西班牙语和法语，就不必去学意大利语，但他还是要求玛莎不要放弃读李维的古意大利语版著作。1787 年 7 月 6 日，托马斯·杰斐逊给托马斯·曼·伦道夫的信，*PTJDE*。

19 1819 年 8 月 24 日，托马斯·杰斐逊给 John Brazier 的信，见 Ford(1904–1905 vol 10: 1423)。艾伦也回忆到，他们在白杨林庄谈话时，他也经常说同样的话。

20 Winterer(2007: 20).

21 1822 年 1 月 10 日，玛莎·杰斐逊·伦道夫给维珍妮娅·杰斐逊·伦道夫的信，*FLDA*。

22 1802 年 2 月 26 日，安妮·凯里·伦道夫给托马斯·杰斐逊的信。她当时正在翻译查士丁的《〈腓利史〉概要》，见 Betts & Bear(1965: 217)。

23 1819 年 7 月 18 日，在白杨林庄，艾伦·韦尔斯·伦道夫给玛莎·杰斐逊·伦道夫的信，*FLDA*。

24 1819 年 8 月 11 日，艾伦·韦尔斯·伦道夫给玛莎·杰斐逊·伦道夫的信，*FLDA*。

25 1822 年 1 月 31 日，玛丽·伦道夫给维珍妮娅·J·伦道夫·（特里斯特）的信，*FLDA*。

26 1785 年 8 月 19 日，托马斯·杰斐逊给彼得·卡尔的信，*PTJDE*。

27 1787 年 8 月 10 日，托马斯·杰斐逊给彼得·卡尔的信，*PTJDE*。

28 1802 年 4 月 16 日，玛莎·杰斐逊·伦道夫给托马斯·杰斐逊的信。“小杰斐逊正在跟他爸爸一起读拉丁语，但是我为他不去学校而感到严重不安。”见 Betts & Bear(1965: 222)。

29 1815 年 6 月 1 日，托马斯·杰斐逊给约翰·韦尔斯·埃普斯的信。复制本见 ICJS。

30 1818 年 8 月 4 日，托马斯·杰斐逊完成的《给委员会的报告》，见 Honeywell(1964: 250)。

31 1821 年 7 月 30 日，蒙蒂塞洛，托马斯·杰斐逊给托马斯·曼·伦道夫的信，*Jefferson Papers*, LOC。

32 1790 年 10 月 31 日，托马斯·杰斐逊给伊丽莎白·韦尔斯·埃普斯的信，*PTJDE*。

33 1856 年，艾伦·韦尔斯·伦道夫·柯立芝 to Randall, 见 Randall(1858 vol 3: 342)。

34 1788 年，托马斯·曼·伦道夫给安妮·凯里·伦道夫的信。转引自 Lewis(1983: 150)。

35 1814 年 8 月 22 日，伊丽莎·豪泽·特里斯特给 Catherine Bache 的信，*FLDA*。

36 玛莎·劳伦斯·拉姆齐（Martha Laurens Ramsay）的儿子读希腊语的《新约圣经》，但是她把女儿的语言培训限定于只学法语。Winterer(2007: 70); Kerrison(2006:passim).

37 Kelley(2006: 28；2010: 336-338). Thomas Woody 的研究发现，拉丁语、希腊语和法语也出现在女性的课程中，但是要晚很多，在 1830—1871 年间。参见 Woody(1980/1929:Appendix)。

38 1825 年 11 月 10 日，玛丽·杰斐逊·伦道夫给艾伦·韦尔斯·伦道夫·柯立芝的信，*FLDA*。

39 Susan M. Stabile 的著作（Stabile 2004）讨论过在 18 世纪的宾夕法尼亚，女性保留自己家庭记忆的方式有多么重要。

40 1828 年 8 月 19 日，艾伦·韦尔斯·伦道夫·柯立芝给玛莎·杰斐逊·伦道夫的信，*FLDA*。

41 Kierner(2012: 144，162，192).

42 1818 年 1 月 28 日，艾伦·韦尔斯·伦道夫给玛莎·杰斐逊·伦道夫的信，*FLDA*。

43 Murray(1790: 132-135).

44 转引自 Cott et al.(1996: 100)。

45 Winterer(2007: 14-15).

46 Trouille(1997: 243).

47 Diaconoff(2005: 99, 98).

48 Trouille(1997: 245).

49 Orr(2005: 319).

50 Kerber(1980).

51 参见 Kilbride (1999)。来自纽约、嫁给南卡罗来纳的 Ralph Izard 的 Alice Izard，以及她的女儿 Margaret Izard Manigault 是其中实例。

52 Allgor(2000). 玛莎用她的关系给儿子乔治在海军中找到职位，但这并不表明她有政治参与感。

53 转引自（Trouille 1997: 245)。

54 Pierson(1971: 87).

55 1823 年 6 月 5 日，维珍妮娅 · 杰斐逊 · 伦道夫给尼古拉斯 · P. 特里斯特的信，*FLDA*。

56 1832 年 7 月 30 日，玛莎 · 杰斐逊 · 伦道夫给塞普提米娅 · 伦道夫的信，Acc. 4726b, ViU。

57 转引自（Trouille 1997: 245)。

58 1832 年 7 月 12 日，维珍妮娅 · 杰斐逊 · 伦道夫 · 特里斯特给尼古拉斯 · P. 特里斯特的信 , Acc. 2104, SHC。

59 1819 年 7 月 28 日，艾伦 · 韦尔斯 · 伦道夫给玛莎 · 杰斐逊 · 伦道夫的信 ,*FLDA*。

60 Dalzell(1993: 554); Weisman(1992: 86).

61 Chew(2007).

62 Hugh Howard 指出，建筑师杰斐逊"本能地知道，在他的生活中，其他任何方面都不如建筑更有机会来实现秩序"(Howard 2003: 20)。

63 Spain(1992: 3; 15-16).

64 1825 年 9 月 3 日，维珍妮娅 · 杰斐逊 · 伦道夫 · 特里斯特给艾伦 · 韦尔斯 · 伦道夫 · 柯立芝的信，*FLDA*。

65 1825 年 9 月 11 日，玛丽 · 杰斐逊 · 伦道夫和维珍妮娅 · 杰斐逊 · 伦道夫 · 特里斯特 给艾伦 · 韦尔斯 · 伦道夫 · 柯立芝的信，*FLDA*。

66 1825 年 11 月 24 日，柯妮利娅 · 杰斐逊 · 伦道夫给艾伦 · 韦尔斯 · 伦道夫 · 柯立芝的信，*FLDA*。

67 Spain(1992: 16).

68 Chambers (1993).

69 1817 年 8 月 31 日，托马斯 · 杰斐逊给玛莎 · 杰斐逊 · 伦道夫的信，见 Betts & Bear(1965: 419)。

70 1801 年 1 月 31 日，玛莎 · 杰斐逊 · 伦道夫给托马斯 · 杰斐逊的信，见 Betts & Bear(1965: 193)。

71 维珍妮娅 · 杰斐逊 · 伦道夫 · 特里斯特给尼古拉斯 · P. 特里斯特的信，转引自 Randall(1858 vol 3: 344)。

72 1818 年 4 月 14 日，艾伦 · 韦尔斯 · 伦道夫给玛莎 · 杰斐逊 · 伦道夫的信，*FLDA*。

73 1815 Bedford County, Northern District: Personal Property Tax books, in VA State library, Reel 37。感谢 Gail Pond 允许我使用关于白杨林庄的研究笔记。

74 1819 年 8 月 24 日，艾伦 · 韦尔斯 · 伦道夫给玛莎 · 杰斐逊 · 伦道夫的信，*FLDA*。

75 1819 年 7 月 18 日，柯妮利娅 · 杰斐逊 · 伦道夫给维珍妮娅 · 杰斐逊 · 伦道夫的信，*FLDA*。

76 1815 年 10 月 25 日，柯妮利娅 · 杰斐逊 · 伦道夫给维珍妮娅 · 杰斐逊 · 伦道夫的信，*FLDA*。那本书可能是 *Willich's Domestic Encyclopedia with Maese's Additions*。感谢白杨林庄的 Gail Pond 与我分享她关于白杨林庄图书室的研究笔记。

77 Hayes(2008: 556).

78 Kerrison(2006: 61).

79 艾伦 · 韦尔斯 · 伦道夫 · 柯立芝给亨利 · 兰达尔的信，见 Randall(1858 vol3: 343)。

80 同上。

81 1819 年 7 月 18 日，艾伦·韦尔斯·伦道夫给玛莎·杰斐逊·伦道夫的信，*FLDA*。

82 1819 年 8 月 24 日，艾伦·韦尔斯·伦道夫给玛莎·杰斐逊·伦道夫的信，*FLDA*。

83 1817 年 8 月 31 日，托马斯·杰斐逊给玛莎·杰斐逊·伦道夫的信，见 Betts & Bear(1965: 419)。

84 Peterson(1989: 92).

85 1820 年 1 月 9 日，艾伦·韦尔斯·伦道夫给维珍妮娅·杰斐逊·伦道夫的信，*FLDA*。

86 Malone(1948–1981 vol.6: 399).

87 1825 年 8 月 3 日，柯妮利娅·杰斐逊·伦道夫给艾伦·韦尔斯·伦道夫·柯立芝的信，*FLDA*。

88 1826 年 4 月 16 日，玛丽·杰斐逊·伦道夫给艾伦·韦尔斯·伦道夫·柯立芝的信，*FLDA*。

89 1825 年 8 月 3 日，柯妮利娅·杰斐逊·伦道夫给艾伦·韦尔斯·伦道夫·柯立芝的信，*FLDA*。

90 Jennings L. Wagoner, Jr., " 'That Knowledge most useful to us': Thomas Jefferson's Concept of 'Utility' in the Education of Republican Citizens". Curry School of Education, UVA. (Prepared for the conference "TJ and the Education of a Citizen in the American Republic", Library of Congress, 13–15 May 1993, 36-37). 复制本藏于 ICJS。

91 Malone(1948–1981 vol.6: 465).

92 1826 年 6 月 6 日，玛丽·杰斐逊·伦道夫给艾伦·韦尔斯·伦道夫·柯立芝的信，FLDA。

93 1825 年 10 月 23 日，玛丽·杰斐逊·伦道夫艾伦·韦尔斯·伦道夫·柯立芝的信，FLDA。

94 1824 年 12 月 1 日，伊丽莎·豪泽·特里斯特给萨拉·M·汤普森（Sarah M. Thompson）的信，Acc. 5385-ac, ViU。

95 Jane Blair Cary Smith, "Carysbrook Memoir", n.d., Acc. 1378, ViU.

第 10 章　远走高飞 1815

1 1796 年，托马斯·杰斐逊的保险图，见 *FB*，6；McLaughlin 认为，该房子建于 1770 年（McLaughlin 1988: 158-159），但是最新的估计是 1776—1778 年。感谢 Lucia Stanton 对此纠正。

2 1815 年 7 月 16 日，托马斯·杰斐逊给 John George Baxter 的信，*Farm Book*, 490。

3 *FB*, 135.

4 Hemings(1997: 248).

5 *FB*, 77.

6 显然，杰斐逊这些年并没有定期在《农庄簿记》里做记录，直到 1815 年再度归家。因此，有可能哈丽特在那之前已经开始工作。不过，我采取麦迪逊·海明斯的说法，他的兄弟姐妹们一般都是在 14 岁时开始工作。

7 FB, 128; "1810 年 2 月，阿尔伯马尔，黑人奴隶名单"。

8 1816 年 9 月 13 日，托马斯·杰斐逊给 Yancey 的信，*PTJDE*；(1825 年)4 月 6 日，托马斯·杰斐逊给弗朗西斯·埃普斯的信，见 Betts(1999: 616)。

9 Gordon-Reed(1997: 52); *FB*, 77, 152。托马斯·杰斐逊在第 152 页的记录上没有日期，但是根据前后页上的内容，这些事情应该发生在 1814 年到 1816 年之间。也参见 Hemings(1997: 248)。

10 Gordon-Reed(2008: 617-618).

11 1809 年 10 月 10 日，托马斯·杰斐逊给本杰明·莱特罗普（Benjamin Latrobe）的信，*PTJDE*。

12 Hemings(1997: 247).

13 Kern(2005: 24).

14 1813 年，托马斯·杰斐逊给菲利普·马泽伊（Philip Mazzei）的信，*PTJDE*。

15 1812 年 1 月 14 日，托马斯·杰斐逊给威廉·索顿（William Thornton）的信，见 *Farm Book*, 469。

16 1808 年 3 月 18 日，安妮·凯里·伦道夫给托马斯·杰斐逊的信，见 Betts & Bear(1965: 334)。

17 1813 年 12 月 29 日，托马斯·杰斐逊给 Philip Mazzei 的信，*PTJDE*。

18 1808 年 10 月 13 日，托马斯·杰斐逊给 James Ronaldson 的信，见 *Farm Book*, 466；Scranton(1983: 75-134)。

19 1816 年 5 月 8 日，托马斯·杰斐逊给 Charles Willson Peale 的信，见 *Farm Book*, 492。

20 1813 年 3 月 5 日，托马斯·杰斐逊给 Jeremiah Goodman 的信，见 *Farm Book*, 483。

21 1812 年 6 月 28 日，托马斯·杰斐逊给 Thaddeus Kosciuszko 的信，*Farm Book*, 478。

22 1814 年 6 月 9 日，托马斯·杰斐逊给 William Thornton 的信，见 Farm Book, 486；同上：465；1813 年 12 月 29 日，托马斯·杰斐逊给 Philip Mazzei 的信，PTJDE。

23 参见 *Farm Book*, 469-478。

24 1814 年 6 月 9 日，托马斯·杰斐逊给 William Thornton 的信，见 *Farm Book*, 486.

25 1813 年 10 月 16 日，托马斯·杰斐逊给 William Maclure 的信，以及给未具名者的信，见 *Farm Book*, 484–486。

26 1813 年 3 月 5 日，托马斯·杰斐逊给 Jeremiah Goodman 的信，*Farm Book*, 483；关于玛丽亚和萨莉的信息，见 FB, 129。感谢 Lucia Stanton 提出哈丽特有可能是玛丽亚的老师这一观点。玛丽亚的 12 锭纺纱机是 Barret，用于纺羊毛线。

27 Jefferson，Isaac Granger(1951: 250).

28 *FB*, 128, 152; Stanton(2012: 159)。也参见杰斐逊对产量的估计，见 *FB*，116。相关信息见蒙蒂塞洛的网页：monticello.org/site/plantation-and-slavery/mary-hern, 查验日期：2013 年 7 月 15 日。

29 monticello.org/mulberry-row/work/spinning-and-weaving, 查验日期：2013 年 7 月 15 日。

30 萨拉·尼古拉斯·伦道夫给亨利·兰达尔的信，转引自艾伦·韦尔斯·伦道夫·柯立芝，1876 30 [sic] February 1876, Acc. 1397, ViU。

31 1815 年 6 月 16 日，托马斯·杰斐逊给 James Maury 的信，见 *Farm Book*, 490；Pierson,(1971: 69)。

32 转引自 Stanton(2012: 160)。

33 Foster(1997).

34 Stanton(2012: 160).

35 萨拉·尼古拉斯·伦道夫给亨利·兰达尔的信，转引自艾伦·韦尔斯·伦道夫·柯立芝，30 [sic] February 1876, Acc. 1397, ViU。

36 2009 年 4 月 6 日，作者与温特图博物馆（Winterthur Museum）纺织品策展主任琳达·伊顿（Linda Eaton）的访谈。

37 Pierson(1971: 48，110).

38 Gordon-Reed(2008: 601).

39 1808 年 2 月 26 日，艾伦·韦尔斯·伦道夫给托马斯·杰斐逊的信，见 Betts & Bear(1965: 330)。

40 1802 年 11 月 3 日，托马斯·杰斐逊给翰瑟姆·雷可（Handsome Lake）的信，*PTJDE*。

41 Fossett(1898).

42 1812 年 4 月 16 日，托马斯·杰斐逊给鲁本·佩里（Reuben Perry）的信，*Farm Book*, 34。

43 同上，35。

44 Stanton(2012: 149-150).

45 1812 年 4 月 16 日，托马斯·杰斐逊给鲁本·佩里的信，*Farm Book*, 35。

46 Gordon-Reed(2008: 603).

47 1816 年 9 月 27 日，艾伦·韦尔斯·伦道夫给玛莎·杰斐逊·伦道夫的信，*FLDA*。

48 1830 年 10 月 15 日，艾伦·韦尔斯·伦道夫·柯立芝给维珍妮娅·杰斐逊·伦道夫·特里斯特的信，*FLDA*。

49 James Callender, *Recorder* (Richmond, Va.), 1802 年 9 月 1 日。

50 Durey(1990)，第 7 章。

51 1811 年 5 月 24 日，伊莱亚·P·弗莱彻给 Jesse Fletcher 的信，Esquire of Ludlow, Vermont. 复制本藏于 ICJS。

52 1853 年 1 月 26 日，John Hartwell Cocke 的日志，Cocke Family Papers, Acc. 640,ViU。

53 Rothman(2003: 13，50-51).

54 1868 年 6 月 1 日，亨利·兰达尔给詹姆斯·帕顿（James Parton）的信，转引自 Gordon-Reed(1997: 255)。

55 Randall(1858 vol 3: 118-119).

56 Lewis & Onuf(1999: 146-147).

57 同上，转引自 Gordon-Reed(1997: 254)。

58 1825 年 8 月 2 日，玛莎·杰斐逊·伦道夫给艾伦·韦尔斯·伦道夫·柯立芝的信，*FLDA*。

59 1868 年 6 月 1 日，亨利·兰德尔给詹姆斯·帕顿（James Parton）的信，转引自 Gordon-Reed(1997: 255)。

60 同上。

61 Neiman(2000: 198-210).

62 Hemings(1997: 245).

63 1858 年 10 月 24 日，艾伦·韦尔斯·伦道夫·柯立芝给约瑟夫·柯立芝的信，Acc. 9090, ViU。

64 Gordon-Reed(1997); Lewis & Onuf(1999: 114-126).

65 Lewis(1983: 150). 这不可能是麦迪逊，他身高只有 5 英尺 8 英寸，不具备与杰斐逊相近的身高。

66 Gordon-Reed(2008: 619).

67 1858 年 10 月 24 日，艾伦·韦尔斯·伦道夫·柯立芝给约瑟夫·柯立芝的信，Acc. 9090, ViU。

68 1839 年 1 月 30 日的日记，见 Birle & Francavilla(2012: 198)。

69 1833 年 8 月 11 日，柯妮利娅·杰斐逊·伦道夫给维珍妮娅·杰斐逊·伦道夫·特里斯特的信，*FLDA*。美琳达·考尔贝特·弗里曼（Melinda Colbert Freeman），蒙蒂塞洛从前的奴隶，当时已经获得自由人身份，嫁到华盛顿并生活在那里，她有可能与萨莉有过联络。2014 年 3 月 16 日与露西娅·史坦顿的电子邮件通信。科妮利娅信中也讲到了玛莎力图去归拢一个不听话的孙子的情况。

70 Gordon-Reed(2008: 604).

71 Gordon-Reed(2008: 559-560).

72 *Frederick Town Herald*, 1802 年 12 月 8 日重新刊登于 *Recorder* (Richmond, Va.)。

73 Gordon-Reed(2008: 598).

74 White(1999: 97).

75 Russel & Wilson & Hall(1992: 9-23).

76 Hartman(2007: 87, 88).

77 Egerton(1993).

78 Rothman(2003: 204).

79 Wolf(2006: 86).

80 Rothman(2003: 204, 208-210).

81 Stanton(2012: 345, n5).

82 *FB*, 160.

83 Pierson(1971: 110).

84 1820 年的人口统计资料。见网站 census.gov/history/www/fast_facts/012344.html. Accessed 14 April 2009。

85 Nash(1988: 137).

86 1820 年废除蓄奴制表明了费城白人极大的同理心。但是，正如费城的黑人所经历的那样，这并不意味着偏见和歧视的消失。费城的白人对黑人人口日益增加的反应是，实行越来越限制其权利的法律和实践，到 1836 年他们甚至剥夺了黑人的专营权。参见 Nash & Soderlund(1991)。

87 感谢历史学家 Beverly Gray(他主持 Monticello's Getting Word 项目)，他提出哈丽特·海明斯可能在费城开始她的自由生活。电话谈话，2009 年 4 月 3 日。

88 Hemings(1997: 246).

89 1817 年 6 月 14 日，托马斯·杰斐逊给 John Barnes 的信，*PTJDE*。

90 1809 年 7 月 3 日，约瑟夫·道蒂给托马斯·杰斐逊的信，*PTJDE*。蓓西与姨妈萨莉不同，她的姓氏为 Hemmings(带两个 m）而不是 Hemings(带一个 m)。

91 Taylor(2012).

92 Taylor(2012: 76).

93 Pierson(1971: 110-111).

94 Hemings(1997: 246).

95 *FB*, 164. “他们（也）出现在 1820—1821 年的衣料分发名单上，那个名单很多年没有和 FB 放在一起……他们两人的名字上都有括号，还有另外三人的名字亦如此，包括在 1820 年跑掉的比利（威廉·赫恩，1801 年出生）。” 2014 年 3 月 17 日，露西娅·史坦顿告知本人的内容。

96 *FB*, 171. 这个名单列在他的谷物计算标题下，时间在 1821 年 1 月。

97 *FB*, 172

98 *FB*, 165

99 1821 年 12 月 27 日，玛丽·伦道夫给维珍妮娅·杰斐逊·伦道夫的信。

100 Gordon-Reed(1997: 33) 的断言基于《农庄簿记》一个编辑版本中的错误（Baron 1987: 479），编辑者在 1822 年的记录中把哈丽特放在萨莉的名字之下。杰斐逊的《农庄簿记》在 1822 年时把贝弗利和哈丽特的名字都删掉了。不过，哈丽特的名字最后出现在蒙蒂塞洛的记录上是在 1821 年初（在 1 月到 7 月之间），FB：171。

101 1820 年 11 月 29 日，托马斯·杰斐逊给埃德蒙特·培根的信。Massachusetts Historical Society, quoted at monticello.org/site/plantation-and-slavery/coopering. 也参见 1819 年 9 月 4 日，埃德蒙特·培根给托马斯·杰斐逊的信，Massachusetts Historical Society。“达伟和贝弗利在做铜活儿，从开始做以来他们都每个星期做成 108 个桶。他们走后就去准备和加工木料。”

102 保罗·詹宁斯是美国第四任总统詹姆斯·麦迪逊的黑奴，陪在麦迪逊身边 30 年，还陪他入驻白宫，直到麦迪逊去世次年才获得自由。他写过历史上第一本白宫生活回忆录，也是第一本白宫奴隶出版的记述——《一个有色人种对詹姆斯·麦迪逊的回忆》(*A Colored Man's Reminiscences of James Madison*)。

103 Taylor(2012).

104 Hemings(1997: 246).

105 Jefferson，Isaac Granger(1951: 10).

106 Hemings(1997: 246).

107 Hemings(1997: 246).

108 Foster(1997: 134-135); Wood(1974: 145).

109 Baumgarten(2012: 96，120，136); Foster(1997: 162).

110 转引自 Foster(1997: 91)。

111 转引自 Foster(1997: 171)。

112 Gordon-Reed(2008: 119；122); Baumgarten(2012: 135-136).

113 1825 年 3 月 26 日，艾伦·韦尔斯·伦道夫给玛格丽特·尼古拉斯的信，Acc. 1397, ViU。

114 (1822 年)6 月 25 日，萨拉·伊丽莎白·尼古拉斯给简·尼古拉斯·伦道夫的信，Acc. 1397, ViU。尽管档案学家们猜测这封信的日期是 1822 年，这封信更像是对艾伦 1825 年 3 月的信件的答复（玛格丽特·尼古拉斯听从她女儿的建议，回复艾伦的信件）。

115 在 1822 年，50 美元相当于三个月的工钱。见 Gordon-Reed(1997: 30)。

116 一个非常漂亮的例子见 Baumgarten(2012: 44)。

117 “A Sprig of Jefferson was Eston Hemings”, *Daily Scioto Gazette*, Chillicothe, Ohio, 1902.

118 Fossett(1898).

119 Stanton(2012: 116). 艾萨克·格兰杰·杰斐逊记得，杰斐逊的弟弟兰道夫曾“来到黑人中间，拉小提琴，跳舞到半夜”(Jefferson，Isaac Granger 1951: 50)。不过，一位白人女性绝不会冒着毁掉名声的危险参加这种活动。

120 转引自 Stanton(2012: 338，n261)。

121 Hemphill(1999: 114-116，144，187).

122 1783 年 12 月 22 日，托马斯·杰斐逊给玛莎·杰斐逊的信，见 Betts & Bear(1965: 22)。

123 *Frederick Town Herald*, 1802 年 12 月 8 日重新刊登于 Richmond Recorder。

124 Brown(2009)，尤其是第 9 章。

125 Kasson(1990: 124-125).

126 Hemphill(1999: 130).

127 Pierson(1971: 110). 这也是露西娅 · 史坦顿的想法，2014 年 3 月 17 日的通信。

128 1822 年 1 月 8 日，玛莎 · 杰斐逊 · 伦道夫给尼古拉斯 · 特里斯特的信，*FDLA*。

129 Kierner(2012: 182-184).

130 1821 年 12 月 18 日，托马斯 · 杰斐逊给约翰 · 海明斯的信，Coolidge Collection, Reel 11, Massachusetts Historical Society。

131 Pierson(1971: 110).

132 *TJMB*, 2: 1084; 1802 年 7 月 3 日，托马斯 · 杰斐逊给玛莎 · 杰斐逊 · 伦道夫的信，见 Betts & Bear(1965: 227)。

133 Fossett(1898).

134 1819 年 11 月 19 日，艾伦 · 韦尔斯 · 伦道夫给玛莎 · 杰斐逊 · 伦道夫的信，*FDLA*。

135 Pierson(1971: 110).

136 Woods(1990: 39).

137 1820 年 6 月 30 日，托马斯 · 杰斐逊给约翰 · 韦尔斯 · 埃普斯的信，*FB*, 45-46。

第 11 章　改头换面 1822

1 1802 年 6 月 3 日，托马斯 · 杰斐逊给玛莎 · 杰斐逊 · 伦道夫的信，见 Betts & Bear(1965: 227)。

2 1826 年 4 月 16 日，柯妮利娅 · 杰斐逊 · 伦道夫给维珍妮娅 · 杰斐逊 · 伦道夫 · 特里斯特的信，Burke and Trist Family Papers, Acc. 5385ac, ViU。

3 Martineau(1837: 3:90).

4 1826 年 4 月 16 日，柯妮利娅 · 杰斐逊 · 伦道夫给维珍妮娅 · 杰斐逊 · 伦道夫 · 特里斯特的信，Acc. 5385ac, ViU。

5 Delano(1822: 20).

6 Elliot(1830).

7 *Daily National Intelligencer*, 1821 年 12 月 12 日。

8 Elliot(1830).

9 Green(1962: 13-14); Allgor(2000: 58-59).

10 Delano(1822).

11 1803 年 3 月 21 日，托马斯 · 杰斐逊给 Thomas Munroe 的信，*PTJDE*；国会山建筑的版画，Alfred Jones 制作，1848 年，见 Green 1962，图 5。Benjamin Latrobe 保留了 1812 年的图景，展示了从国会山下来的典雅的林荫道，见 Green 1962，图 7。钻天杨尽管不适合华盛顿的气候，但是似乎一直保持到至少到 19 世纪 40 年代。

12 这个数字不包括乔治敦的 7360 人或者亚历山德里亚的 8345 人。1820 年的人口统计数字。

13 Abbott(1999: 28-38, 47-48).

14 Martineau(1969: 1:237, 286).

15 转引自 Reps(1991: 68)。

16 1822 年 4 月 24 日，玛格丽特 · 尼古拉斯给简 · 尼古拉斯 · 伦道夫的信，Acc. 1397, ViU。

17 转引自 Reps(1991: 76)。

18 Johnston (1970: 207-210).

19 Jacobs(1987: 159).

20 1836 年 6 月 25 日，罗伯特 · 卡特 · 尼古拉斯（Robert Carter Nicholas）给托马斯 · 杰斐逊 · 伦道夫的信，Trist

Family Papers, SHC。转引自 Justus(1990: 130-131)。托马斯·杰斐逊·伦道夫的信尚未发现。

21 多莉·麦迪逊给尼古拉斯·P. 特里斯特的信，转引自 Kierner(2012: 230)。

22 *Daily National Intelligencer*, 1822 年 1 月 8 日。

23 *Daily National Intelligencer*, 1822 年 1 月 1 日。

24 *Daily National Intelligencer*, 1822 年 1 月 23 日。

25 *Daily National Intelligencer*, 1822 年 3 月 19 日。

26 *Daily National Intelligencer*, 1822 年 1 月 31 日。

27 Delano(1822: 33).

28 Delano(1822: 202, 207).

29 杰斐逊为他外孙的岳父 Wilson Cary Nicholas 担保了一项 2 万美元的借债，而尼古拉斯无法偿还债务。土地价格也大幅缩水，实际上让杰斐逊无法实现卖地偿还债务的计划。Dumas Malone 在他的著作中讲述了这个故事，见 Malone(1948–1981:vol 6: 303-305；308-314)。

30 Hemphill(1999: 146, 151); Hemphill (2006).

31 Moreley(2012: 17).

32 Hunt(1965/1906: 48-49).

33 1856 年 2 月 22 日，艾伦·韦尔斯·伦道夫·柯立芝给亨利·兰道尔的信，见艾伦·韦尔斯·伦道夫·柯立芝的书信文献，第 53 页，Acc. 9090, ViU。

34 Fossett(1898).

35 Peterson(1989: 99).

36 转引自 Wright(1986: 43)。

37 Hemings(1997: 246).

38 Edna Jacques, "Getting Word," Monticello.org.

39 作者在 2012 年 12 月 4 日的访谈。

40 Gordon-Reed (2008: 517).

41 Smith(1855: 33).

42 Session Records, vol. 1, 1812–1840, First Presbyterian Church, Washington, D.C. 感谢 Theodore Anderson 的帮助；Marriage and Baptism Record Book, St. John's Episcopal Church, Lafayette Square, Washington, D.C. 感谢 Hayden Bryan 提供了查看这些记录的渠道。

43 Wright(1988).

44 Genealogical Record Committee (GRC), Daughters of the American Revolution. Free: GRC vol. 16, Rock Creek Church Records, baptismal records, 1803–1804; Higdon: Christ Church, Alexandria, records, May 1807; Dyer: Register of baptisms, marriages, and funerals, Presbyterian Church of Alexandria, 11; Hughes: GRC vol. 16, 58; Graves: GRC vol. 16, 71. Rock Creek records.

45 GRC series 1, vol. 82, 27.

46 关于婚姻协议，参见 bulk.resource.org/courts.gov/c/US/49/49.US.10.html。

47 托马斯·希尔兹（Thomas Shields）的讣告，见 congressionalcemetery.org; 麦吉恩，见 Alfred Hunt, compiler, *The Washington and Georgetown Directory*, ed. Wesley E. Pippenger (1853; rev. ed., Lewes, Del.: Colonial Roots, 2004), 68。

48 GRC: Record of Wills, vol. 4, (1799–1837), 华盛顿市法院遗嘱登记办公室的记录（Office of Register of Wills, Municipal Court, Washington, D.C.), 297-99; 日期为 1835 年 8 月 10 日；公证日期为 1835 年 9 月 29 日。

49 National Archives: Record Group 21, Entry 115: Old series case files, 1801–1878, Acc. 4581.

50 *National Intelligencer*, 1827 年 1 月 4 日。

51 [Washington] *Evening Star*, 1871 年 12 月 9 日。"最早定居者协会"（The "Oldest Inhabitants"）是华盛顿的一个男性社团。

52 关于这一时期人们定义男性气质与工作的关联，请参见Boydsto(1990)；关于工作中的男性，参见Wilentz(1984)。

53 Congressional Cemetery, Range and Interment records, "Blue Book"，记录始于1858年，没有页码，Range 72; 查尔斯·贝尔（Charles Bell）的墓碑上写着："亡于1845年8月15日，享年80岁"。

54 Brent(1936: 133-135).

55 1823年12月26日，查尔斯·弗朗西斯·亚当斯的信件，Adams Family Papers, Massachusetts Historical Society。

56 Records of the American Catholic Historical Society of Philadelphia, 18: 73–75, at DAR.

57 Baptism: GRC vol. 038: 40 at St. John's Roman Catholic Church, Forest Glen, Md.; Walker-Martin marriage: GRC marriage records, vol. 22: 351.

58 Family Search 是教堂 Church of Latter Day Saints 的网页。

59 S. A. Elliot, *The Washington Directory* (Washington, D.C.: S. A. Elliot, 1827); 1860年的人口统计资料。

60 *National Intelligencer*, 1853年1月14日。*Evening Star*, 1858年2月24日。

61 关于庞弗里家的血缘谱系，参见Clark(1992); Pumphrey(2003)。

62 Smith(1998); Simpson(1985); Simpson(1983); Peden(2010: 205）参见网站：pumphreyfuneralhome.com, accessed 3 June 2015。

63 讣告，见congressionalcemetery.org。

64 相关的例子可参见Hobbs(2014: 84)。

65 James Croggon, *Historical Sketch*, Second Part, "The Blocks between I and M, 10th and 11th Streets—Once an Enormous Gravel Bank", *Evening Star*, 1908年2月16日。

66 1802年5月11日，约翰·韦尔斯·埃普斯给托马斯·杰斐逊的信，*PTJDE*。

67 NARA Deed books, Record Group 351, Entry 112; 比如，可参见WB 89 (1841) 302/239; WB 98, 1842–1843; WB130, 1846, 1847, Lot 2, Square 414。

68 同注释40。

69 1860年华盛顿特区人口统计资料。

70 NARA, 公证记录。Record Group 21, Entry 115: Old Series Case files, 1801–1878, Acc. 5011。

71 1898年6月4日，约瑟夫·B·威廉姆森加入"最早定居者协会"的申请，MSS 422, Series V: Membership Applications, Container 2, Folder 53, Historical Society of Washington。

72 感谢哥伦比亚特区档案馆的档案学家Ali Ramaan找到这份原本以为不复存在的死亡证书。

73 2014年3月22日，作者对伊丽莎白·威廉姆森的访谈。

74 1863年12月28日，查尔斯·B.威廉姆森（Charles B. Williamson）与来自马里恩（Marion）县的法妮·B.布来迪（Fanny B. Brady）结婚，Missouri Marriage Records, 1805–2002; Ralls县的死亡证明，1910年8月4日。

75 *Washington Gazette*, 1822年7月16日。

76 见Foster(2011: 40)。不过，我们也必须看到的是，在1805年1月15日，杰斐逊给劳里正在建造的新教堂捐款50美元。

77 Fourth Presbyterian Church Records, *First Session Book: 1828-Sept 1878*, May 1835, 44. 感谢第四长老会教堂的露斯·威廉姆斯（Ruth Williams）让我看到那里的档案。Laurie's F Street Church 教堂的受洗和婚礼直到19世纪80年代才开始有记录。1824年的会议记录中，没有把威廉姆森列入到他们的会员名单当中。2013年7月9日，本书作者与纽约大道长老会教堂（New York Avenue Presbyterian Church）的历史学家丹尼尔·斯托克斯（Daniel Stokes）的邮件通信。

78 理事会成员：*Evening Star*，1897年4月10日；新教堂：*Evening Star*，1898年3月11日。

79 讣告，*Washington Post*，1917年1月9日。

80 Benjamin Williamson Deed to John T. Towers, NARA Deeds, Record Group 351, Entry 112, WB 136, 26 June 1847, 307/250.

81 Note, 11 June 1864, NARA, Record Group 21, Entry 115: Old Series Case files, 1801–1878, Acc. 5011.

82 *Evening Star*, 1914 年 5 月 12 日。

83 2014 年 3 月 22 日，访谈其后代。Joseph Boteler Williamson 经常被写为 Joseph B. Williamson, Jr，尽管其姓名中间字母代表的名字与他父亲的名字并不相同。

84 Probate records, Charles J. Williamson, Acc. 61737, D.C. Superior Court Probate Division; "Anniversary Is Celebrated by Pendexters", *Washington Post*, 1946 年 3 月 23 日。

85 1821 年 6 月 6 日，*Washington Gazette*, 3。

86 哈丽特 · 威廉姆森的死亡证明，1883 年 11 月 4 日，哥伦比亚区公共事务办公室；墓碑，国会公墓。

87 哈丽特 · 威廉姆森的死亡证明。出现在该区中唯一一位叫约瑟夫 · 加纳的是个黑人，他在 1821 年 12 月 8 日的《国家通讯员报》上被通报为在逃奴隶。

88 Daily Interments, July 1839–July 1849, vol. 2, unpaginated. Congressional Cemetery Archive.

89 Keckley(1988: 240-241).

90 Davis(1983).

91 Davis(1983: 125).

92 Green(1962: 64).

93 Abbott(1999: 49).

94 转引自 Green(1962: 58)。

95 Abbott(1999).

96 Green(1962: 99).

97 Green(1962: 100).

98 Green(1962: 100).

99 Clark-Lewis(2002).

100 1848 年 3 月 31 日，转引自 Shulman(2012: 65)。

101 Shulman(2012: 65-66).

102 Green(1962: 97).

103 Torrey(1817: 33-34).

104 Lesko(1991: 12); Abbott(1999: 49).

105 Patterson(1982).

106 Sweet(2005).

107 Hartman(2007: 71).

108 Hemings(1997: 246).

109 Schlossberg & Sanchez(2001: 4).

110 1795 年 1 月 15 日，玛莎 · 杰斐逊 · 伦道夫给托马斯 · 杰斐逊的信，见 Betts & Bear(1965: 131)；1833 年 3 月 27 日，玛莎 · 杰斐逊 · 伦道夫给塞普提米娅 · 伦道夫 · 麦克勒汉姆的信，Acc. 4726b, ViU。

111 Schlossberg & Sanchez(2001: 4). 伦道夫家的孙辈编造出各种故事来解释蒙蒂塞洛的"黄孩子"，这表明他们也需要让自身的复杂过去变得有意义。1858 年 10 月 24 日，艾伦 · 韦尔斯 · 伦道夫 · 柯立芝给约瑟夫 · 柯立芝的信，Acc. 9090, ViU；托马斯 · 杰斐逊 · 伦道夫关于托马斯 · 杰斐逊，无日期，Acc. 8937, ViU。

112 Kroeger(2003: 8).

第 12 章　传承遗韵 1835

1 1835 年 4 月 17—20 日，维珍妮娅 · 杰斐逊 · 伦道夫 · 特里斯特给尼古拉斯 · P. 特里斯特的信，Acc. 2104, SHC。

2 玛莎 · 杰斐逊 · 伦道夫的遗嘱，(1835 年)4 月 18 日，Acc. 1397, ViU。

3 1833 年 2 月 8 日，玛莎 · 杰斐逊 · 伦道夫给托马斯 · 杰斐逊 · 伦道夫的信；1830 年 7 月 23 日，约瑟夫 · 柯立芝给托马斯·杰斐逊·伦道夫的信，Papers of the Randolph Family of Edgehill and Wilson Cary Nicholas, Acc. 5533, ViU。

4 玛莎·杰斐逊·伦道夫在1836年的遗嘱中提及这些奴隶的名字以及安排。

5 1835年4月17—20日，维珍妮娅·杰斐逊·伦道夫·特里斯特给尼古拉斯·P. 特里斯特的信，Acc. 2104, SHC。

6 因为玛莎·杰斐逊·伦道夫在写下这份遗嘱后并没有去世，这些女人还一直是奴隶身份。实际上，玛莎·安·科伯特后来被送给刘易斯·伦道夫，他把她带到阿肯色州。科伯特没再出现在记录当中，估计她在那里亡故了。

7 1826年12月18日，约瑟夫·柯立芝给托马斯·杰斐逊·伦道夫的信，Edgehill Randolph Papers, ViU。

8 Jane Cary Smith, "Carysbrook Memoir", n.d., 5, Acc. 6696, ViU。

9 1835年4月17—20日，维珍妮娅·杰斐逊·伦道夫·特里斯特给尼古拉斯·P. 特里斯特的信，Acc. 2104, SHC。

10 Chastellux(1878 vol.2: 42).

11 1826年2月27日，简·玛格丽特·卡尔（Jane Margaret Carr）给达布尼·卡尔的信，Carr Cary Papers, Acc. 1231, ViU。

12 1826年3月13日，赫蒂·卡尔（Hetty Carr）给达布尼·卡尔的信，Acc. 1231, ViU；Malone(1948–1981:vol 6: 479)。

13 1826年7月11日，托马斯·杰斐逊·伦道夫给达布尼·卡尔（Dabney Carr）的信，Acc. 1231, ViU。

14 Cogliano(2012: 510).

15 1826年6月25日，托马斯·杰斐逊给乔治·史特芬森（George Stephenson）的信（抄写稿），Page Papers, Virginia Historical Society。

16 1830年1月10日，艾伦·韦尔斯·伦道夫·柯立芝给维珍妮娅·杰斐逊·伦道夫·特里斯特的信，*FLDA*。

17 1828年3月10—11日，托马斯·曼·伦道夫给尼古拉斯·P. 特里斯特的信，*FLDA*。

18 1828年6月（30日），玛莎·杰斐逊·伦道夫给艾伦·韦尔斯·伦道夫·柯立芝的信；1828年7月6—8日，柯妮利娅·杰斐逊·伦道夫给艾伦·韦尔斯·伦道夫·柯立芝的信，*FLDA*。

19 1829年9月6日，玛莎·杰斐逊·伦道夫给安·卡里·伦道夫·莫里斯（Ann Cary Randolph Morris）的信。副本见ICJS。

20 1830年3月16日，玛莎·杰斐逊·伦道夫给托马斯·杰斐逊·伦道夫的信，Acc. 1397, ViU。

21 1831年9月25日，玛丽·杰斐逊·伦道夫给艾伦·韦尔斯·伦道夫·柯立芝的信，以及玛莎·杰斐逊·伦道夫和维珍妮娅·杰斐逊·伦道夫·特里斯特给艾伦·韦尔斯·伦道夫·柯立芝的信（时间大约在1832年3月），*FLDA*。

22 1826年12月7日，托马斯·杰斐逊·伦道夫给简·尼古拉斯·伦道夫的信，Acc. 1397, ViU。

23 "蒙蒂塞洛是一个非常昂贵却不舒服的冬天居所。" 1831年6月21日，玛莎·杰斐逊·伦道夫给艾伦·韦尔斯·伦道夫·柯立芝的信，*FLDA*。

24 玛丽·杰斐逊·伦道夫的札记本。Jefferson, Randolph, and Trist Papers, Acc. 5385-ac, ViU。

25 同上。

26 1826年9月11日，柯妮利娅·韦尔斯·杰斐逊给艾伦·韦尔斯·伦道夫·柯立芝的信，*FLDA*。

27 1831年8月28日，柯妮利娅·韦尔斯·杰斐逊给艾伦·韦尔斯·伦道夫·柯立芝的信，*FLDA*。

28 1828年5月13日，艾伦·韦尔斯·伦道夫·柯立芝给维珍妮娅·杰斐逊·伦道夫·特里斯特的信，*FLDA*。

29 1828年7月6日，柯妮利娅·韦尔斯·杰斐逊给艾伦·韦尔斯·伦道夫·柯立芝的信，*FLDA*。

30 1828年6月15日，艾伦·韦尔斯·伦道夫·柯立芝，"Two Autobiographical Papers", *FLDA*。

31 1824年3月30日，艾伦·韦尔斯·伦道夫给尼古拉斯·P. 特里斯特的信，*FLDA*。

32 Allgor(2000: 31).

33 关于苏格兰启蒙运动对性别角色的影响，参见Zagarri(1992）以及Bloch(1987)。在19世纪20年代，美国南方更像苏格兰，而不是英格兰。见O'Brien(1988: 49)。

34 Zagarri(2007).

35 转引自 Goodman(1997: 235)。

36 1822 年 1 月 10 日，玛莎·杰斐逊·伦道夫给维珍妮娅·杰斐逊·伦道夫的信，*FLDA*。

37 1824 年 9 月 6 日，霍利博士（Dr. Horace Holley）给他的兄弟的信，转引自 Cripe(1974: 36)。

38 1822 年 2 月 1 日，哈丽特·伦道夫（Harriet Randolph）给简·霍林斯·伦道夫（Jane Hollins Randolph）的信，Acc. 1397, ViU。

39 简·尼古拉斯·伦道夫给萨拉·尼古拉斯的信（无日期，但是在 1831 年 8 月之后），Acc. 1397, ViU。

40 1828 年 7 月 6 日，柯妮利娅·杰斐逊·伦道夫给艾伦·韦尔斯·伦道夫·柯立芝的信，*FLDA*。

41 Warner(2013).

42 *TJMB*, 1784 年 6 月 5 日，1: 551。

43 “托马斯·杰斐逊·伦道夫的女儿艾伦·韦尔斯·哈里逊（Ellen Wayles Harrison）的回忆录”，由玛莎·杰斐逊·特里斯特·伯克（Martha Jefferson Trist Burke）抄写，1888。复制本藏于 ICJS。

44 1802 年 12 月 26 日，贝雅德·史密斯，见 Hunt(1965: 34)。

45 1803 年 12 月 10 日，玛丽亚·杰斐逊·埃普斯给约翰·韦尔斯·埃普斯的信，Eppes Family Papers, Acc. 7109, ViU。

46 Edna Bolling Jacques, “The Hemmings Family in Buckingham County Virginia”, buckinghamhemmings.com, accessed 15 May 2012. 伊德娜·雅克斯是蓓西·海明斯的曾曾孙女。海明斯的墓地有被很好的标记，在杰克·埃普斯的墓旁。玛莎·伯克·琼斯·埃普斯葬在另外一处庄园里。

47 1820 年 9 月 13 日，艾伦·韦尔斯·伦道夫给玛莎·杰斐逊·伦道夫的信，*FLDA*。

48 同上。

49 Davidson(1996: 75-79).

50 1820 年 9 月 13 日，艾伦·韦尔斯·伦道夫给玛莎·杰斐逊·伦道夫的信，*FLDA*。

51 Woloch(2006).

52 Coale & Zelnik(1963).

53 Klepp(2009).

54 Klepp(2009: 206-213).

55 Klepp(2009: 179-185).

56 Hartman(2007: 77).

57 Stanton(2012: 200-201; 248-249).

58 “A Sprig of Jefferson Was Eston Hemings”, *Daily Scioto Gazette*, 1902 年 8 月 1 日，俄亥俄州的奇利科西。

59 Stanton(2002: 236-237).

60 Stanton(2012: 284).

61 Stanton(2012: 239).

62 Stanton(2012: 238).

63 转引自 Hobbs(2014: 34)。

64 转引自 Hobbs(2014: 35)。

65 Sweet(2005: 164-165).

66 Hobbs(2014: 41-43).

67 Chase-Riboud(1994: 243).

68 Woodward(2001/1955).

69 Kaplan(2009: 783).

70 Holt(1977); Foner(1990).

71 Sweet(2005: 12).

72 Hobbs(2014: 23, 128-129). 直到2000年的人口普查，美国人才被允许可以“选择一项或者多项”。见 Fiels & Fields(2012: 47).

73 Larsen(1986/1929: 157-158).

74 Harris(1993: 1710).

75 Harris(1993: 1730).

76 Harris(1993: 1714, 1736).

77 Harris(1993: 1730).

78 Harris(1993: 1759).

79 杜波依斯的引文，见 Stuart Hall, “Race: The Floating Signifier” (Hall 1997: 6), mediaed.org/transcripts/Stuart-Hall-Race-the-Floating-Signifier-Transcript.pdf, 查验日期：2015年4月23日。

80 Fields & Fields(2012: 48-70). 一项对365人的研究表明，体质人类学家也站在拒绝生物学种族概念的前沿，认为那是一个无用的概念（Cartmill 1998)。本文作者转引自 Sweet(2005: 67-68）所引用。

81 Hall(1997: 7).

82 Fields & Fields(2012: 52-53).

83 Sweet(2005: 154, 28).

84 Sweet(2005: 35).

85 “A Sprig of Jefferson Was Eston Hemings”, *Daily Scioto Gazette*, 1902年8月1日，俄亥俄州的奇利科西。

86 A. J. Munson, “Letter to the Editor”, *Tribune* (Milwaukee), 1908年11月12日。

87 Sweet(2005: 155-157).

88 Sweet(2005: 73).

89 Hobbs(2014: 8).

90 Cohen(2003)，尤其是第3部分。

91 Harris(1993: 1713).

92 David Crary, “Record Number of Americans in Prison”, *New York Times*, 2008年2月28日。皮尤研究中心2008年的报告显示，“20到34之间的男性，每30人当中有1人被囚禁，而同一年龄组的黑人男性的比率则是9比1”。在女性当中的差异也同样强烈：“35—39岁这一年龄组，每355位白人女性当中有一人被囚禁，在同一年龄组的黑人女性是百分之一。”该报告披露的数据如此。

93 社会学家斯图尔特·霍尔说：“‘黑人’这个词所指的是政治压迫和历史压迫的漫长历史……它指的不是生物学上的概念。”(Hall 1997：4-5)

94 Leef Smith, “Jeffersons Split over Hemings Descendants”, *Washington Post*, 1999年5月17日。

95 Tess Taylor, “Cousins Across the Color Line”, *New York Times*, 2014年1月26日。

96 艾伦·韦尔斯·伦道夫·柯立芝的日记，1839年1月11日，见 Birle & Francavilla(2012: 160)。

97 Onuf(1993: 692).